아르세니예프의 인생

이 도서의 국립중앙도서관 출판예정도서목록(CIP)은 서지정보유통지원시스템 홈페이지(http://seoji.nl.go.kr)와
국가자료공동목록시스템(http://www.nl.go.kr/kolisnet)에서 이용하실 수 있습니다.
(CIP제어번호: CIP2017014132)

세계문학전집
153

Иван Бунин : Жизнь Арсеньева

아르세니예프의 인생

청년 시절

이반 부닌 장편소설

이항재 옮김

문학동네

일러두기

1. 번역 대본으로는 1987~1988년 모스크바 예술문학출판사에서 펴낸 이반 부닌 선집 전6권 중 제5권을 사용했다. Жизнь Арсеньева. Юность(И.А. Бунин. Собрание сочинений. В 6 т. Т. 5. М., Худож. лит., 1988).
2. 주석은 모두 옮긴이주로, 이반 부닌 선집의 편주, 유리 말체프가 쓴 부닌의 전기, 러시아에서 나온 문학백과사전 등을 참조했다.
3. 본문 중 고딕체는 원서에서 이탤릭체로 강조한 부분이다.

차례

제1권

1

"아직 기록되지 않은 사실과 행위는 어둠에 덮여 망각의 무덤 속으로 들어가지만, 기록된 사실과 행위는 마치 생명을 얻은 것과 같다……"*

나는 반세기 전에 중부 러시아의 시골에 있는 아버지의 영지領地에서 태어났다.**

우리에게는 자신의 시작과 끝에 대한 감각이 없다. 매우 유감스럽게도 사람들은 내가 정확히 언제 태어났는지 말해주었다. 만일 내게 말해주지 않았더라면, 나는 지금 내 나이를 몰랐을 테고—더구나 나는

---

* 이 구절은 18세기 북러시아의 전도자 이반 필리포프의 『답변 속 작은 역사』의 처음 몇 줄을 약간 변형하여 인용한 것이다.

** 소설의 주인공 아르세니예프를 창조한 이반 알렉세예비치 부닌은 1870년 10월 10일(구력) 중부 러시아의 도시 보로네시에서 태어났다. 가족이 아버지의 영지인 부티르키로 이사한 1874년까지 계속 시골에서 살지는 않았다.

아직도 나이의 무게를 전혀 느끼지 못한다—따라서 십 년이나 이십 년 쯤 지나 내가 죽게 되리라는 생각에서 벗어날 수 있었을 것이다. 만일 내가 무인도에서 태어나 살았다면, 나는 죽음의 존재에 대해 상상하지 않았을 것이다. '그럼 행복했을 텐데!' 나는 이렇게 덧붙이고 싶다. 그러나 누가 알겠는가? 아마 엄청 불행했을지도 모른다. 그리고 내가 죽음에 대해 상상하지 않았을 거라는 게 정말 사실일까? 우리는 죽음에 대한 감각을 갖고 태어나는 것은 아닐까? 만약 그렇지 않다면, 만약 내가 죽음에 대해 상상하지 않았다면, 내가 인생을 사랑하고, 사랑해왔던 만큼 이토록 인생을 사랑했을까?

나는 아르세니예프 가문과 뿌리에 대해서는 거의 아무것도 모른다. 대체 우리는 무엇을 알고 있단 말인가! 나는 문장서紋章書를 통해 우리 가문이 '시간의 어둠 속에서 뿌리를 잃어버린 가문들 중 하나'라는 사실을 알고 있을 뿐이다. 그리고 우리 가문이 '몰락했지만 고귀하고', 내가 혈통도 문벌도 없는 사람들에 속하지 않는다는 사실을 자랑스러워하고 기뻐하면서 가문의 고귀함을 평생 느끼며 살았다는 걸 알고 있다.* 성령강림절이 되면 교회는 '오래전에 죽은 모든 사람들을 추모하는' 예배에 우리를 초대하곤 한다. 이날 교회는 심오한 의미로 가득찬 아름다운 기도를 올린다.

"오, 주여, 당신의 모든 종들을 당신의 궁전과 아브라함의 품안에서 살게 하옵소서. 아담에서부터 오늘날까지 당신에게 순결한 마음으로

---

* 아르세니예프처럼 부닌은 매우 오래된 가문 출신이다. 부닌의 조상들 중 몇몇은 15세기부터 러시아 차르 밑에서 일했다. 그의 조상들 중에는 19세기 초 러시아 시인인 바실리 주콥스키와 안나 부니나가 있다.

봉사한 우리 아버지들과 형제들, 친구들과 친척들 모두 당신의 궁전과 아브라함의 품안에서 살게 하옵소서!"

여기에서 봉사란 말이 언급된 것은 우연일까? 옛날에 주님께 봉사했던 '우리 아버지들과 형제들, 친구들과 친척들'과의 관계와 교섭을 느낄 때 어찌 기쁘지 않겠는가? 아주 먼 우리 조상들은 '모든 생명의 아버지의 길, 그 순수하고 중단 없는 길'에 대한 가르침을 믿었다. 그 길은 불멸의 '중단 없는' 생명을 통해 필멸의 부모들로부터 그들의 필멸의 자식들로 이어진다. 그들은 이 '길'이 '더럽혀지지' 않고 끊이지 않도록 혈통과 종족의 순수성과 영속성을 지키는 것이 아그니*의 뜻이라고 믿었다. 또한 아이들이 태어날 때마다 그들의 피는 더욱더 순수해져야만 하고, 그들의 친족 관계와 존재하는 모든 것들의 유일한 아버지인 그분과의 밀접한 관계가 더욱 강화되어야 한다고 믿었다.

내 조상들 중에는 나쁜 사람들도 적지 않았으리라. 그러나 그들은 모든 면에서 귀족다우려면 대대손손 서로가 자신의 혈통을 기억하고 지키라고 당부했다. 이따금 내가 우리집 문장紋章을 바라보며 느끼는 감정을 어떻게 전달할 수 있을까? 기사의 방호구, 갑옷, 타조 깃털이 꽂힌 투구, 그 아래의 방패. 하늘색 방패의 중앙에는 충성과 영원의 상징인 보석 반지가 있고, 십자 모양의 칼자루가 달린 장검 세 자루의 칼날이 위쪽과 아래쪽에서 보석 반지와 맞붙어 있다.

내게 조국을 대신해준 나라에는 내게 피난처를 제공했던 도시와 비슷한 도시들이 많았다. 그 도시들은 한때 찬란했지만 지금은 퇴락하고

---

* 인도와 실론(지금의 스리랑카)의 베다교에서 믿는 불의 신. 부닌은 1911년에 실론을 여행했는데, 그후 불교와 힌두교에 관심을 갖고 그 의식(儀式)을 연구하기도 했다.

가난해져서, 시민들은 보잘것없는 평범한 일상을 살아가고 있다. 그러나 십자군 시대의 어떤 잿빛 탑, 아주 오랫동안 수호 성상들이 지키고 있는 매우 귀중한 정문이 달린 거대한 성당, 하늘에 걸린 십자가 위의 수탉, 천상의 도시로 오라고 부르는 주님의 고귀한 사자使者가 항상—그리고 어떤 이유를 가지고—이런 도시들의 평범한 일상을 지배하고 있다.

2

내 최초의 기억은 뭔가 하찮고 당혹스럽다. 나는 늦여름의 태양이 비쳐드는 큰 방과 남향 창문을 통해 보이는 비탈진 언덕에 쏟아지던 메마른 광채를 기억한다…… 겨우 이것뿐이고, 단지 한순간이다! 왜 바로 그날 그 시간에, 바로 그 순간에 아주 사소한 이유로 내 생애 처음으로 의식이 아주 선명하게 확 타올라 나의 기억이 작동할 수 있었을까? 왜 그 순간 이후에 나의 의식은 금세 다시 오랫동안 꺼져버렸을까?

내 유년 시절은 슬프게 기억된다. 모든 유년 시절은 슬프다. 아직 인생을 완전히 각성하지 못하고, 모든 사람과 모든 사물이 아직 낯선 소심하고 사랑스러운 한 영혼이 인생을 꿈꾸는 이 조용한 세계는 가난하다. 행복한 황금 시절! 아니다, 유년은 불행하고 병적으로 과민하고 가련한 시절이다.

내 유년 시절은 몇몇 개인적 조건 때문에 슬펐는지도 모른다. 실제로 나는 인적이 드문 벽지에서 자랐다. 텅 빈 들판, 그 한가운데 외롭게 자리잡은 저택…… 겨울에는 끝없이 눈 바다가 펼쳐지고, 여름엔 곡물과 풀과 꽃의 바다…… 이 들판의 영원한 고요와 수수께끼 같은 침묵…… 그러나 마멋*과 종달새가 이 고요한 벽지에서 슬퍼할까? 아니다, 그것들은 아무것도 묻지 않고, 어떤 것도 놀라워하지 않고, 인간을 둘러싼 세계에서 인간이 항상 느끼는 내밀한 영혼을 느끼지 못한다. 또 공간의 외침과 시간의 질주도 알지 못한다. 나는 이미 당시에 이 모든 것을 알고 있었다. 하늘의 심연과 들판의 먼 곳은 마치 그것들과는 별개로 존재하는 듯한 다른 뭔가에 대해 말해주었고, 내게 부족한 무언가에 대한 꿈과 그리움을 불러일으켰으며, 나도 모르는 누군가와 무언가에 대한 알 수 없는 사랑과 다정함으로 나를 감동시켰다……

이 시절에 사람들은 어디 있었나? 우리의 영지는 카멘카 마을로 불렸다.** 돈 강 맞은편의 땅이 주요한 영지였는데, 아버지는 종종 오랫동안 거기에 가 계시곤 했다. 마을의 농장은 크지 않았고 하인들도 적었다. 그러나 여전히 사람들이 있었고, 삶도 여전히 흘러가고 있었다…… 개, 말, 양, 암소, 일꾼들이 있었고 마부, 관리인, 여자 요리사들, 여자 가축지기들, 유모들, 어머니와 아버지, 김나지움에 다니던 형들, 그리고 요람 속에 여동생 올랴***가 있었다…… 왜 내 기억 속에는 완전한 고독의 순간만이 남아 있을까? 이제 여름날이 저물고 있다. 태

---

* 다람쥣과의 동물.

** 부닌 집안의 영지인 부티르키는 모스크바에서 남쪽으로 400킬로미터 떨어진 오룔 현의 옐레츠에 있다. 이곳은 러시아의 전통적인 곡창지대로 이른바 흑토(黑土)지대의 한가운데다. 1870년대에 부닌의 가족은 다른 많은 귀족 가문들처럼 아주 가난하게 살았다.

*** 올랴의 원형은 부닌의 여동생인 마리야 알렉세예브나다.

양은 이미 집 너머, 정원 너머에 있다. 그늘 속에 잠긴 텅 빈 넓은 마당. 세상에서 완전히, 완전히 혼자인 나는 마당의 차가워지는 초록색 풀 위에 누워 누군가의 멋지고 사랑스러운 눈과 아버지의 품속을 바라보듯이 깊이를 알 수 없는 푸른 하늘을 바라본다. 하늘 높이 떠다니는 하얀 구름이 점점 동그랗게 변하더니 천천히 모습을 바꿔 우묵하게 들어간 푸르른 심연 속으로 녹아들어간다…… 아, 얼마나 가슴 저미는 아름다움인가! 저 구름 위에 앉아 무시무시한 고공을, 하늘 아래 활짝 트인 공간을, 하늘나라 어딘가에 사는 하느님과 흰 날개를 단 천사들 옆에서 구름을 타고 떠다녀봤으면! 지금 나는 집밖의 들판에 있다. 낮은 태양만이 더욱 빛날 뿐 저녁은 언제나 변함이 없다. 나는 여전히 이 세상에서 혼자다. 어디에 눈길을 주든 내 주변엔 이삭이 많은 호밀과 귀리가 널려 있다. 그것들 속에, 비스듬한 줄기들이 뒤엉킨 빽빽한 덤불 속에 메추라기들의 은밀한 삶이 있다. 지금 메추라기들은 여전히 잠잠하다. 하긴 모든 것이 고요하다. 이삭 속에서 길을 잃은 황갈색 밀풍뎅이가 그저 이따금 윙윙거리고 붕붕대기 시작한다. 나는 풍뎅이를 이삭에서 떼어내 놀라움을 금치 못하며 열심히 관찰한다. 이 황갈색 풍뎅이는 도대체 무엇이고 누구인가? 어디에서 살고, 어디로 왜 날아가는 걸까, 또 무엇을 생각하고 느낄까? 풍뎅이는 화를 내고, 진지하다. 강한 겉날개 밑으로 아주 얇은 담황색 무언가를 드러내고 손가락 사이에서 요란을 떨며 겉날개로 바스락거린다. 겉날개의 작은 보호막이 갑자기 갈라져 펼쳐지면, 황색의 무언가도 펼쳐진다. 참으로 아름답다! 풍뎅이는 이미 즐겁고 편안하게 붕붕대며 공중으로 솟아올라 새로운 감정으로 나를 충만케 하고 내 마음속에 이별의 슬픔을 남긴 채 영원히 나를 떠나 하늘 속으로 사라진다……

그렇지 않으면 나는 집안에 있는 나, 다시 여름날 저녁, 다시 고독 속에 잠겨 있는 나 자신을 본다. 태양은 고요한 정원 너머로 사라졌고, 온종일 즐겁게 햇빛을 비추던 텅 빈 홀과 텅 빈 응접실을 떠나버렸다. 지금은 마지막 햇살만이 쪽나무를 붙여 깐 마루 모퉁이를, 오래된 식탁의 긴 다리 사이를 홀로 붉게 물들이고 있다. 아, 마지막 햇살의 고요하고 슬픈 아름다움은 얼마나 가슴에 사무치는가! 이미 창문 너머로 신비한 밤의 어둠이 드리워진 늦은 저녁, 어두운 침실의 작은 어린이용 침대에 누워 있을 때면, 하늘 높은 곳에서 고요한 별 하나가 창문을 통해 계속 나를 바라보았다…… 그 별은 내게 무엇을 원했을까? 또 말없이 내게 뭐라 말했을까, 어디로 날 불렀을까? 나에게 뭘 생각나게 했을까?

3

유년 시절은 조금씩 나를 생활과 연결시켜주었다. 벌써 몇몇 사람들, 영지 생활의 몇몇 장면들, 몇몇 사건들이 기억 속에 떠오른다……

이 사건들 중에서 첫째 자리를 차지하는 내 생애 최초의 여행은 그 후의 모든 여행을 통틀어 가장 멀고 가장 이상했다. 아버지와 어머니는 '시내'라고 불렸던 금지 지역으로 가면서 나를 데리고 갔다. 거기서 나는 꿈이 이루어질 것만 같은 달콤함을 맛보았고, 동시에 왠지 꿈은 이루어지지 않을지도 모른다는 예감에서 오는 공포를 경험했다. 햇빛이 비치는 양지바른 마당에 서서 아침에 마차 차고에서 꺼내온 타란타스*를 바라보며 드디어 말에 마구가 채워질까, 언제 출발 준비가 모두 끝날까 하고 내가 얼마나 고통스러워했는지 지금까지도 기억한다. 내 기억으로 우리는 아주 오랫동안 마차를 타고 갔다. 들판, 계곡, 샛길, 십자로는 끝이 없었고, 도중에 이런 일이 있었다. 어떤 계곡에—저녁 무렵이었는데 아주 황량한 장소였다—암녹색의 곱슬곱슬한 작은 참나무가 빽빽이 자라고 있었다. 계곡 맞은편 비탈에서 관목숲을 헤치고 허리춤에 도끼를 찬 '강도'가 지나갔다. 내가 그때까지 보았던 농부들은 물론이고 그후 평생 동안 보았던 농부들 중 가장 신비하고 무서운 농부였을 것이다. 우리가 어떻게 시내로 들어왔는지 나는 기억하지 못한다. 대신 시내의 아침은 생생히 기억한다! 나는 지금껏 한 번도 본 적이 없는 거대한 집들로 이루어진 좁은 계곡의 절벽 위에 매달려 있었고, 햇빛, 유리, 간판 때문에 눈이 부셔서 눈을 뜰 수가 없었다. 내 머리 위로, 온 세상에 어떤 놀랍고 혼란스러운 음악이 울려퍼졌다. 로마의 베드로 성당도 꿈꾸지 못했을 위엄과 화려함을 지닌 채 모든 것보다 우뚝 솟은 대천사 미카엘 성당 종탑의 낭랑한 종소리. 그 성당이 너무나 크고 웅장해서 나는 나중에 케오프스**의 피라미드를 보고도 전혀 놀라지 않았다.

시내에서 본 것들 가운데 가장 놀라운 물건은 구두약이었다. 나는 평생 지상에서 많은 것들을 보았지만, 어떤 물건에서도 시내의 시장에서 구두약통을 손에 들고 느꼈던 환희와 기쁨은 결코 경험하지 못했

---

* 러시아 특유의 포장 여행 마차.

** 기자의 대(大)피라미드를 건설한 이집트 제4왕조 쿠푸 왕의 그리스어 이름.

다! 이 둥근 통은 평범한 인피靭皮로 만들어졌다. 그저 평범한 인피였지만, 비할 데 없이 훌륭한 예술적 솜씨로 만들어졌다! 구두약도 좋은 것이었다! 희미한 광택에 기분좋은 알코올 냄새가 나는 검고 딱딱한 구두약이었다! 구두약 말고도 큰 기쁨이 두 가지 더 있었다. 나는 목 부분에 붉은 양가죽 테를 두른 부츠를 선물받았는데, 마부는 "정말 산뜻한 부츠야!"라고 평생 잊을 수 없는 말을 했다. 손잡이에 호각이 달린 가죽 채찍도 받았다…… 나는 참으로 행복하고 달콤한 기분을 느끼며 이 양가죽과 탄력 있고 유연한 가죽 채찍을 만져보곤 했다! 집에 있는 작은 침대에 누워 침대 옆에 새 부츠가, 베개 밑에 채찍이 숨겨져 있다고 생각하니 너무나 행복해서 진짜 죽을 것만 같았다. 하늘 높은 곳에서 성스러운 별 하나가 침실 창문을 들여다보며 말하는 듯했다. '바로 지금, 모든 것이 좋아. 세상에 이보다 더 좋은 것은 없고, 필요하지도 않아!'

내게 지상의 삶이 주는 기쁨을 처음으로 열어 보여준 이 여행은 또 하나의 깊은 인상을 남겼다. 나는 돌아오는 길에 그것을 경험했다. 우리는 해 지기 전에 시내에서 출발해 길고 넓은 거리를 지나갔다. 이 거리는 호텔과 대천사 미카엘 성당이 있던 거리에 비해 초라해 보였다. 우리는 널찍한 광장도 지나갔다. 저멀리 낯익은 세계—들판, 시골다운 단순함과 자유로움—가 다시 우리 앞에 나타났다. 우리가 갈 길은 서쪽, 즉 해가 지는 방향으로 곧장 뻗어 있었다. 그때 나는 불현듯 태양과 들판을 바라보고 있는 또 한 사람이 있음을 알아챘다. 시내에서 출발할 때 이상할 정도로 크고 음산한 노란 집을 보았는데, 우뚝 솟아 있는 이 집은 그때까지 내가 본 어떤 집과도 달랐다. 커다란 창문이 많았고, 창문마다 철창살이 있었다. 집은 높은 돌담장으로 둘러싸여 있었고, 담장의 커다란 문은 꽉 잠겨 있었다. 어느 창문의 철창살 너머로 얼굴이 누렇게 뜬 남자가 회색 나사羅紗 재킷에 챙 없는 나사 모자를 쓴 채 서 있었다. 그 얼굴에는 내가 생전 본 적이 없는 아주 복잡하고 고통스러운 뭔가가 어려 있었다. 깊은 우수와 슬픔과 맹목적인 순종 그리고 열정적이고 음울한 꿈이…… 당연히 부모님은 이 집이 어떤 집이고, 남자가 누군지 설명했다. 나는 부모님의 이야기를 듣고 세상에는 죄수, 유형수, 도적, 살인자라고 불리는 특별한 종류의 사람들이 존재한다는 사실을 알게 되었다. 짧은 인생에서 우리가 얻는 지식은 너무나 빈약하다. 하지만 우리가 가지고 태어나는 지식은 그와는 달리 훨씬 더 풍요롭다. 창살과 이 남자의 얼굴이 내 마음속에 불러일으킨 감정에 비해 부모님의 설명은 너무나 간략했다. 나는 나름의 지식을 동원해 이 남자의 특이하고 무시무시한 영혼을 스스로 느끼고 가늠해 보았다. 허리춤에 도끼를 차고 계곡의 참나무 관목들을 헤치며 살그머니 지나가는 농부는 무서웠다. 그자는 강도였고, 나는 이 사실을 한순간도 의심하지 않았다. 그자는 아주 무서웠지만 옛날이야기에 등장하는 인물처럼 매력적이었다. 이 죄수도, 이 창살도……

4

지상에서 누린 처음 몇 해의 삶에 대한 내 기억은 역시나 빈약하고 우연적이고 뒤죽박죽이지만 더 평범하고 명확하다. 다시 말하건대, 우리는 무엇을 알고, 무엇을 기억한단 말인가. 때로는 어제 일조차도 겨우 기억해내는 우리가!

내 유년의 영혼은 새로운 거처에 익숙해지기 시작하고, 즐겁고 매력적인 것들을 발견하고, 이미 고통을 느끼지 않고 자연의 아름다움을 보기 시작한다. 사람들을 알아보고, 사람들에 대한 다양하고 다소 의식적인 느낌도 갖게 된다.

내게 세계는 여전히 영지, 집, 가장 가까운 사람들로 한정되어 있다. 이제 나는 핏줄로 이어진 존재인 아버지를 알아보고 느낄 뿐만 아니라 강하고 활달하고 무사태평하고 성미가 급하지만, 대개 아주 쉽사리 화를 푸는 관대한 아버지를 바라본다.* 아버지는 사악하고 원한이 깊은 사람들을 용납하지 않았다. 나는 아버지에 대해 흥미를 느끼기 시작했고 여러 가지를 알게 되었다. 예컨대 아버지는 아무 일도 하지 않고 행복한 축제 같은 나날을 보내고 있었다. 이런 모습은 시골 귀족뿐만 아니라 보통 러시아인의 생활에서도 흔히 볼 수 있었다. 아버지는 항상 식사 전에 아주 활기찬 모습을 보였고 식사를 하면서 즐거워했다. 그런가 하면 식사 후의 단잠에서 깨어나 활짝 열린 창가에 앉아 멋지게 쉬쉬 소리를 내며 황홀하게 코를 찌르는, 약간 시큼한 소다수를 즐겨 마셨다. 그러다가 언제나, 갑자기 날 붙잡아 무릎 위에 앉히고는 꼭 껴안고 입맞춤을 하다가 또 갑자기 내려놓았는데, 아버지는 오랫동안 지속되는 것을 좋아하지 않았다…… 나는 아버지에게 호감뿐만 아니라 때로 기분좋은 다정함도 느꼈다. 아버지는 이미 내 맘에 들었다. 아버지의 강인한 외모와 솔직하고 변덕스러운 성격도 막 형성되던 내 취향

* 『아르세니예프의 인생』에서 아르세니예프의 아버지 초상은 실제 부닌의 아버지와 아주 비슷하게 그려지고 있다.

에 맞았다. 무엇보다 아버지가 이전에 세바스토폴 전투*에 참전했고, 지금은 사냥꾼이자 훌륭한 사수라는 점이 마음에 들었다. 아버지는 공중에 던진 20코페이카**짜리 동전을 맞힐 수 있었다. 또 기타를 정말 잘 쳤는데, 필요할 때는 행복했던 할아버지들 시대의 옛 노래를 아주 능숙하고 멋들어지게 연주했다……

마침내 나는 우리의 유모도 알아보았다. 다시 말해 집안에서 유모의 존재와 어린아이에 대한 유모의 특별한 친밀감을 알아챘다. 유모는 몸집은 크지만 늘씬하고 위엄 있는 여자로, 항상 자신을 하녀라고 불렀지만 실제로는 우리 가족의 일원이었다. 엄마와 꽤 자주 언쟁을 벌였는데, 단지 울고 화해하고 마침내 서로의 사랑을 확인하기 위해서였다. 나와 나이 차이가 아주 많이 났던 형들은 자신들의 인생을 살고 있었고, 방학 때만 집에 왔다. 그 대신 내게는 여동생이 둘 있었다. 나는 결국엔 그들을 서로 다르게 인식했지만, 똑같이 긴밀하게 나 자신과 연결지었다. 나는 그때까지 요람을 차지하고 있던, 잘 웃고 눈이 파란 나쟈를 부드럽게 사랑했다. 나는 어느샌가 온갖 장난과 오락, 기쁨과 슬픔, 때로 가장 은밀한 꿈과 생각까지도 까만 눈의 올랴와 나누기 시작했다. 올랴는 아버지처럼 쉽게 화를 내는 성급한 소녀였지만 매우 상냥하고 다감했으며, 나의 신실한 친구가 되었다. 엄마에 대해 말하자면, 물론 나는 누구보다 먼저 엄마를 인식했다. 엄마는 누구보다 나 자신과 분리해 생각할 수 없는 아주 특별한 존재였다. 아마도 나는 나

---

* 크림전쟁(1853~1856) 때 러시아 병사들은 크림의 항구도시 세바스토폴 요새를 방어하기 위한 전투에서 용감하게 싸웠지만 결국엔 패했다.

** 러시아의 화폐단위로, 1루블은 100코페이카다.

자신을 인식하는 순간부터 엄마를 인식하고 느꼈으리라……

내 인생에서 가장 고통스러운 사랑은 엄마와 관련되어 있다. 우리가 사랑하는 모든 것, 모든 사람은 우리에게 고통을 안겨준다. 우리는 사랑하는 사람을 잃을까봐 늘 두려워한다! 나는 유년 시절부터 내게 생명을 주고 그런 고통으로 나를 놀라게 한 엄마를 영원히 사랑해야 한다는 커다란 중압감을 갖고 있었다. 사랑 그 자체였던 엄마는 사랑으로 내게 놀라움을 안겨주었다. 엄마에게는 슬픔이 육화되어 있었다. 나는 엄마가 두 눈으로 어린애같이 눈물 흘리는 모습을 자주 보았고, 엄마가 불러주는 슬픈 노래를 참으로 많이 들었다!

온 세상으로부터 영원히 잊힌 엄마는 먼 고향땅에서 외로이, 편안하게 잠들어 있지만, 엄마의 소중한 이름은 영원히 축복받을 것이다. 엄마의 눈 없는 두개골과 잿빛 뼈들이 지금 고향땅 어딘가에, 인적 드문 러시아 도시의 공동묘지 어딘가 이름 없는 묘 밑바닥에 묻혀 있다니, 정말일까? 두 손으로 나를 안아서 흔들어주던 엄마가 정말로 거기에 묻혀 있을까? "나의 길은 너희 길보다 높으며, 나의 생각은 너희 생각보다 높다."*

5

내 유년의 고독은 점차 그렇게 지나갔다. 지금도 기억한다. 어느 가

* 「이사야서」 55장 9절 참조.

을밤 나는 왠지 모르게 잠에서 깨어 방안에 스민 가볍고 신비한 어스름을 보았다. 커튼을 치지 않은 커다란 창문을 통해 저택의 텅 빈 마당 위 하늘에 높이 떠 있는 창백하고 슬픈 가을달을 보았다. 달은 너무나 슬퍼 보이고, 슬픔과 고독으로 인한 천상의 매혹으로 가득해서 내 가슴은 형용할 수 없이 달콤하고 슬픈 감정에 짓눌렸다. 마치 창백한 가을달도 나와 똑같은 감정을 느끼는 것 같았다. 그러나 나는 이 세상에서 혼자가 아니라는 사실을 이미 알았고, 아버지의 서재에서 잠을 자고 있었다는 사실을 기억했다. 나는 울음을 터뜨렸고 아버지를 불러서 깨웠다…… 이렇게 사람들은 점점 내 삶으로 들어와 떼어낼 수 없는 일부가 되었다.

나는 이미 세상에는 여름 외에 단지 가끔씩만 집밖으로 나갈 수 있는 가을, 겨울, 봄이 있다는 걸 알았으나 처음에는 다른 계절들을 기억하지 못했다. 어린아이의 마음속에는 무엇보다 맑고 밝은 것이 남는 법이다. 그래서 지금도 이 가을밤 말고도 평범하지 않았기에 기억나는 어두운 두세 장면이 있다. 벽 너머로 무섭고 매혹적인 눈보라가 치는 어느 겨울 저녁이었다. 무서웠던 이유는 모두들 '40인 순교자의 날'* 전야에도 늘 이렇게 눈보라가 쳤다고 말했기 때문이고, 매혹적이었던 까닭은 눈보라가 더 세게 벽을 때릴수록 벽이 보장해주는 따뜻함과 아늑함 속에서 더 유쾌해졌기 때문이다. 그뒤 어느 겨울날 아침, 정말로 놀라운 일이 일어났다. 잠에서 깨어났을 때 우리는 집안에서 이상한 어스름을 보았다. 집보다도 더 높이 솟은, 믿을 수 없을 정도로 거대한

---

* 러시아의 교회력(율리우스력)에 따르면 3월 22일이다.

하얀 것이 마당에서 빛을 가리고 있었다. 그것은 바로 밤새 우리를 가두었던 눈이었다. 일꾼들이 눈을 치우는 데 꼬박 하루가 걸렸다. 마지막으로, 음산한 4월 어느 날, 허름한 프록코트만을 걸친 남자가 갑자기 우리집 마당에 나타났다. 매서운 바람에 떠밀린, 다리가 굽은 불행한 이 남자는 프록코트를 펄럭이며 잔뜩 허리를 구부린 채, 한 손으론 어쩐지 애처롭게 머리에 쓴 모자를 움켜쥐고 다른 손으론 프록코트를 가슴 위로 끌어당기고 있었다…… 그러나 다시 말하건대, 대체로 나의 초기 유년 시절은 단지 여름날들 속에서만 나타난다. 나는 여름날의 기쁨을 거의 변함없이 처음엔 올랴와 나누었고, 그다음엔 비셀키*에서 온 농부의 아이들과 나누었다. 비셀키는 우리집에서 1베르스타** 떨어진 프로발*** 너머에 있는 마을로 거기에는 농가 몇 채가 있었다.

이 기쁨은 내가 구두약이나 채찍에서 경험했던 기쁨만큼이나 아주 초라했다. (인간의 모든 기쁨은 초라하다. 우리들 속에는 때로 자신에 대한 쓰라린 연민을 불어넣는 누군가가 있다.) 나는 어디에서 태어났고, 어디에서 성장했으며, 무엇을 보았는가? 산도 강도 호수도 숲도 없다. 단지 골짜기에 덤불이, 여기저기에 잡목림이, 아주 드물게 숲과 비슷한 자카스와 두브롭카가 있다. 온통 들판이고 끝없이 펼쳐진 대양 같은 곡물밭이다. 여기는 수만 마리의 가축떼를 방목하는 남부도 초원도 아니다. 또 주변의 백색, 청결, 수많은 사람들, 풍요로움에 놀라며 한 시간이나 말을 타고 가야 나오는 마을이나 카자크 거주지도 아니

* '이주민 촌'을 뜻하는 일반명사가 지역 명칭으로 고유명사화된 것.
** 미터법 시행 전 러시아의 거리 단위로 1베르스타는 1.067킬로미터.
*** '골짜기'를 뜻하는 일반명사가 고유명사화된 것.

다. 들판이 굽이치는 삼림지대와 초원의 경계이고, 작은 계곡과 산비탈, 무엇보다 돌이 많고 깊지 않은 초원이다. 이곳의 작은 마을들과 짚신을 신고 다니는 마을 사람들은 신도 잊은 듯하다. 그들은 검소하고 원시적일 정도로 단순하며 버드나무 가지와 볏짚에 친숙하다. 나는 바로 이런 곳에서 자라고 있으며, 이 외지고 아름다운 땅에서 긴 여름을 보내며 세계와 생활을 알아가고 있다. 나는 무더운 한낮, 푸른 하늘에 떠도는 흰구름을 본다. 때론 따스한 바람이 불고, 때론 태양의 열기와 뜨겁게 달구어진 곡물들과 풀 향기가 스며든 뜨거운 바람이 분다. 우리집의 오래된 곡물 창고—너무 낡아서 두꺼운 잿빛 초가지붕이 돌처럼 딱딱해 보이며, 통나무로 만든 벽은 회청색을 띠고 있다—너머에서는 찌는 듯한 무더위가 맹위를 떨치고 흐릿한 은빛의 찬란한 햇살이 반짝이며, 끝이 보이지 않는 호밀 물결이 산비탈을 따라 끝없이 일렁인다. 호밀 물결은 자신의 빽빽함과 무성함에 자못 즐거워하면서 반들거리며 넘실대고, 그 위로 구름 그림자가 스쳐지나간다……

곱슬곱슬한 풀로 무성하게 뒤덮인 우리집 마당 한가운데에 오래된 돌구유가 있었다. 그 돌구유 밑에서 숨바꼭질을 할 수 있었고, 신발을 벗고 하얀 맨발로(나는 하얀 맨발이 마음에 들었다) 곱슬곱슬한 녹색 풀밭 위를 달릴 수도 있었다. 풀밭 위쪽은 햇볕으로 뜨거웠고, 아래쪽은 서늘했다. 곡물 창고 옆에는 사리풀 덤불이 있었다. 한번은 나와 올랴가 이 사리풀을 너무 많이 먹은 탓에 갓 짜낸 우유를 먹고 치료를 받아야 했다. 이상하게도 머릿속에서 윙윙 소리가 났고, 마음과 몸에서 욕망이 생겨났을 뿐만 아니라 공중으로 솟아올라 원하는 곳으로 날아갈 수 있으리라는 느낌이 들었다…… 곡물 창고 아래에서 우리는 벨벳처럼 검고 큰, 황금빛 땅벌 집을 수없이 발견했다. 사납게 윙윙거리는 둔탁한 소리가 나는 걸로 보아 땅 밑에도 땅벌들이 있을 터였다. 채소밭에서, 곡물 창고 주변에서, 탈곡장에서, 하인들이 사는 농가 뒤쪽에서 우리는 얼마나 많은 식용 뿌리와 온갖 종류의 달짝지근한 줄기와 곡물들을 발견했던가! 이런 곡물과 풀은 하인들이 사는 농가 뒷벽에 바싹 달라붙어 있었다.

6

하인들이 사는 농가 뒤쪽과 가축우리 아래쪽에는 거대한 우엉과 키 큰 쐐기풀이 자라고 있었는데, '광대수염' 쐐기풀도 있었고 바늘 쐐기풀도 있었다. 가시 많은 작은 꽃부리가 달린, 화려하고 검붉은 엉겅퀴와 독사풀이라 불리는 희푸른 풀도 있었다. 이것들은 각자 특이한 모양, 색깔, 향기, 맛을 자랑하고 있었다. 역시 우리가 마침내 발견한 어린 목동은 유난히 재미있었다. 그가 걸친 대마大麻로 만든 허름한 셔츠와 짧은 바지는 구멍이 숭숭 뚫려 있었다. 그의 발, 손, 얼굴은 건조하고 햇볕에 타서 살갗이 벗어져 있었다. 입술은 항상 시큼한 호밀 껍질이나 우엉이나 입술에 상처를 내는 독사풀을 씹어대서 짓물러 있었고, 날카로운 두 눈을 도둑처럼 이리저리 굴려댔다. 우리와 사귀고, 우리를 부추겨 뭔지 모를 것을 먹게 하는 짓이 범죄행위임을 그는 잘 알고 있었다. 그러나 이렇게 못된 짓을 저지르며 쌓은 우정은 얼마나 달콤했던가! 그가 끊임없이 주위를 둘러보며 은밀하게 띄엄띄엄 얘기해주던 것들은 얼마나 유혹적이었던가! 게다가 그는 긴 채찍으로 총을 쏘듯이 아주 멋지게 땅땅 소리를 냈다. 우리가 긴 채찍 끝으로 귀에 심한 상처를 내면서 땅땅 소리를 내려고 하면 그는 악마처럼 낄낄 웃어댔다……

하지만 지상의 온갖 풍성한 먹을거리는 가축우리와 마구간 사이 채소밭에 있었다. 목동을 흉내내 짭짜름한 흑빵 껍질을 모을 수 있었고, 끝에 알맹이 모양의 회색 뿌리혹이 달린 길고 푸른 화살 모양의 양파, 붉은 무, 흰 무, 꺼칠꺼칠하고 부스럼투성이인 작은 오이를 먹을 수 있었다. 부서지기 쉬운 이랑 위에 끝없이 뻗은 오이 덩굴 아래를 더듬어 오이를 찾는 일은 몹시 즐거웠다…… 왜 우리는 이런 짓을 했던가? 배가 고팠던 걸까? 물론 아니다. 우리는 함께 이런 걸 먹으면서 스스로 의식하지는 못했지만 땅과 세계를 구성하는 감각적이고 물질적인 것들과 친해지고 있었던 것이다. 나는 지금도 기억한다. 태양은 풀과 마당에 있던 돌구유를 더욱 뜨겁게 달구었고, 대기는 더 무거워지고 흐릿해졌다. 구름이 더 천천히 더 빽빽이 모여들었고, 마침내 날카로운 검붉은 빛으로 살짝 덮이더니 저 깊고 쟁쟁한 창공 어딘가에서 우르릉거리는 소리가 낭랑하게 울려퍼지고 힘찬 천둥소리를 내며 포효하기 시작했다. 천둥소리는 점점 더 묵직하고 위엄 있고 웅장해졌다…… 아, 나는 세계의 신성한 웅장함을 얼마나 강하게 느꼈던가! 그리고 이렇게 완전하고 강력한 물성物性으로 세계를 창조하고 지배하는 신의 성스러운 웅장함을 얼마나 강하게 느꼈던가! 잠시 후 어둠이 깔리며 불빛이 보였고, 폭풍이 몰아치더니 딱딱 소리를 내는 우박이 섞인 엄청난 폭우가 쏟아졌다. 사방의 모든 것이 미친듯이 날뛰고 뒤흔들리며 사라지는 것 같았다. 창문은 모두 닫히고 커튼이 내려졌으며, 오래된 은장식이 붙은 검은 성상聖像 앞에 '수난주간'*에 켜는 양초가 켜졌다. 사람들이 성호를 그으며 되뇌었다. "만군의 주는 성스럽고 성스럽도다!" 잠시 후 모든 것이 잠잠해지고 고요해졌을 때, 습기가 흠뻑 스민 대지의 말할 수 없이 유쾌하고 신선하며 축축한 공기를 가슴 가득히 들이마시면 정말로 마음이 가벼워지기 시작했다. 이때 집안의 창문들이 활짝 열렸다. 아버지는 서재의 창가에 앉아 아직도 태양을 가린 채 채소밭 너머 동쪽에 시커먼 벽처럼 버티고 있는 먹구름을 바라보면서 더 큰 무를 뽑아 가져오라며 나를 채소밭으로 보냈다! 물에 젖은 잡초를 헤치며 채소밭으로 달려가 무를 뽑아서 짙푸른 진흙이 묻어 있는 무 꼬랑지를 탐욕스럽게 깨물던 순간, 그런 순간은 내 인생에서 드물었다……

그후 우리는 점점 대담해져서 가축우리, 마구간, 마차 차고, 탈곡장, 프로발, 비셀키를 알게 되었다. 세상은 우리 앞에서 점점 더 넓어졌다. 그러나 무엇보다 우리의 관심을 끈 것은, 사람들이나 인간생활이 아니라 식물과 동물들의 생활이었다. 우리가 가장 좋아했던 장소는 사람들이 없는 곳이었고, 가장 좋아했던 때는 사람들이 잠을 자는, 정오가 지난 오후 시간이었다. 화사하고 푸르른 정원은 우리에겐 아주 친숙했다. 정원에서 우리의 관심을 끈 것은 울창한 숲과 새집(특히 잔가지로 만들어진, 부드럽고 따스한 것이 깔려 있는 조그만 컵 같은 새집 속에 뭔가 알록달록한 것이 앉아서 예리한 검은 알갱이 같은 눈으로 바라보

* 부활절의 전주(前週).

고 있을 때), 그리고 산딸기 숲뿐이었다. 여기서 나는 산딸기는 식후에 우유와 설탕을 쳐서 먹는 산딸기와는 비교할 수 없을 만큼 맛있었다. 그리고 가축우리, 마구간, 마차 차고, 탈곡장의 곡창, 프로발……

7

어디나 나름대로 매력이 있었다!

가축우리는 하루종일 텅 비어 있었다. 우리가 젖먹던 힘까지 짜내 열었을 때 가축우리 문은 느릿하고 거칠게 삐걱거렸다. 시큼한 똥거름과 돼지우리 냄새가 코를 찔렀지만 그 냄새에는 물리칠 수 없는 묘한 매력이 있었다.

마구간에서는 말들이 나름대로 생활을 하면서 선 채로 건초와 귀리를 쩝쩝 소리를 내며 씹어댔다. 말들은 언제 어떻게 잠을 잘까? 마부는 말들도 이따금 누워서 잠을 잔다고 말했다. 그러나 말들이 고통스럽고 어색하게 누워 있는 모습은 상상하기 어려웠고, 그런 생각은 왠지 불쾌하기조차 했다. 말은 분명 가장 깊은 밤시간에 누울 것이다. 녀석들은 보통 마구간 한편에 서서 귀리가 하얀 즙이 될 때까지 온종일 자근자근 씹어댔고, 부드러운 입술로 건초를 끊임없이 잡아당기며 그러모았다. 말들은 모두 멋지고 튼튼했으며 엉덩이(이 엉덩이를 만지는 일은 아주 즐거웠다)는 반들거리고, 빳빳한 꼬리는 땅까지 늘어져 있고, 갈기는 섬세하고, 커다란 눈은 연보랏빛인데, 때때로 무섭고 이상하게 곁눈질을 하곤 했다. 이럴 때는 마부가 들려준 무서운 이야기가 떠올랐다. 말들에게는 일 년에 한 번 자기만의 특별한 날, 즉 성聖 플로르와 라브르의 날*이 있다는 것이다. 이날, 말은 자기를 노예로 만든 인간에게 복수하고, 언제나 마구를 차야 하고 이 세상에서 오직 짐을 운반하고 달리는 이상한 임무를 수행해야 하는 자신의 삶에 복수하기 위해 인간을 살해하려 한다는 것이다…… 여기에서도 거름 냄새가 독하게 났지만, 가축우리에서 나는 냄새와는 전혀 달랐다. 왜냐하면 거름이 전혀 다르기도 하고, 이 거름 냄새가 말 냄새, 마구 냄새, 썩은 건초 냄새 그리고 마구간 특유의 냄새와 뒤섞였기 때문이다.

마차 차고에는 경주용 마차, 타란타스, 할아버지의 고풍스러운 상자 모양의 썰매가 있었는데 긴 여행에 대한 꿈과 관련된 물건들이었다. 타란타스의 뒷부분에는 아주 재미있고 신비한 여행용 상자가 달려 있었다. 오래되고 꼴사나운 상자 모양의 썰매는 할아버지가 이 세상에 남긴 뭔가 비밀스러운 것이 있어 관심을 끌었는데, 요즘 썰매와는 전혀 달랐다. 제비들은 헛간에서 푸르른 창공으로 날아올랐다가 다시 헛간 문과 지붕 밑으로 날아들면서 검은 화살처럼 계속 이리저리 날아다녔다. 제비들은 헛간 문과 지붕 밑에 석회가 섞인 조그만 둥지를 지었는데, 둥지의 단단함과 불룩한 모습, 석회를 붙인 솜씨가 너무나 멋졌다. 지금도 종종 이런 생각이 든다. '이제 죽으면 하늘과 나무와 새를 비롯해 그동안 익숙해졌던 많은 것들을 보지 못하리라. 익숙한 것들과 헤어지면 얼마나 슬플까!' 제비들과 헤어지는 일은 특히나 슬플 것이다. 제비들은 얼마나 귀엽고 사랑스럽고 순결하며 아름다운가! 또 얼마

* '성 플로르와 라브르'의 날은 러시아 교회력에 따르면 8월 31일이다.

나 우아한가! 번개처럼 빠르게 비상하는 이 '귀여운 제비들'은 분홍빛 섞인 하얀 가슴과 검푸른 머리와 역시 검푸르고 뾰족하고 긴, 열십자로 접히는 날개를 지녔는데, 늘 행복하게 재잘댄다! 헛간 문은 항상 열려 있었다. 우리는 언제라도 원할 때 들를 수 있었고, 몇 시간씩 재잘대는 제비를 뒤쫓아다니며 그중 한 마리를 잡는 공상에 잠길 수 있었다. 또 경輕사륜마차에 올라타거나 타란타스와 상자 모양의 썰매에 기어올라 펄쩍펄쩍 뛰어오르며 어디론가 멀리 나아갈 수도 있었다. 그 무엇에도 방해받지 않고…… 왜 인간은 유년 시절부터 먼 곳, 탁 트인 넓은 공간, 깊은 곳, 높은 곳, 미지의 것, 위험한 것에 끌리는 걸까? 왜 인간은 삶을 흔들어놓고, 뭔가를 혹은 누군가를 위해 생명을 잃을 수도 있는 것에 끌리는 걸까? 우리의 운명이 '신이 주신 것', 즉 땅과 생명에만 제한된다면 이런 일이 가능할까? 분명히 신은 훨씬 더 많은 것을 주었다. 유년 시절에 읽고 들은 옛이야기들 가운데 무엇보다 알려지지 않은 것과 이상한 것에 대한 이야기가 가장 매혹적이었다. '어떤 왕국에, 저 머나먼 미지의 나라에…… 산 너머, 계곡 너머, 푸른 바다 너머에…… 지혜로운 바실리사* 공주가 살았는데……'

곡물 창고는 거대한 잿빛 짚단, 음산한 공허, 널찍함, 내부의 어스름 때문에 매혹적이고 무서웠다. 문 밑으로 숨어서 기어들어가면 바람이 구석구석을 뒤지며 사각거리는 소리를 들을 수 있다. 곡물 창고 한쪽 구석에는 먼지가 뽀얗게 앉은 성상화 액자가 걸려 있었다. 사람들은 성상화가 걸려 있어도 악마가 밤마다 날아든다고 말했다. 악마와 악마

* '지혜로운 바실리사'는 러시아의 옛이야기에 등장하는 여주인공이다.

를 위협하는 성상화의 결합은 특히나 무서운 생각을 불러일으켰다. 더 멀리 떨어진 곳에, 그러니까 곡물 창고 너머, 탈곡장 너머, 무너진 곡물 건조장 너머에 있던 프로발은 별로 크지는 않았지만 매우 깊은 골짜기였다. 깎아지른 듯한 경사면과 유명한 '프로발'이 있고, 바닥에는 키 큰 잡초들이 무성하게 자라고 있었다. 내게 프로발은 세상에서 가장 외진 장소였으나 참으로 축복받은 황량한 장소였다! 나는 이 골짜기에서 누군가를 사랑하고 연민하면서 평생 앉아 있을 수 있을 것만 같았다. 경사면에는 모양과 이름이 정말로 매혹적인 꽃이 무성하게 자란 키 큰 풀들 사이에 피어 있었다. 바로 끈적거리는 갈색 줄기의 진홍빛 '성모聖母의 꽃'이었다! 그리고 검은방울새의 짧은 노래가 잡초 속에서 너무나 슬프고 사랑스럽게 울려퍼졌다! 튜-튜-튜-튜-유……

8

그후 나의 유년 생활은 점점 더 다양해졌다. 영지 생활에 대해 많이 알게 되었고, 더 자주 비셀키로 달려갔으며, 로즈데스트보, 노보셀키, 바투리노에 있는 할머니 집에도 갔다 왔다……

영지에 해가 뜨고 정원에서 새가 재잘거리기 시작하면 아버지는 잠에서 깨어난다. 모두 자기와 함께 깨어나야 한다고 확신하는 아버지는 큰 소리로 기침을 하며 '사모바르*!' 하고 소리친다. 우리도 잠에서 깨

* 안에 숯불을 넣어 물을 끓이는, 러시아 특유의 찻주전자.

어나 맑은 아침을 즐거이 맞으면서—다시 말하지만 나는 여전히 다른 사람들을 알아보길 원하지 않고, 알아볼 수도 없다—초조한 마음으로 벚나무 밭으로 서둘러 달려가 새들이 쪼아먹고 햇볕에 잘 익은, 우리들이 좋아하는 버찌를 딴다. 가축우리에서는 아침마다 이 시간에 문이 삐걱거린다. 문 쪽에서 사람들은 큰 소리를 치고 새된 소리를 내며 철썩철썩 채찍질하면서 젖소, 돼지, 곱슬곱슬한 잿빛 털에 살이 토실토실 오른 흥분한 양떼를 즙이 많은 아침 사료 쪽으로 내몰고, 물을 먹이려고 들판의 연못으로 말들을 몰고 간다. 한꺼번에 힘차게 나아가는 말떼의 굽소리 때문에 땅이 울린다. 한편 하인들이 사는 농가와 청결한 부엌의 페치카에서는 오렌지색 불꽃이 타오르고 부엌데기들이 음식을 만들기 시작한다. 개들은 음식 만드는 광경을 바라보고 냄새를 맡으려 창 밑 문턱으로 기어들어와 종종 날카로운 소리를 내며 옆으로 뛰어오른다…… 차를 마신 후에 아버지는 이따금 나를 경주용 마차에 태워 들녘으로 데리고 나간다. 들녘에서는 계절에 따라 농부들이 밭을 갈고 있다. 맨발에 모자도 안 쓴 농부들이 부드러운 밭고랑에서 발을 헛디디고 긴장한 말에 자기 자신과 무겁게 삐걱거리는 쟁기를 잘 맞추면서 몸을 흔들거리며 걸어간다. 쟁기에 댄 나무에 잿빛 흙이 달라붙는다. 처녀들은 수수를 뽑거나 감자를 캔다. 그들의 화려한 의상과 민첩한 동작을 보고, 깔깔대는 소리와 노랫소리를 들으면 기분이 좋아진다. 셔츠 깃의 단추를 풀고 작은 가죽띠로 머리를 묶은 풀 베는 사람들이 휘파람을 불고 몸을 흔들며, 두 다리를 양쪽으로 벌리고 엉거주춤 앉아 폭염 속에서 호밀을 베어나가, 햇볕에 달구어진 노란 호밀 벽을 쓰러뜨리고 있다. 그들의 등짝은 땀에 젖어 거무스름하다. 호밀을 베는 사람들 뒤에서 옷자락을 허리춤에 끼워넣은 아낙들이 갈퀴질을 하고 있다. 햇볕에 달구어진 황금빛 호밀 짚 냄새가 나는, 살을 찌르고 머리가 큰 호밀 단을 몸을 구부정하게 구부리고 무릎으로 눌러 단단히 잡아매고 있다…… 날카롭게 벼려진 큰 낫이 내는 소리는 말할 수 없이 매혹적이다! 모래에 쓸려 거칠어진, 물에 젖은 나무 보습을 단 큰 낫의 칼날이 때론 한쪽에서 때론 다른 쪽에서 묘하게 빛난다. 항상 사람들을 기분좋게 만들어주는 풀 베는 사람이, 어떻게 멀쩡한 메추라기 둥지를 베어버릴 뻔했는지, 어떻게 메추라기를 잡았다 놓쳤는지, 어떻게 뱀을 반토막냈는지 얘기해준다. 나는 아낙에 대한 이야기도 알고 있다. 이따금 달이 뜨는 밤에—낮에는 너무 건조해서 낟알이 떨어진다—아낙들은 호밀 단을 묶는다. 나는 지금도 이 밤일에 시적인 매력을 느낀다……

나는 그런 날들을 많이 기억하고 있는가? 아니다, 아주 적게 기억할 뿐이다. 지금 내가 떠올리고 있는 아침은 기억 속에 명멸하는 단편적이고 다양한 시간의 조각 그림들로 구성된 것이다. 나는 이런 정오를 기억한다. 작열하는 태양, 식당에서 나는 자극적인 냄새, 들녘에서 돌아오는 모든 사람들이 느끼는, 즐거운 점심에 대한 기대. 아버지도, 땀투성이 말을 타고 빠르게 뒤뚱거리며 오고 있는, 햇볕에 얼굴이 그을리고 곱슬곱슬한 붉은 턱수염을 기른 집사도, 사람들과 함께 풀을 베고 밭둑에서 벤 꽃과 풀(풀 위에는 반짝반짝 빛나는 큰 낫들이 놓여 있다)을 가득 실은 마차를 타고 마당으로 들어오는 일꾼들도, 연못에서 물에 씻겨 까만 꼬리와 갈기에서 물이 뚝뚝 떨어지며 거울처럼 반짝이는 말들을 몰고 오는 사람들도 이미 준비된 점심을 즐거운 마음으로 기대하고 있다…… 어느 날 바로 이런 정오에 나는, 달구지의 꽃과 풀 위에 앉아 노보셀키 출신 농부의 딸 사시카와 함께 들녘에서 돌아오는 니콜라이 형*을 보았다. 나는 이미 하인들에게서 이들에 대한 얘기를 들었는데, 이해할 수는 없었지만 왠지 내 가슴에 무언가가 새겨졌다. 달구지를 타고 오는 두 사람을 보자마자 나는 남몰래 황홀해하며 그들의 아름다움과 젊음, 행복을 느꼈다. 갸름한 얼굴에 마르고 키가 큰, 채 소녀티를 벗지 못한 사시카는 형을 외면한 채 달구지에서 맨발을 축 늘어뜨리고 속눈썹을 내리깔고 손에 단지를 들고 있었다. 형은 테 없는 하얀 모자를 쓰고 엷은 마포로 만든, 앞가슴이 비스듬히 트인 셔츠를 입었는데 깃의 단추가 풀어져 있었다. 햇볕에 그을린 말쑥한 젊은 형은 고삐를 잡고 빛나는 눈으로 그녀를 바라보며 유쾌하고 사랑스러운 미소를 띠면서 뭐라 말하고 있었다……

9

오전 예배에 참석하러 로즈데스트보로 여행한 날이 기억난다.

이곳은 모든 것이 특별하고 축제 분위기에 젖어 있다. 노란 실크 셔츠와 면벨벳으로 만든 소매 없는 윗옷을 걸친 마부가 세 마리의 말이 끄는 타란타스의 마부석에 앉아 있다. 아래턱을 깨끗이 밀고 도시 사람처럼 차려입은 아버지는 붉은 테의 귀족 모자를 쓰고 있다. 모자 밑

* 니콜라이의 형상에는 부닌의 친형 예브게니 알렉세예비치의 몇몇 특징이 나타나 있다.

으로는 관자놀이에서 눈썹까지 옛날식으로 땋아 늘어뜨린, 아직도 촉촉한 검은 머리칼이 보인다. 어머니는 주름 장식이 많이 달린 가볍고 아름다운 드레스를 입었다. 머리칼에 포마드를 잔뜩 바른 나는 실크 셔츠를 입고 몸과 마음으로 축제의 긴장감을 느낀다……

들판은 벌써 답답하고 무덥다. 움직이지 않는 키 큰 곡물들 사이로 난 비좁은 길은 먼지로 덮여 있다. 마부는 거만하게 농부와 아낙들을 앞질러간다. 농부와 아낙들도 축일을 맞아 예쁜 옷을 입고 있다. 이 마을에서 나는, 아주 가파른 돌산의 비탈과 새롭고 풍요로운 인상 때문에 심장이 얼어붙는 듯한 기쁨을 느낀다. 마을에 사는 농부들의 집은 모두 크고 넉넉하며, 탈곡장 주변에는 오래된 참나무와 양봉장이 있다. 여기 사는, 상냥하지만 자립적인 집주인들은 키가 크고 몸집이 단단한 소지주들이다. 언덕 아래, 갈까마귀들이 가지에 앉아 까악까악 울고 있는 키 큰 버드나무 그늘 아래로 버드나무 냄새와 버드나무들이 자라고 있는 저지대의 습한 냄새를 서늘하게 풍기며 깊고 검은 강이 굽이쳐 흐르고 있다. 맑은 물살에 잠긴 돌다리를 건너 위로 오르면 맞은편 언덕, 교회 앞 빈터에 화려하게 차려입은 사람들이 있다. 처녀들, 아낙들, 깨끗한 긴 상의에 원뿔 모양의 모자를 쓴, 등이 굽은 노쇠한 노인들. 교회 안은 비좁고, 이 비좁은 공간에 타오르는 촛불과 둥근 지붕으로 쏟아지는 햇볕 때문에 따스하고 향긋한 냄새가 난다. 여기에는 비밀스러운 자긍심이 배어 있다. 우리는 맨 앞에서 아주 멋지고 능숙하고 단정하게 기도를 한다. 미사가 끝난 뒤 신부는 맨 먼저 구리 냄새가 나는 십자가를 우리에게 건네며 입맞춤을 하라고 아첨하듯이 허리를 굽힌다. 미사 후 우리는 다닐로라는 노인의 마당에서 휴식을 취하며 따끈한 구운 과

자와 나무 대접에 산처럼 쌓아올린 꿀을 곁들여 차를 마셨다. 하얀 곱슬머리를 한 귀여운 숲도깨비 같은 다닐로의 갈색 목은 금이 간 코르크와 비슷하다. 한번은 다닐로가 구부러지지 않는 까만 손가락으로 꿀이 녹아 흐르는 호박琥珀색 벌집 조각을 집어 내 입에 넣어주었는데—나는 모욕을 느꼈다!—이 일은 평생 기억에 남았다……

나는 우리가 가난해졌고, 아버지가 크림전쟁중에 '거액을 탕진했으며', 탐보프에 살 때는 도박으로 많은 돈을 날렸다는 사실을 이미 알고 있었다. 그러나 아버지는 천하태평이었고, 스스로를 놀라게 하려고 공연히 애쓰면서 우리의 마지막 재산이 곧 경매로 '쪼개질' 거라고 종종 말했다. 나는 돈 강 너머의 영지가 이미 '쪼개져' 더이상 우리 재산이 아니라는 걸 알았으나 당시 생활에 만족했을 뿐 아니라 행복했다. 나는 우리집의 즐거운 식사 시간, 기름기가 흐르는 진수성찬, 녹음, 눈부신 빛, 활짝 열린 창문 너머의 그림자, 많은 하인들, 열린 문을 통해 집 안으로 기어들어오는 순한 사냥개들, 수많은 파리들과 근사한 나비들을 기억한다…… 점심식사 후 오랫동안 저택 전체가 말할 수 없이 달콤한 잠에 빠졌던 것도…… 그리고 형들과 함께한 저녁 산책과 형들의 젊은이다운 열광적인 대화도…… 나는 또 아름다운 달밤을 기억한다. 달 아래 남쪽 지평선은 형용할 수 없을 만큼 아름답고, 부드럽고 밝았으며, 드높은 창공에는 보기 드문 감청색 별들이 아름답게 반짝였다. 형들은 이 모든 것이 우리가 알지 못하는 아름답고 행복한 세계이며, 언젠가 우리도 그 세계로 가게 될 거라고 말했다. 이런 밤이면 아버지는 집이 아닌 창 밑의 짐마차나 마당에서 잠을 잤다. 짐마차 위에 건초가 깔리고, 건초 위에 이부자리가 깔렸다. 아버지는 유리창을 황금빛으로 물들이며 쏟아지는 달빛을 받으며 따스하게 잠을 이룰 수 있는 것 같았다. 그렇게 잠이 들면서 밤새 달빛과 시골 밤과 낯익은 주변 들판과 저택의 평화와 아름다움을 느끼는 것이 최상의 행복이란 생각이 들었다……

단 하나, 끔찍한 대사건이 이 행복한 시절에 어둠을 드리웠다. 어느 날 저녁, 들녘에서 농사용 말을 몰고 온 목동들이 저택 마당으로 뛰어 들어왔다. 그들은 말을 타고 전속력으로 달리던 센카가 말과 함께 프로발로, 프로발 밑바닥으로, 진흙 구덩이 같은 게 있다고들 하는 무서운 풀숲으로 떨어졌다고 소리쳤다. 일꾼들, 형들, 아버지, 모두가 센카를 프로발 밑바닥에서 끌어내기 위해 쏜살같이 달려갔다. 집안은 공포와 기대감으로 얼어붙었다. 센카를 구할 수 있을까? 해가 지고 어두워지더니 이윽고 어둠이 깔렸다. 그러나 여전히 '그곳'으로부터는 아무런 소식도 들려오지 않았다. 사람들이 돌아왔을 때 분위기는 더욱더 무겁게 가라앉았다. 센카도 말도 모두 죽었다…… "즉시 지방 경찰서장에게 알리고, 사람을 보내 '시신'을 지켜야만 해." 나는 지금도 이 무시무시한 말들을 기억하고 있다…… 내게 너무나 낯설었던 이 말들이 왜 그토록 무시무시하게 들렸을까? 어쩌면 이미 예전부터 이 말들을 알고 있었기 때문이 아닐까?

10

누구나 죽음에 예민한 것은 아니다. 평생 죽음을 생각하고 유년 시절부터 죽음을 예민하게 느끼는 사람들이(무엇보다 자주 삶을 아주 예민하게 느끼기 때문에) 있다. 아바쿰 사제장*은 유년 시절에 대해 얘기하면서 이렇게 말했다. "한번은 이웃 사람의 집에서 죽은 가축을 보았다. 그날 밤 나는 자리에서 일어나 성상 앞에서 죽음과 내 영혼을 생각하며 오랫동안 흐느껴 울었다. 나도 죽어야만 할 운명이었기 때문이다……" 나도 이런 부류의 사람들에 속한다.

나는 유년 시절부터 유별난 감수성을 가지고 세상에 존재하는 어둡고 악한 힘들과 어느 정도 관련된 '죽은 사람들'에 대한 이야기에 귀를 기울였다. 사람들은 '죽은' 아저씨와 '죽은' 할아버지에 대해 말하고, '죽은 사람들'이 저세상 어딘가에 있다고 말했다. 이런 얘기를 들으면서 나는 불쾌하고 당혹스러운 인상을 받았고, 어두운 방, 다락방, 괴괴한 깊은 밤시간, 악마와 유령들이 두려웠다. 달리 말해 밤마다 살아나 떠돌아다니는 '죽은 사람들'이 두려웠다.

나는 언제 어떻게 신에 대한 믿음과 개념, 그리고 신에 대한 느낌을 얻었는가? 그것은 죽음에 대한 개념과 함께 찾아왔다. 아아, 죽음은 어인 일인지 신과 성상 앞의 등잔, 엄마의 침실에 있던 금은 장식이 붙은 검은 성상과 연관되어 있다. 물론 불멸도 신과 연관되어 있다. 신은 하늘 속에, 이해할 수 없는 높이와 힘 속에, 우리 머리 위, 지상에서 끝없이 멀리 떨어진 알 수 없는 푸르른 하늘 속에 있다. 이런 개념은 인생의 초창기부터 마음속에 자리잡았다. 이런 생각과 함께 죽음이 있음에

* 아바쿰 페트로비치는 러시아 분리파의 수장으로 『아바쿰 사제장의 생애』를 썼다. 아바쿰 사제장은 니콘 주교의 종교개혁에 반대하고 확고한 비공식적 신념을 민중들에게 전파했다는 이유로 표도르 알렉세예비치 황제에 의해 푸스토제르 섬에서 화형당했다.

도 불구하고 우리 마음속 어딘가에 영혼이 있고 이 영혼은 영원히 죽지 않는다는 생각도 나의 내면에 자리잡았다. 그러나 여전히 죽음은 죽음으로 남았다. 나는 지상의 모든 것은 언제든 죽을 수밖에 없다는 사실을, 대체로 그렇게 빨리는 아니지만 어느 때나, 심지어 사순절 전야에도 죽을 수 있다는 사실을 이미 알았고, 이따금 두렵기까지 했다. 사순절 전야의 늦은 저녁에 우리집에서는 모두들 갑자기 온순해지고 서로에게 용서를 구하면서 허리를 굽혀 공손히 인사를 했다.* 마치 오늘밤이 정말로 지상의 마지막 밤이라고 생각하고 걱정하면서 서로 헤어지기라도 하는 것 같았다. 나는 이 운명적인 밤에 최후의 심판, 무시무시한 '그리스도의 재림', 최악의 경우에 '사자死者들의 부활'이 있을 수도 있다는 생각에 항상 무거운 마음으로 잠자리에 들었다. 그리고 육 주 동안 삶과, 삶의 모든 기쁨을 거부하는 사순절이 시작된다. 게다가 구세주 자신이 죽은 수난주간도 있다……

수난주간에, 축젯날을 앞두고 부산했음에도 우리는 모두 슬픔을 느끼고 특별히 정진하며 금식을 했다. 심지어 아버지까지도 슬퍼하고 절제하려고 공연히 애썼다. 그리고 금요일에는 로즈데스트보 교회의 제단 앞에 베로니카의 손수건**이라고 불리는 천조각이 놓인다는 것도 알고 있었다. 지금껏 이 천조각을 한 번도 본 적이 없던 내게 엄마와 유모는 그리스도의 관과 비슷한 거라고 아주 무섭게 묘사했다. 성 토요일***

* 사순절(대금식일) 전의 마지막 일요일은 '용서의 날' 혹은 '속죄의 날'로 불린다.

** 형장으로 끌려가는 예수의 얼굴을 성녀 베로니카가 닦으니 예수의 얼굴이 남았다는 천으로, 교회의 부활절 예배에서 사용된다.

*** 부활절 전주의 토요일.

저녁 무렵에 우리집은 안팎으로 은혜롭고 행복했으며 극도의 정결함이 빛을 발했다. 식구들은 경건하게 대大그리스도축일을 조용히 기다렸다. 토요일에서 일요일로 넘어가는 밤에 세상에는 놀라운 변화가 일어났고, 그리스도는 죽음을 물리치고 승리를 거두었다. 어른들은 우리를 새벽 예배에 데려가지 않았지만, 우리는 은혜로운 변화를 느끼며 잠에서 깨어났기에 마음속에서 슬픔은 모두 사라져버린 듯했다. 그러나 슬픔은 부활절에도 찾아왔다. 저녁에는 조용한 장밋빛 봄날의 들판에서 노랫소리가 아득하지만 점점 가까이 반복해서 들려왔다. "그리스도가 죽은 자들 가운데서 부활하셨도다." 잠시 후에 '그리스도를 모시는 사람들'이 나타났다. 모자도 쓰지 않고 하얀 띠를 맨 젊은 농부들이 거대한 십자가를 높이 들어올려서 날랐고, 하얀 숄을 두른 처녀들은 깨끗한 수건에 싼 교회의 성상을 나르고 있었다. 모두가 승리의 노래를 부르며 마당으로 걸어들어왔고, 마침내 현관 계단에 이르러 일을 완수했다는 자랑스러운 느낌으로 흥분하고 기뻐하면서 조용해졌다. 그러고 나서 평등한 형제처럼 부드럽고 따스하고 싱싱한 입술로 우리 모두와 아주 기분좋게 입맞춤했고, 십자가와 성상을 홀로 가지고 들어왔다. 홀의 상석*에서는 성상 앞의 현수등懸垂燈이 봄날 저녁놀의 엷은 어스름 속에서 반짝이고 있었다. 현수등 아래로 옮겨놓은 탁자에 덮인 아름다운 새 식탁보 위에 성상을 올려놓고 십자가를 호밀 속에 알맞게 꽂아놓았다. 아, 이 모든 것은 얼마나 아름다웠던가! 그러나 조금 슬프고 무섭기도 했다. 모든 것이 좋고 평온했다. 성상 앞의 등잔은 봄날의

---

* 입구에서 맞은편 오른쪽 성상을 모신 구석.

푸르스름한 어스름 속에서 아주 부드럽고 평화롭게 타올랐다. 여기에는 뭔가 교회적이고 신성한 분위기가 감돌았는데, 죽음과 슬픔의 감정과도 결합되어 있었다. 나는 이 상석에서 황홀한 슬픔에 잠겨 기도하는 엄마를 여러 번 보았다. 엄마는 홀에 혼자 남아 현수등과 십자가와 성상 앞에 무릎을 꿇고 앉아 기도했다…… 엄마는 무엇을 슬퍼했던 걸까? 엄마는 평생, 심지어 슬퍼할 만한 이유가 없어 보일 때도 뭘 그렇게 슬퍼했던 걸까? 엄마는 밤마다 몇 시간씩 기도를 올렸고, 이따금 아주 아름다운 여름날에 창가에 앉아 들판을 바라보며 눈물을 흘렸다. 그것은 엄마의 영혼이 세상 만물과 모든 사람들, 특히 엄마의 가까운 혈육인 우리에 대한 사랑으로 가득했기 때문이다. 그리고 모든 것은 흘러가고, 영원히 돌이킬 수 없이 흘러가고 세상에는 이별, 질병, 슬픔, 실현 불가능한 꿈과 희망들, 말로 표현할 수 없는 감정들 그리고 죽음이 존재하기 때문이다……

내게 죽음을 알게 한 사람은 센카가 아니었다. 나는 센카가 죽기 전에도 어느 정도 죽음을 감지했다. 그러나 센카로 인해 인생에서 처음으로 진실하게 죽음을 느끼고, 죽음의 물성物性과 더불어 마침내 우리에게도 죽음이 영향을 미칠 수 있다고 느끼게 되었다. 그때 처음으로 먹구름이 태양을 뒤덮듯 이따금 죽음이 세상에 드리우고, 갑자기 우리의 모든 '행위와 사실'의 가치를 떨어뜨리며 이에 대한 우리의 관심과 이것들의 정당성과 의미를 앗아가면서 모든 것을 슬픔과 권태로 덮어버린다는 사실을 깨달았다. 그 잊을 수 없는 저녁에 죽음은 탈곡장 너머에서, 곡창 너머에서, 프로발 쪽에서 일어났다. 그후 아주 오랫동안 나는 수상하고 고통스럽고 심지어 추악한 뭔가가 그쪽에 존재하고 있는 것처럼 느꼈다. 내가 무슨 생각을 하고 무엇을 보든 간에, 마음속에 있는 것들은 모두 센카와 이런 무익한 질문들—말에 깔려 죽은 후 센카에게 무슨 일이 일어났을까? 그는 지금 무엇일까? 왜 그는 바로 그날 저녁에 죽었을까—과 관련되어 있었다.

11

하루하루가 모여 일주일이 되고 한 달이 되었고, 여름이 가고 가을이, 가을이 가고 겨울이, 겨울이 가고 봄이 왔다…… 그러나 이것들에 대해 무슨 말을 할 수 있을까? 나는 단지 전체적인 것만을, 즉 이 시기에 내가 어느새 의식적인 삶의 단계로 접어들었다는 사실만을 말할 수 있다.

나는 기억한다. 한번은 엄마의 침실로 뛰어들어갔다가 문득 문 맞은 편에 걸려 있는 호두나무로 만든 타원형 틀 속의 조그만 거울에 비친 내 모습을 보고는 그 자리에 굳어버렸다. 앞가슴이 비스듬히 트인 갈색 루바시카*에 반들반들한 검은 모직으로 만든 넓은 바지를 입고 다 해졌지만 편안한 염소 가죽 장화를 신은, 아주 키가 크고 늘씬한 마른 소년이 놀란 모습으로, 심지어 약간 공포를 느끼면서 나를 바라보고 있었기 때문이다. 물론 이전에도 거울 속에 비친 내 모습을 여러 번 보았지만 기억하지는 못했고, 주의를 기울이지도 않았다. 그런데 지금 왜

* 러시아식 상의(셔츠).

새삼스레 거울 속의 내 모습에 주목한 것일까? 분명 언젠가—아마도 흔히 그렇듯이 여름에—내 안에 일어났던 변화를 불현듯 발견하고, 그 변화에 놀라며 살짝 두려움까지 느꼈기 때문이다. 언제, 어느 계절에 이런 변화가 일어났고, 그때 내가 몇 살이었는지 나는 정확히 기억하지 못한다. 내 기억에 거울 속 소년의 얼굴이 창백했던 걸로 보아 가을이었던 듯하다. 가을에는 햇볕에 그을린 자국이 없어지고 탈색되기 때문이다. 그때 나이는 아마 일곱 살 정도였을 것이다. 나는 늘씬한 몸매, 햇볕에 붉게 탈색된 머리칼, 생기발랄한 표정이 마음에 들었고, 정확히 기억하건대 약간 놀라며 감탄했다. 무엇 때문일까? 내가 갑자기 낯선 사람처럼 자신의 매력—이미 상당히 큰 키, 늘씬함, 생기발랄하고 지적인 표정—을 알아챘기 때문이다. 이런 발견에는 왠지 모르지만 어떤 슬픔이 깃들어 있었다. 한마디로 말해 내가 어린아이가 아님을 알게 되었고, 내 인생에서 어떤 변화, 아마도 더 나쁜 쪽으로의 변화가 시작되었다는 사실을 어렴풋이 느꼈다……

실제로도 그랬다. 그저 행복하기만 했던 시간들에 대한 주요한 기억은 대충 이때쯤 끝났다. 물론 행복했던 시간들에 대한 기억이 그 자체로 적지는 않았다. 그런 기억은 내가 지상에서 습득했던 아주 새롭고 실제로도 간단치 않은 몇몇 인식들, 생각들, 느낌들과도 일치했다. 그후 나는 곧 내 인생에 등장한, 나름대로 훌륭한 어떤 사람을 알게 되었고 이 사람과 함께 공부를 시작했다. 나는 처음으로 중병을 앓았다. 그리고 새로운 죽음, 즉 나쟈의 죽음*과 할머니의 죽음을 연이어 겪었다……

* 부닌은 17장에서 나쟈의 죽음, 즉 여동생 사샤의 죽음을 묘사하고 있다.

12

싸늘하고 음산한 어느 봄날 갑자기 우리집 마당에 프록코트를 입고 나타났던 남자가 다시 나타났다. 정확히 언젠지는 기억하지 못한다. 이 남자는 정말로 불행했지만 아주 특이했다. 다시 말해 불행할 뿐만 아니라 자기 의지로 불행을 창조했고, 마치 즐기기라도 하듯 그 불행을 겪어냈다. 한마디로 그는, 내가 성년이 되어서야 자연스레 이해하게 되었던 무서운 부류의 러시아인에 속했다. 그의 이름은 바스카코프였다.* 부유한 명문가 출신으로 명민하고 재능 있는 사람이었다. 그러므로 남들보다 더 잘살 수는 없더라도 최소한 남들만큼은 살 수 있었다. 비쩍 말랐고 새우등에 매부리코이고 안색은 검었는데, 사람들이 '꼭 악마 같다'고 말하는 데는 다 이유가 있었다. 그의 성격은 광폭했다. 리체이** 학생이었을 때는 아버지와 언쟁을 벌인 후 저주를 퍼붓고 집에서 뛰쳐나갔다. 그후 아버지가 사망하자 유산 분배 때 형에게 미친듯이 화를 내며 서류를 갈기갈기 찢어버렸고, '언제 어떻게 이런 증서가 만들어졌는지 모르지만' 자기는 어떤 분배도 원치 않고 자기 몫으로는 한푼도 받지 않겠다고 소리치면서 형의 얼굴에 침을 뱉고 문을 세차게 박차고 나와버렸다. 이때부터 방랑 생활이 시작되었으니 그는 한 장소나 한 집에서 단 몇 달도 살 수 없었다. 우리집에서도 처음에는

* 바스카코프의 원형은 부닌의 가정교사 N. O. 로마시코프다. 로마시코프는 부닌에게 커다란 영향을 주었다.

** 알렉산드르 1세가 귀족 자제들을 위해 황제마을에 건립한 중·고등 기숙학교. 푸시킨도 이 학교에 다녔다.

적응하지 못했다. 우리집에 나타난 지 얼마 안 되었을 때 아버지와 그는 하마터면 단검으로 서로에게 상처를 입힐 뻔했다. 하지만 그가 우리집에 두번째로 나타났을 때 기적이 일어났다. 얼마 뒤에 바스카코프는 우리집에 영원히 머무르겠다고 선언했고, 내가 김나지움*에 입학할 때까지 만 삼 년을 우리집에서 살았다. 그는 대체로 사람들을 경멸하고 증오했지만 우리 모두를, 특히 나를 열렬히 사랑한다고 고백하기까지 했다. 그는 나의 양육자이자 가정교사가 되었다. 얼마 후 나는 그를 열렬히 좋아하게 되었는데, 이는 내가 그와 친밀한 관계를 맺으면서 경험한 아주 복잡하고 강렬한 감정의 원천이었다.

나는 아버지와 엄마뿐만 아니라 할아버지와 증조할아버지, 러시아의 교양 계층을 형성했던 아주 독특한 사람들로부터 풍부한 감수성을 물려받았다. 바스카코프는 내 감수성의 발전에 크게 기여했다. 일반적 의미의 양육자와 가정교사로는 아무 쓸모가 없었지만, 다른 책들과 함께 우연히 우리집에 있던 『돈키호테』의 러시아어 번역본으로 나에게 읽기와 쓰기를 아주 빨리 가르쳤다. 그는 이제 더 무엇을 가르쳐야 할지 알지 못했고, 알려고 하지도 않았다. 그는 항상 정중하고 품위 있게 엄마를 대했고, 자주 프랑스어로 말했다. 엄마는 내게도 프랑스어 읽기를 가르치라고 충고했다. 그는 아주 기쁜 마음으로 지체 없이 내게

---

* 부닌은 옐레츠의 김나지움(남자중등학교)에서 약 4년 동안 공부했다. 소위 '실용 학교들'과는 달리 김나지움은 19세기식 자유교육을 제공하는 학교였다. 아르세니예프가 김나지움에 다니던 시절(1881년)에는 보수적인 학칙이 도입되어 라틴어와 그리스어 교육이 특히 중시되었다. 김나지움은 8학년 학제였고, 소년들은 보통 열 살에 김나지움에 입학했다. 김나지움을 졸업하면 자동으로 대학교에 진학할 수 있는 자격이 부여되었고, 관료직이나 사무직에 임용될 수 있었다.

프랑스어 읽기를 가르쳤지만 더이상은 가르쳐주지 않았다. 그는 내가 김나지움 1학년에 입학하기 위해 읽어야만 하는 몇 권의 교과서를 읍내에 주문해 그것을 암기하도록 했다. 그가 내게 미친 막대한 영향은 전혀 다른 분야에서 나타났다. 대체로 그는 아주 폐쇄적이고 거칠게 생활했다. 이따금 이상할 정도로 유쾌하고 다정하고 친절하고 말 많고 재치 있었으며, 심지어 명민하고 지칠 줄 모르는 훌륭한 이야기꾼이기도 했다. 하지만 대개는 어쩐지 신랄하고 말이 없었고, 늘 뭔가를 생각하고 독살스럽게 웃으면서 악의를 품고 중얼거렸다. 그는 비쩍 마르고 구부러진 다리로 재빨리 몸을 흔들어대면서 집안과 마당을 끝도 없이 빠르게 걸어다녔다. 그럴 때면 대화를 시도하는 모든 이들에게 단호하고 신경질적으로 예의를 갖추며 말을 가로막거나 그냥 무례하게 끊어버렸다. 하지만 그럴 때도 나를 보면 완전히 돌변했다. 즉시 나에게 다가와 어깨를 껴안고 들판이나 정원으로 데려가서, 함께 외진 곳에 앉아 뭔가를 이야기하고 뭔가를 큰 소리로 읽어주었다. 그러면 내 마음속에 아주 모순된 감정과 관념이 생겨나곤 했다.

다시 말하건대 그는 다양한 표정과 몸짓, 목소리의 빠른 변화를 통해 모든 것을 묘사하면서 아주 멋지게 이야기했다. 그가 책을 읽을 때면 나는 넋을 놓고 귀를 기울일 수밖에 없었다. 그는 항상 습관대로 왼쪽 눈을 가늘게 뜨고 눈에서 책을 멀리하고 읽었다. 내 나이를 전혀 고려하지 않고 고른 이야기들은 무엇보다 자기가 경험한 가장 괴롭고 자극적인 것으로, 인간의 비열함과 잔혹성을 보여주었기에 내 마음은 모순되는 관념으로 가득했다. 인간 영혼의 아름답고 고상한 정열에 관한, 영웅적이고 숭고한 무언가에 대해 그가 읽어주는 동안 나는 귀를 기울이며 때론 사람들에 대한 증오로, 때론 사람들 때문에 엄청나게 고통을 받은 그에 대한 참을 수 없는 연민으로 속이 타올랐고, 흥분으로 심신이 마비되어 숨이 넘어갈 것만 같았다. 그의 두 눈은 왕새우의 눈 같았다. 이글이글 타오르는 갈색 눈은 근시에다 언제나 충혈되어 있었다. 그의 긴장된 표정에 사람들은 깜짝 놀랐다. 그가 이리저리 걸어다닐 때, 아니 더 정확히 말해 이리저리 뛰어다닐 때면 희끗희끗한 메마른 머리칼과 늘 입고 다니는 구식 프록코트의 앞깃이 항상 펄럭거렸다. 그는 '누구에게도 짐이 되고 싶지 않다'고 다짐했는데 이는 숫제 강박증 같았다. 끊임없이 당담배*만을 피워댔고, 여름에는 곡물 창고에서, 겨울에는 하인들이 없어서 오래 비워둔 하인 방에서 잠을 잤다. 음식에 관해서는 사람이 꼭 먹어야만 한다는 것은 완전히 선입관에 지나지 않는다고 굳게 믿는 것 같았다. 식탁에서는 보드카와 식초를 친 겨자에만 관심을 보였다. 정말이지 모두들 그가 살아 있다는 사실에 놀라워했다……

그는 자기 인생에서 일어났던 '깡패들'과의 격렬한 충돌에 대해, 자신이 한때 공부했던 모스크바에 대해, 그리고 한동안 헤매고 다녔던 볼가 강 너머 곰들이 사는 울창한 숲에 대해 이야기해주었다. 그는 나와 함께 『돈키호테』, 『세계의 여행자』란 잡지, 『지구와 사람들』이란 책, 『로빈슨 크루소』를 읽었다…… 그가 수채화를 그릴 때면, 나는 화가가 되고 싶은 강렬한 꿈에 사로잡혔다. 물감이 든 상자만 봐도 온몸을 떨었고, 아침부터 저녁까지 종이에 물감을 덕지덕지 처발랐으며, 연보랏빛

* 가짓과 풀인 당담배를 썰어 만든 싸구려 담배.

으로 변하는 신기한 푸른 하늘을 쳐다보며 몇 시간씩 서 있곤 했다. 태양을 마주한 무더운 한낮에 푸르른 하늘이, 마치 이 푸르름 속에 빠진 듯한 나무들의 우죽 사이로 희미하게 비쳐 보였다. 내 마음은 땅과 하늘의 색깔이 주는 진실로 신성한 의미에 대한 심오한 느낌으로 언제나 충만했다. 인생이 내게 준 것들을 결산하면서 나는 이것이 가장 중요한 성과들 중 하나라고 생각한다. 나뭇가지와 잎사귀들 사이로 비쳐 보이던 이 연보랏빛 푸르름을 나는 죽어가면서도 기억할 것이다……

13

아버지 서재의 벽에는 사냥용 단검이 걸려 있었다. 나는 아버지가 이따금 칼집에서 단검을 꺼내 짧은 실내복 앞깃에 하얀 칼날을 문지르는 모습을 보았다. 나는 매끈하고 차갑고 날카로운 강철을 만지는 것만으로도 너무나 달콤한 환희에 사로잡히곤 했다! 칼날에 입을 맞추고 싶었고, 칼날을 내 심장에 꼭 누르고 싶었다. 그리고 뭔가를 찔러서 단검 자루까지 깊숙이 꽂아 넣고 싶었다. 아버지의 면도기도 강철이고 더 날카로웠지만 면도기에는 마음을 두지 않았다. 지금도 나는 온갖 종류의 강철 무기를 보면 흥분된다. 이런 감정은 어디에서 생겨났을까? 유년 시절에 나는 착하고 상냥했다. 그러나 한번은 진짜로 즐거워하면서 한쪽 날개가 부러진 어린 갈까마귀를 칼로 베어 죽였다. 지금도 기억하는데 마당은 텅 비어 있었고, 집안은 왠지 썰렁하고 조용했다. 그때 갑자기 축 처진 날개를 편 채 몸을 옆으로 하고 불편하게 어딘가로 급히 가고 있는 아주 까만 큰 새를 보았다. 이 새는 곡물 창고를 향해 풀밭을 깡충깡충 뛰어가고 있었다. 나는 서재로 냅다 달려가 단검을 들고 창문으로 펄쩍 뛰어내렸다…… 내가 거의 다 따라잡았을 때, 갈까마귀는 갑자기 죽은듯이 꼼짝도 하지 않았다. 갈까마귀는 공포를 느끼며 눈을 맹렬하게 번득이면서 몸을 옆으로 젖히고 땅에 찰싹 달라붙은 다음, 커다랗게 벌린 부리를 들어올리고 노려보면서 증오에 차서 식식거렸다. 갈까마귀는 목숨을 걸고 나와 싸울 결심을 한 듯했다…… 그때 난생처음으로 저지른 살생은 나에겐 일대 사건이었다. 이 사건 후 며칠 동안 나는 언짢은 기분으로 돌아다녔다. 내 영혼은 크나큰 고통을 받았고 나는 이 추한 대죄를 용서해달라고 신뿐만 아니라 온 세상에 몰래 기도했다. 하지만 나는 필사적으로 대항하며 내 손을 쪼아 피를 냈던 이 불행한 갈까마귀를 칼로 베어 죽였고, 그러면서 엄청난 만족을 느꼈던 것이다!

나는 여러 번 바스카코프와 함께 다락방으로 기어올라갔다. 전해 내려오는 이야기에 따르면, 다락방에는 할아버지와 증조할아버지의 군도軍刀 같은 것이 굴러다녔다! 우리는 어스름 속에서 허리를 굽히고 아주 가파른 계단을 따라 다락방으로 기어올라갔다. 우리는 들보와 도리*, 재와 쓰레기 더미를 지나 앞으로 나아갔다. 그곳은 다락방답게 따스하고 답답했으며, 찬 연기와 재와 페치카 냄새가 났다. 세상에는 하늘과 태양과 공간이 있는데, 이곳에는 어스름과 질식할 것 같고 졸린 듯한 뭔가가 있었다. 들판에서 불어오는 바람은 우리 옆의 지붕에

* 들보와 직각으로 기둥과 기둥을 건너서 위에 얹는 나무. 서까래를 받치는 구실을 한다.

서 제멋대로 요란스러운 소리를 냈지만, 여기서는 소리가 잦아들면서 마법에 걸린 듯 불길한 바람으로 변했다…… 어스름이 다소 걷히자 우리는 지붕창에서 비치는 빛을 이용해 벽돌로 만든 연도煙道의 수평부와 연통의 목 부분을 따라 빙 돌았다. 우리는 계속 이리저리 돌아다니며 들보 아래와 위에 비스듬히 누워 있는 서까래 밑을 들여다보았고, 장소와 빛에 따라 때론 회색빛으로, 때론 보랏빛으로 보이는 재를 파헤치기도 했다…… 만약 우리가 그 환상적인 군도를 찾아냈다면! 만일 그랬다면 나는 행복해서 숨이 막혀 죽었을 것이다! 그러나 군도가 내게 무슨 소용이 있단 말인가? 군도를 향한 그 열정적이고 무의미한 사랑은 어디에서 연유한 것일까?

그러나 세상만사는 다 무의미했고, 왜 존재하는지도 모르고 존재했다. 나는 이미 이것을 느끼고 있었다.

공연한 수색에 지쳐 우리는 휴식을 취했다. 나와 함께 수색을 한 이 이상한 사람, 왠지 자신의 인생을 완전히 망쳐버리고 세상을 떠돌며 괜히 인생을 허비한 사람, 내 무익한 꿈과 열정을 이해한 유일한 사람은 도리 위에 앉아 잎담배를 둘둘 말았고, 자기 생각에 푹 빠져서 화를 내며 뭐라고 웅얼거렸다. 나는 서서 지붕창을 바라보았다. 이제 다락방은 거의 완전히 밝아졌다. 특히 창 주변이 밝았다. 바람 소리도 그다지 불길하게 느껴지지 않았다. 여하튼 우리는 우리 나름대로 여기에 존재했고, 저택도 그 나름대로 존재했다. 나는 마치 낯선 사람처럼 저택과 평화롭게 흘러가는 저택 생활을 상상해보았다. 발아래, 햇빛이 비치는 정원에 서 있는 나무들의 회청색과 암녹색 우죽이 다양하게 물결치고 있었다. 위에서 우죽을 바라보니 너무나 이상했다. 참새들이 활기차게 짹짹대며 우죽에 흩어져 앉아 있었다. 안쪽으로 그늘진 우죽의 위쪽은 태양 아래에서 유리처럼 반짝였다. 나는 우죽을 바라보며 생각했다. 이것은 무엇을 위해 존재하는가? 오로지 아주 멋지게 보이기 위해 존재할 것이다. 정원 너머에, 그리고 정원에 인접한 들판 너머 지평선 위에 바투리노가 먼 숲처럼 푸른빛을 띠고 있었다. 이유는 모르겠지만, 엄마의 엄마인 외할머니는 바투리노의 구식 저택에서, 아주 높은 지붕에 색유리가 끼워진 집에서 벌써 팔십 년을 살고 있었다. 왼쪽으로는 태양의 열기 속에서 모든 것이 빛나고 있었다. 초원 너머에는 노보셀키가 있었다. 다시 말해 버드나무, 채소밭, 가난한 농부들의 곡식 창고, 긴 거리를 따라 죽 늘어선 초라한 농가들이 있었다…… 왜 그곳에 암탉, 송아지, 개, 물을 운반하는 마차, 헛간, 배가 불룩한 아이들, 뻐드렁니의 아낙들, 아름다운 처녀들, 털이 많은 따분한 농부들이 존재하는가? 왜 니콜라이 형은 거의 매일 사시카를 만나러 그곳으로 갔을까? 사시카의 귀엽고 소박한 얼굴, 목둘레를 둥글게 깊이 파낸 멋진 하얀 옥양목 셔츠, 늘씬한 몸매와 맨발을 보면 형은 왠지 즐거웠기 때문이다…… 나도 목둘레를 둥글게 깊이 파낸 부분이 맘에 들었는데, 이것은 고통스러운 감정을 불러일으켰다. 나는 그 감정으로 뭔가를 하고 싶었지만 무엇을, 왜 해야 하는지는 알 수 없었다.

그렇다, 그 시절, 다락방에 숨겨진 군도는 무엇보다 내 마음을 사로잡았다. 하지만 나는 가끔 사시카도 떠올렸다. 한번은 우리집에 온 그녀가 현관 계단 옆에 머리를 떨구고 서서 엄마에게 뭐라고 소심하게 말하고 있었다. 갑자기 나는 그녀에 대해 아주 달콤하고 고통스러운 감정을 느꼈다. 인간의 모든 감정 중에서 가장 이해할 수 없는 감정이 처음으로 섬광처럼 나타난 순간이었다.

14

내가 읽기를 배우는 데 사용했던 『돈키호테』, 이 책의 삽화, 기사騎士 시대에 관한 바스카코프의 이야기에 나는 완전히 넋을 잃어버렸다. 성, 톱니 모양의 벽과 탑들, 들어올리는 다리*, 갑옷, 투구의 얼굴 덮개, 칼, 화승총으로 무장한 병사, 전투와 마상 시합 등이 머리에서 떠나지 않았다. 기사로 헌신할 것을 꿈꾸면서, 머리칼을 풀어 젖히고 무릎을 꿇고 있는 젊은이의 어깨를 긴 칼로 툭툭 내려치는, 마치 최초의 성찬식처럼 운명적인 장면을 꿈꾸면서 나는 등골이 오싹해지는 것을 느꼈다. 알렉세이 톨스토이의 편지에는 이런 구절이 있다. "바르트부르크는 얼마나 멋진 곳인가! 거기에는 12세기의 기구들도 있습니다. 당신의 심장이 아시아적인 세계에서 두근거리는 것처럼 내 심장은 기사들의 세계에서 두근거리기 시작했습니다. 나는 내가 이전에 이 세계에 속해 있었음을 알고 있습니다."** 나도 예전에 이 기사들의 세계에 속했다고 생각한다. 나는 평생 동안 유럽의 가장 유명한 여러 성들을 방문했고, 이런 성들을 찾아 돌아다니면서 여러 번 깜짝 놀랐다. 비셀키의

* 성 둘레의 해자(垓字)에 걸친 들어올리는 다리를 말한다.

** 알렉세이 톨스토이는 역사소설가이자 극작가다. 『이반 뇌제의 죽음』 『표트르 황제』 『보리스 황제』가 유명하다. 이 인용문은 1867년 9월 27일, 그가 S. A. 톨스타야에게 보낸 편지의 일부다.

다른 아이들과 별로 다를 바 없던 어린아이인 내가, 책 속의 삽화를 보고 싸구려 당담배를 피우는 정신 나간 방랑자의 얘기만을 들었던 내가 어떻게 이 성들의 옛 생활을 그처럼 확실히 느끼고 정확히 상상할 수 있었을까? 그렇다, 언젠가 나는 이 세계에 속해 있었던 것이다. 심지어 나는 열렬한 가톨릭 신자였다. 지금까지도 나는 아크로폴리스도, 바알베크*도, 테베**도, 파이스툼***도, 성소피아대성당도, 러시아 크렘린 안의 오래된 교회들도 고딕 성당들과는 비교할 수 없다고 생각한다. 비록 비텝스크****의 평범한 가톨릭 성당이었지만, (청년 시절에) 처음으로 그 가톨릭 성당에 들어갔을 때, 나는 오르간 소리에 너무나 큰 감동을 받았다! 위협적이고 이를 가는 듯한, 우렛소리처럼 우렁차게 울려퍼지는 이 오르간 소리보다 더 멋진 소리는 이 지상에 없을 거라고 생각했었다. 이 오르간 소리 사이사이에, 그리고 오르간 소리를 거스르면서 환희에 찬 천사들의 목소리가 활짝 열린 하늘에서 울려퍼졌다……

돈키호테와 기사들의 성城에 이어 바다, 프리깃함, 로빈슨 크루소, 대양과 열대의 세계가 등장했다. 나는 분명 이 세계에도 속했으리라. 『로빈슨 크루소』와 『세계의 여행자』 속의 삽화들은 넓은 공간으로 표시된 남쪽 바다와 점으로 표시된 폴리네시아 섬들이 있는 커다란 노란

---

* 2~3세기경 고대 그리스의 영향을 받은 시리아의 문화를 엿볼 수 있는 유적지로, 현재는 레바논에 있다.

** 옛 그리스의 도시국가.

*** 이탈리아 남부에 위치한 파이스툼에는 기원전 5세기와 6세기경의 그리스 신전 세 개가 있다.

**** 비텝스크 주의 수도로 모스크바에서 800킬로미터 정도 떨어져 있다. 11세기에 건립된 오래된 도시다. 19세기 후반에는 약 6만 명의 인구 중 절반이 유대인이었다.

색 세계지도와 함께 평생 내 마음을 사로잡았다. 좁고 긴 통나무배, 활과 창을 든 벌거벗은 사람들, 야자나무 숲, 커다란 잎사귀, 커다란 잎사귀 밑의 원시적인 오두막, 내게는 이 모든 것이 아주 낯익고 친근했다. 마치 방금 이 오두막을 떠났고, 바로 어제 졸음이 밀려오는 오후에 천국 같은 고요 속에서 이 오두막 주변에 앉아 있었던 것처럼 느꼈다. 나는 이 삽화들을 보면서 너무나 달콤하고 선명한 환상과 고향에 대한 진실한 그리움을 경험했다! 피에르 로티는 자신의 어린 시절에 '식민지'라는 단어에 담겨 있었던, '마음을 두근거리게 하는 불가사의한' 의미에 대해 얘기하고 있다. 그는 이렇게 말했다. "나의 작은 앙투아네트는 식민지에서 가져온 물건들—앵무새, 새장 속의 온갖 색깔의 새들, 조개와 곤충 컬렉션—을 갖고 있었다. 앙투아네트 엄마의 경대 위에는 향기로운 알곡으로 만든 멋진 목걸이가 있었다. 이따금 우리가 올라갔던 다락방에는 짐승들의 가죽, 이상한 자루와 상자들이 있었는데, 이런 자루와 상자들에 적힌, 서인도제도에 있는 도시들의 주소를 여전히 읽을 수 있었다……"* 그런데 카멘카에도 이와 비슷한 것이 있을까?

『지구와 사람들』에는 컬러 삽화가 있었다. 나는 특별히 두 개의 삽화를 기억한다. 하나는 대추야자나무, 낙타, 이집트의 피라미드를 그린 그림이고, 다른 하나는 가늘고 매우 키가 큰 야자와 비스듬히 경사진 긴 목에 반점이 있는 기린을 그린 그림이다. 기린은 온순한 사팔뜨기 눈이 박힌 작은 머리를 앞으로 쭉 뻗고, 침같이 가는 혀를 깃털 모양의 야자수 꼭대기 쪽으로 내밀고 있었다. 갈기 긴 사자가 작은 덩어리처

* 피에르 로티는 19세기 말에서 20세기 초에 인기 있었던 프랑스 작가 쥘리앵 비오의 필명이다. 부닌은 로티의 소설 『어느 아이의 이야기』를 프랑스어로 직접 인용하고 있다.

럼 온몸을 웅크렸다가 기린의 목을 향해 공중으로 똑바로 튀어오르고 있었다. 낙타, 대추야자나무, 피라미드, 야자나무 아래 기린, 사자—이 모든 것은 눈에 잘 띄는 두 가지 색, 즉 유난히 빛나고 반반한 짙푸른 하늘과 밝은 노란색 모래를 배경으로 하고 있었다. 아! 아주 건조한 폭염과 빛나는 태양뿐만 아니라 푸르른 하늘과 노란 모래를 바라보며 나는 에덴동산에서나 느낄 법한 행복감에 숨이 막힐 것만 같았다! 탐보프 들판에서, 탐보프 하늘 아래에서 나는 언젠가, 기억할 수 없는 이전의 삶에서 더불어 생활하면서 보았던 모든 것들, 그리고 나중에 이집트와 누비아*와 열대지방에서 보았던 모든 것을 실로 생생히 떠올리며 혼잣말을 할 수밖에 없었다. 그래, 그래, 이 모든 것은 내가 삼십 년 전에 처음 '기억했던 것'과 똑같아!

15

푸시킨이 「루슬란과 류드밀라」**에 부친 멋진 프롤로그에 나는 깜짝 놀랐다.

> 굽은 바다 기슭에 푸르른 참나무,
> 그 참나무 위의 황금 쇠사슬……

---

* 이집트 나일 강 유역의 고대 왕국.

** 아르세니예프는 푸시킨의 시를 자유롭게 인용하고 있다. 「루슬란과 류드밀라」는 운문으로 쓰인 동화풍의 서사시로 오늘날에도 남녀노소의 사랑을 받고 있다.

몇몇 훌륭한, 심지어 아름다운, 더없이 아름다운 시행도 있지만, 얼마나 터무니없어 보이는가! 그러나 이 시행들은 평생 내 삶에 스며들었고, 내가 이 지상에서 경험한 최고의 기쁨 중 하나가 되었다. 결코 어디에도 존재하지 않는 굽은 바다 기슭, 아무 이유 없이 이곳에 나타나 왠지 모르게 쇠사슬로 참나무에 묶여 있는 "유식한" 고양이, 어떤 레시와 루살카,* "신비한 오솔길에 남은 기괴한 짐승들의 발자국", 정말 말도 안 되는 헛소리 같다. 그러나 진정 중요한 것은 합리적이고 진실한 무언가가 아니라 말도 안 되는 헛소리, 황당무계하고 있지도 않은 무언가에 있다. 비이성적이고 술 취한 누군가, 술 취하는 일에 "정통한" 누군가가 시인에게 마법을 걸었다는 데 이 시의 힘이 있다. 끊임없이 원을 그리며 움직이게 하는 마법 자체("낮에도 밤에도 유식한 고양이는 항상 쇠사슬을 따라 빙빙 돌아다닌다")도 아주 별나다. 그리고 "신비한" 오솔길도, "기괴한 짐승들의 발자국도"—짐승들이 아니라 오직 발자국이다!—정말로 별나다. 또 동이 틀 때가 아니라 "동이 틀 무렵"이다. 프롤로그의 단순성, 정확성, 생생함(굽은 바다 기슭, 푸르른 참나무, 황금 쇠사슬)도 훌륭하다. 그다음에는 꿈, 환영幻影, 다채로움, 혼돈, 온통 마법에 걸린 굽은 바다 기슭에 밀림이 우거진, 갈 수 없는 북쪽 나라의 구름과 이른 아침의 안개 비슷한 뭔가가 떠다니며 바뀌고 있다.

* 고대 슬라브인들의 민간신앙과 민화에 등장하는 숲귀신(레시)과 물의 요정(루살카).

그곳의 숲과 골짜기는 환영들로 가득차고,
동이 틀 무렵엔 텅 빈 바닷가 모래밭에
파도가 밀려온다.
서른 명의 멋진 기사가
맑은 파도 속에서 차례로 걸어나오고,
그들과 함께 용왕이……

고골의 「옛 세계의 지주들」과 「무시무시한 복수」*는 이상한 인상을 불러일으켰다. 거기엔 정말로 잊을 수 없는 구절들이 있다! 그 구절들은 어린 시절부터 내 안에 돌이킬 수 없이 들어와 내 인생의 가장 소중한 것이 되었고, 오늘날까지도 내 귀에 경이롭게 울리고 있다. 고골이 표현한 대로 내 "인생의 일부"가 되었다. 이 "노래하는 문들", 정원에서 "사치스럽게" 소리를 내는 이 "아름다운" 여름비, "오래된 나무줄기가 무성한 개암나무 수풀로 덮여 있는 정원 너머 숲에 사는 야생 고양이들은 마치 비둘기의 털북숭이 다리와 비슷했다……" 그리고 「무시무시한 복수」!

"키예프의 한 변방이 소란스럽고 요란하다. 카자크 일등대위 고로베츠가 아들의 결혼을 축하하고 있다. 결혼식 하객들이 카자크 일등대위 집에 몰려왔다……"

"카자크 일등대위의 의형제인 다닐로 부룰바시도 젊은 아내 카테리나와 한 살 된 아들을 데리고 드네프르 강을 건너왔다. 하객들은 카테

* 고골의 『미르고로드』와 『지칸카 부근 마을의 야화』에 각각 수록된 단편으로 소러시아(우크라이나)가 배경이다.

리나의 하얀 얼굴과 독일 벨벳처럼 까만 눈썹과 은빛 굽의 부츠를 보고 깜짝 놀랐지만, 그녀의 늙은 아버지가 함께 오지 않은 것에 더욱더 놀랐다……"

그리고 계속된다.

"빛이 온 세상을 고요하게 비춘다. 달이 산 너머에서 떠올랐다. 달빛은 마치 눈처럼 하얀 다마스크 모슬린으로 드네프르 강의 가파른 강 언덕을 덮은 듯했고, 그림자는 소나무숲으로 더 멀리 사라졌다…… 드네프르 강 한가운데에 참나무 하나가 떠다녔다. 두 젊은이가 몸을 앞으로 굽히고 앉아 있다. 그들은 검은 카자크 모자를 삐뚜름히 쓰고 있다. 노 밑에서 물보라가 마치 불꽃처럼 사방으로 튄다……"

지금 카테리나는 자신의 두 팔에 안겨 잠자고 있는 아기 얼굴을 손수건으로 닦아주면서 남편과 조용히 얘기하고 있다. "손수건에는 붉은 비단실로 잎사귀들과 열매들이 수놓여 있다." (내가 평생 보고 기억하고 사랑한 잎사귀들과 열매들이다.) 그녀는 "말없이 두 눈을 내리뜨고 잠에 취한 강물을 바라본다. 바람에 잔물결이 일렁였고, 드네프르 강 전체가 한밤중 늑대의 털처럼 은빛으로 빛났다……"

나는 다시 깜짝 놀란다. 어떻게 그때 카멘카에서 이 모든 장면을 아주 놀랄 정도로 정확하게 떠올릴 수 있었을까! 내 어린 영혼은 무엇이 좋고 나쁜지, 무엇이 더 좋고 더 나쁜지, 어린 영혼에 무엇이 필요하고 불필요한지를 어떻게 분별하고 짐작했을까! 나는 어떤 것에는 냉담하고 잘 잊어버렸지만, 또다른 것에는 감격하며 열정을 쏟아 영원히 기억하고 간직했다. 이때 나는 종종 놀랍도록 확실한 감각과 취향을 가지고 행동했다.

"모두들 밖으로 걸어나갔다. 산 너머로 초가지붕이 보였는데 다닐로의 할아버지 집이었다. 집 너머에 또 산이 있고, 거기에 들판이 있다. 이 들판에서 100베르스타를 걸어가도 카자크인은 한 사람도 볼 수 없다……"

그렇다, 내게는 바로 이것이 필요했다!

"지주 다닐로의 집은 두 개의 산 사이에, 드네프르 강 쪽으로 내려가는 좁은 계곡에 자리잡고 있다. 그리 높지 않은 집인데 평범한 카자크인의 오두막처럼 보였다. 집에는 밝고 깨끗한 방 하나만 있을 뿐이다…… 벽 주위를 따라 위쪽에 참나무로 만든 선반이 있다. 선반에는 식사용 대접과 식기들이 가득 놓여 있다. 식기들 사이에 은으로 만든 큰 컵과 금테를 두른 술잔이 있는데, 선물을 받거나 전쟁에서 노획한 것들이다. 그 아래쪽으로 값비싼 격철총, 군도, 화승총, 창槍 들이 걸려 있다…… 벽 밑에는 매끈하게 깎아 만든 참나무 벤치가 있다. 참나무 벤치 옆, 페치카에 붙은 침상 앞에는 천장에 고정해둔 링에 꿰인 노끈에 요람이 걸려 있다. 방바닥은 온통 매끈하게 밟아 다졌고 진흙을 발랐다. 벤치에서 다닐로가 아내와 함께 잠을 자고, 페치카에 붙은 침상에서는 늙은 하녀가 자고 있다. 요람 속에서는 어린애가 놀면서 잠이 들고, 방바닥에서는 젊은 하인들이 일렬로 누워 자고 있다……"

그 무엇과도 비교할 수 없이 훌륭한 부분은 에필로그다.

"세미그라드의 공후인 지주 스테판을 위해 두 명의 카자크인 이반과 페트로가 살고 있었다……"

「무시무시한 복수」는 모든 영혼에 깃들어 영원히 사라지지 않을 고상한 감정을 불러일으켰다. 이는 가장 성스러운 합법적 복수의 감정이고, 악과 극도의 무자비에 대한 선의 최종 승리를 위한 가장 성스러운 필연성의 감정이다. 때가 되면 무자비한 악은 결국 벌을 받게 된다. 이 감정은 분명 신을 향한 갈망이자 신에 대한 믿음이다. 신이 승리하고 신의 정의로운 심판이 이루어지는 순간에 이 감정은 인간을 달콤한 공포에 빠뜨리고 전율케 한다. 이 감정은 마치 남의 재난을 기뻐하는 듯한 환희의 폭풍으로 끝나는데, 실제로 이것은 신 그리고 가까운 사람에 대한 우리의 지고한 사랑의 폭발이다……

16

나의 소년 시절은 이렇게 시작되었다. 나는 매우 긴장해서 생활했는데, 나를 둘러싼 실제 삶이 아니라 나를 위해 변형된 삶, 무엇보다 가상의 삶을 살았다.

실제 생활은 빈약했다.

다시 말하건대, 나는 유럽인이 상상조차 할 수 없는 탁 트인 들판에서 태어나 자랐다. 장애물도 경계선도 없는 드넓은 공간이 나를 둘러싸고 있었다. 실제로 우리의 영지는 어디에서 끝나고, 영지와 연결된 이 끝없는 들판은 어디에서 시작되었을까? 그때 나는 들판과 하늘만을 보았다.

식민지! 나는 로즈데스트보에 있는 '식민지' 상점을 알고 있을 뿐이었다. 나에게 식민지적인 모든 것은 부활제를 위한 응유凝乳 과자에 넣어 맛을 내는 계피와 반짝반짝 빛나는 까만 콩깍지 속에 있었다. 나는 콩깍지의 달콤하고 느끼한 맛을 로즈데스트보 시장에서 알았다. 그리고 또 내게 식민지적인 것은 가는 철망 속에 든 병에 붙은 상표들(셰리, 마데이라)* 속에 있었다. 나는 가는 철망을 이리저리 잡아당기면서 가지고 놀았다. 아버지가 점점 더 자주 술을 마시기 시작했기 때문에 철망 속에 든 병들은 우리집에서 더욱더 많이 보이기 시작했다. 나는 로즈데스트보의 교회에서 아주 화려한 것을 보았다. 흑빵, 풀, 시골길, 타르 냄새가 나는 짐마차, 연기에 그을린 거무칙칙한 농가, 짚신, 대마로 만든 셔츠에 익숙해진 눈, 그리고 고요함, 종달새 노래, 병아리들이 삐약거리는 소리, 암탉 울음소리에 익숙해진 귀에는 뭉게뭉게 피어오른 라일락빛 구름과 파도치듯 펄럭이는 옷 위로 손바닥을 뻗친, 무시무시한 백발의 신이 그려진 높고 둥근 지붕, 황금빛 성상으로 장식된 휘장, 황금 액자 속의 성상, 부활절을 기념하는 성상 앞에 비스듬히 무더기로 꽂혀 황금빛 모닥불처럼 뜨겁게 활활 타오르며 서로를 녹이고 있는 가는 양초들, 견습사제와 교회지기가 가락이 맞지 않게 큰 소리로 부르는 찬송가, 신부와 부제副祭의 제의祭衣, 장엄하고 이해할 수 없는 언어로 환호하고 낭송하는 소리, 경배와 분향, 묘하게 위쪽으로 솟아오르며 은제 고리를 짤랑짤랑 울리는 향로에서 짙게 피어오르는 자극적인 향 연기, 이 모든 것이 위풍당당하고 화려해 보였고 장엄하게 내 영혼을 매혹했다……

게다가 나는 아주 가난한 귀족 집안에서 자랐다. 온갖 형태의 자멸自滅을 지향하는 러시아인들의 열정을 잘 모르는 유럽인은 결코 이 가난

* 셰리는 스페인산 백포도주, 마데이라는 아프리카 마데이라 섬이 원산지인 포도주다.

을 이해할 수 없다. 귀족들만이 이 열정을 갖고 있는 것은 아니다. 드넓은 공간에 유럽의 농민이 꿈도 꾸지 못할 많은 부를 소유했던 러시아 농민은 왜 그처럼 가난한 생활을 했던가? 러시아 농민은 자신을 위해 이웃 지주로부터 쓸데없는 땅을 한 뼘도 빼앗으려 하지 않는다는 사실만으로 자신의 게으름과 무기력과 몽상과 온갖 무질서를 합리화했다. 안 그래도 러시아의 지주는 매년 점점 더 가난해지고 있었다. 왜 탐욕스러운 상인은 자신의 탐욕을 저주하고 술에 취해 쓰라린 눈물을 흘리며, 자신의 죄업을 비통해하고 엄청나게 소비를 해대면서 자주 탐욕을 떨쳐버렸을까? 왜 상인은 자발적으로 욥, 방랑자, 떠돌이, 바보성자가 되려는 열렬한 꿈에 젖어 자신의 탐욕을 떨쳐버렸을까? 그리고 마술처럼 순식간에 우리 눈앞에서 파멸한 러시아에서는 왜 항상 그런 일이 일어났을까?

나는 친척들과 친지들 중에서 엄마만을 이해할 수 있었다. 엄마는 눈물을 흘리며 슬퍼하고 금식과 기도를 했으며, 현실로부터 벗어나기를 갈망했다. 엄마의 영혼은 항상 극도의 긴장에 휩싸여 있었다. 엄마는 하늘나라가 이 세상에 속하지 않는다고 생각했고, 사랑스럽고 짧고 슬픈 지상의 생활은 영원하고 행복한 또다른 생활을 위한 준비일 뿐이라고 믿었다. 다른 모든 사람들, 즉 우리의 방탕한 이웃들, 친척들, 아버지, 바스카코프는 어땠는가? 나는 이미 바스카코프가 어떤 인생을 살았는지 얘기했다. 활기차고 강하고 고상하고 관대했지만, 천상의 새처럼 무사태평했던 아버지는 자신과 자신의 행복을 어떻게 감당했던가? 아르세니예프 가문의 옛 영광과 부의 빈약한 찌꺼기를 상속받은 젊은 우리는 어땠는가? 니콜라이 형은 사시카와 한가한 시골생활의 매력을 즐기기 위해 김나지움을 그만두었다. 게오르기 형은 항상 라브로프와 체르니솁스키*를 읽으면서 방학을 보냈다. 내가 어떤 소질을 타고나 성장했는지 가늠할 수 있는 일화가 있다. 한번은 니콜라이 형이 나의 미래를 그려 보이면서 농담조로 말했다. "물론 우리는 완전히 파산했어. 넌 나이가 들면 어딘가에 취직해서 일을 하고, 결혼해서 아이를 갖게 되겠지. 또 조금씩 저축해서 집을 살 거야." 갑자기 나는 미래의 온갖 공포와 비속함을 너무나 생생하게 느끼고 울음을 터뜨렸다……

17

우리가 카멘카에서 살았던 마지막 해에 나는 처음으로 중병을 앓았다. 다시 말해 사람들이 그저 중병이라고 불렀던 놀라운 것을 알게 되었다. 실제로 그것은 저승의 어떤 경계로 떠나는 여행과도 같았다. 늦가을에 병이 났다. 내게 무슨 일이 일어났던가? 정신적·육체적 힘이 갑자기 약해졌고, 시각, 미각, 청각, 후각, 촉각에는 놀라운 변화가 일어났다. 나는 삶에 대한 의욕을 갑자기 상실했다. 다시 말해 움직이고, 마시고, 먹고, 기뻐하고, 슬퍼하고 싶지 않았고, 내게 가장 소중한 사

* 표트르 라브로프는 러시아 인민주의의 대표적인 이론가다. 그의 주요 저작인 『역사 서한』은 프루동, 콩트, 스펜서 등의 이론에 기초하고 있다. 그의 이론에 영향받은 1870~80년대 러시아의 교양인들은 농부들에게 진 부채를 갚기 위해 '민중 속으로' 들어갔다. 니콜라이 가브릴로비치 체르니솁스키는 러시아 문학비평가, 미학자, 급진적 사회운동이론가다. 러시아 사회의 급진적 변화의 청사진을 제공한 유토피아 소설 『무엇을 할 것인가』는 급진적 사회운동가들의 바이블이 되었다.

람을 포함하여 누구도 사랑하고 싶지 않았다. 그뒤 마치 존재하지 않는 듯한 여러 낮과 밤이 찾아왔다. 이 비존재의 상태는 항상 세상의 온갖 물질적 조잡함을 뭉쳐놓은 듯한, 흉물스럽고 이해할 수 없이 복잡한 꿈과 환상에 의해 이따금 중단될 뿐이었다. 물질적 조잡함은 자기 자신과 격렬하게 싸우면서 와해되고, 뜨겁게 활활 타오르는 것들(의심할 나위 없이, 인간이 지옥의 고통을 이해하는 데 도움을 준) 사이에서 사라지게 된다. 아, 나는 가끔 의식을 되찾았던 순간을 지금도 잘 기억하고 있다. 그 순간 거대한 환영 같은 엄마를 보았고, 때론 침실 대신에 어둡고 음울한 헛간을 보았다. 이 헛간의 침대 머리맡 뒤쪽 바닥에 놓인 촛불의 빛나는 불빛 속에서 수천의 혐오스러운 모습들, 얼굴들, 짐승들, 식물들이 빠르게 움직이며 흔들리고 있었다! 지옥으로 내려갔다가 지상으로, 즉 단순하고 소중하고 낯익은 인간세계로 돌아온 후 내 영혼은 오랫동안 천상의 명료함과 고요함, 감동으로 가득찼다! 나는 이 순간 왠지 모를 특별한 기쁨을 느끼며 흑빵을 먹었다. 시골 사람들의 소박함 덕분에 내가 먹을 수 있었던 흑빵 냄새만 맡고도 감격하곤 했다.

그뒤에 나쟈가 죽었다. 내가 병이 나고 두 달쯤 지나서, 즉 크리스마스 주간이 지난 뒤였다. 이 크리스마스 주간은 즐겁게 지나갔다. 아버지는 술을 마셨고, 우리집은 매일 아침부터 밤까지 술로 넘쳐났고 손님들로 가득했다…… 엄마는 행복해했다. 방학을 맞은 게오르기 형이 집에 와서 온 가족이 모였을 때 엄마는 항상 가장 즐거워했다. 게오르기 형은 크리스마스 주간에 집에 와 있었다. 이렇게 흥겨운 분위기 속에서 마구 법석대는 와중에 갑자기 나쟈가 병이 났다. 병이 나기 전 나쟈는 튼튼한 작은 발을 쿵쿵대며 온 집안을 휩쓸고 다녔고, 푸른 눈과 웃음과 큰 소리로 모든 사람들의 찬탄을 자아냈다. 축일은 지났고, 손님들은 사방으로 흩어져 돌아갔다. 형도 떠났다. 나쟈는 여전히 의식을 차리지 못하고 열에 들떠 누워 있었다. 아이의 방은 모두 그대로였다. 창문에 커튼이 쳐져서 어둑했으며 성상 앞에는 등불이 타오르고 있었다…… 왜 신은 온 가족의 기쁨인 나쟈를 선택했을까? 집안사람들은 모두 의기소침하고 침울했다. 그러나 집안을 억누르는 이런 분위기가 어느 늦은 저녁 유모의 외침과 더불어 갑자기 절정에 이를 줄은 아무도 예상하지 못했다. 유모는 갑자기 식당으로 난 문을 활짝 열어젖히면서 나쟈가 죽어간다는 무서운 소식을 전했다. 나는 어느 늦겨울 저녁, 깜깜하고 황량한 눈 덮인 벌판의 외딴 저택에서 처음으로 '죽어간다'는 무서운 말을 들었다! 한동안 집안 전체를 사로잡았던 무서운 혼란이 가라앉은 밤, 나는 성상 앞 현수등의 음산한 불빛을 받으면서 홀의 테이블 위에 꼼짝 않고 누워 있는 화려한 모습의 인형을 보았다. 인형의 얼굴은 아무런 표정도 없이 백지장 같았고 검은 속눈썹이 달린 눈은 엉성하게 감겨 있었다…… 내 평생 이보다 더 이상한 밤은 없었다.

이어 봄에 할머니가 돌아가셨다. 화창한 5월의 날들이 계속되었다. 마르고 창백한 엄마가 검은 드레스를 입고 활짝 열린 창가에 앉아 있었다. 말을 탄 낯선 농부가 창고 뒤에서 갑자기 튀쳐나왔다. 이 농부는 엄마에게 뭐라고 즐겁게 소리쳤다. 엄마는 두 눈을 크게 뜨고, 경쾌하고 즐거운 듯한 탄성을 지르며 손바닥으로 창턱을 두드렸다…… 저택의 생활이 또 갑자기 급격하게 흐트러졌다. 사방에서 다시 유별난 소동이 일기 시작했다. 아아, 이것은 익숙한 소동이었다. 일꾼들은 말에게 마구를 채우러 달려갔고, 엄마와 아버지는 옷을 차려입었다…… 다행히도 우리, 아이들은 데려가지 않았다……

18

내가 처음 목격한 나쟈의 죽음은 삶의 느낌, 즉 내가 막 알게 된 삶의 느낌을 앗아가버렸다. 나는 내가 죽을 운명이고, 나쟈에게 일어난 이상하고 무서운 일이 어느 순간 내게도 일어날 수 있으며 지상의 모든 생명체, 육체적·물질적 존재는 반드시 사멸하고 부패하여, 집밖으로 실려 나갈 때까지 나쟈의 입술을 뒤덮었던 연보랏빛 흑색으로 변한다는 사실을 깨달았다. 두려움에 젖은 나의 영혼, 마치 무언가에 심하게 창피당하고 모욕당한 듯한 나의 영혼은 도움과 구원을 받기 위해 신을 찾았다. 이제 나의 모든 생각과 감정은, 신께 드리는 비밀스러운 기도와 나를 용서하고 온 세상과 내 머리 위에 드리워진 죽음의 그림자로부터 벗어날 수 있는 길을 알려달라는 끊임없는 간청에 모아졌다. 엄마는 밤낮으로 열렬히 기도했다. 유모는 내게 똑같은 피난처를 가리켰다.

"도련님, 신께 더 열심히 기도해야만 해유. 성자들이 얼마나 열심히 기도하고 밥을 굶고 고통을 당했는데유! 나쟈를 생각하고 우는 건 죄유. 나쟈를 위해 기뻐해야만 해유." 유모는 눈물을 흘리며 말했다. "나쟈는 지금 천국에, 천사들과 함께 있어유……"

이제 나는 또다른 세계, 새롭고 놀라운 세계로 들어갔다. 나는 성자들과 순교자들의 싸구려 생애전을 탐욕스럽게 끝없이 읽어댔다. 구두를 만들 재료를 사러 시내를 종종 오갔던, 비셀키 출신의 제화공 파벨이 시내에서 이런 책을 사다 주었다. 파벨의 오두막에서는 가죽과 시큼한 접착제 냄새뿐만 아니라 습한 곰팡이 냄새도 났다. 내 마음속에서 이 곰팡이 냄새는 굵은 글자로 인쇄된 얇은 책자와 영원히 연결되었다. 나는 병적일 정도로 깊은 감동을 느끼며 이 얇은 책자를 읽고 또 읽었다. 그 이상한 겨울을 생생히 생각나게 하는 이 곰팡이 냄새는 심지어 내게 영원히 소중한 것이 되었다. 초기 기독교인들의 수난, 경기장 같은 데서 야수들에 의해 갈기갈기 찢긴 소녀들, 무자비한 부모의 손에 참수당한 신의 백합처럼 순수하고 아름다운 공주들, 이집트의 마리아가 땅까지 닿는 치렁치렁한 머리칼로만 알몸을 가린 채 세상에서 행한 자신의 음란한 짓에 대해 기도하며 속죄했던 요르단의 뜨거운 사막, 밤마다 온갖 공포와 유혹과 악마들의 폭언으로 가득찬 지하의 어둠 속에서 눈물을 흘리고 항상 기도하기 위해 스스로를 생매장한 수많은 수난자들이 누워 있는 키예프의 동굴*에 대해 나는 반미치광이처럼 열광하면서 고통스러운 꿈을 꾸었다…… 나는 이런 장면과 형상들만을 생각하고 살면서 집안 생활과는 동떨어져 있었고, 고통스러운 기쁨, 열렬한 고통, 자기 소모, 자학에 빠져들면서 환상적이고 성스러운 세계 속에 갇혀버렸다. 그리고 언젠가 순교자의 한 사람으로 인정되기

* 키예프 동굴 수도원은 러시아에서 가장 유명한 수도원이다. 11세기에 건립된 이 수도원은 넓은 지하 묘지(카타콤) 시스템 때문에 이런 명칭을 얻었다. 많은 수도사들이 이 지하 묘지에 살면서 기도를 했다. 여기에서 살았던 유명한 수도사들의 생애가 『성자전(파테리콘)』에 기록되어 있다.

를 열렬히 바랐고, 텅 빈 방에 몰래 들어가 무릎 꿇고 몇 시간 동안 앉아 있곤 했다. 나는 노끈 조각으로 고행자의 거친 모직 셔츠 같은 것을 직접 떴고, 오로지 물만 마시고 흑빵만 먹었다……

이런 생활은 겨울 내내 계속되었다. 봄이 되어서야 조금씩 약화되기 시작했는데, 어쩐 일인지 저절로 그렇게 되었다. 맑은 날이 시작되었고, 따스해지기 시작한 이중 창유리 사이로 활기를 찾은 파리가 기어다녔다. '머리를 땅에 대고' 기도하고 무릎 꿇고 절하는 중에도 파리에게 관심을 빼앗길 수밖에 없었다. 기도와 절을 해도 이미 예전의 충만하고 진실한 기도의 환희를 느끼지 못했다! 4월이 되었다. 유난히 맑은 어느 날, 햇볕에 반짝이는 겨울 창틀이 우지직 소리를 내며 뜯겨나갔다. 집 전체가 활기와 무질서로 가득했고, 마른 접착제와 삼 찌꺼기로 사방에 먼지가 자욱했다. 그다음에 여름 창문이 자유와 신선하고 새로운 젊은 생명을 향해 활짝 열렸다. 방안에서 신선하고 부드러운 들녘의 공기 냄새와 부드럽고 습한 흙 냄새가 풍겼다. 이미 오래전에 날아온 갈까마귀들의 위엄 있고 애련한 울음소리가 들렸다…… 고요하게 서서히 사라지는 진홍빛 서쪽 하늘에 저녁마다 봄날의 푸르른 구름이 기묘하게 쌓이곤 했다. 따스한 단비를 약속하면서 점점 짙게 깔리는 봄의 어둠 속, 들판의 연못에서는 개구리들이 나른하고 꿈꾸는 듯한 편안한 목소리로 울기 시작했다…… 그리고 다시, 항상 우리를 기만하는 대지가 어머니 같은 품속으로 부드럽고 집요하게 나를 끌어당겼다……

19

그해 8월에 나는 이미 테두리에 은배지가 달린 푸른색 챙모자를 쓰고 다녔다. 알료샤*는 더이상 존재하지 않았고, 이제 김나지움 1학년 학생인 아르세니예프 알렉세이가 있었다.

여름 무렵엔 지난겨울에 겪었던 육체와 영혼의 병이 흔적도 없이 사라진 듯했다. 나는 편안하고 즐거웠다. 이런 기분은 그해 여름 내내 지속된 건조하고 화창한 날씨와 우리집을 지배했던 밝은 분위기와 아주 잘 어울렸다. 나쟈는 이미—심지어 엄마와 유모에게도—단지 아름다운 추억이 되었고, 영원한 천상의 집 어딘가에 살면서 즐거워하는 어린 천사의 모습으로 변했다. 엄마와 유모는 여전히 나쟈를 그리워하고 종종 나쟈 얘기를 했지만 이전과는 달랐고, 이따금 웃음을 짓기까지 했다. 울기도 했지만 이전 같지는 않았다. 할머니에 관해 말하자면, 할머니는 완전히 잊혔다. 아니 그 이상이었다. 실제로 할머니의 죽음은 우리집 분위기가 밝아진 여러 이유들 중 하나였다. 첫째, 이제 바투리노가 우리 것이 되어 살림살이가 매우 좋아졌다. 둘째, 가을에 우리는 바투리노로 이사할 예정이었다. 뭔가 좋은 일이 생기리라는 기대나 아주 오래전 유랑 시절에 대한 무의식적인 추억과 연관된 환경의 변화가 사람들을 기분좋게 하듯, 가을에 있을 이사는 은근히 우리 모두를 즐겁게 만들었다.

엄마의 얘기에 따르면, 나는 바투리노에서 있었던 장면을 생생히 그

---

* 알렉세이의 애칭.

려냈다. 그때 엄마와 아버지는 마차를 타고 급히 바투리노로 갔다. 5월 어느 날, 오래된 부속 건물들로 둘러싸인 아늑한 마당, 현관 계단 양쪽에 나무 기둥이 서 있는 오래된 집, 홀 유리창에 끼워진 검푸른 진홍빛 상단 유리, 그리고 창문 아래, 성상을 모신 구석 쪽에 비스듬히 기대어 맞붙여놓은 두 개의 테이블—시트 아래에는 건초가 깔려 있다—위에 톱니 모양의 하얀 부인모를 쓴 창백한 노파가 힘줄이 훤히 비치는 두 손을 가슴에 얹은 채 누워 있다. 노파의 머리맡에는 늙고 정결한 '여자 수도사'가 서 있다. 그녀는 긴 속눈썹을 들어올리지 않은 채 훈시하는 듯한 높고 이상한 목소리로 단조롭게 성경을 읽고 있다. 아버지는 반감 어린 비웃음을 띠고 그 목소리를 '거룩하다'고 불렀다…… 이 '거룩하다'라는 단어가 종종 마음속에 떠올랐다. 내게 이 단어는 무섭고 매혹적이었지만, 또 한편 기분 나쁜 의미가 담겨 있는 듯했다. 내가 마음속으로 그린 모든 장면도 불쾌했다. 그러나 단지 불쾌했을 뿐 그 이상은 아니었다. 이런 불쾌함은 비록 죄스럽기는 하지만, 끊임없이 머릿속에 떠오른 다음과 같은 유쾌한 생각으로 충분히 상쇄되었다. '이제 할머니의 아름다운 저택이 우리 것이 되었고, 이미 2학년이 된 나는 방학을 맞아 처음으로 거기에 갈 테고, 아버지는 할머니의 말들 중 승마용 암말을 골라 내게 선물할 것이다. 이 암말은 나를 좋아할 테고, 휘파람을 불기만 하면 내게 달려와 어디로든 나를 데려갈 것이다.'

그 여름에 나는 엄마, 올랴, 바스카코프 그리고 고향의 모든 것과 이별하리라는 예감으로 자주 놀라곤 했다. 나는 아주 생소한 도시 사람들 사이에서 외롭고 낯선 생활, 제복 차림의 엄격하고 무자비한 선생님들이 있는 이른바 김나지움에 대한 두려움에 휩싸이곤 했다. 엄마와 바스카코프를 보면 줄곧 마음이 조여들었다. 그들 역시 나를 보고 마음을 졸였을 것이다. 하지만 금세 나는 "이 모든 일이 당장 닥쳐오진 않아!"라고 혼잣말을 했고, 즐거운 마음으로 나의 미래에도 숨어 있을 매력적인 것들에 관심을 돌렸다. 나는 김나지움 학생이 되어 교복을 입고 시내를 돌아다닐 것이다. 동료들이 생길 테고, 그들 중에서 믿음직한 친구를 고를 것이다…… 누구보다 게오르기 형이 그 새로운 생활의 모습으로 나를 고무시키고 들뜨게 했다. 내게 형은 아주 특별한 존재였다. 당시 형은 늘씬했고, 신선한 젊음, 맑고 훤칠한 이마, 빛나는 눈, 두 뺨에 물든 짙은 홍조로 몹시 아름다웠다. 평범한 사람이 아니라 모스크바 제국 대학교의 학생이었고, 내가 들어가게 될 김나지움을 졸업할 때 금메달까지 받았다.*

마침내 8월 초에 나는 시험을 치러 갔다. 현관 아래에서 타란타스의 소음이 들리자 엄마, 유모, 바스카코프의 표정이 변했다. 올랴는 울음을 터뜨렸고, 아버지와 형들은 어색한 미소를 지으며 서로를 바라보았다. "자, 잠시 앉자꾸나." 아버지가 단호하게 말했다.** 우리 모두는 머뭇거리며 자리에 앉았다. "그래, 하느님이 함께하실 거다." 잠시 후 아버지는 더 단호한 목소리로 말했다. 즉시 모두가 성호를 긋기 시작했고 자리에서 일어섰다. 두려워서 두 다리의 힘이 쭉 빠졌다. 내가 너무

---

* 당시 졸업식에서 졸업생을 대표하여 고별사를 읽는 학생이 금메달을 받았다. 부닌의 큰형 율리 알렉세예비치는 옐레츠가 아니라 보로네시에서 중학교를 다녔다. 1881년에 인민주의 운동에 참여했다는 이유로 모스크바 제국 대학교 수학과에서 퇴학당했고, 그 후 하리코프 대학교를 졸업했다.

** 장거리 여행을 떠날 때 이별식에 참석한 모든 이들을 위해 잠시 침묵하는 것은 러시아인들의 풍습이다.

나 열심히, 급하게 성호를 긋자 엄마가 눈물을 흘리며 내게 달려와 입맞춤하고 성호를 그었다. 나는 정신을 차렸다. 엄마가 울면서 내게 입맞춤하고 성호를 그을 때 이미 이렇게 생각하고 있었다. '아마, 하느님 덕분에 나는 시험에 떨어질지도 몰라……'

아아, 그러나 나는 시험에 떨어지지 않았다. 삼 년 동안이나 이 멋진 날을 위해 준비를 해왔다. 시험관들은 단지 55에 30을 곱하면 답이 얼마이고, 아말렉족은 누구였으며, '눈은 하얗지만 맛있지는 않다'를 '분명하고 아름답게' 쓰고, '동쪽은 장밋빛 노을로 뒤덮였다'*를 암송하도록 했다. 시험관들은 내가 끝까지 암송하도록 하지도 않았다. '부드러운 풀밭'에서 가축들이 잠에서 깨어나는 대목에 이르렀을 때 암송을 중지시켰다. 아마 한 교사(붉은 머리에 금테 안경을 쓰고 콧구멍이 커다란 남자)가 가축이 깨어나는 부분을 아주 잘 알고 있는 듯했다. 그는 서둘러 말했다.

"음, 훌륭해. 됐네, 됐어. 자네가 이 시를 알고 있다는 사실을 알겠어……"

그렇다, 형 말이 옳았다. 실제로 '특별히 끔찍한 것'은 없었다. 내 예상보다 모든 일이 훨씬 수월하게 넘어갔고, 뜻밖에도 빠르고 쉽게, 별 어려움 없이 끝났다. 나는 이렇게 내 삶에서 참으로 중요한 선을 넘어섰던 것이다!

인상적인 첫번째 여행 이후로 한 번도 가보지 못했던 시내로 가는 환상적인 도로와, 이전에 그렇게도 매혹적이었던 시내의 모습은 이전

---

* 푸시킨이 쓴 대중적인 전원시 「벚나무」의 첫 행.

과는 전혀 달랐고, 아무것도 내 마음을 사로잡지 못했다. 미카엘 대천사 성당 근방의 호텔은 아주 볼품없었다. 높은 담장 너머, 포장된 넓은 안마당 끝에 삼층짜리 김나지움 건물이 있었다. 나는 태어나서 이렇게 크고 깨끗하고 소리가 울리는 건물에 한 번도 들어가본 적이 없었지만, 이 학교 건물이 낯설지 않았다. 금단추가 달린 프록코트를 입은 교사들도 놀랍거나 그다지 무섭지 않았다. 불타는 듯이 붉거나 타르처럼 검은 머리칼을 한 교사들은 하나같이 몸집이 컸는데, 심지어 하이에나를 닮은 교장도 몸집이 컸다.

시험이 끝난 직후 나와 아버지는 입학이 허락되었고 9월 1일까지 방학이라는 말을 들었다. 아버지는 어깨에서 커다란 짐을 벗어던진 듯했다. 내 지식을 테스트하는 '교무실'에 앉아 있기가 아주 따분했던 것이다. 나는 더 따분했다. 모든 분야에서 우수하다는 판정을 받았다. 나는 시험에 합격했고, 자유시간은 앞으로 삼 주였다! 태어나서부터 지금 이 순간까지 완전한 자유를 누리다가 갑자기 노예처럼 자유롭지 못하게 되어 단 삼 주의 자유를 얻은 나는 공포를 느껴야 했을 것이다. 그러나 '고맙게도 삼 주간이나 자유다!'라는 느낌을 받았을 뿐이다. 마치 이 삼 주간이 영원히 지속될 것만 같았다.

"자, 이제 서둘러 재단사에게 가자. 그리고 밥을 먹자!" 학교에서 나오면서 아버지는 즐겁게 말했다.

우리는 작은 체구에 다리가 짧은 어떤 사람에게 잠시 들렀다. 마치 약간 모욕당한 듯이 말끝마다 질질 끌며 묻는 듯한 빠른 말과 신체 치수를 재는 능숙한 솜씨에 나는 깜짝 놀랐다. 그뒤 우리는 '모자 가게'에 들렀다. 도시의 햇살로 뜨거워진 유리창엔 먼지가 뽀얗게 쌓여 있었다. 사방에 아무렇게나 내던져진 수많은 모자 상자 때문에 실내는 답답하고 비좁았다. 주인은 고통스러울 정도로 오랫동안 그 속을 뒤적이더니 이해할 수 없는 말*로 다른 방의 어떤 여자에게 화를 내며 소리쳤다. 그녀는 역겨울 정도로 희고 지친 얼굴을 하고 있었다. 이 남자도 유대인이었지만 전혀 다른 부류의 유대인이었다. 큼직한 옆 머리칼을 늘어뜨리고 검은 류스트린**으로 만든 긴 프록코트에 류스트린으로 만든 모자를 뒤로 젖혀 쓴 노인은 몸집이 크고 가슴과 겨드랑이 부위가 통통했다. 음울하고 불만스러워 보이는 노인은 눈 바로 밑에서 자라는 숯처럼 검고 무성한 턱수염을 하고 있었다. 전체적으로 무섭기까지 한 인상인데 왠지 비애에 잠긴 듯했다. 마침내 그는 아주 훌륭한 푸른 챙 모자를 골라주었다. 모자 테두리에서는 두 개의 은빛 잔가지가 하얗게 반짝였다. 이 모자를 쓰고 나는 집으로 돌아왔다. 모두가 즐거워했고, 심지어 엄마는 도무지 이해할 수 없을 정도로 기뻐했다. 아버지 말씀이 아주 합당했기 때문이다.

"도대체 이 아이에게 아말렉족이 왜 필요한 거야?"

20

언젠가 8월 말쯤 아버지는 목이 긴 부츠를 신고, 탄띠로 허리를 졸

---

* 유대인으로 추정되는 이 가게 주인은 이디시어(독일어, 히브리어 등이 융합된 혼성 언어)를 사용하고 있다.

** 광택이 있고 반들반들한 모직.

라매고, 사냥 자루를 어깨에 걸치고는 벽에서 쌍발총을 집어들더니 나를 소리쳐 불렀다. 그러고 나서 애지중지하는 멋진 갈색 개 잘마를 불렀다. 우리는 그루터기가 남아 있는 밭을 가로질러 연못 쪽으로 난 길을 따라 걸어갔다.

아버지는 챙 달린 하얀 모자에 알록달록한 셔츠만을 걸치고 있었다. 날씨가 무덥고 건조했지만, 나는 김나지움 모자를 쓰고 있었다. 키가 크고 힘이 센 아버지는 어깨 너머로 담배 연기를 내뿜고, 노란 그루터기를 사각사각 밟으면서 성큼성큼 앞으로 걸어갔다. 나는 사냥 규칙에 따라 계속 오른쪽에서 급히 뒤쫓아갔다. 사냥 규칙을 지키는 것은 아주 즐거웠다. 아버지는 유쾌하게 휘파람을 불어댔다. 잘마는 몹시 급한 성질을 억누르고 종종 단단한 꼬리를 살짝 감고 흔들면서, 청각과 시각과 촉각을 온통 곤두세우며 재빠른 갈지자걸음으로 우리 앞에서 걸어갔다. 들판은 이미 텅 비고 황량했지만 여전히 여름처럼 환하고 밝았다. 때론 뜨거운 미풍이 잦아들었고—그때 태양이 다시 이글거렸고, 메뚜기들이 뜨겁게 쉭쉭 소리를 내며 작은 시계처럼 째깍거리고 딱딱 때리는 소리가 들렸다—때론 부드럽고 건조한 폭염을 실은 바람이 점점 강해져 우리 옆을 쏜살같이 날아가서 일하는 동안 잘 다져진 길을 따라 갑자기 장난치듯이 먼지구름을 일으켜 나사못이나 깔때기처럼 구름을 둘둘 말아서 잽싸게 앞으로 실어갔다. 우리는 계속 빠르게 달리면서 어느새 우리를 더 멀리 데려가는 잘마를 예의주시했다. 이따금 잘마는 갑자기 우뚝 멈춰 서서 온몸을 앞으로 쭉 펴고 오른쪽 앞발을 들어올린 채 자기 앞에 있는, 우리 눈에는 보이지 않는 뭔가를 뚫어져라 쳐다보았다. 아버지가 낮은 목소리로 말했다. "잡아!" 잘마가 보이지 않는 물체를 향해 돌진했다. 그 순간 잘마의 코앞에서 '푸르르!' 소리를 내며 꼬랑지가 짧은 살찐 메추라기가 무겁고 둔하게 튀어 나왔고, 메추라기는 다섯 걸음 정도의 거리도 날아오르지 못하고 총에 맞아 그루터기가 남아 있는 밭에 툭 떨어졌다. 나는 달려가서 메추라기를 집어들어 아버지의 사냥 자루에 넣었다……

이렇게 우리는 호밀밭에 이어 감자밭을 가로질렀고, 점토질 연못을 지나갔다. 길쭉한 연못의 수면이 우리의 오른쪽, 가축들이 짓밟아놓은 벌거벗은 산비탈 분지에서 뜨겁고 음울하게 빛나고 있었다. 산비탈 여기저기, 탁 트인 자리에는 갈까마귀들이 의지할 데 없이 생각에 잠겨 앉아 있었다. 아버지는 갈까마귀들을 바라보고, 갈까마귀들이 벌써 가을을 맞이해 어디로 날아갈지 의논하기 위해 모여들기 시작했다고 말했다. 그 순간 나는 지나가는 여름뿐만 아니라 이 들판과 황량하고 사랑스러운 벽지에서 내게 소중하고 친근한 모든 것과 곧 이별해야 한다는 생각에 사로잡혔다. 나는 세상에서 이 벽지 말고는 아무것도 보지 못했다. 이 조용한 거처에서 세상의 누구도 알지 못하고 누구에게도 필요 없는 나의 유년과 어린 시절이 평화롭고 외롭게 꽃을 피웠던 것이다……

잠시 후 우리는 왼쪽으로 방향을 틀어 써레질을 한 끝없이 펼쳐진 흑토黑土 경작지의 경계를 따라 자카스 쪽으로 걸어갔다. 여기는 아직 우리 밭이었다. 메마른 흑토의 마른 흙덩어리 위에서 밤색 수말 하나가 써레를 끌고 있었다. 이 수말은 아직 가느다란 다리에 비단처럼 곱슬곱슬한 순무 모양의 꼬리를 한 젖먹이 망아지였을 때 내가 선물받은 것이었다. 그런데 지금 내게 묻지도 않고, 내 허락도 없이 뻔뻔스럽게 일을 시키고 있는 것이다. 뜨거운 바람이 불었고, 경작지 위에서 8월의 태양이 마치 여름의 태양처럼 빛나고 있었다. 하지만 이 태양은 이미 쓸모가 없었다. 벌써 껑충하게 자란 수말—그러나 아직은 어쩐지 이상하고 소년처럼 껑충한—은 밧줄로 연결된 써레를 끌면서 온순하게 경작지를 걸어가고 있었다. 수말 뒤에서 써레의 살이 흔들거리고 위로 튀어오르며 비스듬하고 뾰족한 쇠붙이로 땅을 고르고 있었다. 짚신을 신은 소년이 밧줄로 만든 고삐를 두 손으로 어색하게 잡고 절뚝거리며 걸어갔다. 나는 오랫동안 이 광경을 바라보며 또다시 알 수 없는 슬픔을 느꼈다……

자카스는 꽤 큰 관목숲으로 반미치광이 지주의 소유였다. 그는 온 세상에 적의를 품고 마치 요새에 틀어박힌 듯 로즈데스트보 부근의 저택에 홀로 칩거하고 있었는데, 사나운 개들이 이 저택을 지키고 있었다. 그는 로즈데스트보와 노보셀키 출신의 농부들과 끝없이 소송을 벌였고, 품삯을 두고 한 번도 합의하지 않았다. 그 결과 종종 베지 않은 채 내버려진 곡물들이 늦가을까지 들판에서 썩었고, 수천 개의 낟가리들이 눈 밑에서 썩어 없어졌다. 지금도 그랬다. 우리는 가축들이 짓밟아 뭉갠, 베지 않은 노란 귀리밭을 따라 자카스 쪽으로 걸어갔다. 이때 잘마가 메추라기 몇 마리를 다시 들어올렸다. 나는 다시 뛰어가서 메추라기를 집어들어 사냥 자루에 담았고, 우리는 다시 앞으로 걸어갔다. 수수알이 촘촘히 박힌, 땅을 향해 축 늘어진 갈색 수수 이삭들이 태양 아래 비단처럼 반짝이고 있었다. 우리는 수수밭을 따라 자카스를 빙 돌아 걸었다. 발밑에서 수수알들이 유리구슬처럼 유난히 바삭거리고 낭랑하게 소리를 냈다. 얼굴이 벌게진 아버지는 칼라의 단추를 풀어 젖혔다. "엄청 덥구나. 목이 탄다. 자카스의 연못으로 가자." 아버지가 말했다. 들판과 숲 가장자리를 가르는 도랑을 건너 우리는 숲을 따라 맑고 신선하며 여기저기 노랗게 물들고 있는, 흥겹고 매혹적인 8월의 왕국 안으로 걸어들어갔다.

이미 새들은 별로 없었다. 티티새들만 무리를 지어 짐짓 성난 듯이 쇳소리를 내고 흥겹게 지저귀면서 이리저리 날아다녔다. 숲속은 텅 비고 휑했다. 성긴 숲은 밝아서 멀리까지 보였다. 우리는 오래된 자작나무 아래를 걷다가 가지가 많은 커다란 참나무들이 제멋대로 서 있는 넓은 숲속 빈터를 가로질러갔다. 참나무의 성긴 잎들은 바싹 말랐고 이미 여름 참나무들처럼 검어 보이진 않았다. 우리는 미끄러운 마른 풀을 밟고 마른 향내를 들이마시며 참나무의 알록달록한 그늘 속을 걸었고, 탁 트인 숲속 빈터가 뜨겁게 빛나는 앞쪽을 바라보았다. 그 너머에서 어린 단풍나무 덤불숲이 카나리아처럼 노랗게 빛나며 흔들리고 있었다. 우리가 이 빈터를 지나 연못으로 난 오솔길로 접어들었을 때, 발밑에서 불그스레한 황금빛 도요새 한 마리가 갑자기 요란한 소리를 내며 물갈퀴 모양의 잎이 달린 어린 개암나무에서 날아올랐다. 아버지는 약속 시간보다 일찍 온 손님을 보고 깜짝 놀란 사람처럼 당혹스러워했고 순간적으로 총을 쏘았지만 빗나갔다. 이런 시기에 도요새가 나타나 깜짝 놀랐고, 도요새를 명중시키지 못해 화가 나서 아버지는 연못으로 다가가 총을 놓고 웅크려 앉아 손바닥을 오므려 물을 떠 마시기 시작했다. 잠시 후, 만족스럽게 숨을 크게 내쉬며 소매로 입술을 닦고 연못가에 누워 담배를 피우기 시작했다. 연못의 물은 깨끗하고 투명하고 특이하다. 새들과 짐승들 말고는 아무도 찾아오지 않는 이렇게 외진 숲속에 있는 연못의 물은 그야말로 특별한 것이다. 매혹적인 하늘을 닮은, 바닥이 보이지 않는 투명한 물속에 주변의 자작나무들과 참나무들의 우죽이 고요하게 비치고 있었다. 들판에서 불어오는 바람이 자작나무와 참나무 사이로 살랑이며 사각거렸다. 살랑대는 바람 소리 아래서 팔베개를 하고 누워 있던 아버지는 두 눈을 감고 선잠이 들어버렸다. 잘마도 물을 실컷 마시고 나서 연못에 풍덩 빠져 수면 위로 머리를 조심스럽게 내놓고 잠시 헤엄을 쳤다. 잘마의 귀는 우엉잎처럼 축 늘어져 있다. 잘마는 연못이 깊어 깜짝 놀랐는지 갑자기 돌아와서 재빨리 연못가로 펄쩍 뛰어올라 물방울이 우리에게 튀길 정도로 진저리를 쳤다. 이제 잘마는 붉고 긴 혀를 쑥 내밀고 아버지 옆에 앉아 의심스러운 눈초리로 나를 쳐다보더니 다시 초조하게 사방을 둘러보았다…… 나는 자리에서 일어나 거닐면서 귀리밭을 따라 우리가 숲으로 왔던 방향으로 나무들 사이를 정처 없이 돌아다녔다……

21

숲 가장자리와 나무줄기들 너머에서, 그리고 잎이 무성한 차양 밑으로 탁 트인 들판이 노랗게 보이고 말라서 빛나고 있었다. 그쪽에서 마지막 여름날의 온기와 빛과 행복이 피어오르고 있었다. 오른쪽에 있는 나무들 너머로 어디서 나타났는지 모를 커다란 흰구름이 피어올라 푸르른 하늘에서 기묘하고 이상하게 둥글어져 천천히 떠다니면서 모습을 바꾸었다. 몇 걸음 걸어가다가 나도, 마치 내 주변에서 산책이라도 하듯이 흩어져 있는 밝고 환한 나무들 사이의 미끄러운 풀 위에, 꼬리 꽃차례가 달린 회색빛 도는 작은 잎과 두 개의 하얀 줄기가 한 자매처럼 서로 붙어 있는 자작나무가 드리운 엷은 그늘 속에 누웠다. 머리 밑에 한 손을 괸 채 때로는 나무줄기 너머로 노랗게 빛나는 들판을 바라보았고 때로는 하얀 구름을 바라보았다. 들판에서 건조한 열기가 부드럽게 풍겨왔고, 밝은 숲이 떨면서 잔물결을 일으켰다. 마치 어딘가로 달려가는 것처럼 졸음을 부추기는 소리가 들려왔다. 이따금 이 소리는 점점 커지고 강해졌는데, 이럴 때면 망사 모양의 그늘이 알록달록해지면서 움직였고, 햇빛의 반점들이 땅과 나무에서 환하게 타올라 반짝거렸다. 그러면 나뭇가지들이 밑으로 구부러지고 환하게 열리면서 하늘을 보여주었다……

정말이지 이걸 생각이라고 할 수 있다면, 나는 무엇을 생각했던 걸까? 물론 나는 김나지움과 김나지움에서 만난, 교사라고 불리는 놀라운 사람들에 대해 생각했다. 그 특별한 사람들의 임무는 학생들을 가르치고 학생들에게 끊임없이 공포심을 불어넣는 것이었다. 나는 알 수 없는 공포에 사로잡혔다. 왜 나를 교사들의 노예로 데려가는 걸까, 왜 나를 고향집과 카멘카와 이 숲과 떼어놓으려는 걸까…… 나는 경작지에서 본 써레질하던 수말을 생각했다. 나는 어렴풋이 이런 생각을 했다. '그렇다, 세상의 모든 것은 이렇게 기만적이다. 난 수말이 내 것이라고 생각했는데, 그들은 내게 묻지도 않고 마치 자기들 재산인 양 수말을 빼앗아갔어…… 그래, 한때는 다른 망아지들처럼 벌벌 떨고 겁이 많은, 다리가 가는 쥐색 망아지였지. 그래도 맑고 검은 자두 같은 눈을 가진, 명랑하고 믿음직한 망아지였어. 새끼를 볼 때는 항상 기쁨을 억누르며 부드럽게 울어대던, 다른 때는 완전히 자유롭고 무사태평했던 어미에게 꼭 달라붙어 있었지…… 행복했던 어느 날 나는 이 망아지를 선물로 받았고, 항상 내 맘대로 할 수 있었어. 나는 잠시 망아지를 기르며 기뻐했고, 망아지에 대해, 망아지와 나의 미래에 대해, 선물로 받은 이 망아지와 나 사이에 형성될, 그리고 이미 형성된 친근함에 대해 꿈꾸었지. 그후 나는 조금씩 망아지를 잊어버리기 시작했어. 그러니 이 망아지의 주인이 나라는 사실을 모두가 잊어버렸다고 해도 놀랄 일은 아니지. 결국 나는 망아지를 완전히 잊어버렸어. 이렇게 나는 바스카코프도 올랴도 잊어버릴 테고, 심지어 내가 지금 몹시 사랑하고 있고, 커다란 행복을 느끼며 사냥을 같이 하고 있는 아버지도 잊어버릴 테고, 내게 낯익고 소중한 골목들이 있는 카멘카도 잊어버릴 거야…… 그리고 이 년이 지났어, 마치 그들이 결코 존재하지 않았던 것처럼! 그 어리석고 무사태평한 망아지는 지금 어디에 있을까? 세 살짜리 수말이 있는데, 이 수말이 누리던 이전의 의지와 자유는 어디에 있는 걸까? 지금 이 수말은 멍에를 쓰고 경작지를 걸어다니며 써레를 끌고 있어…… 망아지에게 일어난 일이 내게도 일어나지 않았나?'

도대체 내게 아말렉족이 왜 필요하단 말인가? 나는 계속 공포를 느끼며 놀랐다. 그러나 내가 뭘 할 수 있겠는가? 자작나무들 너머로 구름이 계속 모양을 바꾸면서 하얗게 빛났다…… 구름은 변하지 않을 수 없는 걸까? 밝은 숲이 잔물결을 일으키며 흔들거렸고, 사각사각 졸음을 자아내는 듯한 소리를 내면서 어딘가로 달려갔다…… 어디로, 왜 가는 걸까? 저 숲을 멈출 수는 없을까? 나는 두 눈을 감고 '모든 것은 꿈이고, 알 수 없는 꿈'이라는 것을 어렴풋이 느꼈다. 저멀리 들판 너며 어딘가에 있는, 내가 가야만 하는 도시도, 그 도시에서의 내 미래도, 카멘카에서의 내 과거도 그리고 이미 저물어가는 이 늦여름의 하루도, 나 자신도, 내 생각도, 꿈도, 감정도, 이 모든 것이 꿈이다! 슬프고 고통스러운 꿈인가? 아니다, 그럼에도 불구하고 행복하고 유쾌한 꿈이다……

이런 생각을 확인이라도 해주듯, 갑자기 등뒤에서 숲 전체를 강타하는 총소리가 우렛소리처럼 울려퍼졌다. 총소리에 이어 하늘로 날아오르는 거대한 티티새 무리가 내는 유난히 맹렬한 비명과 울음소리, 잘마가 미친듯이 기뻐하며 짖어대는 소리가 들려왔다. 이미 잠에서 깨어난 아버지가 총을 쏜 것이었다. 나는 즉시 모든 상념을 잊어버리고, 들새 냄새와 화약 냄새를 달콤하게 풍기며 피투성이가 되어 죽은, 여전히 몸뚱이가 따스한 티티새들을 줍기 위해 아버지를 향해 쏜살같이 달려갔다.

제2권

1

내가 영원히 떠나는 줄도 모르고 카멘카를 떠났던 그날, 낯선 체르납스크 도로를 따라 사람들이 나를 김나지움으로 데려갔던 그날, 나는 잊힌 대로大路의 시정詩情, 즉 전설이 된 옛 러시아를 처음으로 느꼈다. 대로는 폐물이 되어가고 있었다. 체르납스크 도로도 폐물이 되어가고 있었다. 체르납스크 도로에 난 예전 바퀸자국들은 풀로 덮여 있었다. 넓고 황량한 도로 좌우에 여기저기 서 있는 오래된 반짝버들은 외롭고 슬퍼 보였다. 나는 지금도 반짝버들 하나를 특별히 기억하고 있다. 줄기에 구멍이 뚫린 이 반짝버들은 비바람에 시달린 몰골을 하고 있었다. 까만 깜부기처럼 검은 커다란 까마귀가 이 반짝버들 위에 앉아 있었다. 까마귀들은 몇백 년을 사는데, 아마도 이 까마귀는 타타르 시대부터 살았을 거라고 아버지가 말했다. 나는 아버지의 이 말에 깊은 인상을 받았다…… 아버지가 한 말과 당시 내가 느꼈던 것이 지닌 매력은 어디에 있었을까? 러시아에 대한 느낌과 러시아가 내 조국이라는 느낌 속에 있었을까? 항상 우리의 영혼, 우리 개인의 존재를 넓혀주면서 우리가 보편적인 무언가에 소속되어 있음을 상기시키는 과거의 것, 멀리 떨어진 것, 보편적인 것과 연결되어 있다는 느낌 속에 있었을까?

아버지는 옛날에 마마이*가 이 지역을 통해 강 아래쪽에서 모스크바로 가다가 우리의 도시를 몽땅 파괴해버렸다고 말했다. 또 지금 우리가 스타노바야를 지나고 있는데, 최근까지만 해도 강도들의 유명한 소굴이었던 이 커다란 마을은 미티카라는 무시무시한 살인마 때문에 특히 유명해졌고, 체포된 미티카는 그냥 처형된 게 아니라 사지가 갈기갈기 찢겨 죽임을 당했다고 말했다. 바로 그때 스타노바야와 우리 사이 대로의 왼쪽으로 내가 한 번도 보지 못했던 기차가 지나갔던 걸 나는 지금도 기억하고 있다. 우리 뒤로는 지는 해가, 우리를 잽싸게 앞질러 도시 쪽으로 달려가는, 마치 태엽장치가 된 장난감 같은 것—머리통이 큰 굴뚝에서 연기를 길게 내뿜는 작지만 의기양양한 기관차—과 빠르게 돌아가는 바퀴들 위의 노랑, 파랑, 녹색의 작은 객차들을 똑바로 비추고 있었다. 기관차, 그 안에서 살고 싶은 생각을 불러일으키는 작은 객차들, 햇빛에 반짝이는 객차의 작은 유리창들, 빠르고 죽은 듯이 돌아가는 바퀴들, 이 모든 것이 매우 이상하고 흥미로웠다. 그러나 신비하고 무시무시한 스타노바야의 버드나무들이 보이는 철길 너머

---

* 마마이는 14세기 후반 타타르군의 우두머리였다. 마마이는 1380년 쿨리코보 전투에서 드미트리 돈스코이가 이끄는 러시아군에 패했지만 러시아의 주요 도시들에 막대한 피해를 입혔다.

저편에 있는, 내 상상 속에 떠오르는 것들이 훨씬 더 마음을 끌었고 나는 지금도 이를 잘 기억하고 있다. 타타르인들, 마마이, 미티카…… 바로 이날 저녁에 처음으로 나는 내가 러시아인이고 단지 카멘카에, 무슨 군, 무슨 읍이 아니라 러시아에 살고 있음을 분명히 깨달았다. 나는 러시아의 과거와 현재, 거칠고 무시무시하지만 뭔가 매혹적인 러시아의 특성을 감지했고, 러시아와 나의 혈연관계를 느꼈던 것이다……

2

나는 소년 시절을 매우 러시아적인 곳에서 보냈다.

가령 이 스타노바야만 해도 그렇다. 그뒤로 나는 스타노바야에 자주 갔는데, 그곳엔 이미 오래전부터 강도가 한 사람도 없다는 것을 확신하게 되었다. 그러나 한 번도 스타노바야를 단순하게 생각하지는 않았다. 여전히 스타노바야 사람들이 진짜 악한으로 명성을 떨치는 데는 다 이유가 있는 것처럼 보였다. 그리고 악명 높은 스타노블랸스키 언덕이 있다. 스타노바야 부근의 대로는 아주 깊은 골짜기, 우리가 보기엔 언덕으로 내려갔다. 어떤 계절이든 이곳은 늦은 시간에 지나가는 행인에게 언제나 미신적인 공포를 불러일으켰다. 나도 젊은 날에 스타노바야 근처를 지나가면서 여러 번 순수하게 러시아에서나 느낄 법한 공포를 체험했다. 체르납스크 대로에는 유명한 장소가 많았다. 옛날에 이런 장소에서는 통행금지 시간에 선량하고 멋진 젊은이들이 예민한 청각으로 밤의 정적을 뚫고 멀리서 들려오는 방울 소리나 평범한 마차의 덜걱거리는 소리를 듣자마자 숨겨진 협곡과 도랑에서 길 위로 걸어나왔다고 한다. 그중에서도 스타노블랸스키 언덕이 가장 유명했다. 밤에 이 부근을 지나노라면 항상 심장이 얼어붙는 듯했다. 바스락거리는 소리를 듣고 말을 전속력으로 달리게 하거나 그냥 걷게 하는 것 중 무엇이 더 나쁠지는 아무도 모른다. 모든 것이 눈앞에 떠올랐다. 저기, 손도끼를 든 자들이 허리 아래쪽을 혁대로 꽉 조이고, 날카로운 눈 위로 모자를 꾹 눌러쓴 채 나를 앞질러가다가, 갑자기 멈춰 서서 나직하고 위압적이고 조용한 목소리로 명령한다. "잠깐 서라, 이 장사치야……" 어느 쪽이 더 무서울까? 그들의 명령을 어둠이 깔린 여름밤의 고요한 들판, 평화로운 침묵 속에서 듣는 쪽일까, 아니면 하얀 눈보라가 눈앞을 가리는 겨울바람의 소음 사이로 듣는 쪽일까, 아니면 가을에 얼음처럼 차갑고 날카로워 보이는 별들 아래, 저멀리 어슴푸레한 별빛들 속에서 거뭇거뭇 죽은 듯한 땅이 보이고, 당신들의 마차 바퀴가 돌처럼 딱딱하게 굳어버린 도로 위에서 덜컹덜컹 요란한 소리를 내는 상황에서 듣는 쪽일까?

스타노바야를 지나면 포장도로가 대로를 가로질렀다. 여기에 관문과 차단기가 있었다. 니콜라이 시대의 군인이 애처로운 모습의 줄무늬 초소에서 나와 똑같은 줄무늬의 긴 나무를 치울 때까지 멈춰 서서 기다려야만 했다. 가로질러놓은 나무는 사슬을 쩔그럭거리면서 천천히 위로 올라갔다(이때 2코페이카의 세금을 정부에 내야 했는데, 통행인들은 모두 이를 날강도질이라고 생각했다). 계속해서 이 길은 오래된 베글라야 슬로보다*를 지나갔고, 이어 극히 추잡한 이름이 붙은, 바닥이 보이지 않는 더러운 늪을 지나갔으며, 마지막으로 감옥과 오래된 수도원 사이의 자갈길을 지나갔다. 도시는 나름대로 오랜 역사를 자랑했는데, 충분히 그럴 자격이 있었다. 실제로 러시아에서 가장 오래된 도시들 중 하나였고, 거대한 흑토 평원의 스텝 지대 한가운데 운명적인 경계에 있었다. 옛날엔 이 경계선 너머로 '미개한 미지의 땅'이 뻗어 있었다. 수즈달 공국公國과 랴잔 공국 시절에 이 도시는 고대 러시아의 가장 중요한 요새들 중 하나였다. 연대기 작가들의 말에 따르면, 이 요새들은 끊임없이 러시아를 덮친 흉악한 아시아의 대군들이 몰고 온 폭풍과 먼지, 추위를 맨 먼저 맞이했고, 적들이 밤낮으로 질러대는 무서운 방화의 불꽃을 맨 먼저 보았으며, 임박한 재난을 모스크바에 맨 처음 알렸고 모스크바를 위해 맨 처음 뼈를 묻었다. 물론 이 도시는 생각할 수 있는 온갖 일을 여러 번 겪었다. 어떤 세기에는 어떤 칸에 의해 '완전히 파괴'되었고, 다른 세기에는 다른 칸에 의해 파괴되었고, 또다른 어떤 세기에는 또다른 칸에 의해 파괴되었다. 어떤 때는 대화재로 '황폐'해졌고, 어떤 때는 기근과 페스트와 지진으로 황폐해졌다…… 이런 조건 속에서 물론 이 도시는 유형의 역사 유물들을 보존할 수 없었으나 예스러움은 강하게 느껴졌다. 상인들과 소시민들의 견고한 생활 방식에서도 예스러움이 느껴졌다. 그리고 옛날에 타타르의 한 공후가 자기 말과 함께 떨어졌다는 노란 절벽 위의 강 상류에 자리 잡은 아르가마차, 쵸르나야 슬로보다, 자레치야 주민들의 장난질과 주먹다짐 속에서도 예스러움이 나타났다. 이 도시의 냄새는 얼마나 지독했던가! 멀리 드넓은 저지대에서 반짝이는, 헤아릴 수 없이 많은 도시

* 탈주한 자유농민으로 구성된 큰 마을.

의 성당들이 희미하게 보이는 관문에 들어서자마자 냄새가 났다. 처음엔 추잡한 이름이 붙은 늪 냄새가 났고, 이어 가죽공장 냄새가 났고, 그다음에는 태양열로 달궈진 양철 지붕 냄새와 광장 냄새가 났다. 이 광장에 장이 서는 날에는 물건을 사고팔려는 농부들이 몰려들어 진을 쳤다. 이럴 때 광장에는 뭔지 알 수 없는 냄새가 났는데, 오래된 러시아 도시 특유의 냄새였다……

3

김나지움 시절 나는 로스톱체프라는 소시민의 집에서 하숙을 하면서 자질구레하고 가난한 환경에서 사 년을 보냈다. 더 나은 집을 구할 수가 없었다. 부유한 도시민들은 하숙생을 들일 필요가 없었기 때문이다.

이 생활의 시작은 얼마나 끔찍했던가! 부모님과 헤어진 후 아주 낯설고 빈궁한 환경에서, 두 개의 비좁은 방에서 처음으로 맞이한 도시의 저녁, 귀족의 자식인 내가 의당 아주 낮은 계층이라고 생각했던 사람들이 갑자기 나에게 어떤 힘을 행사하게 된, 이해할 수 없을 정도로 낯설고 생경한 환경에서 맞이한 도시에서의 첫날 저녁은 실로 끔찍했다. 로스톱체프 씨 집에는 나와 동갑이고 동급생인 다른 하숙생이 있었는데, 그는 바투리노에 사는 어떤 지주의 사생아로 붉은 머리칼을 한 글레보치카란 소년이었다. 그날 저녁에 우리는 데면데면했다. 그는 새장에 갇힌 작은 짐승처럼 구석에 부루퉁하게 앉아 야수처럼 미심쩍은 눈을 치뜨고 나를 살피면서 수줍고 고집스럽게 침묵을 지키고 있었다. 나도 글레보치카가 절대 평범한 아이로 보이지 않았기 때문에 사귀려고 서두르지 않았다. 그런 애와는 거리를 유지해야만 했다. 나는 우리가 같이 살게 되리라는 사실을 이미 카멘카에서 알았다. 한번은 유모가 글레보치카가 사생아임을 알고 그의 이름을 나쁘게 부르는 걸 들은 적도 있다. 바깥은 마치 일부러 그런 것처럼 음울했다. 저녁 무렵 빗방울이 떨어지기 시작했다. 나는 조그만 창문을 통해 마치 죽은 듯한, 끝없이 이어진 텅 빈 돌길을 바라보았다. 맞은편 집 담장 너머 거의 벌거벗은 나무 위에서 까마귀 한 마리가 불길한 전조를 알리기라도 하듯 등을 굽히고 있는 힘을 다해 까악까악 울어댔다. 먼지투성이의 양철 지붕 너머 저멀리 잔뜩 찌푸린 어두운 하늘 속으로 치솟은 높은 종탑 위에서 무언가 십오 분마다 부드럽고 애처롭게, 절망적으로 울리며 연주되고 있었다…… 이런 날 저녁에 아버지라면 즉시 등불을 켜고 사모바르를 가져오라고 소리를 지르거나 이른 저녁을 차리라면서 소리쳤을 것이다. "난 이 지독한 우울을 견딜 수 없어!" 그러나 이 집 사람들은 이 시간에 등불을 켜지 않았고, 아무 때나 식탁에 앉지도 않았다. 여기서는 모든 것에 때가 있었다. 지금도 그랬다. 완전히 어두워진 후 집주인이 시내에서 돌아와야 등불이 켜졌다. 집주인은 검은 얼굴에 균형 잡힌 이목구비를 한 키가 크고 늘씬한 사람인데, 뻣뻣한 턱수염에는 은빛 털이 여기저기 뒤섞여 있었다. 그는 언제나 말수가 아주 적고 성미가 까다롭고 교훈적인 사람으로 모든 문제에서 자신이나 다른 사람들에 대해 확고한 규칙을 갖고 있었다. 이는 가정과 사회에서 고상한 삶을 영위하기 위해 '어리석은 우리가 아닌 우리 아버지와 할아버지들'이 결정적으로 만들어놓은 법규 같은 것이었다. 그는 곡물과 가축을 매점했다가 되파는 일을 했기 때문에 종종 집에 없었다. 그러나 주인이 집에 없을 때조차도 그의 엄격하고 고상한 정신에 의해 만들어진 분위기—침묵, 질서, 민첩성, 신중한 말과 행동 등—가 언제나 집과 가정(아름답고 조용한 아내, 둥근 목에 아무것도 매지 않은 두 소녀와 열여섯 살 난 아들로 이루어진)을 지배했다…… 지금, 이 우울한 어스름 속에서 여주인과 소녀들은 자리에 앉아 각자 수를 놓으며 저녁식사에 맞춰 돌아올 가장을 조심스럽게 기다리고 있었다. 밖에서 작은 문이 소리를 내자마자, 그들 모두의 눈썹이 살짝 움직였다.

"마냐, 크슈샤, 식탁을 차려라." 자리에서 일어나면서 여주인이 크지 않은 목소리로 말하고 부엌으로 갔다.

집주인은 안으로 들어와 작은 문간방에서 모자와 긴 외투를 벗고 가벼운 회색 재킷을 입었다. 이 재킷은 수놓은 셔츠와 잘 어울리는 송아지 가죽 장화와 함께 러시아인다운 늘씬한 모습을 돋보이게 했다. 그는 아내에게 절도 있고 상냥하게 무슨 말을 하고는 부엌의 대야 위에 매달린 청동 물통 밑에서 꼼꼼히 손을 씻고 꽉 쥐어짜서 물기를 털어냈다. 둘째 딸 크슈샤가 눈을 내리뜬 채 깨끗하고 긴 수건을 건넸다. 그는 천천히 손을 닦고 음울한 미소를 띠며 딸의 머리를 향해 수건을 던졌다. 그녀는 기쁜 듯이 얼굴을 붉혔다. 집주인은 방으로 들어가면서 구석에 있는 성상을 향해 여러 번 단정하고 우아하게 성호를 긋고 허리를 굽혔다……

로스톱체프 씨네 집에서의 첫번째 저녁식사도 분명히 기억하고 있다. 단지 음식이 낯설었기 때문만은 아니다. 먼저 수프가 나왔고, 이어서 둥근 나무 접시에 담은 잿빛의 꺼칠꺼칠한 내장 요리가 나왔다. 내장의 모양과 냄새만으로도 몸이 떨렸다. 주인은 그냥 두 손으로 내장을 잡고 잘게 썰었다. 내장 요리에 곁들여 소금에 절인 수박 껍질이 나왔다. 마지막으로 우유와 함께 메밀죽이 나왔다. 그러나 문제는 이게 아니다. 내가 수프와 수박 껍질만 먹자 주인이 두어 번 곁눈질로 흘겨보더니 무뚝뚝하게 말했다.

"도련님, 모든 것에 익숙해져야 합니다. 우리처럼 평범한 러시아인은 평범한 음식을 먹지요. 우리집엔 향신료 넣은 음식이 없어요……"

그가 마지막 말을 거의 오만하게 유난히 힘주어 말한다는 느낌이 들었다. 나는 이때 처음으로, 나중에 도시에서 물릴 정도로 들이마신 자부심이라는 냄새를 맡았다.

4

로스톱체프의 말에서는 종종 자부심이 풍겨났다. 무엇에서 비롯된 자부심일까? 물론 그의 자부심은, 우리 로스톱체프가 사람들은 러시아인이고 그것도 진짜 러시아인이며, 아주 특별하고 단순하며 겉보기에 소박한 생활을 하고 있다는 데 뿌리를 두고 있었다. 그에게 이런 진짜 러시아인의 생활보다 더 좋은 생활은 있을 수 없었다. 아마도 러시아인의 생활은 소박하지만 실제로는 어느 민족보다 풍요롭고, 예로부터 내려오는 러시아 정신의 합법적인 소산이기 때문인 듯했다. 또 러시아는 세계의 어떤 나라보다 부유하고, 강하고, 정의롭고, 영광스럽기 때문이다. 이러한 자부심이 로스톱체프만의 특징이었을까? 후에 나는 아주 많은 사람에게서 이런 특징을 보았고, 지금은 다른 특징도 보고 있다. 당시 자부심은 시대의 슬로건 같은 것으로 특히 그 시대에 두드러졌고, 우리가 사는 도시에서만 그런 것도 아니었다.

그후 러시아가 멸망했을 때, 그 자부심은 어디로 사라졌는가? 우리가 그토록 자랑스럽게 러시아의 특성이라고 불렀던 모든 것들, 러시아의 힘이자 진실이라고 확신했던 모든 것을 우리는 왜 지켜내지 못했던가? 어쨌든 나는 위대한 러시아가 힘을 갖고 있던 시대에, 그리고 러시아의 힘을 크게 자각했던 시대에 성장했고 이를 정확히 알고 있다. 소년 시절 나의 관찰 범위는 아주 좁았지만, 다시 말하건대, 당시 나는 매우 의미심장한 것을 보았다. 그렇다, 후에 나는 로스톱체프만 이런 식으로 말하는 게 아님을 알게 되었다. 나는 겸손을 가장한 이런 말들—'우리는 평범한 사람들이고, 심지어 우리 나라에선 알렉산드르 알렉산드로비치 황제도 타르를 칠한 장화를 신고 걸어다닌다'—을 계속 들었다. 지금 나는 이런 말들이 우리 도시만의 통념이 아니라 당시 일반적인 러시아의 정서였음을 의심하지 않는다. 물론 이런 감정의 표출에는 허세가 많이 묻어 있었다. 예컨대 교차로 어디에서나 긴 외투를 걸친 도시 사람들은 거리 끝에 성당이 보이기만 해도 모자를 벗고 성호를 그으며 몸이 땅에 닿을 정도로 허리를 굽혔다. 물론 그들은 끊임없이 자기 역할을 망각했고, 종종 말과 생활이 일치하지 않았으며, 종종 하나의 감정이 다른 상반되는 감정으로 바뀌었다. 하지만 무엇이 지배적이었는가?

한번은 자기가 백묵으로 어떤 표시를 해놓은 문설주를 가리키며 로스톱체프가 말했다.

"왜 우리에게 어음이 필요한 거야! 그건 러시아의 방식이 아냐. 옛날에는 어음 따위가 전혀 없었어. 장사꾼들은 누구에게 얼마를 빌려줬는지 백묵으로 이렇게 문설주에 적어놓곤 했지. 채무자가 처음으로 기한을 어기면, 장사꾼은 점잖게 그걸 상기시켜주었어. 두번째로 기한을 어기면, '이봐, 세번째 기한은 잊지 마. 안 그러면 즉시 이 표시를 지워버릴 거야. 그러면 얼마나 창피하겠나!' 하고 경고를 했지."

물론 그런 사람들은 소수였다. 직업으로 보면 그는 '부농'에 속했다. 당연히 그는 자신을 부농이라고 생각하지 않았고, 그럴 이유도 없었다. 그는 공정하게 자신을 평범한 장사꾼이라고 불렀는데 다른 부농들은 물론이고 대부분의 도시 사람들과도 달랐다. 그는 하숙생인 우리에게 들러 보일락 말락 희미한 미소를 띠면서 묻곤 했다.

"그런데 오늘 숙제로 외워야 할 시가 있나요?"

"네."

우리가 말했다.

"어떤 시죠?"

"순찰 시간에 하늘을, 달은 빙빙 돌면서, 꽁꽁 언 유리창의 당초무늬 사이에서 빛나네……"*

우리는 중얼거렸다.

"글쎄, 뭔가 좀 매끄럽지 않군요. '순찰 시간에 하늘을, 달은 빙빙 돌면서'라니 난 이게 이해가 안 돼요."

우리도 이해가 안 됐다. '빙빙 돌면서'라는 단어 뒤의 쉼표에 왠지 주의를 돌리지 않았기 때문이다. 실제로도 매끄럽지 않았기에 우리는

* 니콜라이 플라토노비치 오가료프의 시 「농가」의 한 구절.

뭐라고 말해야 할지 몰랐다. 그가 다시 물었다.

"다음은 뭐죠?"

"그다음은 이래요. '낭랑한 목소리의 작은 새는 키가 큰 오래된 참나무 그늘을 좋아했고, 폭풍우에 부러진 나뭇가지 위에서 거처와 안정을 찾았네……'"

"음, 이건 괜찮네. 훌륭해. 다른 것들도 읽어봐요, 저녁기도에 대한 시하고 '커다란 텐트 아래서' 같은 거요."

나는 당황하면서 낭독하기 시작했다.

"오라, 그대 고통받는 자여, 오라, 그대 행복한 자여. 저녁기도의 종이 울리니, 거룩한 기도의 종이 울리니."*

그는 귀를 기울이며 두 눈을 감았다. 잠시 후 나는 니키틴의 시를 낭송했다. "거대한 텐트 같은 푸르른 하늘 아래에서, 나는 멀리 펼쳐진 초원을 본다……"** 이 시는 러시아의 광활한 공간, 러시아의 위대하고 다양한 풍요로움, 러시아의 힘과 과업을 환희에 차서 폭넓게 묘사한다. 내가 당당하고 기쁨에 넘치는 끝부분, 즉 이 묘사의 끝부분—너, 나의 강력한 러시아여! 나의 정교의 조국이여!—에 이르렀을 때, 로스톱체프는 이를 악물었고 얼굴이 창백해졌다.

"그래, 바로 이게 시야!" 그가 눈을 뜨고 마음을 진정시키려고 노력하면서, 그리고 자리에서 일어나 물러나면서 말했다. "바로 이런 시를 더 열심히 배워야 해! 그런데 이 시를 누가 썼는지 알아요? 우리 같은 소시민, 우리 고향 사람이 썼어요!"

---

* 슬라브주의자인 이반 세르게예비치 악사코프의 시 「방랑자」의 한 구절.

** 이반 사비치 니키틴의 시 「러시아」의 한 구절.

다시 말하건대, 우리 도시의 '장사꾼들'은—큰 장사꾼도 작은 장사꾼도—로스톱체프가 사람들과는 달랐다. 종종 그들은 말만 번지르르했고, 사업 면에선 '산 사람과 죽은 사람을 우려먹으려고 기회를 노리는' 강도에 지나지 않았다. 요새 사기꾼들처럼 수치를 재고 무게를 달면서 사람들을 속였고, 수치심이나 양심의 가책을 전혀 느끼지 않고 거짓말하고 거짓 맹세를 했으며 지저분하고 거칠게 살았다. 또 서로를 중상모략하고 우쭐댔으며, 시내를 하릴없이 돌아다니는 바보들, 불구자들, 행인들에게 악의와 질투심을 쏟아내며 아주 무정하고 비정하게 즐거워했다. 또 농민들을 아주 노골적으로 경멸하면서 쳐다보았고, 악마처럼 용감하고 능숙하고 유쾌하게 농민들을 '등쳐먹었다'. 로스톱체프의 다른 동료 시민들도 그다지 순결하지 않았다. 러시아의 관리, 러시아의 고급 관리, 러시아의 주민, 러시아의 농사꾼, 러시아의 노동자들이 어떤 자들인지는 모두가 알고 있다. 그러나 그들도 나름의 장점을 갖고 있었다. 러시아에 대한 자부심을 두고 말하자면, 다시 말하건대, 러시아인 모두가 러시아에 대한 자부심을 넘치도록 갖고 있었다. 당시에 니키틴의 감격적인 외침—"너, 나의 강력한 러시아여!"—을 되뇌고, 스코벨레프와 체르냐예프,* 해방자 차르**에 대해 말하면서, 또 성당에서 황금빛 머리칼에 황금빛 제의를 입은 부제가 '더할 나위 없이 경건하고, 더할 나위 없이 강력하고 위대한 군주인 알렉산드르 알

* 스코벨레프는 1877~78년 투르크와의 전쟁에 참전했던 장군이고, 체르냐예프는 크림 전쟁과 캅카스 전쟁에 참전했던 장군이다.

** 농노제를 폐지한 알렉산드르 2세.

렉산드로비치'*를 우렁찬 목소리로 추도하는 것을 들으면서, 여러 나라와 종족과 민족들의 광활한 왕국 위로, 무진장한 지상의 부와 '평화롭고 행복한 생활'의 힘 위로 러시아의 왕관이 우뚝 솟아 있음을 공포에 가까운 감정을 느끼며 불현듯 깨달아 얼굴빛이 창백해지는 사람들은 로스톱체프뿐만이 아니었다.

5

나의 김나지움 생활의 시작은 예상보다 훨씬 더 끔찍했다. 도시에서 맞이한 첫 저녁은 '모든 게 끝났다!'는 생각이 들 정도였다. 어쩌면 그 후, 내가 운명에 금방 순종했다는 사실이 더욱더 끔찍한지도 모른다. 내 예민한 감수성만이 전혀 평범하지 않았을 뿐 김나지움 생활은 아주 평범했다. 나와 글레보치카가 처음으로 학교에 간 아침은 맑았다. 이것만으로도 우리는 유쾌했다. 게다가 얼마나 멋지게 차려입었던가! 새로 맞춘 모든 것이 튼튼하고 편안했으며, 우리를 즐겁게 했다. 잘 닦은 장화, 밝은 회색빛 나사 바지, 은빛 단추가 달린 푸른 교복, 단정하게 깎은 머리에 쓴 화려한 푸른 모자, 바로 어제 산 교과서, 필통, 연필, 공책이 들어 있는, 가죽 냄새가 나는 삐걱거리는 책가방…… 그리고 활기차고 떠들썩한 학교의 새로움. 자갈이 깔린 깨끗한 마당, 햇볕에 빛나는 유리창과 출입문의 청동 손잡이, 여름에 새로 페인트를 칠한, 깨

* 1881년 아버지 알렉산드르 2세가 암살당한 후 왕위에 오른 알렉산드르 3세로 1894년까지 러시아를 통치했다.

끗하고 널찍하며 소리가 낭랑하게 울리는 복도, 밝은 교실, 강당, 계단, 무수히 많은 소년들이 여름의 짧은 휴식을 끝마치고 아주 흥분한 채 학교로 들어오면서 왁자지껄 떠들고 외치는 소리, 대강당에서 수업하기 전에 올리는 첫번째 기도의 단정함과 장중함, 학생들 맨 앞에서 힘차게 행진하고 지휘하는 진짜 군인인 퇴역 육군 대위의 지시에 따라 '두 사람씩 짝을 지어' 각자 배정된 교실로 걸어들어가기, 걸상이 달린 책상에 자리를 잡으며 벌이는 첫번째 싸움, 마침내 처음으로 교실에 등장하는 선생님, 제비 꼬리가 달린 선생님의 연미복, 반짝이는 선생님의 안경, 마치 깜짝 놀란 듯한 선생님의 두 눈, 위로 치켜올라간 턱수염, 겨드랑이에 낀 서류가방…… 며칠이 지나자 이 모든 것은 마치 다른 생활은 전혀 존재하지 않았던 것처럼 아주 평범한 일상이 되었다. 하루하루가, 한 주일 한 주일이, 한 달 한 달이 쏜살같이 지나갔다……

공부는 쉬웠다. 나는 조금이라도 마음에 드는 과목만 잘했다. 다른 과목들의 경우, 특히 싫어하는 아오리스트* 같은 것을 제외하고, 모든 것을 쉽게 이해할 수 있는 능력 덕분에 이럭저럭 해냈다. 배운 것 가운데 4분의 3이 우리에게 아무 필요도 없었고, 아무것도 남기지 않았다. 우리는 그저 무의미하게 형식적으로 배웠을 뿐이다. 우리를 가르친 대부분의 교사들은 평범하고 그저 그런 사람들이었다. 그중에는 교실에서 늘 웃음거리가 된 괴짜들도 있었는데, 두세 명은 진짜 광인이었다. 한 선생님은 정말 남달랐다. 거의 말이 없었는데, 결벽증으로 고통스러워했고 사람들의 호흡과 접촉을 두려워했으며 항상 거리 한가운데

* 그리스어와 고대 슬라브어 등에서 완료된 행동을 나타내기 위한 동사 시제의 하나.

로 걸어다녔다. 학교에서는 문손잡이와 책상 앞의 의자를 직접 만지지 않고 손수건을 올려놓고 만지려고 장갑을 벗은 후에 즉시 손수건을 꺼냈다. 키가 작고 마른 그는 멋진 흰 이마에 놀랍도록 갸름한 파리한 얼굴이 돋보였는데, 멋진 밤색 곱슬머리를 뒤로 빗어 넘기고, 움직이지 않는 검은 눈으로 허공 어딘가를 슬프게 조용히 응시했다……

내 학창 시절에 대해 더 무엇을 말할 수 있을까? 이때 나는 아이에서 소년으로 변했다. 그러나 어떻게 이런 변화가 나타났는지는 하느님만이 아신다. 겉보기에 나의 생활은 매우 단조롭고 평범하게 흘러갔다. 매일같이 등교하고, 저녁마다 항상 서글픈 마음으로 마지못해 다음날 수업 준비를 하고, 다가오는 방학을 고대하며 끊임없이 꿈꾸고, 크리스마스와 여름방학까지 며칠이 남았는지 항상 세보곤 했다. 아, 이 모든 날들이 더 빨리 지나가버렸으면!

6

지금은 9월 저녁이다. 나는 시내를 배회한다. 사람들은 감히 내게 공부를 시키거나 글레보치카에게 하듯이 내 귀를 잡아당기지는 못한다. 글레보치카는 더 화를 잘 냈고, 그래서 더 게을러지고 고집이 세졌다. 내 마음은, 영원할 것 같고, 수많은 멋진 계획들을 꼭 실행하고 싶었던 지난여름이 안겨준 슬픔으로 가득했고, 거리를 걷고 마차를 타고 다니며, 시장에서 물건을 사고팔면서 가판대 주변에 줄지어 서 있는 모든 사람과 내가 동떨어져 있다는 느낌으로 슬펐다…… 모든 사람은 저마다 일을 하고 대화를 하며, 어른으로서 익숙한 삶을 살아간다. 그런 생활에 한 번도 참여해보지 못한 김나지움 학생과는 다르다. 도시에는 부富와 사람들이 넘친다. 도시는 아주 부유했고, 일 년 내내 모스크바, 볼가, 리가, 레벨과 무역을 하는데, 지금은 더 부유하다. 아침부터 저녁까지 시골 사람들이 도시로 수확물을 가져오고, 도시 전체가 곡물로 넘쳐나고 시장과 광장에는 땅에서 나는 온갖 과일들이 산더미같이 쌓인다. 거리 한가운데를 따라 큰 소리로 말하면서 급히 걸어가는 농부들을 연이어 만나게 된다. 마침내 그들은 도시에서 볼일을 다 보고 기분좋게 술 한잔을 걸친 후, 딱딱한 과자를 먹으면서 자기 마차로 걸어가는 중이다. 하루종일 이 농부들과 거래를 잘 처리한 사람들, 그러니까 햇볕에 타고 먼지를 뒤집어쓴, 항상 생기가 넘치는 거간꾼들도 활기차게 대화하며 인도를 따라 걸어가고 있다. 이들은 아침부터 농부들을 만나러 도시로 나가서, 높은 값을 불러 다른 거간꾼에게서 농부들을 가로채 시장이나 곡물 가게로 데리고 간다. 이들도 지금은 쉬면서 차를 마시러 선술집으로 가고 있다. 도시에서 감옥과 수도원으로 통하는, 마치 화살처럼 곧게 뻗은 돌가야 울리차*는 저 끝에서 막 넘어가는 태양의 눈부신 햇빛 속 먼지에 잠겨 있다. 걸어가는 사람들, 말을 타고 가는 사람들, 경마장에서 돌아오는 사람들이 먼지에 휩싸인 황금빛 속으로 빠져들어간다. 이 도시는 경마장으로도 유명하다. 경마장에는 멋쟁이 서기들과 점원들, 마치 극락조처럼 잘 차려입은 아가씨들, 화려한 무개 마차를 타고 젊은 아내 옆에 앉아 속보로 걷는 말의

---

* 거리 이름으로, '긴 거리'라는 뜻이다.

걸음을 늦추며 사람들 앞에서 잘난 체하는 엉덩이 큰 상인들이 우글댄다! 대성당에서는 저녁기도 시간을 알리는 종이 울린다. 그러면 턱수염을 기른 단정한 마부들이 살찐 말들이 끄는 무겁고 편안한 대형 마차로 상인의 늙은 아내들을 실어나른다. 두 손에 양초를 들고 있는, 상인의 늙은 아내들은 누렇게 뜬 얼굴과 많은 보석들로, 혹은 죽은 사람처럼 창백한 안색과 수척함으로 우리를 놀라게 한다……

축제일에는 대성당에서 장엄한 예배가 있다. 우리 학교의 육군 대위는 학교 운동장에 모인 학생들을 대성당으로 끌고 가기 전에 우리의 단추를 하나하나 검사한다. 선생님들은 훈장을 단 제복에 삼각모를 쓰고 있다. 우리는 거리를 따라 걸으면서, 행인들이 이날을 기념하기 위해 모든 퍼레이드에 직접 참여하는 국가의 예비병들을 바라보듯 우리를 바라보면 기분이 좋다. 다른 '관청'의 사람들, 즉 제복들, 훈장들, 삼각모들, 견장들이 도처에서 대성당으로 모여든다. 대성당이 가까워질수록 종소리는 더 낭랑하고 더 무겁고 더 크고 더 장엄하게 들린다. 대성당으로 올라가는 입구에서 "모자 벗어!"라는 구령이 떨어진다. 우리는 서로 밀치고 줄을 흩뜨리면서 활짝 열린 서늘하고 웅장한 정문 현관으로 들어간다. 우리 머리 위에서 16톤이 넘는 종이 시끄럽게 웅웅대다가 넉넉하고 자비롭지만 엄격하게 우리를 맞이하며 감싸 안는다. 성당 안에는 참으로 많은 사람들이 있었다. 아래에서 위까지 도금된 성상으로 장식된 휘장, 촛불에 반짝이며 빛나는 금으로 장식된 성직자들의 제의, 붉은 천이 깔린 설교단 주변에 몰려 있는 온갖 계급의 관료들 모습도 너무나 장중하고 근사했다! 하지만 소년의 마음은 조금도 편안하지 않았다. 길게 늘어지는 화려한 예배, 독경, 분향, 들락거리는 성직자들, 때론 힘차게 때론 부드럽고 세련되게 멋을 내는 성가대의 낭랑하고 웅장한 베이스 음성과 달콤하게 잦아드는 알토 음성, 사방에서 격렬하고 무섭게 가까이 밀려오는 거대한 몸집들, 멧돼지같이 비대한 몸통을 짧은 제복과 은빛 벨트로 무섭게 꽉 조인 경찰서장의 모습 때문에 머리가 지끈지끈 아팠다……

이런 날 저녁이면 도시는 인도에 깔아놓은 등화용 접시의 촛불로 붉게 타올랐고, 연기가 자욱하고, 역한 냄새가 났다. 깃발로 장식된 집들은 투명하고 번쩍이는 모노그램과 왕관들로 어둠 속에서 빛났다. 이는 내가 도시에서 받은 최초의 인상 가운데 가장 기억에 남는 것이다. 당시 도시에서는 대규모 걷기 행사가 종종 열렸다. 한번은 로스톱체프의 아들—김나지움 학생으로 6학년이었다—이 도시의 공원에서 열린 대규모 걷기 행사에 나와 글레보치카를 데려갔다. 나는 헤아릴 수 없이 많은 사람들이 빽빽이 운집하여 중앙 오솔길을 따라 천천히 움직이는 광경을 보고 깜짝 놀랐다. 사람들에게서 먼지와 싸구려 향수 냄새가 났다. 가로숫길이 끝나는 곳에서는 형형색색의 불꽃으로 반짝이는 연주대 위에서 군악대가 금관악기와 팀파니로 나른한 왈츠곡을 쿵쾅쿵쾅 연주하고 있었다. 이 가로숫길에서 로스톱체프의 아들은 친구들과 함께 우리를 향해 걸어오는 예쁜 아가씨와 정면으로 마주치자 갑자기 걸음을 멈췄다. 그는 얼굴을 붉히고 장난을 치듯이 발뒤꿈치를 찰싹 부딪쳐 존경을 표했다. 우스꽝스러운 모자 아래서 솔직하고 유쾌한 웃음이 얼굴 가득 빛났다. 광장의 연주대 앞, 넓은 꽃밭 한가운데서 여러 갈래로 물을 내뿜는 분수가 차가운 물보라로 꽃밭을 적시고 있었다. 나는 그 분수의 신선함과 물보라로 적셔진 꽃들의 매혹적인 냄새를 영원히 잊지 못할 것이다. 이 꽃들이 그저 '담배'라고 불린다는 건 나중에야 알았다. 내가 이 냄새를 기억하게 된 까닭은, 그후 며칠 동안 난 생처음으로 달콤하게 앓았던 사랑의 냄새와 연결되었기 때문이다. 바로 이 군郡에 사는 아가씨 덕분이었다. 나는 지금까지도 '담배' 냄새를 맡으면 항상 흥분한다. 하지만 그녀는 나를 전혀 알지 못했고, 내가 평생 동안 담배 냄새를 맡기만 하면 즉시 그녀를, 분수의 신선함을, 군악대의 연주를 떠올린다는 것을 알지 못했다……

7

이제 첫추위가 닥쳐온다. 가난하고 납덩이처럼 무겁고 고요한 늦가을의 나날이다. 도시는 창문에 겨울 창틀을 끼우고, 페치카를 피운다. 또 따스하게 옷을 입고 겨울을 나기 위해 필요한 물건들을 준비한다. 그리고 겨울의 아늑함을 예감하고 수백 년 동안 지속된 전통적인 생활방식을, 그리고 되풀이되는 계절과 관습을 기분좋게 받아들인다.

"거위들이 날아가고 있어." 따스한 외투에 따스한 모자를 쓴 로스톱체프가 차가운 겨울 공기와 함께 집안으로 들어오면서 유쾌하게 말한다. "방금 거위떼를 보았지…… 농부에게서 양배추 두 수레를 샀어. 받아서 들여놔, 류보피 안드레예브나, 곧 가져올 거야. 아주 좋은 양배추야, 배추통이 하나같이 좋고……"

내 마음은 편안하지만 또 한편 너무나 슬프다. 나는 학교 도서관에서 빌려온 월터 스콧의 책을 제쳐놓고 깊은 생각에 잠긴다. 내 마음속에서 일어나고 있는 뭔가를 이해하고 기록하고 싶은 것이다. 나는 마음속으로 도시를 떠올려 찬찬히 관찰한다. 도시 어귀에는 오래된 남자 수도원이 있다…… 그곳 수도사들은 자기 방 성상 뒤에 항상 보드카와 소시지를 숨겨놓고 있다고들 한다. 글레보치카는 수도사들이 제복祭服 밑에 바지를 입는지 안 입는지 몹시 궁금해한다. 나는 수도원을 생각하면서 병적으로 열광했던 시절을 떠올린다. 그때는 금식하고 기도하면서 성인聖人이 되고자 했다. 나는 왠지 모르게 수도원의 과거에 대한 생각으로 괴로워했다. 또 여러 번 수도원을 포위하고 공격해 불태우고 약탈한 타타르인들에 대한 생각으로 괴로워했다. 나는 여기에서 뭔가 아름다움을 느꼈고, 시나 시적 상상으로 이 아름다움을 이해하고 표현하고 싶었다…… 수도원에서 돌가야 울리차를 따라 도시로 돌아오면 왼쪽에 골짜기와 악취를 풍기는 강의 지류 쪽으로 내려가는 초라하고 더러운 거리가 나온다. 물에 젖은 가죽이 썩어가는 강의 지류는 얕고, 밑바닥은 켜켜이 쌓인 검은 가죽으로 덮여 있다. 강둑에는 코를 찌르는 악취를 풍기는 갈색의 뭔가가 산더미처럼 쌓여 있고, 바람이 통하도록 엮어놓은 시커먼 통나무들이 죽 늘어서 있다. 여기에서 가죽이 건조되고 가공된다. 무시무시한 부류의 사람들, 힘세고 믿을 수 없을 만큼 기름에 전 거친 사람들이 떼를 지어 일하고 소리를 지르고 욕설을 해댄다…… 여기도 매우 오래된 장소로 삼사백 년이나 되었다. 나는 이 더러운 장소에 대해 뭔가 말하고 멋진 것을 만들어내고 싶은 갈망으로 고통스러워한다…… 더 멀리 강의 지류 너머엔 쵸르나야 슬로보다와 아르가마차, 아르가마차가 자리잡은 바위투성이 절벽이 있다. 강은 계곡 아래 먼 남쪽, 돈 강 하류 지방 쪽으로 천년 동안 흐르고 있다. 옛날에 한 젊은 타타르 공후가 이 강에서 죽었다. 나는 이 타타르 공후에 대해서도 뭔가를 생각해내 시로 쓰고 싶다. 지금까지도 우리 도시의 가장 오래된 교회들 중 하나에 안치된 기적의 성모상이 이 타타르 공후를 벌했다고 전해지는데, 이 교회는 바로 아르가마차의 맞은편 강 위에 있다. 꺼지지 않는 현수등이 타고 있는 이 오래된 성상 앞에서 검은 숄을 두른 여자가 무릎을 꿇고 항상 기도하고 있다. 그녀는 세 손가락을 이마에 꼭 대고 따스한 현수등 불빛 속에 희미하게 빛나는 거무스름한 황금 액자 틀을 슬픈 눈빛으로 뚫어져라 바라본다. 성상을 넣은 액자 틀의 구멍 사이로 가슴을 꼭 누르고 있는 진한 갈색의 작은 나뭇조각 같은 오른손이 보이고, 좀더 위쪽에는 검고 자그마한 중세적 분위기의 얼굴이 보인다. 그 얼굴은 섬세하고 다양하게 빛나는 다이아몬드, 진주, 루비로 만든 은제 레이스가 달린 가시면류관 아래 왼쪽 어깨로 온유하고 슬프게 기울어져 있다…… 강 건너 도시 너머에는 저지대에 넓게 펼쳐진 자레치예가 있다. 이곳은 완전한 하나의 도시이자 가히 철도 왕국이다. 여기에서 기관차들은, 침울하고 차가운 하늘을 무리 지어 날아가는 거위들처럼, 어딘가 저멀리 떠나고 싶은 마음을 불러일으키면서 낮이나 밤이나 차갑고 쟁쟁 울리는 대기 속에서 명령하고 호소하듯이, 슬프고 자유롭게 소리치고 있다. 이곳에는 구운 만두, 사모바르, 커피 냄새가 석탄 연기 냄새와 뒤섞여 사람들을 흥분시키는 기차역이 있다. 석탄 연기를 내뿜는 기관차들은 밤낮으로 이 기차역에서 러시아 전역으로 뿔뿔이 흩어진다……

나는 집의 아늑함을 그리워하고, 때론 도시의 과거나 도시에서 바라다보이는, 가을의 탁 트인 자유로운 공간을 꿈꾸면서 달콤하고 슬프게 애태웠던 날들, 가난하고 짧았던 날들을 기억한다. 이런 날들은 재미없는 학교 수업을 받는 중에도 쉼없이 흘러갔다. 나는 학교에서 마땅히 알아야 한다고 간주되는 모든 것을 강제로 배워야 했다. 소시민적인 따뜻한 두 방은 고요했다. 털실로 짠 테이블보가 덮인 류보피 안드레예브나의 서랍장 위에 놓인 자명종의 졸린 듯한 똑딱거리는 소리와 하루종일 앉아 레이스를 뜨고 있는 마냐와 크슈샤의 손안에서 나는 가느다란 뜨개바늘 소리에 그 고요는 더욱더 깊어졌다. 이런 날들이 천천히 단조롭게 흘러가다가 어느 날 갑자기 중단되었다. 유난히 슬프고 어스름한 어느 날 저녁 바깥 쪽문이 갑자기 쾅하고 소리를 냈고, 이어서 현관문과 문간방 문을 여는 소리가 났다. 그리고 귀마개가 달린 털모자를 쓰고 너구리털 외투를 활짝 풀어헤친 아버지가 갑자기 문턱에 나타났다. 나는 전속력으로 달려가 아버지의 목을 잡고, 바깥 냉기로 차갑고 축축해진 콧수염 아래 사랑스럽고 따스한 입술에 입맞춤을 해대면서, 아버지는 이 도시 전체에서 어떤 사람과 비교해도 완전히, 완전히 다르다는 것을 황홀하게 느꼈다!

8

우리 거리는 도시 전체를 관통하고 있었다. 우리가 사는 동네의 거리는 텅 비고 인적이 드물고, 사람이 살지 않는 듯한, 상인들의 석조가옥밖에 없었다. 하지만 거리 중심부는 아주 활기에 넘쳤다. 그 근처에는 시장이 있고, 상상할 수 있는 모든 것들—선술집, 상가, 최고급

가게들, 최고급 호텔들—이 있었다. 그중에는 돌가야 울리차 모퉁이에 드보랸스카야* 호텔도 있었다. 드보랸스카야 호텔이라고 불리는 데는 이유가 있다. 이 호텔에는 지주들만 투숙했다. 행인들은 호텔 지하실 유리창을 통해 레스토랑과 주방에서 풍겨나오는 달콤한 냄새를 맡고 하얀 모자를 쓴 요리사들을 보았으며, 현관 유리문을 통해 붉은 나사가 깔린 넓은 계단을 보았다.

내가 김나지움에 다니던 시절, 아버지는 마지막으로 화려한 인생을 보내고 있었다. 아버지는 바투리노로 이사한 후 바투리노를 저당잡히고 카멘카를 팔았는데, 마치 현명한 경영 계획을 세워 이런 일을 하는 것처럼 보였다. 아버지는 다시 자신을 부유한 지주라고 생각했고, 도시에 오면 드보랸스카야 호텔에만 묵고 항상 최고의 객실을 잡았다. 아버지가 도시에 오면 나는 로스톱체프의 집에서 나와 이삼일 동안 전혀 다른 세계로 곧장 옮겨갔으며, 잠시 다시 도련님이 되었다. 현관 앞의 '날쌘' 마부들도, 현관 수위도, 복도를 담당하는 급사들도, 호텔 청소부들도, 커다란 연미복에 하얀 넥타이를 매고 말끔히 면도한 미헤이치도 내게 미소를 띠고 허리 굽혀 인사했다. 세레메티예프 공작**의 농노였던 미헤이치는 평생 온갖 것을 맛보고, 파리, 로마, 페테르부르크, 모스크바를 돌아다녔는데, 지금은 외딴 도시의 드보랸스카야 호텔이라는 곳에서 호텔 보이로 위엄 있고 슬픈 여생을 보내고 있었다. 이 호텔에서는 진짜 훌륭한 귀족들조차도 귀족 흉내만 냈고, 다른 사람들

* '귀족의'라는 형용사.

** 19세기 러시아의 가장 부유한 귀족 중 하나로 모스크바와 페테르부르크에 많은 영지와 저택들을 가지고 있었다.

은, 미헤이치의 말대로, '군郡 나리'에 지나지 않았다. 그들은 귀족 버릇대로 과장되게 행동하고 어이가 없을 만큼 무례한 요구를 해댔으며, 귀족이라는 혈통 때문이 아니라 보드카에 절어 낮은 목소리로 말했다.

"안녕하세유, 알렉산드르 세르게이치!" 드보랸스카야 호텔 입구에서 '날쌘' 마부들이 앞다투어 아버지에게 소리쳤다. "나리를 기다릴까유? 혹시 저녁에 서커스장에 가실 건지유?"

아버지는 이전에 부자였을 때처럼 행세하기가 불편했지만 마부들의 외침을 즐겼으며, 드보랸스카야 호텔 주변에는 항상 마부들이 얼마든지 있어서 기다리는 삯을 지불할 필요가 없었지만 그들더러 기다리라고 지시했다.

현관 유리문 안쪽은 따스했고, 작열하는 램프불로 자극적일 정도로 밝았다. 귀족과 그들의 회의나 모임을 위한 시골 호텔 특유의 멋지고 귀족적인 분위기가 즉시 사람들의 마음을 사로잡았다. 레스토랑으로 통하는 일층 복도에서 사람들의 시끄러운 목소리와 웃음소리가 들려왔고, 누군가 소리쳤다. "미헤이치, 백작에게 말해줘. 제기랄! 우리가 기다리고 있다고!" 이층으로 올라가는 계단에서 안팎으로 털을 댄 겨울 외투를 입은 거인이 나타나 갑자기 우리를 멈춰 세운 뒤, 탄성을 지르고 짐짓 기쁜 체하면서 매갈이 차가운 눈을 굴리며 엄마의 손에 정중하고 상냥하게 입맞춤했다. 그는 농사꾼이나 고대 러시아의 공후와 비슷했다. 아버지도 즉시 상류사회의 예법대로 그의 손을 꼭 쥐었다.

"공작님, 우리에게 꼭 들러주세요! 진심으로 기쁠 겁니다!"

재킷과 엷고 반투명한 삼베 셔츠를 입은, 짧은 다리에 몸집이 아주 건장한 젊은이가 복도를 빠르게 걸어오고 있었다. 이 젊은이는 매끈하게 빗어 넘긴 희끗희끗한 머리칼에 늘 술에 취한 듯한, 툭 튀어나온 밝은 하늘색 눈을 하고 있었다. 젊은이는 커다란 쉰 목소리로, 다급하고 이상할 정도로 친근하게(그는 절대 우리 친척이 아니었다) 멀리서 소리쳤다.

“아저씨, 이게 얼마 만이에요! ‘아르세니예프, 아르세니예프’라고 사람들이 말하는 소릴 들었지만, 아저씨인 줄은 몰랐어요…… 안녕하세요, 아주머니.” 그는 엄마의 손에 입을 맞추면서 쉴새없이 말했다. 상대가 너무나 다정하게 손에 입을 맞춰 엄마는 그의 관자놀이에 입을 맞추지 않을 수 없었다. “안녕, 알렉산드르.” 그는 늘 그렇듯이 내 이름을 잘못 부르면서 활기찬 눈으로 바라보았다. “너 아주 좋아졌구나! 아저씨, 보다시피 전 여기 앉아서 망할 놈의 크리첸스키를 기다리고 있어요. 벌써 닷새째예요. 그자가 은행에 낼 돈을 빌려주기로 약속했거든요. 그런데 왜 바르샤바로 날랐는지 아무도 몰라요. 언제 돌아올지는 모르다하이만 알아요…… 그런데 식사는 하셨어요? 아래층으로 가시죠, 다들 거기 모여 있어요……”

아버지는 그에게 입맞춤하고 갑자기 밑도 끝도 없이, 자기도 모르게 그를 식사에 초대해 우리 방으로 끌고 왔다. 그리고 활기에 넘쳐서 엄청나게 많은 안주, 요리, 보드카, 포도주를 미헤이치에게 주문했다…… 이 미심쩍은 우리 친척은 엄청나게 많은 양을 게걸스럽게 먹고 마셔댔다! 그는 끊임없이 시끄럽게 얘기하고 감탄하고 큰 소리로 웃어대고 탄성을 질러댔다! 지금까지도 나는 그가 쉰 목소리로 외쳐대는 소리와 흥분하면서 끝없이 쏟아내는 말을 듣고 있는 듯하다.

“그런데 아저씨, 정말로 내가 그런 비열한 짓을 할 수 있다고 생각하세요?!"

저녁에 우리는 트루치 형제들*의 넓고 얼음같이 차가운 천막 안에 앉아 있었다. 천막 안에서는 보통 서커스장에서 나는 기분좋은 온갖 냄새가 코를 찔렀다. 얼굴에 밀가루를 바르고 불타는 듯한 오렌지색 머리를 하고 넓은 바지를 입은 어릿광대들이 관객들의 환호를 받으며 앵무새처럼 날카롭게 소리치고, 맹렬한 기세로 부자연스럽고 어색하게 배를 모랫바닥에 철썩 부딪치면서 무대로 날아 들어왔다. 뒤를 따라 늙은 백마가 쿵쿵 뛰어갔는데, 번쩍이는 금박으로 온몸을 치장한 다리 짧은 여자가 오목하게 들어간 백마의 넓은 등 위에 선 채 말을 달리고 있었다. 이 여자는 옆으로 넓게 퍼진 발레 치마 아래 단단한 분홍 허벅지에 분홍 타이츠를 신고 있었다. 밴드가 〈버드나무야, 나의 푸르른 버드나무야〉를 멋대로 씩씩하게 연주하면서 분위기를 달구었다. 연미복에 긴 부츠를 신고 실크해트를 쓴, 까만 턱수염을 기른 멋쟁이 곡마단장이 무대 한가운데 서서 빙글빙글 돌면서 리듬에 맞춰 긴 채찍을 멋지게 휘둘러댔다. 고집스럽게 목을 앞으로 구부린 말은 온몸을 옆으로 비스듬히 기울이고 원 가장자리를 빠른 걸음으로 내달렸다. 여자는 기다리고 있다가 말 위로 펄쩍 뛰어올랐고, 갑자기 애교 넘치는 짧은 비명을 지르면서 조끼 모양의 재킷을 입은 말 관리인이 위로 펼쳐든 종이 방패를 요란스러운 소리를 내며 뚫고 지나갔다. 깃털보다 더 가볍게 보이려고 애쓰면서 무대의 마구 파헤쳐진 모래 위로 날렵하게 뛰어내려 더할 나위 없이 우아하게 무릎을 굽혀 인사하고, 손을 흔들며

* 1880년 러시아에 온 이탈리아 서커스 배우들.

손끝을 특이하게 비틀자 우레 같은 박수가 쏟아졌다. 그녀가 과장되게 어린아이 같은 몸짓을 하면서 무대 뒤로 사라지자 갑자기(비록 어릿광대들이 의지할 데 없는 바보 같은 표정을 짓고 비틀비틀 무대 위를 돌아다니다가 "다시 맛보기로 카마린스키*!" 하고 혀 짧은 소리로 외쳤지만) 음악 소리가 멈추었고 서커스장은 달콤한 공포 속으로 빠져들어갔다. 말 관리인들이 쇠로 만든 커다란 우리를 끌고 급히 서두르면서 무대로 뛰어나왔다. 갑자기 무대 뒤에서 으르렁거리는 짐승의 포효가 들렸는데, 마치 누군가 고통스럽게 욕지기를 하며 토하는 것 같았다. 이어서 트루치 형제들의 천막을 송두리째 뒤흔들 정도로 강하고 위풍당당한 날숨소리가 들려왔다……

9

어머니와 아버지가 떠난 뒤 도시는 마치 사순절이 시작된 듯했다.

무슨 까닭인지 부모님은 종종 토요일에 도시를 떠났기에 그날 저녁 나는 김나지움 근처의 외진 골목에 있는 성聖십자가 교회의 저녁기도회에 가야만 했다.

아, 나는 음산하고 낮은 늦가을 하늘 아래 고요하고 서글펐던 저녁을 잘 기억하고 있다. 보통 우리는 예배가 시작되기 훨씬 전에 교회에 가서 긴장 어린 고요와 어둠 속에서 예배를 기다린다. 몇몇 노파들만

* 러시아의 민속 무용곡 '카마린스카야'를 잘못 발음한 것.

이 구석에서 무릎을 꿇고 있을 뿐, 우리들 말고는 아무도 없다. 노파들의 속삭이는 듯한 기도 소리, 제단 앞 현수등과 드문드문 꽂혀 있는 촛불이 타닥타닥 타들어가는 조심스러운 소리만이 들릴 뿐이다. 어둠은 점점 더 짙어지고, 좁은 유리창 너머로는 저물어가는 저녁이 점점 더 슬프게 푸르러지며 연보랏빛으로 변한다…… 마침내 따스한 제의에 긴 덧신을 신고 제단으로 걸어가는 신부들의 부드러운 발소리가 들린다. 잠시 후, 다시 한번 정적과 기다림의 순간이 오랫동안 지속된다. 붉은 비단으로 덮인 '황제의 문'* 뒤 제단에서 비밀스레 무언가를 준비하고 있다. 항상 무섭고 다소 갑작스럽게 '황제의 문'이 열리면, 마침내 부제가 절제되고 위엄 있는 목소리로 "일어나시오!"라고 말하면서 설교대로 걸어나오고, 이 소리에 응답하여 제단 깊숙한 곳에서 시작을 알리는 순종적이고 슬픈 목소리가 "거룩하신 창조주이시며 온전한 하나이신 성부, 성자, 성신에게 영광을 돌릴지어다" 하고 대답한다. 이 목소리가 성가대의 은은하고 조화로운 "아멘……" 소리에 잠기는데, 이때까지 제단 가운데 높은 테이블에서는 긴 침묵 속에서 분향이 계속된다.

이 모든 것에 나는 얼마나 흥분했던가! 아직 아이이고 소년이었지만, 타고난 감수성으로 이 모든 것을 느낄 수 있었다. 최근 몇 년 동안 나는 이런 기다림과 예배 전의 긴장 어린 고요를 여러 번 경험했고, 부제의 환성歡聲과 반드시 그 환성에 이어지며 그 환성을 덮어버리는

---

* 러시아정교회에서 제단은 성상이 그려진 휘장 너머에 있다. 신부들은 제단 주변의 보이지 않는 장소에서 '황제의 문'으로 불리는 문을 통해 성상이 그려진 휘장 앞의 신도들에게로 걸어나온다.

"아멘" 소리를 여러 번 들었다. 이 모든 것은 마치 내 영혼의 일부가 된 듯했다. 이제 내 영혼은 예배의 말 하나하나를 미리 짐작하고, 더욱 진실하게 마음의 준비를 하면서 모든 것에 더욱 민감하게 반응한다. "거룩하시고 온전하신 분께 영광을……" 나는 제단에서 희미하게 들려오는 이 친숙하고 사랑스러운 목소리를 듣고, 이미 마법에 걸린 듯이 자리에서 일어나 예배를 드린다.

작은 등불을 든 부제를 뒤따라 신부가 조용히 걸어다니면서 성상마다 절하고 향로의 향기로 성당을 가득 채우는 동안, 나는 "와서 주님께 경배합시다, 와서 주님께 경배합시다…… 오, 내 영혼이여, 주님을 찬양하라"는 소리를 듣는다. 그러면 눈물이 흘러 시야가 흐릿해진다. 이보다 아름답고 고귀한 것은 지상에 존재하지 않고, 존재할 수도 없다는 것을 이미 확실히 알기 때문이다. 엉성하게 면도한 몇몇 상급생들의 말을 듣고 '신은 존재하지 않는다'고 확신하는 글레보치카가 비록 옳다 해도, 이런 낭송과 찬송을 듣고, 때론 오래된 성상화가 그려진 희미한 금빛 벽 앞의 붉은 불빛을, 때론 하느님의 성스러운 용사이자 신실한 공후인 알렉산드르 넵스키*의 모습을 바라보는 순간 내가 느끼는 감정보다 아름다운 것은 이 세상에 존재하지 않았다. 신을 향한 두려움과 찬양의 표시로 한 손을 가슴에 얹고 무섭고 경건한 두 눈을 위로 향한 채, 갑옷으로 완전무장한 실물 크기의 공후 모습이 내 옆에 있는 금도금한 기둥에 그려져 있었다……

성스럽고 신비한 의식은 계속된다. '황제의 문'은 때론 우리가 읽어

* 13세기 스웨덴의 침략과 타타르의 약탈 행위로부터 러시아를 지킨 노력을 인정받아 시성(諡聖)되었다.

버린 낙원으로부터의 추방을, 때론 낙원으로의 새로운 진입을 상징하면서 닫혔다 열렸다 한다. 지상에 사는 우리의 나약함과 무력함에 대한 슬픈 인식과 신을 따라 살게 해달라는 간청을 표현하는 경이로운 빛의 기도가 낭송되고, 교회 궁륭은 구세주의 강림에 대한 기대와 마음을 희망으로 밝힌다는 표시로 켜진 수많은 촛불들로 더 밝고 따스하게 빛난다. 그리고 신의 인자하심에 대한 확고한 믿음과 이 지상에 사는 인간들의 간청이 담긴 거룩한 기도문이 낭랑히 울려퍼진다. "위로부터의 평화와 우리 영혼의 구원을 위해…… 온 세상의 평화와 하느님의 성스러운 교회의 번영을 위해……" 이어 모든 것을 평화롭게 해결하는 약하고 겸손한 목소리가 들린다. "모든 영광과 명예와 경배가 성부, 성자, 성신께 지금처럼 영원히 돌려질지어다……"

아니다, 내가 고딕 대성당과 오르간에 대해 했던 말은 사실이 아니다. 나는 성십자가 교회의 어둡고 쓸쓸한 저녁때와는 달리 대성당에서는 결코 그렇게 울지 않았다. 엄마와 아버지를 전송하고 나서 진짜 고향집으로 들어가는 것처럼 성십자가 교회의 나지막한 궁륭 아래로, 교회의 정적과 온기와 어둠 속으로 들어가 긴 외투를 입고 나지막한 궁륭 밑에 서서 피로를 느끼며 "내 기도가 이루어지리다" 같은 슬프고 겸손한 기도, 혹은 "오, 평화로운 빛이시여, 하늘에 계신 영원한 아버지의 성스러운 영광이여, 성스럽고 은혜로우신 예수그리스도여……" 같은 달콤하고 긴 기도를 들었던 것이다. 나는 "석양에 오시는, 저녁빛을 바라보시는……"을 들으며 내 마음에 떠오르는 신비한 석양의 환상에 푹 빠져들었다. 교회 전체에 다시 깊은 어둠이 깃들고, 촛불이 꺼져 교회가 구약성서에 묘사된 깜깜한 밤 속에 파묻히는 신비하고 슬픈 순간에 무릎을 꿇기도 했다. 잠시 후, 마치 아득한 곳에서 울려퍼지며 여명을 알리는 듯한, 잘 들리지 않는 기도가 천천히 길고 조심스레 시작된다. "지극히 높은 곳에서는 주님께 영광이요, 땅에서는 평화, 사람들에게는 사랑이요……" 이 기도중에 열정적이고 슬프지만 행복한 흐느낌이 세 번 반복된다. "오, 은혜로우신 주여, 주님의 법을 가르쳐 주소서!"

10

나는 혹독했던 잿빛 겨울날들과 칙칙하고 지저분한 눈석임을 숱하게 기억한다. 이 시기에 러시아의 시골생활은 특히나 고통스럽다. 모든 사람의 얼굴은 우울해지고 악의를 띠게 된다. 러시아인은 자연의 영향에 원시적으로 복종한다! 그리고 세상의 모든 것은 꼭 자기 자신의 존재처럼 자신의 무용성으로 우리를 괴롭게 했다……

이따금 한 치 앞도 보이지 않는 아시아적인 눈보라가 몇 주일씩 휘몰아쳤던 것을 기억한다. 이런 눈보라 속에서 도시의 종탑들은 아주 어렴풋이 보였다. 나는 주현절* 전후의 혹한을 기억하는데, 이런 혹한은 아주 먼 고대 러시아와 '땅을 1사젠**이나 갈라지게 했다'는 지독한 추위를 생각나게 했다. 이런 혹한에는 밤마다 칠흑 같은 하늘에서 하

* 세 동방박사가 베들레헴을 찾아와 예수가 메시아임을 드러내고 예수의 공현을 기리는 날로, 예수 탄생일(12월 25일) 이후 12일이 되는 1월 6일. 예수 공현 축일이라고도 한다.
** 약 2.134미터에 해당하는 러시아 길이 단위.

얀 오리온 성좌가 눈더미 속에 완전히 파묻힌, 눈처럼 하얀 도시 위에서 무섭게 불타올랐다. 아침에는 두 개의 희미한 태양이 투명하고 불길하게 빛났고, 움직임이 없는, 팽팽하고 쟁쟁한 타는 듯한 대기 속에서 도시 전체가 굴뚝에서 천천히 거칠게 내뿜는 붉은 연기로 뒤덮였다. 그리고 행인들의 빠드득거리는 발소리와 썰매의 활주부에서 나는 요란한 소리가 도시 전체에 울려퍼졌다…… 이렇게 지독하게 추운 어느 날 반세기 동안 도시를 떠돌아다녔던 거지이자 바보인 두냐가 대성당 입구에서 얼어죽었다. 항상 무자비하게 두냐를 조롱했던 도시는 갑자기 그녀를 위해 황제의 장례식과 다름없는 거창한 장례식을 올려주었다……

이상해 보일지 모르지만, 이런 생각에 이어 여자 김나지움의 무도회가 기억난다. 내가 갔던 최초의 무도회였다. 지독한 추위가 며칠 동안 계속되었다. 방과후에 집으로 돌아오면서 나와 글레보치카는 일부러 여자 김나지움이 있는 거리를 따라 걸어갔다. 여자 김나지움 안마당에는 정문 현관으로 이어지는 길 양쪽으로 눈더미가 평평히 쌓여 있었고, 이상하리만치 무성하고 싱싱한 전나무가 두 줄로 심겨 있었다. 해가 지고 있었다. 모든 것이 깨끗하고 싱싱했으며 분홍빛을 띠고 있었다. 눈 덮인 거리, 눈이 두껍게 쌓인 지붕과 담장, 금빛 운모雲母처럼 반짝이는 유리창, 역시 싱싱하고 강하고 상쾌한 에테르처럼 가슴에 파고드는 공기. 짧고 가벼운 모피 외투에 목이 높은 방수용 덧신을 신고 예쁜 모자와 겨울용 털모자를 쓴 여학생들이 우리를 향해 걸어왔다. 그들의 눈은 빛났고 긴 눈썹에는 서리가 하얗게 앉아 있었다. 그들 중 몇 명이 걸어가면서 낭랑하고 유쾌하게 말했다. "무도회에 오세요!" 나는 이 낭랑한 목소리를 듣고 마음이 들떴다. 짧고 가벼운 모피 외투, 목이 높은 방수용 덧신, 겨울용 털모자, 상냥하고 상기된 얼굴, 얼어붙은 긴 속눈썹, 뜨겁고 민첩한 눈길 속의 특별한 무언가에 대한 감정이 처음으로 내 마음속에 일어났다. 나중에 그토록 강하게 날 사로잡은 감정이었다……

무도회 후에 나는 무도회와 나 자신에 대한 기억으로 오랫동안 취해 있었다. 바로 푸른 새 교복에 하얀 장갑을 낀, 옷을 잘 차려입고 아름다우며 날렵하고 민첩한 중학생에 대한 기억이었다. 그는 즐겁고 씩씩하고 청량한 기분으로 옷을 잘 차려입은 여학생들과 뒤섞여 복도와 계단을 뛰어다니고, 식당에서 아몬드 음료를 줄곧 마셔댔으며, 발코니에서 연주하는 군악대의 우렁차고 장중한 음악이 울려퍼지고 샹들리에의 진줏빛으로 가득한 넓은 무도회장에서 반들거리는 가루가 흩뿌려진 마루를 따라 춤을 추는 사람들 사이로 미끄러지듯이 돌아다녔다. 그는 무도회에 처음 참석한 사람들의 기분을 몽롱하게 만드는 향기로운 열기를 마음껏 들이마셨고, 눈에 띄는 가벼운 구두, 하얀 망토, 목에 맨 까만 벨벳 리본, 머리채에 꽂은 나비 모양의 실크 리본, 그리고 왈츠를 추고 나서 기분좋은 어지럼증으로 높이 부풀어오르는 모든 젊은 가슴에 매혹되었다……

11

3학년 때 한번은 교장에게 불손한 말을 해서 하마터면 퇴학당할 뻔했다. 그리스어 수업 시간에 선생님이 뭔가를 우리에게 설명하면서 칠판에 분명하고 능숙하게 글을 쓰고 있었다. 선생님은 분필을 칠판에 부딪치면서 능란한 판서에 커다란 즐거움을 느끼고 있었다. 나는 선생님의 설명을 듣는 대신에 『오디세이아』에서 내가 좋아하는 한 대목을 백번째 읽고 있었다. 나우시카가 피륙 짜는 실을 씻기 위해 하녀를 데리고 해변가로 가는 대목이었다. 그때 복도를 따라 걸어다니면서 문의 유리창을 통해 교실 안을 슬쩍 들여다보곤 하던 교장이 갑자기 교실로 들어와 곧장 내게로 걸어오더니 내 손에서 책을 빼앗고 미친듯이 소리쳤다.

"너, 수업이 끝날 때까지 구석에 가 있어!"

나는 얼굴빛이 하얘져 자리에서 일어나 대답했다.

"제게 소리치지 마시고, '너'라고 말하지 마세요. 전 당신 아이가 아닙니다……"

실제로 나는 더이상 아이가 아니었다. 나는 정신적으로나 육체적으로 빠르게 성장했다. 더이상 감정으로만 살지 않았고, 어느 정도 감정을 다스릴 수도 있었다. 내가 보고 인식한 것을 분석하기 시작했고, 주변의 일과 경험을 어느 정도 거만하게 내려다보기 시작했다. 나는 이미 유년기에서 소년기로 넘어갈 때 이와 유사한 경험을 했다. 지금은 이 과정을 더욱 강하게 경험하고 있었다. 휴일에 글레보치카와 함께 도시를 돌아다니면서 나는 내 키가 중간키의 행인과 거의 비슷하다는 것을 알았고, 내 소년다운 마른 몸과 늘씬함, 수염이 없는 섬세하고 생기 넘치는 얼굴만이 다른 행인들과 다르다는 걸 알아챘다.

내가 4학년이 된 그해 9월 초, 바딤 로푸힌이라는 동급생이 갑자기 나와 사귀고 싶어했다. 어느 날 긴 휴식 시간에 로푸힌이 다가와 팔꿈치 위쪽을 붙잡고 내 눈을 똑바로 바라보면서 말했다.

"이봐, 우리 클럽에 들어오고 싶지 않니? 우리는 아르히포프들이나 자우사일로프들*과 뒤섞이지 않도록 귀족 학생 클럽을 만들었어. 알겠니?"

로푸힌은 모든 점에서 나보다 훨씬 더 어른스러웠다. 매 학년을 어김없이 이 년 동안 다녔기 때문이다. 눈빛이 맑고 머리칼은 금발인데 이미 청년처럼 키가 크고 골격이 튼튼했으며 금빛 콧수염이 나기 시작했다. 그는 이미 모든 것을 알고, 모든 것을 경험한 것처럼 보였다. 또 멋진 태도와 성인다움의 표시인 자신의 비도덕성을 매우 자랑스러워하는 듯했다. 휴식 시간에는 부주의하고 뻔뻔스럽게 몸을 앞으로 숙인 채 넓고 가벼운 바지 주머니에 손을 쑥 쑤셔넣고, 발을 질질 끌며 귀족답게 다소 가볍고 경쾌한 걸음걸이로 학생들 사이를 산만하게 재빨리 헤집고 다녔다. 항상 휘파람을 불며 다녔고, 차갑고 약간 비웃는 듯한 호기심 어린 표정으로 주변을 둘러보면서 잠시 수다를 떨려고 '자기 멤버'에게만 다가갔으며, 감독관을 만나면 마치 아는 사람에게 하듯이 고개를 끄덕였다…… 그때 나는 이미 사람들을 눈여겨보고 자세히 관찰하기 시작했으며, 사람들을 몇몇 부류로 나누어 좋아하는 이들과 싫어하는 이들로 구별하기 시작했다. 이런 부류 중 몇몇은 내가 항상 혐오하는 타입이 되었다. 로푸힌은 확실히 혐오하는 타입에 속했다. 그러나 나는 우쭐해져서 클럽에 전적으로 공감을 표했다. 그러자 로푸힌

---

* 아르히포프와 자우사일로프는 둘 다 귀족의 성(姓)이 아니다.

은 나더러 오늘 저녁에 시립 공원으로 나오라고 말했다.

"첫째, 너는 우리 멤버들 중에서 몇몇과는 더 가까이 지내야 해." 그가 말했다. "둘째, 너를 날랴 R에게 소개할 거야. 그애는 아직 여중생이지만 아주 오만한 부모의 딸이야. 그러나 이미 산전수전 다 겪었고, 악마처럼 영리하고 프랑스 여자처럼 유쾌하지. 주변 사람의 도움 없이도 샴페인 한 병을 거뜬히 마실 수 있어. 키는 아주 작지만 다리는 요정처럼 미끈해…… 알겠어?" 그는 여느 때처럼 내 눈을 바라보고 뭔가 다른 것을 생각하면서, 혹은 뭔가 다른 것을 생각하는 체하면서 말했다.

이런 얘기를 나눈 직후 내게는 아주 이상한 일이 일어났다. 나는 로푸힌의 말을 듣고 난생처음으로 상상 속의 날랴와 사랑에—이 사랑은 언젠가 사시카를 보았을 때, 그후 차르 축일에 산책하다가 로스톱체프의 아들과 한 아가씨를 만났을 때 느꼈던 순간적이고 가볍고 신비하고 아름다운 사랑과는 전혀 다른 것이다—빠졌다고 느꼈을 뿐만 아니라 이미 남성적이고 육체적인 뭔가를 느꼈다. 나는 얼마나 초조하게 그날 저녁을 기다렸던가! 마침내 내가 상상했던 것이 찾아온 것이다! 그것은 무엇인가? 운명적인 경계선이자 이미 오랫동안 갈망해온 경계선으로, 마침내 나는 그 선을, 죄 많은 낙원의 무서운 문턱을 넘어야 하는 것이다…… 이 모든 일이 일어날 거라고, 적어도 오늘 저녁에 시작될 거라고 느껴졌다. 나는 이발소에 갔다. 이발사는 내 머리를 '상고머리'로 깎고 머리에 향수를 뿌린 후 기름과 향료 냄새가 지독하게 나는 둥근 브러시로 상고머리를 빗질했다. 나는 집에서 몸을 씻고, 옷을 입고, 단장을 하는 데 거의 한 시간을 보냈다. 공원으로 가는데 손이 얼어붙고 귀가 불꽃처럼 타오르는 듯했다. 공원에는 다시 음악이 흘렀고, 사방으로 가지를 뻗은 키 큰 분수대가 차가운 물안개를 내뿜고 있었다. 진홍빛 가을 석양이 드리워져 있고, 상쾌하고 차가운 대기 속에서 여인의 화사함이 깃든 꽃내음이 풍겼다. 사람들은 많지 않았다. 그래서 모든 사람이 보는 데서, 선발된 '귀족 학생 클럽'의 일원으로 다른 사람들과 떨어져 걷고, 회원들과 함께 특별한 귀족다운 대화를 나눈다는 것이 더욱더 부끄러워졌다. 그때 갑자기 뭔가가 나를 친 것 같았다. 매우 균형 잡힌 몸매에 아주 우아하고 단순하게 옷을 차려입은 조그만 여자애가 손에 작은 스틱을 들고 가로숫길을 따라 우리를 향해 종종걸음으로 바삐 걸어오고 있었다. 여자애는 재빨리 우리에게 다가와서 까만 눈을 상냥하게 굴리며 꼭 맞는 검은 장갑을 낀 작은 손으로 우리의 손을 자연스럽게 꼭 잡았다. 그녀는 빠르게 말하고 웃으면서 두어 번 슬쩍, 그러나 호기심에 찬 눈길로 나를 바라보았다. 나는 난생처음으로 여자의 웃는 입술, 어린아이 같은 목소리, 둥그스름한 어깨, 가는 허리, 심지어 복사뼈 속에 있는 형용할 수 없는 무언가 속에서 특이하고 무서운 것을 아주 생생히 감각적으로 느꼈고, 한마디 말도 할 수 없었다.

"날랴, 이애를 좀 교육시켜." 나를 향해 조용하고 거만하게 고개를 끄덕이고 뻔뻔스럽고 의미심장하게 뭔가를 암시하면서 로푸힌이 말했다. 나는 오싹 소름이 끼쳤고, 하마터면 이를 부딪칠 뻔했다……

다행히도 날랴는 며칠 뒤 현청 소재지로 떠났다. 우리 현의 부지사인 그녀의 삼촌이 갑자기 죽었기 때문이다. 다행히 클럽에서는 아무 일도 일어나지 않았다. 게다가 얼마 안 있어 우리 가족에게 엄청난 사건이 일어났다. 게오르기 형이 체포되었던 것이다.*

12

심지어 아버지조차 이 사건으로 큰 충격을 받았다.

옛날에 감히 '차르에 대항하는' 자들을 평범한 러시아인이 어떻게 대했을지 지금은 상상조차 할 수 없다. 알렉산드르 2세를 끊임없이 추격하여 결국 암살했지만, 차르의 형상은 여전히 '지상의 신'으로 남아 사람들의 이성과 마음속에 신비한 존경심을 불러일으켰다. '사회주의자'란 말도 신비하게 언급되었다. 이 말에는 온갖 악의 개념이 내포되어 있었기 때문에 커다란 치욕과 공포가 함축되어 있었다. 로가체프 형제나 수보틴 자매들 같은 '사회주의자들'이 우리 지역에 나타났다는 소식이 퍼졌을 때, 우리 가족은 마치 군내에 전염병이나 성경에 나오는 나병이 나타난 것처럼 깜짝 놀랐다. 그후 더욱더 무서운 일이 일어났다. 우리의 가장 가까운 이웃인 알페로프의 아들이 페테르부르크의 군의軍醫 아카데미에 다니다 갑자기 사라졌다가 옐레츠의 물레방앗간에 평범한 짐꾼이 되어 나타난 것이다. 짚신에 삼베 셔츠를 입고 온통 턱수염을 기른 그는 '프로파간다'의 임무를 띠고 있는 것으로 밝혀져—이 '프로파간다'란 말도 아주 무시무시하게 들렸다—페트로파블

* 실제로 부닌의 형 율리 알렉세이비치 부닌은 1884년 9월에 체포되었고, 헌병들에 의해 오제르키에서 옐레츠로 이송되었다.

롭스크 요새에 감금되었다.* 우리 아버지는 결코 무지하거나 우둔한 사람이 아니었고, 모든 면에서 결코 겁쟁이도 아니었다. 어렸을 때 나는 아버지가 이따금 무례하게 니콜라이 1세를 '몽둥이질하는 니콜라이', '완고한 니콜라이'라고 부르는 소리를 여러 번 들었다. 그러나 다음날 아버지는 매우 엄숙하고 진실하게 전혀 다른 말을 하곤 했다. "하느님 안에서 쉬고 계시는 황제, 니콜라이 파블로비치……" 아버지에게 모든 것은 귀족적인 기분에 달려 있었다. 그러나 무엇이 우세했을까? 그러므로 턱수염을 기른 이 젊은 짐꾼이 '붙잡혔을' 때 아버지는 망연자실하여 그저 두 팔을 벌렸을 뿐이다.

"불행한 표도르 미하일리치!" 아버지는 놀라면서 이 젊은이의 아버지에 대해 말했다. "아마도 이 젊은이는 사형당할 거야. 아니, 반드시 사형당할 거야." 아버지는 항상 그렇듯이 충격적인 상황에 호기심을 내보이며 말했다. "그래, 자업자득이야, 자업자득이지! 노인만 불쌍해. 하지만 그자들을 고분고분하게 대해서는 안 돼. 안 그러면 우리도 프랑스혁명 같은 상황에 빠질 거야! 내가 뭐랬어, 그 고집 세고 음울한 바보는 죄수가 돼서 가족에게 치욕을 안겨줄 거라고 그랬지. 내 말이 꼭 맞았지!"

그런데 지금 똑같은 수치와 공포가 갑자기 우리 가족을 덮친 것이다. 어떻게, 왜 이런 일이 일어났을까? 형을 고집이 세고 음울한 바보라고 부를 수는 없었다. 형의 '범죄 행위'는, 부유한 귀족 가문 태생이었음에

---

* 페트로파블롭스크 요새는 1703년 상트페테르부르크가 건설된 후에 최초로 지어진 건축물이다. 처음엔 외적의 침입으로부터 페테르부르크를 방어하는 요새였는데, 19세기에 정치범 감옥으로 변했다.

도 불구하고 처녀의 어리석음 때문에 로가체프 같은 사람들의 꾐에 빠진 수보틴 자매의 범죄 행위보다 더 어리석고 더 믿을 수 없는 것처럼 보였다.

형이 어떤 '행위'를 했는지, 대학생활을 어떻게 했는지 나는 정확히 모른다. 단지 이 행위가 이미 김나지움 시절부터 '뛰어난 인물'인 도브로호토프라는 신학생의 지도로 시작되었다는 것을 알 뿐이다. 그러나 형과 도브로호토프 사이에 무슨 공통점이 있었을까? 후에 형은 내게 도브로호토프에 대해 얘기하면서 더욱더 매혹되어, 그의 '엄격주의', 강철 같은 의지, '전제주의에 대한 가차없는 증오와 민중에 대한 헌신적인 사랑'에 대해 말했다. 그러나 형이 이런 특징들 중 하나라도 가지고 있었던가? 왜 형은 그에게 매혹되었을까? 귀족 특유의 변함없는 경박함과 감격하기 쉬운 성격 때문이었음이 분명하다. 라디셰프들, 차츠키들, 루진들, 오가료프들, 게르첸들은* 심지어 늙어서도 이런 기질을 버리지 못했다. 그러므로 도브로호토프의 특징들은 고귀하고 영웅적인 것으로 간주되었다. 결국 이런 단순한 이유 때문에 형은 도브로호토프를 회상하면서 청년 시절의 행복하고 즐거웠던 날들을 떠올렸던 것이다. 청년 시절에 대한 즐거운 느낌, 온갖 비밀 서클에 대한 '범죄적'이고 달콤하고 지독한 관심, 모임과 노래와 '선동적인 연설'과 위험한 계획과 어떤 기도企圖에 대한 즐거운 느낌……

---

* 라디셰프는 농노제, 귀족 제도, 검열 제도 등을 비판하여 새 세대에 혁명 사상을 고취시킨 작가이며, 차츠키와 루진은 각각 그리보예도프의 희극 『지혜의 슬픔』과 이반 투르게네프의 소설 『루진』의 주인공으로 둘 다 잉여인간 타입의 자유주의적 이상주의자다. 오가료프와 게르첸은 런던으로 망명하여 함께 혁명 잡지 『종』을 펴낸 작가들이다.

아, 이 축제적인 것에 대한 러시아인의 영원한 요구여! 우리는 정말로 감각적이고 열렬히 삶에 도취되기를 갈망한다. 말하자면 단순히 삶을 즐기는 것이 아니라 진실로 삶에 도취되고자 한다. 우리는 끊임없이 술에 취하거나 발작적인 음주벽에 빠지고 싶어하고, 일상과 계획에 따른 노동을 정말로 따분해한다! 내가 살던 시대에 러시아인들은 이상하리만치 넉넉하고 적극적인 삶을 살았다. 러시아에는 건강하고 굳센 노동자들이 계속해서 증가하고 있었다. 그러나 정말로 젖이 흐르는 강, 억압 없는 자유, 축제에 대한 오래된 꿈이 러시아혁명의 가장 주요한 이유들 중 하나였을까? 대체로 러시아의 이단아, 폭도, 혁명가는 도대체 누구인가? 그들은 항상 현실을 경멸하면서 어리석을 정도로 현실과 단절되어 있고, 이성적인 판단이나 여러 상황을 고려하지 않았으며, 시급하지 않고 눈에 띄지 않는 평범한 활동은 전혀 하려 들지 않았다. 그럼 무엇을 했는가! 현지사의 사무실에서 근무하고, 사회사업에 하찮은 공헌을 했던 것이다! 그들은 아무 이유도 없이 "마차를, 내게 마차를 줘!"* 하고 말했을 뿐이다.

김나지움과 대학교 시절 형에게는 빛나는 학문적 미래가 기다리고 있었다. 그러나 당시 형이 학문에 관심이나 있었을까! 보다시피 형은 '개인 생활을 완전히 포기하고, 고통당하는 민중에게 자신의 모든 것을 바쳐야만 했다'. 형은 착하고 고상하며 생기에 넘치는 진실한 청년이었으나 이 점에서 자신을 속였다. 아니 더 정확히 말하면, 형은 다른

---

* 그리보예도프의 희극 『지혜의 슬픔』에서 주인공 차츠키가 말한 마지막 대사. 러시아의 기존 질서(농노제도, 전제제도, 관료제도)에 대한 혐오와 이런 러시아로부터 떠나고 싶은 욕망을 표현한 것으로 해석된다.

수많은 사람들처럼 거짓 감정을 품고 살고자 노력했고, 실제로 그렇게 살았다. 귀족 자녀들이 벌인 '민중 속으로' 운동, 자기가 속한 계급에 대한 봉기, 집회와 논쟁, 지하활동, 피의 맹세와 과격한 행동의 원인은 대체 무엇이었는가? 실제로 귀족 자녀들은 온갖 방탕한 생활을 했던 아버지들의 피와 살을 이어받은 자들이었다. 이념은 진짜 훌륭했다. 그러나 다시 말하건대, 이 젊은 혁명가들은 왕성한 활동이라는 명분 아래 유쾌한 게으름을 열렬히 갈망했고, 집회, 소음, 노래, 지하활동에 따른 온갖 위험—아름다운 수보틴 자매들과 '손에 손을 맞잡고'—에 스스로 도취되었으며 수색과 감옥, 요란한 재판 그리고 시베리아와 징역과 북극권 너머로 동지들과 떠날 여행에 대한 꿈으로 흠뻑 도취되어 있었다! 오로지 아주 비범한 능력만으로 김나지움과 대학교를 우수한 성적으로 졸업한 형이 청춘의 열정을 '지하활동'에 바친 이유는 무엇이었을까? 필라와 시소이카*의 비참한 운명 때문이었을까? 분명히, 이들의 비참한 운명에 대해 읽으면서 형은 여러 번 눈물을 흘렸다. 그러나 자신의 동료들처럼 실제 생활에서, 노보셀키나 바투리노에서도 필라와 시소이카는 한 번도 언급하지 않았다. 왜 그랬을까? 많은 점에서 형은, 보드카 두서너 잔을 마신 후에 "참 좋다! 난 마시는 게 좋아! 도로 젊어지거든!" 하고 그럴듯하게 말하곤 했던 아버지의 아들이었다.

'도로 젊어지다'는 한때 양조장에서 사용되던 말이다. 술에 취한 사람은 젊고 유쾌한 뭔가가 자기 안으로 들어와 달콤한 발효가 일어나고

---

* 표도르 미하일로비치 레셰트니코프의 소설 『포들리프노예의 사람들』에 나오는 인물들. 이들처럼 학대받고 짓밟힌 농민들의 비참한 운명에 인민주의자들은 연민을 느껴 눈물을 흘렸다.

이성으로부터, 일상의 얽매임과 규율로부터 해방된다고 말하고 싶어했다. 농부들도 보드카에 대해 이렇게 말한다. "가능한 한 마셔야지! 보드카를 마시면 사람 마음이 풀어지거든!" '러시아의 즐거움은 술 마시는 데 있다'는 유명한 말은 겉보기와는 달리 전혀 단순하지 않다. 백치로 가장한 행자行者들의 어리석은 언행도, 방랑 생활도, 광적인 의식儀式도, 분신焚身도, 온갖 반란도, 심지어 러시아 문학을 유명하게 만든 놀라운 묘사와 언어적 감수성도 이러한 '즐거움'과 유사한 것이 아닐까?

13

형은 거주지를 옮겨다니며 다른 사람의 이름으로 오랫동안 숨어살았다. 이제 위험하지 않다고 판단했을 때 바투리노로 왔으나, 다음날 체포되었다. 우리 이웃에 사는 사람의 영지 관리인이 형이 온 것을 밀고했던 것이다.

헌병이 바투리노에 나타난 그날 아침 이 영지 관리인은 자신의 지시로 정원에서 베어지던 나무에 깔려 죽었다. 놀라운 일이다. 당시 상상했던 그림은 내 마음속에 이렇게 영원히 남아 있다. 가을비와 폭풍우와 첫서리로 그림처럼 볼품없어지고 이미 가을이 되어 썩은 잎들로 뒤덮이고 휑해진 오래된 넓은 정원, 노랗고 빨간 옷차림으로 알록달록하고 거뭇해진 나무줄기와 가지들, 신선하고 밝은 아침, 풀밭에 반짝이며, 멀리 보이는 나무줄기 사이로 축축한 웅덩이와 그늘진 저지대와 아직 완전히 증발하지 않은 아침 안개의, 푸른 연기처럼 빛나는 엷은 연기 속으로 따스한 황금빛 기둥처럼 떨어지는 눈부신 햇빛, 두 가로숫길이 만나는 교차로, 이 교차로에 서 있는 백 년 된 웅장한 단풍나무, 맑고 촉촉한 아침 하늘 속에 보이는 단풍나무의 늘어진 가지와 활짝 펼쳐진 거대한 우죽, 여기저기 커다란 레몬색 톱니 모양 잎이 달린 검은 무늬의 나뭇가지들, 셔츠 하나만 달랑 입고 뒤통수에 모자를 걸친 농부들의 빛나는 도끼에 찍혀 쩍쩍 소리를 내며 더 깊이깊이 파이는, 나이가 들어 돌처럼 굳어진 단단한 줄기, 주머니에 두 손을 푹 찔러넣고 하늘에서 부들부들 떠는 나무 우죽을 바라보고 있는 영지 관리인, 아마도 그는 사회주의자를 교묘히 해하는 방법을 궁리하고 있었을까? 그때 갑자기 나무가 우지직 소리를 냈고, 우죽이 앞으로 기울어졌다. 그리고 요란한 소리를 내면서 옆에 있는 나뭇가지들 사이로 점점 더 빠르고 무겁고 무섭게 그를 덮쳐버렸다……

그후 나는 여러 번 이 영지에 들렀다. 이 영지는 한때 우리 엄마의 소유였다. 지칠 줄 모르는 열정으로 모든 것을 팔아치웠던 아버지는 오래전에 이 영지를 팔았고 그 돈으로 살고 있었다. 새 주인이 죽은 후, 이곳은 모스크바에 사는 성 예카테리나 훈장을 받은 어떤 부인에게 넘어갔다가 그냥 내버려져 있었다. 땅은 농부들에게 임대되었고, 대저택은 신의 뜻에 맡겨졌다. 종종 이 대저택에서 1베르스타쯤 떨어진 대로를 따라가다가, 나는 방향을 돌려 대저택으로 이어지는 커다란 참나무 길을 따라 넓은 마당으로 들어서서 마구간 주변에 말을 놓아두고 집으로 걸어가곤 했다…… 러시아 문학작품에는 방치된 영지와 황폐한 정원이 얼마나 많이 나오는가! 또 항상 얼마나 사랑스럽게 묘사되는가! 이 때문에 러시아인은 황량함, 벽지僻地, 몰락을 그토록 좋아하고 사랑하는 걸까? 나는 집으로 걸어가 집 뒤에 있는 지대가 높은 정원을 지나갔다…… 마구간, 하인들이 사는 농가, 창고, 황량한 마당 주변에 여기저기 늘어선 농가의 부속 건물들. 모든 것이 거대하고 잿빛이었으며, 죄다 무너져버렸고 말 그대로 황폐했다. 잡초와 관목이 채소밭과 곡식 창고를 뒤덮고 죽 이어져 들판과 만나고 있었다. 얇은 회색 널빤지로 덮인 목조 가옥 역시 썩고 낡아서 해가 갈수록 더욱더 매혹적으로 변했다. 나는 가느다란 창살을 단 창틀을 통해 안을 들여다보기를 특히 좋아했다…… 오래된 텅 빈 집, 이미 오래전에 사라진 생명의 신비하고 말없는 성소를 마치 도둑처럼 불경스럽게 들여다보는 순간 느낀 감정을 어떻게 전달할 수 있겠는가! 집 뒤에는 정원이 있었다. 오래된 피나무, 단풍나무, 이탈리아 은사시나무, 자작나무, 참나무들이 이 잊힌 정원에서 자신의 긴 생애와 영원한 청춘 같은 노년을 고독하게 말없이 보내면서 여전히 자태를 뽐내고 있었지만, 절반가량이 이미 베어져 있었다. 늙은 나무들의 아름다움은 이 고독과 침묵 속에서, 신성하고 축복받은 무익함 속에서 더욱더 경이로워 보였다. 하늘과 늙은 나무들은 나름의 표정, 나름의 형태, 나름의 영혼과 생각을 갖고 있다. 아무리 봐도 싫증이 나지 않는다. 나는 정말로 다양한 나무들의 우죽과 가지와 잎에서 눈을 떼지 않고, 그 형상을 이해하고 통찰하여 마음속에 영원히 새겨두려고 그 아래를 오랫동안 돌아다녔다. 나는 정원 아래 넓은 비탈에 앉아서, 그리고 키 큰 풀과 꽃들 속에서, 협곡의 비탈 아래 물이 가득한 빛나는 연못 위에서, 거칠고 거뭇한 모습을 드러낸 커다란 참나무 그루터기들 사이에 앉아서 그 형상들을 생각했다…… 당시 내 영혼은 삶과 완전히 단절되어 있었다. 나는 참으로 슬프고 선한 지혜를 가지고, 마치 천상의 먼 곳에서 바라보듯이 삶을 바라보았고, 인간적인 '사실과 행위'를 숙고했다! 나는 이곳에서 항상 늙은 단풍나무에 깔려 죽은 불행한 사람과 함께 사라진 늙은 단풍나무, 그 사람에 의해 얼떨결에 망가진 형의 불행한 운명을 떠올리곤 했다. 그리고 턱수염을 기른 두 명의 헌병이 형을 읍내의 감옥으로 데려간 아득히 먼 가을날을 떠올렸다. 그곳은 바로 언젠가 내가 철창살이 달린 문 너머에서 지는 해를 바라보는 음울한 죄수를 보고 깜짝 놀랐던 감방이었다……

그날 아버지와 어머니는 형을 태운 관용 삼두마차를 뒤쫓아 읍내로 갔다. 두 분은 완전히 제정신이 아니었다. 어머니는 심지어 울지도 못했다. 어머니의 검은 눈은 메마르고 무섭게 불타올랐다. 아버지는 나와 어머니를 바라보지 않으려고 애쓰며 연방 담배를 피우면서 이렇게 되뇌었다.

"말도 안 돼, 별일 아니야! 날 믿어라. 며칠 지나면 이 황당한 일의 진상이 모두 밝혀질 거야……"

그날 저녁에 형은 더 멀리, 지하활동 조직이 있던 하리코프로 이송되었다. 형은 이 조직에 가담했다는 이유로 체포되었다. 우리는 형을 전송하기 위해 기차역으로 갔다. 무엇보다도 나는 기차역에 도착해 곧장 삼등 대합실로 가야만 했던 일에 놀랐던 것 같다. 형은 삼등 대합실에서 헌병들의 감시를 받으며 출발을 기다리고 있었다. 형은 점잖고 자유로운 사람들과 앉을 수 없었고, 스스로 선택할 수 있는 자유를 박탈당했으며, 사람들과 차를 마시고 만두를 먹을 수 있는 자유도 없었다. 더럽고 무질서한, 사람들로 북적대는 시끄러운 대합실로 들어서자마자 나는 권리를 박탈당하고 체포당해 격리된 형의 모습을 보고 심한 충격을 받았다. 형도 자신의 처지와 굴욕스러운 상황을 잘 이해하고 어색하게 웃었다. 젊은이답게 매력적이고 애처로울 정도로 수척해진 형은 연회색 옷 위에 아버지의 너구리털 외투를 걸친 채 플랫폼으로 나가는 문가의 외진 구석에 혼자 앉아 있었다. 형 주변에는 아무도 없었다. 다행스럽게도 이미 철창에 갇힌 살아 있는 사회주의자를 보려고 호기심과 공포를 느끼며 형 주변에 몰려드는 아낙들, 농부들, 소상인들을 헌병들은 계속 옆으로 쫓아내고 있었다. 비버 모피로 만든 높은 모자를 쓰고 목이 긴 먼지투성이 덧신을 신은 키 큰 시골 신부가 별난 호기심을 보이며 크게 뜬 눈을 형에게서 떼지 않고 헌병들에게 질문을 퍼부었다. 헌병들은 신부의 질문에 대답하지 않았다. 나쁜 짓을 한 소년을 쳐다보듯이 형을 바라보고 있던 헌병들은 어쩔 수 없이 형을 감시하고 명령받은 곳으로 이송해야만 했다. 한 헌병이 짐짓 겸손한 미소를 띠고 어머니에게 말했다.

"걱정하지 마세요, 부인. 하느님의 뜻에 따라 모든 것이 잘될 겁니다. 자, 여기로 와서 아들 옆에 앉아 계세요. 기차가 출발하려면 아직 이십 분이 남았으니…… 여기 내 하급자가 끓인 물을 가지러 가는데, 도중에 아드님이 먹을 수 있도록 간식거리를 사주고 싶으면 말씀하세요…… 아드님에게 털외투를 준 건 잘하신 겁니다. 밤에 객실 안이 추울 테니……"

이 순간, 마침내 어머니가 울음을 터뜨렸던 걸 나는 기억한다. 어머니는 형 옆에 있는 벤치에 앉아 손수건으로 입을 막고 갑자기 흐느껴 울기 시작했다. 아버지도 고통스럽게 얼굴을 찡그린 후, 한 손을 휙 내

젓고는 서둘러 저쪽으로 가버렸다. 아버지는 고통과 불쾌함을 견디지 못했고, 항상 본능적인 자기방어의 일환으로 그런 상황으로부터 서둘러 벗어났다. 심지어 이별이 조금이라도 고통스러우면 이별의 순간을 갑자기 마무리했고, 재빨리 눈살을 찌푸리며 전송이 길어지면 쓸데없이 눈물이나 흘리게 된다고 중얼거리면서 이별을 회피했다. 아버지는 간이식당으로 가서 보드카 몇 잔을 마시고, 형이 일등칸을 타고 갈 수 있도록 부탁하려고 역에 근무하는 헌병 대령을 찾으러 갔다……

14

이날 저녁 나는 당혹스러움과 얼떨떨함 외에는 아무것도 느낄 수 없었다…… 이렇게 형은 이송되었고, 어머니와 아버지도 떠났다…… 이후 새로운 마음의 병을 견뎌내는 데 적잖은 시간이 필요했다.

아버지와 어머니는 웬일인지 다음날 아침에 떠났다. 시월에 자주 있는 맑은 날이었지만, 읍내에서도 날카로운 북풍이 뼛속까지 스며들었다. 모든 것이 이상하리만치 깨끗하고 밝고 휑뎅그렁했다. 읍내를 가로지르는 도로도, 마치 공기가 전혀 없는 듯 텅 빈 아득한 주변도, 빠르게 떠다니는 칙칙한 흰구름 사이로 여기저기 푸르스름하고 예리하게 빛나는 맑은 하늘도 그랬다…… 나는 부모님을 수도원과 감옥까지만 배웅했다. 수도원과 감옥 사이에 난, 이미 얼어붙고 돌처럼 딱딱해진 대로가 태양과 구름 그림자로 얼룩진 차갑고 벌거벗은 들판으로 뻗어 있었다. 그곳에서 타란타스가 멈추었다. 우리가 채비를 해서 떠나는 동안 조금 더 높이 떠오른 태양은 계속해서 구름 사이로 얼굴을 내밀었다. 그러나 빛나는 햇살은 따뜻하지 않았다. 우리가 들판으로 나가자마자 북풍이 너무나 세차게 불어서 마부가 고개를 숙일 정도였다. 털외투에 겨울 모자를 쓰고 앉아 있는 아버지의 콧수염이 바람에 흩날렸고, 바람 때문에 아물거리는 두 눈에는 눈물이 고였다. 나는 마차에서 내렸고, 어머니는 따스한 회색 털모자를 내 얼굴에 꼭 대주며 다시 서럽게 울었다. 아버지는 내게 급하게 성호를 그었고, 내 입술에 언 손을 대고는 마부의 등에 대고 냅다 소리쳤다.

"가자!"

포장을 반쯤 올린 타란타스는 즉시 요란한 소리를 내기 시작했다. 가운데 있는 힘센 갈색 말이 머리를 치켜들고 멍에 밑에 달린 방울을 흔들었다. 밤색 곁마들은 엉덩이를 들어올리고 일제히 자유롭게 뛰기 시작했다. 나는 마차의 포장을 눈으로 전송하며 굴러가는 마차 뒷바퀴, 마차의 차대車臺 밑에서 빠르게 움직이는 가운데 말의 털북숭이 발목 그리고 마차의 측면을 따라 높고 가볍게 솟아오르는 곁마들의 말굽을 바라보면서 대로에 서서 멀어져가는 방울 소리를 오랫동안 고통스럽게 들었다. 바람이 스며드는 가벼운 외투를 입은 나는 그 자리에 선 채 어깨로 바람을 막아내면서, 엊저녁에 드보랸스카야 호텔에서 저녁을 먹을 때 흑맥주를 따르며 아버지가 한 말을 떠올렸다.

"말도 안 돼, 아무 일도 아니야!" 아버지는 분명하게 말했다. "별일 아니야! 그래, 그자들이 그애를 체포해서 데려갔어. 시베리아로 유형을 보내겠지. 분명 그럴 거야. 요즈음 적잖은 사람들이 유형을 가고 있어. 그런데 물어보자고. 토볼스크 같은 도시가 옐레츠나 보로네시보다 더 나쁜가? 모든 게 말이 안 되고, 아무 일도 아니야! 나쁜 일도 지나가고, 좋은 일도 지나가는 거야. 티혼 자돈스키*가 말한 대로 모든 것은 다 지나가고말고!"

나는 아버지의 이 말을 떠올렸지만, 마음이 가벼워지기는커녕 더 고통스러웠다. 어쩌면 모든 것이 진짜 무의미하고, 내 인생도 정말 무의미한지 모른다. 그런데 왜 나는 내 인생이 절대로 무의미하지 않고, 모든 것이 흔적도 없이 사라져버리진 않을 거라고 느끼는가? 죄다 부질없긴 하지만, 형이 끌려갔기 때문에 더더욱 온 세상은 텅 비고 거대하고 무의미하게 변해버린 것 같았다. 나는 마치 세상 밖에 있는 사람처럼 이 세상에서 너무도 슬프고 고독했다. 그러나 나는 세상과 함께 있어야 하고, 세상 속에서 사랑하고 기뻐해야만 한다! 어제 회색 양복에 너구리털 외투를 어깨에 걸치고 체포된 채로 기차역에 앉아 있던 매력적이고 불쌍한 '사회주의자'를 내가 사랑하고 있고—그것도 분명히 늘 사랑했다—형이 자유와 행복을 박탈당한 채 우리는 물론 모든 일상과도 헤어져 어딘가로 끌려갔는데, 어찌 이것이 무의미하단 말인가? 세상의 모든 것은 항상 그렇듯이 예전과 다름없어 보이고, 모두가 자유롭고 행복한데 형만이 자유롭지 못하고 불행하다. 저기, 왠지 걱정스러운 모습의 평범한 갈색 개 한 마리가 차가운 돌풍에 쫓겨 읍내로 가는 대로를 따라 뛰어가다가 몸을 비스듬히 기울이고 종종걸음으로 걸어간다. 형은 이미 이곳에 없고, 지금은 광막하고 텅 빈, 태양이 빛나는 남부의 저 먼 곳 어딘가에 있다. 형은 무장한 두 헌병의 감시를 받

* 성자 티혼 자돈스키(1724~83)를 말한다.

으며 밝은 객차의 잠긴 찻간에 앉아 하리코프로 끌려간다. 하리코프에서 형을 기다리고 있는 것만큼이나 무섭고 유별난 노란 감옥이 태양을 마주보고 조용히 서서, 창살을 통해 대로 건너편의 수도원을 바라보고 있다. 어제 형도 이 감옥에서 몇 시간 동안 앉아 있었지만, 오늘은 거기에 없다. 형의 슬픈 흔적만이 느껴질 뿐이다. 톱니 모양의 높은 수도원 담장 너머에서 아름답게 빛나는 대성당의 흐릿한 금빛 둥근 지붕이 희미하게 보이고, 오래된 공동묘지에 서 있는 나무들의 줄기가 거뭇거뭇하다. 형은 이미 이런 아름다움을 보지 못하고, 그것들을 바라보는 기쁨도 나와 나누지 못한다…… 굳게 잠긴 거대한 수도원 문짝 위에는 땅에 닿을 만큼 긴 양피지를 두 손에 들고 큰 키에 영대領帶를 찬, 죽은 사람처럼 초췌하고 푸르스름한 얼굴을 한 두 성자의 전신상이 그려져 있었다. 저 성자들은 몇 년 동안 저렇게 서 있었을까, 또 몇 세기 동안이나 이 세상에 존재하지 않았을까? 모든 것이 지나갈 테고, 지나가고 있다. 우리가 이 세상에 존재하지 않을 때, 나도 아버지도 어머니도 형도 존재하지 않을 때, 그때도 시간은 존재할 것이다. 이 고대 러시아의 성자들은 손에 성스러운 지혜의 문서를 들고 무정하고 슬픈 모습으로 여전히 문 위에 서 있을 것이다…… 모자를 벗고 두 눈에 눈물을 흘리면서 나는 매 순간 나 자신과 형이 더 불쌍해지고, 나 자신과 형과 아버지와 어머니를 무척이나 사랑하고 있음을 더욱 생생히 느끼면서 수도원 문을 향해 성호를 그었다. 그리고 우리를 도와달라고 성자들에게 간청했다. 이 이해할 수 없는 세상이 아무리 고통스럽고 슬프더라도 세상은 여전히 아름답고, 우리는 여전히 행복해지기를, 서로 사랑하기를 갈망하기 때문이다……

나는 자주 걸음을 멈추고 뒤를 돌아보면서 돌아왔다. 바람은 더욱 세차고 차갑게 부는 것 같았다. 그러나 태양은 높이 솟아올라 빛나고 있었다. 이제 유쾌해진 하루는 모든 것 위에서, 즉 읍내 위에서, 텅 빈 셰프나 광장 위에서, 높은 담장과 공동묘지 숲과 대성당의 황금빛 둥근 지붕이 있는 수도원의 조용한 보호구역 위에서, 그리고 끝없이 펼쳐진 초원의 평야 위에서 생명과 기쁨을 요구하고 있었다. 대로는 초원의 평야 너머 투명하고 푸르른 지평선을 향해 뻗어나갔다. 커다랗고 아름다운 연보랏빛 구름이 물기 머금은 맑고 희푸른 가을하늘에 떠다녔다. 모든 것이 밝고 다채로우면서 그림처럼 아름답고 편안했다. 가벼운 연기 같은 그림자는 계속 태양과 숨바꼭질하면서 흘러가고 있었다. 나는 그 자리에 서서 이런 풍경을 바라보다가 더 멀리 걸어갔다…… 그날 내 발길이 닿지 않은 곳이 어디였던가!

나는 읍내를 한 바퀴 빙 돌아다녔다. 셰프나 광장에서 가죽공장 쪽으로 내려가는 쵸르나야 슬로보다를 걷다가, 썩은 갈색 가죽이 쌓여 있고 지독한 냄새가 나는 강의 지류를 가로지르는, 오래되어 곱사등처럼 휘어진 돌다리를 건너 여자 수도원 쪽의 반대편 언덕으로 걸어 올라갔다. 백묵처럼 하얀 여자 수도원 벽이 태양을 마주하고 눈부시게 빛났다. 수도원의 작은 문에서 조잡한 부츠에 거친 검은 옷을 입은 젊은 여자 수도사가 걸어나왔다. 나는 고대 러시아의 성상같이 섬세하고 순결한 아름다움에 깜짝 놀라 그 자리에 멈춰 섰다…… 나는 읍내의 대성당 너머 절벽 위에 서서, 강변의 작은 언덕에 옹기종기 붙어 있는, 읍내 소시민들이 사는 오두막의 썩은 판자 지붕과 더럽고 초라한 마당 안쪽을 바라보았다. 나는 계속해서 인간생활에 대해 이러저런 생각을 했고, 모든 것은 지나가고 반복되며, 삼백 년 전에도 여기에 있었을 검은 판자 지붕과 황야의 진흙 언덕에서 자라는 온갖 잡초들을 생각했다. 잠시 후 나는 밝고 황량한 들판을 따라 삼두마차를 타고 달리는 아버지와 어머니를, 너무나 평화롭고 친숙한, 물론 지금은 너무너무 슬프겠지만 여전히 말할 수 없이 아름답고 즐거운 바투리노를, 니콜라이 형을, 열 살 난 검은 눈의 올랴를, 현관 창문 앞에 선 나와 올랴의 소중한 전나무를, 황량하고 벌거벗은 가을의 슬픈 정원을, 사나운 바람과 바람 속에서 뉘엿뉘엿 지고 있는 태양을 마음속에 그려보았다. 나는 온 마음을 다해 바투리노를 갈망했다. 또 이런 생각과 감정에 빠진 채로 끊임없이 형을 느꼈다. 나는 잿빛 잔물결을 고르게 일으키며 노란 절벽 쪽으로 흐르다가, 절벽 아래에서 남쪽으로 방향을 틀어 멀리 사라지는 강을 바라보았다. 나는 다시 페체네그족* 시절에도 이 강이 똑같이 흘렀을 거라고 생각하면서, 자레치예와 그 끝자락에 있는 붉은빛을 띤 기차역을 바라보지 않으려고 애썼다. 어제 어둠이 깔린 이 기차역에서 헌병들이 형을 데려갔다. 나는 얼어붙은 저녁 공기 속에서 바람결에 실려오는 슬프고 위압적인 기관차의 기적 소리를 듣지 않으려고 애썼다…… 이 이상한 날에 내가 보고 경험한 모든 것은 너무나 고통스럽게 형의 모습과 뒤엉켰다. 무엇보다 나는 달콤한 황홀함을 느끼며 수도원의 작은 문에서 걸어나온 여자 수도사를 떠올렸던 것 같다!

이 시기에 어머니는 형의 구원을 위해 늘 절식하며 정진하겠다고 하

* 9~11세기에 남러시아를 침범한 투르크계 민족.

느님께 서약했고, 죽는 날까지 아주 엄격하게 이 서약을 지켰다. 하느님은 용서해주었을 뿐만 아니라 어머니에게 상을 내렸다. 형이 일 년 후에 풀려난 것이다. 무엇보다 형이 삼 년 동안 '경찰의 감시 아래' 바투리노에서 살 수 있게 되었기에 어머니는 기쁘기 한량없었다.

15

일 년 후 나도 자유를 얻었다. 나는 김나지움을 그만두었고, 내가 살아온 날들 중에서 분명 가장 멋진 나날을 보내려고 부모님이 계신 집으로 돌아갔다.

모든 사람에게 경이로운 시기인 청년 시절이 이미 시작된 것이다. 내게도 청년 시절은 나의 독특한 성격 때문에 유난히 경이로웠다. 예컨대 나는 북두칠성의 일곱 별 모두를 볼 수 있는 시력을 가졌고, 1베르스타 이상 떨어진 저녁 들판에서 마멋이 사각거리는 소리를 들을 수 있었으며, 은방울꽃이나 오래된 책냄새를 맡으며 취할 수 있었다……

이 시기에 내 생활은 외견상 급격히 변했을 뿐만 아니라, 존재의 모든 측면에서 갑작스럽고 은혜로운 변화, 개화가 일어났다.

봄 나무의 개화는 경이롭다! 봄이 화목하고 행복하다면 그 개화는 얼마나 경이로운가! 그때 나무의 내부에서 보이지 않는 뭔가가 지칠 줄 모르게 진행되다가 정말로 기적처럼 눈에 보이게 된다. 어느 날 아침, 나무를 힐끗 쳐다보다가 밤새 나무를 온통 뒤덮은 꽃봉오리들을 보고 깜짝 놀라게 된다. 며칠 더 지나면 꽃봉오리들이 갑자기 터져버린다. 그러면 나뭇가지의 까만 무늬는 갑자기 헤아릴 수 없이 많은 연녹색 반점으로 뒤덮인다. 첫 구름이 다가오고, 첫 천둥이 치고, 따스한 첫 폭우가 내리면 다시 한번 기적이 일어난다. 나무는 어제의 벌거벗은 모습에 비해 아주 짙고 화려해지며, 크고 빛나는 초록빛을 아주 짙고 넓게 펼쳐서 아름답고 힘차고 단단한 어린 잎을 보여준다. 이 아름다운 모습을 보면 눈을 의심하지 않을 수 없다…… 당시 내게도 그와 비슷한 뭔가가 일어났다. 매혹적인 날들이 시작된 것이다.

봄날, 신비한 계곡에서,
고요히 빛나는 물가에서,
백조들이 울 때,
뮤즈가 내게 나타나기 시작했네……*

'파산한 아버지들'의 자손인 나는 리체이의 정원도, 황제마을의 호수와 백조도, 아무것도 물려받지 못했다. 그러나 위대하고 성스러운 새로움, '삶의 모든 인상'이 선사하는 신선함과 기쁨, 젊은 영혼에게는 항상 어디나 신비스러운 계곡, 고요 속에 빛나는 물, 초라하고 서툴지만 뮤즈와의 잊을 수 없는 첫 만남, 이 모든 것들이 내게 있었다. 푸시킨의 말을 빌리면, 내가 "활짝 피어났던" 배경은 황제마을의 공원과는 전혀 달랐다. 그러나 황제마을의 공원을 노래한 푸시킨의 시구는 내 영혼을 가득 채웠던 것들—이따금 호소하듯이 뜨겁게 영혼을 울렸던

* 푸시킨의 『예브게니 오네긴』 8장 1절이 다소 부정확하게 인용되고 있다.

백조들의 신비한 울음—의 본질을 너무나 생생히 묘사하고 있었다! 실제로 내 마음을 가득 채웠던 것들을 바로 불러내는 일이 뭐 그리 중요하단 말인가? 내가 한 단어로 그것들을 전달하고 표현할 수 없다고 해도 무슨 대수란 말인가!

16

인간의 모든 운명은 그들을 둘러싼 운명에 따라 우연히 정해진다. 나의 모든 운명을 결정한 내 청춘의 운명도 그렇게 정해졌다……

마치 이 옛날 시에서처럼.

> 나는 부모의 집으로 돌아와,
> 외진 초원의 평화를 선물받았네,
> 낯익은 생활과 사랑스러운 주변도,
> 그리고 황홀한 영혼의 열기도……

왜 나는 부모의 집으로 돌아갔고, 왜 학교를 그만두었는가? 얼핏 하찮아 보이는 이 사건이 일어나지 않았다면, 내 청춘은 어땠을까, 그리고 내 인생은 어떻게 되었을까?

아버지는 내가 돌발적인 행동과 어리석음에 휩쓸려 결코 용납할 수 없는 이유로, 아버지가 즐겨 쓰던 표현처럼 단지 '귀족의 방종 때문에' 학교를 그만두었다고 이따금 말했고, 나를 제멋대로 행동하는 철부지라고 꾸짖었으며, 나의 방자함을 그냥 내버려둔 자신을 책망했다. 그러나 아버지는 달리 말하기도 했다. 즉 내가 아주 '논리적으로'—아버지는 이 단어를 아주 정확하고 우아하게 발음했다—행동했고, 나의 본성이 명하는 대로 행동했다는 것이다. 이렇게 아버지의 판단은 항상 극히 모순되었다. 아버지는 말하곤 했다.

"아니다. 알렉세이의 사명은 공무원도, 제복도, 경영도 아니고 영혼과 삶의 시를 쓰는 거야. 다행히 경영해야 할 게 전혀 없어. 누가 알아? 알렉세이가 제2의 푸시킨이나 레르몬토프*가 될지……"

실제로 많은 것이 나의 형식적인 교육에 반하는 쪽으로 이루어졌다. 이전 시기의 러시아에 아주 특유했던 '방종'은 귀족뿐만 아니라 내 핏속에도 적지 않게 스며들어 있었다. 아버지에게 물려받은 특징도, 당시 이미 분명하게 나타났던 '영혼과 삶의 시'에 대한 재능도, 형이 우연히도 시베리아가 아니라 바투리노로 추방된 상황도 나의 형식적인 교육을 방해했던 것이다.

김나지움에 다니던 마지막 일 년 동안 어찌된 일인지 나는 순식간에 건장해졌고 성숙해졌다. 이때까지는 어머니의 특징이 내면을 지배했던 것 같다. 그러나 이제 아버지의 특징, 즉 활기찬 생명력, 주변 환경과의 대립, 아버지의 내면에 존재했지만 아버지가 항상 무의식적으로 강하게 억제했던 감상성, 원하는 것을 얻어내는 무의식적인 집요함, 변덕스러움 등이 빠르게 발전하기 시작했다. 형에게 일어난 일, 당시

---

* 러시아 낭만주의 작가. 푸시킨의 죽음을 궁정 귀족들의 살인이라고 고발한 시 「시인의 죽음」으로 일약 유명해졌고, 「악마」 「견습수도사」 같은 서사시와 소설 『우리 시대의 영웅』을 썼다.

우리 가족 모두가 끔찍해했던 그 일은 실제로는 그리 중요하지 않았다. 나는 그 일을 단번에 견뎌내지는 못했지만 어쨌든 견뎌냈고, 그것은 나의 성숙에, 또 내 힘을 불러일으키는 데 도움이 되기까지 했다. 나는 아버지가 옳다고 느꼈다. 아버지는 이따금 술기운이 돌면 '슬피 우는 버들처럼 살 수는 없다', '그럼에도 불구하고 삶은 멋진 것이다'라고 말하곤 했다. 삶 속에는 물리칠 수 없는 기적 같은 뭔가가, 즉 문학이 있음을 이미 의식하고 있었다. 나는 무슨 일이 있어도 5학년으로 진급하고, 그다음에 완전히 학교에서 벗어나 바투리노로 돌아가 '제2의 푸시킨이나 레르몬토프', 주콥스키, 바라틴스키가 되리라 굳게 결심했다. 이 시인들을 알게 된 순간부터 그들과의 혈연적인 동질감을 생생하게 느꼈던 것 같다. 나는 가족의 초상화를 보듯 이 시인들의 초상화를 바라보았다.

나는 겨울 내내 근면하고 활기찬 생활을 하려고 애썼지만, 봄이 되자 이미 노력할 필요가 없었다. 모든 소년들에게 변화가 갑작스레 일어나듯이, 겨울 동안 내게도 무슨 일이—무엇보다 육체적 성숙이라는 의미에서—일어난 것이 틀림없었다. 갑자기 뺨에 솜털이 나기 시작하고 손과 다리가 거칠어지기 시작한다. 다행히 나의 거친 모습은 그때까지만 해도 어디에도 나타나지 않았다. 그러나 솜털은 이미 황금빛으로 변했고, 눈은 더 맑고 짙은 푸른색이 되었다. 얼굴 윤곽도 또렷해졌고 햇볕에 그을린 것처럼 건강하고 연한 구릿빛을 띠었다. 나는 이전과는 전혀 다른 방식으로 시험에 통과했다. 지칠 줄 모르는 지구력을 발휘해 긴장감을 즐기면서 며칠 동안 무조건 암기했고, 시험을 그리스도의 고난주간, 정진, 고해와 성찬식 준비와 비슷한 무언가로 만드는 젊고 건강하고 순결한 모든 것을 기쁘게 받아들였다. 나는 서너 시간씩 잠을 잤지만 아침에는 가뿐하게 재빨리 일어나 세수하고 특별히 신경써서 옷을 입었다. 그리고 아오리스트 시험에서도 하느님이 반드시 날 도와줄 거라고 확신하면서 기도하고 아주 편안한 마음으로 집에서 나왔다. 나는 어제 정복한 모든 것을 머리와 가슴에 단단히 담아 가서 확실히 전달하기만 하면 되었다. 시련이 잘 끝났을 때, 또하나의 기쁨이 나를 기다리고 있었다. 이번에는 나를 바투리노로 데려가기 위해 아버지도 어머니도 오지 않았고, 마치 어른에게 그러듯 두 마리의 말이 끄는 타란타스만을 보냈던 것이다. 젊고 잘 웃는 일꾼이 타란타스를 끌고 왔는데, 길을 가는 동안 이 젊은이는 금세 나의 소중한 친구가 되었다. 정원 속에 파묻힌 세 채의 지주 저택, 몇 개의 연못과 넓은 목장이 있는 크고 아주 부유한 마을 바투리노는 벌써 꽃이 피었고 온통 푸르렀다. 나는 아주 감상적이고 힘이 넘치는 청년이 되어 이 행복한 아름다움, 화려하고 선명한 녹음, 물이 가득찬 연못, 꾀꼬리들과 개구리들의 장난을 불현듯 느끼고 깨달았다……

여름에 니콜라이 형이 결혼했다. 우리 중에서 가장 건실했던 형은 할 일이 없어 심심하던 차에 바실리옙스코예의 국유지를 관리하는 독일인의 딸과 결혼했다. 이 결혼이 우리의 온 여름을 축제로 바꾸어놓은 것 같았다. 젊은 여자가 집에 있어서 나도 빠르게 성숙해졌다.

이 결혼 직후 게오르기 형이 갑작스레 바투리노에 나타났다. 6월 어느 날 저녁이었는데, 뜰에서는 벌써 차가운 풀냄새가 풍겼다. 회색 나무기둥이 받치고 있는 지붕 높은 오래된 우리집이 옛날 전원 그림에서처럼 생각에 잠긴 듯한 아름다운 저녁 풍경에 녹아들어 있었다. 모두 정원 발코니에 앉아 차를 마시고 있었다. 나는 내 말에 안장을 얹고 큰길에서 말을 타려고 마당을 따라 마구간 쪽으로 조용히 걸어가고 있었다. 그때 갑자기 아주 이상한 것이 우리 시골집 대문 앞에 나타났다. 도시풍의 마차였다! 나를 깜짝 놀라게 한 낯익으면서도 전혀 새로운, 형의 낯선 얼굴에 깃든 죄수 특유의 창백함을 나는 지금까지도 기억한다……

그날 저녁은 우리 가족의 생활에서 가장 행복한, 평화와 행복이 시작되는 시간이었다. 이 평화와 행복은 우리 가족의 삶이 끝나고 흩어지기 전까지 마지막으로 꼬박 삼 년 동안 깃들어 있었다……

17

그해 봄에 나는 청년다운 기분을 느끼며 바투리노에 도착했다. 니콜라이 형이 바실리엡스코예에 있는 약혼녀의 집을 찾아갈 때, 나는 형과 다정하게 동행하면서 여행의 아름다움을 만끽했다. 저녁이 다 되어 삼두마차는 점점 짙어져가는 호밀밭 사이로 난 시골길을 따라 자유롭게 달렸다. 아직 풀과 꽃들이 가득한 먼 자작나무 숲에서 뻐꾸기들이 뻐꾹뻐꾹 울어댔다. 황금빛 서쪽 하늘에는 기묘한 구름이 떠 있었다. 시골, 농가, 정원, 강, 포도주 양조장의 저녁 냄새와 관리인 집에서 저녁을 준비하는 음식 냄새가 뒤섞여 있었다. 관리인의 어린 딸들이 우리를 위해 연주하는 오르골 소리는 날카롭고 상쾌했다. 벽에는 베스트팔렌의 풍경화가 걸려 있고, 식탁에는 검붉고 커다란 작약 꽃다발이 놓여 있었다. 우리는 아주 유쾌한 독일식 손님 접대를 받았다. 키가 크고 여윈,

그리 아름답진 않지만 어쩐지 아주 사랑스러운 아가씨가 혈육에게나 보일 법한 친근함을 점점 더 드러냈다. 이 아가씨는 이렇게 우리 가족의 일원이 된 듯했고, 벌써 나를 '너'라고 친근하게 불렀다……

나는 아직 신랑 들러리가 될 수는 없었지만, 자청해서 떠맡은 화동 역할도 사실 어울리지 않았다. 빛나는 새 제복에 하얀 장갑을 끼고 머리칼에 포마드를 바른 나는 눈을 반짝거리며 매끄러운 실크 스타킹을 신은 그녀의 발에 하얀 공단 구두를 신겨주었다. 그러고 나서 한 쌍의 힘센 회색 말이 끄는 마차를 타고 그녀와 함께 즈나메니예로 갔다. 매일 비가 내렸고, 말들은 검푸른 진흙 덩어리를 튀기면서 앞으로 달렸다. 알이 잘 여물고 습기를 가득 머금은 호밀은 희푸른 축축한 이삭을 길가로 늘어뜨리고, 낮게 걸린 태양은 세찬 황금빛 소나기 사이로 계속 빛나고 있었다. 사람들은 이런 날씨가 행복한 결혼의 징표라고 말했다. 위로 올려진 마차 유리창에 맺힌 빗방울이 다이아몬드처럼 빛났다. 마차 안이 비좁아 나는 신부의 향수와 그녀를 휘감은 백설의 화려한 치장에서 풍기는 냄새로 황홀해져 숨이 막힐 지경이었다. 그녀를 축복해준 금빛 새 덮개 속의 성상을 두 손에 어색하게 들고, 나는 눈물이 채 마르지 않은 신부의 눈을 바라보았다…… 결혼식이 거행되는 동안 나는 처음으로 이 기쁜 예식에 깃든 구약적인 신비를 느꼈다. 빈약하지만 장엄하게 밝힌 샹들리에 아래에서, 고르지 않은 큰 목소리로 환호하는 시골 합창단의 노래 속에서, 녹색으로 변해가는 저녁 하늘을 향해 활짝 열린 교회 문으로 밀려드는 기쁨에 찬 아낙들과 처녀들이 지켜보는 가운데 치러진 이 예식은 특히나 아름다웠다…… 젊은 부부와 함께 우리집으로 들어온 이 새로운 행복은 게오르기 형의 갑작스러운 도착으로 완성되었다. 우리 가족이 모두 다 모였고 너무나 행복했다. 김나지움으로 돌아간다는 생각은 정말 터무니없어 보였다.

가을에 나는 읍내로 돌아가 다시 학교에 다니기 시작했다. 그러나 거의 수업을 듣지 않았고 선생님들의 질문에 점점 더 대답하지 않았다. 그들은 머리가 아프다는 내 말을 악의에 찬 태도로 정중하고 조용히 듣고 나서, 기꺼이 내게 1점을 주었다. 나는 괜히 시간을 허비하며 읍내와 자유농민 마을을 싸돌아다녔다. 도착하는 사람들과 떠나는 사람들로 북적대는 소란스러운 자레치예 역에서 기차를 맞이하고 전송하기도 했다. 많은 짐을 들고 흥분하고 서두르면서 '원행' 열차에 타는 사람들이 부러웠다. 긴 제복을 입은 거대한 몸집의 수위가 대합실 중앙으로 걸어나오면서 낭랑하고 장엄한 베이스 음색으로 말했고, 위협적이고 엄숙하며 애수가 깃든, 길게 늘어지는 어투로 어떤 기차가 어디로 떠난다고 외칠 때면 심장이 멎는 것만 같았다…… 나는 크리스마스 주간까지 이렇게 살았다. 방학이 되자마자 쏜살같이 집으로 달려가 오 분 안에 떠날 채비를 마쳤고 로스톱체프 씨네 식구들과 글레보치카—나는 철길을 따라 바실리옙스코예를 지나가는데, 그는 시골에서 마차가 오기를 기다려야 했다—와 작별 인사를 나눌 겨를도 없이 조그만 여행가방을 들고 거리로 뛰쳐나와 첫번째로 만난 마부의 꽁꽁 언 썰매에 뛰어올랐다. 이 순간 나는 '학교여, 영원히 안녕!' 하고 정신 나간 생각을 했다. 꺼칠꺼칠하고 비쩍 마른 말이 전속력으로 달렸다. 썰매는 경사면을 따라 사방으로 요란한 소리를 내며 미끄러져갔다. 몹시 찬 바람이 내 얼굴에 날카로운 눈을 흩뿌리며 추켜올린 외투 깃을 잡아챘다. 눈보라치는 읍내는 어스름한 황혼 속에 잠겨 있었다.

나는 기뻐서 숨이 막혔다. 눈더미 때문에 기차역에서 꼬박 두 시간을 앉아서 기다렸다. 마침내 기차가 왔다…… 오, 이 눈더미들, 러시아, 밤, 눈보라 그리고 철길! 눈먼지로 온통 하얘진 기차, 후덥지근한 객실 난방, 아늑한 분위기, 달궈진 화실火室에서 나는 작은 망치질 소리, 이 모든 것들로 인해 더없이 행복하다. 밖에서는 매서운 추위가 기승을 부리고 앞을 볼 수 없을 정도로 눈보라가 몰아친다. 잠시 후, 밑에서 휘몰아치는 눈과 지붕에서 피어오르는 눈 연기 때문에 거의 보이지 않는 어느 역에서 벨소리와 사람 목소리가 들리고 불빛이 보인다. 다시 어둠 속 어딘가로, 저 먼 폭풍우 속으로, 알 수 없는 곳으로 떠나는 기관차의 절망적인 외침이 들린다. 다시 움직이는 열차의 첫 덜컹 소리, 다이아몬드처럼 얼어붙어 반짝이는 차창 밖으로 멀어져가는 플랫폼의 불빛들, 그리고 다시 밤, 황량함, 눈보라, 환기구에서 스며드는 바람의 울부짖음. 주변에는 평온, 따스함, 푸른 커튼 너머 등불의 어스름한 불빛이 깔린다. 기차는 점점 더 속도를 내고 흔들거리며 용수철을 넣은 벨벳 소파에 앉아 있는 그대에게 잠을 권하면서 질주한다. 졸린 눈앞에서 옷걸이에 걸린 모피 외투가 점점 더 큰 폭으로 흔들거린다!

내가 도착한 역에서 바실리옙스코예까지는 10베르스타가 넘었다. 역에 도착했을 땐 이미 밤이었다. 바깥 바람이 너무 사나워 희미한 석유램프 냄새가 나는 추운 기차역에서 밤을 보내야만 했다. 눈을 잔뜩 뒤집어쓴 화물열차의 차장이 그을음이 나는 붉은 등불을 두 손으로 들고 들락날락했고, 그때마다 기차역 문들이 밤의 공허 속에서 유난히 크게 쾅쾅 소리를 냈다. 그러나 이 또한 매혹적이었다. 나는 여자 대합실의 작은 소파 위에서 몸을 웅크리고 깊은 잠을 청했지만 아침을 기다리는 초조한 마음, 성난 눈보라, 부글부글 끓는 기관차 소음 사이로 어디선가 멀리서 들려오는 거친 목소리 때문에 자주 잠을 깼다. 기관차는 불을 뿜어대는 구멍을 열어놓은 채 창문 아래 서 있었다. 나는 잠에서 깨어 조용하고 추운 아침의 장밋빛 햇살 속에서 정말로 야수 같은 활력을 느끼며 벌떡 일어났다……

한 시간 후 나는 이미 바실리옙스코예에 있었고, 행복하고 당혹스러워 눈을 어디에 둬야 할지 모르면서 우리의 새로운 친척인 비간드의 따스한 집에서 커피를 마시며 앉아 있었다. 레벨*에서 온 그의 젊은 조카딸 안헨이 커피를 따랐다……

18

바투리노의 저택은—특히 그 겨울에—아름다웠다. 마당으로 들어가는 입구의 돌기둥, 설탕 같은 흰 눈으로 뒤덮인 마당, 썰매의 활주부에 잘린 눈더미, 정적, 태양, 차갑고 날카로운 대기 속에 풍겨오는 부엌에서 나는 달콤한 탄내, 부엌에서 집으로, 하인 방에서 뒷간, 마구간, 주변의 다른 부속 건물들로 이어지는 발자국들 속의 뭔가 아늑하고 가정적인 것…… 고요와 반짝임, 눈으로 두꺼워진 백색 지붕, 집 너머 양옆으로 보이는, 눈 속에 파묻힌 저지대의 겨울 정원, 벌거벗은 나

---

* 에스토니아의 수도 탈린의 옛 이름.

뭇가지들로 검붉어지는 정원, 설악의 꼭대기 같은 지붕의 가파른 경사면 너머에서, 하늘 높이 연기를 내뿜는 고즈넉한 두 굴뚝 사이의 맑고 푸른 하늘로 뾰족하고 검푸른 우죽을 추켜올리고 있는, 우리의 소중한 백 년 된 전나무 한 그루…… 보통 수다스럽지만 지금은 아주 조용한, 수녀 같은 갈까마귀들이 햇볕에 따뜻하게 데워진 현관 계단 위 박공에 즐겁게 바짝 달라붙어 앉아 있다. 작은 사각형 틀 속에 끼워진 오래된 창들이 눈부신 밝은 햇살과 눈 위에서 천연의 보석처럼 빛나는 차가운 햇빛 때문에 눈을 가늘게 뜨고 다정하게 바라보고 있다…… 계단 위에 굳어버린 눈을 따라 얼어붙은 펠트 장화를 신고 삐거덕거리는 오른쪽 현관 계단으로 올라가 처마밑을 지나서, 오래되어 까매진 무거운 참나무 문을 열고 어둡고 긴 현관을 지난다…… 창가에 투박한 큰 궤가 놓인 하인 방은 지금도 서늘하고 푸르스름하다. 이 방에는 햇빛이 비치지 않고 창은 북쪽으로 나 있지만 난로의 청동 아궁이 뚜껑이 탁탁거리는 둔탁한 소리를 내며 떨고 있다. 오른쪽에는 방으로 이어지는 어두운 복도가 있고, 바로 맞은편에는 커다란 홀로 통하는 높은 참나무 문이 달려 있는데, 그 문 역시 까맣다. 널찍한 홀은 난방을 하지 않아 춥다. 벽에 걸린, 시커먼 얼굴에 무표정하고 곱슬머리 가발을 쓴 할아버지의 초상화와 붉은 옷깃이 접힌 제복을 입고 들창코를 한 파벨 황제의 초상화가 썰렁해 보인다. 오랫동안 사용하지 않은 작은 식기실에 쌓아둔 오래된 초상화들과 묵직한 촛대들도 꽁꽁 얼어붙어 있다. 절반이 유리인 문을 통해 식기실 안을 몰래 들여다보는 일은 어린 시절의 매우 신비한 즐거움이었다. 홀 안은 온통 햇빛으로 가득하다. 위쪽 색유리들이 햇빛에 반사되어 생긴 연보랏빛 반점과 진홍빛 반점이 아주 넓고 매끈한 마루청 위에서 불처럼 타오르며 일렁이고 있다. 왼쪽 옆으로 난 창문도 북향인데, 이 창문 안으로 거대한 피나무 가지들이 기어들고 있다. 문 맞은편 밝은 창문으로는 눈더미에 덮인 정원이 보인다. 굴뚝 사이로 보이는 제일 키 큰 전나무가 중간 창문을 완전히 덮고 있고, 이 창문 너머에 눈 덮인 전나무 가지가 화려하게 줄지어 매달려 있다…… 얼어붙은 달밤에 전나무는 형용할 수 없을 만큼 아름답다! 안으로 들어가면, 홀 안에는 불이 켜져 있지 않고, 밝은 달만 창문 너머에 높이 떠 있다. 텅 빈 홀은 웅장하고 미세한 연기 같은 것으로 가득하다. 바늘 같은 잎에 눈처럼 하얀 상복喪服을 입은 무성한 전나무가 창문 너머에 위풍당당하게 솟아 있고, 전나무의 뾰족한 끝은 깨끗하고 투명하고 한없이 깊은 둥근 지붕 모양의 푸른 빛 속으로 사라진다. 푸르름 속에 넓게 흩어진 오리온 성좌가 흰빛과 은빛을 발하고 있다. 더 아래쪽, 지평선의 밝은 공간에서 어머니가 좋아하는 별인 웅장한 시리우스가 날카롭게 반짝이며 푸른 다이아몬드처럼 떨고 있다…… 나는 마루에 어린 긴 창살 그림자를 따라 이 달빛 연기 속을 얼마나 자주 떠돌아다녔던가, 또 젊은이다운 생각을 얼마나 많이 했던가, 그리고 데르자빈의 당당하고 자신만만한 이 시구를 얼마나 자주 암송했던가!

검푸른 대기 속에
황금빛 달이 떠다니며……
창문을 통해 우리집을 비추었고,
옻칠한 방바닥 위에
담황색 달빛으로

황금빛 창유리를 그렸네……*

내가 이 집에서 첫겨울을 보내며 받은 느낌도 매우 새롭고 아름다웠다. 게오르기 형과 산책하며 나눈 끝없는 대화는 나를 아주 빠르게 성장시켰고, 바실리옙스코예로 여행을 하고 데르자빈과 푸시킨 시대 시인들의 시를 읽으면서 겨울을 보냈다. 바투리노의 집에는 책이 거의 없었다. 이즈음에 나는 바실리옙스코예에 있는 사촌누이의 집에 드나들기 시작했다. 그녀의 집은 비간드가 관리했던 양조장이 있는 국유지 맞은편 산 위에 있었다. 사촌누이는 피사레프라는 사람과 결혼했는데, 우리는 몇 년 동안 왕래가 없었다. 그녀의 시아버지인 늙은 피사레프는 자기 아들과는 정반대였다. 이상할 정도로 진지했던 이 노인은, 당연히, 우리 아버지와 금세 언쟁을 벌였다. 그해에 노인이 사망하자 양가의 관계는 좋아졌고, 나는 이 노인이 오랜 세월 모은 책들을 서가에서 자유롭게 이용할 수 있게 되었다. 서가에는 짙은 금색 가죽 장정에 책등에 금빛 별표를 박은 작고 아름다운 책들이 많았다. 수마로코프, 안나 부니나, 데르자빈, 바튜시코프, 주콥스키, 베네비티노프, 야지코프, 코즐로프, 바라틴스키**의 시집이었다…… 이 시집들의 낭만적인 장식 무늬들—리라, 물병, 투구, 화환—은 얼마나 매혹적이었던가! 이 시집들의 활자, 꺼칠꺼칠하고 대개 푸르스름한 종이, 깨끗하고 균형 잡힌 아름다움, 고급스러움, 종이 위에 인쇄된 활자의 고급스러운 스타일! 나는 이 작은 책들과 함께 최초의 젊은이다운 꿈, 글을 쓰려는

---

* 가브릴라 로마노비치 데르자빈의 시 「무르자의 환영」의 첫 부분.

** 이들은 모두 18세기~19세기 초 러시아의 유명한 낭만주의 시인들이다.

최초의 강렬한 열망, 이를 충족시키기 위한 최초의 시도, 달콤한 상상을 체험했다. 이 상상은 정말로 놀라웠다. 나는 "젊은 시인이 전장으로 날아가네"*라든가 "잿빛 급류여, 잠자코 있지 말고 가파른 정상에서 포효하라, 포효하라"**라든가 "타우리데에게 입맞춤하는 푸른 파도 사이에서, 아침놀 속에서 나는 네레이드를 보았네"***를 읽을 때, 이 젊은 시인을, 급류를, 푸른 파도를, 바다의 아침을, 벌거벗은 네레이드를 생생히 보고 느꼈다. 그 느낌이 너무나 강렬해서 나는 노래하고, 큰 소리로 외치고, 웃고, 울고 싶어졌다…… 나는, 바로 이 시기에 내 펜대에서 나온 유치하고 하찮은 시를 보고 깜짝 놀란다!

겨울 내내 즐겁게 지속된 나의 첫 연정도 아름다웠다. 안헨은 다소 평범한 젊은 처녀였다. 그게 전부였다. 그러나 문제는 그녀의 마음이 아니었을까? 게다가 그녀는 항상 명랑하고 상냥하고 아주 착했으며, 진실하고 정직하게 내게 말했다. "알료셴카, 난 당신이 아주 맘에 들어. 당신은 뜨겁고 순수한 감정을 갖고 있어!" 이 감정은 물론 순간적으로 타올랐다. 나는 안헨을 처음 본 순간, 즉 기묘한 분홍빛 드레스를 입은 그녀가 독일인다운 정결함과 신선함, 소녀다운 귀여움을 발산하며 역에서 오는 동안 꽁꽁 얼어붙은 나를 향해 걸어나와, 겨울 아침의 분홍빛 햇살로 물든 비간드 씨네 식당에서 커피를 따라주는 순간 마음이 확 달아올랐다. 물에 젖어 아직도 차가운 그녀의 손을 잡은 순간,

---

* 코즐로프의 시 「젊은 시인」의 첫 줄.

** 바라틴스키의 시 「무제」의 첫 줄.

*** 바다의 요정을 제목으로 삼은 푸시킨의 시 「네레이드」의 한 구절. 타우리데는 크림의 옛 이름이다.

떨리는 가슴이 외쳤다. 바로 이거야! 나는 더없는 행복에 젖어 바투리노를 향해 떠났다. 크리스마스 주간 둘째 날에 비간드 씨네 사람들이 우리집으로 오기로 했다. 그들이 우리집에 오자 즉시 집안 전체가 독일인의 시끌벅적한 유쾌함, 이유 없는 웃음, 농담, 겨울에 시골 손님들이 몰고 온 유난히 쾌활한 기분으로 가득찼다. 그들은 추운 바깥에서 들어와 현관에서 향긋하고 차가운 털외투, 구두, 펠트 장화를 벗었다. 저녁에는 다른 손님들도 왔다. 노인들을 제외하고 모두가 자연스럽게 가장을 한 채 이웃집들을 돌아다니기로 했다. 우리는 되는대로, 주로 농부들과 아낙들로 소란스럽게 변장했다. 나는 머리칼을 심하게 파마했고, 얼굴에 분을 바르고 연지를 발랐다. 그리고 예의 불에 탄 코르크로 작고 검은 콧수염을 그렸다. 우리는 무리를 지어 바깥 현관으로 나갔다. 현관 앞 어둠 속에는 몇 대의 썰매와 좌석이 없는 농민용 썰매가 서 있었다. 우리는 방울 소리에 맞춰 자리에 앉아 웃고 소리치면서 마당에 갓 쌓인 눈더미 위를 빠르게 미끄러져갔다. 당연히 나는 안헨과 함께 농민용 썰매에 타게 되었다…… 그 겨울밤의 방울 소리, 눈 덮인 텅 빈 벌판의 황량한 밤, 그 놀라움, 추위, 어스름, 부드러움, 떨림—그날 밤 눈과 낮은 하늘이 하나로 합쳐져 이런 분위기를 만들어냈다—을 어찌 잊을 수 있으랴! 앞에서 작은 불빛이 계속 아른거렸는데, 마치 겨울밤이 낳은 신비한 동물의 눈 같았다. 눈 덮인 들판의 밤공기, 너구리털 외투와 얇은 부츠 사이로 스며드는 한기, 모피 장갑에서 빼낸 아가씨의 따스한 손을 난생처음 내 젊고 뜨거운 손으로 잡아본 느낌, 이에 화답이라도 하듯 어둠 속에서 사랑스럽게 반짝이던 아가씨의 두 눈을 어찌 잊을 수 있으랴!

19

그다음에 내 평생 가장 특별했던 봄이 찾아왔다.

마치 오늘 일어난 일처럼 생생하게 기억난다. 나는 마당 쪽으로 창문이 난 올랴의 방에서 올랴와 함께 앉아 있었다. 맑은 3월 어느 날 저녁 다섯시경이었다. 갑자기 털가죽 반외투의 단추를 채우면서 아버지가 평상시처럼 활달하게 방으로 들어왔다. 아버지의 콧수염은 벌써 회색으로 변해 있었지만 여전히 멋졌다. 아버지가 말했다.

"바실리옙스코예에서 급사가 왔다. 피사레프에게 뇌졸중 같은 게 일어났나보다. 지금 거기로 가는데, 같이 갈래?"

나는 예기치 않게 바실리옙스코예로 가서 안헨을 볼 수 있게 된 행운에 깜짝 놀라 자리에서 일어났다. 우리는 즉시 출발했다. 놀랍게도 피사레프는 건강하고 쾌활했다. 그는 자신에게 무슨 일이 일어났는지 이해하지 못하고 의아해했다. "아무튼 좀 적게 마시게." 다음날 현관에서 작별 인사를 하면서 아버지가 말했다. "쓸데없는 소리!" 아버지가 털가죽 반외투를 입는 걸 도와주면서 집시 같은 눈으로 웃으며 피사레프가 대답했다. 앞가슴이 비스듬히 트인 붉은 실크 셔츠에 가볍고 헐렁한 승마 바지를 입고 은실로 수놓은 굽 없는 붉은 슬리퍼를 신은, 가무잡잡한 얼굴에 까만 턱수염을 기른 균형 잡힌 몸매의 피사레프를 나는 지금도 생생히 기억하고 있다. 우리는 안심하고 집으로 돌아왔다. 곧 눈과 얼음이 녹아 물이 범람했고, 물살이 너무나 빠르고 심해서 약 두 주 동안 바실리옙스코예와 전혀 연락을 할 수 없었다. 부활절 주간 첫날이 되어서야 사방이 완전히 말랐고, 버드나무 숲과 목장이 녹색으로 변하기 시작했다. 우리 모두가 바실리옙스코예로 떠날 채비를 하고 여행용 포장마차에 앉아 막 떠나려는 순간, 대문 앞에 말 한 필이 나타났고, 그 뒤로 경주용 마차가 보였다. 사촌형 표트르 페트로비치 아르세니예프가 마차에 타고 있었다.

"그리스도가 부활하셨도다." 그는 마차를 타고 다가오면서 아주 조용히 말했다. "바실리옙스코예에 가시려고요? 정말 때맞춰 왔네요. 피사레프가 돌아가셨어요. 오늘 아침에 일어나서 누님 방으로 들어가더니 갑자기 안락의자에 앉아 그만 숨을 거두었어요……"

우리가 피사레프의 집 안으로 들어갔을 때, 사람들이 방금 그의 몸을 씻어 자리에 눕혀놓은 상태였다. 방금 테이블 위로 옮겨진 죽은 자의 모습은 그저 평범했다. 나는 그 이상한 모습을 보고 깜짝 놀랐다. 두 주 전에 피사레프는 바로 이 홀의 문지방에 서서 저녁 햇살과 자기가 내뿜은 담배 연기로 눈이 부신 나머지 눈을 가늘게 뜨고 웃고 있었다. 그는 눈이 감긴 채 누워 있었는데, 지금도 그 부풀어오른 진보랏빛 감긴 눈이 내 눈에 선하다. 그러나 여전히 촉촉하고 까만, 빗질이 잘된 머리칼과 턱수염을 기르고, 새 연미복에 풀 먹인 셔츠를 입고, 검은 넥타이를 멋있게 매고, 허리까지 하얀 시트로 덮여 있는 그는 정말로 살아 있는 사람 같았다. 하얀 시트 아래로 묶인 발이 곧게 뻗어 있었다. 나는 말없이 멍청하게 죽은 이를 바라보았고, 심지어 그의 이마와 손을 만져보기까지 했다. 온기가 느껴지는 듯했다…… 하지만 저녁 무렵 모든 것이 완전히 변했다. 나는 이미 무슨 일이 일어났는지 이해했다. 첫번째 추도식에 오라는 부름을 받고 나는 당황하며 홀 안으로 들어갔다. 어두운 봄날 석양은 홀의 창문 너머 멀리 보이는 들판 위에서 여전히 붉었다. 그러나 어두운 강의 계곡과 어두운 잿빛 들판, 그리고 어둡고 차가운 대지에서 솟아오르는 어스름이 봄날의 석양을 밑에서부터 점점 짙게 물들이고 있었다. 어두운 홀 안은 사람들로 가득했고, 분향으로 눈앞이 흐려졌다. 모두의 손에 들린 작은 양초들이 이 어둠과 흐릿함 속에서 금빛으로 타오르고 있었다. 죽은 이의 침상 주변에서 연기를 내며 붉게 타오르고 있는 교회의 긴 양초들 너머로 추도식을 거행하는 신부들의 외침이 불길하게 울렸다. 신부들은 때론 즐겁게 때론 태평스럽게 '그리스도가 죽은 자들 가운데 부활하셨도다'라고 이상하리만치 집요하게 외쳐댔다. 나는 앞을 뚫어져라 바라보았다. 내 앞쪽, 자욱한 연기 사이로 비치는 불빛과 어스름 속에서 어쩐지 슬프게 고개를 푹 떨어뜨리고 하루 사이에 까맣게 변한, 죽은 사람의 얼굴이 희미하고 무섭게 가물거렸다. 나는 따스한 정겨움을 느끼고 유일한 구원의 피난처라고 생각하면서 많은 사람들 가운데 말없이 얌전하게 서 있는 안헨의 조그만 얼굴을 찾아냈다. 양초의 불빛이 안헨의 작은 얼굴을 밑에서 따스하고 순결하게 비추고 있었다……

밤에 나는 하나같이 부자연스럽게 선명하고 무질서한, 분주한 무리들의 환영에 둘러싸여 불안하고 슬픈 마음으로 잠을 잤다. 그 무리들은 이미 일어난 일과 무시무시하고 신비하게 연결되어 있었다. 모두들 이 방 저 방을 부산하게 걸어다니고 있었는데, 마치 사자死者의 말없는 지시에 따라 움직이는 것 같아 아주 무서웠다. 그리고 모두가 서로에게 급하게 조언을 해대며 책상, 안락의자, 침대, 장롱을 옮겼다…… 아침에 나는 술 취한 사람처럼 현관 계단으로 걸어나왔다. 고요하고 따스한 맑은 아침이었다. 태양은 마른 현관과 밝고 사랑스럽게 녹색으로 변하는 마당, 그리고 아직은 낮고 휑하지만 이미 부드러운 빛 속에서 봄처럼 잿빛을 띠어가는 정원을 따스하게 비추고 있었다. 나는 불현듯 주변을 힐끗 둘러보았고, 바로 내 옆의 벽에 기대어 똑바로 세워놓은 기다랗고 짙은 보라색 새 관 뚜껑을 공포에 휩싸여 바라보았다. 나는 현관 계단 아래로 뛰어내려가 정원으로 향했고 헐벗고 밝고 따스한 오솔길을 오랫동안 걷다가 아카시아 오솔길에 있는 나무 벤치에 앉았다…… 피리새들이 노래했고, 부드럽고 기분좋게 솜털로 덮인 아카시아가 노랗게 변하고 있었다. 흙냄새와 어린 풀냄새가 달콤하고 고통스럽게 마음을 움직였고, 저멀리 저지대의 오래된 자작나무들 위에서 갈까마귀들이 정원의 부드러운 고요를 깨지 않으면서 단조롭고 위엄있게, 그리고 의기양양하게 까악까악 울어댔다. 자작나무 숲에서는 아직 벌거벗은 버드나무의 싹이 올리브 색깔의 봄 아지랑이 속으로 스며들었다…… 영원하고 사랑스럽고 목적 없는 삶과 뒤섞인 죽음, 죽음이 모든 것에 내재해 있었다! 이전에 나는 늘 실러*를 읽었는데, 왠지 모르게 갑자기 『빌헬름 텔』의 첫 부분이 생각났다. 산, 호수, 배를 타고 노래하는 한 어부…… 갑자기 내 마음속에 말할 수 없이 행복하고 머나먼 어느 나라의 형언할 수 없이 달콤하고 즐겁고 자유로운 노래가 울려퍼졌다……

나는 온종일 술에 취한 듯했고, 줄곧 긴장에서 헤어나지 못했다. 다시 추도식이 행해졌다. 많은 사람들, 왔다 가는 이웃들, 사방의 문을 걸어 잠근 햇볕이 잘 드는 어린이 방, 그 방에서 아무것도 모르고 태평

---

* 프리드리히 실러의 희곡은 19세기 러시아에서 인기가 있었다. 『빌헬름 텔』은 스위스의 해방에 대한 드라마인데, 1829년 로시니의 오페라로 상연되어 더 유명해졌다.

하게 노는 아이들, 슬픔에 젖어 상냥하고 정신없이 아이들을 돌보면서 계속 눈물을 흘리는 유모……

다시 어둠이 깔렸고, 다시 사람들이 홀에 모여들어 새로운 추도식을 기다리며 이야기를 나누기 시작했다…… 신부들이 도착하고 사위가 고요해지고 촛불이 켜지고 신부들이 제의를 입었다. 이 모든 것은 미사를 집전하기 위한 교회의 신비한 준비 절차였다. 잠시 후 첫 분향과 기도가 시작되었다. 고인에게는 마지막 밤, 이 밤에 일어난 이 모든 것이 내게 너무나 의미심장해 보였다. 그래서 내 앞에 있는 것들, 벨벳에 덮여 조립된 테이블 위에 올려놓은 화려한 관, 금빛 관 뚜껑과 고인의 가슴에 얹은 작은 금빛 성상과 딱딱하고 하얀 새 베개의 불길한 화려함에 휩싸인 관 속에서 비스듬히 솟아오른, 무섭고 화려한 교회의 장례용품들을 눈을 들어 바라볼 수가 없었다. 푹 꺼진 까만 눈꺼풀에 검은 턱수염을 하고, 따스하고 답답한 연기와 뜨겁고 가물거리는 불빛 사이로 금속처럼 반들거리는 얼굴을 한 사자死者가 음울한 어둠 속에서 영면하고 있었다……

이날 밤, 죽은 이가 생전에 쓰던 서재에 나와 게오르기 형을 위한 잠자리가 마련되었다. 아직도 향냄새가 가득한 텅 빈 홀로 통하는 문은 사방에서 잠겨 있었다. 텅 빈 홀에서는 다 타버린 촛불 아래에서 견습사제가 작은 목소리로 단조롭게 성경을 읽고 있었다. 집안은 조용하고 평온해졌다. 형은 촛불을 끄더니 잠이 들었다. 나는 옷조차 벗을 수 없었고, 옷을 입은 채로 자리에 누웠다. 나 역시 입김을 불어 촛불을 끄자마자 선잠이 들었고, 금세 홀 안에 있는 자신을 보았다. 나는 심한 공포에 사로잡힌 채 정신을 차렸다. 자리에서 일어나 앉아 두근거리는 가슴을 쓸어안고 어둠 속을 바라보며 미세한 소리에 귀를 기울였다. 모든 것이 이상하리만치 무시무시하고 조용했다. 홀 안에서 성경 읽는 소리만이 아득하고 흐릿하게 들려왔다…… 나는 안간힘을 다해 마음을 추스르고 소파에서 내려와 서재 문을 활짝 열어젖혔다. 그리고 까치발로 어두운 복도를 가로질러가서 홀의 문에 귀를 바싹 갖다댔다. 문틈 사이로 홀의 불빛이 새어나왔다.

"주님이 지배하시고, 주님은 위대하시고 강력하시니." 문 뒤에서 견습사제가 낮고 딱딱한 음성으로 빠르게 말하고 있었다. "주여, 강들이 솟아오르고, 강들이 제 목소리를 높이고, 강들이 제 물결을 들어올립니다…… 태초에 당신은 땅을 만드셨고, 하늘도 당신의 손으로 만든 작품이옵니다…… 그것들은 사라질 것이나 당신은 영원하십니다. 모든 것은 제의처럼 낡겠지만, 당신은 옷을 갈아입히듯 모든 것을 바꿀 것입니다…… 주님께 영광이 영원히 함께하시고, 당신이 만드신 세상 만물을 보시고 기뻐하시옵소서!"

감격의 눈물을 흘리고 몸을 떨면서 나는 캄캄한 복도를 따라 어두운 뒤쪽 현관을 거쳐 뒤쪽 현관 계단으로 급히 걸어나갔다. 그리고 집 주위를 거닐다가 마당 한가운데에 멈춰 섰다. 사방이 깜깜했고, 마치 이른봄처럼, 왠지 유난히 깨끗하고 신선하고 고요했다. 땅은 얼어붙어서 단단했다. 어떤 미세하고 순수한 숨결이 땅과 맑은 별이 뜬 하늘 사이에서 보일락 말락 은빛으로 빛났다. 저멀리 정적 속에서, 계곡의 봄물이 규칙적으로 희미하게 소리를 내며 흐르고 있었다. 나는 계곡 너머 어둠 속에서 맞은편 언덕을 바라보았다. 거기에 있는 비간드의 집에서 심야의 불빛이 외롭고 붉게 빛나고 있었다.

'그녀가 아직 안 자고 있어' 하고 나는 생각했다. "강들이 제 목소리를 높이고, 강들이 제 물결을 들어올립니다." 나는 이 말을 생각했다. 내 눈에서 막 솟아난 눈물로 불빛이 반짝이며 떨리기 시작했다. 그것은 행복, 사랑, 희망의 눈물이고, 무언가 극도로 흥분되고 환희에 찬 부드러움의 눈물이었다.

제3권

1

나는 바실리옙스코예에서 보낸 무서운 봄밤이 기억난다. 게다가 그날은 장례식 전날 밤이었다.

나는 이날 밤, 아침 무렵에야 잠이 들었는데 금방 집으로 돌아갈 수가 없었다. 별빛 속에서 관의 윤곽이 불길하게 거뭇거뭇했고, 검은 형상의 관 뚜껑이 현관 계단 주변에 놓여 있었다…… 나는 들판으로 나가서 눈길 가는 대로 어둠 속을 오랫동안 걸었다…… 내가 돌아왔을 때는 동쪽 하늘이 이미 하얗게 변했고, 마을에서 수탉이 울어댔다. 나는 뒷문을 통해 몰래 집안으로 들어가 바로 잠이 들었다. 그러나 잠을 자면서도 어떤 중요한 순간이 임박했다는 생각이 들어 금방 불안해졌다. 나는 채 세 시간도 못 자고 다시 벌떡 일어났다. 집은 여전히 전혀 다른 두 세계로 나뉘어 있었다. 한 세계에는 죽음과 관이 있는 홀이 있었다. 사방에서 잠긴 문들로 이 세계와 격리된 다른 세계, 즉 다른 모든 방에서는 우리의 무질서한 생활이 숙명적인 결말을 초조하게 기다리며 되는대로 펼쳐지고 있었다. 나는 마침내 그 결말이 시작되었음을 예민하게 느끼면서 잠에서 깨어났다. 그런데 고인의 서재에서 나와 함께 잠을 잔 형이 속옷만 입은 채 소파에 앉아 무심히 담배를 피우고 있는 모습을 보고 적잖이 놀랐다. 구겨진 시트가 방바닥까지 흘러내려 있었다. 이미 문 뒤의 복도에서는 사람들이 급하게 걸어다니고, 짧게 묻고 역시 짧게 대답하는 목소리가 들려왔다. 하녀장인 마리야 페트로브나가 쟁반에 차를 담아 가지고 방안으로 들어왔다. 그녀는 우리를 쳐다보지 않고 말없이 허리 굽혀 인사하고는 책상 위에 쟁반을 올려놓고 근심스러운 표정을 지으며 나갔다. 나는 떨리는 손으로 옷을 입기 시작했다. 약간 낡은 금빛 벽지를 바른 서재는 모든 것이 단순하고 평범하며 유쾌하기까지 했으며, 우리 남자들의 아침 생활을 말하듯이 향긋한 담배 연기가 떠다니고 있었다. 형은 담배를 피우면서 피사레프의 캅카스 슬리퍼를 망연히 바라보고 있었다. 나는 이 슬리퍼를 신고 있는 피사레프를 보았는데, 두 주 전만 해도 그는 집시같이 활달하고 멋진 모습을 하고 있었다. 그런데 지금 이 슬리퍼는 책상 밑에 조용히 놓여 있었다. 나도 슬리퍼를 힐끗 쳐다보았다. 그렇다, 그는 이미 존재하지 않지만 이 슬리퍼는 여전히 이 자리에 있고, 앞으로 백 년이 지나도 여기에 있을 수 있다! 그는 지금 어디에 있고, 세기가 끝날 때까지 어디에 있게 될까? 아주 오래전에 세상을 떠난, 전설적인 우리 할아버지들과 할머니들을 '거기' 어딘가에서 이미 만나지 않았을까? 그는 지금 무엇이 되었을까? 홀의 테이블 위에 있는 비스듬히 기울어진 관의 끝

머리 사이에 누워 있는 무서운 것이 정말로 그 사람일까? 짧은 토막이 될 때까지 다 타버린 희미한 촛불이 밝은 대낮에 부자연스럽게 관을 비추고 있었다. 톱니 모양으로 베어낸 종이가 긴 은촛대에 꽂힌 양초들을 에워싸고 있었는데, 진한 촛농이 거기에 떨어져 종이가 더럽혀지고 있었다. 겨우 그저께 아침에 피사레프는 세수를 하고 여전히 깨끗한 검은 턱수염을 빗으로 잘 빗고서 옆방의 아내에게로 갔다. 그후 반 시간이 지나 사람들은 아내의 방바닥 위에서 아직 살아 있는 듯한 그의 벌거벗은 몸뚱이를, 아무데로나 힘없이 픽 쓰러지는 몸뚱이를 벌써 물로 씻어내고 있었다. 나는 이게 바로 그 사람이야, 라고 생각했다. 오늘, 바로 지금, 생전의 그와는 전혀 무관한 교회의 마지막 의식이 시작되고, 세상에서 가장 놀라운 일이 일어날 것이다. 나는 젊은 날에 처음으로 이 의식에 참여할 테고, 김나지움에서 이유도 모르고 암송해야 했던 이상한 말들("기독교인이 숨을 거둔 지 사흘이 지나 사람들은 사자의 주검을 교회로 가져가야 한다…… 고인의 가족들, 친구들, 친지들이 모인 자리에서 고인의 주변에 열심히 분향하고, 주님의 최후 심판과 모든 죽은 자들이 무덤에서 부활할 때까지 고인의 평온을 비는 성가를 부르며 이 의식을 준비한다……")이 실현되는 체험을 하게 될 것이다. 나는 깜짝 놀라 이 기독교인이 이 순간에는 바로 피사레프라고 불현듯 생각했다. 나는 그가 부활하기까지 앞으로 기다려야 하는 끝없는 기간을 생각하고 공포를 느꼈다. 이 부활 후에야 의미도 목적도 어떤 기간도 없는, 전혀 상상할 수 없는 뭔가가 시작되어 영원히 지속될 것 같았다……

2

나는 초조하게 출관出棺을 열심히 지켜보았다. 흥겹게 배불리 먹은 깔끔한 차림의 일꾼들은 힘이 세고 젊었다. 그들은 다소 어색하고 소심하게 긴장하며 고개를 돌린 채 테이블에서 무거운 짐을 옮겨 하얀 천조각 위에 세웠다. 마침내 피사레프가 고향집과 이승의 세계와 이별하는 마지막 시간이 찾아왔다! 그때 내게는, 혐오감을 불러일으키는 은빛의 작은 발 장식이 달린 거대한 보랏빛 벨벳 상자 안에 성스럽지만 비천하고 쓸모없는 지상의 뭔가가 누워 있는 것처럼 느껴졌다. 그것은 검은 연미복의 소맷부리에서 삐져나온 돌처럼 딱딱한 두 손을 유순하게 십자로 포개고, 생명이 없는 머리를 무감각하게 흔드는 뭔가가 방바닥 위를, 비좁은 공간과 군중과 화려한 제의 사이를, 향과 화음이 맞지 않는 성가 사이를 떠돌아다녔다. 그리고 두 다리는 활짝 열린 문 쪽을 향한 채 타인의 뜻에 따라 처음에는 현관으로, 그다음에는 현관 계단과 봄이 깃든 마당의 밝은 빛과 녹음 속으로—그렇다, 그것은 다시는 문지방을 넘지 못할 터였다!—낮고 비스듬히 떠돌아다녔다. 마당에서는 군중들의 머리 위로 십자가에 못박힌 예수상이 높이 들어올려졌고, 농부 두 사람이 머리 위로 관 뚜껑을 잡고 있었다. 일꾼들은 새빨개진 목을 천으로 꽉 조이면서 그 자리에 멈춰 섰다. '신의 옥좌를 에워싸고 신을 찬양하는 성가를 끊임없이 부르는 육체 없는 영혼들이 사는 왕국으로 고인이 건너간다는 표시로' 교구의 사제들이 더 크게 노래하기 시작했다. 현관 계단 맞은편의 부속 건물 너머로 보이는 종탑 꼭대기에서 지금까지 여리고 애처롭게 울리던 종소리가 점점 더 크게 울렸다. 갑자기 일부러 그러는 양 무의미하고 비극적인 짧은 불협화음이 날카롭게 터져나왔다. 마당을 가득 메우고 있던 보르조이 개들과 사냥개들이 깜짝 놀라 일제히 상스럽게 짖어대고 울부짖으면서 이 불협화음에 화답했다. 개 짖는 소리가 얼마나 흉측했던지 긴 상복을 입고 있던 사촌누이가 비틀거리며 흐느끼기 시작했고, 군중 속의 아낙들은 통곡하기 시작했다. 어색하게 관을 잡고 있던 아버지도 불쾌감과 고통으로 얼굴을 잔뜩 찡그렸다.

교회에서 나는 무표정한 회청색 구름이 그려진 둥그렇고 꽉 막힌 둥근 지붕 아래 황제의 문 바로 맞은편에 누워 있는 고인의 창백한 얼굴을 줄곧 바라보았다. 이 회청색 구름 속 조야하고 푸르른 삼각형에서 모든 것을 볼 수 있는 눈이 비스듬히 잔혹하고 신비하게 바라보고 있었다. 장례식은 이미 진행되고 있었다. 뾰족한 코에 속이 비쳐 보이는 검은 턱수염과 검은 콧수염 아래로 평평하고 착 달라붙은 입술이 빛나는 얼굴에는 이미 알록달록한 종이 화관이 음산하게 씌워져 있었다. '지금 그의 모습은 옛날 대공후와 비슷하군. 이제 그는 영원히 성인들의 반열에 오른 듯하고, 우리 선조들과 먼 조상들에 속하게 됐어……' 이렇게 생각하며 나는 고인을 바라보았다. 사람들이 고인을 굽어보며 노래를 불렀다. "주님의 법을 따라 길을 가는 순결한 자들은 축복받을지어다." 나는 고인에 대한 괴로움과 고통으로 가득차서, 또 나 자신에 대한 감동으로 가득차서 이렇게 생각했다. 이제 사람들은 검은 손톱에 굳은 손가락들 사이로 '사죄문謝罪文'을 끼워넣고, 사자에게 '성유'를 바르고, 십자 모양을 그리며 '흙'을 뿌리고, 옥양목으로 그를 덮고 관 뚜껑을 닫은 후 밖으로 가지고 나가 땅에 파묻고 돌아서서 잊어버리겠지. 그리고 세월이 흘러가겠지. 나의 행복한 생활은 거기 어딘가에서, 미지의 밝은 미래 속에서 오랫동안 계속될 거야. 그는, 더 정확히 말해 그의 두개골과 뼈들은 이 교회 뒤편 땅속에, 사람들이 오늘 그의 머리맡에 심을 자작나무 아래 키 큰 풀들 사이에 내내 누워 있을 거야. 이 어린 자작나무는 언젠가 커다랗고 아름다운 하얀 줄기가 달린 나무로 자라서 긴 여름날 회청색 우죽을 나지막이 물결치며 행복하게 몸을 흔들겠지…… 그에게 '마지막 키스'를 하면서, 나는 종이 화관에 입술을 댔다. 아, 그 순간 너무나 차가운 냉기와 심한 악취가 풍겨났다. 나는 이 종이 화관 아래 짙은 레몬색 이마 뼈의 냉기와 단단함에 커다란 충격을 받았다. 이와는 정반대로 신선하고 따스한 봄기운은 교회 창문의 창살에 아주 달콤하고 소박하게 스며들었다!

잠시 후 나는 교회 뒤쪽, 여러 준장들과 소령들의 오래된 묘석들과 묘비들 사이에 서서 단단하고 고르게 파인 네 면이 희미하고 음울하게 빛나는 깊고 좁은 구덩이를 빤히 바라보았다. 태초의 축축한 흙이 거칠고 가차없이 구덩이로 날아가 보랏빛 벨벳과 흰 장식 끈으로 만들어진 십자가 위로 빠르게 떨어져 흩어졌다. 나는 불경스럽게도 스스로를 모질게 만들고 싶었다. 교회의 둥근 지붕에 그려진 무표정한 구름 낀 하늘에서 모든 것을 내려다보는 차가운 눈을 떠올렸고, 일주일 후에 이 관 속에서 일어날 말로 표현할 수 없는 일을 생각했다. 심지어 일정한 기한이 지나면 내게도 똑같은 일이 일어나리라는 것을 믿으려고 했다…… 하지만 나는 이런 일을 전혀 믿을 수 없었다. 사람들은 이미 흙을 헤쳐 평평하게 골라 무덤을 만들었다. 안헨은 엷고 반쯤 투명한 베로 만든 새 옷을 입고 있었다…… 마지막 성가가 모든 것을 용서하고 위로하면서 부드럽고 헌신적으로 울렸고, 다시 찬양의 노래가, 다시 부활의 노래가 밝고 따스한 대기 속에서 사라졌다…… 누군가 이 세상에서 영원히 떠난 후에, 세상은 마치 더 젊어지고 더 자유로워지고 더 넓어지고 더 아름다워진 것만 같았다……

3

묘지에서 돌아오면서 사촌누이는 손수건을 눈에 꼭 대고 눈앞을 전혀 보지 않으면서 비틀거리며 걸었다. 아버지는 누이의 팔꿈치를 꼭 부여잡고 보조를 맞추면서, 이런 경우에 예로부터 해온 온갖 다정한 빈말을 집요하게 해댔다.

"얘야, 널 위로한다는 게 소용없는 일이겠지만 한 가지만 말하마. 절망은 치명적인 죄이고, 너는 이 세상에 혼자가 아니라는 사실을 기억해라. 또 네게는 널 한없이 사랑하는 사람들이 있고, 네 삶에 고상한 목표를 부여하는 아이들이 있다는 점도 기억해라. 중요한 건 네가 아직 젊고, 모든 것이 네 앞에 다 열려 있다는 거야……"

아버지 옆에서는 테 없는 귀족 모자를 두 손에 들고 아버지의 오랜 친구가 걷고 있었다. 그는 뚱뚱하고 건장한 지주로 얼굴이 햇볕에 타서 까무잡잡했다. 그의 갈색 눈의 노르스름한 흰자위에는 황갈색 반점이 있었는데, 나는 어린 시절부터 그의 눈에 상당히 관심이 많았다. 그는 익숙지 않은 프록코트와 풀 먹인 셔츠, 그리고 건장하고 뚱뚱한 몸집과 흥분된 감정으로 인해 몹시 답답해했다. 그는 덤벙대고 호흡이

곤란해서 가볍게 쌕쌕거리며 아버지와 똑같은 말을 했다.

“베라 페트로브나, 나도 한마디 할게요. 고인의 아버지가 돌아가신 후 고인에게 난 두번째 아버지 같은 존재였어요. 내가 그에게 세례명을 지어주었고, 그를 길렀어요. 그가 당신과 결혼했을 때 축복도 해줬지요. 당신도 지금 내 감정을 이해할 거요…… 알다시피 나도 일찍 홀아비가 됐지…… 그러나 알렉산드르의 말이 천 번은 옳아요. ‘죽음은 태양 같아서 죽음을 직접 바라볼 수 없다’는 농부들의 말을 알지요? 바라볼 수도 없고, 바라봐서도 안 돼요. 안 그러면 살 수가 없어…… 그가 존재하지 않는데, 나는 여전히 걸어다니며 쉰 목소리를 내는 게 부끄럽다오. 그러나 이게 우리 맘대로 되는 일이 아니잖소?”

나는 짧게 친 그의 회청색 은발과 널찍한 목덜미, 그리고 검고 작은 손에 낀 낡고 닳은 결혼반지를 쳐다보았다…… 우리 모두가 어느 정도 부끄러워하고 거북해하는 것 같았다. 그러나 사흘 동안 꼬박 우리를 짓눌렀던 무서운 짐을 내려놓고 일상생활로 돌아간다고 생각하니 한없이 유쾌해졌다. 부드러운 봄의 대지를 밟고 모자를 쓰지 않은 머리에 따스한 햇살을 받으며 걷기, 주변의 정원에서 괴롭고 행복하고 강렬한 기쁨을 느끼며 분주히 날아다니고 끊임없이 불협화음으로 외쳐대는 갈까마귀들의 울음소리를 듣기, 거의 사랑에 빠진 듯한 새로운 눈으로 사촌누이를 바라보고 그녀의 상복과 젊음과 슬픔에 깃든 아름다움을 바라보기, 그리고 오늘 정원 아래쪽에서 안헨과 만나기로 한 약속을 가슴 졸이며 생각하기, 이 모든 일이 얼마나 즐거운 일인가……

주인으로부터 자유로워진 집은 더 산뜻해진 것 같았다. 집안의 모든 바닥과 유리창이 깨끗이 닦였고, 사방이 깔끔하게 정돈되었다. 창문은 태양과 창공을 향해 활짝 열렸다. 추도식 뒤의 연회를 위해 테이블을 배치하고 깨끗이 치워놓은 홀의 문지방을 넘어서자마자 나는 다시 세상 냄새와는 전혀 다른 지독한 냄새를 맡았다. 아침 내내 관 주변에서 내 정신을 앗아가버렸던 냄새였다. 그러나 이 냄새는 물이 묻어 아직도 시커먼 바닥의 습기와 집안 가득 풍기는 봄의 신선함과 유난히 자극적으로 뒤섞여 있었다. 테이블 위에는 죽음의 향연이 아닌 인생의 향연을 위해 식탁보, 식기 세트, 유리 술잔, 목이 긴 물병들이 빛나고 있었다…… 오랫동안 계속된 조잡하리만치 풍성한 만찬은 얼마나 끔찍했던가! 성가대원들은 화음이 맞지 않는 술 취한 목소리로 계속해서 만찬을 중단시키곤 했다. 그들은 방금 교회 뒤편 땅을 파서 묻은 이해할 수 없는 존재를 영원히 기억하겠노라며 일어서서 감동적으로 노래를 불렀다. 식사중에 아버지가 내게 한 말은 옳았다.

"얘야, 네가 지금 어떤 기분인지 안다, 잘 알아! 우리 모두는 이미 총상을 입었고, 이렇게 삶의 문턱에서, 게다가 너처럼 고리타분한 생각을 하면서…… 난 네가 뭘 느끼는지 상상할 수 있어!"

4

장례식 후 나는 보름이나 더 바실리옙스코예에 머물렀다. 나는 방금 전에 두 눈으로 직접 보았던 삶의 불가해하고 무서운 종말과 삶 자체를 예민하고 모순되게 느끼고 있었다.

그즈음 나는 또하나의 시련을 견뎌야만 했는데, 이 때문에 더 고통스러웠다. 집으로 돌아가는 안헨과 이별해야 했던 것이다(그러나 나는 이 이별에서도 통렬하고 쓰라린 기쁨을 발견했다).

아버지와 표트르 페트로비치는 사촌누이를 위해 바실리옙스코예에 얼마간 더 머물기로 했다. 나도 남기로 했는데, 안헨을 위한 것만은 아니었다. 안헨을 향한 나의 열정은 매일 커져만 갔다. 나는 왠지 나를 사로잡았을 뿐만 아니라 『파우스트』를 손에서 놓지 않게 했던 모순된 감정을 연장하고 싶었다. 당시 피사레프의 책들 가운데 우연히 집어든 이 책은 완전히 나를 사로잡았다.

흘러가는 인생에서, 한창 일하는 중에,
보이지는 않지만, 아마도 어디에나 존재하는
나는 기쁨이고 슬픔이며,
나는 죽음이고 탄생이며,
삶이라는 바다의
지칠 줄 모르고 일렁이는 물결이라네—
나는 세상의 시끄러운 베틀에서
개벽 이래 끝없이
생물과 인간의 내부에서
창조자의 살아 있는 옷을 짜고 있다네……*

* 『파우스트』는 요한 볼프강 폰 괴테가 쓴 장시로, 이 구절은 '비극 제1부'에 나오는 정령의 대사를 약간 변형해 인용한 것이다.

바실리옙스코예에서의 생활 역시 모순에 휩싸여 있었다. 생활은 여전히 슬픔으로 가득했지만 놀랍도록 빠르게 질서를 되찾았고, 봄의 아름다움이 활짝 피어나고 짙어지는 가운데 일어난 변화 때문에 왠지 유쾌했다. 이제는 새롭고 심지어 더 힘차게 생활로 돌아가야 할 때가 되었음을 모두가 느꼈다. 많은 것들이 변한 집안은 유난히 청결을 유지하려고 애썼다. 사람들은 아주 오래된 가구를 다락으로 치웠고, 몇몇 가구들을 이 방에서 다른 방으로 옮겨놓았다. 사촌누이를 위해 어린이 방 옆에 새 침실을 마련했다. 작은 객실 뒤에 있던 예전 부부 침실은 완전히 없애버리고, 거기에 널찍한 거실을 만들었다…… 그리고 고인의 물건들을 거의 다 어딘가로 치워버렸다. 어느 날 나는 사람들이 뒤쪽 현관 계단에서 고인의 귀족 예복과 붉은 테를 두른 모자와 깃털이 달린 삼각모를 손질해서 낡고 커다란 트렁크에 집어넣는 광경을 보았다…… 영지 관리에도 새로운 방법이 도입되었다. 이제 아버지와 표트르 페트로비치가 집안일을 처리했다. 주인들과 일꾼들 사이가 처음엔 항상 그렇듯이, 하인들도 모두 열심히 따르고자 했고, 이 새로운 방식으로 모든 일이 이제 약간 다르게, 그리고 진짜로 잘되기를 바랐다. 지금 기억하건대, 나는 이런 일에 매우 감동했다. 무엇보다 사촌누이가 점점 일상생활로 돌아온 것에 감동했다. 그녀는 조금씩 제정신을 차리고 더 차분하고 더 단순해졌으며, 식사중에 아이들이 던지는 어리석고 귀여운 질문에 이따금 희미한 웃음을 지어 보였다. 표트르 페트로비치와 아버지는 신중하지만 변함없이 그녀에게 관심을 기울이며 상냥하게 대했다……

이 슬프고도 행복한 나날은 놀랍도록 빠르게 지나갔다. 저녁 늦게 안헨과 헤어지면서 나눈 긴 작별 인사로 달콤한 고통을 느낀 나는 집에 오자마자 서재로 가서 내일의 만남을 생각하며 정신없이 곯아떨어졌다. 아침에 나는, 안헨을 데리고 어디로든 산책을 하러 다시 강 너머로 달려갈 수 있는 순간을 기다리면서 책을 들고 양지바른 정원에 초조하게 앉아 있었다. 이 시간에 비간드의 어린 딸들이 항상 우리와 함께 산책했다. 그러나 그애들은 항상 우리를 앞질러 달려갔고, 방해하지 않았다…… 정오에 나는 점심을 먹으러 집으로 돌아왔다. 점심을 먹은 후에는 항상 『파우스트』를 다시 읽으면서 저녁의 만남을 기다렸다…… 저녁마다 정원 아래쪽에서 초승달이 빛났고, 꾀꼬리들이 신비하고 조심스럽게 울어댔다. 안헨은 내 무릎 위에 앉아 날 껴안았고, 나는 그녀의 심장이 콩콩 뛰는 소리를 들으면서 난생처음으로 여성의 몸에서 지극히 행복한 무게감을 느꼈다……

마침내 안헨은 떠났다. 나는 그날처럼 격하게 울어본 적이 없다. 안헨 자신은 알지 못했지만, 그녀가 나에게 열어 보여주었던, 세상과 인생에 대한 사랑, 인간의 육체적·정신적 아름다움에 대한 달콤한 사랑이 안겨준 지극한 부드러움과 고통을 느끼면서 울었던 것이다! 저녁에 너무 울어서 멍해지고 마음이 진정되었을 때, 나는 자신도 모르게 다시 강가를 배회하고 있었다. 안헨을 역으로 데려갔던 타란타스가 나를 앞질렀다. 마부가 잠시 마차를 멈추고 페테르부르크의 잡지 한 권을 건넸다. 한 달 전에 나는 그 잡지사에 처음으로 시 몇 편을 보냈다. 나는 걸어가면서 잡지를 펼쳤다. 내 이름의 매혹적인 철자가 마치 번갯불처럼 내 눈을 때렸다……

다음날 아침 일찍 나는 걸어서 바투리노로 갔다. 처음에는 아침 안개 속에서 반짝이는 경작지 사이로 난, 마차가 다녀서 반들반들해진 메마른 시골길을 걸었다. 이어 햇볕이 잘 들고 연녹색으로 물든 피사레프 씨네 숲을 따라 걸었다. 그 숲은 봄의 노래와 새들의 노래, 작년에 떨어진 썩은 잎사귀들, 처음으로 모습을 드러낸 은방울꽃들로 가득했다…… 내가 바투리노에 나타나자 엄마는 삐쩍 마른 내 모습과 칼로 베어낸 듯 또렷한 두 눈의 표정을 보고 두 손을 찰싹 부딪쳤다. 나는 엄마에게 입맞춤하고 잡지를 건넸다. 그리고 피곤한 나머지 몸을 휘청거리면서, 낯익은 집인데도 잘 알아보지 못하고 우리집이 이렇게 작고 낡은 데 놀라며 내 방으로 들어갔다……

5

그해 봄에 나는 겨우 열여섯 살이었다. 그러나 바투리노로 돌아오면서, 이제 완전히 성년의 삶에 들어섰다고 굳게 믿었다.

나는 그해 겨울에 벌써 어른이면 누구나 알아야 하는 것들을 이미 알고 있는 것처럼 느꼈다. 예컨대 우주의 구조, 빙하시대, 석기시대의 미개인, 고대인들의 생활, 야만인들의 로마 침입, 키예프 러시아, 아메리카의 발견, 프랑스혁명, 바이런주의, 낭만주의, 1840년대 사람들, 젤랴보프,* 포베도노스체프** 등을 알고 있었다. 내 마음속에 영원히 파고

* 러시아의 나로드니키 혁명가. '인민의 의지' 당의 리더로 알렉산드르 2세 암살 사건에 연루되었다는 이유로 처형당했다.

** 1880년 이후로 종무원 원장을 지낸 보수적이고 반동적인 인물. 알렉산드르 3세와 니

든, 나름의 운명과 감정을 지닌 소설 속 인물들—마치 누구나 알아야 할 것 같은 인물들, 즉 햄릿들, 돈 카를로스들, 차일드 해럴드들, 오네긴들, 페초린들, 루진들, 바자로프들***—과 그들의 삶도 당연히 알고 있었다. 이제 나의 인생 경험은 거대해 보였다. 나는 기진맥진해서 집으로 돌아왔지만, 이제부터는 완전히 '충만한' 삶을 살아갈 준비가 확실히 되어 있었다. 이러한 삶은 어떠해야 하는가? 나는 삶의 다양한 인상을 접했고 좋아하는 것들이 많지만 이 가운데 가능하면 고상한 시적 기쁨을 많이 체험하는 삶을 일구어야 한다고 생각했다. 나 자신이 시적 기쁨을 누릴 어떤 특권을 갖고 있다고 생각했다. '우리는 멋진 희망을 안고 인생길로 접어들었네……' 나도 멋진 희망을 안고 인생길로 접어들었다…… 하지만 그 희망에는 어떤 근거가 있었던가?

'모든 것이 내 앞에 있다'고 느꼈다. 즉 청춘의 힘, 육체적이고 정신적인 건강, 아름다운 얼굴, 훌륭한 체격, 자유롭고 확신에 찬 움직임, 가볍고 경쾌한 발걸음, 과감성, 민첩성을 느끼고 있었다. 예컨대 나는 얼마나 멋지게 말을 타고 다녔던가! 나는 청춘의 순수함, 고결한 충동, 진실함을 인식했고, 모든 비열한 것을 경멸했다. 또 선천적으로 고양된 정신과, 시인의 고상한 임무를 끊임없이 언급한 시인들의 작품을 읽으면서 길러온 고양된 정신을 유지하고 있었다. 그 시인들은 '시는 지상의 숭고한 꿈속에 자리잡은 신'이며 '예술은 최상의 세계로 나아

콜라이 2세의 고문 역할을 했다.

*** 햄릿은 셰익스피어의 희곡 『햄릿』, 돈 카를로스는 실러의 희곡 『돈 카를로스』, 차일드 해럴드는 바이런의 장시 「차일드 해럴드의 순례」, 오네긴은 푸시킨의 운문소설 『예브게니 오네긴』, 페초린은 레르몬토프의 『우리 시대의 영웅』, 루진과 바자로프는 각각 투르게네프의 『루진』과 『아버지와 아들』의 주인공이다.

가는 계단'이라고 말했다. 심지어 쓰라린 열정 속에도 영혼을 고양시키는 기쁨이 있었다. 나는 어떤 순간엔 쓰라린 열정을 느끼며 전혀 다른 뭔가를 암송하곤 했다. 예컨대 레르몬토프와 하이네의 신랄한 시행을, 죽기 전에 모든 것에 절망하여 고딕식 창문 너머 달을 바라보는 파우스트의 불평을, 혹은 메피스토펠레스의 유쾌하고 뻔뻔스러운 말들을 암송했다…… 하지만 날개만으로는 날 수 없음을, 날개는 대기의 도움을 받아야 하고 진화해야 한다는 것을 왜 가끔씩이라도 깨닫지 못했을까?

나는 신문과 잡지에서 자기 이름을 본 젊은 작가들이 경험한 아주 특이한 감정을 경험하지 않을 수 없었다. 그러나 제비 한 마리가 봄을 가져오지 못한다는 사실도 알아야 했다. 아버지는 화가 나면 나를 '철부지 귀족'이라고 불렀다. 나는 나만 '이것저것 조금씩 되는대로'* 배우는 건 아니라고 자위했다. 그러나 이런 위안이 얼마나 미덥지 못한지 잘 알고 있었다. 독서와 게오르기 형 덕분에 자유주의적 견해에 많이 물들었지만, 나는 여전히 우리가 아르세니예프 가문이라는 사실에 남몰래 커다란 자부심을 느꼈다. 그러나 당시에 우리집이 점점 더 가난해졌고, 이상할 정도로 우리가 이에 대해 별로 신경을 쓰지 않았다는 사실을 상기하지 않을 수 없었다. 형들, 특히 게오르기 형은 많은 장점을 갖고 있었지만, 아버지의 훌륭한 점을 이어받은 사람은 다름 아닌 바로 나라는 이상한 확신을 안고 나는 자랐다. 내가 볼 때, 아버지는 많은 단점에도 불구하고 내가 아는 사람들 중 아주 예외적으로 훌륭한

---

* 푸시킨의 『예브게니 오네긴』 1장 5절의 한 구절.

면이 많았다. 하지만 아버지는 이미 이전과는 달랐다. 모든 걸 단념한 듯했고, 자주 술에 취해 있는 것 같았다. 항상 불그스레한 얼굴과 면도하지 않은 잿빛 턱, 위엄 있게 헝클어진 머리칼, 닳아빠진 슬리퍼, 세바스토폴 시절의 찢어진 실내복을 보면서 나는 무엇을 느껴야만 했던가? 어머니가 늙어가고, 올랴가 조금씩 성장하고 있다는 생각이 들면 이따금 커다란 고통이 밀려왔다! 종종 나 자신에게도 강한 연민을 느꼈다. 예컨대 저녁으로 오크로시카*만을 먹고서, 내 책과 나의 유일한 재산인 할아버지의 귀중품 함이 있는 내 방으로 돌아오면서 나에 대한 연민을 느끼곤 했다. 나는 카렐리아산 자작나무**로 만들어진 이 귀중품 함 속에 가장 귀중한 물건을 보관했다. '비가'와 '4행 시구'들이 가득 쓰인, 박하담배 냄새가 나는 회색 종이. 나는 이 회색 종이를 우리가 사는 시골의 한 가게에서 샀다……

나는 이따금 아버지의 청춘에 대해 생각했다. 아버지의 청춘과 나의 청춘은 너무나 달랐다! 아버지는 자신이 속한 환경, 신분, 자격을 갖춘 행복한 젊은이에게 합당한 것들을 거의 모두 갖고 있었다. 대지주 귀족에게는 아주 자연스러운 무사태평함 속에서 살아왔고, 이를 아주 자유스럽고 편안하게 즐겼다. 아버지는 청춘의 변덕과 욕망에 장애물이 있다는 사실을 전혀 알지 못했고, 어디서나 완전한 권리와 즐거운 자부심을 가지고 자신이 아르세니예프 가문임을 느꼈다. 나는 카렐리아산 자작나무로 만들어진 귀중품 함, 오래된 쌍발총, 비쩍 마른 카바르

* 크바스(주로 호밀과 엿기름으로 만든 러시아의 시큼한 음료)에 잘게 썬 야채와 고기 등을 넣은 차가운 수프.

** 핀란드 동부에 있는 카렐리아에서 나는 자작나무는 질이 좋기로 유명하다.

딘카*, 닳아빠진 카자크식 안장을 갖고 있었다…… 이따금 옷을 잘 차려입고 번쩍번쩍 광을 내고 싶었다! 그러나 손님으로 갈 채비를 하면서 나는 언젠가 게오르기 형이 하리코프의 감옥으로 갈 때 입었던 푸르스름한 양복을 입어야만 했다. 나는 손님으로 가서 이 양복 때문에 남몰래 심한 수치심을 느꼈고 고통을 당했다. 소유에 대한 관념은 없었지만 이따금 부유함, 멋진 사치, 온갖 자유, 그리고 이와 결부된 육체적이고 정신적인 온갖 즐거움을 간절히 꿈꾸었다! 나는 먼 곳으로의 여행, 평범하지 않은 여성의 아름다움, 내 마음의 열정과 취향을 공유하는 멋진 청년들, 동갑내기들 그리고 동료들과의 우정을 꿈꾸었다…… 나는 내가 사는 지역의 도시를 한 번도 벗어나지 못했고, 내게 세상은 오랫동안 친숙한 들판과 언덕뿐이고, 나는 농부들과 아낙들만을 보고, 우리가 알고 있는 것은 고작 두세 개의 조그만 영지와 바실리옙스코예뿐이고, 들어올리는 썩은 창틀에 색유리 겉창이 달려 있고 정원을 향한 두 개의 창문이 달린 낡은 모퉁이 방이 내 모든 꿈의 안식처라는 사실을 왜 가끔씩이라도 깨닫지 못했던 걸까?

6

꽃이 다 진 정원은 옷을 갈아입었다. 정원에서는 온종일 꾀꼬리가 울어댔고, 내 방 창문의 아래 창틀은 온종일 위로 올려져 있었다. 작은

* 북캅카스의 카바르다에서 나는 승마용의 우량종 말.

사각형의 오래된 창문들, 어두운 참나무를 댄 천장, 참나무로 만든 안락의자, 측면이 매끈하고 비스듬한 침대가 있는 내 방은 전보다 더 마음에 들었다…… 처음에 나는 멍하니 책을 읽거나, 꾀꼬리가 지저귀는 소리를 듣거나, 지금부터 내가 살아야만 하는 '충만한' 삶에 대해 생각하면서 책을 들고 그냥 누워만 있었다. 이따금 돌연 깊은 잠에 깜빡 떨어졌다가 잠에서 깨어나 아주 새로운 기분에 젖어 주변의 새로움과 아름다움에 깜짝 놀라곤 했다. 그리고 뭔가 몹시 먹고 싶어져 자리에서 벌떡 일어나 잼을 가지러 식료품 저장실로, 다시 말해 홀 쪽으로 유리문이 나 있는 방치된 광으로 가거나 흑빵을 가지러 하인 방에 가곤 했다. 낮에 하인 방은 항상 비어 있었다. 그 방의 컴컴한 구석에 놓여 있는 뜨겁고 먼지가 뽀얗게 앉은 페치카 위에는 키가 크고 믿을 수 없을 정도로 깡마른 레온티 혼자 누워 있었다. 할머니의 요리사였던 그는 노랗고 뻣뻣한 털이 무성했고, 늙어서 피부가 벗어져 있었다. 그는 수년 동안 피할 수 없는 죽음에 대항하면서 전혀 이해할 수 없는 동굴 속의 인간처럼 살고 있었다…… 행복에 대한 희망, 이제 막 시작되어야만 하는 행복한 삶에 대한 희망! 그러나 갑자기 깜빡 잠들었다가 잠에서 깨어나 딱딱한 흑빵 껍질을 가지러 달려가거나, 차를 마시러 발코니로 나오라는 소리를 듣거나, 차를 마시면서 이제 말에 안장을 얹고 어둠이 깃드는 대로를 아무데나 달려야겠다는 생각만으로도 종종 아주 행복해지곤 했다……

달밤이었다. 이따금 나는 한밤중 가장 야심한 시각에 깨어났다. 꾀꼬리조차 울지 않는 시각이었다. 온 세상이 너무나 고요해서, 이 극도의 고요함 때문에 내가 잠에서 깨어났다는 느낌이 들 정도였다. 순간적으로 나는 공포에 휩싸였다. 갑자기 피사레프가 떠올랐고, 객실 문가에 그의 긴 그림자가 보이는 듯했다…… 그러나 금세 이 그림자는 사라졌고, 방에 깃든 옅은 어스름 사이로 거뭇거뭇해지는 구석만이 보였다. 활짝 열린 창문 너머에 달빛 어린 정원이 밝고 고요한 왕국으로 들어오라고 초대하면서 빛나고 있었다. 나는 일어나서 조심스럽게 객실로 통하는 문을 열고 어둠 속의 벽에서 날 쳐다보는, 부인모를 쓴 할머니의 초상화를 보았다. 나는 달이 뜬 겨울밤에 오랫동안 아름다운 시간을 보냈던 홀을 바라보았다…… 집 오른쪽으로 빠르게 지나가는 달이 홀을 비추지 않아 홀은 더 신비하고 낮아 보였고 어두워졌다. 홀 북쪽 창문 너머의 피나무는 무성한 이파리로 덮여 있었고, 피나무 이파리는 검고 거대한 천막처럼 창문들을 완전히 덮고 있었다…… 발코니로 나오면서 나는 매번 당혹스러웠고, 심지어 약간 고통까지 느끼면서 밤의 아름다움에 깜짝 놀라곤 했다. 도대체 밤의 아름다움은 무엇이며, 밤의 아름다움을 어떻게 해야만 하나! 나는 지금도 그날의 달밤에 느꼈던 것과 비슷한 무언가를 느낀다. 이 모든 것이 새롭던 그때, 축축한 풀냄새와 이슬 맺힌 우엉 냄새를 구별할 수 있는 후각을 지녔던 그때 과연 무엇이 있었던가! 한쪽만 달빛을 받고 있는, 이상하게 키가 큰 삼각형 모양의 전나무는 톱니 모양의 날카로운 끝 부분을 투명한 밤하늘을 향해 여전히 높이 들어올리고 있었다. 밤하늘에는 성긴 별들이 희미하게 빛나고 있었다. 작고 평화로운 이 별들은 한없이 먼 곳에 떠 있었고, 너무나 경이롭고 신성해서 나는 무릎을 꿇고 별들을 향해 성호를 긋고 싶었다. 집 앞의 텅 빈 풀밭은 강렬하고 이상한 빛으로 가득했다. 정원 위쪽의 오른편에서, 밝고 빛나는 흰빛이 넘쳐나고 죽은 사람처럼 창백한 얼굴에 살짝 검은빛이 도는 보름달이 맑고 텅 빈 지평선 위에서 빛나고 있었다. 나와 저 달은 이제 오래전부터 서로 아는 사이가 되었고, 말없이 끈기 있게 뭔가를 기대하면서 오랫동안 서로를 바라보았다…… 서로에게 무엇을 기대했을까? 나는 우리 둘이 뭔가를 몹시 그리워한다는 것만을 알고 있었다……

잠시 후, 나는 내 그림자와 함께 이슬 맺힌 무지갯빛 풀밭을 따라 걷다가, 연못으로 이어지는 작은 길의 알록달록한 어둠 속으로 걸어들어갔다. 달은 유순하게 내 뒤를 따라왔다. 나는 주위를 둘러보면서 걸었고, 달은 거울처럼 빛나고 가늘게 부서지면서 거무스름하고 군데군데 밝게 빛나는 나뭇가지들과 잎사귀 무늬 사이를 떠가고 있었다. 나는 오른쪽 둑 주변에 금빛 수면이 넓게 빛나는, 물이 가득한 연못 쪽으로 내려가는 이슬 내린 비탈길에 섰다. 내가 그 자리에 서서 바라보고 있자, 달도 멈춰 서서 바라보았다. 내 발아래 못가에는 물에 잠긴 하늘이 검고 거울 같은 심연 속에서 흔들리고 있었다. 오리들이 날개 밑에 머리를 묻고 제 모습을 물속 깊숙이 비추면서 물속에 잠긴 하늘에 매달려 선잠을 자고 있었다. 연못 너머 왼쪽에 지주인 우바로프의 저택이 거뭇한 모습을 띠고 있었다. 글레보치카는 바로 이 우바로프의 사생아였다. 연못 맞은편 너머에는 달빛을 똑바로 받은 점토질 언덕이 있었다. 더 멀리에는 밤마다 환한 시골 목장이 있고, 그 너머에 어스름한 농가들이 죽 늘어서 있다…… 참으로 놀랍고 멋진, 살아 있는 것만이 할 수 있는 침묵이다! 갑자기 잠에서 깨어난 오리들의 기이하고 불안한 외침이 물속에 흔들거리는 거울 같은 하늘을 뒤흔들며 마치 우렛소리처럼 주변 정원으로 울려퍼졌다…… 내가 연못을 따라 오른쪽으로 더 멀리 걸어나가자, 밤의 아름다움 속에서 얼어붙은 나무들의 검은 우죽 위로 달도 다시 내 옆에서 조용히 움직이기 시작했다……

이렇게 우리는 온 정원을 한 바퀴 빙 걸어다녔다. 우리는 생각이 비슷했는데, 계속 한 가지만을 생각했다. 즉 신비하고 고통스럽고 사랑스러운 인생의 행복을, 꼭 행복해야만 하는 수수께끼 같은 나의 미래를 생각했다. 그리고 줄곧 안헬을 생각했다. 살아 있는 피사레프와 죽은 피사레프의 모습은 점점 잊혀갔다. 객실 벽에 걸린 초상화 말고 할머니의 무엇이 남았는가? 피사레프도 그랬다. 피사레프를 생각하면, 바실리옙스코예에 있는 저택 거실에 걸린 커다란 초상화만이 떠올랐다. 그가 막 결혼했을 무렵의(아마도 그는 영원히 살 거라고 기대했을 것이다!) 초상화였다. 물론 이전에 했던 생각도 머릿속에 떠올랐다. 지금 이 사람은 어디에 있을까, 그에게 무슨 일이 일어났을까, 그가 살고 있을 영원한 삶이란 무엇일까? 그러나 이 대답 없는 의문들 때문에 불안하거나 당혹스럽지는 않았다. 이 의문들 속에는 심지어 위안을 주는 뭔가가 있었다. 피사레프가 어디에 있는지는 내가 이해하지 못하는 신만이 알고 있다. 그러나 살면서 행복해지기 위해 나는 신을 믿어야 하고, 또 믿고 있다.

안헬은 오랫동안 나를 고통스럽게 했다. 심지어 낮에도 내가 무엇을 보고, 무엇을 느끼고, 무엇을 읽고, 무엇을 생각하든 간에 모든 것 뒤에는 안헬이 있었고, 그녀에 대한 사랑과 추억이 있었다. 그리고 내가 그녀를 얼마나 사랑하는지, 이 세상에는 우리가 함께 즐길 수 있는 아름다운 것이 얼마나 많은지 누구에게도 말할 수 없어 고통스러웠다. 밤에 대해서는 말할 필요도 없다. 밤에 안헬은 나를 완전히 사로잡았다. 그러나 시간이 흘러갔다. 이제 안헨은 점점 전설로 변하기 시작했고, 생생한 모습을 잃어갔다. 이전에 그녀가 나와 함께했고, 지금도 어디엔가 존재한다는 사실이 어쩐지 믿어지지 않았다. 나는 일반적인 사랑, 어떤 일반적인 아름다운 여성의 형상을 그리워하면서, 이미 안헨에 대해서는 시적으로만 생각하고 느끼기 시작했다……

7

어느 초여름날, 나는 그해에 구독했던 잡지 『주간』에서 나드손*의 시전집 출간 기사를 읽었다. 당시 내가 살던 시골 벽지에서도 그의 이름은 커다란 흥분을 불러일으켰다! 나는 나드손의 시를 몇 편 읽었지만, 아무리 애를 써도 감동을 느낄 수가 없었다. "무정한 의심의 독을 괴로움에 지친 가슴속에서 사라지게 하라." 이 시행은 단지 졸렬한 허튼소리 같아 보였다. 늪의 부들개지가 연못 위에 자라고, '녹색 가지'를 연못 위로 드리우고 있다고 노래하는 시에 대해서도 딱히 존경심이 우러나진 않았다. 그럼에도 불구하고 나드손은 '요절한 시인'이었다. 아름답고 슬픈 눈빛을 지닌 청년이고, '푸르른 남쪽 바다 해변의 장미와 삼나무 사이에서 숨을 거둔' 시인이었다. 나는 겨울에 그의 죽음에 대한 글을 읽었고, 성대한 장례식을 치르기 위해 '꽃 속에 빠진' 그의 금속

* 세묜 야코블레비치 나드손은 결핵으로 사망하기 전 몇 년 동안 러시아에서 가장 인기 있었던 시인이다. 그의 이상하고 몽환적인 시는 20세기 초에 특히 인기를 끌었다. 나드손이 사망한 해에 열여섯 살이던 부닌은 「나드손의 무덤 위에서」라는 시를 썼다.

제 관이 '안개 낀 혹한의 페테르부르크'로 운구되었다는 기사를 읽었다. 그때 내가 얼마나 흥분하고 창백한 얼굴로 저녁을 먹으러 나왔던지 아버지는 나를 불안하게 바라보기까지 했다. 내가 슬퍼하는 이유를 설명하자 그제야 아버지는 안도했다.

"아, 그게 전부냐?" 내가 슬퍼하는 이유가 나드손의 죽음이라는 사실을 알고 아버지가 놀라면서 물었다.

아버지는 안심하고 화를 내며 덧붙였다.

"정말 어리석은 생각이 네 머릿속에 들어 있구나!"

나는 『주간』에 실린 기사를 보고 다시금 몹시 흥분했다. 겨울에 나드손의 명성은 더욱더 높아졌다. 나는 이 명성에 대한 생각으로 갑자기 정신이 아찔해졌고, 불현듯 나 자신의 명성을 열렬히 갈망하게 되었다. 한순간도 지체하지 말고 당장 명성을 쌓기 시작해야 했다. 나는 나드손이 도대체 어떤 사람이고, 시적인 죽음 외에 무엇이 전 러시아를 흥분에 빠뜨렸는지 잘 알아보기 위해 나드손의 시집을 구하러 다음날 읍내에 나가리라 결심했다. 하지만 타고 갈 것이 없었다. 카바르딘카는 발을 절었고, 역마役馬는 너무 마르고 볼품이 없어서 걸어가야 했다. 읍내까지는 족히 30베르스타가 넘었다. 아침 일찍 길을 떠나 쉬지도 않고 무덥고 텅 빈 대로를 따라 걸었다. 이미 오후 세시경에 나는 상가 거리에 있는 도서관으로 들어갔다. 이마에 곱슬머리 몇 올을 내려뜨린 아가씨가 장정이 낡아빠진 책들로 가득찬 비좁은 방에서 혼자 심심해하고 있다가 걷기와 햇빛에 지친 나를 어쩐지 아주 호기심 어린 눈빛으로 힐끗 쳐다보았다.

"나드손의 시집을 빌리려면 기다려야 해요." 그녀는 심드렁하게 말했다. "적어도 한 달은 기다려야 해요……"

나는 어리둥절해져서 당황했다. 괜히 30베르스타가 넘는 길을 단숨에 달려왔단 말인가! 하지만 그녀는 나를 좀 애태우고 싶었을 뿐이었다.

"당신도 시인인가요?" 그녀는 웃으면서 금방 덧붙여 말했다. "난 당신을 알아요. 당신이 아직 김나지움 학생일 때 당신을 보았어요…… 내가 갖고 있는 시집을 줄게요……"

나는 고맙다는 말을 늘어놓았다. 당혹감과 자부심으로 얼굴이 새빨개졌고, 너무나 기쁜 마음으로 귀중한 시집을 들고 거리로 뛰어나왔다. 그 바람에 하마터면 잿빛의 삼베 드레스를 걸친 열다섯 살가량의 소녀를 넘어뜨릴 뻔했다. 그녀는 인도 옆에 서 있는 타란타스에서 막 내리던 참이었다. 이 여행 마차에는 세 마리의 이상한 말이 매여 있었다. 모두 얼룩말이었고 털색이나 체격이 비슷했다. 마부석에 구부정하게 앉아 있는 마부는 더욱 이상했다. 그는 몹시 쇠약하고 깡마른 캅카스인으로 누더기옷을 걸치고 있었지만, 아주 세련된 붉은 머리칼을 하고 캅카스의 높은 털모자를 비스듬히 뒤로 눌러쓰고 있었다. 여행 마차 안에는 뚱뚱하고 위엄 있는 부인이 명주 코트를 입은 채 앉아 있었다. 부인은 놀란 듯이 아주 엄하게 나를 힐끗 쳐다보았고, 소녀도 깜짝 놀라 옆으로 피했다. 소녀의 폐병기가 있는 검은 눈과 약간 푸른빛이 도는 가냘프고 깨끗한 얼굴에 놀라움이 멋지게 나타났다가 금방 사라졌다. 소녀의 입술은 어쩐지 애처로울 정도로 병색이 짙었다. 나는 더욱더 당황해서 지나치게 흥분하고 세련된 태도로 소리쳤다. "오, 제발 용서해줘요!" 나는 가능하면 빨리 대충이라도 이 시집을 훑어보고 선술집에서 차 한 잔을 마실 생각만 하고 뒤도 돌아보지 않고 시장이 있는 거리 쪽으로 내달렸다. 그러나 이 소녀와의 만남은 이렇게 간단히 끝날 운명이 아니었다.

이날 나는 아주 운이 좋았다. 선술집에는 바투리노에서 온 농부들이 앉아 있었다. 한동네 사람들이 읍내에서 만나면 늘 그렇듯이, 이 농부들은 나를 보자마자 놀라고 기뻐하면서 한목소리로 소리쳤다.

"이거 우리 도련님 아닌가유? 도련님! 어서 이리로 와유! 사양하지 말구 같이 앉아유!"

나는 농부들과 합석했고, 그들과 함께 집으로 갈 수 있겠다 싶어 몹시 기뻤다. 실제로 그들은 즉시 나를 데려다주겠다고 말했다. 농부들은 벽돌을 가지러 읍내에 왔고, 달구지는 교외의 베글라야 슬로보다 옆에 있는 벽돌공장에 두었으며, '저녁에' 마을로 돌아갈 예정이라는 사실을 나는 알게 되었다. 하지만 그들은 저녁 내내 벽돌을 달구지에 실었다. 나는 벽돌공장에 앉아 한 시간, 두 시간, 세 시간을 보냈고, 내 앞에 있는 한길 너머로 펼쳐진 텅 빈 저녁 들판을 망연히 바라보았다. 농부들은 계속해서 벽돌을 실었다. 이미 저녁 예배를 알리는 종소리가 읍내에 울려퍼졌고, 태양은 붉게 물든 들판 위로 아주 낮게 내려앉았지만, 농부들은 여전히 벽돌을 싣고 있었다. 나는 따분하고 피로해서 완전히 지쳐버렸는데, 바로 그때 한 농부가 갓 구운 장밋빛 벽돌 한 부대를 달구지로 간신히 끌고 오면서, 대로 옆의 길을 따라 먼지를 일으키며 달려오는 삼두마차를 향해 머리를 흔들고 웃으며 말했다.

"저기 비비코프 마님이 마차를 타고 가네유. 저 마님은 우리 마을에 사는 우바로프 씨 집으로 가유. 우바로프 씨는 벌써 사흘 전에 손님으로 올 저 마님을 기다린다고 말하면서, 잡아먹을 작은 숫양값을 흥정했지유……"

다른 농부가 이어서 말했다.

"분명 그 마님이여. 저기 마부석에 잔인한 놈이 앉아 있구먼……"

나는 더 정신을 집중해 쳐다보았고, 조금 전 도서관 근처에 서 있던 얼룩말들을 바로 알아보았다. 나는 그곳에서 내달린 순간부터 은근히 불안해졌던 이유를 비로소 이해하게 되었다. 바로 그 호리호리한 소녀 때문이었다. 그녀가 지금 바투리노로 간다는 말을 듣고 나는 자리에서 벌떡 일어나 농부들에게 빠르게 질문을 퍼부어댔고, 금세 아주 많은 것을 알아냈다. 비비코프 부인은 이 소녀의 엄마이자 과부이고 소녀는 보로네시의 전문학교—농부들은 이 전문학교를 '귀족 교육기관'이라고 불렀다—에서 공부하고 있으며, 그들은 우바로프의 친척으로 자돈스크 근방의 '작은 영지'에서 가난하게 살고 있다. 또 자돈스크 근처에 사는 그들의 친척인 마르코프라는 사람이 말을 주었고 마르코프의 말들은 잔인한 캅카스인만큼이나 현縣 전체에서 유명하며 이 캅카스인은, 흔히 그렇듯이 처음엔 마르코프의 집에서 조마사調馬師로 있다가 마르코프의 환심을 샀고, 마르코프와 함께 끔찍한 일을 벌인 후에 마르코프의 막역한 친구가 되었다. 이 캅카스인이 마르코프의 말들 가운데 가장 좋은 암말을 훔치려던 집시를 회초리로 때려 죽인 것이다……

어스름이 깔렸을 때 우리는 비로소 출발했고, 별로 힘없는 말들이 천육백 킬로그램이 넘는 짐을 감당해야 했기에 밤새 한 걸음 한 걸음 느릿느릿 걸어갔다. 얼마나 아름다운 밤이었던가! 우리가 대로로 접어들자마자 어스름 속에서 바람이 불기 시작했다. 동쪽에서 밀려오는 비구름 때문에 어쩐지 믿을 수 없고 불안할 정도로 빠르게 어두워졌고, 천둥이 하늘 전체를 뒤흔들고 더욱 위협적으로 붉은 번개를 번쩍이면서 심하게 우르릉거리기 시작했다…… 반시간이 지나자 칠흑 같은 어둠이 깔렸다. 이 어둠 속에서 때론 뜨거운 바람이, 때론 신선한 바람이 사방에서 불어댔고, 어두운 들판을 따라 미친듯이 날뛰는 희고 발그레한 번개가 눈이 멀 정도로 눈부신 빛을 사방으로 쏘아댔다. 그리고 바로 우리 머리 위에서 믿을 수 없이 커다란 우렛소리와 괴물같이 으르렁거리며 벼락치는 소리가 쉬쉬거리는 마른 파열음을 내면서 귀를 먹먹하게 했다. 잠시 후 진짜 태풍이 미친듯이 휘몰아쳤고, 번개가 비구름 속에서 하얗게 달궈진 톱니 모양의 뱀처럼 구름 맨 꼭대기에 이르기까지 격렬하게 떨며 무섭게 번쩍이기 시작했다. 우리 머리 위에서 계시록에 나오는 광채와 불꽃 속에서 지옥 같은 하늘의 어둠이 심연을 활짝 열어젖히고 천둥을 내리쳤고, 여기에 맞춰 폭우가 맹렬한 소리를 내지르면서 우리를 후려치며 쏟아지기 시작했다. 하늘의 심연에서 구리처럼 빛나는 구름 산이 초자연적인 태고의 히말라야 산처럼 번쩍거렸다…… 농부들이 내게 줄 수 있는 전부인 막베로 만든 부대와 농민용 외투를 덮고 차가운 벽돌 위에 누워 있던 나는 오 분도 지나지 않아 온몸이 비에 흠뻑 젖어버렸다. 그러나 나에게 이 지옥과 대홍수가 무슨 문제였겠는가! 나는 이미 새로운 사랑에 완전히 사로잡혀 있었다……

8

당시에 푸시킨은 내 인생의 진실한 일부였다.*

언제 푸시킨이 내 안으로 들어왔던가? 나는 유년 시절부터 그에 대한 이야기를 들었다. 우리집에서 푸시킨이라는 이름은 우리와 그가 동일한 그룹에 속해 있었기에 온전히 '우리 중 한 사람'인 양 거의 혈연적인 친근함 속에서 언급되었다. 푸시킨은 '우리의 것'만을, 우리를 위해, 우리와 같은 감정을 가지고 쓰는 것 같았다. 그의 시에서 "눈보라를 말아올리며" 짙은 안개로 하늘을 휩싸는 폭풍은 겨울밤에 카멘카 마을 주변에서 사납게 날뛰는 폭풍이었다. 엄마는 이따금 사랑스럽고 애련한 미소를 띠며 옛날식으로 노래하고 꿈을 꾸듯이 나에게 시를 읽어주곤 했다. "어제 나는 펀치 한 잔을 마시며 경기병과 앉아 있었네." 그럼 나는 이렇게 묻곤 했다. "엄마, 어떤 경기병요? 돌아가신 삼촌요?" 엄마는 이런 시도 읽어주었다. "나는 책 속에서 시들고 향기 없는 잊힌 꽃을 본다." 나는 처녀 시절 엄마의 앨범 속에서 이 꽃을 보았다…… 나의 청년 시절은 내내 푸시킨과 함께했다.

레르몬토프도 나의 청년 시절과 결코 떼어놓을 수 없다.

말없는 초원은 푸르다, 캅카스는
은가락지처럼 초원을 에워싸고 있다.
캅카스는 눈살을 찌푸리고 바다 위에서 조용히 잠을 잔다,

---

* 이 장에서 부분적으로 인용되는 시는 주로 푸시킨의 시(「눈물」 「꽃잎」 「겨울 아침」 「가수」 「밤」 「10월 19일」 등)와 레르몬토프의 시(「오도옙스키를 기억하며」)다.

마치 방패 위로 몸을 숙인 거인처럼.
떠돌아다니는 파도의 이야기에 귀기울이며,
흑해는 쉼없이 웅성거린다……

내 넋을 일깨우고 형성한 이 시행들은 먼 곳을 방랑하고픈 젊은이의 놀라운 갈망을, 멀고 아름다운 것에 대한 열정적인 꿈을, 신비한 넋의 음향을 잘 표현하고 있었다! 그러나 나는 누구보다 푸시킨과 함께했다. 푸시킨은 내 마음속에 얼마나 많은 감정을 불러일으켰던가! 얼마나 자주 나 자신의 감정을 그와 공유했고, 살면서 의지했던 모든 것을 그와 나누었던가!

나는 쌀쌀한 맑은 아침에 잠에서 깨어나 "추위, 태양, 기적 같은 날"이라고 그와 함께 외칠 수 있어서 두 배로 즐거웠다. 그는 이런 아침에 대해 아주 멋지게 말했을 뿐만 아니라 놀라운 이미지를 선사했다.

너는 아직도 졸고 있구나, 매력적인 친구여……

눈보라 속에서 깨어나면, 나는 오늘 우리가 사냥개들과 함께 사냥에 나설 거라는 사실을 떠올리고, 이런 질문을 던지면서 다시 푸시킨처럼 하루를 시작한다.

날씨는 따뜻할까? 눈보라는 잦아들까?
방금 내린 눈은 있을까 없을까? 말을 타기 위해
침대를 떠날 수 있을까, 혹은 점심때까지

이웃 사람의 낡은 잡지를 뒤적거리는 편이 더 나을까?

지금 봄날의 황혼이 내려앉는다. 금빛 금성이 정원 위에 떠 있고, 정원 쪽으로 난 창문이 활짝 열려 있다. 다시 푸시킨이 나와 함께 내 비밀스러운 꿈을 표현한다.

서둘러, 나의 아름다운 사람아,
사랑의 황금별이
하늘에 떠올랐어!

이제 완전히 어두워졌고, 정원에서 꾀꼬리가 애태우며 괴로워한다.

그대는 숲 너머에서 밤의 목소리를 들었는가,
사랑을 노래하고 슬픔을 노래하는 가수의 목소리를?

지금 나는 침대에 누워 있고, "슬픔에 젖은 양초가 내 침대 옆에서" 타오르고 있다. 전기 램프가 아니라 진짜 슬픔에 젖은 수지獸脂 양초다. 누가 청춘의 사랑을, 더 정확히 말해 사랑의 갈망을 쏟아내고 있는가? 나인가 그인가?

모르페우스*여, 아침까지

---

* 그리스신화에 나오는 잠의 신 히프노스의 아들로 꿈의 신이다.

내 고통스러운 사랑에 위안을 다오!

그리고 다시 "숲이 진홍빛 모자를 떨어뜨리고, 가을 들판은 광적인 놀이로 고통스러워한다". 나도 똑같은 열정을 품고 이 놀이에 탐닉한다.

새로 편자를 박은 내 말은,
갑자기 탁 트인 벌판을 쏜살같이 달린다.
말발굽 아래 얼어붙은 땅은
얼마나 낭랑하게 울리는가!

밤에는 어스름한 붉은 달이 죽은 듯한 검은 정원 위로 조용히 떠오른다. 그러면 다시 내 마음속에 놀라운 단어들이 낭랑하게 울린다.

마치 환영幻影처럼, 소나무숲 너머에서
어렴풋한 달이 솟아올랐다.

그리고 내 영혼은 그가 창조한 미지의 여인, 나를 영원히 사로잡은 이 여인에 대한 형언할 수 없는 꿈으로 가득찬다. 그녀는 저기 어디선가, 다른 먼 나라에서 이 고요한 시간에 걸어가고 있다.

철썩이는 파도에 씻긴 해변을 향해……

9

리자 비비코바*를 향한 나의 감정은 유치함의 소산일 뿐만 아니라 우리의 생활에 대한 사랑의 결과였다. 한때 러시아의 모든 시는 이런 생활과 긴밀히 관련되어 있었다.

우리의 환경에 완전히 소속된 존재를 사랑하듯이 나는 시적인 오래된 방식으로 리자를 사랑했다.

나의 상상력이 낭만적으로 묘사한, 우리가 소속된 환경의 정신은 내 눈앞에서 영원히 사라지고 있었기에 내겐 더욱 아름다워 보였다.

나는 우리의 생활이 어떻게 빈곤해지는지 보았으나 오히려 이 때문에 우리 생활은 더욱 소중해졌다. 심지어 나는 왠지 이상하게도 이 가난을 즐기기까지 했다…… 아마 여기에서도 내가 푸시킨과의 유사성을 발견했기 때문인지 모른다. 야지코프의 묘사에 따르면, 푸시킨의 집도 결코 넉넉한 형편은 아니었다.

> 여기저기 나쁜 벽지를
> 바른 벽,
> 수리되지 않은 바닥, 두 개의 창문,
> 두 개의 창문 사이에 있는 유리문,
> 구석의 성상 앞에 놓인 소파,

---

* 리자의 원형은 이웃에 살던 지주 리시코프의 친척인 사샤 레즈바야다. 몇 년 후, 사샤가 죽었다는 소식을 듣고 부닌은 「시편」이라는 시를 썼다.

그리고 한 쌍의 의자……*

그러나 리자가 바투리노에 살 때 우리의 가난한 생활은 6월의 무더운 나날들, 그늘이 많은 정원의 짙은 녹음, 꽃이 진 재스민과 꽃이 핀 장미 향기, 연못에서 멱감기로 다채로웠다. 정원 때문에 그늘이 지고, 무성하고 차가운 풀로 뒤덮인 우리 강둑에서 보면 연못에는 키 큰 버드나무, 반짝이는 어린 버들잎, 윤기가 흐르고 하늘하늘한 나뭇가지의 그림자가 드리워져 있었다…… 내 마음속에서 리자는 처음 며칠 동안의 멱감기, 유월의 풍경 그리고 다양한 향기와 영원히 연결되었다. 그것은 재스민, 장미, 식탁의 딸기, 향기가 진하고 쓴맛이 나며 긴 이파리가 달린 강가의 버들, 햇빛으로 데워진 연못의 따스한 물과 진흙의 향기였다……

나는 그해 여름에 우바로프 씨 집에 가지 않았다. 글레보치카는 농업학교에서 여름을 보냈다. 김나지움 성적이 좋지 않아 농업학교로 갔던 것이다. 우바로프 씨네 사람들도 우리집에 오지 않았다. 우리집과 우바로프 씨네는 긴장 관계에 있었다. 시골에서는 늘 자잘한 싸움이 일어난다. 그럼에도 불구하고 우바로프 부인은 우리 쪽 연못에서 멱을 감을 수 있게 해달라고 아버지에게 부탁했다. 그녀는 하루가 멀다 하고 비비코프 모녀와 함께 멱을 감으러 왔다. 종종 나는 마치 우연인 양 강변에서 그들을 만나 아주 공손히 허리 굽혀 인사했다. 그래서 헐렁한 옷에 보풀이 인 수건을 어깨에 걸치고, 항상 상냥한 체하며 거만하

---

* N. M. 야지코프의 시 「푸시킨의 유모의 죽음에 부쳐」에서 인용됨.

게 머리를 곧추세우고 걸어다니는 비비코프 부인도 나를 꽤 친절하게 대했다. 심지어 내가 읍내 도서관에서 뛰어나왔던 것을 분명히 기억하면서 웃기까지 했다. 리자도 처음엔 수줍게, 그다음엔 더 다정하고 활달하게 대답했다. 이미 살짝 햇볕에 그을었고, 커다란 두 눈에 약간 광채가 돌았다. 이제 리자는 푸른 깃이 달린 하얀 세일러복에 꽤 짧은 푸른 스커트를 입고 걸어다녔다. 머리채를 땋아 커다란 흰 댕기로 묶고, 살짝 퍼머한 검은 머리에 아무것도 쓰지 않고 그냥 태양에 노출시켰다. 그녀는 멱을 감지 않았고, 엄마와 우바로프 부인이 유난히 무성하게 자란 버드나무 아래 어디에선가 멱을 감는 동안 강둑에 앉아 있었다. 그녀는 풀 위를 걸으면서 풀의 부드러운 상큼함을 즐기려고 이따금 구두를 벗었다. 나는 그녀의 맨발을 여러 번 보았다. 녹색 풀 속 리자의 하얀 다리는 형언할 수 없이 매혹적이었다……

다시 달밤이 되었다. 나는 이미 밤마다 잠잘 생각을 하지 않았고 해가 뜰 무렵에야 잠자리에 들었다. 밤에는 내 방에 촛불을 켜고 앉아 시를 읽거나 썼으며, 잠시 후 정원을 배회하다가 연못의 둑 쪽에서 우바로프 씨네 저택을 바라보았다……

낮에는 아낙들과 농부의 딸들이 이 둑 위에 서서 강변의 물속에 있는 크고 평평한 조약돌을 몸을 굽혀 바라보았다. 그들은 굵고 붉지만 부드럽고 여성다운 무릎 위로 스커트를 접어서 허리띠에 끼우고, 빠르고 활달한 목소리로 얘기하면서 빨랫방망이로 물에 젖은 회색 셔츠를 멋지고 세게 두드렸다. 이따금 허리를 펴고 걷어올린 옷소매로 이마의 땀을 훔쳤고, 내가 옆을 지나갈 때는 장난스레 상스러운 말로 뭔가를 암시하면서 말을 건넸다. "도련님, 뭘 잃어버렸슈?" 그들은 다시 몸을 굽혀 더욱 힘차게 철썩철썩 방망이질을 했고, 서로 얘기를 나누다가 웃어대기도 했다. 나는 서둘러 자리를 떴다. 몸을 굽히고 있는 그들의 모습과, 맨무릎을 쳐다보기가 이미 힘들어졌다……

우리집이 있는 거리 건너편의 저택에 알페로프라는 노인이 살고 있었는데, 그의 아들은 유형살이를 하고 있었다. 그의 먼 친척인, 페테르부르크 아가씨들이 그를 방문했다. 이 아가씨들 중에 가장 젊은 아샤는 미인으로 민첩하고 키가 컸는데, 명랑하고 활동적이며 태도가 자유분방했다. 그녀는 크로케*를 좋아했고 닥치는 대로 사진기를 눌러댔으며 승마를 즐겼다. 어느새 나는 노인의 집을 꽤 자주 방문하게 되었고, 아샤와 우정 비슷한 관계를 맺었다. 그녀는 소년을 데리고 놀듯이 나를 데리고 놀았고, 나와 교제하면서 만족감을 드러내곤 했다. 아샤는 계속 사진기로 나를 찍었다. 우리는 몇 시간씩 크로케 타구 봉으로 공을 쳤는데, 나는 항상 뭔가 실수를 하곤 했다. 그럴 때마다 실망한 그녀는 멈춰 서서 유난히 귀엽게 '오'를 '어'로 발음하면서 소리쳤다. "어, 맙서사! 넌 정말 바버여, 정말 바버여!" 무엇보다 그녀는 저녁 무렵에 말을 타고 대로를 달리는 것을 좋아했다. 나는 말을 타고 질주하면서 아샤가 외치는 환성을 편안히 들을 수 없었고, 붉게 물든 그녀의 얼굴과 흩날리는 머리칼을 편안히 바라볼 수 없었다. 들판에 있는 우리의 고독을 편안한 마음으로 느낄 수도 없었다. 이러는 동안 리라처럼 우아한 그녀의 몸은 안장에 멋진 자세로 앉아 있었고, 등자에 꼭 댄 왼발의 팽팽한 종아리가 이 여장부의 펄럭이는 옷자락 밑에서 내내 아

* 잔디 위에서 하는 공놀이.

른거렸다……

나는 낮과 저녁을 그렇게 보냈지만, 밤은 시에 바쳤다.

이제 들판은 완전히 어두워지고 따스한 어스름이 짙어진다. 나와 아샤는 여름 저녁 냄새가 풍기는 마을을 지나 천천히 집으로 돌아온다. 아샤를 집에 데려다주고 나는 우리집 마당으로 들어서서 땀이 흥건한 카바르딘카의 고삐를 하인에게 던져주고 저녁을 먹으러 집안으로 달려들어간다. 집에서는 형들과 형수가 유쾌하게 웃으며 나를 맞이한다. 저녁을 먹은 후 나는 그들과 함께 연못 뒤편의 목장이나 대로로 산책하러 나가서, 차분하고 부드러운 온기가 피어오르는 어두운 들판 너머에서 떠오르는 흐릿한 붉은 달을 바라본다. 산책 후 마침내 나는 혼자 남게 된다. 집도, 영지도, 마을도, 달빛 어린 들판도 잠잠해졌다. 나는 내 방의 열린 창가에 앉아 읽고 쓴다. 살짝 찬 기운이 느껴지는 밤바람이 여기저기 불이 켜진 정원에서 가끔씩 불어오고, 촛농이 흘러내리는 양초에서는 불꽃이 흔들리고 있었다. 부나비들이 양초 주위를 떼 지어 날아다니다가, 탁탁 소리를 내고 기분좋은 냄새를 풍기며 불에 타 떨어져서 조금씩 책상 위에 흩어진다. 견딜 수 없는 졸음에 나는 고개를 떨어뜨리고 눈을 감지만 필사적으로 졸음을 이겨내고 물리친다…… 보통 자정까지는 졸음을 쫓아낼 수 있었다. 나는 자리에서 일어나 정원으로 나가곤 했다. 지금은 유월, 달은 여름 달처럼 낮게 떠다닌다. 달은 집 모퉁이 뒤에 떠 있고, 집의 넓은 그림자가 멀리 풀밭 위에 드리워져 있다. 이 그림자 속에서 정원과 마을과 여름 들판 너머 멀리 동쪽 하늘에서 조용히 반짝이는 일곱 색깔의 별을 바라보는 일은 특히나 즐겁다. 멀리 여름 들판에서 가끔씩 들려오는 메추라기 울음소리는 은

은해서 더욱 매혹적이다. 집 주변의 백 년 된 피나무는 만개하여 달콤한 냄새를 풍겼고, 황금빛 달은 따스했다. 동이 트기 전에 항상 그렇듯이 다시 온기가 피어올랐다. 저기, 동쪽 지평선에서 새벽이 다가오고 있었고, 지평선은 벌써 살짝 은빛으로 물들어 있었다. 저기, 연못 너머에서도 온기가 피어올랐다. 나는 이 온기를 맞이하러 조용히 정원을 지나 둑으로 갔다…… 우바로프 씨의 저택 마당은 마을의 목장과 이어졌고, 집 뒤의 정원은 들판과 이어졌다. 둑에서 바라보던 나는 그집에서 누가 자고 있는지 정확하게 떠올렸다. 나는 리자가 글레보치카의 방에서 잔다는 걸 알았다. 그 방의 창문들은 따스하고 초목이 무성한, 창문 쪽에 붙어 있는 정원을 향하고 있었다…… 열린 창문 밖에서 조용히 흐르는 빗물처럼 살랑대는 나뭇잎 소리를 들으며, 저기 저 방에서 자고 있는 리자를 상상하면서 창문을 바라볼 때의 내 감정을 어떻게 전달할 수 있단 말인가! 들판에서 불어오는 따스한 바람이 어린아이 같은 그녀의 잠을 보듬으면서 열린 창문 안으로 계속 스며들었다. 그녀의 잠보다 더 아름답고 순수한 것은 이 지상에 존재하지 않을 듯했다!

10

이 이상한 생활 방식은 거의 여름 내내 지속되었다. 그런데 상황이 급변했다. 어느 화창한 아침, 나는 비비코프 모녀가 더이상 바투리노에 없다는 사실을 알게 되었다. 그들은 어제 떠났던 것이다. 나는 하루를 이럭저럭 보내고, 저녁 무렵 아샤에게 갔다가 이런 말을 들었다.

"우린 내일 크림으로 떠나." 마치 나를 즐겁게 해주려는 것처럼 그녀는 나를 보자마자 아주 명랑하게 말했다.

이 일이 있은 후, 세상이 너무 공허하고 따분해서 나는 말을 타고 들판으로 갔다. 들판에서는 사람들이 우리집 호밀을 베고 있었다. 나는 죽 늘어선 그루터기 위에 몇 시간씩 앉아 괜히 호밀 베는 사람들을 바라보았다. 주변은 가뭄이 들어 건조하고 폭염이 기승을 부리고 있다. 또 호밀을 베는 소리가 규칙적으로 들려왔다. 폭염으로 희푸르러진 구름 한 점 없는 하늘을 배경으로 공손히 몸을 숙이고 완전히 팬 이삭이 달린 바싹 마르고 노란 모래 같은 호밀의 바다가 단단하고 높은 벽처럼 펼쳐져 있다. 허리띠를 매지 않은 농부들이 호밀 바다를 향해 서로 앞서거니 뒤서거니 안짱다리로 걸어가면서 천천히, 정연하게 앞으로 나아간다. 농부들이 휘두르는 낫은 사각사각 소리를 내며 햇빛에 반짝인다. 농부들은 낫으로 왼쪽에 있는 호밀을 한 줄씩 잇따라 베어가면서 따끔따끔한 솔 같은 노란 그루터기와 넓고 텅 빈 선을 남기고, 들판을 조금씩 벗겨내 전혀 새롭게 만들어 새로운 모습과 아득한 평원을 열어놓는다……

"도련님, 왜 이렇게 하릴없이 앉아 있슈?" 호밀 베는 사람들 중 키가 크고 머리칼이 검은 멋진 농부가 다소 거칠지만 다정하게 말했다. "내게 낫이 하나 더 있는데 그걸 들고 우리랑 같이 베어봐유……"

나는 자리에서 일어나 아무 말도 하지 않고 그의 짐마차로 갔다. 이때부터 호밀 베는 일이 시작되었다……

처음엔 아주 고통스러웠다. 모든 면에서 서투른데다 서두르는 바람에 나는 너무나 지쳐서 저녁마다 간신히 집으로 왔다. 등은 굽고 욱신거렸으며, 어깨는 쑤시고, 물집에서 피가 난 손은 화끈거리고, 얼굴에는 화상을 입고, 머리칼은 땀에 절어 말라붙고, 입안이 쑥처럼 쓰디썼다. 그러나 나는 이 자발적인 고역에 아주 익숙해져서 '내일 다시 호밀을 벤다!'는 행복한 생각을 하면서 잠자리에 들곤 했다.

호밀 베기에 이어 호밀을 운반하는 일이 시작되었다. 이 일은 더 힘들고 어려웠다. 두껍고 탱탱한 마른 호밀 단에 쇠스랑을 찔러넣고 미끄러운 쇠스랑 손잡이를 배에 통증을 느낄 정도로 단번에 무릎으로 들어올려서, 사각거리는 이 거대하고 무거운 짐을 점점 공간이 줄어드는 짐마차 위로 집어던져야 한다. 호밀 단에서 뾰족한 낟알이 일꾼들 위로 떨어진다. 호밀 단은 더 높이 거대하게 쌓이면서 사방에서 짐마차 밖으로 튀어나온다…… 그다음에 사방에서 찔러대고, 호밀의 온기 냄새가 나는, 산처럼 높이 쌓인 무겁고 불안정한 호밀 단들을 단단한 밧줄로 빙 둘러서 묶고, 있는 힘을 다해 밧줄을 잡아당겨 짐마차의 횡목에 단단히 얽어매야 한다…… 그러고 나서 흔들거리는 거대한 짐을 뒤쫓아 바큇자국이 난 울퉁불퉁한 시골길을 따라, 뜨거운 먼지 속의 마차 바큇자국을 따라 천천히 걸어가야 한다. 그리고 무거운 짐 밑에서 기진맥진한 말을 줄곧 바라보고, 말과 함께 계속 긴장하면서, 엄청나게 무거운 짐을 실어 삐걱대며 다양한 소리를 내는 짐마차가 길모퉁이 어딘가에서 무게를 견디지 못하고 빠르게 구르는 바퀴에 걸려 짐을 볼썽사납게 옆으로 쏟아버릴까봐 내내 가슴을 졸여야 한다. 특히 머리가 햇볕에 드러나고, 호밀 먼지와 티끌이 가슴에 묻어 화끈거리며 욱신욱신 쑤시고, 너무나 지친 발이 벌벌 떨리고 입속에서 쓴내가 날 때,

이 모든 일은 정말 장난이 아니었다!

9월에 나는 늘 탈곡장에 앉아 있었다. 우중충하고 단조로운 날들이 계속되었다. 곡물 창고에서는 아침부터 늦은 저녁까지 탈곡기가 윙윙 울부짖으며 지푸라기를 흩뿌렸고, 뽀얗게 먼지를 내뿜었다. 아낙들과 농부의 딸들은 먼지투성이 머릿수건을 눈까지 끌어내리고 탈곡기 아래에서 갈퀴를 들고 열심히 일했다. 다른 사람들은 어두운 구석에서 고르게 윙윙 풍구 소리를 내며 풍구의 손잡이를 잡고 안쪽의 바람 날개를 돌리면서 계속 단조롭고 구슬프고 달콤하게 노래를 불렀다. 나는 그들의 노래를 들으면서, 때론 일꾼 중 한 사람 곁에 앉아 풍구의 손잡이를 돌리고, 때론 풍구 밑에서 아주 깨끗해진 알곡을 적당히 긁어 담는 일을 도와주기도 했다. 그러고 나서 기쁜 마음으로 이 깨끗한 알곡을 옆에 세워놓은 활짝 열린 부대에 쏟아부었다. 나는 아낙들과 농부의 딸들과 점점 더 가까워지고 친해졌다. 이 모든 일이 어떻게 끝날지는 아무도 모른다. 다리가 길고 머리칼이 붉은 농부의 딸이 있었는데, 누구보다 대담하고 능란하게 노래를 불렀다. 눈에 띄게 활달하고 거칠었지만 특이할 정도로 슬픈 친밀감을 보이면서, 예컨대 새 가위를 얻을 수만 있다면 어떤 것도 거부하지 않겠다는 뜻을 노골적으로 드러내곤 했다. 내 인생에서 새로운 사건이 일어나지 않았다면 나와 그녀 사이에 무슨 일이 벌어졌을 것이다. 내 글이 예기치 않게 페테르부르크의 주요 월간지에 실렸고, 어쩌다 보니 나는 당시 가장 유명한 작가들 그룹에 속하게 되었다. 나는 원고료로 15루블짜리 우편환을 받았다. 이 두 사건으로 몹시 흥분된 나는 나 자신에게 말했다. '아니야, 탈곡장 일은 이제 충분해. 다시 책을 읽고 글을 써야 해.' 나는 즉시 안장을 얹으러 카바르딘카에게 갔다. '읍내로 가서 돈을 받고 글을 써야 해……' 이미 날이 저물었지만 나는 말에 안장을 얹고 시골길을 따라, 대로를 따라 말을 달렸다…… 들판은 슬프고 황량하고 춥고 음산했지만 내 청춘의 고독한 영혼은 얼마나 활기찼던가, 삶에 대한 준비와 믿음으로 얼마나 충만해 있었던가!

11

들판은 음산하게 어두워지고 스산한 바람이 불었지만, 나는 늦가을 바람의 신선한 기운을 가슴 깊숙이 들이마셨고, 젊은이의 달아오른 얼굴을 때리는 몸에 좋은 냉기를 즐겁게 느끼면서 카바르딘카를 계속 몰았다. 나는 항상 말을 타고 빠르게 달리는 것을 즐겼고, 내가 타고 있는 말에게 늘 강한 애착을 느꼈지만, 말을 아주 무자비하게 대했다. 그때 나는 유난히 빠르게 말을 몰았다. 나는 특별히 무엇을 생각하고 꿈꾸고 있었던가? 사람의 삶에서 어떤 중요한 일, 최소한 의미 있는 일이 일어났을 때, 이 일에서 어떤 결론을 끌어내고 결정을 내려야만 할 경우, 사람은 생각을 덜 하고 오히려 영혼의 신비에 몰두하게 된다. 나는 지금도 생생히 기억하는데, 읍내까지 가는 동안 줄곧, 용감하고 흥분된 내 영혼은 뭔가를 끊임없이 생각하고 있었다. 무엇이었을까? 나는 아직 그것이 무엇인지 알지 못했고, 그저 삶의 변화와 무언가로부터의 해방을 열망하고, 아주 간절히 어딘가로 떠나고 싶었을 뿐이다……

지금도 기억하는데, 나는 잠시 스타노바야 근처에서 멈추었다. 밤이 되었고, 들판은 더 음울하고 더 슬퍼 보였다. 모든 사람들에게 잊힌 이 황량한 길은 물론 주변의 수백 베르스타 내에도 사람 하나 없는 것처럼 보였다. 쓸쓸함, 광활함, 황량함⋯⋯ 말고삐를 늦추면서 '아, 좋다' 하고 나는 생각했다. 카바르딘카는 멈춰 서서 심하게 옆구리를 들썩이고는 미동조차 하지 않았다. 무릎이 꽁꽁 얼어붙은 걸 느끼면서 나는 따스하고 미끄러운 안장에서 내렸다. 나는 주의깊고 조심스럽게 사방을 둘러보고 스타노바야의 옛 강도들의 전설을 떠올리며 누군가와의 무서운 만남과 무시무시한 격투를 원하기까지 했다. 나는 말의 뱃대끈과 내 반외투의 가죽 벨트를 졸라매고 가죽 벨트에 매달린 단검을 바로잡았다⋯⋯ 마치 찬물을 끼얹듯이 바람이 갑자기 옆구리로 불어 들어왔고, 귀를 때리며 윙윙 소리를 냈다. 그리고 어스름한 들판의 마른 잡초와 그루터기 사이에서 도둑처럼 조심스럽게 사각사각 소리를 냈다. 안장 머리의 뿔은 툭 튀어나오고 양 옆구리에 등자를 맨 카바르딘카는 두 귀를 쫑긋 세운 채 멋지고 날렵한 몸매를 하고 서 있었다. 이 장소의 악명을 모두 알고 있는 듯한 카바르딘카는 길 저쪽 어딘가를 주의깊고 엄하게 쳐다보았다. 카바르딘카는 벌써 뜨거운 땀으로 거뭇해졌고, 갈비뼈와 사타구니가 더 말라 보였다. 나는 카바르딘카의 참을성을, 녀석이 이미 젊진 않지만 있는 힘을 다해 다시 길을 가기 위해서는 심호흡 한 번이면 충분하다는 사실을 알고 있었다. 그리고 카바르딘카의 변함없는 온순함과 나를 향한 사랑을 알고 있었다. 나는 특별한 애정으로 카바르딘카의 가는 목을 껴안고 예민한 코에 키스한 다음, 다시 안장으로 뛰어올라 전보다 더 빠르게 앞으로 내달렸다⋯⋯

잠시 후 어둡고 까만 밤이, 진짜 가을밤이 찾아왔다. 마치 꿈속에서처럼 이 어둠과 맞은편에서 불어오는 바람, 발아래 짙은 어둠 속에서 들리는 균형 잡힌 말굽 소리가 끊이지 않을 것 같았다…… 잠시 후, 멀리 도시와 교외의 불빛이 보였고, 그 불빛은 가을밤 특유의 날카로움과 선명함을 자랑하며 마치 한 장소에 오랫동안 서 있는 듯했다…… 마침내 불빛이 더 가까워지고 더 커졌다. 교외 집들의 얇은 판자 지붕이 어두운 길을 따라 거무칙칙하게 보였다. 지붕 아래로 밝고 작은 유리창이 아늑하고 매혹적으로 모습을 드러냈고, 농가의 밝은 내부와 화목하게 저녁을 먹고 있는 사람들이 보였다…… 저쪽에서는 많은 사람들이 사는 아주 복잡한 도시 냄새가 분명히 났고, 수많은 불빛과 불 켜진 창문들이 깜빡이기 시작했다. 카바르딘카의 편자 소리가 포장된 거리를 따라 경쾌하고 자극적으로 울려퍼지기 시작했다…… 읍내는 더 조용해지고 따스해졌다. 들판에는 이미 오래전에 칠흑 같은 밤이 깃들었지만, 여기는 아직 저녁이었다. 나는 저녁을 먹으러 곧장 나자로프의 주막집으로 갔다……

그날 저녁 내 영혼은 얼마나 충만했던가! 내 시가 유명한 잡지에 실리고, 내가 유명한 작가들 축에 들어 심히 흥분했고 행복했다고 말할 수는 없다. 지금도 기억하는데, 나는 이것을 거의 당연한 일로 받아들였다. 나는 강렬하고 기분좋게 고양되어 있었을 뿐, 정신적·육체적 능력과 감수성을 완전히 통제하고 있었다. 모든 것이—가을 저녁의 도시도, 속보로 말을 달려 나자로프의 주막집 문 앞에 도착하자마자 문기둥의 구멍에 매달린, 녹슨 철사로 만든 고리를 잡아당기자 마당 전체에 커다랗게 울리던 종소리도, 내게 문을 열어주려고 절름발이 문지기가 문 뒤의 돌길을 따라 쿵쿵거리며 걷는 발소리도, 시커먼 처마와 그

처마들 사이로 펼쳐진 하늘 아래 서 있는 한 무리의 짐마차와 쩝쩝 소리를 내며 새김질하는 말들도, 똥오줌이 깔린 마구간도, 작은 현관의 칠흑 같은 어둠 속에서 풍기는 지방 특유의 오래된 뒷간 냄새도(나는 매서운 추위로 마비된 발을 끌고 바깥 현관의 썩은 나무 계단을 따라 이 작은 현관으로 들어갔고, 여기에서 오랫동안 집 문의 걸쇠를 더듬어 찾아냈다), 이때 갑자기 문이 열린, 사람들로 북적대는 밝고 따스한 취사장도(취사장에서는 기름기 많은 뜨거운 콘비프 냄새와 저녁을 먹고 있는 농부들 냄새가 지독하게 났다)—놀라운 기쁨을 안겨주었다. 취사장 뒤에 깨끗한 장소가 있었는데, 거기에 매달아놓은 등불로 환해진 커다란 둥근 식탁이 있었다. 길쭉한 윗입술에 마맛자국이 있는 뚱뚱한 여주인, 늙은 집주인, 엄격하고 음울한 소시민, 갈색의 직모와 수즈달 사람 같은 코로 보아 구교도와 비슷하고 몸집이 크며 뼈마디가 굵은 남자를 중심으로 얼굴이 햇볕에 그을리고 바람에 튼 사람들이 이 식탁에 앉아 저녁을 먹고 있었다. 이 사람들은 조끼와 그 밑으로 드러난 셔츠를 입고 있었다…… 집주인을 제외한 모든 사람이 보드카를 마셨고, 고기와 월계수 잎을 넣은 기름이 둥둥 뜬 수프를 공동으로 사용하는 커다란 대접에서 떠먹었다…… '아, 좋다, 모든 게 정말 좋다'고 나는 느꼈다. 거칠고 음울한 들판의 밤도, 도시의 다정한 저녁 일상도, 술을 마시고 음식을 먹는 농부들과 소시민들도, 온통 거칠고 복잡하고 힘차고 가정적인 오래된 지방 러시아도, 신기한 페테르부르크와 모스크바와 유명한 작가들에 대한 나의 어렴풋한 꿈도, 나 역시 이제 기분좋게 마시고, 늑대 같은 식욕을 느끼며 수프와 부드럽고 하얀 도시의 빵을 먹으려는 것도, 모두 정말 좋다고 나는 느꼈다!

실제로 나는 상당히 많이 먹고 마시고 나서(모두들 자기 자리로 흩어져 마당에서, 부엌에서, 살림방에서 되는대로 자리를 잡고 불을 끈 다음, 빈대와 바퀴벌레의 처분에 몸을 맡긴 채 곯아떨어졌다) 모자도 없이 바깥 현관 계단으로 나와 약간 어지러운 머리를 시월의 밤공기로 맑게 하면서 오랫동안 앉아 있었다. 나는 밤의 정적 속에서 때론 저멀리 어디선가 황량한 거리를 걸으며 춤곡에 맞춰 뭔가를 능숙하게 수행하고 있는 야경꾼의 딱따기 소리에, 때론 처마밑에서 말들이 평화롭게 뭔가를 바삭바삭 씹고 있는 소리에 귀를 기울였다. 이따금 말들이 잠시 싸움질을 하고 악의에 찬 쉿소리를 내지를 때마다 바삭바삭 씹는 소리가 끊기곤 했다. 나는 기분좋게 술 취한 정신으로 줄곧 뭔가를 생각하고 결정을 내리고 있었다……

나는 이날 저녁에 처음으로 조만간, 그리고 반드시 바투리노를 떠나야겠다고 생각했다.

12

주인 부부만 침실에서 따로 잠을 잤는데, 침실은 성상갑聖像匣 속에 든, 금과 은으로 만든 많은 성상들로 마치 작은 예배당 같았다. 성상갑은 커다란 진홍빛 현수등 뒤, 앞쪽 구석에 마치 검은 묘지처럼 우뚝 솟아 있었다. 우리 모두는, 즉 나와 다섯 명의 숙박인은 어제 저녁을 먹었던 살림방에 있었다. 우리 중 셋은 방바닥에 깔아놓은 카자크인의 두꺼운 펠트 천 위에서 밤을 보냈다. 불행히도 나를 포함한 다른 세 사람은 수직으로 세운 나무 등받이가 있고 돌처럼 딱딱한 소파 위에서 밤을 보냈다. 물론 빈대들이(특히 독이 있는 작은 빈대들이 내가 성냥으로 불을 붙이자마자 비열하게 베개를 타고 쏜살같이 돌아다녔다) 밤새 나를 물어뜯었다. 따스하고 악취 나는 어둠 속 언저리에서 코고는 소리가 크게 들렸다. 코고는 소리 때문에 이 밤이 절망적이고 날이 밝지 않을 것처럼 보였다. 이따금 야경꾼의 딱따기 소리가 창문 바로 밑에서 아주 크게, 때론 도발적일 정도로 대담하게, 때론 낭랑하고 공허하게 들려왔다. 주인 부부가 자는 침실 문이 반쯤만 닫혀 있어 침실 쪽에서 비쳐 나오는 현수등의 붉은 불빛이 곧장 내 눈에 들어왔다. 현수등의 검은 십자가 모양의 부표浮標, 흐릿하게 반짝이는 불빛, 그 불빛에 흔들리는 그림자는 마치 거대한 거미줄 한가운데에 걸린, 옛이야기에 나오는 거미 같았다…… 그러나 나는 아무 일도 없었던 것처럼 일어났다. 그때 마침 주인 부부가 잠을 깼고, 방바닥에서 잠을 잔 사람들이 하품을 하고 일어나 장화를 신기 시작하는 소리가 들렸다. 여자 요리사가 뛰어들어와 방바닥에서 잠을 잔 사람들의 발과 두꺼운 펠트 천을 밟으면서, 부글부글 끓으며 탄내가 강하고 맛있게 나는 사모바르를 식탁에 쾅하고 내려놓았다. 사모바르의 짙은 수증기로 유리창과 거울이 금세 뿌옇게 변해버렸다.

한 시간 후 나는 우체국에 있었다. 우체국에서 첫 인세와 이 세상의 어떤 책과도 다른 멋지고 두꺼운 책을 받았다. 노른자위 색깔의 책표지는 숫처녀처럼 신선했다. 이 책에 나의 시들이 실려 있었다. 처음에는 내가 쓴 시가 아닌 것 같았다. 어느 진짜 시인이 쓴 진실하고 아름다운 시처럼 너무나 매혹적으로 보였다. 나는 할 일이 있었다. 아버지의 위임을 받아 우리집에서 탈곡한 곡물의 견본을 보여주고 가격을 알아보기 위해, 그리고 가능하면 판매 계약을 맺기 위해 곡물 수매인인 이반 안드레예비치 발라빈이라는 사람을 방문해야 했다. 나는 우체국에서 곧장 그의 집으로 향했다. 내가 얼마나 이상하게 걸었던지, 옆에서 걸어가던 농부들과 소시민들이 장화를 신고 푸른 모자에 푸른 반외투를 걸친 젊은이를 놀란 눈으로 바라보았다. 나는 걸어가면서 줄곧 걸음을 늦추었고, 이따금 길 가운데에 완전히 멈춰 서서 눈앞에 펼쳐진 책의 한 지점을 뚫어져라 들여다보았다.

처음에 발라빈은 이유 없는 반감을 내보이며 나를 무뚝뚝하게 대했다. 이런 반응은 종종 러시아의 장사꾼들에게서 나타난다. 곡물 상가에 있는 그의 창고 문은 포장도로 쪽을 똑바로 향하고 있었다. 점원이 창고 깊숙한 곳으로, 안에서 빨간 무명천을 쳐놓은 작은 유리문까지 나를 데리고 갔다. 점원이 주저하면서 문을 두드렸다.

"들어와!" 문 뒤에서 누군가 기분 나쁘게 소리쳤다.

나는 안으로 들어갔다. 나이를 가늠할 수 없는 한 남자가 나를 보더니 커다란 책상에서 엉거주춤 일어섰다. 유럽식으로 옷을 입고 단정하게 빗질을 하고 머리 한가운데에 가르마를 탄 그는 마치 속이 보일 듯 아주 깨끗하고 노르스름한 얼굴에 노랗고 가는 콧수염을 길렀고 초록색 눈은 눈치가 빨라 보였다.

"무슨 일이오?" 그는 무뚝뚝하고 빠르게 물었다.

나는 내 이름을 대고, 반외투의 주머니에서 알곡을 담은 두 개의 작은 자루를 급히 어색하게 끄집어내 책상에 놓았다.

"앉아요." 그는 책상에 앉으면서 나를 쳐다보지 않고 왠지 건성으로 말하고는 자루를 풀기 시작했다. 자루를 펼친 다음, 한 종류의 곡물을 한줌 꺼내 손바닥에 던지더니 손가락으로 비벼서 냄새를 맡았다. 사내는 다른 종류의 곡물을 가지고 똑같은 짓을 되풀이했다.

"모두 얼마나 되죠?" 그가 건성으로 물었다.

"그러니까 몇 가마니냔 말인가요?" 내가 물었다.

"차로 몇 대분은 아닌 것 같은데요." 그가 비웃으며 말했다.

나는 얼굴이 확 달아올랐다. 하지만 남자는 내게 대답할 겨를을 주지 않았다.

"그건 중요한 게 아니오. 지금 값이 약하다는 사실을 당신도 알고 있을 겁니다……"

자기가 정한 값을 말하고 나서, 그는 내일이라도 곡물을 가져오라고 말했다.

"좋습니다. 선금을 받을 수 있나요?" 나는 얼굴을 붉히며 말했다.

그는 말없이 옆 주머니에서 지갑을 꺼내 100루블짜리 지폐를 주었다. 그리고 익숙하고 아주 정확한 동작으로 지갑을 다시 주머니에 넣었다.

"영수증을 드릴까요?" 나는 어른스럽고 사무적인 내 행동에 어색한 만족감을 느끼면서 더욱 얼굴을 붉히며 물었다.

그는 가볍게 웃었고, 다행히 알렉산드르 세르게예비치 아르세니예프는 누구나 다 잘 알고 있다고 대답했다. 그리고 마치 실무적인 대화가 끝났음을 알려주고 싶어하듯 책상 위에 놓인 은제 담뱃갑을 내게 내밀었다.

"고맙습니다만 난 담배를 피우지 않습니다."

그는 담배를 피우면서 왠지 다시 지나가는 말투로 물었다.

"시를 쓴다는 사람이 바로 당신인가요?"

나는 깜짝 놀라 그를 힐끗 쳐다보았다. 그는 또다시 내게 대답할 겨를을 주지 않았다. 그가 쓴웃음을 지으며 말했다.

"내가 그런 일에 흥미를 보인다고 놀라지 말아요. 이런 말 하기 뭣하지만 나도 시인입니다. 전에 조그만 책을 하나 내기도 했어요. 지금은 당연히 리라를 버렸지요. 시를 쓸 여유도 없지만 재능이 부족했거든요. 아마 당신이 들어봤을지도 모릅니다만, 지금은 신문 기사만 쓰고 있죠. 하지만 여전히 문학에 관심이 있어서 많은 신문과 잡지를 구독하고 있지요…… 내가 잘못 안 게 아니라면, 이번에 두꺼운 잡지에 실린 게 당신의 데뷔작이죠? 진심으로 당신이 성공하길 바라면서 태만해지지 말라고 충고하고 싶습니다."

"무슨 말씀이죠?" 사업상의 만남이 갑자기 돌변한 데 깜짝 놀라 내가 물었다.

"자신의 미래를 아주 진지하게 생각해야 한다는 말입니다. 실례되는 말이지만, 문학 활동을 하려면 생계 수단도 필요하고 많이 배우기도 해야 합니다. 그런데 당신은 뭘 갖고 있나요? 나는 가끔 지난날을 회상합니다. 거짓 겸손 떨지 않고 말하는데, 나는 어리석지 않았어요. 소년 시절에 모든 여행자가 보았으면 하는 많은 것들을 보았지요. 그런데 내가 뭘 썼는지 알아요? 기억하기도 부끄러워요! 이런 겁니다.

나는 궁벽한 초원의
보잘것없고 답답한 농가에서 태어났네,

그곳엔 조각을 새긴 가구 대신에
페치카 침상이 흔들리고 있었네……

내가 얼마나 멍청한 것을 썼는지 아세요? 첫째로, 거짓말을 썼어요. 나는 초원의 농가가 아니라 도시에서 태어났어요. 둘째, 페치카 침상과 조각을 새긴 가구를 비교하는 짓은 정말 어리석어요. 셋째, 페치카 침상은 절대로 흔들리지 않아요. 내가 이런 걸 정말로 몰랐을까요? 아주 잘 알았지만, 이런 헛소리를 하지 않을 수 없었어요. 나는 미성숙했고, 교양이 없었고, 가난해서 교육을 받을 수 없었기 때문이죠…… 자, 안녕히 가세요." 그는 갑자기 일어서면서 한 손을 내밀어 내 손을 꽉 쥐고 내 눈을 빤히 바라보면서 말했다. "내 말을 새겨듣고 당신 자신을 진지하게 생각해보길 바랍니다. 시골에 죽치고 앉아 되는대로 쓰고 되는대로 읽는 것은 좋지 않아요. 당신에게는 훌륭한 재능이 엿보입니다. 당신은 아주 좋은 인상을 주었어요. 솔직하게 말한 것을 용서해주세요."

갑자기 그는 다시 무뚝뚝하고 진지해졌다.

"잘 가세요." 그는 고개를 끄덕이면서 나를 놓아주고 다시 책상에 앉으면서 어쩐지 건성으로 말했다. "아버님께 안부 전해주세요……"

이렇게 예기치 않게, 나는 바투리노를 떠나야 한다는 은밀한 생각에 확신을 더했다.

13

그러나 내 생각은 금방 실현되지는 않았다.

생활은 다시 이전처럼 흘러갔고, 하루하루가 더욱 안일하게 지나갔다. 적어도 겉보기에 나는 평범한 시골 청년으로 변해갔다. 시골 저택의 일상생활을 낯설어하지 않으면서, 시골 저택에 꽤 익숙하게 앉아 있곤 했다. 또 사냥하러 나가고, 이웃을 방문하곤 했다. 바람이 불거나 눈보라가 치는 날에는, 그저 심심해서 좋아하는 마을 농가로 가서 가족적인 분위기에서 차를 마시며 시간을 보내거나, 책을 들고 소파에 몇 시간 동안 누워 있곤 했다…… 그리고 얼마 후에 조만간 일어나야 했던 일이 일어나고 말았다.

아주 외롭게 살던 우리의 이웃인 알페로프가 죽었다. 니콜라이 형은 이 텅 빈 영지를 임대하여 그해 겨울을 우리와 살지 않고 알페로프의 집에서 살았다. 알페로프의 하녀들 중 톤카라는 여자가 있었다. 그녀는 결혼을 하자마자 가난하고 집이 없어서 곧 남편과 헤어져야만 했다. 남편은 마구馬具 만드는 사람이었는데, 결혼하고 나서 다시 다른 곳으로 품팔이하러 갔다. 그녀는 형이 사는 집에서 일하고 있었다.

톤카는 스무 살가량 되어 보였다. 마을에서는 갈까마귀나 원시인이라고 불렀고, (말이 없다는 이유로) 아주 어리석은 여자로 생각했다. 그녀는 키가 크지 않고, 가무잡잡한 피부에 빈틈없고 다부진 체격, 작고 강한 손과 발, 좁게 째진 진한 호두색 눈을 하고 있었다. 인디언 여자와 비슷했다. 검은 얼굴은 무표정하고 약간 투박했으며, 칠흑같이 까만 머리칼은 거칠고 뻣뻣했다. 하지만 나는 그녀의 용모에서 뭔가 특별한 매력을 발견했다. 나는 거의 매일 형이 사는 집으로 가서 넋을 잃고 그녀를 바라보았다. 사모바르나 수프를 담은 대접을 식탁으로 나를 때, 그녀의 힘차고 빠른 걸음걸이와 아무 생각 없이 바라보는 모습을 나는 좋아했다. 이 걸음걸이와 눈길, 거칠고 검은 머리칼, 오렌지색 머릿수건 밑으로 보이는 곧게 탄 가르마, 약간 길쭉한 입의 푸르스름한 입술, 어깨 쪽으로 비스듬히 이어지는 가무잡잡하고 싱싱한 목, 이 모든 것이 항상 내 마음속에 고통스러운 불안감을 불러일으켰다. 문간방이나 현관에서 톤카와 만나면 나는 농담을 하면서 걸어가는 그녀를 붙잡아 벽으로 밀어붙이곤 했다…… 그녀는 말없이 교묘하게 벗어나곤 했다. 일은 그렇게 끝나곤 했다. 우리 사이에 사랑의 감정은 존재하지 않았다.

한번은 겨울 어스름 속에서 마을을 따라 걷다가, 나는 무심히 알페로프 저택의 마당으로 향했고, 눈더미 사이를 지나 바깥 현관 계단으로 올라섰다. 어두운 현관은 위쪽이 특히 어두웠는데, 깜깜한 동굴 속처럼 어둡고 환상적이었다. 방금 불을 지핀 페치카에서 달구어진 석탄 덩어리가 빨갛게 타오르고 있었다. 머릿수건도 쓰지 않은 톤카가 불빛에 반사되어 매끈한 피부가 빛나는 정강이를 내보이며 가무잡잡한 맨다리를 살짝 벌려 뻗은 채 페치카 아궁이 바로 앞에 앉아 있었다. 그녀는 타오르는 검은 불빛을 온몸에 받으면서 두 손으로 부지깽이를 잡고 있었고, 번쩍이는 하얀 부지깽이 끝은 석탄 위에 놓여 있었다. 그녀는 페치카의 타오르는 열기를 피해 불타는 듯한 검은 얼굴을 살짝 옆으로 돌리고, 깨지기 쉽고 투명한 진홍빛 석탄더미를 꿈꾸듯이 바라보고 있었다. 불길은 연보랏빛 얇은 층 아래에서 이미 군데군데 꺼져버렸지만, 여기저기서 청록색 가스를 내며 타오르고 있었다. 나는 안으로 들어서면서 문을 두드렸지만 그녀는 돌아보지도 않았다.

"여긴 왜 이렇게 어둡지, 집엔 아무도 없나?" 그녀에게 다가가면서 내가 물었다.

그녀는 더욱더 얼굴을 뒤로 젖히고, 날 쳐다보지도 않으면서 어쩐지 어색하고 나른하게 웃음을 지었다.

"마치 모르는 것처럼 말하는군요!" 그녀가 비웃듯이 말했다.

"내가 뭘 모른다는 거지?"

"그만둬요, 됐어요……"

"뭐가 됐어?"

"주인님이 당신 집에 갔는데 어디 있는지 어떻게 모를 수가 있나요……"

"나는 산책하고 있어서 형을 보지 못했어."

"당신이 산책한 건 알고 있어요……"

나는 웅크리고 앉아서 그녀의 맨다리와 까만 맨머리를 바라보았다. 속으론 떨고 있었지만, 나는 이글거리는 석탄의 검붉은 빛을 넋을 잃고 바라보는 체했다…… 그러다 갑자기 그녀 옆에 앉아 그녀를 껴안고 바닥에 자빠뜨렸다. 그리고 불꽃으로 뜨거워져 나를 피하는 그녀의 입술을 낚아챘다…… 부지깽이가 탕 하고 넘어지면서 페치카에서 불꽃이 튀었다……

잠시 후 나는 뜻하지 않게 살인을 저지른 사람의 모습으로 현관 계단으로 뛰어나가 숨을 돌리고, 혹시 누가 오는지 재빨리 주변을 둘러보았다. 아무도 보이지 않았고, 모든 것이 평이하고 조용했다. 평범한 겨울 어둠 속에 잠긴 마을에서 믿을 수 없을 만큼—마치 아무 일도 없었던 것처럼—조용하게 농가의 불빛이 타오르고 있었다…… 나는 주변을 둘러보고 귀를 기울이다가 전혀 다른 두 가지 감정을 느끼며 허공을 걷는 기분으로 재빨리 마당을 빠져나왔다. 그것은 내 인생에서 갑자기 일어난 무섭고 돌이킬 수 없는 파국의 느낌과 미칠 듯이 기쁜 승리감이었다……

밤에 불안스레 잠을 자다가 나는 깊은 우수와 갑자기 나를 망쳐버린, 무섭고 수치스러운 죄의식으로 계속 고통을 당했다. '그래, 모든 게 끝났어!' 나는 잠에서 깨어나 간신히 정신을 차리면서 생각했다. '모든 게, 모든 게 끝났어. 모든 게 망쳐지고 더럽혀졌는데, 분명 그리 될 수밖에 없었어. 어쨌든 이제 이 일을 바로잡을 수 없어……'

아침에 일어나서 나는 새로운 눈으로 주변을 둘러보았고, 밤새 내린 신선한 눈에 의해 골고루 밝아진, 아주 낯익은 방을 바라보았다. 태양은 없었지만 하얀 눈으로 방안은 아주 밝았다. 나는 눈을 뜨면서 맨 먼저 어제 일어난 일을 생각했다. 그러나 더이상 놀라지 않았다. 우수도, 절망도, 수치도, 죄의식도 더이상 존재하지 않았다. 그 반대였다. '이제 어떻게 차를 마시러 내려가지?' 나는 잠시 생각했다. '이제 어떻게 처신해야 하지?' 이건 아무 일도 아니라고 나는 생각했다. 아무도 무슨 일이 일어났는지 모르고, 결코 알 수 없을 것이다. 세상의 모든 것은 예전과 다름없고, 심지어 더 좋기까지 하다. 내가 좋아하는 하얀 눈 쌓인 고요한 날, 벌거벗은 나뭇가지들마다 수북하게 눈이 쌓여 있고 정원은 온통 하얀 눈더미로 덮여 있다. 내가 잠자고 있는 동안 누군가 불을 지핀 방안은 따스하고, 페치카는 벌벌 떨면서 청동 뚜껑을 안으로 잡아당기며 고르게 윙윙대고 타닥거리는 소리를 낸다…… 페치카 옆 방바닥에 놓여 있는 얼어붙거나 녹은 사시나무 가지에서 온기와 더불어 신선하고 쓰디쓴 냄새가 났다…… 일어나야만 했던, 아주 자연스럽고 꼭 필요한 일이 일어났을 뿐이었다…… 나는 벌써 열일곱 살이지 않은가…… 나는 다시 승리감과 남성다운 자부심에 사로잡혔다. 밤에 내 머릿속에 파고든 생각은 모두 얼마나 어리석은 것인가! 어제 일어난 일은 얼마나 놀랍고 무서운 것인가! 이런 일은 다시 일어날 테고, 심지어 오늘 또 일어날 수도 있다! 아, 나는 얼마나 그녀를 사랑하고 있고, 또 얼마나 그녀를 사랑하게 될 것인가!

14

이날부터 나에게 끔찍한 시간이 시작되었다.

이것은 나의 온 정신과 육체의 힘을 삼켜버린 진짜 광기였다. 생활은 단지 욕망이나 욕망에 대한 기대의 연속이 되어버렸다. 남편이 만나러 오면 톤카는 보통 잠을 자던 집에서 나가 남편과 함께 하인 방에서 잠을 잤는데, 그런 밤이면 내 마음은 잔인한 질투의 고통으로 갈기갈기 찢어지곤 했다.

톤카는 나를 사랑했던가? 처음에 그녀는 나를 사랑했고 남몰래 몹시 행복해했다. 그녀가 아무리 애를 써도 나로 인한 신비한 환희와 내리뜬 가는 눈이 반짝이는 것을 감출 수 없었다. 심지어 형과 형수 앞에서 나를 바라보거나 우리에게 시중을 들면서도 그랬다. 그후 톤카는 때론 나를 사랑했고, 때론 나를 사랑하지 않았다. 가끔씩 무심하고 냉정했을 뿐만 아니라 적의를 내보이기도 했다. 항상 변하는 그녀의 감정은 늘 이해할 수 없고 갑작스러워서 나는 완전히 지치고 말았다. 가끔씩 나는 그녀를 증오했지만, 그녀의 은 귀걸이, 그녀의 입술과 계란형 얼굴의 아랫부분, 내리뜬 가는 눈에 깃든 귀엽고 사랑스럽고 싱싱한 것을 생각만 해도, 그녀의 수건 냄새와 뒤섞인 지독한 머리 냄새를 떠올리기만 해도 온몸이 떨렸다. 그때 나는—심지어 탐욕스러운 기쁨을 느끼기까지 했다—우리가 은밀히 처음 사랑을 나눈 행복했던 나날이 한순간이라도 다시 돌아오기만 한다면, 그녀 앞에서 어떤 모욕이라도 당할 준비가 되어 있었다.

비록 어느 정도라도 예전처럼 생활하려고 나는 최선을 다했다. 그러나 이미 오래전에 나의 모든 날들은 초라한 예전의 모습으로 변해 있었다.

겨울이 지나고 봄이 왔다…… 나는 아무것에도 관심을 두지 않고 무슨 이유에서인지 열심히 영어 공부를 했다……

신은 예기치 않게 나를 구해주었다.

참으로 멋진 5월의 어느 날이었다. 나는 영어 교과서를 손에 들고, 위로 들어올려진 내 방 창가에 앉아 있었다. 방 옆의 발코니에서 형들과 형수와 엄마의 목소리가 들렸다. 나는 무심코 그들의 말을 들으면서 멍청히 책을 바라보며 아주 절망적인 생각에 잠겨 있었다. 잠깐만이라도 알페로프의 집으로 달려가고 싶었다. 게다가 형과 형수가 우리 집에 있으니 톤카는 혼자 있을 것이다. 동시에 타락할 대로 타락했다는 고통스러운 의식이 내 마음을 짓눌렀다. 너무나 괴롭고 고통스러워서 나 자신이 불쌍해졌고, 머리에 죽음에 대한 생각이 떠올라 오히려 행복하게 느껴졌다. 정원에는 뜨거운 햇볕이 빛났고 벌들이 붕붕 날아다녔다. 정원은 아주 얇고 푸르른 그늘로 덮여 있었다. 끝없이 높고 여전히 싱그러운, 봄날의 맑고 짙은 푸른 하늘에서 한없이 높이 뜬 구름이 가끔씩 둥글게 변하면서 태양을 가리고 있었다. 대기는 천천히 검푸르게 변했고, 하늘은 더 거대해지고 높아진 듯했다. 저 높은 곳에서, 행복한 봄의 텅 빈 세상에서 갑자기 천둥소리가 왠지 다정하고 장엄하게 울려퍼지기 시작했다. 천둥소리는 점점 더 커지며 낭랑하게 울려퍼졌다…… 줄곧 죽음에 대해 생각하면서, 나는 연필을 들고 교과서에 이렇게 적기 시작했다.

다시, 또다시 그대의 머리 위에,
구름과 나무들의 푸른 어둠 사이에,
행복하고 순결한 천상의 푸르름으로,
에덴동산의 푸르름으로 하늘은 가득차리라.
다시 구름은 원을 그리며 나무 뒤에서
천상의 눈처럼 반짝이리라.
땅벌은 꽃부리에 매달려 있고,
봄의 신은 강력한 천둥을 내치리라.
그런데 나는, 나는 어디에 있을 것인가?

“너 방에 있니?” 니콜라이 형이 내 창문 쪽으로 다가오면서 약간 엄하고 이상한 어조로 말했다. "잠시 나와봐라. 너에게 좀 할 얘기가 있어……"

나는 낯빛이 창백해지는 걸 느꼈지만 자리에서 일어나 창문으로 뛰어내렸다.

"무슨 얘긴데?" 나는 어색하게 조용히 물었다.

"잠시 걷자." 내 앞에서 아래쪽으로, 연못을 향해 걸으면서 형은 무뚝뚝하게 말했다. "부디 내 말을 이성적으로 받아들여라……"

걸음을 멈추고 형이 나를 돌아보았다.

"이봐, 너도 물론 알 거야. 이 모든 일이 벌써 오래전에 그 누구에게도 비밀이 아니라는 걸……"

"무슨 얘긴데?" 나는 간신히 물었다.

"잘 알 텐데…… 그래서 미리 너에게 경고하고 싶다. 오늘 아침에 그녀를 해고했어. 안 그러면 이 일이 살인으로 끝날지도 몰라. 어제 그 여자 남편이 돌아와 곧장 내게 와서 말했어. '니콜라이 알렉산드로비치, 나는 오래전부터 모든 걸 알고 있습니다. 지금 즉시 안토니나를 놓아주세요. 안 그러면 좋지 않을 겁니다……' 너도 알겠지만 그의 얼굴은 백지장처럼 창백했고, 입술이 말라붙어서 말도 제대로 못하더라…… 정신 차리고 더이상 그 여자를 만나지 말라고 진심으로 충고한다. 그래봐야 다 소용없는 일이야. 그들은 오늘 리브니 부근의 어딘가로 떠날 테니까……"

나는 한마디 대답도 하지 않았고, 형을 피해서 연못 쪽으로 걸어가 못가의 풀밭에 앉았다. 거울같이 맑은 은빛 물 쪽으로 활처럼 굽어 있는, 반짝반짝 빛나는 어린 버드나무 가지가 풀밭 위에 드리워져 있었다…… 다시 한없이 깊은 텅 빈 하늘 꼭대기에서 천둥소리가 장엄하게 울리기 시작했다. 내 주변에서 뭔가가 크고 빠르게 바스락거리기 시작했고, 축축한 봄풀의 신선한 냄새가 풍겨났다…… 내 머리 바로 위에서 눈처럼 뭉게뭉게 새로이 피어오른 커다란 구름에서 수직으로 떨어지는 성긴 빗줄기가 긴 유리실처럼 빛났고, 거울처럼 희고 잔잔하고 고른 수면 위에는 수많은 못들이 요란한 소리를 내고 검은 점들로 수면을 다채롭게 수놓으며 튀어오르기 시작했다……

제4권

1

바투리노에서 보낸 나의 마지막 나날은 우리 가족이 예전처럼 생활한 마지막 나날이기도 했다.

우리 모두는 예전 생활이 끝나가고 있음을 알았다. "여보, 우리의 보금자리가 산산이 부서지고 있어!" 아버지는 어머니에게 이렇게 말하곤 했다. 실제로 니콜라이 형은 이 보금자리를 이미 버렸고, 게오르기 형도 완전히 버릴 준비를 하고 있었다. 형의 '감호' 기간이 끝났던 것이다. 나만 혼자 남아 있었다. 이제 내가 보금자리를 버릴 차례였다……

2

다시, 또다시 봄이 찾아왔다. 그리고 다시 이 봄은 예전에 존재하지 않았던 봄처럼 느껴졌고, 나의 지난날과는 전혀 다른 무언가가 시작되는 듯했다.

모든 회복에는 뭔가 특별한 아침이 있기 마련이다. 이런 아침에 잠에서 깨어나면 금세 단순성과 일상성을 온전히 느끼게 된다. 이는 새로운 경험과 지혜를 얻어, 발병 전의 상태와는 다른, 건강하고 평범한 상태로의 복귀를 의미한다. 나도 조용하고 맑은 5월 어느 날 아침, 내 구석방에서 그렇게 잠에서 깨어났다. 나는 젊어서 창문에 커튼을 칠 필요가 없었다. 나는 청춘의 힘에 행복과 만족을 느끼고, 밤새 침대와 나 자신을 따스하게 데워놓은 청춘의 온기를 느끼면서 이불을 젖혔다. 창문으로 햇살이 비쳐들었고, 위쪽의 색유리를 통해 생긴 푸른 반점들과 선홍색 반점들이 바닥에서 반짝이고 있었다. 나는 아래 창틀을 들어올렸다. 벌써 여름날 아침처럼, 부드럽고 깨끗한 공기, 온갖 풀, 꽃, 나비가 노니는 밝은 정원 냄새가 자아내는 평화로움과 단순함이 가득했다. 나는 세수하고 나서 옷을 입고, 방의 남쪽 구석에 걸린 성상들 앞에서 기도하기 시작했다. 성상들은 아르세니예프 가문의 고풍스러움으로 내 마음속에 희망적인 기분과 항상 끝없이 흘러가는 지상의 나날들에 대한 순종심을 불러일으켰다. 발코니에서는 사람들이 차를 마시며 이야기를 나누고 있었다. 또 니콜라이 형이 와 있었다. 형은 자주 아침마다 우리집에 오곤 했다. 분명히 형은 내 얘기를 하고 있었다.

"글쎄, 지금 무슨 생각을 할 수 있겠어요? 물론 일을 해야 하고, 어딘가로 가서 일자리도 잡아야겠지요…… 게오르기가 어떻게든 자리를 잡으면, 그애를 위해 자리를 마련할 거라고 생각해요……"

그날들은 얼마나 멀리 있는가! 그토록 가까운 이들인데도 불구하고, 이제는 간신히 그들을 가족으로 느낄 뿐이다. 나는 이 글을 쓰면서 그들에 대해 생각하며 왠지 모르게 오래전 누군가의 젊은 모습을 떠올리려고 애쓰고 있다. 누구의 형상인가? 이 형상은 상상 속의 동생과 비슷하다. 동생은 끝없이 먼 시간과 함께 세상에서 이미 오래전에 사라져 버렸다.

어떤 낯선 집에서 오래된 사진첩을 집어든 적이 있었다. 사진첩의 빛바랜 사진들 속에서 나를 바라보는 사람들의 얼굴은 이상하고 복잡한 감정을 불러일으켰다! 무엇보다 이런 얼굴들에서 우리는 이상하리만치 낯섦을 느끼는데, 어떤 순간에 사람은 다른 어떤 사람에게 아주 낯설어지기 때문이다. 이런 감정 때문에 이 사람들과 이 사람들이 살던 시대를 아주 강렬하고 날카롭게 지각하게 된다. 이 얼굴들은 도대체 어떤 존재들인가? 모두 옛날 어딘가에서 살았던 사람들로, 각자 나름대로 다양한 운명을 겪고 다양한 시대를 살았다. 모든 시대는 나름의 특징을 갖고 있다. 옷, 풍습, 성격, 사회적 분위기, 사건들…… 여기 엄격한 표정의 늙은 고관은 이중 넥타이 아래 훈장을 달고, 크고 높은 깃이 달린 프록코트를 입고 있으며, 깨끗하게 면도한 크고 살찐 얼굴을 하고 있다. 여기 게르첸 시대의 사교계 멋쟁이가 있다. 지진 머리에 구레나룻을 기르고, 손에는 실크해트를 들고 넓은 프록코트에 넓은 바지를 입고 있다. 넓은 바지 때문에 발이 작아 보인다. 여기 슬픈 모습을 한 아름다운 부인의 반신상이 있다. 높이 틀어올린 머리에 진기한 모자를 쓰고, 주름 잡힌 끈이 달리고 가슴과 가는 허리를 꼭 조인 실크 드레스를 입고 있으며 귀에 긴 귀고리를 달고 있다…… 그리고 1870년대의 젊은이가 있다. 울대뼈를 가리지 않고, 넓게 열린 깃 높은 셔츠를 입은 젊은이는 솜털이 막 나기 시작한 계란형의 얼굴을 하고 있다. 수수께끼 같은 커다란 두 눈에는 젊음의 고뇌가 어려 있고, 긴 머리칼은 물결처럼 일렁인다…… 이 모든 얼굴들, 그들의 생활과 시대는 옛이야기이고 전설인 것이다!

지난날 내 모습을 떠올리면서 지금도 나는 똑같은 감정을 느낀다. 나는 실제로 그랬던가? 젊은 빌헬름 2세가 있었고, 불랑제*라는 장군이 있었고, 광활한 러시아의 주인인 육중한 몸집의 알렉산드르 3세가 있었다…… 그리고 이 전설적인 시대에도, 영원히 죽은 러시아에도 봄이 있었고, 짙은 홍조를 띤 뺨에 푸르고 맑은 눈을 한, 무슨 이유에서인지 영어로 자신을 괴롭히고 자신의 미래에 대한 우수를 밤낮으로 마음속에 숨겼던 누군가가 있었다. 그에게는 세상의 모든 매력과 기쁨이 자신을 기다리고 있을 것 같았다.

3

어느 초여름날 나는 어쩌다 마을에서 톤카의 시누이를 만났다. 그녀는 걸음을 멈추고 말했다.

---

* 프랑스의 왕당파 장군으로 군주제를 지지한 정치인.

"어떤 사람이 당신에게 안부를 전해달라고 했는데……"

나는 이 말을 듣고 어쩔 줄 몰라하면서 집으로 돌아와 카바르딘카의 등에 안장을 얹고 발길 닿는 대로 말을 몰았다. 말리노보예에 들렀다가 리브니의 대로까지 갔던 걸로 기억한다…… 뭔가 특별한 평화로움, 아름다움, 평온함이 들판에 가득한, 초여름의 고즈넉한 저녁이 시작되었다. 나는 길가에 잠시 멈춰서 생각했다. '이제 어디로 가지?' 나는 길을 가로질러 아주 멀리 말을 타고 갔고, 이미 낮게 기울어진 태양의 붉은빛을 향해 말을 몰아 누군가의 소유지인 큰 숲속으로 들어갔다. 이 숲은 초목이 무성하게 우거진 협곡과 작은 계곡이 있는 긴 저지대로 시작되었다. 말의 배때기까지 무성하게 자란, 작은 계곡의 꽃과 풀들은 이미 서늘해졌고, 저녁 무렵엔 숲과 초원의 신선한 냄새가 났다. 주변의 온갖 덤불과 밀림에서는 꾀꼬리들이 달콤한 목소리로 꾀꼴꾀꼴 울어댔다. 꾀꼬리들이 괜히 기뻐하는 가운데 저멀리 뻐꾸기 한 마리가 자신의 외롭고 집 없는 서글픔을 확인하려는 듯이 단조롭고 집요하게, 그리고 끊임없이 뻐꾹뻐꾹 울어댔다. 목청을 높여 공허하게 울어대는 뻐꾸기 목소리가 저녁이 깃든 숲의 아스라한 메아리와 슬프고 아름답게 교호하면서 때론 더 멀리서, 때론 더 가까이에서 들리는 듯했다. 나는 말을 타고 가면서 새들의 울음소리를 들었다. 뻐꾸기는 앞으로 내가 몇 년을 더 살 수 있다고 예언하는 걸까? 인생, 사랑, 이별, 상실, 추억, 희망이라고 불리는 이해할 수 없는 이 모든 것들이 나에게 얼마나 더 남았을까…… 나는 이런 것들을 헤아려보기 시작했다. 뻐꾸기는 뭔가 무한한 것을 예언하면서 계속 울어댔다. 그러나 이 무한한 것에는 무엇이 포함되었을까? 주변의 모든 것들의 신비함과 무관심 속에는 심지어 무시무시한 뭔가가 있었다. 나는 카바르딘카의 목과 한쪽으로 젖혀진 갈기, 그리고 걸음걸이에 맞춰 리드미컬하게 흔들리는 높이 치켜든 머리를 바라보았다. 옛날, 아주 먼 옛날에 말은 이따금 예언적인 목소리로 말했다고 한다. 말의 숙명적인 침묵, 무엇으로도 결코 깰 수 없는 이 침묵, 나와 아주 가까운 존재, 즉 나처럼 살아 있으면서 느끼고 생각하는 총명한 존재의 침묵은 무서운 것이다. 하지만 더욱더 무서운 것은 옛이야기에서처럼 말이 갑자기 침묵을 깰 수도 있다는 사실이었다…… 주변에서 꾀꼬리들이 아무 생각 없이 섬뜩할 정도로 즐겁게 울어댔고, 저멀리서는 뻐꾸기 한 마리가 평생 헛되이 비밀스러운 둥지를 찾으면서 마법에 걸린 듯 줄기차게 울어대고 있었다……

4

여름에 나는 읍내의 티흐빈스카야 시장에 갔다가 또 한번 발라빈을 우연히 만났다. 그는 행색이 아주 추레하고 다 해진 옷을 입은 어떤 거간꾼과 함께 걸어가고 있었다. 반면에 발라빈은 유난히 깨끗하게 잘 차려입고 있었는데, 새 옷에 새 밀짚모자를 쓰고 반짝이는 지팡이를 들고 있었다. 거간꾼은 발라빈 옆에서 급히 걸어가면서 뭔가를 열심히 맹세했고, 계속해서 거칠고 미심쩍은 눈길로 그를 힐끔힐끔 쳐다보았다. 발라빈은 거간꾼의 말을 귀담아듣지 않고, 연녹색 눈으로 차갑고 몰인정하게 앞을 바라보면서 걸어갔다. "모든 게 헛소리야!" 마침내 그는 불손하게 내밷었다. 그리고 우리가 이 년 전이 아니라 어제 만난 것처럼 나와 인사를 나눈 후, 내 팔을 잡고 잠깐 차를 마시며 얘기나 하러 가자고 제안했다. 우리는 길가 찻집에 잠시 들렀다. 대화중에 그는 웃으면서 묻기 시작했다. "그래, 어떻게 지내시오? 하는 일은 잘돼가나요?" 그리고 우리 가족이 처한 '비참한 상태'에 대해 말하고—그는 어디서 들었는지 우리보다 우리의 형편을 더 잘 알고 있었다—다시 내가 어떻게 해야 하는지를 말하기 시작했다. 그와 헤어진 후 나는 너무나 기분이 나빠서 곧장 집으로 가야겠다고 결심했다. 벌써 저녁이 되어, 수도원에서 저녁 기도를 알리는 종소리가 울렸고, 수도원 부근의 공유지에 있는 시장이 파하면서 대로로 빠져나온 짐마차들 뒤로 끌려 나간 암소들이 숨을 헐떡거리며 위협하듯이 울부짖었다. 돌아가는 짐마차들이 여기저기 움푹 파인 먼지투성이의 공유지 길을 따라 위아래로 흔들리면서 무섭게 달렸다…… 나는 맨 처음 만난 짐마차로 뛰어올라 역까지 갔다. 우리 마을 쪽으로 가는 저녁 기차가 막 출발하려고 했다. '그래, 이제 무엇을 할 것인가?' 나는 발라빈의 말을 떠올리고, 그의 말이 의미하는 바가 사실은 절망적인 것임을 더욱 확신했다. 그는 내게 말했다. "난 당신이 앞으로 어떻게 해야 할지 상상할 수 없어요. 당신의 조상들은 그런 상황에 처하면 군복무를 위해 캅카스로 가거나 여러 외국 단체에 가입하곤 했지요. 그런데 당신은 어디로 갈 수 있고 어디에 가입할 수 있나요? 내 생각에 대체로 당신은 어떤 일도 할 수 없어요. 당신은 다른 꿈을 갖고 있으니까. 신탁神託이 말하듯 당신은 너무 멀리 나아가고 있어요. 바투리노에 관한 한 해결책이 하나 있죠. 경매에 부쳐지기 전에 가능한 한 빨리 팔아버리는 겁니다. 그럴 경우 최소한 아버님 주머니에 몇

푼이라도 남겠죠. 당신 자신에 관해선 스스로 생각해봐요……" 그러나 내가 무엇을 생각해낼 수 있는가? 나는 스스로에게 물었다. 발라빈의 창고에 가서 일을 할 수 있을까?

이 만남 때문에 『햄릿』 작업의 열기가 약간 식어버렸다. 나는 『햄릿』을 나 자신을 위해 산문으로 번역하고 있었다. 『햄릿』은 나에게 전혀 친근한 작품이 아니었다. 다시 깨끗하고 근면한 생활을 몹시 원했을 때, 나는 그 책을 우연히 손에 넣었고 즉시 작업에 착수했다. 나는 곧 이 일에 완전히 매혹되었고 흥분해서 작업에 빠져들었다. 게다가 당시 번역가가 되겠다는 생각이 싹텄고, 나 자신의 영원한 예술적 기쁨의 원천은 물론 존재의 원천도 발견했다는 생각이 들었다. 집으로 돌아오면서, 나는 갑자기 그러한 희망이 모두 미심쩍다는 사실을 깨달았다. 나는 하루하루가 흘러가고 있음을 깨달았고, 발라빈 자신은 원하지 않았겠지만, 나의 모든 '꿈'이 그저 꿈으로만 남을 수 있다는 사실에 불안했다. 나는 우리의 '비참한 상태'에 대해 곧 잊어버렸다. 그러나 '꿈'은 다른 문제였다…… 실제로 그 꿈은 무엇이었는가? 예컨대 발라빈은 우연히 캅카스를 언급했다. "당신의 조상들은 그런 상황에 처하면 군복무를 위해 캅카스로 갔다." 나는 조상들의 자리에 설 수만 있다면 내 인생의 반을 내줄 수 있을 것만 같았다…… 시장에서 한 젊은 집시 여인이 손금을 봐주었다. 이 집시들도 전혀 새롭지 않았다! 그녀가 검고 힘센 손가락으로 내 손을 잡고 있는 동안 나는 이런저런 생각을 했고, 이후 그녀에 대해 얼마나 많은 생각을 했던가! 노랗고 붉은 잡다한 색깔의 누더기를 걸친 그녀는 몹시 화려해 보였고, 작고 검은 머리에서 숄을 벗은 후 뻔한 헛소리를 해대면서 넓적다리를 계속 살살 움직였다. 그녀는 이 넓적다리와, 꿈을 꾸는 듯한 달콤한 눈과 입술뿐만 아니라 어느 먼 곳을 암시하는 모든 예스러움으로 날 고통스럽게 만들었다. 그리고 나의 '조상들'도 여기에 있었다는 사실—내 조상들 중 집시 여인들한테 점을 보지 않은 사람이 누가 있겠는가?—나와 조상들의 비밀스러운 관계, 그리고 이 관계를 느끼고 싶다는 열망으로 나는 고통스러웠다. 만약 세상이 우리에게 완전히 새롭기만 하다면, 우리는 지금 우리가 세상을 사랑하듯이 정말로 세상을 사랑할 수 있을까?

5

당시에 나는 자주 멈춰 서서 젊은이답게 갑자기 놀라며 이렇게 자문하곤 했다. '나를 에워싸고 있는 영원하고 거대하며 이해할 수 없는 세상 속에서, 과거와 미래의 무한함 속에서, 내게 주어진 제한된 시공간인 바투리노란 곳에서 도대체 나의 삶이란 무엇인가?' 나는 나의 삶이나 다른 이들의 삶이 낮과 밤, 일과 휴식, 만남과 대화, 이따금 사건이라 불리는 기쁨과 불쾌함의 교차임을 깨달았다. 그리고 삶이란 인상, 장면과 형상들의 무질서한 축적이고, 이 가운데 가장 하찮은 것들만이 우리 마음속에 남는다는 사실을 알았다(그 이유와 방법은 아무도 모른다). 또 삶이란 서로 무관한 감정과 생각들, 과거에 대한 무질서한 회상, 미래에 대한 모호한 예측의 끊임없는 흐름, 즉 한순간도 우리를 멈추게 하지 않는 흐름이라는 걸 알았다. 또 삶이란 어떤 본질, 결코 이해하거나 표현할 수 없는 중요한 의미와 목적을 내포하고 있는 듯한 것이고 이와 연관된 영원한 기대라는 사실을 알았다. 그것은 행복이나 어떤 특별한 충만감에 대한 기대일 뿐만 아니라 때가 되면 이러한 본질과 의미가 갑자기 드러나는 뭔가에 대한 기대였다. "신탁이 말하듯 당신은 너무 멀리 나아가고 있다……" 실제로 나는 남몰래 삶 속으로 멀리 나아갔다. 무엇을 위해? 아마도 삶의 의미를 이해하기 위해서가 아니었을까?

6

게오르기 형은 다시 하리코프로 떠났다. 아주 오래전에 형이 감옥으로 끌려갔을 때처럼 맑고 추운 시월의 어느 날이었다. 나는 기차역까지 형을 배웅했다. 우리는 마차를 타고 잘 다져진 반짝이는 길을 따라 빠르게 달렸고, 미래에 대해 활기차게 얘기하면서 이별의 슬픔과 지난 인생이 불러일으키는 알 수 없는 고통을 쫓아버렸다. 모든 이별은 지난 인생을 최종 결산하여 영원히 마감한다. "하느님이 돌보시니 모두 잘될 거야!" 형은 자신의 기분과 하리코프 생활에 대한 희망을 망치고 싶지 않은 듯 이기적으로 말했다. "내가 그곳 생활에 조금 익숙해지고 돈을 좀 모으면 즉시 널 불러들이마. 그러면 하리코프에서 네가 뭘 어떻게 해야 할지 분명해질 거야…… 담배 피울래?" 형은 이렇게 말하고, 난생처음으로 어색하게 담뱃불을 붙이는 나를 흡족하게 바라보았다.

혼자 집으로 돌아오면서 나는 유난히 슬프고 기분이 이상했다. 우리 모두가 아주 오랫동안 남몰래 두려워했던 일이 일어났고, 이제 형이 여기에 없고, 나 홀로 돌아가서 내일은 바투리노에서 혼자 일어나야 한다는 사실이 믿기지 않았다. 집에서는 더 큰 불행이 나를 기다리고 있었다. 나는 얼어붙은 진홍빛 어스름 속에 집으로 돌아왔다. 곁마인 카바르딘카는 속보로 달리는 가운데 말에게 집에 오는 내내 쉴 틈을 주지 않았다. 집에 도착해서 나는 카바르딘카에 대해 생각하지 않았다. 사람들은 흥분한 카바르딘카를 진정시키지 않고 그냥 물을 먹였다. 땀으로 범벅이 된 카바르딘카는 무섭게 떨었고, 말 옷도 걸치지 않고 추운 밤 내내 서 있다가 아침 무렵에 쓰러져 죽었다. 정오에 나는 카바르딘카가 옮겨진 정원 뒤쪽의 목장으로 갔다. 아, 세상의 공허함은 얼마나 잔인하고 밝았던가! 또 태양의 침묵은 얼마나 음산했던가! 그리고 텅 빈 들판의 대기, 추위, 눈부신 빛은 얼마나 투명했던가! 목장에 누워 있는 카바르딘카의 죽은 몸뚱이는 옆구리가 높이 부풀어오르고, 가늘고 긴 목에 달린 머리를 뒤로 한껏 젖힌 채 꼴사납게 흙빛으로 변해 있었다. 개들은 이미 카바르딘카의 배때기 위에서 작업을 하고, 음탕하게 뒤치락거리며 배때기를 물어뜯었다. 한 떼의 늙은 까마귀들이 기대에 부풀어 부근으로 몰려들었다. 혐오스러운 짓거리를 한참 하다가 불안하게 으르렁거리던 개들이 갑자기 이빨을 드러내고 피범벅이 된 낯짝으로 까마귀들에게 달려들었고, 그때마다 까마귀들이 맹렬하게 하늘로 날아올랐다…… 아침을 먹은 후, 나는 내 방의 소파에 멍청히 누워 있었다. 정방형의 작은 유리창 너머에서 가을하늘이 고르게 푸르렀고 벌거벗은 나무들이 거뭇거뭇했다. 그때 복도에서 빠르고 묵직한 발소리가 들려왔고, 갑자기 아버지가 내 방으로 들어왔다. 아버지는 당신이 좋아하는 벨기에 쌍발총을 들고 있었다. 아버지가 갖고 있던 이전의 사치품들 가운데 단 하나 남은 고가품이었다.

"여기 있다." 아버지는 총을 결연하게 내 옆에 놓으며 말했다. "이 총을 네게 주마. 집에 있는 것은 다 맘대로 써라. 아마, 이 총이 네게 조금은 위안이 될 게다……"

나는 벌떡 일어나 아버지의 손을 붙잡았지만 입을 맞출 수는 없었다. 아버지가 손을 물리치고 재빨리 허리를 굽혀 내 관자놀이에 어색하게 입을 맞추었기 때문이다.

"일반적으로 너 자신을 너무 괴롭히지 마라." 평소처럼 활기차게 말하려고 애쓰면서 아버지가 덧붙였다. "물론 말馬을 두고 하는 말이 아니라 일반적인 네 상황에 대해 하는 얘기다. 내가 아무것도 모르고 네 처지도 생각하지 않는 것 같으냐? 누구보다도 네 생각을 많이 한다! 너희들 모두에 대해 잘못을 느낀다. 너희들을 모두 비렁뱅이로 만들어 놓았어. 그래도 다른 애들은 뭐라도 갖고 있지. 니콜라이는 조금이라도 생활이 보장되어 있고, 게오르기는 교육이라도 받았건만 너는 아름다운 영혼 말고 뭐가 있니? 그애들에게 뭐가 더 필요하겠니? 니콜라이는 아주 평범한 애고, 게오르기는 언제나 영원한 대학생으로 남아 있을 거야. 그런데 넌…… 가장 나쁜 건 네가 우리와 함께 오래 있지 않을 거라는 사실이다. 무엇이 널 기다리고 있는지 신만이 아시겠지! 하지만 내 말을 기억해라. 슬픔보다 더 큰 불행은 없단다……"

7

그해 가을, 우리집은 휑하고 조용했다. 지금까지 나는 아버지와 어머니에게 이토록 따스한 사랑을 느낀 적이 한 번도 없었던 것 같다. 당시 유난히 강하게 나를 사로잡았던 고독감에서 구원해준 것은 여동생 올랴였다. 이제 나는 올랴와 함께 산책하고 대화하면서 미래에 대해 꿈꾸기 시작했다. 내가 생각했던 것보다 올랴가 훨씬 더 어른스러워졌고, 정신적으로나 지적으로 더 성장했으며, 나와 더욱더 가까워졌음을 확신할 수 있었다. 놀랍고도 기쁜 일이었다. 우리의 새로운 관계에는 우리가 친하게 지냈던 아득한 어린 시절로 다시 돌아가게 하는 놀랄 만한 뭔가가 있었다……

아버지는 "무엇이 널 기다리고 있는지 신만이 안다!"고 나에 대해 말했다. 그럼, 젊음의 매력을 담뿍 머금고 바투리노에서 온갖 가난과 고독을 함께하고 있는 올랴를 기다린 것은 무엇이었을까?

그러나 당시 나는 무엇보다 나 자신에 대해서만 생각했다.

8

나는 번역 일을 그만두었다. 주로 농가를 찾아다니며 마을에서 시간을 보냈고, 때론 니콜라이 형과 때론 혼자서 자주 사냥을 했다. 우리집에는 이미 보르조이 개들이 없었고, 사냥개 두 마리만 남아 있었다. 아직도 군내 여기저기서 행해지는 대규모 사냥에서는 늑대와 여우를 몰아서 잡았다. 이런 사냥은 인가에서 멀리 떨어진 들판으로, 우리가 사는 지역보다 더 많은 사냥감을 잡을 수 있는 지역으로 멀리 나가서 오래 계속되었다. 우리는 회색 토끼 한 마리만 봐도 즐거워했다. 더 정확히 말하면, 회색 토끼를 쫓아다니면서 가을 벌판과 가을 대기 속을 쏘다니기를 즐긴 것이다.

11월 말 어느 날, 나는 예프레모프 마을 근처를 돌아다니고 있었다. 이른 아침 하인 방에서 뜨거운 감자로 아침을 때운 나는 총을 어깨에 둘러메고 늙은 거세마에 올라타고는 개들을 불러서 출발했다. 형은 곡물을 까부르느라 바빠서 나 혼자 나섰다. 이상하게 맑고 따뜻한 날이었지만 들판은 쓸쓸해 보였다. 최근에 비가 내려 사냥은 이미 물건너갔다. 들판이 쓸쓸해 보인 것은 사방이 벌써 고요하고 벌거벗었기 때문이었다. 흔히 늦가을에 그렇듯이, 모든 것은 가난하고 온화한, 마지막 모습을 띠고 있었다. 사방이 진창인데다 너무나 질척거려서—길뿐만 아니라 겨울보리 밭도, 개간지와 그루터기가 남아 있는 밭에도—나와 개들은 밭 사이의 작은 경계 길을 따라서 앞으로 나아가야 했다. 나는 곧 사냥 생각을 접었다. 나와 마찬가지로 개들도 이런 들판에서는 추격할 사냥감이 있어도 추격할 수 없음을 깨닫고 앞에서 달리고 있었다. 축축한 썩은 잎 냄새가 진하게 풍기는 작은 숲에 다다랐을 때나, 붉은 참나무 숲, 골짜기, 작은 언덕을 지나갈 때만 개들은 다소 활기를 띠었다. 그러나 여기에는 아무것도 없었다. 사방은 텅 비고 고요했으며, 따스하고 맑지만 약하고 생명이 없는 반짝임만 있었다. 그 빛 속에 밝은 주변 지역이 가을처럼 낮고 평평하고 또렷하게 펼쳐져 있었다. 그루터기가 남아 있는 밭, 겨울보리 밭, 경작지가 들어선 바둑판 모양의 들판, 황갈색 가죽 같은 덤불, 저멀리 희푸른 자작나무와 사시나무의 섬들……

마침내 나는 로바노보에서 발길을 돌렸고 시포보를 지나 레르몬토프 가문의 영지가 있던 크로프토프카로 들어섰다. 그곳에서 아는 농부의 집에서 휴식을 취했고, 이 농부와 함께 바깥 현관 계단에 잠시 앉아 크바스를 마셨다. 우리 앞에는 방목장이 있었고, 방목장 뒤에는 오랫동안 사람이 살지 않은 작은 저택이 있었다. 낡고 작은 집 너머, 희푸른 지평선 속에 솟아오른 검은 우죽들이 보이는 정원만이 이 작은 저택을 그나마 장식하고 있었다. 크로프토프카에 오면 언제나 그랬듯이, 나는 자리에 앉아 이 집을 바라보며 생각했다. '레르몬토프가 바로 이 집에서 어린 시절을 보냈다는 게 정말일까? 그의 아버지가 이 집에서 거의 한평생을 살았다는 게 사실일까?'

"집을 팔려고 내놨대유." 농부가 저택을 바라보다가 눈을 찡그리며 말했다. "예프레모프 출신의 카메네프가 값을 흥정하고 있다는데유……"

나를 힐끗 쳐다보고 나서 농부는 다시 한번 눈살을 찌푸렸다.

"도련님 집은 어때유? 아직 안 팔았슈?"

"그건 아버지 일이지." 나는 대답을 얼버무렸다.

"물론 그렇지유." 농부는 자기 나름대로 무슨 생각을 하면서 말했다. "지 말은 모두들 팔려고만 한다는 거쥬. 나리들에게 나쁜 때가 왔슈. 사람들 버릇이 나빠졌구유. 지주들의 일은 말할 것도 없구, 자기 일도 막 되는대로 해유. 한창 바쁠 때는 품삯이 엄청나지유. 지주는 품삯을 제때 줄 수가 없슈. 지주 자신도 어렵고 가난하니깐유……"

나는 빙 둘러서 계속 길을 갔다. 재미삼아 바실리옙스코예를 지나서 피사레프 씨네 집에서 밤을 보내기로 했다. 길을 가면서 우리가 사는 지역의 전반적인 빈곤에 대해 아주 곰곰이 생각했다. 주변의 모든 것이 빈곤하고 불행하고 황량했다. 나는 대로를 따라 말을 타고 가면서 길 주변의 황폐함과 황량함에 놀랐다. 나는 시골길을 따라 작은 마을과 영지를 지나갔다. 들판은 물론 진창길에도, 똑같이 질퍽질퍽한 마을의 거리에도, 텅 빈 저택의 마당에도 사람 그림자 하나 보이지 않았다. 사람들이 도대체 어디에 있는지 모를 일이었다. 또 농가와 저택에 틀어박혀 가을날의 심심함과 무료함을 달래고 있는지 모를 일이었다. 잠시 후, 나는 이 모든 풍경 속에서 내 삶의 무의미함을 곱씹었고 갑자기 레르몬토프를 떠올리고는 내 삶에 대해 심한 공포를 느꼈다. 여기가 바로 크로프토프카이고, 그 잊힌 집이다. 나는 이 집을 바라보면서 항상 한없는 슬픔과 형언할 수 없는 감정을 느꼈다…… 여기가 레르몬토프의 초라한 요람이고, 우리 모두의 요람이다. 한때 내가 그랬듯이, 그의 어린 영혼도 혼란스럽게 "이상한 갈망으로 가득차서" 괴로워했다. 그는 바로 여기에서 어린 시절을 보낸 것이다. 그가 처음 쓴 몇 편의 시는 내 시만큼이나 아주 졸렬하다…… 하지만 그다음은 어땠는가? 갑자기 「악마」 「견습수도사」 「타만」 「돛」 「참나무 잎 하나가 태어난 가지에서 떨어졌다……」를 내놓았다. 이 크로프토프카와 레르몬토프가 의미하는 바를 어떻게 연결할 수 있을까? '도대체 레르몬토프는 누구인가?' 나는 잠시 생각했다. 나는 맨 처음 두 권짜리 그의 선집을 보았고, 이어 초상화를 보았다. 움직이지 않는 검은 눈을 한 이상한 젊은이의 얼굴이었다. 그다음에 나는 그의 시를 한 편씩 보기 시작했고, 시의 외적 형식뿐만 아니라 시와 관련된 그림을 보았다. 레르몬토프가 지상에서 보낸 날들을 형상화한 작품 같았다. 그것은 카즈베크의 눈 덮인 봉우리였고, 다리얄의 협곡이었고, 내가 모르는 그루지야의 밝은 계곡이었다. 그루지야의 계곡에서는 "아라그바와 쿠라의 물줄기가 마치 두 자매처럼 껴안고" 졸졸 흐르고 있다. 또 타만의 구름 낀 밤과 오막살이, 멀리 하얀 돛이 겨우 보이는 안개 자욱한 푸른 바다, 아주 환상적인 흑해 해변의 어린 연초록 플라타너스 그림도 있었다…… 얼마나 멋진 삶이고 얼마나 멋진 운명인가! 겨우 스물일곱 해, 그러나 생애의 마지막 날까지, 마슈크 산기슭의 황량한 도로 위에 어스름한 저녁이 깃들 때까지 얼마나 풍요롭고 아름다운 세월을 살았는가! 바로 그날 저녁에 마치 대포가 발사되듯이, 마르티노프라는 사람의 크고 오래된 권총에서 탄알 한 발이 발사되었다. "레르몬토프는 풀썩 쓰러졌다……" 나는 이 모든 것을 아주 생생하게 느끼고 상상하면서 생각했고, 그러자 별안간 내 마음은 환희와 질투로 가득차 큰 소리로 말했다. 이제 바투리노에는 질렸다!

9

다음날 집으로 돌아와서도 나는 똑같은 생각을 하고 있었다.

밤에 내 방에 앉아 생각에 잠긴 채 책을 읽고 있었다. 『전쟁과 평화』를 다시 읽었다. 날씨는 하룻밤 사이에 급변했다. 폭풍이 치는 추운 밤이었다. 이미 늦은 시간이었고, 집안은 온통 고요하고 어두웠다. 내 방에는 페치카가 피워져 있었다. 장작불이 활활 타오를수록 바람은 더 사납고 음울하게 정원과 집을 덮쳤고 창문을 뒤흔들었다. 나는 앉아서 책을 읽으며 나 자신에 대해 생각했다. 나는 이 늦은 시간, 밤, 페치카, 폭풍을 슬프고도 즐겁게 느꼈다. 잠시 후, 자리에서 일어나 옷을 입고 거실을 통해 밖으로 나와 집 앞의 풀밭을 따라, 이미 성기고 얼어붙은 풀 위를 이리저리 거닐었다. 소란스러운 정원은 완전히 깜깜해졌고, 창백한 빛이 풀밭 위에 걸려 있었다. 달밤이었지만 어쩐지 괴롭고 오시안*적이었다. 차가운 북풍이 휘몰아쳤고, 오래된 나무들의 우죽이 일제히 음울하게 울부짖었다. 관목들이 날카롭고 매정한 소리를 내며 마치 내 앞에서 달려가는 것 같았다. 뭔가 희끗희끗한 것이 칠해진 하늘을 따라, 거대한 무지갯빛 고리 속의 작은 달빛 반점을 따라 무시무시한 먹구름이 유난히 사납고 음울해 보이는 북쪽에서 빠르게 몰려오고 있었다. 이 먹구름은 우리 지역에서 볼 수 있는 구름이 아니라 밤의 조난遭難을 그렸던 옛 화가들이 그리던 구름과 비슷했다. 나는 바람을 정면으로 맞으며 차가운 냉기를 이겨내고, 바람을 등뒤로 맞으며 앞으로 떼밀리기도 하면서 이리저리 거닐며 다시 혼란스럽고 순진한 생각을 하기 시작했다. 젊은 날에는 가장 내밀한 생각을 할 때 언제나 혼란스럽고 순진한 법이다. 나는 대략 이런 생각을 했다.

'아니다, 나는 아직 이보다 더 좋은 것을 읽어본 적이 없다! 그러나 『카자크 사람들』, 예로시카, 마리얀카**는 어떤가? 혹은 푸시킨의 『아

---

* 오시안은 스코틀랜드 시인 제임스 맥퍼슨이 창조한 인물이다. 맥퍼슨은 오시안이 쓴 고대 게일인의 서사시를 발견했다고 주장하며 몇 권의 시집을 출간했다. 맥퍼슨이 이 시들의 저자임이 밝혀진 이후에도, 그 낭만적 이미지는 전 유럽을 사로잡았다.

** 예로시카와 마리얀카는 톨스토이의 소설 『카자크 사람들』에 나오는 카자크 출신의 인물들로 건강, 자유, 자연 등을 상징한다. 유럽화된 자기중심적인 도시인 올레닌과 대비된다.

르즈룸으로의 여행』*은 어떤가? 그래, 푸시킨, 톨스토이, 레르몬토프는 얼마나 행복했을까!

사냥에 나선 톨스토이의 아들들과 함께 어제 어떤 사냥꾼이 마을에서 멀리 떨어진 들판으로 나가는 대로를 따라 우리 동네를 지나갔다고 한다. 내가 그와 동시대인이고 게다가 이웃이라니 얼마나 놀라운 일인가!** 이것은 같은 시대에 푸시킨 옆에서 살았으면 하는 바람과 똑같다. 이 모든 것—로스토프가 사람들, 피에르, 아우스터리츠 벌판, "내가 이해하는 모든 것의 무가치함, 내가 이해하지는 못하지만 가장 중요한 것의 위대함 외에 인생에는 아무것도 존재하지 않는다……"고 생각하며 죽어가는 안드레이 공작***—은 그가 창조해낸 것들이다. 누군가 계속 피에르에게 말했다. "삶은 사랑이다…… 삶을 사랑하는 것은 신을 사랑하는 것이다……" 누군가 나에게도 계속 이렇게 말하고 있다. '나는 모든 것을 얼마나 사랑하는가! 심지어 이 거친 밤까지도 얼마나 사랑하고 있는가! 나는 온 세상을, 모든 땅을, 모든 나타샤들과 마리얀카들을 보고 싶고 사랑하고 싶다. 나는 어떻게든 여기를 떠야만 한다!'

안개 자욱한 뿌연 달무리에는 불길한 천상의 징조가 어려 있었다. 불행해 보이고 살짝 옆으로 기운 달의 얼굴이 희끗희끗하고 흐릿한 하늘에서 더욱더 슬프고 뿌예 보였다. 자욱한 연기와 납덩어리 같은, 아

---

* 푸시킨은 1829년 원정 때 러시아군과 함께 캅카스를 여행했다. 『아르즈룸으로의 여행』은 이때의 여행 경험을 기록한 것이다.

** 레프 톨스토이의 영지인 야스나야 폴랴나는 부닌 가족의 영지인 오제르키에서 아주 가까운 거리에 있었다.

*** 모두 『전쟁과 평화』의 주요 등장인물. 그들은 나폴레옹 전쟁의 한복판에서 역사, 민중, 사랑, 삶, 죽음 등의 진정한 의미를 탐색하고 깨닫게 된다.

주 시커먼 구름이 달의 얼굴을 가끔씩 괴괴하게 덮으면서 하늘 높이 치달으며 뒤엉키곤 했다…… 울부짖는 북쪽의 정원 너머에서 먹구름이 솟아올랐고, 기이한 눈냄새가 바람에 실려왔다. 나는 거닐면서 생각했다.

'그렇다, 더이상은 이렇게 살 수 없다. 저당잡히지 않은 바투리노가 열 개가 있다고 해도 이렇게 살 수는 없다. 젊은 날에 톨스토이 자신도 무엇보다 결혼, 가정, 영지 관리를 꿈꾸었다니 얼마나 끔찍한가! 그런데 지금은 모두가 "민중을 위한 사업", "민중에게 진 부채의 상환'을 되뇌고 있다.* 그러나 나는 민중에 대한 어떤 부채 의식도 없다. 나는 민중을 위해 나 자신을 희생할 수 없고, "민중"에게 봉사할 수도 없고, 아버지 말대로 지방의회 정당에서 활동할 수도 없다. 그렇게 하고 싶지도 않다…… 그렇다, 이제 뭔가를 결정해야 한다!'

나는 무엇을 결정해야 하는지 헛되이 찾았지만 생각만 뒤죽박죽된 채 아무 성과도 없이 집으로 돌아왔다. 페치카는 꺼졌고, 램프불은 다 타버려서 석유 냄새가 났다. 이미 꺼져가는 램프의 불빛으로 인해 방안에는 창백하고 불안한 밤의 희미한 빛이 느껴질 정도였다. 나는 책상에 앉아 펜을 들었다. 그리고 며칠 안으로 오룔의 〈목소리〉**에 일자리를 구하러 가겠노라고 게오르기 형에게 갑자기 편지를 쓰기 시작했다……

---

* 1890년대에 부닌은 이른바 톨스토이주의자가 되었지만 그후 톨스토이주의와 결별했다. 부닌은 톨스토이의 가르침에 나타난 불교적 특성의 영향을 받아 불교에 관심을 기울였는지 모른다. 1937년에 부닌은 톨스토이에 대한 다소 비판적인 에세이 『톨스토이의 해방』을 출간하기도 했다.

** 부닌은 1889~90년에 〈오룔 통보〉의 직원으로 일했다. 당시 오룔은 오룔 현의 수도로 인구는 약 7만 명이었다.

10

이 편지가 내 운명을 결정했다.

물론 나는 '며칠 안으로' 떠나지 않았다. 우선 길을 떠나기 위해 약간의 돈이라도 모아야만 했다. 여하튼 나는 마침내 출발했다.

나는 집에서의 마지막 아침식사를 기억한다. 아침식사를 끝내자마자 창문 밑에서 작은 방울이 둔탁하게 울리는 소리가 들렸다. 창문 뒤, 가까운 데서 겨울처럼 썰렁한 털북숭이 시골 말 한 쌍이 나타났다. 말들이 털북숭이가 된 것은 이날 우윳빛 함박눈이 앞이 보이지 않을 정도로 쏟아졌기 때문이었다…… 아아, 이 모든 것과 이런 출발은 아주 익숙한 일이었지만 내겐 너무나 고통스럽고 새로웠다! 이날 내린 눈조차도 왠지 아주 특별해 보였다. 아버지의 너구리털 외투를 걸쳐서 몸이 무거워진 나는 집안사람들 모두의 배웅을 받으며 썰매를 타러 밖으로 나갔다. 그 순간, 나는 하얗고 신선한 눈을 보고 깜짝 놀랐다.

그다음에 일어난 일은 마치 꿈만 같았다. 침묵의 긴 여정, 끝없이 펼쳐지는 하얀 눈송이 왕국에서 규칙적으로 흔들리는 썰매. 이 왕국에는 땅도 하늘도 없었고, 단지 끝없이 밑으로 흐르는 하얀 그 무엇, 그리고 매혹적인 겨울 길이 풍기는 냄새만이 있었다. 지독한 말냄새, 축축해진 너구리털 외투 깃 냄새, 담뱃불을 붙일 때 나는 유황 성냥과 매콤한 싸구려 담배 냄새…… 첫번째 전신주가 이 백색의 왕국에서 가물거렸고, 도로 옆 눈더미에서 튀어나온 눈 덮인 도로 표지판이 나타났다. 이 표지판은 이제 초원 생활이 아닌 어떤 다른 생활의 시작을 의미했다. 러시아인에게 이른바 철도라고 불리는 것은 항상 특별하고 마음을 흥분으로 들뜨게 한다……

기차가 도착했을 때, 나는 일꾼들과 작별 인사를 하면서 털외투를 건네고 바투리노의 모든 사람에게 안부를 전해달라고 부탁했다. 나는 끝없는 여정을 떠나는 기분을 느끼며 삼등실 객실 안으로 들어갔다. 나는 오랫동안 승객들의 무심함에 깜짝 놀랐다. 어떤 승객들은 차를 마시며 간식을 먹었고, 다른 승객들은 잠을 잤으며, 또다른 승객들은 할 일이 없어서 줄곧 철제 페치카에 장작을 집어던지고 있었다. 안 그래도 페치카는 객실 전체에 열기를 내뿜으면서 빨갛게 달구어져 있었다. 나는 자리에 앉아 이 건조한 금속의 열기, 자작나무 냄새와 주철 냄새를 즐기기까지 했다. 창문 너머에서 희푸른 눈이 계속 떨어지고 있었고, 계속 황혼이 다가오고 있는 듯했다……

내가 객실로 들어설 때 감지했던 느낌은 정확했다. 정말 평범하지 않은 긴 여정, 정처 없는 수년 동안의 편력, 때론 한없이 행복하고 때론 한없이 불행하고 무모하며 무질서한 생활이 나를 기다리고 있었다. 한마디로 내게 어울리는 생활이었는데, 얼핏 보면 전혀 무익하고 무의미한 생활이었다……

11

당시 출발할 때 내가 품었던 모호한 생각은 깊은 슬픔으로 가득찼고, 나와 막 헤어졌던 모든 것, 바투리노의 고요하고 고독한 세계에 내버려두고 온 모든 것에 대한 사랑으로 가득찼다. 나는 거기에서 나 자신의 부재를 보고 느꼈으며, 경건에 가까운 침묵 속에서 영원히 완성된 것, 즉 이전의 나를 간직한 듯한 나의 텅 빈 방을 보았다. 그러나 이 슬픔 속에도 크고 비밀스러운 기쁨이 있었고, 마침내 실현된 꿈, 어떤 자유와 의지, 활동, 움직임(아직 완전히 결정되지 않아 더욱 유혹적인 어떤 것을 향한)으로 인한 행복이 있었다. 이 모든 느낌은 새로운 역을 지날 때마다 더욱 커졌다. 그래서 마침내 과거의 모든 것, 내가 버리고 온 모든 것이 어딘가 저 먼 곳으로(소중하지만 낯선 먼 곳으로) 떠나가면서 이전의 느낌들은 계속 희미해졌고, 오직 점점 더 흥미롭고 분명해지는 현재만이 남게 되었다. 나는 주변의 낯설고 거친 수많은 생활상과 얼굴들에 어느 정도 익숙해졌고, 그들을 어느 정도 파악했다. 또 나름의 감정과 더불어 그들에 대한 느낌을 가지게 되었고, 온갖 추측을 하기 시작했다. 그리고 매콤한 싸구려 당담배와 아스몰로프 담배를 식별했고, 아낙의 무릎 위에 놓인 보따리와 내 맞은편에 앉아 있는 신병의 팔꿈치 아래 놓인 화려하게 장식된 참나무 상자를 구별할 수 있었다. 나는 객차가 아주 새것이고 깨끗하다는 걸 알아챘다. 철제 페치카로 덥혀진 객차의 벽에 댄, 홈이 파인 금속판들이 노랗게 변해 있었다. 객차 안은 온갖 담배 연기로 답답했다. 담배 연기는 창밖의 눈과는 단절된 듯한 다정한 사람들의 생활을 느끼게 했지만 대체로 아주 독했다. 창밖에서는 전선이 올라갔다 내려갔다 하면서 끝없이 이어졌다. 나는 밖으로 나가 눈과 바람을 맞고 싶어져서 비틀거리며 문 쪽으로 걸어갔다…… 들판을 뒤덮은 눈의 냉기가 객차의 승강구로 밀려왔고, 아주 낯선 새하얀 들판이 주변에 펼쳐졌다. 마침내 눈발이 가늘어지자 주변이 더 밝고 더 희어졌다. 이러는 사이에 기차는 어딘가로 다가가 다가 몇 분 동안 멈춰 섰다. 황량한 간이역에 정적—앞에서 기관차가 뜨거운 수증기를 씩씩거리며 내뿜고 있다—이 흐르고 모든 것에 알 수 없는 매혹이 깃들어 있었다. 이 일시적인 망연함과 정적도, 씩씩거리며 대기하고 있는 기관차도, 첫번째 선로의 눈 녹은 레일 위에 서 있는 화물열차의 붉은 벽 너머의 보이지 않는 기차역도 아름다웠다. 이 간이역에서 평생을 평화롭게 살도록 운명지어진 암탉 한 마리가 눈 녹은 레일 사이를 조용하고 편안하게 걸어다니며 먹이를 쪼고 있었다. 이 암탉은 그대가 어떤 꿈과 느낌을 안고 어디로, 왜 가고 있는지 전혀 관심이 없다. 그대의 꿈과 느낌의 영원하고 고상한 기쁨은 겉보기에 매우 무가치하고 평범한 사물들과 연관되어 있는 것이다……

잠시 후 저녁이 다가왔을 때, 내 마음은 처음 만나는 커다란 기차역에 대한 기대로 부풀었다. 큰 기차역에 도착하기 전에, 나는 오랫동안 승강구에서 온몸이 꽁꽁 얼어붙어 있었다. 마침내 나는 앞쪽의 음울한 어스름 속에서 형형색색의 불빛들, 사방으로 갈라지는 선로들, 신호소들, 전철기轉轍機들, 예비 기관차들, 그리고 사람들로 북적이는 어두운 플랫폼을 보았다…… 내가 맛있는 냄새가 풍기는 밝은 간이식당으로 잽싸게 뛰어들어가 세상에서 가장 맛있는 양배춧국을 먹다가 입안을 데었으리라는 것을 쉽게 상상할 수 있으리라!

이 모든 것의 결과는 전혀 예기치 않은 것이었다. 식사 후에 나는 다시 덜컹거리는 객차의 어두운 유리창가에 앉아 담배를 피우고 있었다. 국가의 재산인 두꺼운 양초가 구석의 각등角燈에서 희미하게 타오르고 있었다. 연기가 자욱한 희미한 불빛 속에서 나는, 비록 이상해 보일지 모르지만, 이제 곧 내 여행의 목적지인 오룔에 도착할 거라고 생각했다. 지금까지 오룔에 대해서는 거의 한 번도 상상해보지 않았지만 오룔 기차역을 따라 러시아 전도全圖를 관통하는 거대한 간선도로가 지나간다는 한 가지 사실만 해도 놀라웠다. 북쪽은 모스크바, 페테르부르크로 가는 길이고, 남쪽은 쿠르스크와 하리코프, 게다가 아버지의 젊은 날의 생활이 영원히 남아 있을 것 같은 세바스토폴로 가는 길이었다…… 갑자기 나는 자문했다. '내가 지금 일자리를 구하러 〈목소리〉로 가고 있는 게 사실일까?' 물론 거기에도 아주 매력적인 편집국과 인쇄소란 것이 있었다. 그러나 쿠르스크, 하리코프, 세바스토폴…… "아니야, 이 모든 것이 난센스야." 나는 나 자신에게 말했다. "오룔에는 잠시 들러서 사람들을 만나보고 내게 무엇을 제안하는지 알아보기만 할 거야. 그리고 잠시 생각해보고 형을 만나야 한다고 말해야지…… 잠시 들렀다가 더 멀리 하리코프로 갈 거야!"

그러나 나는 오룔에 잠시 들를 필요조차 없게 되었다. 모든 일이 내 예상보다 잘 풀렸다. 일부러 그런 것처럼 나는 오룔에 늦게 도착했고, 때마침 위에서 내려오는 하리코프로 가는 기차가 도착했던 것이다. 뜻밖에도 내가 한 번도 보지 못했던 멋진 기차였는데, 무시무시한 미국제 기관차가 달린 급행열차였다. 육중하고 커다란 객차에는 모두 일등실과 이등실만 있었고, 창문에는 푸른 비단 아래로 빛이 희미하게 비치는 모직 커튼이 쳐져 있었다. 거기에는 풍요로운 세계의 따스함과 아늑함이 깃들어 있었다. 이런 객차 안에서 밤을 보내는 것은 (게다가 남쪽으로 가는 여정에서) 절대로 물리치기 힘든 행복처럼 보였다……

12

하리코프에서 나는 즉시, 아주 새로운 세계와 맞닥뜨렸다.

나의 특성 중 하나는 빛과 공기에 대한, 그것들의 미세한 차이에 대한 예민한 감수성을 타고났다는 점이다. 하리코프에서는 맨 처음 공기의 부드러움에 놀랐다. 하리코프의 공기에는 우리 고향의 공기보다 더 많은 빛이 있었다. 나는 기차역 밖으로 걸어나와 마부가 모는 썰매에 올라탔다. 이곳 마부들은 두 사람이 한 조가 되어 커다란 방울을 단 썰매를 몰았고, 서로 '당신'이라고 부르며 얘기했다. 나는 주변을 둘러보자마자, 모든 것이 고향과는 전혀 다르다는 느낌을 받았다. 더 부드럽고 밝았으며, 심지어 봄 같았다. 여기에도 눈이 쌓여 있어 백색이었지만, 이 흰색은 약간 다르고 기분좋게 눈이 부셨다. 태양은 보이지 않았지만 12월에 기대할 수 있는 최상의 빛이었다. 구름 너머의 따스한 태양이 뭔가 아주 좋은 것을 약속하고 있었다. 모든 것이 이 빛과 공기 속에서 더 부드러워졌다. 기차역 너머에서 나는 석탄 냄새, 마부들의 얼굴과 대화, 두 마리의 말에 매단 커다란 방울 소리, 기차역 광장에서 두꺼운 고리빵과 해바라기 씨, 잿빛 빵과 비곗덩어리를 파는 아낙들의 상냥한 호객 소리도 부드러웠다. 광장 너머에는 키 큰 포플러들이 죽 늘어서 있었다. 포플러들은 벌거벗었지만 진짜 남쪽 소러시아의 포플러였다. 시내의 거리에선 눈이 녹고 있었다……

그러나 이 모든 광경은 그날 계속해서 나를 기다리고 있던 것에 비하면 아무것도 아니었다. 나는 지금껏 이처럼 많은 새로운 감정을 경험하지 못했고, 평생 이렇게 많은 사람과 사귄 적이 없었다. 이따금 어딘가에 도착하면, 첫날에는 아주 많은 인상을 받고 많은 사람들을 만나는 드문 경험을 하게 된다. 그날, 나도 마찬가지였다.

놀라워하며 즐겁게 나를 맞이한 형에게도 뭔가 새로운 것이 있었다. 하리코프에서 형은 바투리노에 있을 때와는 어쩐지 다른 사람처럼 보였다. 만남의 기쁨에도 불구하고, 형은 예전에 비해 내게 덜 친근한 것 같았다. 하리코프에서 형의 생활은 너무나 이상했다! 아버지의 말대로 형이 '영원한 대학생'이란 점을 인정한다고 해도 형은 아르세니예프였다. 그런데 나는 형을 어디에서 발견했던가? 산밑으로 난 비좁은 거리에서, 석탄 냄새와 유대인의 음식 냄새가 지독하게 나는 더러운 돌 마당에서, 대가족이 모여 사는 블륨킨이라는 재단사의 비좁은 아파트에서 형을 발견했다…… 사실은 이 역시 새로운 일이라 아주 좋았지만, 나는 큰 충격을 받았다.

"네가 일요일에 와서 여기서 날 찾다니 정말 멋진 일이다!" 내게 키스를 퍼붓고 나서 형이 말했다. "그런데, 네가 온 진짜 이유가 뭐냐?" 우리집에서 항상 사용하는 농담조로 말하려고 애쓰면서 형이 즉시 덧붙여 말했다.

나는 나도 그 이유를 모르겠다고 말했다…… 그러고 나서 정말로 내가 무엇을 해야 할지 형과 진지하게 상의하러 왔다고 대답했다. 그러나 형은 더이상 내 말을 듣지 않았다. "어떻든 생각해보자!" 형은 확신에 차서 말했고, 나더러 어서 세수하고 옷을 입고서 리숍스키라는 '폴란드인 지주'가 운영하는 작은 식당으로 식사하러 가자고 재촉했다. 이 식당은 지방자치회 통계국에서 일하는 형의 동료들이 항상 식사하는 곳이었다. 우리는 밖으로 나와서, 이런 경우에 흔히 그렇듯이, 되는대로 계속 이야기하면서 이 거리 저 거리를 걸었다. 형과 함께 걸으면서 나는—나는 이미 이곳 시민처럼 옷을 입고 있었고, 이를 잘 느끼고 있었다—아주 화려해 보이는 거리와 주변 풍경을 죽 훑어보았다. 오후에는 날이 아주 맑아져서 사방이 빛났고 눈이 녹았다. 숨스카야 거리의 포플러들이 살짝 연기가 나는 듯한, 축축하고 푸른 하늘을 따라 흘러가는 하얀 솜털 구름을 향해 우죽을 뻗어 올리고 있었다……

리숍스키의 식당은 이상하고 흥미로운 지하실이었는데 그곳에는 아주 훌륭하고 놀랄 만큼 값싼 안주를 파는 판매대가 있었다. 불처럼 뜨겁고 후추를 무지하게 많이 친 블린 파이가 특히 맛있었는데, 한 개에 2코페이카였다. 우리가 커다란 테이블에 앉자마자, 내가 보기엔 아주 이상한 사람들이 우리에게 다가와 합석하기 시작했다. 나는 이 사람들을 아주 열심히 바라보았다. 바투리노에 있을 때, 형은 이 사람들에 대해 물릴 정도로 많은 이야기를 해주었다. 이들은 다른 사람들과는 아주 다르고 특별해 보였다. 형은 즐거이 서두르면서, 심지어 자랑스럽게 나를 이 모든 사람들에게 소개했다. 아주 낯설고 뛰어난 이들을 비롯한 다양한 사람들로 북적대는 지하실 환경 때문에 나는 금세 머리가 어지러웠다. 반지하실의 창문을 통해 위에서 들어오는 햇빛이 봄날 햇살처럼 유쾌하게 빛났고, 거리를 따라 여기저기로 걸어다니는 사람들의 온갖 다리가 보였다. 나는 뜨거운 붉은 보르시*와 우리 식탁에서 계속 진행된, 처음 듣는 이야기와 활기찬 대화 때문에도 머리가 어지러웠다. 유명한 통계학자인 안넨스키에 대한 대화였는데, 아주 흥미로워

* 빨간 무를 주재료로 끓인 러시아식 고기 수프.

보였다. 사람들은 그의 이름을 항상 감탄하면서 입에 올렸다. 굶주림에 대한 소문을 퍼뜨리지 못하도록 굶어 죽는 농부들을 매질하다시피 한 볼가 지방의 현지사에 대한 얘기도 있었고, 모스크바에서 열릴 피로고프 학술대회* 얘기도 있었다. 이 대회는 항상 그랬듯이 분명히 커다란 사건이 될 터였다…… 식사하는 도중에 나의 젊음, 생기, 시골에서 햇볕에 탄 피부, 건강, 단순함, 어리석고 우둔해 보일 정도로 강렬하고 긴장된 청각과 시각의 집중력으로 내가 얼마나 튀었을지 쉽게 상상할 수 있다. 형도 아주 튀었다. 형은 다른 사람들과 친밀한 관계를 유지하고 있었지만, 그들과는 전혀 다른 세계에 속한 사람 같았다. 형은 더 젊고 누구보다 순수해 보였으며, 표정이 더 섬세할 뿐만 아니라 심지어 다른 사람들하고는 언어 습관도 다른 듯했다.

이 모임의 많은 사람들은, 그후 내가 깨달은 것처럼, 외모나 다른 모든 점에서 아주 전형적이었다. 나는 이미 여러 면에서 몇몇 사람들이 마음에 들지 않았다. 아주 키가 크고 가슴이 좁은 어떤 사람은 심한 근시에 늘 허리를 구부리고 바지 주머니에 항상 손을 집어넣고 있었다. 이 사람은 항상 한쪽 다리를 미세하게 떨었고, 그 다리에 얹어놓은 다른 한쪽 다리를 정말로 신기하게 나사처럼 꼬고 있었다. 노란 머리칼에 투명할 정도로 노랗고 깡마른 얼굴을 한 다른 사람은 내가 보기에 열렬하고 영감에 차서 너무 말을 많이 해댔다. 이 사람은 담배는 쳐다보지도 않고, 담배를 잡은 뼈만 앙상한 집게손가락을 쭉 펴서 담뱃재를 떨어냈다. 그 옆에 앉은 사람은 항상 무언가에 대해 빈정대며 싱글

---

* 유명한 물리학자 니콜라이 피로고프가 사망한 후 진보적인 학자들이 그의 이름을 붙여 조직한 학술대회.

거렸고, 유난히 내 마음에 들지 않는 짓을 했다. 그는 이미 오래전에 더러워진 식탁보 위에 두 손가락으로 흰 빵 조각을 동그랗게 만들어 데굴데굴 굴리곤 했다…… 그러나 몇몇 사람들은 아주 멋졌다. 마른 입술에 그윽하고 슬픔에 찬 눈을 한 폴란드인 한스키는 연기를 깊이 빨아들이면서 계속 담배를 피워댔고, 안 그래도 잘 타고 있는 담배에 떨리는 손으로 계속해서 불을 붙였다. 큰 키에 그림처럼 아름다운 헝클어진 머리칼을 한 크라스노폴스키는 세례자 요한과 비슷했다. 턱수염을 기른 레온토비치는 나이가 더 들었고, 통계학자로서 다른 누구보다도 유명했다. 나는 즉시 그의 다정함이 깃든 편안함과 선량한 신중함, 무엇보다 특이하고 기분좋고 순수하게 소러시아적인 낮고 깊은 목소리에 매혹되었다. 뾰족한 코에 안경을 낀 어떤 작은 사람은 극히 정신이 없고 미쳐 날뛰듯이 격정적이었는데, 항상 뭔가에 열렬히 분개했다. 동시에 아주 어린아이처럼 순수하고 진실해서 나는 곧 레온토비치보다 그를 더 좋아하게 되었다. 나는 바긴이라는 통계학자가 정말로 마음에 들었다. 후에 알게 되었지만, 바긴은 통계학에 너무나 열중한 나머지 이 세상에 통계학 말고는 아무것도 존재하지 않는다고 생각하는 사람이었다. 큰 키에 건장하고 이가 하얀 바긴은 농부처럼 멋지고 명랑했다. 실제로 농부 출신이었는데, 껄껄 웃어대면서 남도 웃게 만들었으며, 강세 없는 '오'를 그냥 '오'로 강하게 발음했다…… 다른 두 사람은 내게 심한 반감을 불러일으켰다. 이전에 노동자였던 비코프는 다부진 체격의 젊은이로 블라우스를 입고 있었는데 그의 곱슬머리, 굵은 목, 부릅뜬 두 눈에는 정말 황소 같은 면이 있었다.* 다른 한 사람은 성이 멜니크였다. 허약하고 파리한 이 사람은 모래처럼 불그스레한 피부에 눈이 흐릿한 근시로 콧소리를 내며 말했지만, 판단을 내릴 때는 이상할 정도로 단호하고 자신을 과신했다. 몇 년이 지난 후, 그는 놀랍게도 볼셰비키 치하에서 중요한 인물, 즉 '빵의 독재자'가 되었다……

13

이런 사람들과 더불어 나는 하리코프에서 첫겨울을 보냈고, 그후로도 몇 년을 살았다.

이런 부류의 사람들이 어떻고, 어떻게 살았으며 무엇을 믿었는지는 잘 알려져 있다.

무엇보다 놀라운 것은, 이 부류에 속한 사람들은 이미 학교에서 자신들이 시작해야 한다고 생각하는 온갖 특별한 일을 경험한다는 사실이다. 이를테면 어떤 서클 활동을 하고, 다양한 학생 '운동'과 이런저런 '과업'에 참여한 후, 추방당하고 옥살이나 유형에 처해진다. 그리고 계속해서 이런저런 방식으로 '과업'을 수행한다. 그후, 다른 러시아인들에게서 완전히 고립되어 살아간다. 심지어 실제 활동하는 이들, 가령 상인들, 농민들, 의사들, 정치를 모르는 교사들, 관료들, 성직자들, 군인들, 특히 경찰들과 헌병들을 사람이라고 생각하지 않았고, 조금이라도 이런 사람들과 교제하면 수치스러울 뿐만 아니라 죄를 짓는 거라고 생각했다. 또 그들은 특별하고 확고한 자신만의 세계를 갖고 있었

* 비코프(Быков)에서 бык는 '황소'를 뜻한다.

다. 즉 자신의 일, 자신의 관심, 자신의 사건, 자신의 명성, 자신의 도덕, 연애와 가정생활과 우정 관계에서 자신의 관례, 러시아에 대한 자신의 태도를 가지고 있었다. 그들은 러시아의 과거와 현재를 부정했고, 러시아의 미래에 대한 꿈을 가지고 있었다. 그들은 러시아의 미래에 대한 신념을 가지고 있는데, 바로 이 미래를 위해 '투쟁'해야 했다. 물론 이 부류의 사람들도 혁명성과 민중에 대한 사랑, 민중의 '적들'에 대한 증오의 정도에 따라, 그리고 외모와 내면의 모든 특징에 따라 아주 다양했다. 그러나 대체로 아주 편협하고 직설적이고 인내심이 없었으며, 아주 단순한 뭔가를 믿었다. 예컨대 사람들은, 즉 우리 모두는 그저 온갖 종류의 '박해받고 굴욕당한' 사람들일 뿐이며, 모든 악은 우익에 있고 모든 선은 좌익에 있으며, 모든 밝은 것은 민중과 민중의 '원칙과 열망' 속에 있고, 모든 불행은 통치자와 사악한 지배자들에게(이 지배자들은 특별한 종족으로 간주되었다) 있으며, 모든 구원은 변혁 속에, 헌법이나 공화국 속에 있다는 신념이었다……

하리코프에서 나는 이런 부류의 집단에 속해 있었는데, 나와는 맞지 않았다! 그러나 내가 어떤 다른 집단에 속할 수 있었겠는가? 나는 다른 서클과는 어떤 관계도 맺지 않았고, 다른 서클을 찾아보지도 않았다. 내가 가입한 새 서클에 나와 맞지 않는 것들이 많다면, 다른 서클들에는 나와 맞지 않는 것들이 훨씬 더 많으리라는 느낌과 의식이 다른 서클들을 샅샅이 알고 싶은 바람을 눌러버렸다. 나에게는 상인들 및 관료들과의 공통점이 전혀 없었기 때문인지도 모른다. 이 서클의 많은 것들을 나는 그냥 받아들였고 교제의 폭도 빠르게 넓어졌다. 사람들과 쉽게 친해지는 그 편안함도 좋았다. 대학 생활처럼 소박한 서클 생활, 관례와 상호 관계의 단순함도 마음에 들었다. 게다가 서클 생활은 아주 즐거웠다. 아침의 사무실 모임에서는 차를 많이 마시고, 담배를 피우며 논쟁했다. 그러고 나서 활기 넘치는 식사가 기다리고 있었는데, 거의 모든 사람이 무리를 지어 작은 식당에서 식사를 했다. 저녁에는 어떤 회의에서, 어떤 야회夜會나 누군가의 집에서 새로운 모임이 있었다…… 그해 겨울 우리는 꽤 잘사는 한스키의 집에서 자주 모였고, 부유하고 아름다운 과부인 시클랴레비치 부인의 집에서도 모였다. 소러시아의 유명한 배우들이 이 과부의 집에 종종 들러 '자유로운 카자크'에 대한 노래를 불렀고, 심지어 우리 자신의 마르세예즈*인 〈도 즈브로이, 그로마다!〉**를 부르기도 했다.

이 서클에는 마음에 안 드는 것들도 많았다. 서클에 익숙해지고, 서클을 잘 관찰하면서부터 나는 자주 서클의 이런저런 일에 화를 냈고, 심지어 분노를 숨기지 않았으며, 격렬하고 분명 쓸데없는 논쟁을 벌이기도 했다. 다행히 대부분의 사람들이 날 사랑했고 내가 분노를 터뜨려도 용서해주었다. 나는 모든 부류의 사람들에 대해 점점 더 피상적인 선입관에 빠져들었다. 그런데 나는 우리 서클에서 무엇을 발견했던가? 여기에서는 소년 소녀들에게 정치경제학에 관한 책을 읽도록 한 반면 그들 자신은 '정치적 무관심'이라는 이유로 체호프를 경멸하면서 코롤렌코와 즐라토브라츠키***를 읽었다. 그들은 '아주 수치스럽고 해

---

* 프랑스 국가(國歌).

** 소러시아어로 '무기를 들어라, 군중이여!'를 뜻한다.

*** 코롤렌코는 러시아 진보 진영의 작가로 인간 영혼과 하층민들의 승리를 그린 일련의 단편을 썼다. 대표 작품으로 『마카르의 꿈』이 있다. 즐라토브라츠키는 인민주의자 소설가로 주로 농민의 생활에 대한 소설을 썼다.

로운 무위無爲를 설교했다'는 이유로, 늘 허튼소리를 하듯이 신에 대해 떠들어댔다는 이유로, 톨스토이가 매우 사랑했던 야스나야 폴랴나의 농민은 '굶주림으로 몸이 퉁퉁 부었'는데 그는 잠시 농부와 제화공 노릇을 하다가 '호화로운' 테이블에 앉았다는 등의 온갖 이유를 들면서 톨스토이를 비방했다. 그들은 문학에 대해 대개 이런 식으로 말해서 나는, 개인적으로 분노했음에도 불구하고, 매일 점점 더 은밀한 공포에 빠져들었다. '정말로 이렇게 써서는 안 되는 것인가? 이것은 아무에게도 필요하지 않은 것인가? 이것(불쌍한 마카르나 유형수들의 생활에 대한 것)만이 꼭 필요한 것인가?' 나는 이런 생각을 하곤 했다. 그들은 항상 러시아의 이익을 위해서 모든 일을 할 준비가 되어 있었지만, 가장 무지하고 가난한 계층을 제외한 러시아의 모든 계층을 아주 심하게 의심했다. 그들은 『조국의 기록』* 시기를 황금기로 간주했고, 이 잡지의 폐간을 전체 러시아 현실에서 가장 거대하고 끔찍한 사건들 중 하나로 간주했다. 또 자신들이 살고 있는 시대를 침체기로 불렀고, "더 나쁜 시대는 있었지만, 더 비열한 시대는 없었다"**고 생각했다. 그들은 전 러시아가 이 침체기 때문에 '질식하고 있다'고 단언했고, 자신들이 정한 것을 조금이라도 의심하는 사람들은 모두 '변절자'로 낙인찍었으며, 누군가의 '중용과 꼼꼼함'을 끊임없이 조소했다. 그들은 예컨대 바긴의 아내가 환등기를 갖추어 일요 독회를 조직했다거나 '불을

---

* 러시아의 주요한 '두꺼운' 잡지들 중 하나다. 특히 혁명적 민주주의를 지향한 니콜라이 네크라소프와 풍자 작가 미하일 살티코프-셰드린이 주도적으로 편집에 참여한 1868~84년은 이 잡지의 전성기였다.

** 니콜라이 네크라소프의 시 「동시대」의 한 구절.

뿜는 산들에 대하여' 같은 독회를 준비하는 것은 아주 진지하게 칭찬했다. 야회에서는 심지어 턱수염을 기른 사람들도 "적의에 찬 회오리바람이 우리 머리 위에서 분다"*와 같은 노래를 불렀다. 나는 이 '회오리바람'의 거짓과 평생 생각해낸 감정과 사상의 불성실함을 통절하게 인식하고는 눈을 어디에 둬야 할지 몰랐다. 사람들이 내게 묻곤 했다.

"이봐요, 알료샤, 또 시인의 입술을 삐죽거리시나?"

내가 전혀 이해할 수 없는 방법으로 다리를 나사처럼 꼴 수 있는 통계학자인 보그다노프의 아내가 이렇게 물었다. 보그다노프 씨네 집에서 대규모 저녁 모임이 있었다. 그들의 작은 아파트는 사람과 담배 연기로 가득찼고, 사모바르는 테이블에서 치워지지 않았고, 구석은 빈병으로 가득했다. 사람들은 비밀리에 하리코프에 도착한 유명한 노장 '투사'를 환영하기 위해 모였다. 광범위하고 굴하지 않는 활동으로 유명한 이 투사는 셀 수 없을 만큼 자주 요새에 감금되었고, 여러 번 극권極圈 밖으로 추방되었지만 그때마다 탈출했다. 겉보기에는 꼭 동굴에 사는 사람 같은데 턱수염이 짙고 동작이 굼떴으며 콧구멍과 귀에도 많은 털이 나 있었다. 그러나 작은 눈은 아주 영리하고 예리해 보였다. 그의 말은 마치 쓴 것을 읽는 것처럼 정말이지 청산유수였다. 보그다노프 자신은 별로 내세울 게 없었지만, 그의 아내는 오래전부터 명성이 자자했다. 평생 온갖 사람들을 만났고, 온갖 사업에 참여했다! 한때 그녀는 아름다웠고 많은 숭배자들을 거느렸다. 그녀는 지금도 명랑하

* G. M. 크르지자놉스키가 쓴 유명한 혁명시이자 노래인 「바르샤바의 여인」의 한 구절.

고 활달했으며 날카롭고 재치 있게 말했다. 또 범상치 않은 논리로 누구라도 타박할 수 있었다. 늘씬하고 젊었으며, 야회를 위해 옷을 잘 차려입었고 이마에 흘러내린 곱슬머리는 살짝 지졌다. 그녀는 나를 좋아했지만 매번 질책하곤 했다. 지금도 나는 '입술을 삐죽거린다'. 사람들이 구석에서 저명인사의 말을 실컷 듣고, 실컷 말하고 나서 술을 꽤 마신 후, "우리는 모든 악한들에게 저주를 보내고, 투쟁을 위해 모든 투사들을 부르리라!"*라는 노래를 불렀기 때문이다. 나는 괴롭고 마음이 불편했다. 내 옆의 소파에 가는 담배를 손에 들고 앉아 있던 여주인이 내 모습을 보고 화를 냈던 것이다. 나는 뭐라고 대답해야 할지 몰랐다. 속내를 표현할 수가 없었다. 그녀는 내 대답을 기다리지 않고 낭랑한 목소리로 말했다. "미칠 듯이 기뻐하고, 즐겁게 지껄이고, 손을 피로 물들인 사람들로부터……"** 이것은 정말로 심해 보였다. 누가 미칠 듯이 기뻐하고, 누가 지껄이고, 누가 손을 피로 물들였는가! 하고 나는 생각했다. 잠시 후, 사람들은 대학생 특유의 허세 때문에 내가 더욱더 혐오하는 노래를 불렀다. "멀고먼 지방으로부터, 드넓은 어머니 볼가로부터, 영광스러운 노동을 위해, 즐거운 자유를 위해 우리는 여기에 모였네……"*** 심지어 나는 어머니 볼가와 영광스러운 노동에도 고개를 돌렸다. 조용하고 열정적이고 매력적인 소녀 브라일롭스카야가 열렬하고 탐색하는 듯한 대천사의 눈으로 도전적이고 노골적인 증오심을 보이며 한쪽 구석에서 나를 쳐다보고 있었다……

---

* 인민주의자 P. L. 라브로프가 쓴 「노동자들의 마르세예즈」의 한 구절.

** N. A. 네크라소프의 시 「한 시간 동안의 기사」의 한 구절.

*** N. M. 야지코프의 시 「노래」의 첫 행.

나는 경박한 혁명성과 선하고 인간적이고 정의로운 것을 갈망하는 성실한 열망에 관한 한 대체로 그들보다 더 오른쪽으로 기울지는 않았다. 그러나 사람들이 심지어 농담을 하면서(그러나 물론 교훈적으로) "너는 시인이 될 수 없고, 시민이 되어야만 한다!"*고 상기시킬 때, 그들의 말을 듣고 있을 수가 없었다. 사람들이 이런 책무를 내게 주입하려 하고, 인생의 모든 의미가 '사회를 위한 일', 즉 농민과 노동자를 위한 일에 있다고 설교할 때면 견딜 수가 없었다. 나는 불끈 화를 내면서 냉정함을 잃곤 했다. 왜 내가 늘 술에 취해 있는 어떤 철공이나 말한 필 없는 클림을 위해 희생해야 하는가? 클림은 살아 있는 개인이 아니라 하나의 집합체다. 현실에서 사람들은 거리를 오가는 마부같이 보잘것없는 사람으로 클림을 생각한다. 그러나 나는 바투리노의 몇몇 클림들을 정말 진심으로 사랑했고, 지금도 사랑하고 있다. 자루와 톱을 어깨에 메고 시내를 소심하고 어색하게 돌아다니다가 가난한 젊은이인 내게 "도련님, 뭐 할 일이 없을까요?" 하고 순진하고 감동적이고 어리석은 말을 싱겁게 던지는 어떤 떠돌이 제재공製材工에게 나는 마지막 1코페이카를 기꺼이 내줄 수 있다. "사회를 위해 정직하게 일하고 나서" 심지어 편안히 죽을 수도 있는 것처럼 말하는 것을 나는 이해할 수 없었다. 나는 이우두시카, 글루포프라는 도시,** 하얀 말을 타고 이 도시로 들어오는 현지사를 그린 셰드린의 책에서 늘 인용되는 구절을 읽

---

* N. A. 네크라소프의 시 「시인과 시민」의 한 구절.

** 이우두시카('작은 유다'란 의미)는 셰드린의 풍자 소설 『골로블료프 씨네 사람들』에 등장하는 이기적이고 탐욕적인 인물이고, 글루포프('어리석다'란 의미)는 셰드린의 소설 『한 도시의 역사』에서 러시아를 상징하는 도시의 이름이다.

으면서 진실로 고통을 느꼈다. 그리고 내가 알고 있는 거의 모든 아파트 벽에 걸려 있는 체르니솁스키나, 죽은 사람처럼 깡마르고, 크고 무서운 눈을 하고서 서재의 문가에 나타난 헌병을 맞이하기 위해 어정쩡하게 몸을 일으키고 있는 벨린스키*를 보면서 이를 갈았다.

이 밖에도 이 서클에는 비코프들과 멜니크들이 있었다…… 그들의 얼굴을 바라보면서, 그들이 아름다운 미래를 열어가는 노동자들이고 인류에게 안녕을 선사하는 주요한 숙련공이자 조직자들이라는 생각에 동의하기 어려웠다.

막스라는 별명으로 불리는 유명한 사람도 있었다. 그는 어디서 오는지 모르지만 이따금 하리코프에 나타났다. 키가 크고, 참나무 뿌리처럼 굽고 단단한 다리에 징을 박은 두꺼운 스위스제 구두를 신었는데 매우 조용하고 실무적이며 아주 정확하게 말했다. 얼굴은 햇볕에 타서 거칠고, 항아리같이 커다란 두개골이 둥글고 가파르게 얼굴 위에 넓게 퍼져 있었다. 이상할 정도로 적게 먹고 적게 잤으며, 전혀 피곤한 기색 없이 늘 어딘가로 돌아다녔다……

* 러시아의 대표적인 서구주의자이자 문학비평가. 당시 진보적인 지식인들은 최초의 러시아 인텔리겐치아라 칭하며 그를 존경했고, 사실주의를 옹호하는 그의 비평을 지지했다. 체르니솁스키, 도브롤류보프, 피사레프 등 이른바 혁명적 민주주의 비평가들의 선조로 간주된다.

14

이렇게 겨울이 지나갔다.

형이 일을 하는 동안, 나는 아침마다 공공도서관에 앉아 있었다. 그러고 나서 이리저리 쏘다니면서 내가 읽은 책에 대해, 걷거나 뭘 타고 다니는 사람들에 대해, 그들이 모두 나름대로 행복하고 평온할지에 대해 생각했다. 그들은 자기 일로 바쁘고, 어느 정도 생활이 안정되어 있다. 그런데 나만이 자신도 이해할 수 없는 뭔가를 쓰고 싶다는 헛되고 막연한 열망으로 고통스러워하면서 문제를 해결할 용기도, 착수할 능력도 없이 그저 모든 것을 미래의 일로 미루어놓고 있다. 나는 너무나 가난해서 좋은 메모장을 사고 싶다는 가련하고 은밀한 꿈을 이룰 수가 없었다. 이 메모장에 아주 많은 것들이 달려 있을 듯해 더욱 괴로웠다. 적지 않은 것들을 적어놓을 수 있는 메모장이 있으면 내 삶이 약간 다르게, 보다 활기차고 적극적으로 전개될 것만 같았다! 이미 봄이 시작되었다. 나는 방금 드라고마노프의 소러시아 노래 모음집 『두미』를 읽었고, 『이고리 원정기』*에 완전히 매료되었다. 나는 『이고리 원정기』를 다시 읽고서 이 작품의 형언할 수 없는 아름다움을 갑자기 깨달았다. 이미 내 마음은 다시 하리코프에서 더 먼 곳으로, 이고리의 음유시인이 노래한 도네츠로 향했다. 그곳에는 지금도 공후의 젊은 아내인 예

---

* 1185년 노브고로드-세베르스크의 공후 이고리는 폴로베츠인들을 토벌하기 위해 원정길에 오른다. 『이고리 원정기』는 이고리의 실패한 원정을 그린 이야기로 고대 러시아 문학의 걸작으로 평가된다. 12세기 후반에 쓰인 것으로 추정되는 이 작품은 18세기 후반에 발견되었다.

프로시니야가 이른 아침놀이 비치는 고대의 도시 성벽 위에 여전히 서 있을 것 같았다. 그리고 내 마음은 멋진 '송골매'가 '하얀 돌' 위에 앉아 있는 카자크 시대의 흑해로, 다시 아버지의 젊은 날로, 세바스토폴로 향했다……

나는 이렇게 아침을 하릴없이 보내고, 리숍스키의 작은 식당으로 가곤 했다. 즉 현실로, 이미 내게 익숙해진 테이블 대화와 논쟁으로 돌아갔다. 그다음에 나와 형은 쉬면서 작은 우리 방 침대에서 뒹굴며 쓸데없는 말을 지껄였다. 저녁을 먹은 후 우리 방의 문틈 사이로 유대인 음식 냄새가, 따스하고 향기로운 알칼리성 냄새가 유난히 진하게 스며들었다. 잠시 후에 우리는 일을 조금 했다. 나도 이따금 사무실에서 계산을 하거나 보고서 작성 등의 일감을 받곤 했다. 그러고 나서 우리는 다시 사람들을 만나러 어딘가로 갔다.

나는 한스키의 집에 가는 걸 좋아했다. 그는 훌륭한 음악가였는데, 가끔 우리를 위해 저녁 내내 연주했다. 그는 지금까지 내가 몰랐던 이상한 세계, 달콤하고 고통스럽게 고양된 세계를 열어 보여주었다. 나는 처음 몇 개의 건반 소리를 듣고 환희와 지독한 기쁨을 느끼면서, 즉시 음악과 어떤 순간의 시적 영감만이 줄 수 있는 환각들(지극히 행복하고 전지전능해질 수 있는 신성한 거짓 가능성) 가운데 가장 위대한 환각을 얻기 위하여 그 세계로 들어갔다! 극단적인 혁명적 견해를 갖고 있는 한스키—비록 그가 누구보다 드물고 절도 있게 혁명적 견해를 피력했지만—가 피아노 앞에 앉아 있는 모습을 보면 기분이 이상했다. 그의 입술은 타오르는 열정과 긴장으로 딱딱하게 굳어지고 까맣게 변했다. 그는 항상 이런 열정을 가지고 피아노를 연주했다. 피아노 소리는 어딘가로 흘러갔고, 그는 한 소절 한 소절씩 끈기 있게, 세련되고 경쾌하게, 미칠 듯이 즐겁게 연주했다. 그의 연주는 너무 무의미하고 신성하고 유쾌해서 거의 무서움을 느낄 정도였고, 내 마음속에 비극적이고 멋진 형상이 떠올랐다. 나는 언젠가 한스키가 반드시 미치고 말 거라고 생각했다. 그는 창문에 창살이 달린 좁은 감방에서, 회색 실내복을 입고 타는 듯한 입술과 황홀한 눈빛을 한 채, 여전히 무의미하고 즐겁고 기만적인 고양된 세계에서 음악도 없이 계속 살아갈 것이다……

한번은 한스키가 자기가 아직 젊었을 때 잘츠부르크에 있는 모차르트의 집에 가서 모차르트의 폭이 좁고 오래된 클라비코드와 그 옆 모차르트의 두개골이 놓여 있는 유리 진열장을 보았다고 말했다. 나는 잠시 생각했다. '아직 젊었을 때라고! 그럼 나는?' 너무나 씁쓸하고 심한 모욕을 느껴서 그 자리에 앉아 있을 수가 없었다. 나는 갑자기, 한순간도 허비하지 않고 어떤 시나 이야기를 쓰기 위해, 평범하지 않은 뭔가를 쓰기 위해, 금방 유명해지고 이름을 날리기 위해 집으로 달려가고 싶다는 뜨거운 욕망에 사로잡혔다. 또한 내 눈으로 직접 클라비코드와 두개골을 보러 잘츠부르크로 가고 싶다는 욕망에 사로잡혔다……

몇 년 후 나는 다른 은밀한 많은 꿈들과 함께 항상 내 마음속에 품고 있던 이 꿈을 실현했다. 나는 잘츠부르크도, 두개골도, 클라비코드도 보았다. 클라비코드의 건반들은 두개골과 똑같은 색깔이었다. 나는 줄곧 그것들 위로 몸을 숙여 정중하게 입을 맞추고 싶었다. 두개골 자체는 믿을 수 없을 만큼 작았는데, 꼭 어린아이의 두개골 같았다……

15

이른봄에 나는 크림으로 갔다.

나는 공짜 티켓을 얻었고 철도원을 사칭한 채 다른 사람 이름으로 여행해야 했다…… 나의 청춘은 심한 궁핍 속에서 흘러가고 있었다!

나는 길이가 엄청나게 긴 야간 우편열차의 매우 비좁고 더러운 칸에 몸을 싣고 출발했다. 지금까지 한 번도 이런 경험을 해본 적이 없었다. 이 열차는 이미 사람들을 가득 싣고 도착했는데, 하리코프의 플랫폼에서 일자리를 구하러 남쪽으로 가는 수많은 사람들이 다시 열차에 올라탔다. 사람들은 자루와 배낭, 배낭에 묶은 짚신과 각반을 들거나 메고 있었고, 주전자와 냄새나는 먹을거리—불그레한 잉어, 구운 계란—를 들고 있었다…… 게다가 이미 잠잘 시간이 지나서 나는 바로 잠을 이룰 수가 없었다. 그리고 긴 하루, 또 새로 맞이한 밤에도 잠을 자지 못했다…… 그러나 나는 무엇이든 맞을 준비가 되어 있었다. 저멀리 어디선가 아버지의 청춘이 나를 기다리고 있었다.

이 청춘의 비전은 어린 시절부터 내 마음속에 깃들어 있었다. 끝없이 아스라하고 맑은 가을날이었다. 그날은 매우 슬프지만 한없이 행복한 뭔가가 있었다. 바로 크림전쟁의 나날에 대한 나의 모호한 생각과 연관된 것이었다. 어떤 요새들, 어떤 습격, '농노제' 시대로 불리는 특이한 시대의 어떤 군인들, 말라호프 언덕에서 사망한 멋진 거인이자 대령인 삼촌 니콜라이 세르게예비치. 부유하고 훌륭한 삼촌에 대한 기억은 우리 가족에게는 일종의 전설이다. 무엇보다 그날 황량하고 맑은 해변 언덕의 돌들 사이에 아네모네 비슷한 흰 꽃들이 피어 있었다. 이 흰 꽃들이 해변의 언덕에서 자라고 있다고 생각했던 것은 틀림없이 어린 시절 어느 겨울날에 들었던 아버지의 말 때문이었다.

"우린 이때쯤 크림에 가서 꽃을 따 군복 속에 가득 넣곤 했지!"

그런데 현실에서 나는 무엇을 발견했던가?

지금도 기억하는데, 첫 밤을 지내고 맞이한 새벽에 나는 이미 하리코프에서 멀리 떨어진 초원의 간이역 비좁은 구석에서 깨어났다. 구석에서 촛불이 타들어가고 있었다. 태양은 아직 보이지 않았지만, 주위는 이미 훤히 밝았고 장밋빛을 띠고 있었다. 나는 이 장밋빛 속에서 난잡하게 잠자고 있는 사람들의 고통스럽고 추한 모습을 깜짝 놀라서 힐끗 쳐다보고는 즉시 창문을 열었다. 오, 정말로 아름다운 새벽노을이었다! 멀리 동쪽에서 장밋빛 불꽃이 타올랐고, 대기는 이른봄, 초원의 새벽에만 느낄 수 있는 놀라운 신선함과 맑음으로 가득차 있었다. 이 고요 속에서, 하늘에서 보이지 않는 종달새들이 신선하고 달콤한 봄노래를 불러댔고, 우리가 타고 온 기차는 움직이지 않는 벽처럼 좌우로 길게 뻗어 있었다. 기차에서 두어 걸음 떨어진 곳에 가없이 펼쳐진 수면처럼 매끄러운 초원에서 커다란 분묘가 나를 쳐다보았다⋯⋯ 지금까지도 나는 무엇 때문에 내가 그토록 놀랐는지 이해할 수 없다. 아주 분명하고 부드러운 윤곽으로 보아, 무엇보다 그 속에 숨겨진 것으로 보아 분묘는 다른 무엇과도 달랐다. 비록 단순하지만 그 분묘에는 절대 평범하지 않고 아주 오래된 뭔가가 있었다. 그것은 모든 살아 있는 것과 현대적인 것에는 한없이 낯설어 보이면서도 동시에 왠지 아주 낯익고 가깝고 친밀하게 느껴졌다.

"이봐, 옛날에 사람들을 어떻게 묻었는지 보게." 멀리 떨어진 구석에서 어떤 노인이 내게 말했다. 이 노인 혼자만 잠을 자지 않고 등을 굽히고 앉아서 갈가리 찢어진 송아지 가죽 모자 밑으로 퉁퉁 부은 눈물 어린 눈을 빛내며 파이프를 열심히 빨아대고 있었다. 노인의 얼굴은 온통 붉고 주름투성이였으며 무성하게 자란 잿빛 수염으로 지저분하게 뒤덮여 있었다. "옛날에는 사람들을 기억하기 위해 땅속에 묻었지!" 노인은 확실히 말했다. "그들은 부유했어."

잠시 침묵한 뒤 노인이 덧붙여 말했다.

"아마도 타타르인들이 우리를 그렇게 묻었을 거야. 세상에는 온갖 일들이 일어나지. 나쁜 일도 일어나고, 좋은 일도 일어나고……"

둘째 날 새벽은 정겹고 더욱 놀라웠다. 나는 또다시 갑자기 어떤 역에서 잠을 깼고, 천국의 뭔가를 보았다. 하얀 여름 아침이었다. 여기는 벌써 완연한 여름이었다. 뭔가 아주 촘촘하게 꽃을 피우고, 이슬이 맺히고 향기로웠다. 온통 장미로 뒤덮인 자그마한 하얀 역이었다. 역 위쪽에는 수목으로 덮인, 깎아지른 듯이 솟은 절벽이 있고, 반대편 절벽에도 꽃이 핀 수목들이 무성했다…… 기관차가 출발하면서 왠지 전혀 다르게, 즐겁고 마치 깜짝 놀란 듯이 낭랑하게 경적을 울렸다. 기차가 다시 탁 트인 공간으로 빠져나왔다. 그때 저 앞에 보이는, 나무들이 빽빽한 인적 없는 언덕 너머에서 뭔가 짙푸르고 거무칙칙한 것이, 축축하고 까만 밤의 심연에서 방금 빠져나왔지만 여전히 어둡고 축축하고 흐릿한 것이 지평선에 떠오르는 어둡고 거대한 황야처럼 갑자기 나를 바라보았다. 나는 공포와 더불어 기쁨을 느끼며 그것을 알아보았다. 정말로 나는 그것을 기억하고 알아보았다!

나에게 세바스토폴은 거의 열대지방처럼 보였다. 부드러운 공기가 흠뻑 젖어들어 따뜻하게 데워진 참으로 화려한 기차역이었다! 기차역 앞의 레일은 얼마나 뜨겁고 얼마나 눈부시게 빛났던가! 하늘은 찌는 듯한 무더위로 창백하고 잿빛으로 보였지만 그 속에는 화려함, 행복, 남방의 기운이 스며 있었다. 우리가 가져온 거대하고 거친 것들은 죄다 길 위에서 녹아버렸다. 여기에서 나는 다시 진짜 이름을 되찾았고, 거의 나 혼자 기차에서 걸어나와 피로와 허기로 비틀거리며 일등실 대합실로 갔다. 정오였다. 사방이 텅 비었고, 거대한 간이식당 홀(특급열차를 타고 여기에 도착한 부유하고 자유롭고 저명한 사람들의 세계!)은 깨끗하고 조용했으며 하얀 식탁에 놓인 꽃병과 가지 달린 촛대가 빛나고 있었다…… 나는 기차를 타고 오는 내내 거지처럼 절약했지만 더이상 참을 수가 없었다. 커피와 흰 빵을 주문했다. 사람들이 나를 흘금흘금 쳐다보면서 주문한 것을 가져다주었다. 내 행색은 정말로 의심을 살 만했다. 그러나 어쨌든 나는 다시 나로 돌아왔다. 나는 고요와 깨끗함을 만끽했다. 뜨거운 공기가 창문과 문을 통해 불어왔다. 그때 갑자기 나는 밝은 플랫폼 쪽으로 열린 문을 통해 뜻하지 않게, 그러나 아주 태연하게 대합실로 걸어들어오는, 작은 암컷 뿔닭 같은 알록달록한 뭔가를 보았다…… 이때부터 남쪽의 기차역에 대한 나의 개념은 항상 이 알록달록한 것과 연결되었다.

그러나 내가 찾아 나섰던 것은 대체 어디에 있었던가? 세바스토폴에는 대포로 파괴된 집도, 정적도, 폐허도 없었다. 당번병, 식료 저장고, 군인 숙사 등 아버지와 니콜라이 세르게예비치 시대의 유물은 전혀 없었다. 도시의 생활은 오래전부터 이런 것들 없이 지속되고 있었다. 새로 건설된 도시는 하얗고 화려하며, 우아하고 무더웠다. 남방 아카시아의 밝은 녹음으로 뒤덮인 거리에는 하얀 차양이 달린 널찍한 반半포장마차와 카라임들*과 그리스인들이 무리 지어 돌아다녔고, 웅장한 담뱃가게도 있었다. 그라프스카야 부두와 그 부두의 녹색 바닷물에 정박해 있는 전함 쪽으로 이어지는 계단 옆 광장에는 구부정한 나히모프**의 동상이 서 있었다. 단지 이 녹색 바닷물 너머에 아버지를 생각나게 하는 뭔가가 있었다. 북방, 즉 형제의 무덤이라고 불리는 장소였다. 단지 그곳에서만 아주 먼 과거의, 지금은 이미 평화롭고 영원해진 것이 자아내는 슬픔과 매혹이 풍겨왔다. 마치 나만이 간직하고 있고, 우리 모두가 오래전에 잊었던 슬픔과 매혹 같은 것이……

나는 더 멀리 길을 떠났다. 교외의 싸구려 여관에서 밤을 보내고, 아침 일찍 세바스토폴을 떠났다. 정오엔 이미 발라클라바를 통과했다. 이 민둥산의 세계는 너무나 이상했다! 하얀 대로는 끝이 없고, 앞쪽에는 벌거벗은 잿빛 계곡과 크고 둥근 회색 빵덩어리 같은 멀고 가까운 산봉우리들이 있었다. 이 산봉우리들이 어딘가로 연이어 사라지면서 연보랏빛 회색 덩어리와 열정적이고 신비한 꿈을 품고서 어딘가로 가자고 나를 끈덕지게 부르고 있었다…… 나는 돌이 많은 거대한 계곡 사이에 앉아 쉬었다. 손에 긴 갈고리를 든 타타르 양치기 소년이 저멀리, 촘촘히 흩어진 조약돌 같은 잿빛 양떼 주변에 서 있었다. 양치기는 뭔가를 씹고 있었다. 나는 양치기에게 다가갔고, 그가 양젖으로 만든 치즈와 빵을 먹고 있는 것을 보고는 20코페이카짜리 은화를 꺼냈다.

---

* 언제부터인지는 모르지만, 크림반도에서 살았던 유대인 근본주의자들의 소집단.

** 러시아 해군 제독으로, 크림전쟁 당시 시노프 만(灣) 전투에서 막강한 터키 해군을 격파하여 유명해졌다.

양치기는 내게서 눈길을 떼지 않고 계속 씹으면서 머리를 흔들더니, 어깨 너머로 매달린 자루를 몽땅 내게 건넸다. 나는 자루를 받아들었다. 양치기는 부드럽고 즐겁게 이를 드러냈고, 검은 눈이 박힌 얼굴은 환하게 빛났다. 양치기의 둥근 모자 밑으로 삐죽 나온 귀가 뒤로 움직였다…… 삼두마차가 말굽 소리를 내고 방울 소리를 울리며 우리 옆의 하얀 대로를 따라 굴러가고 있었다. 마부석에는 타타르인 마부가 앉아 있었고, 마차에는 삼베 모자를 쓴 검은 눈썹의 노인이 타고 있었다. 노인 옆에는 온몸을 옷으로 감싼 채 몹시 창백한 노란 얼굴에 어둡고 무서운 눈을 한 소녀가 앉아 있었다…… 아마도 나는 몇 년 뒤, 그녀가 걸고 있던 대리석 십자가를 얄타 위쪽의 산 위에서, 다른 많은 십자가들 사이에서, 삼나무와 장미 아래에서, 남쪽 지방의 맑은 대낮에 부는 가볍고 신선한 해풍 속에서 여러 번 보았던 것 같다……

나는 바이다르 문 옆에 있는 역참의 현관 계단에서 밤을 보냈다. 역참지기는 내가 말을 사용하지 않으리라는 걸 알고는 나를 방안으로 들이지 않았다. 이 문 너머에서, 끝 모를 어둠의 심연 속에서 바다는 위협적이고 알 수 없는 위엄을 갖추고 영원히 졸린 듯이 밤새 철썩거렸다. 나는 이따금 문 아래로 걸어나갔다. 땅끝과 칠흑 같은 어둠이 보이고, 향긋한 안개 냄새와 차가운 파도 냄새가 진하게 풍겼다. 철썩거리는 파도 소리가 잦아들었다 커졌다 하면서 마치 야생 침엽수림이 내는 소음처럼 솟아올랐다…… 심연과 밤, 뭔가 맹목적이고 불안한 것, 어쩐지 태내에서 고통스럽게 살고 있는 듯한 적대적이고 무의미한 것……

16

사람들은 항상 어딘가에 갔다가 돌아오면서 자기가 없는 동안 무슨 일이 일어났을 테고, 특별한 편지와 소식이 와 있으리라 생각한다. 그러나 대개 아무 일도 일어나지 않고, 아무것도 와 있지 않다. 하지만 이번에 나의 경우는 그렇지 않았다. 형은 아주 당황하면서 나를 맞이했다. 첫째, 아버지가 바투리노를 팔아서 우리에게 약간의 돈을 보냈고, 매우 슬퍼하고 후회하면서 편지를 써 보냈던 것이다…… 잠시 나는 기쁨에 젖었다. 다시 어딘가로 떠날 수 있을 테니까. 그러나 금방 고통이 찾아왔다. 우리의 이전 생활은 완전히 끝난 것이다! 아버지, 어머니, 올랴에 대한 쓰라린 연민이 생겨났다. 이곳에서 우리는 즐겁고 근심이 없었으며, 우리에겐 봄과 사람들, 도시가 있었다. 그런데 그들은 인적이 드문 그곳에서 외롭게 살면서 우리만을 생각하고 있고, 머지않아 거처를 잃으리란 두려움에 잠겨 있다…… 나는 슬픔에 잠긴 아버지를 결코 편안한 마음으로 볼 수 없었고, '우리를 비렁뱅이로 만들었다'는 아버지의 변명을 들을 수가 없었다. 그 순간 나는 언제라도 아버지에게 달려가 바로 이 점에 대해 뜨겁게 감사하며 아버지의 손에 키스할 준비가 되어 있었다. 세바스토폴에 갔다 온 지금도, 나는 간신히 눈물을 참고 있었다…… 다행히 아버지는 저택은 빼고 땅만 팔게 되었다.

두번째 소식은 더욱 뜻밖이었다. 형은 이 소식을 전하면서 심히 당황했다. "이 사실을 숨겨온 날 용서해다오. 난 우리 식구들이 알기를 원하지 않았고, 지금도 원하지 않아…… 요는 내가 결혼했다는 거야…… 물론 교회에서 식을 올리진 않았어. 심지어 그녀는 아이를 위해 계속 남편과 함께 살고 있어. 하지만 넌 날 이해할 거야…… 지금 그녀는 하리코프에 있지만 내일 떠날 거야…… 옷을 갈아입고 지금 그녀에게 가자. 이미 널 알고 있고, 널 좋아하고 있어……"

형은 급하게 자기 이야기를 했다. 그녀는 부유한 귀족 가문 출신이었지만 열렬히 자유를 사랑하는 인민주의적인 열망 속에서 자랐다. 그녀는 오직 민중을 위해, 민중을 위한 투쟁 속에서 '사랑하는 사람과 손을 맞잡고' 살기 위해 일찍 결혼했다…… '사랑하는 사람'은 그녀 덕분에 부자가 된 후, 이전의 열망을 잊고 무심해졌다. 한편 그녀에게 이러한 열망은 아주 성스럽고 소중한 것으로, 어렸을 적부터 행복하게 살아온 그녀는 무척 고통스러워했다. 민중들이 모두 불행한데 자신은 행복한 것이 너무나 고통스럽고, 자신의 아름다움이 너무나 수치스러워서 한번은 스스로 불구자가 되려고 황산으로 손을 태우기도 했다. 모두들 이 행동을 몹시 칭찬했다…… 그녀는 형과 남쪽 지방에서 만났다. 그때 형은 남의 이름으로 숨어살고 있었다…… 형을 사랑한다는 사실을 깨달은 그녀는 절망감에 휩싸여 바다로 뛰어들었는데, 정말로 우연히 어부들에 의해 구조되었다……

나는 조용히 옷을 갈아입으면서, 너무나 흥분하여 시선을 옆으로 돌린 채 이 모든 얘기를 들었다. 정말 놀랐다. 나는 왠지 형이 불편하고 기분이 좋지 않았다. 내 마음속에서 형의 여주인공에 대한 적의가 일어났다. 이 모든 것은 너무나 낭만적이었다. 하지만 그녀가 묵고 있는 화려한 호텔 객실의 문지방을 넘자마자 나는 더욱더 놀랐다. 그녀는 나를 향해 재빨리 일어나서 아주 부드럽고 친근하게 나를 포옹했다!

상냥하고 멋지게 미소를 지었고, 아주 훌륭하고 편안하게 말했다! 그녀의 부드럽고 꾸밈없는 태도는 혈통과 교육과 아름다운 마음에서 우러나온 섬세함을 보여주었다. 그녀는 수줍어하고 여성스러웠는데 동시에 놀랍도록 자유분방한 매력을 지니고 있었다. 그녀의 움직임은 부드럽고 정확했다. 묵직하고 살짝 노래하는 듯한, 조화롭고 세련된 목소리에는 약간 슬프게 미소 짓는 까만 속눈썹 아래의 눈처럼 형언할 수 없는 매력이 깃들어 있었다……

이 갑작스러운 만남으로, 형에게 우리가 모르는 자신만의 내밀한 인생이 있고, 형이 우리 말고 다른 사람도 사랑하고 있다는 사실을 갑자기 알게 되어 나는 큰 상처를 입었다. 나는 나를 에워싸고 있는 봄의 한가운데에서 모든 젊음을 누리고 있었지만 동시에 다시 외로움을 느꼈고, 쓰라린 감정과 실망을 맛보았다. 하지만 나는 자신에게 말했다. '그래, 내게는 더 잘된 일이야. 이제 내게 막 열린 이 멋진 지방에서 완전히 자유다……' 나는 이 지방을 모든 남부 러시아의 끝없이 펼쳐진 봄의 광대한 공간이라고 공상했다. 이 지방은 고대의 모습과 현대적인 모습으로 더욱더 나를 사로잡았다. 아름다운 들판과 초원, 크고 작은 마을, 드네프르 강과 키예프, 강하고 부드러운 사람들이 살고 있는 광대하고 부유한 이 지역은 현대적인 면모를 보여주었다. 일상생활의 모든 면이 아름답고 깨끗했으며, 사람들은 다뉴브 강과 카르파티아 산맥에 살았던 진짜 슬라브인들의 후예였다. 슬라브 민족의 요람, 스뱌토폴크들과 이고리들, 페체네그인들과 폴로베츠인들은 고대의 특징을 보여주었다. 심지어 나는 이런 단어들만으로도 매혹되었다. 그리고 터키인들과 폴란드인들에 대항한 카자크인들의 전투, 포로기와 호르티

차, 헤르손*의 모래섬과 지류…… 나는 『이고리 원정기』에 완전히 넋을 빼앗겼다.

"나는 당신들, 러시아인들과 함께 폴로베츠의 땅 끝에 나의 창을 부러뜨리고 싶다…… 폭풍도 매들을 넓은 들판으로 몰아내지 못했다. 갈까마귀떼는 위대한 돈 강 쪽으로 달아났다…… 말들은 술라 너머에서 힝힝 울어댄다. 영광이 키예프에서 울려퍼진다. 노브고로드에서 나팔이 울리고, 푸티블에는 군기軍旗가 솟아 있다…… 그때 이고리 공이 황금 등자를 딛고 탁 트인 들판을 달렸다. 태양이 어둠을 이용해 그의 앞길을 가렸다. 밤이 천둥처럼 신음하며 새들을 깨웠다…… 디프가 나무 꼭대기에서 외쳐대며 미지의 땅들에게, 볼가와 포모리예에게, 술라와 수로지에게 말을 들으라고 명령했다……"**

"한밤중에 마차들이 풀어놓은 백조떼처럼 삐걱거린다. 이고리는 군대를 돈 강 쪽으로 이끌고 간다…… 독수리들이 날카로운 소리를 지르며 뼈의 향연에 짐승들을 부른다. 여우들이 진홍빛 방패를 향해 캥캥 울어댄다…… 오, 러시아 땅이여! 너는 이미 언덕 너머에 있구나……"

"다음날 아침 아주 이른 시각에 피로 물든 노을이 하루를 알린다. 먹구름이 바다에서 피어오르고, 그 사이로 푸른 번개가 몸을 떤다. 강력한 천둥이 내리치고, 화살이 비처럼 쏟아지리라……"

그리고 이어진다.

"노을이 드리워지기 훨씬 전에 요란하게 윙윙 울어대는 이것은 무엇

---

* 드네프르 강 하구 근처의 도시.

** 이하의 내용은 『이고리 원정기』에서 인용한 것이다. 고대 러시아어로 쓰여 있다.

일까?"

"스뱌토슬라브는 혼란스러운 꿈을 꾸었다. '키예프의 언덕에서, 사람들이 간밤에 주목朱木으로 만든 침대 위에서 내게 검은 옷을 입혔어. 사람들은 슬픔이 섞인 포도주를 내게 들이부었지……'"

"한밤에 바다가 분출했다…… 신은 이고리 공에게 폴로베츠 땅에서 벗어나 러시아 땅으로, 아버지의 황금 옥좌로 가는 길을 보여주었다. 저녁놀이 사라졌다. 이고리가 잠을 자다가 깨어난다. 이고리는 마음속으로 위대한 돈 강에서 작은 도네츠까지의 들판을 가늠해본다……"

곧 나는 다시 방랑길에 나섰고, 도네츠의 강변으로 갔다. 이고리 공은 옛날에 여기에서 "갈대숲으로 뛰어드는 담비처럼, 물위의 오리처럼" 포로 상태에서 도망쳐 나왔다. 그다음에 나는 드네프르 강으로 갔다. "이고리가 폴로베츠 땅을 가로질러 돌산을 빠져나갔던" 바로 그곳이다. 나는 끝없이 푸르른 드네프르 강변의 평원 한가운데 있는, 봄기운이 완연한 하얀 마을을 지나 위쪽으로 거슬러올라가 키예프 쪽으로 향했다. 당시 내 마음속에 이 봄과 이고리에 대한 노래와 함께 어떤 노래가 울려퍼졌는지 어떻게 말할 수 있겠는가? "태양은 하늘에서 빛나고, 이고리 공은 러시아 땅에 도착했다! 처녀들이 두나이 강변에서 노래를 부르니, 그 목소리가 바다 건너 키예프까지 뻗어나간다……"

나는 키예프에서 쿠르스크로, 푸티블로 갔다. "형제여, 그대의 빠른 말에 안장을 얹어라. 나의 말들은 그대를 위해 쿠르스크에서 미리 안장을 얹었다……" 코스트로마, 수즈달, 우글리치, 로스토프 벨리키*에

* '위대한 로스토프'라는 뜻으로 러시아의 도시 로스토프의 별칭이다.

대한 느낌은 몇 년이 지나서야 내 마음속에 싹텄다. 당시에 나는 다른 것에 매혹되어 살았다. 쿠르스크는 가장 따분한 현의 수도였고, 먼지가 자욱한 푸티블은 사실 이보다 더 따분했다! 당시, 초원의 아침놀 속에서 말뚝이 박힌 흙벽 위에 '야로슬라브나의 목소리'가 들렸던 시절에는 이렇게 황량하지도 않고 먼지도 없었단 말인가?

"이른 아침에 야로슬라브나는 푸티블을 애도한다. '나는 날아갈 거야, 다뉴브 강을 따라 뻐꾸기처럼. 나는 카얄라 강에 비버 모피로 만든 소맷자락을 적셔서 공후의 피 묻은 상처를 닦아줄 거야……'"

17

이 길을 따라 나는 집으로 돌아가고 있었다. 심지어 서두르기까지 했다. 유랑에 대한 열정이 잠시 다소 약해졌던 것이다. 나는 휴식과 일을 원했다. 바투리노에서 나를 기다리고 있는 여름도 매혹적일 거라는 생각이 들었다. 그렇게 내 마음은 벅찬 희망과 계획, 운명에 대한 믿음으로 가득차 있었다. 그러나 다 알다시피, 운명에 대한 지나친 믿음보다 더 위험한 것은 없다……

간단히 말해, 나는 집으로 돌아가는 중에 잠시 오룔에 들렀다.

여기에서 나의 방랑이 거의 끝났음을 느꼈다. 몇 시간 후 나는 바투리노에 있게 될 것이다. 그래서 레스코프와 투르게네프의 도시인 오룔을 잠시 둘러보고, 편집국과 인쇄소가 도대체 어떤 곳인지 마지막으로 알아보는 일만 남았다.

나는 이상한 활기를 느꼈다. 그러나 시장 다섯 군데를 돌아다닌 후에 집시처럼 얼굴이 까매졌고 해쓱해졌다. 나는 많이 걸어다녔고, 드네프르 강에서 마음껏 배를 탔고, 줄곧 갑판 위 태양의 유쾌한 열기 속에서, 눈부시게 빛나는 물과 작열하는 기선의 굴뚝을 바라보았다. 기선의 굴뚝 위에서 아주 가는 유리 같은 것이 답답한 공기와 사람들과 엔진과 부엌에서 나는 짙은 열기 속에서 온종일 떨면서 녹아내렸다. 그렇기 때문에 나는 자신에게 조금이라도 보상을 해야만 했다. 그래서 오률에 내려서 가장 좋은 호텔로 데려다달라고 마부에게 일렀다…… 먼지로 뽀얀 연보랏빛 어스름이 깔렸고, 사방에 저녁 불빛이 켜져 있었다. 강 건너 도시의 공원에서 취주악이 연주되고 있었다…… 낯선 대도시의 저녁에, 완전한 고독 속에서 경험하는 모호하고 달콤하며 흥분된 감정을 누구나 알고 있으리라. 나는 이러한 기분을 느끼면서 마부가 나를 데려간, 오래되고 훌륭한 현縣 호텔의 텅 빈 식당에서 식사를 했다. 잠시 후, 나는 호텔방의 철제 발코니에 앉아 있었다. 나무 아래에서 가로등이 빛났고, 속이 훤히 비쳐 보이는 초록빛 나뭇잎들이 이 가로등 불빛 때문에 금속처럼 보였다. 아래쪽에서는 사람들이 얘기하고 웃으면서, 담배에 불을 붙인 채 앞뒤로 걸어다니고 있었다. 맞은편에 있는 커다란 집의 창문은 열려 있었다. 창문 너머로 불 켜진 방과 차탁 앞에 앉아 있는 사람들, 혹은 뭔가를 하고 있는 사람들이 보였다. 사람들은 이런 시간에 유난히 예리한 관찰력으로 누군가의 낯설고 매력적인 생활을 바라보게 된다…… 이후에 나는 끝없이 세상을 떠돌아다니면서, 이처럼 외롭고 고요한 시간을, 그리고 관찰의 시간을 많이 보냈다. 아주 쓰라린 경험에서 길어올린 나의 지혜는 이런 시간들에 많이 빚지고 있다. 그러나 오룔에서 보낸 따스한 밤, 연대의 악대가 연주하는 낭랑하고 나른한 멜로디가, 때론 슬프고 환희에 찬 시끄러운 멜로디가 강 건너에서 들려오던 그날 밤에 나는 지혜에 대해 생각할 겨를이 전혀 없었다……

그동안의 여행에서 나는 사람답게 잠을 자는 것에 전혀 익숙지 않았다. 그날 밤 안락하고 깨끗한 커다란 침대, 내 방의 어둠과 고요와 널찍한 공간이 심지어 이상해 보이기까지 했다. 나는 여행길에서처럼 잠에서 깨어났다. 막 동이 트고 있었다. 내가 아주 부적절한 시간에 〈목소리〉의 편집국에 도착한 것은 이 때문이다.

무더운 아침이었다. 하얗고 살풍경한 중심가는 아직 텅 비어 있었다. 전혀 예의에 벗어나지 않고 편집국에 찾아갈 수 있는 시간을 가능한 한 맞추기 위해, 나는 우선 거리를 따라 아래쪽으로 걸어가서 어떤 다리를 건넜고, 온갖 오래된 창고와 저장소, 금속 장식 상점, 철물점, 화학제품 상점, 식민지에서 들어온 상품을 파는 상점, 대체로 중후한 부유함이 넘쳐나는 커다란 상가로 걸어나왔다. 당시 러시아 도시들은 이런 부유함으로 가득차 있었다. 이런 풍요로움과 짙은 아침 햇살에 걸맞게 오를리크 강변의 육중하고 높이 솟은 성당에서 아침 예배를 알리는 종소리가 굵고 묵직하게, 장엄하고 다정하게 울려퍼졌다. 뎅그렁 뎅그렁 울리는 종소리를 들으면서—이 종소리는 심지어 내 마음속에서도 울렸다—나는 다리 하나를 또 건너서 니콜라이 황제와 알렉산드르 황제 시대의 관청과 집들이 있는 언덕을 향해 올라갔다. 이 건물들 앞에 길고 밝은 광장을 따라 좌우로 아침처럼 신선하고 투명한 그림자를 드리운 피나무들이 죽 늘어선 가로숫길이 뻗어 있었다. 나는 〈목소리〉의 편집국이 있는 거리를 알고 있었기에, 길에서 만난 사람에게 편집국이 멀리 떨어져 있는지 물어보았다.

"저기 아주 가까운 데 있어요." 행인이 내게 말했다. 갑자기 가슴이 두근거렸다. 이제 편집국에 도착하게 되는 것이다!

편집국은 수수했고, 진짜 지방의 편집국다웠다. 광장 너머로 정원이 연이어 있었고, 나무 그림자가 짙게 드리워진 조용한 거리는 정원 속에 파묻혀 무성한 풀로 뒤덮여 있었다. 이 거리의 넓은 정원에 긴 회색 집이 자리잡았는데, 거기에 편집국이 있었다. 나는 그 집으로 다가가서 거리를 향해 반쯤 열린 문을 보았고, 조그만 종 손잡이를 잡아당겼다…… 저멀리 어딘가에서 종이 쩔그렁하고 울렸지만 아무런 반응이 없었다. 집에는 사람이 살지 않는 것 같았고, 주변 풍경은 황량했다. 정적, 정원, 지방 초원 도시의 정겹고 맑은 아침…… 나는 다시 한번 종을 울렸고, 잠시 기다렸다가 마침내 안으로 들어가기로 결심했다. 긴 현관이 안쪽 어딘가로 깊숙이 나 있었다. 나는 현관으로 걸어들어가 나지막하고 아주 지저분한 커다란 홀을 보았다. 홀에는 온통 기계들로 가득했고, 찢어진 기름종이들이 여기저기 흩어져 짓밟혀 있었다. 기계들은 계속 움직였고, 검은 롤러 아래 검은 납판을 앞뒤로 굴리고 격자 같은 것을 규칙적으로 올렸다 내렸다 하면서 커다란 종이를 한 장씩 옆에 쌓아놓으며 규칙적으로 우르릉우르릉 소리를 냈다. 종이 아래쪽은 하얗고, 위쪽은 마치 알곡처럼 빛나는 철갑상어 알 같은 것으로 뒤덮여 있었다. 이 기계들에서 시끄럽게 나는 우르릉우르릉 소리가 인쇄공들과 식자공들이 서로 외쳐 부르는 소리와 이따금 뒤섞였다. 향기로운 바람 냄새, 신선한 물감 냄새, 종이와 납냄새, 등유와 기름 냄새가 독하고 기분좋게 풍겨났다. 이런 것들은 즉시 내게(그리고 이미 영원히) 아주 특별한 것이 되었다.

"편집국요?" 누군가 바람 소리, 소음, 우르릉우르릉 소리 때문에 화를 내듯이 내게 소리쳤다. "여긴 인쇄소요! 이봐, 이 사람을 편집국으로 데려가!"

둥근 머리에 납빛 머리칼을 고슴도치처럼 산발한, 행색이 지저분한 소년이 어딘가에서 내게 달려왔다.

"이리로 오세요!"

나는 흥분하면서 서둘러 소년을 뒤쫓아 현관으로 가서, 곧 편집국의 커다란 응접실에 앉았다. 편집자는 아주 귀엽고 작은 젊은 여자였다. 잠시 후, 나는 아주 편안하게 커피를 마시며 식당에 앉아 있었다. 그녀는 계속 날 대접하며 꼬치꼬치 캐물었고, 수도에서 발행되는 월간지에 발표된 내 시에 대해 몇 마디 칭찬의 말을 했다. 그리고 나더러 〈목소리〉에도 기고하라고 요청했다…… 나는 얼굴을 붉히고 고마움을 표하고 나서 어색하게 웃었다. 나는 생각지도 않았던 멋진 교제로 환희에 들떴고 기쁨을 억제하면서 입안에서 금방 사르르 녹는 구운 과자를 약간 떨리는 손으로 집어들었다…… 문 뒤에서 나는 활기찬 목소리를 듣고 이 여주인이 갑자기 이야기를 중단하더니 웃으면서 말했다.

"여기 우리 잠꾸러기 미녀들이 왔네! 이제 당신께 두 명의 매력적인 인물을 소개할게요. 내 종자매 리카와 그녀의 친구 사센카 오볼렌스카야예요……"

그녀의 말이 끝나자마자 둥그런 팔을 팔꿈치까지 드러낸 헐렁한 옷소매에 알록달록한 구슬과 리본이 달린, 화려하게 수를 놓은 러시아

옷을 입은 처녀 둘이 들어왔다……

18

아주 우연히 나를 덮쳐서, 처음엔 아주 행복하고 편안하고 쉽게 시작되었지만 이어 엄청난 고통과 슬픔을 가져다주었고, 정신적·육체적 힘을 모조리 빼앗아가버린 것에 나는 신속하고 무기력하고 몽롱하게 나 자신을 맡겨버렸다. 그 신속함, 무기력함, 몽롱함은 정말 놀라웠다!

왜 나는 리카*를 선택했던가? 오볼렌스카야도 리카 못지않게 아름다웠다. 그러나 들어오면서 리카는 오볼렌스카야보다 더 다정하고 더 주의깊게 나를 쳐다보았고, 더 수수하고 활기차게 말하기 시작했다…… 그런데 내가 누구와 이렇게 빨리 사랑에 빠진 적이 있었던가? 물론 나는 모든 것에 반했다. 갑자기 맞닥뜨린 젊고 여성스러운 느낌, 여주인의 슬리퍼, 온갖 구슬과 리본이 달리고 화려하게 수놓은 처녀들의 의상, 그들의 둥그런 팔과 길고 둥그스름한 무릎에 반했던 것이다. 그리고 밝은 정원 쪽으로 난 창문이 있는, 널찍하고 나지막한 시골풍의 방에도 반했다. 심지어 유모가 산책길에서 식당으로 데리고 들어온 얼굴이 새빨개진, 약간 땀이 난 소년도 마음에 들었다. 엄마가 입맞춤하며 재킷 단추를 풀어주는 동안 이 소년은 푸른 두 눈으로 진지하게 유심히 나를 바라보았다…… 즉시 식탁을 치우고 아침을 차리기 시작했

* 리카의 원형은 부닌이 〈오룔 통보〉에서 일하는 동안 만나 사랑에 빠진 바르바라 블라디미로브나 파셴코다.

다. 여주인은 내가 아침을 마다할 이유가 없고, 대체로 오룔을 빨리 떠날 필요가 없다고 생각했던 것이다. 리카는 내 모자를 빼앗고 피아노 앞에 앉아 〈강아지 왈츠〉를 치기 시작했다…… 간단히 말해 나는 세시가 되어서야 편집국에서 나왔다. 나는 이 모든 일들이 너무나 빨리 지나갔음을 알고 아주 깜짝 놀랐다. 이렇게 시간이 빨리 지나가다니…… 바로 이것이 이른바 사랑에 빠지는 첫 징조라는 걸 아직 모르고 있었다. 사랑의 시작은 항상 괜히 즐겁고 에테르에 취한 것과 비슷하다……

19

이렇게 시작된 또하나의 사랑은 내 인생의 대사건이 되도록 예정되어 있었다. 그 시작은 이중으로 놀라운 우연한 사건에 의해 특징지어졌다.

나는 연인들이 처음으로 이별할 때 느끼는 슬픔과 부드러움을 안고, 곧 다시 만난다는 뜨거운 희망을 품고 이미 내게 소중하고 친근해진 오룔을 떠났다. 그런데 왜 바로 이날, 아주 중요한 어떤 영구靈柩 열차가 오룔을 급히 지나야만 했던가! 그 영구 열차는 내가 타고 갈 기차가 떠나기 겨우 한 시간 전인 정각 두시에 지나갈 예정이었다. 그래서 나의 새로운 친구인 〈목소리〉의 여주인은 영구 열차를 맞이하는 자리에 참석해야만 했다. 그녀는 기차역에 나를 데리고 가서 진기한 구경거리를 보여주겠다고 제안했다. 그래서 오룔에서 늘 그랬듯이 역시 예기치 않게, 나는 플랫폼에 열을 지어 근엄하게 도열한 군인들 앞에 서 있었다. 많은 사람들이 이미 어딘가에서 출발해 가까이 다가오고 있는 장엄하고 무시무시한 열차의 도착을 기다리고 있었다. 많은 군중이 모여들었지만 그들은 주의깊게 선별된 사람들이었다. 나는 시와 현의 저명인사들, 연미복들, 수를 놓은 제복들, 삼각모들, 살찐 군 견장들, 고위 성직자들의 제의와 예모禮帽들 사이에 서 있었다. 이처럼 장엄하고 긴장된 집단 속에 끼어 있으면 사람은 누구나 금세 어떤 망연한 상태에 빠지게 된다. 그래서 나는 약 삼십 분 동안 플랫폼에 서 있다가 조기弔旗를 단 거대한 기관차가 마치 우리 모두와 역 전체를 덮치려는 듯이 덜컹덜컹 요란한 소리를 내며 갑자기 다가온 순간에야 비로소 정신을 차렸다. 잠시 후, 황금 독수리 문장에 크고 깨끗한 유리가 번쩍거리고 비단 커튼이 드리운 암청색의 화려한 뭔가가 눈앞에서 반짝이기 시작했다…… 이때 마중 나온 군중이 모두 뒤로 물러났다. 이어 부드럽고 정확하게 정차한 기차의 중간 객차에서 붉은 제복에 밝은 아맛빛 머리칼을 한 거대한 몸집의 젊은 경기병이 모습을 드러냈고, 플랫폼에 미리 깔아놓은 붉은 천 위로 걸음을 내디뎠다. 이 경기병의 얼굴선은 곧고 날카로웠고, 가는 콧구멍은 힘차지만 약간 거만하게 구부러졌고 턱은 살짝 앞으로 튀어나와 있었다. 나는 이 경기병의 엄청나게 큰 키와 긴 다리, 날카롭고 위풍당당한 시선, 무엇보다 짧고 곱슬곱슬한 밝은 아맛빛 머리칼과 오만하고 가볍게 뒤로 젖힌 머리를 보고 깜짝 놀랐다. 그의 뾰족하고 불그스레한 턱수염은 아름답고 튼튼하게 꼬여 있었다……*

* 이 젊은 경기병은 니콜라이 니콜라예비치 로마노프 공이다. 1915~17년에 러시아군 총사령관이었고 볼셰비키 혁명 이후에 프랑스로 망명했다. 지금 그는 자신의 아버지이자 알렉산드르 2세의 동생인 니콜라이 니콜라예비치 로마노프의 주검을 운반하고 있다.

그 무더운 봄날 내가 어디에서 어떻게, 다시 한번 그를 만나리라고 생각할 수 있었겠는가!

20

그후로 일생이 지나갔다.

러시아, 오룔, 봄…… 그리고 여기 프랑스, 남부, 지중해의 겨울 나날들.*

나와 그는 이미 오랫동안 외국에서 살고 있었다. 올겨울에 그는 가까운 이웃이 되었는데, 중병을 앓고 있다. 어느 날 아침, 나는 펼쳐 보던 프랑스 지방 신문을 갑자기 떨어뜨렸다. 종말. 나는 오랫동안 긴장된 마음으로 신문에서 그의 근황을 추적했고, 내가 사는 언덕에서 항상 그의 존재가 느껴지는, 불룩 튀어나온 곳을 늘 바라보았다. 이제 이 존재가 종말을 고한 것이다.

맑고 추운 아침이다. 나는 집에서 나와 계단 모양의 정원으로, 종려나무 아래 자잘한 자갈이 깔린 평지로 걸어나간다. 여기에서 계곡과 바다가 있는, 태양과 푸른 공기가 빛나는 지역 전체가 보인다. 광대한 숲이 있는 저지대의 땅, 물결치듯이 점점 높아지는 저지대의 언덕과 작은 계곡이 바다에서 내가 사는 알프스의 산기슭 쪽으로 뻗어 있다. 내 오른편 아래, 돌이 많은 가파른 능선 위에 프로방스의 가장 오래된

---

* 부닌은 『아르세니예프의 인생』 대부분을 프랑스 남부의 그라스에 있는 별장에서 썼다.

보금자리들 중 하나가 원시적이고 거친 사라센 탑이 있는 옛날 요새의 잔해 주변에 솟아 있었다. 즉 아주 조야한 회색 돌계단 같은 뭔가가 하나로 합쳐져 있고, 위에는 마치 녹슬고 거친 비늘 같은 기와가 얹혀 있다. 앞쪽 지평선에는 먼 바다의 희고 짙은 안개가 밝고 어렴풋한 하늘을 향해 높이 솟아오르고 있다. 약간 왼쪽으로 곱사등같이 생긴 곶이 자기를 희미하게 둘러싸고 있는 아침 바다의 광채에 잠겨 있다…… 나는 오랫동안 그쪽을 바라본다. 이따금 남부 프랑스의 서북풍이 정원으로 불어와 딱딱하고 긴 종려나무 잎사귀를 흔들면서, 마치 묘지 앞의 화환처럼 잎사귀 사이에서 메마르고 뜨겁고 차갑게 사각거리는 소리를 낸다…… 저기로 가야만 하나? 인생에서 단지 두 번 만났는데, 두 번 다 죽음과 함께했다는 것이 믿을 수 없을 만큼 이상하다. 정말이지 모든 것이 이해가 되지 않는다. 지금 이렇게 눈부시게 빛나면서 저기 안개가 자욱한 밝은 산들을, 언젠가 이 산들을 보았을 모든 시대와 민족들에 대한 무심하고 행복한 꿈속으로 가라앉히는 이 태양이 언젠가 나와 그를 비추었던 바로 그 태양이란 말인가?

21

온종일 불어대는 서북풍, 종려나무 이파리가 날카롭게 사각거리는 소리, 눈부시게 빛나는 불안한 겨울 빛.

저녁 무렵에야 바람이 잦아드는 듯하다.

네시에 나는 이미 곶에 도착해서, 더 멀리 걸어간다.

길은 긴 거리를 따라 빽빽한 남쪽 정원 한가운데로 올라간다. 마침내 넓고 오래된 영지와 광활하고 드넓은 정원 깊숙한 곳에, 활짝 열린 대문 너머로 오래되고 침울한 종려나무가 심어진 긴 오솔길 끝에 커다란 하얀 집이 보인다. 초저녁 태양, 서쪽 하늘의 빛과 광채가 집 너머에 있다.

무엇보다 죽음으로 인해 모든 사람에게 활짝 열린 대문과 그 주변에서 있는 많은 자동차들이 기이해 보였다.

오솔길은 텅 비어 있고, 모든 사람은 이미 집안에 있다. 나는 재빨리 집 쪽으로 걸어간다. 발밑에서 자갈들이 사각거린다.

바깥 현관 부근도 텅 비어 있다. 이쪽인가?

이렇게 말한 이유는 갑자기 당혹스러움을 느꼈기 때문이다. 문득 나는 바깥 현관에서 꼬박 십 년 동안 보지 못했던 것을 본다. 이는 나의 전 생애가 갑자기 내 앞에 기적적으로 부활한 것처럼 나를 깜짝 놀라게 한다. 나는 군복을 입고 견장을 찬 눈이 맑은 러시아 장교를 보고 있다……

바깥 현관의 높은 유리문도 활짝 열려 있다. 문 뒤에는 어스레한 정문 현관과 더불어 비슷한 문들이 있다. 그리고 희미하고 커다란 프랑스식 살롱은 이상하고 아름답다. 비단 블라인드가 반원의 높은 유리창에 쳐져 있고, 블라인드에 가려진 태양빛이 석류처럼 붉게 유리창을 비춘다. 아직 매우 이른 시간인데도 특별히 불이 켜진 샹들리에가 천장 밑에서 담황색 진주처럼 빛나고 있다.

정문 현관에는 한 무리의 사람들이 조용히 서 있다. 나는 심히 체념한 표정을 짓고 두번째 문 쪽으로 나아가서 두 눈을 치켜뜬다. 나는 금세 지나치게 긴 관, 노란 참나무 석관 속에 누워 있는 황회색 얼굴, 로마노프가 특유의 넓은 이마, 아맛빛이 아니라 이미 잿빛으로 변한, 그러나 여전히 고압적이고 오만한 죽은 노인의 머리를 본다. 이미 잿빛으로 변한 턱수염은 살짝 앞으로 나와 있고, 섬세하게 파인 콧구멍은 남을 살짝 경멸하는 것 같다……

이어 나는 세부적인 것들을 보고 느낀다. 그렇다, 이상하고 희미한 빛, 초저녁 태양빛으로 붉게 물든 블라인드, 진주처럼 빛나는 샹들리에, 길쭉한 교회용 촛대에서 가늘고 창백하고 미세하게 떨리는 양초 불빛. 여기에서 사람들은 단지 벽을 따라 죽 늘어서 있고, 살롱의 중앙은 거의 '그'가 차지하고 있다. 벽 왼쪽, 거울이 달린 대리석 벽난로 옆에는 양옆이 넓은 이상한 모양의 노랗게 옻칠을 한 참나무 관 뚜껑이 똑바로 세워져 있다. 관머리 뒤쪽의 구석 깊숙한 곳, 오래된 은제 성상 앞의 작은 탁자 위에서 현수등이 마치 어린아이 침실에서처럼 수줍고 부드럽게 타오르고 있다.

나머지 공간은 거의 석관이 차지하고 있다. 석관도 이상하게 양 측면이 넓고, 길이가 지나치게 길고 깊다. 옻칠한 아름다운 새 관이 반짝인다. 관 안에 부드러운 하얀 벨벳을 두른 또하나의 아연 관이 들어 있어서 무시무시해 보인다. 관 주위에는 장교와 카자크인들로 구성된 의장병이 긴장한 채 멋진 부동자세로 얼어붙은 듯 서 있다. 의장병들이 칼집에서 빼낸 칼을 오른쪽 어깨 쪽으로 올리고, 구부린 왼손에는 모자를 들고 있다. 그들의 두 눈은 절대 복종의 정신과 준비 태세를 갖추고 있음을 아주 날카롭게 표하면서 그를 향하고 있다. 그 자신은 평범하지 않은 키를 최대한 쭉 뻗고 삼색 깃발로 몸을 절반만 가린 채 움직이지 않고 누워 있다. 이전에 그렇게도 밝고 곱게 빗어 넘긴 머리는 지금은 늙은이처럼 평범하고 서민적이다. 허옇게 센 머리칼은 가늘고 부드러우며 이마는 훤히 드러나 있다. 그의 머리는 커 보이고, 어깨는 어린아이처럼 야위고 좁아졌다. 그는 가슴에 게오르기 훈장만을 달고, 장식이 전혀 없는 낡고 아주 단순한 적회색의 깃 없는 긴 상의를 입고 누워 있다. 옷소매가 넓고 아주 짧아서 길고 평평한 손목을 어색하고 무겁게 포갠 크고 노리끼리한 팔이 드러나 있다. 두 손은 역시 늙었지만 여전히 강하고 딱딱하다. 한 손으로는 아토스 산에서 나는 삼나무로 만든, 오랜 세월이 지나 까매진 십자가를 마치 칼처럼 무서울 정도로 강하게 꽉 틀어쥐고 있다…… 나는 관으로 다가가 관 아랫부분에, 관 쪽으로 기대어 세워놓은 종려나무 가지와 화환 옆에 자리를 잡는다.

곧바로 미사가 시작된다. 안쪽 방에서 그와 가까운 사람들이 걸어나오고 신부가 제의를 입는다. 우리가 두 손으로 들고 있는 긴 양초가 따스하고 부드럽게 타오른다…… 이 모든 것—화음이 잘 맞는 나지막한 성가, 규칙적으로 짤그랑거리는 향로 소리, 이미 지상에서 수백만 번이나 울려퍼진 슬프고 순종적이며 애처롭고 감동적인 외침—은 나에게 너무나 익숙하다! 이런 기도에서는 이름만 바뀌는데, 때가 되면 모든 사람의 이름이 입에 올려진다!

"우리 하느님은 늘 자비로우십니다. 언제나 지금처럼 영원히……"

"평화 속에서 주님께 기도합시다……"

"영원히 잊을 수 없는 주님의 종을 위해……"

나는 언젠가 햇볕이 내리쬐던 무더운 날 오룔 역에 있던 사람을 지금도 늘 생각하고 있다. 이 선명한 모습은 단지 순간적으로만 문득 내 앞에 나타났다 사라진다. '그리스도의 위로를 갈망하는' 모든 대열에 새로 들어서서 이제는 '평화, 고요, 행복한 기억'을 기다리며, '영광스러운 주님의 무시무시한 권좌 옆에 무고하다고 인정받기를' 기대하는 "독실하고 위대한 황태자"를 위한 기도가 슬프고 조심스럽게 울려퍼진다…… 우리가 다가갈 수 없는 뭔가를 바라보고 있는 사자死者의 얼굴은 아직 표정이 풍부하지만 편안하고 온화하다. 볼록한 눈꺼풀은 닫혀 있고, 색이 바랜 꽉 다문 입술은 콧수염 밑에서 재처럼 하얗게 변해간다…… 나는 그의 넓고 노화된 관자놀이 위에 약간 부풀어오른 정맥을 본다. '내일이면 저 정맥들은 검어지겠지……' 하고 생각한다. 나는 그의 지나간 인생, 길고 복잡한 삶을 생각하면서 나 자신의 삶에 대해서도 생각해본다……

"다시 한번 당신의 종인 고인의 영혼이 평안하도록 기도합니다…… 그리고 그가 알게 모르게 지은 모든 죄를 용서해주십사 기도합시다……"

"하늘나라 왕국의 자비로우신 하느님이시여, 그의 죄를 용서해주시기를 불멸의 왕이신 우리의 주님께 간절히 기도합니다……"

잠시 후, 나의 눈길은 그의 다리를 반쯤 덮고 있는 삼색 깃발과 깃 없는 긴 상의에 다시 머문다. 나는 검은 십자가를 꼭 쥐고 있는 딱딱하게 굳은 그의 손을 본다. 그리고 긴장된 준비 태세 속에 굳어진 의장병의 얼굴, 내가 십 년 동안 보지 못했던 모자와 견장을 바라본다……

"말로 표현할 수 없는 당신의 영광스러운 모습이시여, 오, 주여, 당신의 피조물에게 관용을 베푸시어 갈망하는 고향을 허락하소서……"

우리 모두가 밖으로 나왔을 때는 이미 저녁이었다. 태양은 방금 저 너머, 검은 종려나무들 뒤로 기울었고, 짙은 분홍빛 노을이 하늘을 물들이고 있다. 저멀리, 우리 앞에 변함없는 지중해의 드넓은 해변 풍경이 펼쳐져 있다. 드넓은 해변 풍경을 배경으로, 흐릿하고 차가운 연보랏빛 동쪽 하늘에 버티고 선 알프스산맥의 눈 덮인 봉우리들이 모든 것을 죽은듯이 지배하고 있다. 살아 있는 모든 것들에 한없이 낯선, 음울하고 검붉은 산맥은 이미 빛을 잃어버리고 거친 겨울밤 속으로 사라지면서 밑에서부터 이미 회청색의 짙은 안개 속에 반쯤 잠겨버렸다. 밤이 다가오면서 산맥 아래 바다는 황량하고 차가운 푸른빛으로 변해갔다……

22

남부 프랑스의 건조하고 차가운 서북풍 때문에, 내가 사는 언덕의 모든 것이 밤새 윙윙 소리를 내며 포효하고 울부짖으며 날뛴다. 갑자기 나는 잠에서 깨어난다. 나는 죽은 사람을 위한 미사가 끝난 후, 고인과 작별하는 동안 친척들 가운데 마른 몸에 키가 큰 처녀가 마지막으로 그에게 작별하는 것을 방금 꿈속에서 보았거나 상상했다. 그녀는 온몸에 검은 옷을 걸치고 미사용 긴 베일을 쓰고 있었다. 아주 편안하게 그에게 다가가 아주 여성스럽고 사랑스럽게 몸을 굽혔다. 순간적으로 그녀가 쓴 베일의 가벼운 끝자락이 석관의 모서리와, 늙었지만 아직도 어린아이 같은, 긴 상의를 걸친 그의 어깨에 닿았다…… 건조하고 차가운 서북풍이 맹렬하게 불고, 종려나무 가지들이 사납게 소리를 내고 뒤엉키면서 마치 어딘가로 내달리는 것 같다…… 나는 자리에서 일어나 발코니 쪽으로 난 문을 간신히 연다. 냉기가 세차게 얼굴을 때리고, 머리 위로는 빨갛게 타오르는 희고 푸른 별들이 박힌 칠흑 같은 하늘이 넓게 펼쳐져 있다. 모든 것이 어딘가, 앞으로, 앞으로 내달리고 있다……

내 머리 위에서 타오르는 무섭고 애처로운 모든 것을 바라보면서 나는 천천히 성호를 긋는다.

제5권

1

내 첫 방랑의 봄날들은 내 젊은 수도승 생활의 마지막 나날이었다.

오룔에서 맞은 첫날, 나는 여행중에 그랬듯이 외롭고 자유롭고 편안하게, 호텔과 도시에 낯설어하며, 그리고 도시에서는 예외적인 이제 막 동이 트기 시작하는 시간에 깨어났다. 그러나 다음날에는 이미 다른 사람들처럼 더 늦게 일어났다. 나는 정성스레 옷을 차려입고 거울을 들여다보았다…… 어제 편집국에서는 집시처럼 햇볕에 탄 내 피부, 바람에 튼 여윈 얼굴, 헝클어진 머리칼에 당혹스러웠다. 단정하게 보일 필요가 있었고, 내 형편도 어제 갑자기 좋아졌다. 나는 함께 일하자는 제안을 받았을 뿐만 아니라 선불도 제안받았다. 얼굴이 뜨겁게 달아올랐지만 선불을 받았다. 나는 중심가로 나가 담뱃가게에 들러 비싼 담배 한 갑을 사고는 이발소로 갔고, 멋지게 다듬어진 향기나는 머리를 하고 항상 이발소에서 나올 때마다 느끼는 색다른 남성의 활력을 느꼈다. 나는 곧장 편집국으로 가고 싶었고, 한시라도 빨리 어제 운명이 베풀어준 새롭고 유쾌한 모든 인상을 지속시키고 싶었다. 하지만 지금 곧장 갈 수는 없는 노릇이었다. '왜, 그가 다시 왔어? 또 아침부터?!'라고 사람들은 말할 것이다. 나는 시내를 돌아다녔다. 처음에는 어제처럼 볼호프 거리를 따라 아래로 내려갔고, 그다음에는 기차역으로 통하는 상점들이 길게 늘어선 모스크바 거리를 따라 걸었다. 나는 먼지 쌓인 개선문을 지나 상가 거리가 황량하고 초라해지는 곳까지 걸었다. 모스크바 거리를 벗어나 더욱 초라한 푸시카리 마을*로 갔다가 다시 모스크바 거리로 돌아왔다. 그리고 모스크바 거리에서 오를리크 강 쪽으로 내려가 마차가 지날 때마다 흔들리고 삐걱대는 오래된 나무 다리를 건너 관청이 있는 쪽으로 올라갔다. 그때 모든 교회에서 종이 울렸고, 한 쌍의 커다란 검은 말이 끄는 포장마차가 가로숫길을 따라 내 쪽을 향해 달려왔다. 힘차면서도 고른 속도로 걸어가는 말의 걸음걸이가 계속 시끄럽게 울려대는 교회 종소리와 좋은 대조를 이루었다. 포장마차에 탄 대주교는 마주치는 모든 사람에게 자비로운 손짓으로 좌우로 성호를 긋고 있었다.

편집국은 사람들로 붐볐고, 자그마한 아빌로바는 큰 책상에 앉아 활기차게 일하고 있었다. 그녀는 나를 향해 그저 상냥하게 웃음 짓고는 곧바로 다시 책상으로 머리를 숙였다. 아침식사는 다시 길고도 즐거웠다. 아침식사 후에 나는 리카의 열정적인 피아노 연주를 듣고 나서 리

---

* 포수(砲手)들이 주로 모여 살았던 오룔의 근교 마을.

카와 오볼렌스카야와 함께 정원으로 나가 그네를 탔다. 차를 마신 후 아빌로바는 내게 집을 보여주면서 방마다 데리고 다녔다. 나는 그녀의 침실 벽에 걸린 초상화를 보았다. 액자 속에서 뼈가 앙상한 넓은 어깨에 안경을 쓰고 털이 많은 누군가 불만스럽게 바라보고 있었다. "죽은 남편이에요." 아빌로바가 덤덤하게 말했고, 나는 약간 망연해졌다. 이 폐병 환자와 갑자기 이 사람을 자기 남편이라고 부르는 활기차고 멋진 여자를 뭔가 하나로 결합시키는 불합리성에 깜짝 놀랐기 때문이다. 잠시 후 그녀는 다시 책상에 앉아 일하기 시작했다. 리카는 화려하게 차려입고서 내가 처음 알아챘을 때부터 거북함을 느꼈던 특이한 말투로 "자, 여러분, 난 사라집니다!" 하고 말하고는 어딘가로 가버렸다. 나는 오볼렌스카야와 함께 그녀의 일을 보러 나왔다. 카라체프 거리의 여자 재봉사에게 들러야 한다고 말하면서 나더러 같이 가자고 했던 것이다. 이런 허물없는 제안으로 갑자기 친밀감이 형성되었고 나는 기분이 좋았다. 나는 오볼렌스카야와 나란히 시내를 걸으면서 그녀의 또렷한 목소리에 귀를 기울였다. 여자 재봉사의 집에서 나는 특별한 기쁨을 느끼면서 그들이 대화와 의논을 마칠 때까지 참을성 있게 선 채로 기다렸다. 우리가 다시 카라체프 거리로 나왔을 때는 이미 저녁이었다. "투르게네프 좋아하세요?" 그녀가 물었다. 나는 머뭇거렸다. 사람들은 내가 시골에서 태어나 자랐으므로, 투르게네프를 반드시 좋아할 거라고 생각하면서 늘 이런 질문을 했기 때문이다. "음, 상관없어요. 어쨌든 이건 당신에게 흥미 있을 거예요. 이 근방에 『귀족의 보금자리』*에서

* 투르게네프가 1859년 『동시대인』에 발표한 소설로, 슬라브주의적 이상주의자인 라브레츠키와 귀족 처녀인 리자의 사랑과 좌절을 통해 1840년대 슬라브주의적 이상주의자

묘사된 듯한 저택**이 있거든요. 보고 싶죠?" 우리는 교외 어딘가로, 정원 속에 파묻힌 쓸쓸한 거리로 갔다. 오를리크 강 위쪽 낭떠러지 위에 자리잡은 오래된 정원은 4월의 푸릇푸릇한 어린 초목으로 덮여 있었고, 오래전부터 사람이 살지 않고 굴뚝이 반쯤 무너진 집은 허옇게 보였다. 반쯤 무너진 굴뚝에는 갈까마귀들이 이미 둥지를 틀고 있었다. 우리는 잠시 걸음을 멈추고 낮은 울타리 너머, 해질 무렵의 맑은 하늘 아래 수놓은 듯한 성긴 정원 사이로 집을 바라보았다…… 리자, 라브레츠키, 렘므***…… 나는 열정적으로 사랑하고 싶어졌다.

저녁에 우리는 모두 시내 공원의 여름 극장에 갔다. 나는 어스름 속 다정한 분위기에서 리카와 나란히 앉아 오케스트라 연주와 무대에서 진행되는 온갖 시끄러운 행위를 즐겼다. 아래쪽 밝은 광장에서는 멋진 도회지 여자들과 황제의 기병들이 요란한 댄스음악에 맞춰 발을 구르며 빈 주석朱錫 술잔을 부딪치고 있었다. 연극이 끝난 후 우리는 이 공원에서 저녁을 먹었다. 나는 여자들과 함께 얼음에 재어둔 포도주 병을 앞에 놓고 사람들로 북적대는 널찍한 테라스에 앉았다. 아는 사람들이 계속 다가왔고, 그들은 나를 친구들에게 소개했다. 나에게 가볍게 인사하고는 더이상 관심을 보이지 않은 한 남자를 빼고 모두 나를

들의 사회적·역사적 활동과 의미를 그렸다. 투르게네프는 오룔에서 가까운 스파스코예의 영지에서 나고 자랐다. 일반적으로 부닌의 문체는 19세기 러시아 작가들 중에서 투르게네프와 가장 비슷하다고 평가되는데, 여기에서는 아르세니예프가 투르게네프에게 무관심한 태도를 보여 흥미롭다.

** 후에 부닌은 아내 베라 니콜라예브나와 함께 이 저택을 여러 번 둘러보았다.

*** 『귀족의 보금자리』에서 리자에게 피아노를 가르치는 독일 출신의 낭만주의적이고 고집 센 늙은 음악가. 리자를 향한 따스한 사랑을 마음속에 간직하고 있다.

다정하게 대했다. 후에 이 남자는 내게 상당히 많은 정신적 고통을 안겨준—그는 내게 전혀 관심을 보이지 않았다—사람인데, 길쭉하고 윤기 없는 거무스름한 얼굴에 움직이지 않는 검은 눈동자, 검고 짧은 볼수염을 기른 매우 키가 큰 장교였다. 그는 무릎 아래까지 내려오는 몸에 꼭 맞는 프록코트와 바짓단을 매는 끈이 달린 통이 좁은 바지를 입고 있었다. 리카는 아주 아름다운 이를 드러내 보이며 말도 많이 하고 많이 웃었다. 그녀는 모두가 황홀한 마음으로 자기를 바라보고 있다는 사실을 알았다. 나는 더이상 그들을 편안한 마음으로 바라볼 수 없었고, 그 장교가 우리 식탁에서 물러나며 커다란 손으로 잠시 리카의 손을 붙잡았을 때는 소름이 끼쳤다.

내가 떠나는 날에 처음으로 천둥이 쳤다. 나는 이 천둥, 나와 아빌로바를 역으로 데려다준 가벼운 사륜마차, 이 사륜마차와 일행에 대한 자부심, 그리고 나와 그녀의 첫 이별에서 비롯된 이상한 감정을 기억한다. 나는 이미 그녀를 향한 나의 공상적인 사랑을 완전히 믿고 있었다. 다른 모든 것을 압도하는 이 감정은 마치 내가 오룔에서 아주 운좋게 얻은 것만 같았다. 기차역 플랫폼에는 화려하게 치장한, 선택받은 사람들이 기차의 도착을 기다리며 무리 지어 있었다. 십자가와 향로를 손에 들고 화려한 교회 의상을 입은 성직자들이 사람들 앞에 서 있었다. 나는 그들의 모습이 대중의 모습과 비슷해서 깜짝 놀랐다. 마침내 대공*을 실은 기차가 육중하게 기차역에 굴러 들어왔다. 그 순간 기차에서 펄쩍 뛰어내린 선홍빛 머리칼을 한 거인의 붉은 경기병 제복이

* 니콜라이 1세의 아들인 니콜라이 니콜라예비치 대공을 말한다.

사람들의 눈을 부시게 했다. 어쩐지 모든 것이 뒤얽혀 뒤범벅이 되고만 듯했다. 나는 추도식의 음울하고 위협적인 장엄함만을 기억할 뿐이다. 잠시 후 검은 깃발을 단 기름투성이의 거대한 강철 기관차가 다시 굴뚝에서 수증기를 내뿜고 힘차고 거대한 굉음을 내며 덜컹거리기 시작했고, 연접봉連接棒이 하얀 강철의 반짝임 속에서 천천히 유연하게 뒤로 움직였다. 황금 독수리 문장을 단 거울 같은 푸른 객차의 벽이 빠르게 앞으로 지나갔다…… 나는 그 밑에서 점점 더 빨리 돌아가는, 쇠붙이로 주조한 바퀴와 브레이크와 용수철을 바라보았다. 남쪽의 크림에서 시작된 긴 여정에서 이 모든 것이 매혹적인 하얀 먼지로 온통 두껍게 덮여 있는 모습만이 보였다. 기차는 러시아를 가로질러 수도를 향해 장엄한 애도의 질주를 계속하면서 덜컹거리며 사라졌다. 나는 이 동화 같은 크림에, 전설적인 푸시킨의 그 황홀한 구르주프*의 나날들에 한껏 도취되어 있었다.

내가 타고 갈 수수한 지방 열차는 멀리 떨어진 옆 승강장에서 기다리고 있었다. 나는 벌써부터 기차에서 누리게 될 고독과 휴식이 반가웠다. 아빌로바는 줄곧 즐겁게 재잘거리고 곧 오룔에서 다시 보길 바란다면서 기차가 출발할 때까지 나와 함께 있었다. 그녀는 내 마음속의 달콤한 슬픔을 잘 알고 있다는 듯 미소 지었다. 세번째 벨소리가 울렸을 때 나는 그녀의 손에 뜨겁게 입맞춤했고, 그녀는 내 뺨에 입술을 댔다. 내가 기차로 펄쩍 뛰어오르자 기차가 덜컹거리며 움직이기 시작했다. 나는 창밖으로 몸을 쑥 내밀고 승강장에 서서 나를 향해 가볍게

* 푸시킨은 남부 유배중(1820~24)에 크림의 해변 휴양지인 구르주프를 방문했다. 구르주프는 리바디야의 로마노프 궁전에서 약 32킬로미터 떨어져 있다.

손을 흔드는 그녀의 모습이 점점 멀어져가는 것을 바라보았다……

내게는 이후의 여정이 모두 감동적으로 느껴졌다. 겨우 움직이더니 갑자기 속력을 내고 심하게 흔들리며 요란하게 기적을 울리는 이 짧은 기차도, 어인 일인지 기차가 하염없이 서 있는 인적 드문 역과 간이역도, 그리고 다시 나를 둘러싼 친숙한 것들—창가를 스쳐지나가는 들판의 비스듬한 언덕, 아직 헐벗어서 유난히 볼품이 없지만 조용히 봄을 기다리고 있는 벌거벗은 작은 자작나무 숲, 메마른 지평선—도 감동적이었다…… 나지막한 하늘이 내리깔린 창백한 저녁 역시 봄답게 서늘했다.

2

나는 오룔에서 꿈 하나를 가지고 왔다. 가능하면 빨리 오룔에서 시작한 일을 계속하는 꿈이었다. 그러나 차창을 통해 들판과 느릿느릿한 4월의 일몰을 바라보면서, 오룔에서 멀어질수록 그 꿈을 자주 잊곤 했다. 이제 객실은 완전히 어두워지고, 기차 왼편 창밖으로 지나가는 성긴 참나무 숲속에도 어스름이 깔린다. 옹이투성이의 벌거벗은 참나무는 겨울눈 속에서 방금 모습을 드러낸 지난해의 적갈색 잎들로 덮여 있다. 나는 자리에서 일어나 가방을 손에 들고 더욱 흥분한다. 여기가 벌써 수보틴 숲이고, 다음 역이 피사레보였기 때문이다. 기차는 어딘가 허공을 향해 슬프게 경적을 울린다. 나는 서둘러 승강구로 나간다. 대기는 손길이 닿지 않은 것처럼 축축하고 신선하며, 빗방울이 조금씩 떨어지기 시작한다. 역 앞에는 화물열차가 외롭게 서 있다. 기차가 화물열차 주변을 지나간다. 나는 아직도 천천히 움직이고 있는 기차에서 펄쩍 뛰어내린다. 나는 플랫폼을 따라 달려서, 희미하게 불이 켜져 있고 많은 농부들이 밟아서 더러워진 너무나 쓸쓸한 역을 지나 어두운 현관으로 빠져나왔다. 역 앞의 둥근 마당에 있는 꽃밭은 겨울에 쌓였던 눈이 녹아서 초라하고 지저분하다. 농부인 마부의 아둔한 말이 어둠 속에서 겨우 보인다. 때로는 몇 주 동안 손님 하나 잡지 못하고 허탕을 치는 이 농부가 전속력으로 달려와 내가 하는 모든 말에 흔쾌히 동의하고, 얼마를 주든지 나와 세상 끝까지라도 갈 태세다. "운이 좋으신 겁니다!" 잠시 후 나는 마부의 조그만 짐마차를 타고 흔들거리며 얌전히 간다. 처음엔 황량하고 어두운 마을을 지나가고, 이어—더욱더 천천히—모든 세계와 단절된 깜깜하고 고요한 들녘을 지나가고, 시커먼 바다 같은 땅을 지나간다. 시커먼 바다 같은 땅 저 너머 북서쪽의 먹구름 아래 끝없이 먼 곳에서 푸르스름한 뭔가가 희미하게 반짝인다. 밤의 들녘에서 불어오는, 비를 품은 4월의 부드러운 실바람이 얼굴에 부딪힌다. 멀리 어디선가 메추라기 한 마리가 바람 속에서 계속 위치를 바꾸며 탁탁 소리를 낸다. 나지막한 러시아의 하늘 아래 먹구름 속에서 성긴 별들이 깜박이고 있다…… 다시 메추라기, 봄, 대지 그리고 이전과 다름없는 쓸쓸하고 가난한 내 청춘! 길은 고통스러울 정도로 멀다. 러시아 농부와 10베르스타가 넘는 들판을 가는 여정은 결코 짧지 않다. 농부는 말이 없고 수수께끼 같다. 농부에게서 농가의 눅눅한 냄새와 다 해진 양가죽 반외투의 마른 가죽 냄새가 난다. 빨리 가자는 재촉에도 농부는 말이 없다. 경사가 완만한 언덕에 이르렀을 때 농부는 앞자리에서 펄쩍 뛰어내려 비틀거리며 간신히 움직이는 암말 옆에서 고삐를 손에 쥐고 고른 걸음으로 걸어간다. 농부는 얼굴을 옆으로 돌리고 있다…… 우리가 바실리옙스코예에 들어섰을 때는 이미 한밤중인 듯했다. 불빛이라곤 어디에도 없고 모든 것이 죽어 있는 듯하다. 눈이 어둠에 익숙해지자 넓은 거리에 늘어선 농가들과 농가 앞의 벌거벗은 버드나무 가지가 잘 보인다. 우리는 넓은 거리를 따라 마을로 들어간다. 잠시 후에는 저지대에 쌓인 4월의 습기 속으로 내려가고 있었다. 왼쪽엔 강 위에 걸친 다리가 있고, 오른쪽엔 음울하고 검은빛을 띤 저택으로 올라가는 길이 있다. 감각이 다시 아주 예민해진다. 모든 것이 너무나 익숙할 뿐 아니라 시골 봄의 어둠과 황량함과 차가움으로 인해 너무나 새롭게 느껴진다! 농부는 언덕으로 짐마차를 끌고 올라가면서 완전히 사색이 되었다. 갑자기 집 앞에 있는 작은 정원의 소나무 너머 유리창에서 불빛이 빛났다. 다행히 식구들은 아직 자고 있지 않다! 마침내 짐마차가 현관 계단 부근에 멈춰 섰을 때, 나는 기쁨, 초조함, 아이 같은 부끄러움에 휩싸였다. 나는 짐마차에서 내려 현관문을 열고 안으로 들어가서, 미소를 지으며 나를 들여다보는 사람들을 봐야 한다……

다음날 나는 바실리옙스코예에서 말을 타고, 그쳤다 내렸다 하는 조용하고 맑은 아침 가랑비를 맞으며 경작지와 휴한지를 지나갔다. 농부들이 밭을 갈고 씨를 뿌리고 있었다. 한 농부가 발가락이 안으로 굽은 하얀 발로 부드러운 밭고랑을 헛디디며 맨발로 쟁기질을 하고 있었고, 말은 등을 구부리고 있는 힘을 다해 밭고랑을 무너뜨리고 있었다. 쟁기 뒤쪽으로는 푸르스름한 갈까마귀 한 마리가 때때로 밭고랑에서 검붉은 벌레를 잡으며 배슬배슬 날고 있었다. 갈까마귀 뒤에서 모자를 쓰지 않은 노인이 파종용 바구니를 어깨에 메고 정확하고 큰 걸음으로 나아가면서 오른손을 점잖게 내젓고 정확하게 반원을 그리며 땅에 씨앗을 뿌리고 있었다.

바투리노에서는 가족들이 너무나 따스한 사랑과 기쁨으로 나를 맞아주어 마음이 아프기까지 했다. 무엇보다 어머니보다 여동생이 더 기뻐하는 모습을 보고 깜짝 놀랐다. 나는 이토록 매혹적인 기쁨과 사랑의 표현을 기대하지는 않았다. 여동생은 창문으로 나를 보자마자 너무나 기쁜 나머지 현관 계단으로 달려나왔다. 젊음이 넘치는 순수한 여동생은 모든 것이 너무나 매혹적이었다. 이날 나를 위해 처음으로 입은 새 원피스조차도 너무나 순결하고 신선해 보였다. 아름답고 투박한 오래된 집도 나를 황홀하게 했다. 내 방의 모든 물건은 마치 내가 방금 방에서 나온 것처럼 그대로였다. 모든 것이 제자리에 그대로 있었다. 심지어 철 촛대에 꽂힌 반쯤 타들어간 수지獸脂 양초도 내가 떠나던 겨울날 책상 위에 있던 자리에 그대로 있었다. 나는 안으로 들어가 주변을 둘러보았다. 구석에 검은 성상이 있고, 상단에 보라색과 진홍색 색유리를 낀 고풍스러운 유리창 너머로 나무들과 하늘이 보인다. 군데군데 하늘색으로 빛나는 하늘은 푸르러지는 나뭇가지에 가랑비를 뿌리고 있다. 방안의 모든 것이 약간 침침하고 널찍하고 깊다…… 어둡고 매끈한 나무로 만든 천장, 마찬가지로 어둡고 매끈한 통나무로 만든 벽…… 참나무 침대의 둥근 머리판도 매끄럽고 묵직하다.

3

어떤 사무를 처리하려고 나는 다시 오률에 가게 되었다. 우리는 은행에 이자를 내야 했다. 나는 돈을 가지고 갔지만 이자의 일부만 내고 나머지는 다 써버렸다. 이건 웃을 일이 아니라, 내게 무슨 일이 있었던 것이다. 나는 이 일을 심각하게 생각하지는 않았다. 나는 항상 어리석고 낙천적으로 행동했다. 나는 오률행 여객열차를 놓쳐서 재빨리 화물열차에 자리를 잡았다. 높다란 쇠발판을 밟고 거칠고 더러운 장소로 기어들어가 선 채로 주변을 바라보던 것을 지금도 기억한다. 기관사들은 형용할 수 없을 만큼 기름때가 덕지덕지 묻고 양철처럼 반짝이는 뭔가를 걸치고 있다. 그들의 얼굴은 기름때가 묻어 반짝반짝 빛나고, 눈자위는 흑인처럼 놀랍도록 선명하며, 눈꺼풀은 배우들처럼 일부러 까맣게 분장이라도 한 것 같다. 젊은 기관사는 쇠 삽을 휘둘러 구석에 쌓여 있는 석탄을 재빨리 퍼내 요란하게 화실 아궁이로 내던진다. 아궁이에서는 시뻘건 불길이 무섭게 솟구친다. 젊은 기관사는 시커먼 석탄을 삽으로 떠서 이 지옥의 불길을 잠재운다. 늙은 기관사는 기름때가 덕지덕지 묻은 끔찍한 걸레로 손가락을 닦고서 걸레를 휙 내던지고는 뭔가를 잡아당기고 돌린다…… 귀청이 찢어질 듯한 기적이 울리고, 기적 소리가 나는 쪽에서 눈을 뜰 수 없을 만큼 수증기가 뜨겁게 피어올라 사방을 휩싸고, 갑자기 엄청나게 요란한 소리에 귀가 멍멍해진다. 화물열차는 천천히 앞으로 나아간다…… 잠시 후 이 굉음이 맹렬하게 울려퍼지면서 화물열차는 더욱더 힘차고 빠르게 질주하고, 주변의 모든 것이 흔들리고 진동하며 튀어오른다! 시간은 정지되고 긴장되어 돌처럼 굳어진다. 화물열차는 불을 내뿜으며 질주하는 용처럼 양쪽으로 고르게 흔들리며 언덕으로 올라간다. 역과 역 사이의 매 구간은 너무나 빨리 끝난다! 한 구간의 질주가 끝나고 기차가 멈춘 후 짧은 휴식 시간인 밤의 평화로운 정적 속에서 숲냄새가 풍겨나고, 축하라도 하는 듯한 꾀꼬리 노래가 행복하게 주변의 모든 숲에서 울려퍼진다…… 오룔에서 나는 아주 야하게 옷을 입었다. 부드럽고 화려한 장화, 얇은 검정 반외투, 앞가슴이 비스듬히 트인 붉은 실크 셔츠, 붉은 테를 두른 검정 귀족 모자로 치장했다. 값비싼 기병대 안장도 샀다. 뽀드득거리고 향기나는 가죽으로 만들어진 이 안장이 너무나 멋지고 기분이 좋아 집으로 돌아와서도 밤에 잠을 이룰 수가 없었다. 나는 말 한 필을 더 사기 위해 다시 피사레보에 갔다. 그때 피사레보 마을에서는 마시장이 열리고 있었다. 마시장에서는 나처럼 반외투에 귀족 모자를 쓴 내 또래들과 사귀었다. 마시장의 오래된 단골들이었다. 집시가 "나리, 이 미샤를 사세요. 이 미샤 때문에 평생 절 사랑하게 될 겁니다"라고 말하면서 기진맥진한 돈 강 지방산 거세마를 팔려고 필사적으로 달라붙었지만, 나는 그들의 도움으로 어린 순종 암말을 샀다. 그후 여름은 내게 긴 축제였다. 나는 바투리노에서 내리 사흘 이상을 보내지 않았고 항상 새로 사귄 친구들 집을 방문하곤 했다. 그러나 리카가 오룔에서 돌아왔을 때 나는 시내에 눌러앉게 되었다. '돌아왔고, 만남을 갈망하고 있어'라는 그녀의 짧은 메모를 받자마자, 메모에 적힌 어쭙잖은 농담이 불쾌하고 벌써 저녁이 되어 먹구름이 몰려오고 있었지만, 즉시 역으로 달려갔다. 객차 안에서 나는 기차의 빠른 움직임을 술 취한 사람처럼 즐겼다. 기차의 움직임은 벌써 사나워진 뇌우 때문에, 그리고 덜컹대는 기차 바퀴 소리와 우렛소리, 지붕에 요란하게 떨어지는 빗방울 소리가 합쳐져서 더욱 빠르게 느껴졌다. 이 모든 것은 끊임없이 검은 유리창에 넘쳐흐르는 파란 불꽃 속에서 일어났다. 거품을 내며 검은 유리를 세차게 때리는 빗물에서 신선한 냄새가 풍겨났다.

즐거운 만남의 만족 외에 마치 아무 일도 없는 것 같았다. 그러나 여름이 끝나갈 무렵, 시내에서 멀지 않은 이스타 강의 가파른 강변 위에 있는 영지에서 누이와 늙은 아버지와 함께 살고 있던 친구가 자기의 명명일 오찬에 아주 많은 사람들을 초대했다. 리카에게 이따금 들렀던 그 친구가 직접 리카를 데리러 왔고, 그녀는 그와 함께 말 한 마리가 끄는 이륜마차를 타고 갔다. 나는 말을 타고 뒤따라갔다. 밝고 메마르고 활짝 트인 넓은 벌판이 맘에 들었다. 마치 모래사장같이 탁 트인 벌판은 끝이 안 보이는 일련의 난가리로 덮여 있었다. 내 안의 모든 것이 지극히 대담한 무언가를 요구하고 있었다. 나는 뻔뻔스럽게도 흥분해서 말을 멈춰 세운 후, 앞으로 내달려 전속력으로 난가리를 뛰어넘게 했다. 날카로운 박차에 베인 말의 발목에서 피가 흘렀다. 명명일 오찬은 다 썩은 나무 발코니에서 저녁때까지 계속되었고, 저녁은 어느덧 밤, 램프, 포도주, 노래와 기타로 이어졌다. 나는 그녀 옆에 앉아 전혀 부끄러워하지 않고 한쪽 손을 잡았다. 그녀는 손을 빼지 않았다. 밤늦게 우리는 마치 약속이라도 했던 것처럼 테이블에서 일어나 테라스에서 어둠에 싸인 정원으로 걸어나왔다. 그녀는 정원의 따스한 어둠 속에서 걸음을 멈추고 나무에 등을 기대며 내게 두 손을 뻗었다. 어둠 속에서 볼 수는 없었지만 나는 금세 두 손의 움직임을 짐작할 수 있었다…… 정원이 빠르게 잿빛으로 변했고, 저택에서 어린 수탉들이 잠긴 목소리로 왠지 난감하고 행복하게 울어대기 시작했다. 곧 강의 저지대 너머 노란 들판 위로 떠오르는 거대한 황금색 새벽빛으로 정원 전체가 밝아지기 시작했다…… 잠시 후 우리는 저지대 위의 절벽에서 있었다. 그녀는 태양빛으로 활활 타오르는 지평선을 바라보며 더이상 내게 주의를 기울이지 않고 차이콥스키의 〈아침〉*을 불렀다. 음이 너무 높아 부를 수 없는 부분에서 노래를 그만두더니 메추라기 색깔의 목면포 스커트의 화려한 주름 장식을 들어올리고 집으로 달려갔다. 당황한 나는 걸음을 멈추었다. 아무것도 생각할 수 없었고 그 자리에 서 있다가 절벽 끝에 있는 늙은 자작나무 아래로 가서 마른 풀밭 위에 드러누웠다. 벌써 날이 밝았다. 태양이 높이 떠올랐고, 여름 끝 무렵의 날씨가 늘 그렇듯이 청명했다. 곧 햇볕이 내리쬐는 더운 아침이 왔다. 나는 자작나무 뿌리를 베고 금세 잠이 들었다. 그러나 태양은 점점 더 뜨겁게 타올랐고, 나는 폭염과 햇빛을 받으며 잠에서 깨어났다. 나는 자리에서 일어나 비틀거리며 그늘을 찾아 걸어갔다. 눈이 멀 정도로 강하고 건조한 빛 속에 잠긴 집은 아직도 잠들어 있었다. 늙은 주인만이 자지 않고 있었다. 서재의 열린 창문에서 기침 소리가 들렸다. 서재 창문 아래에는 거칠게 자란 라일락이 무성하게 자라고 있었다. 기침 소리에서 아침에 첫 파이프 담배와 크림을 넣은 진한 차 한 잔을 즐기는 노인의 기분을 느낄 수 있었다. 내 발소리에 깜짝 놀란 참새들이 햇빛에 빛나는 라일락 숲에서 후드득 날아올랐다. 그 소리를 듣고 노인은 무늬가 있는 터키 실크로 만든 낡은 실내복 옷깃을 가슴 위로 여미

* 표트르 일리치 차이콥스키는 쉰 곡 이상의 로망스를 작곡했지만 〈아침〉이라는 노래는 확인되지 않는다.

며 창밖을 내다보았다. 노인은 퉁퉁 부어오른 두 눈과 커다란 잿빛 턱수염 때문에 무서워 보이는 얼굴을 내밀고 아주 선량한 미소를 지었다. 나는 죄지은 사람처럼 인사하고 발코니를 지나 열린 응접실 문으로 들어섰다. 아침의 고요와 텅 빈 공간, 안으로 날아드는 나비들, 오래된 푸른 벽지, 안락의자와 소파가 있는 응접실은 너무나 매혹적이었다. 나는 조그만 소파들 가운데 휘어져서 매우 불편해 보이는 소파에 누워 다시 깊은 잠에 떨어졌다. 그때—사실 나는 오랫동안 잠을 잤지만 방금 전에 잠든 것만 같았다—누군가 내게 다가와 웃으면서 뭐라고 말하며 머리칼을 헝클어뜨리기 시작했다. 잠에서 깨어 보니 내 앞에 젊은 주인들인 남매가 서 있었다. 남매의 검고 불타는 듯한 두 눈은 타타르인의 눈처럼 아름다웠다. 남자는 앞가슴이 비스듬히 트인 노란색 실크 셔츠를 입었고, 여자도 똑같은 실크 재킷을 입고 있었다. 나는 벌떡 일어나 앉았다. 그들은 이제 일어나 아침식사를 해야 할 때이고, 리카는 이미 쿠지민과 함께 떠났다고 아주 상냥하게 말하며 내게 쪽지를 건넸다. 나는 즉시 쿠지민의 기민하고 대담하며 꿀벌처럼 얼룩덜룩한 두 눈을 떠올리며 쪽지를 들고 오래된 '하녀 방'으로 갔다. 거기에서 온통 검은 옷을 걸친 어떤 노파가 메밀처럼 점점이 착색된 여윈 손으로 물 단지를 들고 쇠 대야가 놓인 걸상 옆에서 조용히 나를 기다리고 있었다. 나는 걸으면서 쪽지를 읽었다. "다시 날 보려고 애쓰지 마." 나는 얼굴을 씻기 시작했다. 물은 얼음같이 차갑고 얼얼했다. "우리집 샘물입지요." 노파는 아주 긴 아마포 수건을 내게 건네며 말했다. 나는 재빨리 현관을 지나 모자와 가죽 채찍을 집어들고 뜨거운 마당을 가로질러 마구간으로 달려갔다…… 말은 어둠 속에서 조용하고 슬프게 나를 향해 울부짖었다. 배는 훌쭉해서 안장을 얹고 빈 여물통 옆에 서 있었다. 나는 고삐를 잡고 안장에 펄쩍 뛰어올랐다. 나는 왠지 몹시 흥분해 있었지만, 자제하면서 빠른 속도로 마당을 벗어났다. 저택을 벗어난 후, 들판에서 날쌔게 방향을 틀어 눈길 가는 대로 바스락거리는 그루터기를 뛰어넘어 질주했다. 나는 맨 먼저 마주친 낟가리 옆에서 고삐를 죄어 말을 세우고 안장에서 뛰어내려 그 옆에 앉았다. 말은 유리알 같은 낟알들이 떨어지는 곡물 단을 이빨로 잡아 자기 쪽으로 끌어당기며 히힝 소리를 냈다. 귀뚜라미들이 수천 개의 작은 시계처럼 그루터기와 곡물 단 속에서 아주 바쁘게 움직이고 있었다. 주변엔 밝은 들판이 마치 사막처럼 펼쳐져 있었다. 나는 아무것도 듣지도 보지도 못했으며, 단 한 가지만을 마음속으로 되뇌었다. 그녀는 자신을, 오늘 밤을, 오늘 아침을, 마른 풀밭에서 아른거린 그녀의 다리가 움직일 때마다 사각이던 얇은 목면포의 주름 장식을 내게 돌려줄 테고, 그렇지 않으면 우리 두 사람은 살아서는 안 된다!

이런 정신 나간 감정을 품고, 터무니없이 확신하면서 나는 시내를 향해 말을 타고 질주했다.

4

이후에도 나는 오랫동안 시내에 머무르면서 리카의 홀아버지가 사는 집 마당 깊은 곳에 있는 먼지투성이의 작은 정원에서 그녀와 며칠씩 앉아 있곤 했다. 무사태평하고 자유주의적인 의사인 그녀의 아버지는 무슨 일에서든지 딸을 억압하지 않았다. 내가 이스타 강에서 그녀에게 말을 타고 달려간 뒤로 그녀는 내 얼굴을 보기만 하면 두 손을 가슴에 꼭 갖다댔다. 누구의 사랑이—나의 사랑인지 그녀의 사랑인지—더 강하고, 더 행복하고, 더 분별없는지 이미 알 수 없었다(그녀의 사랑도 갑자기 예기치 않게 솟아나곤 했기 때문이다). 마침내 우리는 서로가 잠시라도 쉴 수 있게 잠깐 헤어져 있기로 했다. 게다가 나는 나중에 돈을 지불하기로 하고 '드보랸스카야 호텔'에 묵었는데, 빚이 갚을 수 없을 정도로 늘어서 그녀와 헤어지지 않을 수 없었다. 더욱이 우기雨期가 시작되었다. 나는 이별을 늦추려고 온갖 노력을 다 했지만 결국 소나기를 맞으며 집으로 향했다. 집에 돌아와서 처음 며칠 동안 줄곧 잠만 잤고, 아무것도 하지 않고 아무 생각도 하지 않으면서 이 방 저 방을 조용히 돌아다녔다. 그러고 나서 골똘히 생각하기 시작했다. '도대체 내게 무슨 일이 일어나고 있고, 이 모든 일은 어떻게 끝날 것인가?' 하루는 니콜라이 형이 내 방으로 들어와 앉더니 모자도 벗지 않고 말했다.

"이봐, 네 낭만적 생활은 다행히도 여전하구나. 전과 똑같아. '암여우가 어두운 숲 너머로, 높은 산 너머로 날 데려간다'로군. 도대체 그 숲과 산 너머에 뭐가 있는지는 아무도 모르지. 난 모든 걸 알고 있어. 많은 이야길 들었고, 나머지는 짐작할 수 있지. 이런 이야기는 모두 엇비슷해. 난 네가 지금 건전한 판단을 할 수 없다는 사실을 알아. 글쎄, 그건 그렇다 치고 넌 앞으로 어쩔 셈이니?"

나는 농담 비슷하게 대답했다.

"어떤 사람이든 암여우가 데려가는 거야. 물론 어디로, 왜 데려가는

지는 아무도 몰라. 이건 성경에도 쓰여 있어. '젊은이여, 젊은 날엔 네 마음이 널 끌고 가는 곳으로, 네 눈길이 닿는 곳으로 가라!'"

형은 방바닥을 바라보며, 마치 가을의 황량한 정원에 내리는 빗소리에 귀를 기울이는 양 잠자코 있다가 잠시 후 슬프게 말했다.

"그래, 가라, 가……"

나는 내내 '무엇을 할 것인가?'를 자문했다. 내가 해야 하는 것은 분명했다. 그러나 내일 단호한 이별의 편지를 써야 한다고 단단히 벼를수록—우리 둘의 친밀한 관계가 막판에 이르지 않았으므로 아직은 이별의 편지를 쓸 수 있었다—나는 리카에 대한 사랑과 매혹, 그녀의 사랑에 고마워하며 느끼는 감동, 그녀의 두 눈과 얼굴과 웃음과 목소리의 매력에 더욱더 사로잡혔다…… 며칠 후 어둠이 깃든 시간에 머리에서 발끝까지 흠뻑 젖은, 말을 탄 배달원이 우리집 마당에 갑자기 나타나서 젖은 전보를 건네주었다. 그 전보에는 이렇게 쓰여 있었다. '더 이상 견딜 수 없어, 기다리고 있어.' 나는 몇 시간 후면 그녀를 보고, 그녀의 말을 들을 수 있다는 짜릿한 생각으로 새벽까지 잠을 이루지 못했다……

가을 내내 나는 이렇게 집이나 시내에서 시간을 보냈다. 안장과 말을 팔았고, 시내에서도 '드보랸스카야 호텔'에 묵지 않고 셰프나 광장에 있는 니쿨리나의 여인숙에서 묵었다. 내가 소년 시절을 보냈던 시내가 지금은 완전히 달라졌다. 모든 것이 평범하고 단조로웠다. 단지 이따금 우스펜스키 거리를 따라 김나지움 건물과 운동장 옆을 지나갈 때, 예전에 겪었던 일과 내게 소중해 보였던 무언가를 붙잡을 수 있었다. 나는 이미 오래전부터 습관적으로 담배를 피웠고, 이발소에서 면도를 했다. 예전에는 이발소에서 끊임없이 짤각거리는 가위 밑에서 내 비단결 같은 머리칼이 바닥으로 떨어지는 걸 곁눈질로 훔쳐보면서 어린아이답게 얌전히 앉아 있기도 했다. 우리는 아침부터 저녁까지 식당에 있는 터키 소파에 호젓하게 앉아 있었다. 의사인 그녀의 아버지는 아침에 외출했고, 김나지움 학생인 동생은 학교에 갔기 때문이다. 아침식사 후에 의사는 잠을 자고 나서 다시 어딘가로 나갔고, 김나지움 학생은 털이 붉은 볼초크와 요란스럽게 뛰어다니며 격렬한 놀이에 열중했다. 볼초크는 짐짓 성난 체 짖어대고 숨이 막힌 듯 할딱거리면서 이층으로 통하는 나무 계단을 위아래로 뛰어다녔다. 한때 그녀는 단조롭게 앉아 있는 내 모습과 언제나 변함없는 나의 지나친 감상성에 싫증을 내기도 했다. 그녀는 외출할 구실을 찾기 시작했고, 여자 친구들과 알음알이들을 방문하기 시작했다. 나는 학생의 외침, 깔깔대는 소리, 발 구르는 소리와 계단에서 미칠 듯이 화가 난 볼초크가 부자연스럽게 짖어대는 소리를 들으면서 소파에 홀로 앉아 있었다. 나는 줄담배를 피우면서 커튼이 반쯤 쳐진 유리창과 반반한 잿빛 하늘을 눈물 사이로 바라보았다…… 그후 다시 그녀에게 무슨 일이 일어났다. 그녀는 집에 있으면서 너무나 상냥하고 친절하게 나를 대했다. 나는 그녀가 도대체 어떤 여자인지 전혀 알 수가 없었다. 한번은 그녀가 내게 말했다. "그런데, 자기야, 그건 그럴 수밖에 없는 것 같아!" 그러고선 기쁜 듯이 얼굴을 찌푸리고 울음을 터뜨렸다. 이 일은 의사의 휴식을 방해하지 않으려고 집안의 모든 사람들이 발끝으로 걸어다니는 아침식사 후에 일어났다. "난 아빠가 정말 불쌍할 뿐이야. 내게는 이 세상에서 아빠가 제일 소중해!" 리카는 아버지에 대한 한량없는 사랑으로 여느 때처럼 나를 놀라게 하면서 말했다. 그런데 일부러 그런 것처럼 그 순간에 김나지움 학생이 달려와 의사가 나를 보잔다고 건성으로 중얼거렸다. 그녀의 얼굴이 창백해졌다. 나는 리카의 손에 입을 맞추고 결연한 마음으로 의사에게 갔다.

의사는 단잠을 자다가 방금 잠에서 깨어나 세수한 사람처럼 노래를 부르고 담배를 피우면서 상냥하고 유쾌하게 나를 맞이했다.

의사는 내게 담배를 권하면서 웃음을 띠고 말했다. "젊은 친구, 난 오래전부터 당신과 얘기하고 싶었소. 이유는 알고 있을 거요. 내가 선입관이 없다는 건 당신도 잘 알 거요. 그러나 내겐 딸의 행복이 소중하오. 솔직히 남자 대 남자로서 말하자면 진심으로 당신이 불쌍하오. 이상하게 들릴지 모르지만 난 당신을 전혀 몰라요. 당신이 누군지 말해주구려."

나는 얼굴을 붉으락푸르락하면서 몹시 우물쭈물댔다. 나는 도대체 누구인가? 괴테처럼 자랑스럽게 '나 자신도 나를 모릅니다. 신이여, 자신을 아는 것에서 나를 벗어나게 하소서!'라고 대답하고 싶었다(그때 나는 막 에커만*을 독파했다). 하지만 나는 겸손하게 말했다.

"아시다시피 전 글을 씁니다…… 계속해서 글을 쓰고 자신을 연마해나갈 겁니다……"

그리고 뜻밖에도 이렇게 말했다.

"아마도 준비해서 대학에 갈 겁니다……"

"대학에 들어간다, 물론 멋진 일이오." 의사는 말했다. "그러나 대학

---

* J. P. 에커만은 괴테의 친구이자 비서로 『생애 마지막 순간의 괴테와의 대화』를 썼다. 이 책의 최초의 러시아어 축약판은 1891년에, 완역판은 1934년에 나왔다.

입시 준비는 장난이 아니지. 그리고 당신은 정확히 어떤 일을 하고 싶소? 단지 문학 활동만 할 계획인가 아니면 사회활동이나 공무원 생활도 계획하고 있나?"

다시 터무니없는 생각이, 괴테의 이런 말이 떠올랐다. '난 지상의 모든 것에 참을 수 없는 불안정을 느끼며 평생을 살고 있다…… 정치는 결코 시의 일이 될 수 없으리……'

"사회활동은 시인의 일이 아닙니다."

의사는 살짝 놀라면서 힐끗 쳐다보았다.

"그렇다면 당신이 보기에, 예컨대 네크라소프는 시인이 아니오? 그러나 당신은 최소한 현재의 사회생활을 따라 살아가고 있어요. 현재 정직하고 교양 있는 러시아인들 모두가 무엇을 위해 살고, 무엇을 걱정하는지는 알고 있지요?"

나는 잠시 생각하며 내가 뭘 알고 있는지 떠올렸다. 모든 사람이 반동정치에 대해, 젬스트보의 지도자들에 대해, '위대한 개혁의 시대에 착수된 모든 훌륭한 것들이 완전히 사라진 것'에 대해…… 톨스토이가 '전나무 아래 승방'으로 초대하는 것에 대해…… 정말로 우리가 체호프의 '황혼' 속에서 살고 있다는 사실에 대해…… 말하고 있었다. 나는 톨스토이주의자들이 널리 퍼뜨린 마르쿠스 아우렐리우스*의 금언집을 떠올렸다. '박공博拱은 귀족이라고 알려진 사람들의 영혼이 얼마나 무정한지 내게 가르쳐주었다……' 나는 봄날에 드네프르 강에서 같이 배를 탔던 슬픔에 잠긴 늙은 소러시아인을 떠올렸다. 그 분리파

---

* 로마 황제로 『명상록』을 썼다. 톨스토이주의자들은 이 금욕적인 황제이자 철학자가 쓴 금언집을 좋아했다.

교도는 계속해서 사도 바울의 말을 자기 식으로 반복해서 말해주었다. "하느님은 하늘나라에서 모든 지도층, 권력, 힘, 패권 그리고 이 세기뿐만 아니라 다음 세기의 어떤 이름보다 더 높이 그리스도를 자기 오른편에 앉히셨습니다. 그러니 우리는 피와 살이 아니라 지도층과 이 세기의 어둠의 지배자들에 대항해야 합니다……" 나는 모든 사회적 의무에서 벗어나고 동시에 내가 증오하는 '이 세기의 어둠의 지배자들'에 대항해 싸우는 톨스토이주의에 이미 오래전부터 이끌리고 있음을 느꼈다. 그래서 톨스토이주의의 가르침에 대해 말하기 시작했다.

"그러니까 당신은 모든 악과 불행에서 벗어나는 유일한 방법이 그 악명 높은 무위와 무저항에 있다고 생각하는 거요?" 의사는 지나치게 무심한 태도로 물었다.

나는 '단지 아주 특별한' 행동과 저항을 찬성한다고 서둘러 대답했다. 나의 톨스토이주의는 아주 상반된 감정으로 형성되었다. 피에르 베주호프와 아나톨 쿠라긴,* 「홀스토메르」의 세르푸홉스코이 공작과 이반 일리치, 「그러면 우리는 무엇을 할 것인가」와 「사람에겐 많은 땅이 필요한가」가 그런 감정을 불러일으켰다. 또 모스크바의 통계조사에 관한 논문에서 묘사된 도시의 더러움과 빈곤의 끔찍한 장면들, 『카자크 사람들』이 마음속에 심어준 자연과 민중 속에서 살아가는 삶에 대한 시적인 사고, 소러시아에 대한 인상이 그런 감정을 불러일으켰다. 우리 모두의 죄 많은 생활의 먼지를 발끝에서부터 털어버리고, 대신 초원의 조그만 마을에서, 드네프르 강 언덕의 하얀 흙벽 오두막 어딘

* 톨스토이의 『전쟁과 평화』에 나오는 인물들.

가에서 순진무구하게 일하며 생활하는 것은 얼마나 행복한 일인가! 나는 흙벽 오두막은 빼고 이러한 몇몇 생각에 대해 의사에게 말했다. 그는 주의깊게 내 말을 듣는 것 같았지만 어쩐지 지나치게 너그러워 보였다. 한순간 그의 졸린 듯한 두 눈이 흐려졌고, 하품이 나오는 바람에 꽉 다문 턱이 떨렸다. 그는 하품을 참고 단지 콧구멍을 한 번 벌름거리고 나서 이렇게 말했다.

"그래요, 알겠소이다…… 그러니까 당신은, 말하자면 '이 세상'의 어떤 평범한 행복도 개인적으로 추구하지 않겠다는 거로군요? 그러나 알다시피 개인적인 행복만 있는 건 아니지요. 예컨대, 나는 민중을 전혀 찬미하지 않아요. 유감스럽게도 나는 민중을 잘 알지만, 민중이 모든 지혜의 보고이고 샘물이라는 소리는 전혀 믿지 않소. 또 민중과 함께 땅을 세 기둥 위에 튼튼히 세워야 한다고 믿지도 않아요. 그러나 정말로 우리는 민중에 대해 아무런 책임이 없고 아무런 빚도 없는가? 이 점에 대해 감히 당신에게 가르칠 수는 없소. 어쨌든 우리가 이런 대화를 하게 되어 매우 기쁩니다. 이제 내가 처음 꺼냈던 얘기로 돌아가지요. 실례지만, 간단하고 아주 분명하게 말하리다. 당신과 내 딸 사이의 감정이 어떻든 간에, 그 감정이 어떤 상태에 있든 간에 미리 말해두지요. 물론 내 딸은 완전히 자유롭지만 예컨대 그애가 어떤 단단한 끈으로 당신과 맺어지길 원하고, 말하자면 내게 축복을 요청한다면 나는 단호히 거부할 거요. 당신은 매우 호감이 가는 사람입니다. 온갖 행운이 당신과 함께하길 빌겠소. 하지만 이래야만 해요. 당신이 왜냐고 물으면 난 아주 속물적으로 대답하리다. 난 두 사람이 가난과 불안정한 생활 속에서 불행하게 사는 것을 보고 싶지 않아요. 아주 솔직히 말하겠는데, 당신들에게 공통점이 있소? 글리케리야*는 귀여운 애요. 그리고 숨길 과실도 없어요, 하지만 아주 변덕스러운 애요. 오늘은 이것에 마음이 끌리다가도 내일은 다른 것에 마음을 줄 수도 있어요. 물론 그 애가 꿈꾸는 건 전나무 아래에 있는 톨스토이의 작은 승방이 아니오. 이 조그만 도시에서 살고 있지만 그애가 옷을 어떻게 입고 있나 보시오. 난 딸애가 절대 나쁘다고 말하고 싶지는 않지만, 그애는, 말하자면, 절대 당신의 짝이 될 수 없다고 생각할 뿐이오……"

리카는 계단 아래에 서서 나를 기다리고 있다가 궁금해하는 눈으로 나를 맞이했다. 깜짝 놀랄 준비가 되어 있는 듯했다. 나는 서둘러 의사의 마지막 말을 그녀에게 전했다. 그녀는 고개를 숙였다.

"맞아, 난 아버지의 뜻을 결코 거스르지 않을 거야." 그녀는 말했다.

5

니쿨리나의 여인숙에 살면서 나는 이따금 외출해서 아무 목적도 없이 세프나 광장을 걸어다녔고, 이어 낡은 벽으로 둘러싸인 커다란 공동묘지가 있는 수도원 뒤쪽 텅 빈 들판을 걸었다. 거기엔 바람만 휑하니 불었고, 슬픔과 황량함, 모두에게 잊히고 버려진 십자가와 묘석墓石의 영원한 안식, 뭔가에 대한 외롭고 어렴풋한 생각과 비슷한 공허 같은 것이 있었다. 묘지의 문 위에는 비스듬한 간격을 두고 무덤이 온통

* 리카의 정식 이름.

점점이 박힌, 끝없이 펼쳐진 회청색 뿌연 평원이 그려져 있었다. 그 묘지 밑에서 이빨과 뼈가 툭 튀어나온 해골과 희푸른 수의를 걸친 아주 먼 옛날의 노인과 노파가 솟아오르고 있었다. 나팔을 입가에 댄 커다란 천사가 평원의 상공을 날면서 처녀처럼 순결한 맨다리의 무릎을 구부리고, 길고 하얀 뒤꿈치를 위로 들어올린 채 희푸른 옷을 휘날리며 나팔을 불고 있었다…… 여인숙에는 시골 가을의 평화로움이 가득했지만 역시 텅 비어 있었다. 마을에서 도착하는 마차도 거의 없었다. 여인숙으로 돌아와 마당 안으로 들어섰을 때, 처마밑에서 남자 장화를 신은 여자 요리사가 수탉을 들고 나를 향해 걸어왔다. "집안으로 데려가요." 까닭 모르게 웃으면서 그녀가 말했다. "요놈이 늙어서 완전히 멍청해졌어요. 이제 내가 데리고 살려고요." 나는 커다란 석조 현관 계단으로 올라가서 컴컴한 현관을 지났다. 그리고 판자 침대가 있는 따뜻한 부엌을 지나 여주인의 살림방으로 들어갔다. 살림방에는 여주인의 침실과 커다란 소파 두 개가 있는 방 하나가 있었다. 이따금 들르는 장사꾼들과 성직자들이 그 소파에서 잠을 잤는데, 대개는 나 혼자 거기에서 잠을 잤다. 정적. 이 정적 속에서 여주인의 침실에 있는 자명종이 고르게 째깍거리는 소리가 들린다…… "산책했어요?" 침실에서 나오면서 여주인이 애교 있고 관대한 미소를 띠며 상냥하게 물었다. 참으로 매력적이고 조화로운 목소리였다! 그녀는 통통하고 얼굴이 동그랬다. 때때로 나는 그녀를 편안히 바라볼 수가 없었다. 목욕탕에서 돌아와 만면에 홍조를 띠고 오랫동안 차를 마시며 아직도 검고 축축한 머리칼에 조용하고 나른한 눈빛을 하고, 하얀 나이트가운을 걸친 채 안락의자에 느긋하게 앉아 깨끗한 몸의 피로를 편안하게 풀고 있는 저녁이면 특히나 그랬다. 그럴 때면 그녀가 사랑하는 비단결 같은 하얀 털에 핑크빛 눈을 한 고양이가 통통하고 살짝 벌어진 그녀의 무릎 위에서 가르릉거렸다. 밖에서 톡톡 문 두드리는 소리가 들렸다. 여자 요리사가 바깥에서 단단하고 무거운 덧문을 닫고, L자 레버의 강철 이음볼트를 창문 양쪽에 난 둥근 구멍 속으로 끼우면서 내는 소리였다. L자 레버의 강철 이음볼트는 옛날의 위험한 시절을 생각나게 했다. 니쿨리나는 자리에서 일어나 레버의 끝에 난 작은 구멍에 조그만 강철 쐐기를 밀어넣고 다시 앉아 차를 마셨다. 방안은 더욱 아늑해졌다…… 그런 때에는 망측한 감정과 생각이 생겨났다. 모든 것을 팽개치고 여기, 이 여인숙에 영원히 눌러앉아 고르게 째깍거리는 자명종 소리를 들으며 그녀의 따스한 침실에서 잠자고 싶다는 생각이! 한 소파 위에는 그림이 걸려 있었는데, 끝없이 이어지는 담벼락처럼 펼쳐져 있는 놀랍도록 푸른 숲, 이 숲 아래 통나무로 지은 오두막집, 그 옆에 겸손하게 허리를 숙인 노인이 역시 얌전하고 온순하며 부드러운 앞발을 한 갈색 곰의 머리에 한 손을 올려놓고 있었다. 다른 소파 위에는 소파에 앉거나 누워야만 했던 사람들이 전혀 이해할 수 없는, 관 속에 있는 노인의 사진이 걸려 있었다. 니쿨리나의 죽은 남편인 노인은 근엄한 하얀 얼굴을 하고 검은 프록코트를 입고 있었다. 부엌에서는 긴 가을 저녁에 어울리는 느린 노래와 가볍게 탁탁 두드리는 소리가 들려왔다. "교회 앞에는 사륜 포장마차가 서 있고, 화려한 결혼식이 있었네……" 일당을 받고 일하는 교외의 처녀들이 겨울에 먹을 배추를 소금에 절이려고 날카로운 식칼로 신선하고 속이 꽉 찬 양배추를 한 통씩 자르면서 노래를 부르고 있었다. 이 모든 것들 속에—소시민적인 노래, 일을 하면서 규칙적으로 탁탁 두드리는 소리, 값싸고 대중적인 오래된 그림, 심지어 이 여인숙의 터무니없이 행복한 세계에 여전히 살아 있는 듯한 고인의 사진 속에—뭐라 형용할 수 없는 달콤하고 쓰라린 슬픔이 깃들어 있었다……

6

11월에 나는 집으로 떠났다. 헤어지면서 우리는 오룔에서 만나기로 약속했다. 그녀는 12월 1일에 거기로 갈 테고, 나는 체면상 일주일이라도 늦게 갈 것이다. 12월 1일, 몹시 추운 달밤에 나는 그녀가 시내에서 타고 올 밤기차를 타기 위해 피사레보로 쏜살같이 말을 달렸다. 나는 지금도 이 환상적인 아득한 밤을 생생히 보고 느낄 수 있다! 나는 바투리노와 바실리옙스코예 사이의 길 위에 있는 자신을, 눈 덮인 평평한 벌판에 있는 자신을 본다. 마차를 끄는 세 마리의 말 중 두 마리는 날듯이 달리고, 가운데 말은 정확하게 한자리에서 멍에를 흔들며 성큼성큼 속보로 나아간다. 곁마는 엉덩이를 리드미컬하게 올리며 하얗게 빛나는 뒷다리의 편자 밑에서 눈덩이를 위로 차올린다…… 이따금 갑자기 길을 벗어나 깊은 눈 속에 빠지기도 하고, 서둘러 빠져나오려다 눈 속에서 떨어진 끈과 줄에 뒤엉켰다가 다시 길 위로 뛰어올라 마차의 끌채를 세게 잡아당기며 다시 달린다…… 모든 것이 날듯이 서두르지만, 동시에 마치 서서 기다리는 것 같다. 비늘 같은 눈의 빙층氷層이 저멀리 달빛 아래 고요히 은빛으로 빛나고, 추위로 흐려진 낮게 뜬 달이 무지갯빛 뿌연 달그림자에 슬프고 신비하게 둘러싸인 채 조용히 하얀 빛을 띠고 있다. 말의 질주와 정적 속에서 꽁꽁 얼어붙은 나는 아주 조용히 말의 질주에 잠시 몸을 맡기고 기대감으로 망연해지면서 조용히 어떤 기억을 응시한다. 바로 이런 밤에, 이런 길로 바실리옙스코예에 갔었다. 그때가 바투리노에서 보낸 첫겨울이다. 내 청춘의 초기에 느낀 환희로, 바실리옙스코예에서 가져온 오래된 책들의 세계 속에서 최초의 시적 도취로, 그 조그만 책들 속의 스탠자*, 서한, 비가, 발라드로 나는 여전히 순수하고 순결하고 기쁘다.

> 질주한다. 주변의 모든 것은 텅 비어 있다.
> 스베틀라나의 눈眼 속의 초원……**

'이 모든 것은 지금 어디에 있는가!' 나는 자신의 중요한 상태, 즉 망연한 기다림의 상태를 한순간도 잊지 않고 생각한다. '질주한다. 주변의 모든 것은 텅 비어 있다.' 나는 말들의 질주에 맞춰(항상 나에게 마법의 주문처럼 강력한 영향을 미치는 움직임의 리듬에 맞춰) 혼잣말을 하고, 내 안에서 높은 군모軍帽에 곰 가죽 외투를 걸치고 어딘가로 질주하는 옛날의 용감한 누군가를 느낀다. 털가죽 반외투 위에 두꺼운 나사로 만든 농민용 외투를 입고 짐마차의 앞부분에 서서 눈을 뒤집어쓴 일꾼만이 현실을 상기시킨다. 그리고 눈 먼지에 뒤덮여 심한 냄새를

---

* 보통 일정한 운율을 지닌 4행 이상으로 된 시, 혹은 그 자체로 완성된 의미를 지닌 시의 한 절을 뜻한다.

** V. A. 주콥스키의 시 「스베틀라나」를 다소 부정확하게 인용하고 있다.

풍기는, 짐마차 앞부분 아래 내 꽁꽁 얼어붙은 두 다리 사이를 가득 채운 언 귀리 밀짚만이 현실을 상기시킨다…… 바실리옙스코예 너머 비탈길에서 가운데 말이 움푹 팬 구덩이에 빠져 쿵하고 넘어지면서 마차의 채를 부러뜨렸다. 일꾼이 채를 연결하는 동안 나는 기차를 놓칠지도 모른다는 두려움으로 사색이 되었다. 역에 도착하자마자 나는 가진 돈을 탈탈 털어 일등석—그녀는 일등석을 타고 다녔다—표를 사서 승강장으로 내달렸다. 지금까지도 나는 얼어붙은 수증기로 흐려진 달빛을 기억한다. 그 뿌연 달빛 속에서 승강장 램프와 불 켜진 전신국 창문의 노란 불빛이 사라졌다. 기차는 벌써 다가오고 있었다. 나는 추위와 얼음처럼 차가운 마음속 전율 때문에 자신을 얼음 인간으로 느끼면서 눈 내리는 희미한 먼 곳을 바라보았다. 갑자기 둔탁하게 종이 울리기 시작했다. 문이 쾅 소리를 내며 날카롭게 쇳소리를 냈고, 사람들이 날카롭고 분명하게 빠드득빠드득 발소리를 내면서 역에서 빠른 걸음으로 걸어나왔다. 그때 어쩐지 허름하고 거뭇거뭇하며 거친 숨소리를 토해내는 기관차가 멀리서 보였고, 흐릿하고 붉은 불빛의 무시무시한 삼각형이 천천히 다가왔다…… 온통 눈에 덮인 얼어붙은 기차가 삐걱거리고 빽빽 불평을 해대면서 힘들게 승강장으로 다가왔다…… 나는 기차의 발판으로 펄쩍 뛰어올라 문을 활짝 열어젖혔다. 객차 안에는 리카 혼자만 있었다. 그녀는 모피 외투를 어깨에 걸치고 버찌색 커튼으로 가려진 전등 아래 어스레한 어둠 속에 앉아 나를 똑바로 바라보고 있었다……

객차는 낡고 천장이 높았으며, 세 개의 굴대 위에 놓여 있었다. 혹한 속을 질주하면서 객차 전체가 덜컹거렸고, 물건들이 떨어지고 어딘가로 무너져내렸다. 객차의 문과 벽이 삐거덕거렸고, 꽁꽁 얼어붙은 창문은 잿빛 다이아몬드처럼 반짝였다…… 우리는 벌써 어딘가 멀리에 있었고, 늦은 밤이었다…… 모든 것이 우리의 의지와 의식에 상관없이 저절로 일어났다…… 그녀는 아무것도 보려고 하지 않는 듯 달아오른 얼굴로 일어나더니 머리를 매만졌다. 그리고 두 눈을 감고 내가 접근할 수 없게 구석에 앉았다……

7

우리는 겨울을 오룔에서 보냈다.

그날 아침, 객차에서 내려 신문사 편집국으로 들어가면서 느꼈던 감정, 우리 사이에 형성된 새롭고 놀라운 친밀감으로 우리를 비밀스럽게 연결해준 감정을 어떻게 표현할 수 있을까!

나는 조그만 호텔에서 묵었고, 그녀는 이전처럼 아빌로바의 집에 머물렀다. 우리는 아빌로바의 집에서 낮시간을 보냈고, 우리의 소중한 시간은 내가 묵고 있던 호텔에서 보냈다.

우리의 행복은 가볍지 않고, 육체적으로나 정신적으로 피곤했다.

나는 어느 날 저녁을 지금도 기억하고 있다. 그녀는 스케이트장에 갔고, 나는 편집국에서 일하고 있었다. 편집국에서는 내게 일거리를 조금씩 주었고, 나는 약간의 급여도 받게 되었다. 집안은 텅 비고 조용했다. 아빌로바는 어떤 모임에 갔다. 저녁은 한없이 길어 보였다. 창문 너머의 불 켜진 가로등은 쓸쓸하고 불필요해 보였다. 행인들이 오가는 발걸음과 뽀드득뽀드득 눈 위를 걷는 소리가 마치 뭔가를 빼앗아가는 것 같았다. 우수와 모욕과 질투에 내 마음은 고통스러웠다. 나는 그녀를 위해 몸을 낮추고, 내게 전혀 맞지 않는 어리석은 일을 하면서 혼자 앉아 있었다. 그런데 그녀는 눈 덮인 하얀 강둑과 검은 전나무로 둘러싸인 얼어붙은 연못 어딘가에서, 군악대의 음악이 귀가 멍하도록 울려 퍼지고 연보랏빛 가스등 불빛이 쏟아져내리는 가운데, 날아다니는 듯한 검은 모습들이 여기저기 흩어져 있는 곳에서 즐거운 시간을 보내고 있었다…… 갑자기 벨소리가 울렸고, 그녀가 재빨리 들어왔다. 그녀는 회색 다람쥐 모자에 회색 슈트를 입고, 두 손으로 반짝이는 스케이트를 들고 있었다. 방안은 즉시 그녀의 젊고 차가운 신선함과 추위와 운동으로 새빨개진 얼굴의 아름다움으로 가득찼다. "아, 피곤해." 이렇게 말하고 그녀는 자기 방으로 갔다. 나는 그녀 뒤를 따라갔다. 그녀는 소파에 몸을 던지고 여전히 두 손으로 스케이트를 쥔 채 기진맥진한 기색으로 웃음을 띠며 몸을 뒤로 젖혔다. 나는 이미 익숙한 고통을 느끼며 끈으로 졸라맨 그녀의 높은 발등과 짧은 회색 스커트 아래로 드러난, 회색 스타킹을 신은 다리를 바라보았다. 촘촘하게 짠 이 모직물을 바라보기만 해도 욕망이 들끓어 고통스러워졌다. 서로가 온종일 얼굴도 보지 못했다고 나는 그녀를 비난하기 시작했다! 그러다가 갑자기 가슴이 터질 듯한 사랑과 연민을 느끼며, 자고 있는 그녀를 보았다…… 잠에서 깨어나자마자 그녀는 부드럽지만 슬픈 목소리로 말했다. "자기가 한 말 거의 다 들었어. 화내지 마, 난 너무 피곤했어. 이 한 해 동안 너무 많은 일을 겪었잖아!"

8

오률에서 살 구실을 찾기 위해 그녀는 음악 공부를 시작했다. 나도 〈목소리〉의 직원으로 일한다는 구실을 찾았다. 처음 얼마 동안 나는 이 일을 즐겼다. 말하자면 규칙적인 생활을 즐겼고, 아무런 의무감도 없던 내 생활에 스며든 일종의 책임감에 마음의 안정을 느꼈던 것이다. 하지만 '이것이 내가 꿈꾸었던 생활인가!'라는 생각이 점점 자주 마음속에 떠오르기 시작했다. 온 세상을 소유해야만 했던 인생의 절정기에 나는 덧신 한 켤레도 갖고 있지 않았던 것이다! 이 모든 것은 지금 일시적인 현상일 뿐일까? 그렇다면 앞으로 무슨 일이 일어날까? 우리의 친밀함이나 감정, 생각, 취향의 조화에서도, 그리고 당연히 그녀의 충실성에서도 모든 것이 결코 순조로울 것 같지 않았다. 그해 겨울 나는 '꿈과 현실의 영원한 부조화'를, 완전하고 온전한 사랑은 절대 실현될 수 없음을 아주 강렬하고 새롭게 경험하고 있었다. 이것은 내게 너무나 불공평해 보였다.

그녀와 함께 무도회에 가거나 초대받았을 때 나는 무엇보다 괴로웠다. 멋지고 재치 있는 누군가와 춤을 출 때 즐거워하고 생기 넘치는 그녀의 모습과 치마와 발이 빠르게 움직이는 것을 바라볼 때, 활기찬 리듬의 음악은 내 가슴을 아프게 때렸고 왈츠 멜로디를 들으면 울고 싶어졌다. 부자연스러울 정도로 키가 크고, 검고 짧은 구레나룻과 길쭉하고 거뭇한 얼굴에 움직이지 않는 검은 눈을 한 장교인 투르차니노프와 리카가 춤출 때는 모두가 넋을 잃고 바라보았다. 그녀도 상당히 키가 컸지만, 그는 머리 두 개만큼 더 컸다. 투르차니노프는 그녀를 꼭

안고 오랫동안 우아하게 빙글빙글 돌리면서 어쩐지 집요하게 위에서 내려다보았다. 그를 올려다보는 그녀의 얼굴에는 행복과 더불어 불행이 어려 있었는데, 그것은 아름다우면서도 동시에 혐오스러웠다. 그때 나는 있을 수 없는 일이 일어나게 해달라고, 갑자기 그가 몸을 굽혀 그녀에게 키스하여 내 쓰라린 기대를 확인해주고 조마조마한 마음을 즉시 해소해달라고 얼마나 고통스럽게 기도했던가!

"자기는 오직 자신만 생각하고, 모든 일이 자기 뜻대로 되기를 바라지." 한번은 그녀가 내게 말했다. "아마 자기는 즐거운 마음으로 나의 모든 사생활과 모임을 빼앗아버리고, 스스로를 고립시키듯이 나를 모두로부터 떼어버리려고 할 거야……"

맞는 말이다. 사랑을 할 때는, 특히 여자를 사랑할 때는 연민의 감정과 동정하는 부드러운 마음을 품으라고 요구하는 어떤 신비한 법칙에 따라, 나는 그녀가 즐거워하고 생기를 띠는 순간과 다른 사람의 호감을 사고 자신을 분명히 드러내고 싶어하는—특히 사람들 앞에서—태도를 몹시 싫어했다. 반대로 그녀의 소박함, 조용함, 온유함, 무력함, 그리고 순식간에 아이처럼 입술을 퉁퉁 부어오르게 하는 고통에서 우러난 눈물을 열렬히 사랑했다. 실제로 사교 모임에서 나는 종종 혼자 떨어져나와 악의적인 관찰자가 되어 자신의 고립감과, 모든 사람의 결점에 대한 인상과 통찰력을 아주 날카롭게 만드는 반감을 은밀히 즐기기까지 했다. 그 대신 그녀와의 친밀한 관계를 몹시 원했지만, 그러지 못해 얼마나 고통스러웠던가!

나는 종종 그녀에게 시를 읽어주었다.

"들어봐, 정말 놀라운 시야!" 나는 감탄하며 소리쳤다. "내 영혼을 가져가다오, 구슬프게 울리는 저 먼 곳으로, 숲 위에 뜬 달처럼 슬픔이 깃든 그곳으로!"

하지만 그녀는 감동하지 않았다.

"그래, 아주 훌륭해." 그녀는 편하게 소파에 누워 두 손을 얼굴 밑에 괴고 비스듬히 바라보며 조용하고 무심하게 말했다. "그런데 왜 '숲 위에 뜬 달처럼'이지? 그 시인이 페트*던가? 페트의 시에는 대체로 자연 묘사가 지나치게 많아."

나는 화를 냈다. 묘사라니! 우리는 자연과 결코 분리될 수 없고, 아주 작은 공기의 움직임 하나하나도 바로 우리 자신의 생명의 움직임이라고 열심히 증명하기 시작했다. 그녀는 웃었다.

"자기야, 그렇게 사는 건 거미들뿐이야!"

나는 읽었다.

얼마나 슬픈가! 가로숫길 끝은
다시 아침부터 눈가루 속으로 사라졌고,
다시 은빛 뱀들이
눈더미를 타고 기어갔다……

그녀가 물었다.

"뱀이라니?"

---

* 자연을 아름답고 서정적으로 묘사하고 인간 존재의 덧없음을 노래한 러시아의 서정 시인 아파나시 페트를 말한다. 이 장에서는 페트의 시(「가수」「너무 슬퍼라! 작은 길 끝이……」 등)와 Ya. P. 폴론스키의 시(「겨울 길」)가 인용되고 있다.

그것은 눈보라, 땅 위를 낮게 휩쓰는 눈보라라고 나는 설명해야 했다.

얼굴이 창백해지며 나는 계속 낭독했다.

얼어붙은 밤이 몽롱하게 바라본다.
내 포장마차의 멍석 아래를……
산과 숲 너머 자욱한 구름 사이로
달의 음울한 환영이 빛난다……

"자기야" 하고 그녀가 말했다. "난 이런 걸 한 번도 본 적이 없어!"

나는 마음속으로 그녀를 비난하면서 읽었다.

먹구름 사이 태양빛은 뜨겁고 높다,
벤치 앞에서 그대는 반짝이는 모래 위에 그림을 그렸다……

그녀는 수긍하는 것처럼 듣고 있었지만, 아마도 자신이 정원에 앉아 예쁜 우산으로 모래 위에 그림을 그리고 있다고 상상했기 때문일 것이다.

"이건 정말로 멋져." 그녀가 말했다. "그러나 이제 시는 됐어, 내게로 와…… 자기는 항상 내가 못마땅하지!"

나는 종종 그녀에게 나의 어린 시절, 초기 청년 시절, 우리 저택의 시적인 아름다움, 부모님과 여동생에 대해 얘기해주었다. 그녀는 무정할 정도로 무심하게 내 얘기를 들었다. 나는 우리 가족이 이따금 겪었던 불행에 대해 말할 때 그녀가 슬퍼하고 감동하기를 바랐다. 예컨대 우리집의 성상에서 오래된 금속제 장식을 모두 떼어내 시내에 사는 외로운 노파인 메셰리노바에게 가져가 저당잡힌 얘기를 할 때, 슬퍼하고 감동하길 바랐다. 무서운 동양인 같은 이 노파는 눈을 휘둥그레 뜨고 매부리코에 다람쥐처럼 콧수염이 나고, 비단옷과 숄을 걸치고 보석 반지를 끼고 있었다. 노파의 텅 빈 집에는 박물관에나 보내야 할 것 같은 온갖 종류의 오래된 장식품들이 쌓여 있었고, 앵무새가 하루종일 괴상하고 생명이 없는 목소리로 외쳐댔다. 슬픔과 감동 대신에 나는 무엇을 보았던가?

"그래, 그건 끔찍한 일이야." 그녀는 건성으로 말했다.

나는 시내에서 살면 살수록 내가 여기에 어울리지 않는다고 느꼈다. 심지어 아빌로바조차 왠지 나를 대하는 태도가 변했다. 냉담하고 냉소적으로 나를 대했다. 시내 생활이 따분하고 지루해질수록 나는 더욱더 자주 리카하고만 있고 싶었고, 그녀에게 뭔가를 읽어주고 얘기해주고 내 마음을 고백하고 싶었다. 내 호텔방은 좁고 칙칙했다. 나의 초라한 여행용 가방, 나의 전 재산인 몇 권의 책, 외로운 밤들이 너무나 슬펐다. 나는 이 외로운 밤들이 너무나 가련하고 추워서 잠을 잤다기보다는 꿈을 꾸는 듯한 기분으로 새벽을 기다렸고, 부근의 종탑에서 울리는 추운 겨울 새벽의 첫 타종 소리를 기다리며 그런 밤들을 이겨냈다. 그녀의 방도 비좁았다. 그녀의 방은 다락방으로 통하는 계단 옆 복도 끝에 있었지만, 창문은 정원을 향해 나 있었다. 방은 조용하고 따뜻했으며 잘 정돈되어 있었다. 땅거미가 지면 방안의 페치카에 불이 지펴졌다. 그녀는 더없이 예쁜 슬리퍼를 자기 몸 밑에 챙겨넣고 나서 소파의 쿠션에 기대 온몸을 웅크리고 놀랄 만큼 멋지게 눕는 재주가 있었다. 나는 말했다.

한밤의 눈보라가 울부짖었다
울창한 숲속에서,
나와 그녀는 마주보며 앉아 있었고,
작은 나뭇가지는 불속에서 타닥타닥 타고 있었다……

그러나 눈보라, 숲, 벌판, 시적이고 원시적인 안락한 기쁨, 집, 불, 이런 것들은 그녀에게 특히나 낯설었다.

오랫동안 나는 그녀의 감동을 자아내기 위해 이렇게 말하면 충분할 줄 알았다. "마차가 많이 다녀 단단하게 다져진, 연보라색 고무 같은 가을 길을 알아? 말발굽 자국이 찍히고 나지막한 태양 아래 황금 띠처럼 눈부신 가을 길 말이야." 한번은 늦가을에 나와 게오르기 형이 자작나무 목재를 사러 간 얘기를 해주었다. 우리집 식당 천장이 갑자기 무너져서 이전에 요리사로 일했던 노인이 하마터면 죽을 뻔한 적이 있다. 이 노인은 항상 식당의 페치카 위에 누워 있었다. 그래서 우리는 대들보로 쓸 자작나무를 사러 숲으로 갔던 것이다. 비가 쉬지 않고 내렸다(햇빛 사이로 빠르게 방울방울 떨어지는 가랑비였다). 우리는 일꾼들과 함께 짐마차를 타고 처음엔 큰길을 따라, 이어 숲길을 따라 빠른 속도로 갔다. 아직 초록빛이었지만 이미 생기가 없고 물에 잠긴, 놀랍도록 자유롭고 화려하며 부드러운 빈터에 자리잡은 숲은 가랑비가 내리는 햇빛 속에서 반짝이고 있었다…… 나는, 농부들이 거칠고 난폭하게 어슬렁거리며 숲 주변을 둘러보고 나서 옹이투성이의 짐승 같은 손바닥에 침을 퉤퉤 뱉은 후 도끼를 집어들고 흰색과 검은색으로 알록달록한 나무줄기를 일제히 내리쳤을 때, 위에서 아래까지 작은 적갈색 잎으로 뒤덮이고 가지가 쭉쭉 뻗은 자작나무가 너무나 안쓰러웠다고 말했다…… "모든 것이 얼마나 촉촉했는지 얼마나 아름답게 반짝이고 갖가지 빛을 쏟아냈는지 상상할 수 없을 거야!" 나는 이렇게 말하고 이에 대해 단편을 쓰고 싶다는 말로 얘기를 끝냈다. 그녀는 어깨를 으쓱했다.

"그런데 자기야, 여기에서 뭘 쓸 건데? 왜 계속 자연을 묘사하는 거야!"

내게 음악은 가장 복잡하고 고통스러운 즐거움 중 하나였다. 그녀가 무언가 아름다운 곡을 연주할 때 나는 그녀를 얼마나 사랑했던가! 그녀를 향한 감격적이고 자기희생적인 사랑으로 내 영혼은 완전히 지쳐버렸다. 나는 정말 오래오래 살고 싶었다! 나는 그녀의 연주를 들으면서 종종 이런 생각을 했다. '만약 우리가 언젠가 헤어진다면 그녀 없이 이런 연주를 어떻게 들을 수 있을까? 이런 사랑과 기쁨을 그녀와 나누지 않고 어떻게 뭔가를 사랑하고 즐길 수 있을까!' 그러나 내가 마음에 들지 않는 것을 너무 심하게 비판하자 그녀는 자제력을 잃었다.

"나쟈!" 그녀가 피아노의 건반을 내팽개치고 옆방 쪽으로 몸을 휙 돌리며 아빌로바에게 소리쳤다. "나쟈, 이 사람이 지금 말하는 것 좀 들어봐!"

"계속 말할 거야!" 나는 소리쳤다. "이 소나타의 사분의 삼은 진부하고 시끄러운 혼돈 그 자체야! 오, 여기서는 무덤 파는 사람들의 삽질하는 소리가 들려! 여기서는 초원의 요정들이 빙글빙글 춤을 추고, 저기서는 폭포가 요란스럽게 떨어지고! 이 요정들은 내가 가장 싫어하는 단어들 중 하나야! 이건 신문의 '초래하는'이라는 단어보다도 훨씬 더 나빠!"

그녀는 자신이 연극을 열렬히 좋아한다고 확신했지만 나는 연극을 싫어했다. 대부분의 남녀 배우들의 재능이란 다른 사람들보다 천박해질 수 있는 최상의 기술에 불과하며, 가장 천박한 기준에 따라 아주 그럴듯하게 창작자이고 예술가인 체하는 기술이라고 나는 점점 더 확신하게 되었다. 그들은, 변함없는 오만한 신념을 가지고 몸을 뒤로 젖히고 활짝 벌린 왼손을 반드시 가슴에 대거나 옷자락이 긴 프록코트의 옆 주머니에 넣는 티트 티티치들* 앞에서, 양파 껍질 색깔의 실크 머릿수건에 터키 숄을 걸치고 아첨하는 듯한 표정을 지으며 달콤하게 말하는 영원한 중매쟁이들일 뿐이다. 돼지 같은 시장들과 경박한 흘레스타코프들, 음울하게 배에서 목쉰 소리를 내는 오시프들,** 추악한 레페틸로프들, 점잔을 빼며 분개하는 차츠키들, 손가락으로 장난을 치고 마치 자두같이 살찐 배우의 입술을 쑥 내민 파무소프들,*** 장례 행진에서 횃불을 든 사람이 입는 비옷을 걸치고 꼬불꼬불한 깃털이 달린 모자를 쓰고 방탕에 겨운 듯한 화장한 두 눈, 검은 벨벳처럼 부드러운 넓적다리 그리고 평민의 평발을 한 햄릿들일 뿐이다. 이런 것들은 나를

* 러시아 근대 국민 연극을 확립한 A. N. 오스트롭스키의 희극 『괜한 일로 골치 썩기』에 나오는 인물.

** 흘레스타코프는 고골의 희극 『검찰관』에 나오는 경박하고 속물적인 주인공이며, 오시프는 흘레스타코프의 하인이다.

*** 차츠키와 레페틸로프, 파무소프는 A. 그리보예도프의 희극 『지혜의 슬픔』에 등장하는 인물들이다.

그저 몸서리치게 할 뿐이다. 오페라는 또 어떤가! 등이 몹시 굽은 리골레토*는 모든 자연 법칙에 반하여 무릎이 묶인 두 다리를 항상 따로 벌리고 있다! 수사닌**은 하늘을 향해 두 눈을 생기 없이 행복하게 치켜뜨고 천둥 같은 목소리로 외쳤다. "너는 솟아오르리라, 나의 태양이여." 〈루살카〉의 방앗간 주인은 나뭇가지처럼 앙상한 손을—그의 손에는 아직도 결혼반지가 끼여 있다—이상하게 벌리고 무섭게 부들부들 떤다. 그는 미친개가 온통 찢어발긴 것 같은 누더기와 다 닳아 너덜너덜한 바지를 입고 있다! 연극을 두고 논쟁하면서 우리는 어떤 합의점에도 도달하지 못했다. 어떤 양보도 하지 않았고 서로를 전혀 이해하지 않았다. 예컨대 유명한 지방 배우가 오룔에서 순회공연을 하면서 〈광인 일기〉에 출연했다. 모두가 이 배우를 주시했고, 실내복을 입고 병원 침대에 누워 있는 이 배우에게 열광했다. 아낙네의 얼굴을 하고 전혀 면도를 하지 않은 이 배우는 오랫동안, 고통스러울 정도로 오랫동안 아무 말도 하지 않았고, 어쩐지 바보 같은 기쁨과 점점 커지는 놀라움에 취해 우뚝 서 있다가 조용히 한 손가락을 들어올리고 믿을 수 없을 정도로 천천히, 그리고 참을 수 없는 표정으로 짐승처럼 턱을 비틀며 한 음절 한 음절씩 발음하기 시작한다. "오-오-느-으-을……" 다음날 그 배우는 더욱더 멋지게 류빔 토르초프의 역할을 하고, 그다음날에는 회청색 코에 기름때가 묻은 마르멜라도프***의 역할을 하며 이렇

* 베르디의 3막 오페라 〈리골레토〉에 등장하는 만토바 공작의 광대인 꼽추.

** 글린카의 오페라에 나오는 주인공. 폴란드에 대항하여 러시아 민중의 해방을 위해 싸운 농민.

*** 도스토옙스키의 소설 『죄와 벌』에 나오는 소냐의 아버지로 알코올중독자.

게 말한다. “존경하는 신사 양반, 감히 당신과 점잖은 대화를 나눌 수 있을까요?” 유명한 여배우가 무대 위에서 편지를 쓴다. 갑자기 그녀는 책상에 앉아 숙명적인 뭔가를 써서 부치기로 결심하고 나서 마른 잉크병에 마른 펜을 적셔 순식간에 세 줄의 긴 편지를 써서 봉투에 넣고, 벨을 울린 후 작고 하얀 앞치마를 걸치고 나타난 예쁜 하녀에게 짧고 차갑게 지시한다. “즉시 이걸 심부름꾼을 통해 보내!” 극장에서 그런 연극을 보고 돌아오면 우리는 서로에게 큰 소리를 지르며 새벽 세시까지 아빌로바를 잠들지 못하게 했다. 나는 이미 고골의 광인, 토르초프, 마르멜라도프뿐만 아니라 고골, 오스트롭스키, 도스토옙스키를 저주하게 되었다.

“그래, 자기가 옳다고 해.” 두 눈이 까매서 더욱 매혹적인 그녀는 벌써 얼굴이 창백해져서 소리쳤다. “그런데 왜 그렇게 무섭게 화를 내는 거야? 나쟈, 그에게 물어봐!”

“그건” 하고 나는 큰 소리로 대답했다. “그 남자 배우가 ‘향기’란 단어를 ‘햐-앙-기’로 발음한 것만으로도 그자를 목 졸라 죽이고 싶기 때문이야!”

오룔의 온갖 사교계 사람들을 만나고 나면 우리는 꼭 이런 식으로 고함을 질러댔다. 나는 예리한 관찰력으로 얻는 기쁨을 그녀와 나누고 싶었고, 주변에 대한 가차없는 비판으로 그녀를 감염시키고 싶었다. 나는 그녀가 나의 생각과 감정에 공감하기를 바랐지만 정반대 일이 일어났다. 나는 이것을 절망적인 심정으로 바라보고 있었다. 한번은 내가 이렇게 말했다.

“내게 얼마나 많은 적들이 있는지 자기가 알았으면 좋겠어!”

"어떤 적들이 어디에 있는데?" 그녀가 물었다.

"온갖 적들이 사방에 있지. 호텔에, 가게에, 길거리에, 기차역에……"

"그 적들이 도대체 누구야?"

"모두가, 모두가 적이라니까! 추악한 얼굴들과 몸뚱이들이 얼마나 많은데! 심지어 사도 바울조차도 이렇게 말했어. '육체라고 다 똑같은 게 아니다. 사람의 육체가 있고 짐승의 육체가 있다……' 어떤 육체는 정말로 끔찍해! 몸을 비스듬히 하며 발을 내딛는 사람이 있어. 마치 어제서야 네 발로 일어난 것 같아. 어제 나는 어깨가 넓고 몸집이 뚱뚱한 경찰서장을 뒤따라 외투를 입은 그의 살찐 등과 반짝반짝 빛나고 몹시 불룩한 장화 목 속의 장딴지에서 눈을 떼지 않고 볼호프 거리를 오랫동안 걸었지. 오, 그 장화 목, 장화 냄새, 튼튼한 회색 외투의 천, 외투의 허리띠에 달린 단추, 그리고 갖가지 군용 장비로 무장한 마흔 살의 힘센 동물을 뚫어져라 바라보았어!"

"자기는 정말 부끄럽지도 않아?" 그녀가 혐오스럽고 유감 어린 어조로 말했다. "자기는 정말로 그렇게 악하고 고약한 사람이야? 난 자기를 전혀 이해 못하겠어. 자기는 정말 놀랄 만큼 모순덩어리야!"

9

그러나 아침마다 편집국에 도착해서 옷걸이에 걸린 그녀의 친근한 회색 털외투를 볼 때면 반갑고 기쁘기만 했다. 털외투를 입었을 때는 진정 그녀다웠다. 그 옷은 어쩐지 매우 여성스러운 그녀의 일부로 여겨졌다. 옷걸이 아래에는 사랑스러운 회색 구두가 놓여 있었다. 나는 무엇보다 이 구두에 감동했다. 그녀를 좀더 빨리 보고 싶다는 초조함으로 나는 맨 먼저 사무실에 도착하여 자리에 앉아 일하곤 했다. 나는 지방 통신 기사를 훑어보며 수정했고, 중앙 신문들을 읽으면서 내용에 따라 '서명 기사'를 작성했으며, 지방 문사들의 몇몇 단편을 다시 쓰다시피 했다. 그리고 귀를 기울이며 그녀를 기다렸다. 마침내 빠른 발걸음과 치마가 사각거리는 소리! 뛰어들어온 그녀는 차갑고 향긋한 손과 단잠을 잔 후에 유난히 빛나는 싱그러운 눈빛으로 전혀 새로운 사람 같았다. 그녀는 급히 주변을 둘러보며 내게 키스했다. 그녀는 온몸에서 털외투 가죽 냄새와 차가운 겨울 냄새를 풍기며 이따금 이렇게 날 보러 호텔로 뛰어들어오곤 했다. 나는 그녀의 사과 같은 차가운 얼굴에 입맞춤하고 털외투 속의 따스하고 부드러운 모든 것—그녀의 몸과 원피스—을 껴안았다. 그녀는 웃으면서 몸을 빼고 말했다. "놔, 난 일 때문에 왔어!" 그러고 나서 복도 담당 급사에게 종을 울려 자기가 있을 때 방을 청소하라고 지시하고, 직접 청소를 도와주기도 했다……

어느 날 나는 그녀가 아빌로바와 나누는 대화를 우연히 들었다. 둘은 어느 날 저녁, 식당에 앉아서 내가 인쇄소에 있다고 여겨 나에 대해 솔직하게 이야기하고 있었다. 아빌로바가 물었다.

"리카, 앞으로 어떻게 할 거야? 넌 내가 그를 어떻게 생각하는지 알고 있어. 물론 그는 아주 좋은 사람이야. 네가 그에게 반했다는 것도 알아…… 하지만 앞으로 어쩔 거야?"

나는 마치 심연 속으로 떨어지는 것 같았다. 나는 '아주 좋은 사람'

인데 그 이상은 아닌 것이다! 그녀는 기껏 '반했을' 뿐이다!

리카의 대답은 더 끔찍했다.

"내가 어쩌겠어? 어떤 출구도 없어……"

이 말을 듣고 나는 너무나 격분해서 식당으로 뛰어들어가, 출구가 있으며 한 시간 후엔 더이상 오룔에 발을 딛고 있지 않겠노라고 소리치려 했다. 그 순간 갑자기 그녀가 다시 말하기 시작했다.

"나쟈, 내가 그를 정말로 사랑한다는 걸 왜 모르지? 그리고 넌 그를 잘 몰라. 그 사람은 겉으로 보이는 것보다 천배는 더 좋은 사람이야……"

그렇다, 나는 진짜 나보다 훨씬 더 나빠 보일 수 있었다. 나는 긴장해서 불안하게 살았고, 종종 사람들을 거칠고 거만하게 대했으며, 쉽게 우수와 절망에 빠지곤 했다. 하지만 그 무엇도 나와 그녀의 좋은 관계를 위협하지 않고, 누구도 그녀를 쫓아다니지 않는다는 사실을 알면 즉시 변했다. 그러면 친절하고 소박하고 유쾌한 본래의 성격이 금방 되살아났다. 만약 그녀와 함께 참석하는 저녁 파티가 내게 모욕과 고통을 안겨주지 않으리라는 걸 알았다면, 아주 즐거운 마음으로 파티에 갈 채비를 했을 테고, 거울을 바라보며 내 두 눈과 싱그러운 홍안의 검은 반점, 그리고 풀을 먹여 주름을 세운 눈처럼 하얀 셔츠에 반해서 흡족해했을 것이다. 셔츠의 주름이 펴지면서 나는 탁탁 소리는 정말 멋졌다! 내가 질투로 괴로워하지 않았다면, 그 무도회는 얼마나 행복했을까! 무도회에 갈 준비를 할 때마다 나는 고통스러운 순간을 겪어야 했다. 나는 아빌로바의 죽은 남편의 연미복을 입어야만 했다. 사실 한 번도 입지 않은 것 같은 새 연미복이었지만, 내 마음에 깊은 상처를 입혔다. 그러나 집밖으로 나와 찬 공기를 마시고 형형색색의 별이 빛나는 하늘을 바라보며 재빨리 마차용 썰매에 올라타자마자 나는 이 모든 것을 잊어버렸다…… 왜 밝게 빛나는 무도회장 입구는 붉은 줄무늬 차양으로 장식했는지, 왜 그 차양 앞에서 오가는 마차와 썰매를 통제하는 경찰들은 그토록 화를 내며 거칠게 행동했는지 아무도 모른다! 그러나 이런 이상한 입구가 있는 무도회장이 문제될 것은 없다. 밝고 하얗게 달구어진 전등이 사람들이 밟아 뭉갠, 입구의 설탕 같은 눈을 비추었다. 경찰들의 분명한 외침, 현악기의 현처럼 얼어붙은 경찰들의 콧수염, 눈을 짓밟고 있는 반짝반짝 빛나는 장화, 하얀 니트 장갑을 끼고 약간 특이하게 비틀어서 주머니에 넣은 두 손, 이 모든 유희는 활기차고 조화로웠다. 말을 타고 오는 남자 손님들은 다들 제복을—한때 러시아에는 많은 제복이 있었다—입고 있었다. 모두가 자신의 직급과 제복으로 도전적으로 보일 정도로 흥분해 있었다. 평생 최고의 직책과 직함을 가졌던 사람조차도 자신의 직책과 직함에 결코 익숙해질 수 없다는 사실을 나는 그때 알았다. 말을 타고 도착하는 이 손님들은 항상 나를 흥분시켰고, 즉시 날카롭고 적의 어린 관찰 대상이 되었다. 그러나 대부분의 여자들은 사랑스럽고 매력적이었다. 정문 현관에서 털외투와 모자를 벗은 여자들의 모습은 매혹적이었다. 그들은 거울에 비쳐 마술처럼 불어난 무리가 되어 즉시 붉은 융단이 깔린 넓은 계단을 빠르게 걸어가야 했다. 잠시 후 무도회를 앞둔 넓고 텅 빈 무도회장이 나타난다. 무도회장의 신선한 냉기, 다이아몬드처럼 반짝이는 포도송이 모양의 육중한 샹들리에, 커튼을 치지 않은 커다란 창문들, 번쩍번쩍 빛나고 아직은 텅 비어 있는 쪽마루를 붙여 깐 넓은 마루, 신선한 꽃향기, 분냄새, 향수 냄새, 새끼 염소 가죽으로 만든 하얀 무도회용 장갑

냄새, 그리고 계속해서 도착하는 손님들을 보며 느끼는 흥분, 오케스트라가 요란스럽게 내는 최초의 사운드에 대한 기다림, 아직 깨끗한 무도회장의 넓은 공간으로 갑자기 뛰어드는 첫번째 커플—이 커플은 항상 춤에 가장 자신 있는 남녀였다.

나는 항상 다른 손님들보다 먼저 무도회장으로 출발했다. 내가 도착했을 때 손님들은 계속 오는 중이었다. 아래층에는 향기 나는 모피 외투, 짧고 가벼운 털외투, 제복을 손에 든 하인들이 몰려 있었다. 얇은 연미복을 입기에는 공기가 차가웠다. 남의 연미복을 입고 매끈하게 머리를 손질한 날씬한 나는 진짜 나보다 더 마르고 가벼워 보였다. 모든 사람에게 낯설고 외로운 나는—편집국에서 뭔가 이상한 일을 하고, 어쩐지 이상할 정도로 오만한 젊은이—처음엔 너무 정신이 맑고 명료할 뿐만 아니라 다른 사람들과 너무나 달라서 마치 얼음 거울이라도 된 느낌이었다. 사람들이 점점 더 많아지자 시끄러워졌고, 음악이 더욱 친근하게 울려퍼졌다. 무도회장의 문가는 사람들로 북적였고, 여자들이 계속해서 몰려들었다. 공기는 더욱 답답해지고 따스해졌다. 나는 마치 술에 취한 사람처럼 더욱더 대담하게 여자들을 바라보고 더욱더 불손하게 남자들을 쳐다보았다. 나는 점점 더 부드러운 걸음으로 사람들 사이를 비집고 다니다가 연미복이나 제복에 걸리면 매우 정중하나 오만하게 사과했다…… 그러다가 갑자기 그들을 보았다. 그들은 엷은 미소를 띠고 조심스럽게 사람들 사이를 지나다니고 있었다. 내 심장은 익숙하지만 어쩐지 거북하고 이상한 기분으로 얼어붙었다. 그들은 평소의 그들이 아니다. 특히 리카는 완전히 다른 사람 같았다! 이런 순간에 나는 항상 그녀의 젊음과 날씬한 모습에 깜짝 놀랐다. 코르셋으로 꽉 조인 허리, 가볍고 아주 깨끗한 무도회복, 장갑 상단에서 어깨까지 훤히 드러나 얼어붙은, 소녀처럼 연보랏빛을 띤 두 팔, 여전히 동요하는 표정…… 높이 틀어올린 머리 모양만이 사교계 미녀의 모습이었다. 이 머리 모양에는 특히나 매력적인 뭔가가 있었다. 그녀는 이미 내게서 자유로워지고 나를 배신할 준비가 되어 있으며, 심지어 은밀히 순결을 버릴 것 같은 느낌이 들었다. 곧 누군가 그녀에게 달려와 무도회장에서 흔히 볼 수 있는 빠른 동작으로 허리를 깊이 숙여 인사했다. 그녀는 아빌로바에게 부채를 건네고 무심한 척하며 우아하게 남자의 어깨에 한 손을 얹었다. 그녀는 발끝을 가볍게 디디며 미끄러지듯 나아가면서 빙글빙글 돌며 춤추는 무리 속으로, 소음과 음악 속으로 사라졌다. 나는 작별이라도 하듯이 이미 싸늘한 적의를 품고 그녀를 바라보았다.

작고 생기발랄하며 항상 기운차고 명랑한 성격의 아빌로바도 무도회에서 젊음과 빛나는 아름다움으로 나를 깜짝 놀라게 했다. 어느 날 무도회에서 나는 그녀의 나이가 겨우 스물여섯이라는 사실을 불현듯 깨달았다. 그리고 처음으로 확신할 수는 없었지만, 이 겨울에 나를 대하는 아빌로바의 태도가 이상하게 변한 까닭을 짐작했다. 어쩌면 그녀가 나를 사랑하고 질투할 수도 있겠다는 생각이 들었다.

10

그후, 우리는 오랫동안 떨어져 있었다.

이 모든 일은 의사가 갑자기 도착하면서 시작되었다.

어느 날 햇살이 비치는 추운 아침, 편집국 현관으로 들어오다가 나는 아주 낯익은 독한 담배 냄새를 맡았고, 식당에서 들려오는 활기찬 목소리와 웃음소리를 들었다. '도대체 이게 무슨 소릴까?' 하고 생각하며 나는 걸음을 멈추었다. 온 집안을 담배 연기로 자욱하게 만든 이는 바로 의사였다. 의사는 더이상 나이를 먹지 않는 사람처럼 수년 동안 아무런 변화도 없이 색다른 기분과 줄담배와 끊임없는 수다를 즐기는 사람들 특유의 활기를 띠고 큰 소리로 말하고 있었다. 나는 의사의 이 갑작스러운 방문이 뭘 의미하는지 몰라 멍해졌다. 의사가 그녀에게 뭘 요구하는 걸까? 안으로 들어가서 어떻게 처신해야 하나? 그러나 처음 몇 분 동안 별다른 일은 일어나지 않았다. 나는 재빨리 마음을 수습하고 안으로 들어가서 반가움을 드러내며 놀라워했다…… 선량한 의사는 심지어 약간 당황하면서도 마치 미안한 듯한 웃음을 지으면서 "시골을 떠나 일주일 동안 쉬러" 왔다고 서둘러 말했다. 나는 즉시 리카가 흥분해 있음을 알아챘다. 어인 일인지 아빌로바도 흥분해 있었다. 그러나 아직은 이런 일들이 갑작스러운 의사의 방문 때문이라고 생각할 수 있었다. 즉 시골에서 도시에 방금 도착한 사람이 객차에서 밤을 지샌 후 유달리 활기를 띠며 남의 식당에서 뜨거운 차를 마시고 있기 때문이라고 짐작할 수 있었다. 나는 이미 마음이 편안해지기 시작했다. 그러나 그때 충격적인 일이 나를 기다리고 있었다. 의사의 말을 듣다가 나는 그가 혼자 온 게 아니라 우리 시에서 유명한 피혁 상인인 젊은 보고몰로프와 함께 왔음을 갑자기 알아챘다. 보고몰로프는 이미 오랫동안 리카를 마음에 두고 있었다. 잠시 후 나는 의사의 웃음소리를 들었다.

"리카야, 그는 미친듯이 널 사랑한다는구나! 아주 작심을 하고 여기 왔다고 한다! 이 불행한 사람의 운명은 완전히 네 손에 달렸어. 네가 그를 원하면 자비를 베풀고, 그렇지 않으면 영원히 그를 죽이는 거야……"

보고몰로프는 그저 돈만 많은 사람이 아니었다. 영리했고, 활달하고 명랑했으며, 대학을 졸업하고 외국에서 살았으며, 두 개의 외국어를 구사했다. 처음엔 그의 용모를 보고 깜짝 놀랄 수도 있다. 그는 매끈하게 곧장 빗어 넘긴 적황색 머리칼에 부드럽고 둥근 얼굴을 하고 있었지만 인간이 아닌 괴물처럼 뚱뚱했다. 부자연스러울 정도로 비대하게 자라서 동화에 나오는 영양 과다 상태의 어린이처럼, 혹은 지방과 피가 훤히 내비치는 거대한 어린 요크셔 돼지처럼 보였다. 그러나 이 요크셔 돼지는 모든 것이 너무나 훌륭하고 깨끗하고 건강해서 심지어 기쁨을 느낄 정도였다. 푸른 눈은 하늘처럼 맑았고 안색은 믿을 수 없을 정도로 깨끗했다. 그의 태도, 웃음, 목소리, 눈과 입술의 놀림 속에는 수줍고 사랑스러운 뭔가가 있었다. 손과 발도 애처로울 정도로 작았다. 옷은 영국 원단으로 만들어졌고, 양말과 셔츠와 넥타이는 모두 실크 제품이었다. 나는 재빨리 리카를 힐끔 쳐다보았다. 그녀는 어색한 미소를 짓고 있었다…… 갑자기 모든 것이 낯설고 멀게 느껴졌고, 나 자신이 이 집에서 부끄러울 정도로 쓸모없고 불필요한 사람으로 여겨졌다. 내 마음은 그녀에 대한 증오심으로 가득찼다……

그후 우리는 하루에 단 한 시간도 둘이서 보낼 수 없었다. 그녀는 항상 아버지나 보고몰로프와 함께 있었다. 아빌로바는 늘 비밀스럽고 즐거운 웃음을 띠면서 아주 상냥하고 친절하게 보고몰로프를 대했다. 그래서 보고몰로프는 도착 첫날부터 집안사람처럼 굴었다. 그는 아침에 집에 나타나서 늦은 저녁까지 있다가 잠만 호텔에서 잤다. 게다가 리카가 회원으로 참여하고 있는 아마추어 연극 클럽의 리허설이 시작되었다. 이 클럽은 마슬레니차*에 대비해 연극을 준비하고 있었는데, 리카를 통해 보고몰로프뿐만 아니라 의사도 끌어들여 작은 역할을 맡겼다. 그녀는 단지 아버지를 위해, 즉 보고몰로프를 거칠게 대하면 아버지가 노여워하실까봐 보고몰로프의 구애를 받아들이고 있다고 말했다. 나는 어떻게든 꾹 참고 그녀를 믿는 체했으며, 억지로 리허설에 참석하기까지 했다. 그렇게 해서라도 나의 극심한 질투심과 그들로 인한 고통을 감추려고 했다. 나는 그녀가, 즉 '연기'를 하려고 하는 그녀의 가련한 시도가 창피해서 눈을 어디에 둬야 할지 몰랐다. 대체로 인간의 무능을 바라보는 건 너무나 끔찍한 일이다! 스스로 재능이 많다고 생각하며 너절한 무대 경험에 도취된, 일 없는 직업 배우가 리허설을 지도하고 있었다. 아교 색깔의 얼굴에 나이를 알 수 없는 이 배우의 주름살은 너무 깊어서 일부러 만들어놓은 것처럼 보였다. 이 남자는 끊임없이 자제력을 잃고 이런저런 역할을 어떻게 해야 할지 지시를 해댔고, 아주 거칠고 미친듯이 욕설을 해대는 바람에 경화증에 걸린 핏줄이 관자놀이에 밧줄처럼 툭툭 튀어나오곤 했다. 그는 남자 역할도 하고 여자 역할도 했다. 모두가 그를 흉내내느라 진이 빠져 있었다. 나는 그들의 목소리와 몸동작 하나하나에 고통을 느꼈다. 그 남자 배우도

* 긴 겨울을 보내고 봄을 맞이하는 고대 슬라브인들의 축제. 부활절 전에 7주간의 대재(大齋)가 있는데, 대재의 전주(前週)에 이 축제가 열린다.

참을 수 없었지만 그를 흉내내는 사람들은 더욱 참을 수 없었다. 그들은 왜, 무엇 때문에 연기를 했을까? 그들 중에는 깡마르고 자신만만하며 대담한, 지방 도시 어디에서나 볼 수 있는 연대장의 부인도 있었고, 아주 화려하게 옷을 차려입고 늘 불안해하며 항상 뭔가를 기다리면서 입술을 깨무는 습관이 있는 처녀도 있었다. 또 서로 너무나 닮고 늘 붙어다녀서 온 도시가 다 아는 자매도 있었다. 자매는 키가 크고 거칠고 검은 머리칼에 지나치게 자란 검은 눈썹을 하고 있었는데, 엄격하고 말이 없는 모습이 진짜 끌채에 비끄러맨 한 쌍의 검은 말 같았다. 현지사의 촉탁 관리도 있었다. 매우 키가 크고 아주 젊지만 벌써 금발머리가 빠지면서 대머리가 되어가고 있었고, 붉은 눈꺼풀과 희번덕거리는 푸른 눈에 셔츠 칼라를 빳빳이 세우고 있었는데, 짜증날 정도로 예의 바르고 정중했다. 지방의 유명한 변호사도 있었는데, 그는 몸집이 건장하고 뚱뚱했으며 넓은 가슴과 튼튼한 어깨와 커다란 발을 가지고 있었다. 나는 무도회에서 연미복을 입고 있는 그를 언제나 집사로 착각했다. 검은 벨벳 블라우스와 힌두교인처럼 긴 머리칼을 한 젊은 예술가도 있었다. 그는 염소수염을 기른 염소 같은 옆모습에 바라보기가 거북할 정도로 반쯤 감긴 눈과 연붉은 입술을 한 부정한 여자 같은 모습을 하고 있었고 골반도 여자 같았다……

얼마 후 공연이 시작되었다. 막이 오르기 전에 나는 무대 뒤로 가보고 싶었다. 무대 뒤에서는 사람들이 옷을 입고, 분장하고, 소리지르고, 말싸움하고, 의상실을 드나들면서 서로 부딪치고, 서로를 알아보지 못하면서 넋들이 나가 있었다. 모두들 아주 이상하게 옷을 입고 있었고 (어떤 사람은 보라색 바지에 갈색 연미복을 입고 있었다), 가발과 턱수염도 실감이 나지 않았다. 이마와 코를 분홍색 회반죽으로 덧칠하고 덕지덕지 페인트칠을 한 그들의 얼굴에는 표정이 없고, 화장한 눈은 반짝반짝 빛났으며, 마네킹처럼 까맣고 커다란 눈썹은 무거운 듯이 깜짝거리고 있었다. 나는 우연히 리카와 부딪쳤지만 그녀를 알아보지도 못했다. 나는 그녀의 인형 같은 모습에 깜짝 놀랐다. 리카는 우아한 분홍색 구식 드레스에 숱 많은 금발 가발을 쓰고 민속판화 같은 아름다움을 풍기며 달콤하면서도 역겨운 어린아이의 얼굴을 하고 있었다…… 보고몰로프는 노란 머리의 마당쇠 역할을 했는데, '일상적인 타입'의 성격 창조에 아주 걸맞은 치장을 하고 있었다. 의사는 늙은 아저씨이자 퇴역 장군 역할을 맡았다. 연극은 그가 주말농장에서 맨바닥 위에 판자를 붙여 만든 푸른 나무 아래의 등나무 안락의자에 앉아 있는 장면에서 시작되었다. 그는 명주로 만든 신식 양복을 입었고, 커다란 우윳빛 수염에 작은 콧수염을 달고 얼굴은 온통 분홍색으로 덧칠하고 있었다. 그는 안락의자에 몸을 뒤로 젖히고 앉아 불쾌한 표정을 짓고 활짝 펼친 신문을 바라보고 있었다. 화창한 여름날 아침인데도 불구하고 각광이 그를 밝게 비추고 있어서, 백발이었지만 놀라울 정도로 젊어 보였다. 그는 신문을 읽고 나서 우울하게 뭐라고 불평해야 했다. 프롬프터 박스에서 필사적으로 쉬쉬 소리를 냈지만 그는 아무 말도 하지 않고 내내 신문만 바라보고 있었다. 마침내 리카가 무대 뒤에서 펄쩍 뛰어나와 (어린아이같이 장난기 있고 매혹적일 정도로 발랄하게 웃으며) 그의 뒤로 달려가 두 손으로 그의 눈을 가리면서 "누구게?" 하고 소리쳤다. 그제야 의사도 한 단어씩 딱딱 잘라 말하면서 이렇게 소리쳤다. "봐라, 봐, 요 나쁜 녀석. 네가 누군지 다 알아!"

홀 안은 어둑했지만 무대는 밝고 환했다. 나는 첫째 줄에 앉아 무대를 힐끗 쳐다보고 나서 주변을 바라보았다. 첫째 줄에는 살이 쪄서 숨이 가쁜 부유한 사람들, 직급이 높고 당당한 경찰들과 군인들이 앉아 있었다. 그들은 모두 무대에서 일어나고 있는 일에 홀려 있는 듯했다. 자세는 긴장되어 있었고, 얼굴에는 미소가 끊이질 않았다…… 나는 1막이 끝날 때까지 앉아 있을 수가 없었다. 무대 위에서 뭔가 두드리는 소리—커튼이 곧 내려진다는 신호—가 나자마자 서둘러 홀을 떠났다. 무대에서는 배우들의 연기가 한창이었다. 밝고 꾸밈없는 복도 휴게실에서 모든 것에 익숙한 한 노인이 내가 옷 입는 것을 도와주었다. 그때 지나치게 활기찬 배우들의 외침이 유달리 부자연스럽게 들려왔다. 마침내 나는 거리로 뛰쳐나왔다. 나는 치명적인 고독감과 더불어 일종의 환희를 맛보았다. 거리엔 사람들이 없고 깨끗했으며 가로등만이 고요히 빛나고 있었다. 비좁은 호텔방이 너무나 지겨워서 나는 집으로 가지 않고 편집국으로 갔다. 그리고 사무실 건물을 지나 텅 빈 광장 쪽으로 발걸음을 돌렸다. 광장 한가운데에 대성당이 솟아 있었고, 희미하게 빛나는 대성당의 황금빛 둥근 지붕이 별이 빛나는 하늘 속으로 사라지고 있었다…… 심지어 뿌드득뿌드득 눈 위를 걷는 내 발소리에도 고상하고 무서운 것이 깃들어 있었다…… 집안은 따스하고 조용했으며, 불 켜진 식당에서 시계가 평화롭고 느릿느릿하게 째깍거리고 있었다. 아빌로바의 어린 아들은 자고 있었고, 문을 열어준 유모가 졸린 눈으로 나를 힐끔 쳐다보더니 가버렸다. 나는 이미 내게 친숙하고 특별한 의미가 있는 계단 아래 방으로 들어가 어둠 속에서 낯익은, 지금은 왠지 운명적으로 보이는 소파에 앉았다…… 나는 갑자기 사람들이 도착해서 소란스럽게 방안으로 들어와 앞다투어 말하고, 웃고, 앉아서 차를 마시고, 서로의 인상을 나누기 시작하는 순간을 기다렸으나, 또 한편 그 순간을 두려워하고 있었다. 그러나 무엇보다 리카의 웃음소리와 목소리가 울려퍼지는 순간을 두려워했다…… 방안은 그녀로 가득 차 있었다. 즉 그녀의 부재와 존재, 온갖 냄새—리카 자신의 냄새, 옷과 향수 냄새, 내 옆에 있는 소파의 쿠션 위에 놓여 있는 실내복 냄새—로 가득차 있었다…… 창밖의 겨울밤이 무섭도록 푸르렀고, 정원의 시커먼 나뭇가지들 너머로 별들이 반짝이고 있었다……

사순절 첫 주에 리카는 아버지와 보고몰로프와 함께 떠났다. 그녀는 보고몰로프의 청혼을 거절했지만, 나는 오래전부터 그녀와 말도 하지 않았다. 그녀는 줄곧 울면서, 내가 갑자기 자기를 붙잡고 놓아주지 않기를 줄곧 기대하면서, 떠날 채비를 하고 있었다.

11

지방 도시의 사순절이 시작되었다. 일 없는 마부들은 몸이 꽁꽁 얼어붙은 채 골목에 서서 이따금 필사적으로 두 손을 열십자로 흔들어대며 지나가는 장교를 향해 소심하게 소리쳤다. "나리! 빠른 마차를 타고 가시쥬." 갈까마귀들은 곧 찾아올 봄을 느끼면서 활기차고 신경질적으로 울어댔지만, 까마귀들은 여전히 괴롭고 단호하게 까악까악 울어댔다.

이별은 밤마다 유난히 무섭게 느껴졌다. 나는 한밤중에 깨어나 이런 생각을 하며 깜짝 놀라곤 했다. '이제 나는 어떻게 살아야 하나, 왜 살아야 하나? 수천 명의 낯선 사람들이 살고 있는 이 이상한 지방 도시에서, 키가 크고 말없는 이상한 악마처럼, 밤새 허옇게 보이는 좁은 창이 달린 호텔방의 무의미한 밤의 어둠 속에서 이유도 모른 채 누워 있는 이 사람이 정말로 나란 말인가!' 도시를 통틀어 나와 가까운 사람은 아빌로바뿐이었다. 그런데 그녀는 정말로 나와 가까운 사람인가? 우리 사이의 친밀함은 모호하고 거북했다……

요즈음 나는 편집국에 늦게 나갔다. 응접실에 있던 아빌로바는 현관에 들어서는 나를 보고 즐겁게 미소 지었다. 그녀는 다시 다정하고 부드러워졌고 더이상 나를 비웃지 않았다. 나는 아빌로바에게서 한결같은 사랑과 관심과 배려를 보았고, 종종 저녁 내내 그녀와 둘이서 보냈다. 그녀는 오랫동안 나를 위해 피아노를 쳤고, 나는 소파에 비스듬히 누워 음악이 주는 행복감과 폐부를 찌르는 사랑의 아픔, 그리고 모든 걸 용서하는 부드러운 감정을 느끼며 눈물이 솟아나는 내내 두 눈을 감고 있었다. 응접실로 들어서면서 나는 아빌로바의 작지만 단단한 손에 입맞춤하고 상근 직원들이 일하는 사무실로 들어갔다. 그곳에서 생각에 잠긴 멍청한 논설위원이 담배를 피우고 있었다. 그는 오류로 추방당해 경찰의 감시를 받고 있었는데, 언뜻 보기에도 행색이 아주 이상했다. 농민들이 기르는 턱수염에 염색하지 않은 거친 갈색 나사로 만든 반외투를 입고 지독하지만 기분좋은 냄새가 나는 기름칠한 장화를 신고 있었다. 게다가 왼손잡이였다. 오른팔의 반이 없었고, 옷소매에 감춰진 팔의 나머지 부분으로 종이를 책상에 꽉 누르고 왼손으로 글을 썼다. 그는 오랫동안 앉아 생각에 잠긴 채 줄곧 담배를 피우다가 갑자기 반쪽 팔로 종이를 더 세게 누르고 마치 원숭이처럼 민첩하고 힘차게 글을 써내려갔다. 잠시 후 다리가 짧고 아주 이상한 안경을 쓴 노인이 들어왔다. 국제 문제를 다루는 평론가였다. 그는 현관에서 긴 토끼털 코트와 귀마개가 달린 핀란드식 모자를 벗었다. 바지와 플란넬 셔츠에 장화를 신고 가죽 벨트를 맨 모습은 흡사 열 살짜리 소년처럼 아주 작고 말라 보였다. 짙은 잿빛 머리칼은 아주 거칠게 위로 솟구쳐 사방으로 뻗쳐 있어서 마치 고슴도치와 비슷했다. 그가 쓰고 있는 이상한 안경도 무섭게 보였다. 그는 항상 두 개의 통을 두 손에 들고 편집실로 들어왔다. 하나는 궐련지를 넣은 통이고 다른 하나는 연초를 넣은 통이었다. 그는 일을 하면서 늘 담배를 만들었다. 습관적으로 중앙지를 훑어보면서 양쪽으로 열리는 조그만 기계장치 속 동관銅管에 섬유질의 연한 연초를 이겨넣고 정신없이 궐련지를 더듬어 찾아서, 그 손잡이를 부드러운 블라우스를 걸친 가슴에 꼭 대고 궐련지를 그 관에 밀어넣어 능란하게 책상 위로 쏘아대곤 했다. 잠시 후 정판공과 교정원이 들어왔다. 정판공은 조용히 자유롭게 안으로 들어왔다. 몹시 예의바르고 말이 없고 속내를 알 수 없는 사람이었다. 황록색 안색에 집시처럼 까만 머리칼을 하고 검은 콧수염을 길렀는데 입술은 죽은 사람처럼 잿빛이었다. 삐쩍 마르고 차가운 사람인데 항상 극도로 단정하고 깨끗하게 옷을 입고 다녔다. 검은색 바지, 푸른 블라우스, 빳빳하게 풀을 먹여 접은 커다란 칼라 등이 깨끗하고 신선하게 반짝였다. 나는 이따금 그와 인쇄소에서 얘기를 나누었다. 그럴 때면 그는 과묵함을 깨고 검은 두 눈으로 나를 빤히 바라보면서 마치 태엽이 감긴 축음기처럼 항상 똑같은 주제들에 대해 언성을 높이지 않고 말했다. 세상의 어디서나 항상 나타나는 불공정함에 관한 이야기였다. 교정원은 계속해서 들락날락했다. 그는 교정을 보는 기사에서 항상 이해할 수 없는 뭔가를 찾아내 못마땅해했고, 기사를 쓴 사람에게 이런저런 설명이나 수정을 요구했다. "실례지만 여기는 뭔가 표현이 매끄럽지 못해요." 그는 뚱뚱하고 동작이 굼뜬 사람으로 약간 젖은 듯한 보드라운 곱슬머리를 하고 있었는데, 신경증과 자신이 몹시 술에 취해 있다는 사실을 사람들이 혹시 알게 될지 모른다는 두려움으로 등을 구부리고 다녔다. 그는 이러저런 설명을 요구할 때, 알코올 냄새가 풍길까봐 숨을 죽이면서 상대방을 향해 몸을 굽히고, 이해할 수 없거나 부자연스러운 부분을 반들거리고 퉁퉁 부은 떨리는 손으로 멀찍이서 가리켰다. 나는 이 방에 앉아 느긋하게 다른 사람이 쓴 원고들을 교정했지만, 무엇보다 그냥 창밖을 쳐다보며, 나 자신은 무엇을 어떻게 써야 할지 생각했다.

요즈음 또하나의 은밀한 고민이 생겼는데, 그것은 고통스러울 뿐만 아니라 '실현될 수 없는 꿈'이었다. 나는 다시 뭔가를 쓰기 시작했는데, 대부분이 산문이었다. 그리고 쓴 것을 다시 발표하기 시작했다. 그러나 내가 쓰고 발표했던 것들에 대해서는 생각하지 않았다. 나는 전혀 다른 것, 내가 쓸 수 있었고 써왔던 것과는 전혀 다른 것, 즉 내가 쓸 수 없었던 것을 쓰고 싶다는 간절한 생각으로 괴로웠다. 주어진 삶에서 쓸 만한 가치가 있는 것을 마음속에 만들어내는 일은 얼마나 드문 행복이고 얼마나 진지한 정신노동인가! 이제 내 생활은 점점 더 '실현될 수 없는 꿈'과 벌이는 싸움이 되었다. 이해할 수 없는 새로운 행복을 추구하고 포착하며 끊임없이 그걸 생각하는 생활이……

정오쯤에 우편물이 왔다. 나는 응접실로 들어가서 아름답고 정성스레 단장한 아빌로바의 머리칼을 다시 보았다. 그녀는 꼭 머리를 숙인 채 일했다. 책상 밑에서 부드럽게 반짝이는 그녀의 새그린 가죽 슬리퍼도, 겨울 창문과 흐린 겨울날의 반사광으로 빛나는 어깨에 걸친 모피 망토도 사랑스러웠다. 창문 너머엔 까마귀들이 눈 내리는 잿빛 하늘을 점점이 수놓고 있었다. 나는 우편물 가운데 수도에서 발간된 새 잡지를 골라 들고 서둘러 개봉했다…… 체호프의 새 단편이 실려 있었다! 체호프라는 이름에는 그 단편을 꼭 보게 만드는 뭔가가 있었다. 처음 몇 줄만으로도 이야기가 주는 기쁨 때문에 질투 어린 고통을 느끼지 않을 수 없었다. 이러는 사이에 점점 더 많은 사람들이 응접실을 들락거렸는데, 광고주들과 글을 쓰고 싶은 욕망에 사로잡힌 다양한 사람들이었다. 부드러운 털목도리에 털실로 짠 벙어리장갑을 낀 단아한 노인도 있었는데, 그는 커다란 규격의 값싼 종이 묶음을 가져왔다. 종이 묶음 위에는 '노래와 사상'이라는 표제가 깃촉 펜을 사용하던 시대의 사무적인 필치로 멋들어지게 쓰여 있었다. 당황해서 얼굴이 빨개진 젊은 장교도 있었다. 그는 원고를 검토해서 채택할 경우 절대로 자기 이름을 밝히지 말고 '편집 규정이 허락한다면 자기 이름의 이니셜만' 밝혀달라고 짧고 정중하게 부탁하면서 원고를 건넸다. 장교가 나가자 'Spectator'라는 영어 필명으로 「시골 풍경」이란 작품을 발표하길 원하는 중년의 성직자가 들어왔다. 이 성직자는 두꺼운 모피 외투를 입고 흥분해서 땀을 흘리고 있었다. 성직자 뒤로 군郡의 변호사가 들어왔다…… 아주 단정한 사람이었다. 그는 현관에서 이상하리만치 천천히 새 덧신과 안에 모피를 댄 새 장갑과 족제비 모피 코트와 대귀족 스타일의 털모자를 벗었다. 그는 몹시 마르고 키가 컸으며 빼드렁니에 깨끗한 모습을 하고 있었다. 변호사는 거의 반시간 동안 눈처럼 흰 손수건으로 콧수염을 문질러댔다. 그사이에 나는 작가의 통찰력을 발휘하여 그의 동작 하나하나를 주의깊게 살펴보았다.

'그래, 그래, 이 사이가 많이 벌어지고 짙은 콧수염을 기른 것을 보면…… 그리고 사과처럼 툭 튀어나온 벗어진 이마와 반짝이는 두 눈, 타는 듯한 광대뼈의 붉은 반점, 크고 평평한 발바닥, 크고 둥근 손톱이 달린 크고 평평한 손을 보면 저 사람은 틀림없이 깨끗하고 단정하고 느긋하고 자신에 대해 꼼꼼할 거야!'

아침을 먹을 무렵 유모가 산책을 끝내고 사내아이를 데려왔다. 아빌로바는 현관으로 뛰어나가 민첩하게 무릎을 꿇고 앉아 아이의 하얀 양가죽 모자를 벗기고, 안에 하얀 양가죽을 덧댄 푸른색 반외투 단추를 풀면서 차갑고 빨갛게 달아오른 아이의 뺨에 입을 맞추었다. 사내아이는 엄마가 자기 옷을 벗기고 입을 맞추는 동안 멍하니 옆을 바라보며 뭔가 아득한 자신만의 생각에 잠겨 있었다. 나는 이 광경을 보고 질투심에 사로잡혔다. 아이의 행복에 겨운 무사태평함에도, 엄마로서 느끼는 아빌로바의 행복에도, 유모의 노인다운 침묵에도 질투가 났다. 나는 사람의 모든 일 가운데 '글쓰기'라고 불리는 가장 이상한 일을 위해 뭔가를 기대하고 생각해내는 생활이 아니라 예정된 일과 걱정거리로 가득찬 인생을 살고 있는 사람들을 오래전부터 부러워했다. 또 인생에서 단순하고 정확하며 일정한 일을 갖고 있는 사람들, 그리고 그 일을 오늘 끝내면 내일까지 아주 편안하고 자유롭게 쉴 수 있는 사람들을 부러워했다.

아침을 먹고 나서 나는 밖으로 나왔다. 사순절에 함박눈이 나른하게 송이송이 도시에 내리고 있었다. 언제나 우리는 부드럽고 유난히 하얀 이 함박눈을 보고 마치 봄이 아주 가까이 온 것처럼 착각한다. 아마도 방금 급하게 한잔 걸친 후, 뭔가 즐겁고 좋은 일을 기대하는 듯한 태평스러운 마부가 눈길을 따라 내 옆을 소리 없이 지나갔다…… 무엇이 이보다 더 평범할 수 있을까? 그러나 지금은 모든 것에, 거의 모든 순간적인 인상들에 마음이 아팠으며, 이런 인상을 흔적도 없이 사라지게 해서는 안 된다는 충동, 이 인상을 즉시 나 자신을 위해 포착하여 뭔가를 만들어내야 한다는 타산적인 열망이 타올랐다. 바로 이렇게 마부가 순간적으로 나타났다 사라졌고, 순간적으로 나타났다 사라진 마부의 모든 것이 마음속에 왠지 이상하게 순간적인 인상을 남겼다. 이 순간적인 인상 때문에 오랫동안 내 마음은 심히 괴로웠다! 이윽고 나는 호화로운 집의 입구에 다다랐다. 그 앞의 인도 근처에서 왁스칠을 한 마차가 하얀 함박눈 사이에서 거뭇거뭇 빛났고, 새 눈에 살짝 덮인 오래된 눈 속에 파묻힌 커다란 뒷바퀴의 더러워진 타이어 같은 것들이 보였다. 나는 걸어가면서 마부석에 올라앉아 겨드랑이 밑에 어린아이처럼 허리띠를 매고 베개처럼 두꺼운 벨벳 모자를 쓴, 어깨에 살이 찐 마부의 등을 힐끗 쳐다보았다. 불현듯 마차의 작은 유리 창문 뒤쪽, 공단으로 만든 봉봉* 케이스 안에 앉아 있는 귀여운 강아지가 보였다. 귀가 꼭 나비넥타이처럼 생긴 그 강아지는 벌벌 떨면서 막 무슨 말을 하려는 듯이 빤히 쳐다보았다. 다시 한번 환희가 번개처럼 내 마음을 뚫고 지나갔다. 아, 나는 절대 잊을 수 없다, 진짜 나비넥타이 같은 그 귀를!

나는 도서관에 잠시 들렀다. 보기 드물게 장서가 많은 오래된 도서

* 과즙이나 브랜디, 위스키 등을 넣어서 만든 사탕.

관이었다. 그러나 이 도서관은 너무나 음울하고 누구에게도 쓸모가 없었다! 그냥 방치된 오래된 건물, 벌거벗은 거대한 벽, 이층으로 올라가는 차가운 계단, 두꺼운 펠트 천에 찢어진 방수포를 덧씌운 문. 밑에서 위까지 누더기처럼 너덜거리는 책들로 가득찬 방이 세 개 있었다. 긴 의자, 사무용 책상, 키가 작고 가슴이 납작하며 무뚝뚝하고 말없는, 사순절에 입는 검은 옷을 걸친 수석 여자 사서. 그녀의 손은 희고 가냘팠는데, 셋째 손가락에는 잉크 얼룩이 묻어 있었다. 회색 블라우스를 입고 오랫동안 자르지 않은 부드러운 쥐색 머리칼을 한 덥수룩한 젊은이가 그녀의 지시를 따르고 있었다…… 나는 중앙에 둥근 테이블이 있고 탄내가 나는 원형 '열람실'로 들어갔다. 둥근 테이블 위에는 〈교구 소식〉과 〈러시아의 순례자〉가 놓여 있었다…… 나는 테이블에 앉았다. 충실한 독자인 초췌한 젊은이가 테이블에 앉아 몸을 숙이고 비밀스럽게 두꺼운 책을 한 장 한 장 넘기고 있었다. 다 해진 짧은 외투를 입은 이 김나지움 학생은 작은 공처럼 돌돌 만 손수건으로 계속 조심스럽게 코를 닦았다…… 온 도시를 통틀어 고독함으로 보나 책을 읽고 있는 모양새로 보나 똑같이 이상한 우리 두 사람을 제외하면 여기 앉아 있을 사람이 또 누가 있겠는가? 그 학생은 자신에게 맞지 않는 아주 이상한 『고대 러시아의 농민세』*를 읽고 있었다. 내가 『북방의 벌』 『모스크바 뉴스』 『북극성』 『북방의 꽃』, 푸시킨의 『동시대인』을 요청하자, 수석 사서는 이해할 수 없다는 표정으로 여러 번 나를 쳐다보았다…… 나는 새 책들을 읽었고, '유명인들의 전기' 시리즈를 모두 읽

---

* 15~17세기 모스크바공국 시절 세금을 걷기 위해 만들어진 토지 소유에 대한 설명서.

었다. 나는 그들에게서 나의 지주支柱를 찾으려 했고, 시샘을 느끼며 그들과 나를 비교하곤 했다…… '유명인'이라! 이 세상에는 헤아릴 수 없이 많은 시인들, 소설가들, 이야기꾼들이 있었지만 소수의 사람들만이 살아남았다. 그들의 이름은 모두 하나같이 영원하다! 호메로스, 호라티우스, 베르길리우스, 단테, 페트라르카…… 셰익스피어, 바이런, 셸리, 괴테…… 라신, 몰리에르…… 그리고 『돈키호테』도 『마농 레스코』도…… 이 방에서 나는 처음으로 커다란 환희를 느끼며 라디셰프를 읽었던 걸 기억한다…… '나는 주위를 둘러보았고, 내 영혼은 인류의 고통으로 아프기 시작했다!'*

나는 저녁 무렵에 도서관에서 나와 어두워지는 거리를 따라 조용히 걸었다. 느린 교회 종소리가 여기저기에 떨어졌다. 나 자신과 리카와 먼 고향집을 생각하니 슬픔이 밀려왔고, 괴로워하면서 나는 잠시 교회로 들어갔다. 누구에게도 쓸모없는 뭔가가 교회 안에도 있었다. 텅 빔, 어스레함, 깜박이는 몇 자루의 초, 몇 명의 노파와 노인들. 양초 판매대 뒤에는 농부처럼 회색 머리 한가운데서 가르마를 탄 신앙심 깊은 장로가 꼼짝 않고 서서 상인처럼 엄격하게 사방을 둘러보고 있었다. 교회 관리인이 지친 다리를 간신히 끌면서, 옆으로 기울어진 채 너무 빨리 타고 있는 양초는 바르게 세워놓고, 그을음과 밀랍 냄새를 퍼뜨리면서 다 타들어가는 양초는 불어서 껐다. 그리고 늙은 손바닥으로 다 탄 양초 토막과 다른 양초 토막들을 찍어눌러 밀랍덩어리로 만들었다. 그는 이해할 수 없는 우리네 지상의 존재와 그 존재의 모든 비밀

---

* A. N. 라디셰프의 『페테르부르크에서 모스크바로의 여행』의 첫 페이지에 나오는 문장.

들—세례, 성찬식, 결혼, 장례, 매년 끊임없이 번갈아 찾아오는 모든 축일과 금식일—이 심히 지겨운 모양이었다. 제의는 입지 않고 상복常服만 걸친, 이상하게 마르고 여자처럼 수수하게 머리를 늘어뜨린 맨머리의 신부가 닫힌 황제의 문을 바라보며 서 있었다. 신부는 늘어진 영대가 가슴에서 떨어질 정도로 황제의 문을 향해 몸을 잔뜩 구부리고 한숨을 내쉬며 목소리를 높였다. "내 생명의 주인이신 주여……" 신부의 목소리가 구슬픈 참회의 어스름 속에서, 우울한 공허 속에서 울려퍼졌다. 나는 교회에서 조용히 걸어나오면서 봄기운이 서린 겨울 공기를 들이마시고 회청색 어둠을 바라보았다. 거지가 내 앞에서 짐짓 겸손한 태도를 보이며 짙은 회색 머리를 깊이 숙였고, 손바닥을 찻종 모양으로 펴서 5코페이카를 받아 꽉 잡을 준비를 했다. 나를 바라보는 거지의 모습을 보고 깜짝 놀랐다. 거지는 만성 알코올중독자의 물기 어린 하늘색 눈에 커다랗고 울퉁불퉁하고 잔구멍이 많은 딸기 세 개로 이루어진 커다란 삼중 딸기코를 하고 있었다…… 아, 나는 다시 고통스러운 기쁨을 느꼈다. 정말이지 삼중 딸기코라니!

나는 어두워지는 하늘을 바라보며 볼호프 거리를 따라 걸어내려갔다. 오래된 집들의 지붕 윤곽이 하늘에서 괴로워하고 있었다. 이 윤곽에는 이해할 수 없고 마음을 편안하게 하는 매력이 있었다. 오래된 인간의 거처, 누가 이것에 대해 썼는가? 가로등이 켜졌고, 가게 유리창이 따스한 불빛으로 빛났다. 인도를 따라 걸어가는 사람들의 모습이 거뭇거뭇해지고, 저녁이 청색 안료처럼 파래졌으며, 도시는 점점 더 달콤해지고 아늑해졌다…… 나는 마치 탐정처럼 걸어가는 사람의 등과 덧신을 관찰하고, 뭔가를 이해하고 포착하여 그 속으로 들어가려고 애쓰면서 한 사람 또 한 사람을 뒤쫓았다…… 써야만 한다! '전횡과 강압과 싸우기 위해, 억압당하고 불행한 사람들을 보호하기 위해, 선명한 전형을 창조하기 위해, 사회성과 동시대성과 동시대의 분위기와 흐름을 묘사하기 위해서'가 아니라 바로 저 지붕과 덧신과 등에 대해 써야만 한다! 나는 걸음을 재촉하여 오를리크 강 쪽으로 내려갔다. 저녁은 이미 밤으로 변하고 있었고, 가스등이 다리 위에서 밝게 타오르고 있었다. 가로등 밑에서 사라사 무명으로 만든 찢어진 셔츠와 짧은 분홍색 속바지만을 입은 떠돌이 한 사람이 붉은 맨발로 눈 위에 서서 허리를 구부리고 겨드랑이 밑에 두 손을 푹 찔러넣은 채 개처럼 나를 쳐다보고 온몸을 부들부들 떨면서 "나리!" 하고 무뚝뚝하게 웅얼거렸다. 떠돌이는 부풀어오른 여드름투성이 얼굴에 흐릿하고 얼음같이 차가운 눈을 하고 있었다. 나는 마치 도둑처럼 재빨리 그를 붙잡아 내 마음속에 품고 그 대가로 10코페이카를 쥐여주었다…… 삶은 참으로 끔찍한 것이다! 그러나 정말로 끔찍한 것일까? 아마도 삶은 '끔찍한 것'과는 전혀 다른 게 아닐까? 나는 며칠 전에도 5코페이카를 부랑자에게 찔러주며 "당신이 이렇게 사는 건 정말로 끔찍한 일이오!"라고 순진하게 외쳤다. 부랑자가 갑자기 아주 무례하고 단호하게, 악의에 찬 쉰 목소리로 내 어리석은 말에 "젊은이! 세상에 끔찍한 건 없어!"라고 외치는 소리를 들어야만 했다. 다리를 지나 커다란 건물의 아래층에서 소시지 가게의 유리 진열창이 눈부시게 빛났다. 진열창에는 온갖 종류의 소시지와 햄이 위에서 아래까지 주렁주렁 걸려 있었는데, 희고 밝은 내부는 거의 보이지 않았다. '사회적 대비!' 나는 진열창의 불빛과 조명 속을 지나치면서 누군가를 괴롭히려는 듯이 신랄하게 생각했다…… 나는 모스크바 거리에 있는 마부들의 비좁은 찻집에 잠시 들러 왁자지껄한 대화를 주워듣고 김이 자욱하고 온기가 흐르는 공간에 앉아서 살찐 빨간 얼굴들과 불그스레한 턱수염, 그리고 칠이 벗겨진 녹슨 쟁반을 바라보았다. 녹슨 쟁반에 받쳐서 내온, 작은 뚜껑과 손잡이를 묶어주는 축축한 가는 끈이 매인 두 개의 하얀 찻잔이 내 앞에 놓여 있었다…… 민중 생활에 대한 관찰이라고? 그렇지 않다. 단지 이 녹슨 쟁반과 축축한 가는 끈에 대한 관찰일 뿐이다!

12

나는 이따금 기차역으로 걸어갔다. 개선문 너머에서 어둠이, 시골 밤의 적막함이 내려앉고 있었다. 그때 나는 보이지도 않고 존재하지도 않지만, 평생을 보낸 듯한 상상 속의 조그만 지방 도시를 마음속으로 그려보았다. 나는 눈 덮인 넓은 거리, 눈 위의 거뭇거뭇한 초가집들, 그중 한 초가집에 켜진 붉은 불빛을 보았다…… 나는 환희에 차서 스스로에게 되뇌었다. '그래, 그래, 바로 이렇게 써야만 해. 눈, 초가집, 초가집 등불…… 이 세 단어로 충분해. 더이상은 필요 없어!' 들판에서 불어오는 겨울바람이 벌써 기관차들의 비명과 쉭쉭거리는 소리, 그리고 먼 지방과 탁 트인 공간의 느낌으로 마음속 깊은 곳까지 흥분시키는 달콤한 석탄 냄새를 실어왔다. 손님들을 태운 거뭇거뭇한 마차들이 나를 향해 빠른 속도로 다가왔다. 모스크바 우편이 벌써 도착한 걸까? 정말 그랬다. 뷔페 식당의 홀은 사람들, 불빛, 식당 냄새, 사모바르로 후끈 달아오르고, 구부정한 다리에 검은 얼굴, 말과 같은 눈, 튀어나온 광대뼈에 대포알처럼 둥글고 빡빡 민 푸른 머리의 타타르인 웨이터들이 연미복 옷자락을 펄럭이며 분주히 오가고 있다. 공동 테이블에서는 한 무리의 상인들이 양고추냉이를 곁들인 찬 용철갑상어 요리를 먹고 있다. 모두가 크고 딱딱한, 여자같이 샛노란 얼굴에 작은 눈을 하고 여우털 외투를 걸치고 있다…… 역전의 책 판매대를 마주치면 나는 늘 기분이 좋았다. 나는 마치 굶주린 늑대처럼 수보린*이 펴낸 책들의 노란색과 회색 책등의 제목을 천천히 살펴보면서 책 판매대를 돌아다닌다. 이 모든 것은 길과 기차를 향한 나의 영원한 갈망을 불러일으키고, 형용할 수 없는 행복을 느끼며 어딘가로 함께 여행할 수 있는 그녀에 대한 강한 그리움으로 변한다. 그래서 나는 서둘러 마차로 달려가서 시내에 있는 편집국으로 내달린다. 마음의 고통에 속도감이 더해지면 언제나 기분이 좋다! 썰매를 타고 가면서 움푹 파인 곳에서 몸을 털썩거리다가 머리를 쳐들어 달이 떠 있는 밤하늘을 본다. 흐릿하게 떠도는 겨울 먹구름 너머에서 창백한 얼굴이 명멸하며 하얗게 빛난다. 하늘 높이 떠 있는 창백한 하얀 달은 모든 것에 무관심하다! 지나가는 먹구름이 창백한 달을 살짝 보여주더니 다시 가린다. 창백한 달에겐 이러나 저러나 상관없는 일이고, 달은 먹구름에게 전혀 관심이 없다! 나는 아픔을 느낄 정도로 머리를 뒤로 젖혀서 창백한 달에서 눈을 떼지 않고, 달이 언제 먹구름 속에서 돌연 빠져나와 하얗게 빛나는지, 또 달이 무엇과 비슷한지 알아내려고 계속 애를 쓴다. 하얀 데스마스크 같을까?

---

* 19세기 후반 러시아의 주요한 출판업자 알렉세이 세르게예비치 수보린.

안에서부터 온통 빛을 발하고 있는데, 어떤 모습일까? 스테아린* 같은 걸까? 맞아, 맞아. 스테아린 같은 거야! 어딘가에서 이렇게 말해야지! 나는 현관에서 깜짝 놀란 표정을 짓고 있는 아빌로바를 만났다. "때마침 잘 만났네! 같이 콘서트에 가요!" 그녀는 레이스를 단 검은 옷을 입고 있었다. 어깨, 팔, 봉긋 솟아오른 부드러운 가슴을 드러낸 그녀는 더 작고 날씬해 보였다. 그녀는 미장원에서 머리를 하고 살짝 분을 발라서 그런지 눈이 더 빛나고 더 검게 보였다. 나는 그녀에게 털외투를 걸쳐주며 눈앞에 있는 그녀의 맨살과 파마한 향긋한 머리칼에 불현듯 입맞춤하고 싶은 충동을 느꼈으나 간신히 참았다…… 온통 샹들리에로 빛나는 귀족 클럽의 홀에 있는 무대에는 수도에서 온 유명 인사들이 모여 있다. 아름다운 여가수와 몸집이 큰 갈색 머리의 남자 가수도 있다. 이 남자 가수는 다른 가수들처럼 놀랍도록 넘쳐흐르는 건강미와 종마처럼 거칠고 엄청난 힘으로 관객을 놀라게 한다. 그는 커다란 발에 반짝이는 에나멜 구두를 신고, 멋지게 바느질된 프록코트와 하얀 셔츠를 입고 하얀 넥타이를 매고 있다. 그는 도전적이고 영웅적으로 용기와 용맹과 위험한 요구를 우렁차게 쏟아낸다. 여가수는 때론 혼자서, 때론 그와 함께 재빨리 그의 노래에 응답하면서 부드러운 비난, 불평, 정열적인 슬픔, 황홀한 기쁨으로, 그리고 행복한 웃음소리 같은 장식음으로 급히 상대의 노래를 가로막곤 한다……

* 고체로 된 유지 성분으로 양초 따위를 만드는 데 쓰인다.

13

종종 나는 동틀 무렵에 벌떡 일어났다. 시계를 힐끗 쳐다보고 나서 아직 일곱시가 안 되었음을 알았다. 다시 이불 속으로 들어가 온기 속에 조금 더 누워 있고 싶은 마음이 간절했다. 방안은 차갑게 회색으로 보였고, 아직 잠들어 있는 호텔의 정적 속에서 아주 때이른 소리만이 들려왔다. 복도를 담당하는 급사가 복도 끝 어딘가에서 옷솔질을 하며 단추에 옷솔을 부딪치며 내는 소리였다. 나는 오늘 하루를 또 헛되이 보낼지 모른다는 두려움에 사로잡혔고, 가능하면 빨리 책상에 앉아—오늘은 충분히 글을 써야만 한다!—글을 써야 한다는 생각에 초조했다. 그래서 그 소리가 나는 쪽으로 달려가 복도를 따라 쟁그랑거리는 소리를 끈질기게 쫓아갔다. 이 호텔도, 어딘가에서 옷솔질을 하고 있는 불결한 복도 담당 급사도, 차가운 물을 얼굴로 튀기는 더러운 양철 세면대도, 이 모든 것이 너무나 낯설고 역겨웠다! 얇은 잠옷 속의 젊고 야윈 내 몸뚱이도 너무나 애처로웠고, 바깥 창턱에 쌓인 싸락눈 위에 조그만 공처럼 몸을 움츠린 비둘기 한 마리가 꽁꽁 얼어붙어 있었다! '그래, 오늘은 바투리노로, 내 그리운 고향집으로 돌아가자!' 이런 즐겁고 대담한 결심으로 내 마음은 갑자기 불타오르기 시작했다. 그러나 급히 차를 마시고 옆방—이 방에는 창백하고 슬픈 표정을 한 아름다운 여자가 여덟 살 난 아이와 함께 살고 있었다—문 쪽 세면대 근처에 밀어놓은 초라한 작은 책상 위에 널려 있는 몇 권의 책을 이럭저럭 정돈하고 나서, 나는 아침의 일상에 푹 빠져들었다. 글을 쓸 준비를 했고, 내 안에 있는 것을 집중 분석했으며, 이제 막 구체화되어 뭔가로 형성될 듯한 것을 내 안에서 찾아내려고 했다…… 나는 이 순간을 기다렸지만 다시, 또다시 일은 기다림으로만 끝나고, 흥분은 점점 커지고 손은 차갑게 굳어져서, 결국은 완전히 절망하여 시내 어딘가로, 편집국으로 도망칠 거라는 두려움을 느꼈다. 머릿속은 다시 뒤죽박죽되었고, 고통스럽고 아주 다양한 생각과 느낌과 표상들이 제멋대로 무질서하게 떠올랐다…… 중요한 것은 언제나 나 자신의 개인적인 문제였다. 아무리 다른 사람들을 열심히 연구했다고 해도, 당시 나는 다른 사람들에게 별로 관심이 없었던 것이다. 그때 나는 나 자신에 관한 이야기를 써야 한다고 생각했던 것 같다. 그러나 어떻게 써야 하는가? 『어린 시절』 『소년 시절』* 같은 것을 써야 하나? 아니면 더 단순하게 써야 하나? '나는 언제, 어디에서 태어났다……' 맙소사, 이건 너무나 재미없고 무의미하고 부정확하다! 이건 아니다! 말하기 부끄럽고 거북하지만 내가 생각하는 건 이런 식이다. '나는 우주에서, 무한한 시간과 공간 속에서 태어났다. 무한한 시공 속에서 언젠가 태양계가 형성된 것 같고, 그다음에 태양이라고 불리는 뭔가가 형성되었고, 이어 지구가……' 도대체 이게 무슨 의미가 있단 말인가? 무의미한 단어 몇 개를 제외하고 내가 이것들에 대해 무엇을 알고 있는가? 처음에 지구는 빛나는 가스 덩어리였다…… 그후 백만 년이 지나서 이 가스 덩어리가 액체가 되었고, 시간이 지나 굳어졌다. 이백만 년이 더 지나서 지구에 해조류와 적충류 같은 단세포생물들이 나타났다…… 그리고 지구상에 벌레와 연체동물 같은 무척추동물들이 나타났다…… 이어 양

---

* 톨스토이의 삼부작(『어린 시절』 『소년 시절』 『청년 시절』)은 러시아 최초의 반(半)자전적 소설로 어느 정도 『아르세니예프의 인생』의 모델이 되었다.

서류가 나타났다…… 양서류 다음에 거대한 파충류가 나타났다…… 그후 지구상에 혈거인이 나타났고, 이 혈거인이 불을 발견했다…… 다음에 칼데아인, 아시리아인, 피라미드를 세우고 미라를 만든 이집트인이 나타났다. 그후 헬레스폰트를 응징하라고 명령을 내린 아르탁세르크세스*가 나타났다…… 페리클레스와 아스파시아, 테르모필레 전투, 마라톤** 전투…… 그러나 이런 일이 일어나기 오래전에 전설의 시대가 있었다. 그때 아브라함이 자기 종족들과 함께 일어나서 약속의 땅으로 갔다…… "믿음으로 아브라함은 자신에게 유산으로 남겨진 약속의 땅으로 가라는 명령을 따랐다. 그는 어디로 가는지도 모르고 갔다……" 그렇다, 어디로 가는지도 모르고! 바로 지금의 나처럼! "믿음으로 아브라함은 명령을 따랐다……" 무엇에 대한 믿음인가? 신의 명령에 깃든 사랑스러운 자비에 대한 믿음인가? "그는 어디로 가는지도 모르고 갔다……" 아니다, 그는 어디로 가는지 알고 갔다. 어떤 행복을 향해, 친절하고 좋은 것, 기쁨을 줄 수 있는 것, 달리 말해 사랑의 감정, 즉 생명을 향해 간 것이다…… 나도 늘 이렇게, 사랑과 기쁨을 불러일으키는 것만 먹고 살아왔다……

탁자 옆 문 너머에서 벌써 아이와 여자의 목소리가 들렸다. 세면대 페달이 삐거덕거리는 소리, 차 끓는 소리, 물 튀기는 소리, "코스텐카, 빵 먹으렴!" 하고 아이에게 타이르는 소리도 들렸다. 나는 자리에서 일

---

* 그리스 원정 과정에서 만든 배다리가 폭풍에 날아가자 그 벌로 헬레스폰트(다르다넬스 해협의 옛 그리스 이름)를 응징하라고 한 것은 아르탁세르크세스 1세의 아버지 크세르크세스 1세다. 작가의 착각으로 보인다.

** 아테네 동북방의 옛 싸움터.

어나 방안을 서성대기 시작했다. 바로 이 코스텐카가 다시…… 코스텐카에게 차를 마시게 하고 엄마는 정오까지 밖에 나가 있었다. 집에 돌아온 엄마는 석유곤로 위에서 뭔가를 만들어 아이에게 먹이고 다시 외출했다. 대체로 호텔에서 사는 아이같이 되어버린 코스텐카를 바라보는 일은 참으로 고통 아닌 고통이었다. 코스텐카는 하루종일 이 방 저 방을 돌아다니며 때론 이 사람, 때론 저 사람을 기웃거렸다. 방안에 사람이 있으면, 조심스럽게 말하고 아첨하며 아양 떠는 말을 하려고 하지만 아무도 아이의 말에 귀를 기울이지 않았다. 어떤 사람들은 "얘, 가라, 가. 제발 방해하지 마"라고 재빨리 말하면서 쫓아낸다. 어떤 방에는 자그마한 늙은 부인이 살고 있었는데, 그녀는 매우 점잖고 엄격했으며, 어떤 투숙객보다 자신을 더 고상하다고 생각했다. 만나는 사람이 누구건 쳐다보지도 않고 복도를 걸어다녔고, 심지어 너무 자주 화장실 문을 잠그고 화장실의 물을 쏴하고 내려버렸다. 이 부인에겐 등이 넓은 커다란 퍼그가 있었다. 구즈베리 색깔의 흐리멍덩한 퉁방울 눈에 추하게 틀어진 코를 한 개로, 너무 먹어서 목덜미에 주름이 잡힐 정도로 살이 피둥피둥 쪘다. 또 아래턱은 남을 멸시하듯이 건방지게 앞으로 툭 튀어나왔고, 두 송곳니 사이로 두꺼비 혀 같은 혀를 빼물고 있었다. 이 애완견은 보통 신중하고 파렴치한 표정 말고는 언제나 무표정한 낯짝을 하고 있었지만 극도로 신경질적이었다. 누군가에 의해 방에서 쫓겨난 코스텐카가 복도에서 우연히 퍼그와 부딪치면, 즉시 이 개는 목구멍에 뭐가 걸리기라도 한 것처럼 캑캑대고 목쉰 소리로 그르렁거리다가 분노에 차서 미친듯이 악을 쓰며 짖어댔고, 코스텐카는 이 악다구니에 병적으로 흥분하여 비명을 질러댔다……

나는 다시 책상에 앉아 진부할 뿐 아니라 고통스러울 정도로 복잡하고 초라한 삶에 고통을 느꼈다. 이제 나는 코스텐카나 이런 것들에 대해 뭔가 말하고 싶었다. 예컨대 니쿨리나의 여인숙에서 일주일쯤 살면서 일했던 중년의 여자 재봉사에 관해 말하고 싶었다. 그녀는 헝겊 조각들을 잔뜩 쌓아놓은 책상 위에서 뭔가를 재단하고 시침질한 것을 재봉틀로 드르륵드르륵 박기 시작했다…… 그녀는 재단을 할 때, 가위질을 하면서 항상 크고 마른 입을 비죽거렸고, 니쿨리나에게 계속 재미있는 소리를 하려고 애쓰면서 사모바르의 차를 즐겨 마셨다. 또 짐짓 활기찬 수다로 니쿨리나를 지치게 하면서 마치 무의식적으로 그런 것처럼 흰 빵조각이 담긴 바구니에 커다란 일손을 뻗치고, 잼이 든 유리통을 힐끔힐끔 곁눈질하곤 했다! 그런 모습은 지켜볼 만했다. 며칠 전 카라체프 거리에서 만났던 목발을 짚은 절름발이 여자는 어떨까? 절름발이와 꼽추는 모두 불손하고 거만하게 걸어다닌다. 그런데 이 절름발이 여자는 두 손으로 검은 목발을 짚고 나를 향해 수줍게 걸어왔다. 그녀는 목발에 의지하여 어깨를 들썩이며 일정한 걸음걸이로 절룩거리면서 나를 빤히 쳐다보았다. 겨드랑 밑으로 검은 목발 손잡이가 불룩 튀어나와 있었다…… 그녀의 털외투는 소녀의 털외투처럼 짧았고, 검은 갈색 눈 역시 소녀의 눈처럼 영리하고 맑고 순수했다. 그녀의 눈은 이미 인생의 슬픔과 비밀을 모두 알고 있는 듯했다…… 어떤 불행한 사람들, 그들의 영혼이 고스란히 반영된 그 얼굴과 눈은 얼마나 아름다운가!

잠시 후 나는 다시 내 인생을 무엇부터 쓰기 시작할 것인지 생각을 집중하려고 애썼다. 정말로 무엇부터 시작할 것인가! 우선 어느 순간에 내가 나타난 이 우주에 대해, 최소한 러시아에 대해 써야 한다. 다시 말해 나라는 존재가 어떤 나라에 속하고, 어떤 인생의 결과로 이 세상에 태어났는지 독자들이 이해하도록 해야 한다. 그러나 이것에 대해 난 무엇을 알고 있는가? 예로부터 내려오는 슬라브인들의 생활, 슬라브 종족들의 반목…… 키가 크고 머리칼이 붉은 슬라브인들은 용감하고 손님 접대가 유별나고 태양과 천둥과 번개를 숭배했으며 레시, 루살카, 보댜노이*, '대체로 자연의 힘과 현상'을 숭배했다…… 그리고 더 무엇을 알고 있나? 공후들의 초청, 블라디미르 대공을 찾아온 콘스탄티노플의 대사들, 전 국민의 애도 속에 드네프르 강으로 던져진 천둥의 신 페룬…… 현자 야로슬라프, 그의 아들들과 손자들 사이의 불화…… 커다란 둥지 프세볼로트……** 하지만 그 외 오늘날의 러시아에 대해서는 거의 알지 못한다! 분명히 지주 계층은 파산하고 농민들은 굶주리고 있다. 젬스트보의 관리들, 헌병들, 경찰들, 그리고 작가들의 말에 따르면 대가족을 부양하느라 언제나 힘들어하는 시골의 성직자들도 있다…… 또 무엇이 있나? 여기 러시아의 가장 오래된 도시들 중 하나인 오룔도 있다. 하다못해 오룔의 생활이나 오룔에 사는 사람들에 대해 배웠으면 좋았으리라. 내가 알고 있는 게 무엇인가? 거리들, 마부들, 바큇자국이 난 눈길, 가게들, 간판들, 온통 간판들…… 대주교, 현지사…… 거대한 몸집에 잘생기고 짐승 같은 경찰서장인 라솁스키…… 오룔의 자랑이자 오룔의 거장들 중 하나이며 예로부터 러시아에서 유명한 완고한 괴짜들 중 하나인 팔리친도 있다. 늙은 그는 오

* 고대 슬라브인들의 민간신앙과 민화에 등장하는 물의 요정.

** 러시아 초기 역사에서 중요한 사건과 인물을 나열하고 있다.

래된 가문 출신으로 악사코프*와 레스코프**의 친구이고, 통나무로 만든 벽을 희귀한 성상화로 장식한 고대 러시아의 궁전 같은 집에서 살고 있다. 그는 다채로운 색깔의 염소 가죽으로 꿰맨 헐렁한 카프탄을 입고 머리를 짧게 친 채로 걸어다닌다. 투박한 얼굴에 눈이 가늘고 빈틈이 없으며 소문에 의하면 아주 박식하다…… 나는 이 팔리친이라는 사람에 대해 더 무엇을 알고 있는가? 전혀 없다!

나는 다시 분노에 사로잡혔다. 왜 나는 뭔가를, 그리고 누군가를 완전하게 알아야만 하는가? 왜 내가 아는 대로, 느끼는 대로 써서는 안 된단 말인가! 나는 다시 벌떡 일어나 자신의 분노를 즐기면서, 마치 구원이라도 얻은 듯이 분노를 부여안고 이리저리 걷기 시작했다…… 나는 불현듯 지난봄에 갔던 스뱌토고르스키 수도원과 도네츠 강둑에 우뚝 선 수도원 담벼락 주위를 거닐던 다민족 출신의 순례자 집단과 새내기 수사修士를 눈앞에 그려보았다. 나는 수도원 어딘가에서 밤을 지내게 해달라고 공연히 조르면서 수도원 마당에서 이 새내기 수사 뒤를 쫓아다녔다. 새내기 수사는 어깨를 움찔하면서 두 손과 두 발과 머리칼과 제의 안에 입는 긴 옷자락을 펄럭이며 내게서 달아났다. 허리가 아주 가늘고 유연한 그는 젊음이 넘쳤다. 그는 온통 주근깨투성이 얼굴에 깜짝 놀란 녹색 눈, 몹시 더부룩하고 부드러운 연한 황금빛 곱슬머리를 하고 있었다…… 그러고 나서 나는 이런 봄날을 떠올렸다. 그때 나는 드네프르 강을 따라 끝없이 떠돌아다녔던 것 같다…… 그리고 초원 어딘가에서의 새벽…… 아침의 한기로 온몸이 꽁꽁 얼어붙은

---

* 러시아 우파 지방에서 태어난 슬라브주의자, 저널리스트, 작가.

** 오룔 부근의 고로호보 마을에서 태어난 작가.

채 기차의 딱딱한 좌석에서 깨어나 수증기로 하얗게 언 유리창 너머로 아무것도 볼 수 없었던 일을 떠올렸다. 그때 기차가 어디쯤 가고 있는지 전혀 알 수 없었다! 나는 이 알 수 없음이 참으로 매혹적이라고 느꼈다…… 아침이면 예민해지는 감정을 느끼며 나는 자리에서 벌떡 일어나 창문을 열고 창밖으로 몸을 내밀었다. 하얀 아침, 짙은 하얀 안개. 봄날 아침과 안개 냄새가 났다. 기차가 빠른 속도로 달려서 마치 축축한 세탁물로 내 얼굴과 팔을 때리는 듯했다……

14

어느 날 나는 왠지 평소의 기상 시간을 지나서까지 늦잠을 잤다. 잠에서 깨어나서도 계속 누운 채 맞은편 창문에 쏟아지는 겨울날의 고르고 하얀 빛을 바라보면서 평소와는 다른 평온, 맑은 마음과 정신 그리고 나를 둘러싸고 있는 것들의 작음과 단순함을 느꼈다. 나는 방이 몹시 가볍고 나보다 훨씬 더 작으며, 나와는 전혀 아무 상관이 없다고 느끼면서 그렇게 오랫동안 누워 있었다. 잠시 후 나는 자리에서 일어나 몸을 씻고 옷을 입고 싸구려 철제 침대 머리맡에 걸려 있는 작은 성상에 습관적으로 성호를 그었다. 놀랍게도 그 성상은 지금도 내 침실에 걸려 있다. 오래되어 돌처럼 굳어진 나무 판때기에 그려진, 짙은 올리브색의 매끈한 이 성상은 조잡한 은제 틀을 덮어쓰고 있다. 은제 틀에는 돋을새김으로 아브라함의 식탁에 앉아 있는 세 천사가 형상화되어 있고, 동양인처럼 거칠고 꺼칠꺼칠한 세 천사의 얼굴이 은제 틀의 둥근 구멍을 통해 검붉게 보인다. 이 성상은 어머니의 집안에서 대대로 전해 내려온 것으로, 수도승 생활과 비슷한 어린 시절, 소년 시절, 청년 시절의 첫 시기를 벗어나 세상으로 나올 무렵 내 인생길을 축복하기 위해 어머니가 주신 것이다. 내 세속적인 존재의 쓸쓸하고 소중했던 모든 시절이 지금은 아주 특별하고 신비하며 환상적인 시기로 여겨지고, 오랜 시간이 지나면서 마치 나로부터 멀리 떨어져 있는 무엇, 심지어 나와는 아예 무관한 것으로 변해버린 듯했다…… 성상에 성호를 긋고 나서, 나는 누워서 생각했던 물건을 사러 나갔다. 길을 가면서 전날 밤에 꾼 꿈을 떠올렸다. 마슬레니차 기간이었다. 나는 다시 로스톱체프에서 아버지와 살며 함께 서커스를 보러 가서 작고 검은 조랑말 여섯 마리가 뛰어다니고 있는 무대를 바라보고 있었다…… 조랑말들은 모두 조그만 구리 안장을 얹고 작은 방울을 화려하게 달았고, 아주 단단히 입에 재갈이 물려 있었다. 안장에 너무 팽팽하게 매여 있는 붉은 벨벳 말고삐가 조랑말의 살찐 짧은 목을 압박했는데, 목 주변에는 짧게 깎은 갈기가 검은 솔처럼 삐죽 솟아나 있었다. 이마 갈기에는 붉은 깃털이 삐죽 나 있었다…… 조랑말들은 검은 머리를 화난 듯 고집스럽게 숙이고 작은 방울을 쟁강쟁강 울리며 나란히 줄지어 속보로 사이좋게 달렸다. 털색과 키도 잘 어울리고, 하나같이 등짝이 넓고 다리가 짧은 조랑말들은 실컷 뛰어다니다가 갑자기 멈추더니 재갈을 물어뜯고 이마의 깃털을 흔들어댔다…… 프록코트를 입은 조련사는 조랑말들이 마침내 무릎을 꿇고 관객들에게 인사할 때까지 오랫동안 소리치며 채찍질을 해댔다. 그때 갑자기 신나고 빠르게 터져나온 음악은 추격하듯 조랑말들이 줄지어 둥근 무대를 따라 달리게 했다…… 나는 문방구점으로 들어가 검은 방수포로 장정한 두꺼운 노트를 사서 집으로 돌아와 차를 마시며 생각했다. '그래, 충분하다. 앞으로 어떤 선입견이나 주장을 개입시키지 않고 그냥 책을 읽고 이따금 이것저것을 짧게 적어둘 것이다. 온갖 생각과 느낌과 관찰들을……' 나는 펜촉에 잉크를 찍어서 공을 들여 선명하게 적어놓았다.

—알렉세이 아르세니예프. 기록.

그러고 나서 무엇을 쓸지 생각하면서 오랫동안 앉아 방안을 담배 연기로 가득 채웠다. 괴롭지는 않았고 그저 슬프고 평온했다. 마침내 나는 쓰기 시작했다.

—유명한 톨스토이주의자인 N 공작이 편집국에 들러 툴라의 굶주리는 사람들을 위한 모금과 경비에 대한 자신의 보고서를 실어달라고 요청했다. 그는 자그마하고 꽤 뚱뚱한 사람이다. 캅카스 장화와 비슷한 부드러운 장화, 카라쿨 양털로 만든 모자, 카라쿨 양털 칼라를 단 코트—죄다 오래되고 닳았지만 비싼 물건이고 깨끗했다—와 작은 가죽띠로 잡아맨 부드러운 회색 블라우스를 입었고, 배는 가죽띠 아래로 둥글게 튀어나왔으며, 금테 코안경을 썼다. 공작은 매우 겸손했지만 나는 그의 단정하고 매끈한 젖빛 얼굴과 차가운 눈이 정말 마음에 들지 않았다. 나는 갑자기 그를 증오하게 되었다. 물론 나는 톨스토이주의자가 아니고, 모든 사람들이 생각하는 그런 사람은 절대 아니다. 나는 삶과 사람들이 아름다워지길 바라고, 사랑과 기쁨을 불러일으키길 원한다. 나는 이것을 방해하는 것만을 증오한다.

—최근에 나는 볼호프 거리를 따라 걸어올라갔다. 해가 지고, 얼어붙은 서쪽 하늘이 맑게 개어 있고, 투명하고 차가운 녹색 하늘에서 비

치는 밝은 저녁 빛이 도시 전체를 비추고 있다. 이 저녁 빛에 감도는 이해할 수 없는 우수를 표현하기는 불가능하다. 누더기를 걸치고 추워서 얼굴이 파래진 늙은 샤르만카* 연주자가 인도에 서서 낡은 샤르만카의 피리 같은 속삭임으로, 음조의 변화로, 목쉰 소리로 그리고 이 속삭임과 목쉰 소리에서 터져나오는 낭만적인 멜로디로 얼어붙은 저녁을 가득 채우고 있다. 그것은 무언가에 대한 공상과 후회를 불러일으켜 영혼을 고통스럽게 만드는 멀고먼 낯선 땅의 오래된 멜로디다……

—나는 어디서나 우수와 공포를 느낀다. 두 주 전에 본 광경이 지금까지도 눈에 선하다. 그때도 저녁이었는데 단지 어둡고 음산했다. 나는 우연히 자그마한 교회에 들러 설교대 옆 어둠 속, 바닥 가까이에서 타고 있는 양초를 보았다. 나는 양초에 다가가 그 자리에서 얼어붙었다. 어린아이의 관머리에 붙인 양초 세 개가 종이 레이스로 가장자리를 장식한 작은 장밋빛 관과 거기에 누워 있는 거무스름한 얼굴에 이마가 넓은 아이를 슬프고 희미하게 비추고 있었다. 만약 아이의 작은 얼굴이 사기砂器처럼 반들거리지 않고, 부어오른 감긴 눈꺼풀과 세모난 작은 입에 연보랏빛이 감돌지 않았다면, 만약 누워 있는 아이의 모습에 어린 무한한 평화, 이 세상 모든 것과 격리된 영원한 고독이 없었다면, 아이가 그저 잠자고 있다고 생각했을 것이다!

—나는 두 편의 단편을 써서 발표했지만, 이야기가 온통 부자연스럽고 불쾌하다. 하나는 내가 만난 적도 없고 실제로 불쌍히 여기지도 않는 굶어 죽는 농부들 이야기이고, 다른 하나는 지주의 파산에 관한 평

---

* 건반이 없는 소형 오르간. 손잡이를 돌려 소리를 낸다.

범한 테마로 역시 지어낸 이야기다. 그러나 나는 가난한 지주 R의 집 앞에서 자라는 커다란 은색 포플러와 지주의 서재 책장 위에 놓인 움직이지 않는 박제된 매에 관해 쓰고 싶다. 매는 얼룩덜룩한 갈색 날개를 활짝 편 채 노란 유리로 만든 반짝이는 눈으로 항상 아래를 내려다보고 있다. 만일 내가 파산에 관해 쓴다면, 파산의 시적 요소만을 묘사하고 싶다. 척박한 대지, 어떤 저택의 황폐한 잔재, 정원, 하인들, 말들, 사냥개, 노인들과 노파들, 즉 '늙은 지주들'을 그리고 싶다. 그들은 젊은 지주들에게 앞방을 넘겨주고 뒷방에서 살고 있다. 이 모든 것이 슬프고 애처롭다. 나는 이 '젊은 지주들'이 어떤 사람들인지 말하고 싶다. 그들은 아직도 자신들이 진짜 귀족이고 고결하고 유일한 최상의 계급이라고 생각하고 있는 일자무식의 게으름뱅이들이고 거지들이다. 챙 달린 귀족 모자, 앞가슴이 비스듬히 트인 남자의 루바시카, 폭 넓은 바지, 부츠…… 젊은 지주들은 모이기만 하면 금세 술 마시고 담배 피우며 자랑을 늘어놓는다. 그들은 오래된 샴페인 잔으로 보드카를 마시고 큰 소리로 웃어대면서 총에 공포탄을 장전한 후 타고 있는 초를 향해 발사하여 촛불을 끈다. 그런 '젊은 지주들' 중 하나인 P는 다 무너진 저택을 버리고 오랫동안 방치된 물방앗간으로 아예 이사를 가서 코가 완전히 주저앉은 정부情婦인 한 아낙과 살고 있다. 이 지주는 두꺼운 판자나 짚더미 위에서 아낙과 잠을 자거나 '정원에서', 즉 오두막 근처의 사과나무 아래에서 잠을 잔다. 깨진 거울 조각이 하얀 구름을 비추면서 사과나무 가지에 걸려 있다. 지주는 앉아 있다가 그냥 심심해서 물방앗간 근처의 웅덩이에서 놀고 있는 농부의 오리를 향해 돌을 던진다. 그때마다 오리들은 돌연 꽥꽥 무서운 소리를 내지르며 떼를 지어 물위로 쏜살같이 달아난다.

—우리집의 옛날 농노로 눈이 먼 늙은 게라심이 있었다. 그는 맹인들이 그러듯 무슨 소리에 귀를 기울이듯이 얼굴을 들고, 지팡이로 직감에 따라 길을 더듬거리면서 걸어다녔다. 게라심은 마을 끝에 있는 작은 오두막에서 메추라기 한 마리와 홀로 외롭게 살고 있었다. 메추라기는 나무 내피로 만든 새장 안에서 항상 버둥대면서 아마포를 댄 새장 윗부분으로 튀어올랐고, 매일 윗부분에 머리를 부딪혀 대머리가 되었다. 게라심은 아무것도 볼 수 없었지만 여름날 새벽에는 늘 메추라기를 잡으러 들판을 돌아다니며 얼굴을 스치는 훈풍을 타고 들판에 퍼지는 메추라기들의 점호點呼를 즐겼다. 메추라기가 그물을 향해 점점 더 가까이 다가와 얼마간 시간이 지난 후 더 세고 더 크게, 사냥꾼에게 더 무섭게 날갯짓을 할 때 심장이 멎는 듯한 순간이 찾아오는데 이보다 더 달콤한 것은 세상에 없다고 게라심은 말하곤 했다. 게라심이야말로 사심 없는 진짜 시인이었다!

15

나는 아침을 먹으러 편집국으로 가고 싶지 않았기에 모스크바 거리에 있는 선술집으로 가서 청어를 안주 삼아 보드카 몇 잔을 마셨다. 접시에 놓인 쪼개진 청어 대가리를 보면서 나는 생각했다. '이것도 적어놓아야지. 청어는 진주처럼 광택이 나는 빰을 가지고 있다.' 그러고 나서 나는 작은 프라이팬에 담긴 셀랸카*를 먹었다. 사람들은 많지 않았지만 블린과 튀긴 빙어 냄새가 났고, 아래층 홀에는 탄내가 가득했다. 하얀 상의를 걸친 웨이터들이 허리를 구부리고 머리를 뒤로 젖힌 채 춤을 추듯이 뛰어다녔다. 모든 점에서 러시아 정신의 모범처럼 보이는 주인은 카운터 뒤에서 멋진 자세를 취하고 오래전부터 몸에 밴 엄격하고 경건한 자신의 역할을 수행하면서 웨이터들을 한 사람씩 곁눈질로 유심히 쳐다보고 있었다. 갈까마귀를 닮은, 검은 옷을 입은 작달막한 수도사들이 고리가 달린 무거운 구두를 신고 소상인들이 앉아 있는 테이블 사이를 조용히 걸어다니며 몸을 굽혀 인사하면서 표지에 은색 십자가를 박은 검정 소책자를 내밀었다. 소상인들은 눈살을 찌푸리며 지갑에서 가장 더럽고 찌그러진 코페이카 몇 닢을 꺼냈다…… 이 모든 것이 내 꿈의 연장 같아 보였다. 보드카, 셀랸카 그리고 어린 시절의 추억을 홀짝홀짝 마시던 나는 막 울고 싶어졌다…… 집으로 돌아오자마자 나는 자리에 누워 잠이 들었다. 나는 슬픔을 느끼고 뭔가를 후회하면서 어스름한 저녁에 잠에서 깨어나 머리칼을 빗으며 거울을 들여다보았다. 나는 불필요하게 길고 부자연스러운 머리칼 때문에 기분이 언짢아 이발소로 갔다. 이발소에는 두개골이 훤히 드러나고 귀가 튀어나온 작달막한 사람이 흰 가운을 걸치고 박쥐처럼 앉아 있었다. 이발사는 그 사람의 윗입술과 뺨에 비누 거품을 아주 두껍고 넉넉하게 발랐다. 그는 비누 거품이 묻은 부분을 면도기로 능숙하게 밀어낸 후, 다시 비누 거품을 약간 바르고 면도를 했다. 이번에는 면도날을 아래쪽에서부터 대충 짧게 홱홱 움직이면서 밀어댔다. 박쥐 같은 남자는 안

* 양배추, 생선, 소시지 등을 넣어 끓인 향긋한 음식.

짱다리로 엉거주춤 일어나서 가운을 잡아당기고 허리를 굽히며 얼굴을 붉혔다. 그는 한 손으론 가운을 가슴에 갖다대고, 다른 한 손으론 빨개진 얼굴을 씻기 시작했다.

"향수를 뿌려드릴까요?" 이발사가 물었다.

"그래요." 박쥐 같은 남자가 말했다.

이발사는 향수 스프레이를 칙칙 뿌리고 박쥐 같은 남자의 축축한 뺨을 작은 수건으로 가볍게 두드렸다.

"다 됐습니다." 이발사는 하얀 가운을 벗기면서 절도 있게 말했다. 자리에서 일어난 박쥐 같은 남자의 큰 귀가 달린 커다란 머리, 넓고 갸름한 붉은 가죽빛 얼굴, 면도한 후 젊은이의 눈처럼 빛나는 두 눈, 시커먼 구멍 같은 입 등이 아주 무시무시해 보였다. 그는 키가 작달막하고 어깨는 널찍했으며, 몸통은 거미같이 짧고, 다리는 타타르인처럼 굽고 가늘었다. 그는 이발사에게 팁을 찔러준 후, 멋진 검은 코트에 중산모를 쓰고 시가에 불을 붙이며 밖으로 나갔다. 이발사는 나를 바라보며 말했다.

"저 사람이 누군지 아세요? 최고 부자인 상인 예르마코프예요. 저 사람이 항상 팁을 얼마나 주는지 아세요? 자, 보세요."

그는 명랑하게 웃으면서 손바닥을 펴 보였다.

"정확히 2코페이카죠!"

잠시 후 나는 습관대로 거리를 따라 이리저리 걸어다녔다. 나는 우연히 교회를 발견해 안으로 들어갔다. 나는 외롭고 슬프면 교회로 들어가는 습관이 있었다. 교회 안은 밝게 타오르는 촛불로 따뜻했고, 슬픈 듯하면서도 즐거운 분위기였다. 한 묶음의 초가 강대講臺 부근의 긴 촛대 위에서 한 덩이가 되어 활활 타오르고 있었다. 강대 위에는 가짜 루비를 박은 구리 십자가가 놓여 있었고, 구리 십자가 앞에 신부들이 서 있었다. 신부들은 슬프고 감동 어린 목소리로 읊조렸다. "주님의 십자가를 경배합니다, 주여……" 교회 입구 옆 어스름 속에 긴 농민 외투를 입고 가죽 덧신을 신은 커다란 몸집의 노인이 서 있었다. 늙은 말처럼 거칠고 튼튼한 이 노인은 누군가에게 설교하는 듯한 딱딱한 음성으로 신부의 노래를 낮고 둔탁하게 되뇌었다. 성찬대 부근에 모여 있는 사람들 맨 앞에 황금빛 촛불의 따스한 빛을 받고 있는 순례자가 서 있었다. 그는 동굴에서 사는 사람처럼 마른 모습이었다. 성상화의 인물처럼 음울하고 갸름하며 한쪽으로 기울어진 얼굴은 길고 검은 머리채에 가려서 거의 보이지 않았다. 그의 머리채는 여자나 수도승처럼 빰에 원시적으로 드리워져 있었다. 그는 오랫동안 닳아서 반짝반짝 빛나는 긴 나무 지팡이를 왼손으로 꼭 쥐고, 가죽으로 만든 검은 자루를 어깨에 메고 있었다. 그는 모든 사람들로부터 떨어져서 혼자 꼼짝하지 않고 서 있었다. 나는 그를 바라보았다. 조국 러시아의 어두운 역사를 생각하면 견딜 수 없이 가슴이 벅차올랐다. 이 달콤하고 슬픈 감정 때문에 다시금 내 눈에 눈물이 고였다. 누군가 뒤에서 양초로 내 어깨를 밑에서부터 가볍게 두드려 나는 뒤돌아보았다. 낡은 외투를 입고 커다란 숄을 두른 노파가 허리를 굽히고 있었는데, 성한 이 하나가 노파의 잇몸에 붙어 있었다. "도련님, 십자가에!" 나는 즐겁고 겸손한 마음으로 손톱이 푸르스름한, 노파의 차갑고 생기 없는 손에서 초를 받아들고 눈부신 촛대 쪽으로 걸음을 옮겼다. 나는 서투른 동작을 부끄러워하면서 다른 초들 사이에 그 초를 간신히 세워놓고 갑자기 '떠나야겠다!'고 생각했다. 나는 뒤로 물러나 십자가에 절을 한 후, 교회의 사랑스럽고 포근한 빛과 온기를 뒤로한 채 빠르고 조심스럽게 출입구의 어둠 속으로 걸어나왔다. 교회 입구에서 음울한 어둠과 위쪽 어디선가 윙윙대는 바람이 나를 맞이했다…… '가리라!' 나는 모자를 쓰면서 스몰렌스크*로 가리라 결심한 후, 혼잣말로 다짐했다.

왜 스몰렌스크로 가는가? 나는 오랫동안 브랸스크, 브랸스크의 숲, 브랸스크의 강도들을 꿈꾸어왔다…… 나는 어느 골목의 술집으로 들어갔다. 고약한 젊은이가 테이블에 앉아 고개를 떨어뜨리고 취한 척하면서 러시아인들이 좋아하는 역할—자신의 파멸을 한탄하기—을 하며 소리치고 있었다. "난 치명적인 실수를 해서 감옥에 들어갔어!" 다른 테이블에선 검은 콧수염이 듬성듬성 난 누군가가 머리를 뒤로 젖히고 혐오스럽게 젊은이를 쳐다보았다. 긴 목, 목의 얇은 피부 밑에서 움직이는 뾰족하고 커다란 울대뼈로 보아 도둑이었다. 카운터 옆에는 비쩍 마른 다리에 착 달라붙은 초라한 드레스를 입은 술 취한 키 큰 여자가 비틀거리고 있었는데, 세탁부 같았다. 그녀는 바텐더에게 누군가의 비겁한 행위를 증명하려고 애쓰면서 유리처럼 반짝이고, 가늘고 닳아빠진 손가락으로 카운터를 두드렸다. 보드카가 담긴 작은 컷글라스가 그녀 앞에 놓여 있었다. 그녀는 이따금 보드카 잔을 집어들었지만 마시지 않고 도로 내려놓았다. 그리고 다시 손가락으로 카운터를 두드리며 계속 말했다. 나는 맥주를 마시고 싶었지만 술집의 부패한 공기 냄새가 너무 지독했고 램프는 너무 희미하게 타고 있었다. 얼어붙은 작

* 서부 러시아에 있는 스몰렌스크 주의 수도. 이 유서 깊은 도시는 모스크바에서 580킬로미터 정도 떨어져 있고, 당시엔 인구가 4만 명 정도였다.

은 창문턱에서, 거기에 놓여 있는 썩은 걸레에서 물이 흐르고 있었다……

유감스럽게도 아빌로바의 집 식당에는 손님들이 있었다. "아! 우리의 친애하는 시인! 서로들 모르시나요?" 아빌로바가 말했다. 나는 아빌로바와 인사를 나누고 손님들에게 인사했다. 아빌로바 옆에는 주름투성이의 늙은 신사가 앉아 있었다. 갈색으로 물들인 잘 다듬어진 콧수염을 길렀는데 정수리에 갈색 가발을 쓰고, 하얀 비단 조끼에 검은 모닝코트를 입고 있었다. 그는 재빨리 일어나 아주 정중하고 나이에 비해 놀라울 정도로 유연한 몸짓으로 내게 인사를 했다. 모닝코트의 앞섶은 검은 끈으로 둘려 있었다. 나는 늘 이것이 무척 마음에 들어서 모닝코트를 입은 사람들을 부러워했고 그걸 몹시 입고 싶어했다. 식탁 한가운데에 아주 능숙하게 쉬지 않고 말을 해대는 부인이 앉아 있었다. 그녀는 바다표범의 앞발 같은 단단하고 통통한 손을 내게 내밀었다. 그녀가 한 손을 올려놓은 반들반들한 쿠션 위에 장갑의 솔기가 남긴 톱니 모양의 흔적이 보였다. 그녀는 재치 있고 약간 숨을 헐떡이며 빠르게 말했다. 전혀 목이 없었고, 특히 뒤쪽, 겨드랑이 부근이 상당히 살졌다. 코르셋으로 조인 허리는 돌처럼 둥글고 딱딱했다. 또 연기같이 뿌연 잿빛 모피를 어깨에 걸치고 있었다. 모피 냄새와 그녀가 사용하는 달콤한 향수 냄새, 모직 드레스와 따스한 몸에서 나는 냄새가 뒤섞여 매우 답답했다.

손님들은 열시에 자리에서 일어나 듣기 좋은 말을 잔뜩 늘어놓고 가버렸다.

아빌로바가 웃음을 터뜨리며 말했다.

"오, 드디어 갔네! 잠시 내 방에 가서 앉아 있어요. 여긴 창문을 열어 놔야 하니까…… 그런데 무슨 일 있어요?" 그녀는 나를 부드럽게 책망하면서 두 손을 뻗었다.

나는 그녀의 손을 쥐고 대답했다.

"난 내일 떠날 겁니다……"

그녀는 깜짝 놀라며 나를 힐끗 쳐다보았다.

"어디로?"

"스몰렌스크."

"왜죠?"

"더이상 이렇게 살 순 없어요……"

"근데 왜 스몰렌스크죠? 자, 앉아요…… 난 전혀 이해할 수가 없네요……"

우리는 줄무늬 무명천으로 만든 여름용 커버를 씌운 소파에 앉았다.

"여기 이 무명천 보이죠?" 내가 말했다. "기차의 객실 의자에 씌운 무명천. 나는 이 무명천을 편안한 마음으로 볼 수 없어요. 떠나고 싶은 생각이 들게 하거든요."

그녀는 소파에 더 깊숙이 앉았고 그녀의 다리가 내 앞에 놓였다.

"그런데 왜 스몰렌스크죠?" 이해할 수 없다는 눈으로 나를 바라보면서 그녀가 물었다.

"그다음에 비텝스크…… 그리고 폴로츠크*……"

"왜요?"

* 폴로츠크 공국의 이전 수도로 11~13세기에 주요한 도시였다. 19세기 말엽에는 자주 곤경에 처했는데, 당시 인구는 2만 명 정도였다.

"모르겠어요. 무엇보다 스몰렌스크, 비텝스크, 폴로츠크란 단어들이 아주 맘에 들어서……"

"아니, 농담하지 말고요."

"농담이 아닙니다. 어떤 단어들은 울림이 좋다는 걸 정말 모르나요? 옛날에 스몰렌스크는 항상 불타고 있었고, 늘 포위되어 있었어요…… 심지어 난 스몰렌스크가 고향처럼 느껴져요. 한번은 스몰렌스크에 무시무시한 화재가 일어나서 우리 가문의 문서들이 불타버렸어요. 그래서 우린 엄청난 유산권과 가문의 특권을 잃어버렸지요……"

"오, 갈수록 태산이네! 당신은 그녀가 너무 그리운 거죠? 그녀가 편지를 하지 않나요?"

"아뇨. 문제는 그게 아니에요. 오룔에서의 생활은 무엇 하나 맘에 안 들어요. '떠도는 사슴은 자신의 방목지를 안다……' 글을 쓰는 것도 아주 절망적이에요. 아침 내내 앉아 있지만 머릿속에는 잡생각만 들고 마치 미친놈 같아요. 난 뭘 위해 살고 있을까? 내 고향 바투리노에는 가게 주인의 딸이 있는데, 이미 시집가길 포기하고 날카롭고 악의에 찬 눈으로 사물을 관찰하며 살고 있답니다. 나도 그렇게 살고 있어요."

"당신은 정말 아직도 어린애군요!" 그녀는 부드럽게 말하고 내 머리칼을 쓰다듬었다. "단지 최하등 생물들만 빠르게 성장해요. 그리고 어린애 아닌 사람이 어디 있어요? 한번은 오룔로 기차를 타고 가는데 옐레츠 지역재판소 위원이 내 옆에 앉아 있었어요. 스페이드 킹처럼 존경할 만하고 진지한 사람이었죠. 그 사람은 〈새 시대〉를 읽으면서 오랫동안 앉아 있다가 자리에서 일어나 나가더니 사라져버렸어요. 난 걱정이 되어 밖으로 나가 객차 끝에 있는 플랫폼으로 나가는 문을 열었지요.

덜컹대는 기차 소리 때문에 그는 내가 오는 소릴 듣지 못했고 날 보지도 못했어요. 그런데 내가 뭘 봤는지 알아요? 그는 기차 바퀴 소리에 맞춰 다리를 무모하게 휘저어대며 용감하게 춤을 추고 있었어요."

그녀는 눈을 들어 나를 바라보더니 갑자기 의미심장하게 나직이 물었다.

"같이 모스크바에 가고 싶지 않아요?"

내 마음속에서 무언가 무섭게 전율했다…… 나는 얼굴을 붉혔고, 그녀의 제의를 거절하면서 고맙다고 웅얼댔다…… 지금까지도 나는 커다란 상실의 아픔을 느끼며 이 순간을 떠올리곤 한다.

16

다음날 밤, 나는 이미 텅 빈 삼등실 객차에서 시간을 보내고 있었다. 완전히 혼자였고, 좀 무섭기까지 했다. 흐린 등불 빛이 나무의자 위에서 흔들거리며 슬프게 떨었다. 나는 검은 창문 앞에 섰다. 보이지 않는 창문 구멍을 통해 차갑고 매서운 바람이 들어왔다. 나는 얼굴로 내리쬐는 불빛을 두 손으로 가리고 밤의 어둠과 숲을 긴장해서 바라보았다. 수천 마리의 붉은 벌들이 떼를 지어 몰려왔다가 이따금 겨울의 찬 기운과 함께 사라지곤 했다. 향냄새와 기관차에서 타는 장작 냄새가 났다…… 아, 숲속의 밤은 너무나 환상적이고 어둡고 엄격하고 위엄이 있었다! 끝이 없는 숲속의 길은 좁고 깊었으며, 길 따라 일렬로 빽빽이 늘어선 수백 년 된 소나무들은 거대한 검은 유령 같았다. 밝은 사각형의 창문들이 숲 가장자리에 쌓인 하얀 눈더미를 따라 비스듬히 달렸고, 이따금 전신주가 휙휙 스쳐지나갔다. 모든 것이 더 높고 더 멀리 어둠과 신비 속으로 가라앉았다.

아침에 나는 갑자기 활기찬 기분으로 깨어났다. 모든 것이 밝고 고요했다. 기차는 이미 스몰렌스크의 커다란 역에 정차해 있었다. 나는 객차에서 펄쩍 뛰어내려 신선한 공기를 게걸스럽게 들이마셨다…… 기차역 문가에 사람들이 뭔가를 빙 둘러싸고 몰려 있었다. 나는 그쪽으로 달려갔다. 사냥에서 잡힌 야생 멧돼지가 누워 있었다. 더럽고 거대하고 힘세고 빳빳하게 얼어붙은 멧돼지였다. 얼핏 보아도 잔혹하고 끔찍했다. 긴 잿빛 바늘 같은 빳빳한 털이 온몸에 빽빽이 솟아 있고, 물기 없는 눈이 여기저기에 묻어 있었다. 멧돼지는 돼지의 눈과 강하게 씹을 수 있는, 두 개의 커다란 하얀 어금니를 갖고 있었다. '여기에 머무를까?' 나는 잠시 생각했다. '아니다, 더 멀리 비텝스크로 가자!'

나는 저녁 무렵 비텝스크에 도착했다. 아주 춥고 맑은 저녁이었다. 사방이 많은 눈으로 덮여 있어 황량하고 깨끗하고 순수했다. 비텝스크는 아주 오래된 도시처럼 보였는데, 러시아의 도시 같지가 않았다. 하나의 견고한 통일체처럼 보이는, 지붕이 가파른 높다란 집들에는 작은 창문이 있고 아래층에 깊고 투박한 반원형 대문이 달려 있었다. 나는 긴 상의에 하얀 양말과 반장화를 신은 늙은 유대인들을 계속해서 만났다. 그들은 관 모양의 뒤틀린 양뿔 비슷한 구레나룻을 기르고 핏기 없는 얼굴에 슬프고 의문에 가득찬 검은 눈을 하고 있었다. 중앙로에서는 사람들의 행렬을 만났다. 연보라색, 비둘기색, 석류색의 두꺼운 벨벳 코트 등 지방 유대인의 화려한 스타일로 한껏 멋을 낸 통통한 처녀들이 인도를 따라 천천히 움직이고 있었다. 젊은 남자들이 처녀들 뒤에서 조용히, 일정한 거리를 두고 걸어갔다. 모두 중산모를 쓴 젊은 남자들도 구레나룻을 길렀고, 처녀처럼 부드럽고 사탕같이 둥근 동양인의 얼굴에 잔털이 잘 다듬어진, 비단처럼 부드럽고 젊은이다운 뺨과 나른한 산양의 눈빛을 하고 있었다…… 나는 상상한 대로 아주 오래된 이 도시에서 놀랍고 새로운 것을 한껏 느끼면서 마치 매혹당한 사람처럼 젊은이들 사이를 걸어갔다.

날이 어두워졌고, 나는 어느 광장에 이르렀다. 광장에는 두 개의 종탑이 있는 노란 가톨릭 성당이 솟아 있었다. 성당 안으로 들어가면서 나는 어스름한 불빛 속에 여러 줄로 늘어선 벤치들을 보았다. 앞쪽 성찬대에는 작은 불꽃들이 반원 형태로 놓여 있었다. 갑자기 머리 위 어디에선가 오르간이 생각에 잠긴 듯이 천천히 울려퍼졌다. 오르간 소리는 점점 커지더니 날카로운 금속성으로 변했다…… 그 소리는 자신을 짓누르는 뭔가를 뿌리치고 나오는 것처럼 심하게 떨리며 빠드득 소리를 내기 시작하더니, 갑자기 그것을 뚫고 나와 하늘을 찬미하는 노래가 되어 낭랑하게 울려퍼졌다…… 앞쪽, 촛불 사이에서 중얼거리는 목소리가 높아졌다 낮아졌다 했고, 콧소리가 섞인 라틴어 찬양이 크게 울려퍼졌다. 양옆으로 앞쪽을 향해 죽 늘어선 커다란 돌기둥들이 위쪽 어둠에 파묻혀 있었고, 철갑병 같은 형상들이 검은 유령들처럼 좌대 위에 서 있었다. 제단 위쪽에서 커다란 색유리창이 희미하게 사라져가고 있었다……

17

그날 밤 나는 페테르부르크로 떠났다. 나는 가톨릭 성당에서 나와 폴로츠크로 가는 기차가 있는 역으로 돌아갔다. 폴로츠크의 오래된 호텔에 묵으면서, 왠지 당분간은 완전한 고독 속에서 살고 싶었다. 폴로츠크로 가는 기차는 늦게 출발했다. 역은 텅 비었고 어두웠다. 카운터 위에서 졸린 듯한 램프 하나가 간이식당을 비추고 있었고, 벽시계는 너무나 느리게 똑딱거려서 곧 멈춰 설 것만 같았다. 나는 아주 오랫동안 죽음 같은 정적 속에 앉아 있었다. 마침내 어디선가 사모바르 끓는 냄새가 나고, 역이 활기를 띠면서 환하게 밝아지기 시작했다. 나는 내가 무슨 일을 하고 있는지도 모르면서 서둘러 페테르부르크로 가는 기차표를 끊었다.

비텝스크 역에서 폴로츠크로 가는 기차를 하염없이 기다리면서 나는 주변의 모든 것들로부터 소외되어 두려웠을 뿐만 아니라 놀라고 당혹스러웠다. 내 앞의 이것들은 도대체 무엇이고, 나는 왜, 이 모든 것들 사이에 있는 걸까? 카운터와 그 위에서 졸린 듯 타오르는 램프가 있는 적막하고 어두침침한 간이식당, 길고 높은 역사 대합실의 어스레한 공간, 한가운데 있는 테이블과 그 위에 놓인, 모든 역에 으레 갖추어진 공공 기물들, 등이 구부정하고 뒷자락이 늘어진 프록코트를 입고 있는 조는 듯한 늙은 웨이터. 밤의 역사에서 끓는 사모바르 냄새가 간이식당에 싸하게 풍기는 시각에 이 웨이터는 비실거리며 카운터 뒤쪽으로 발을 질질 끌며 걸어갔다. 웨이터는 노인 특유의 불만족스럽고 어색한 동작으로 벽 근처 의자로 기어올라가 떨리는 손으로 반투명 유리가 씌워진 벽 램프의 불을 켰다…… 잠시 후 키가 큰 헌병이 거만하게 박차를 쩔렁거리면서 간이식당을 지나 플랫폼으로 걸어갔다. 헌병이 입고 있는 아주 긴 외투와 외투 뒤쪽의 갈라진 슬릿은 값비싼 종마의 꼬리를 떠올리게 했다. 도대체 이것은 무엇인가? 왜? 무엇 때문에? 헌병이 플랫폼으로 걸어나가면서 문밖에서 묻혀 들여온 겨울밤과 눈의 신선함을 그 무엇과 비교할 수 있을까! 바로 이 순간에 나는 망연한 상태에서 깨어났고, 어인 일인지 돌연 페테르부르크로 가리라 결정했던 것이다.

폴로츠크에는 겨울비가 내리고 있었다. 비에 젖은 거리는 초라했다. 나는 기차들 사이로 폴로츠크의 풍경을 그저 힐끗 쳐다보고 나서, 자신의 환멸감에 기뻐했다. 여행을 계속하면서 나는 이렇게 적어놓았다. "끝없는 하루. 끝없이 펼쳐지는 눈 덮인 숲의 광활함. 창문 너머로 보이는 언제나 생기 없는 창백한 하늘과 눈. 기차는 컴컴한 밀림 속으로 들어갔다가 다시 황량하고 탁 트인 눈 덮인 평원으로 나온다. 저멀리 평원의 지평선을 따라, 먹처럼 시커먼 숲 위로 흐릿하고 납덩어리 같은 하늘이 걸려 있다. 역들은 모두 나무로 지어져 있다…… 북쪽, 북쪽으로!"

내게 페테르부르크는 북쪽 맨 끝 도시처럼 보였다. 마부가 어스레한 눈보라 속에서 나를 태우고 리고프카와 니콜라이 역 쪽으로 난 거리를 따라 잽싸게 달렸다. 그 거리들은 이상할 정도로 정연하고 높고 하나같이 똑같아 보였다. 겨우 두시가 조금 넘었는데, 역의 공공 구조물 위에 걸린 둥근 시계가 눈보라 속에서 빛나고 있었다. 나는 역에서 두어 걸음 떨어진 곳, 운하를 끼고 있는 리고프카 쪽에 멈춰 섰다. 여기는 끔찍한 곳이었다. 장작 창고, 마부들의 숙소, 찻집, 선술집, 맥줏집이 있었다. 나는 마부가 추천한 호텔로 들어가 옷도 벗지 않은 채 오랫동안 앉아서, 육층 호텔방의 한없이 슬픈 창문과 늦은 오후의 흐릿한 눈더미를 내다보았다. 여행 후의 피로와 기차의 흔들림 때문에 어질어질했다…… 페테르부르크! 나는 페테르부르크를 강렬하게 느꼈다. 나는 페테르부르크에 있고, 페테르부르크의 어둡고 복잡하고 불길한 장엄함에 둘러싸여 있다. 방은 난방이 잘되어 있었지만, 낡은 모직 커튼과 모직 천을 씌운 등받이 없는 의자 냄새, 그리고 싸구려 호텔 방바닥에 바른 불그스레한 물질에서 나는 지독한 악취로 숨이 막힐 것 같았다. 나는 밖으로 나와 가파른 계단을 따라 밑으로 뛰어내려갔다. 거리로 나오자 차가운 눈보라가 얼굴을 때렸고, 한 치 앞도 보이지 않았다. 나는 눈보라 속에서 어른거리는 마차를 잡아타고 이국적인 것을 느끼러 핀란드 역으로 내달렸다. 그곳에서 빠르게 술에 취했고, 갑자기 리카에게 전보를 보냈다.

'내일모레 도착할 거야.'

사람들로 붐비는 거대하고 오래된 모스크바는 햇빛에 녹아 반짝이는 눈빛, 막 녹아내리는 눈더미, 진창과 물웅덩이, 종소리를 울리고 쿵쾅거리며 달리는 마차들, 행인들과 말 탄 사람들이 뒤엉켜 내는 이해할 수 없는 소음들, 짐을 잔뜩 실은 수많은 농민용 썰매들, 더럽고 좁은 거리, 민속목판화처럼 화려하고 아름다운 크렘린 벽과 궁전과 건물들, 그 사이에 빽빽이 들어차서 반짝이는 황금빛 교회의 원형 지붕들로 나를 맞이했다. 나는 성 바실리 성당을 보고 깜짝 놀랐고, 크렘린 안의 성당들을 이리저리 거닐다가 오호트니 랴트에 있는 유명한 예고로프 선술집에서 점심을 먹었다. 그곳은 참으로 멋졌다. 아래층은 다소 우중충하고 장사꾼들로 시끄러웠지만, 두 개의 나직한 홀이 있는 위층은 깨끗하고 조용하고 잘 꾸며져 있었는데, 거기서는 담배도 피울 수 없었다. 또한 바깥 마당 쪽으로 난 작고 따스한 창문을 통해 들어오는 햇빛과 새장 속에서 지저귀는 카나리아의 노랫소리로 아주 아늑했다. 구석에는 램프가 하얗게 타오르고 있었고, 거무스름한 옻칠을 한 검은 그림이 한쪽 벽 위쪽 절반을 차지한 채 빛나고 있었다. 위쪽으로는 구부러진 비늘 모양의 지붕, 긴 테라스, 테라스에서 차를 마시고 있는, 어울리지 않게 덩치가 큰 중국인들이 보인다. 노란 얼굴의 중국인들은 황금색 가운에 싸구려 램프에 씌우는 갓 같은 녹색 원추형 모자를 쓰고 있었다…… 그날 저녁에 나는 모스크바를 떠났다……

우리 도시에서 사람들은 이미 마차를 타고 다녔고, 역에는 아조프해에서 불어오는 거친 바람이 몰아치고 있었다. 이미 눈이 치워져 마르고 산뜻한 플랫폼에서 리카가 나를 기다리고 있었다. 봄 모자가 바람에 흔들려 그녀는 나를 볼 수 없었다. 나는 멀리서 그녀를 보았다. 그녀는 바람 때문에 눈살을 찌푸리고 당황하면서 움직이는 객차를 바라보며 나를 찾고 있었다. 그녀에게는, 가까운 사람과 헤어진 후 다시 그 사람을 볼 때면 우리를 놀라게 하는 감동적이고 애처로운 뭔가가 있었다. 그녀는 말랐고 수수하게 옷을 입고 있었다. 내가 기차에서 펄쩍 뛰어내렸을 때, 그녀는 입술에서 베일을 걷어올리려고 했지만 그러지 못하고, 베일을 쓴 채 죽은 사람처럼 창백해지며 내게 어색하게 입맞춤했다.

마차를 타고 가면서 그녀는 말없이 바람 부는 쪽으로 머리를 수그렸고, 괴롭고 무뚝뚝한 목소리로 단지 몇 번 이렇게 되뇔 뿐이었다.

"내게 무슨 짓을 한 거야, 내게 무슨 짓을 한 거야!"

잠시 후에 그녀는 여전히 심각하게 말했다.

"드보랸스카야 호텔로 갈 거지? 나도 자기와 같이 갈 거야."

현관에 홀이 있는 커다란 이층 호텔 객실로 들어가자마자 그녀는 소파에 앉아 복도 담당 급사가 내 여행 가방을 방 한가운데 양탄자 위에 멍청하게 내려놓는 것을 바라보았다. 여행 가방을 내려놓고 나서 급사는 시킬 일이 있느냐고 물었다.

"없어요." 그녀가 나를 대신해서 말했다. "가봐요……"

그녀는 모자를 벗기 시작했다.

"왜 아무 말도 안 하는 거야. 내게 할말 없어?" 그녀는 떨리는 입술을 깨물며 덤덤하게 말했다.

나는 무릎을 꿇고 그녀의 다리를 껴안고는 스커트 위에 입을 맞추며 눈물을 흘렸다. 그녀는 내 머리를 들어올렸다. 나는 형용할 수 없이 달콤하고 익숙한 그녀의 입술과 심장을 얼어붙게 하는 엄청난 행복을 다시 깨닫고 느꼈다. 나는 벌떡 일어나 문의 열쇠를 돌리고 얼음같이 찬 손으로 창문의 하얀 물방울 무늬 커튼을 내렸다. 창문 밖에서 검은 봄 나무가 바람에 흔들리고 있었고, 그 나무 위에서 갈까마귀 한 마리가 술 취한 사람처럼 건들거리며 불안하게 큰 목소리로 울었다……

"아버지는 한 가지만 요구하셔." 잠시 후 그녀는 망연한 상태로 누워 조용히 말했다. "여섯 달만이라도 결혼식을 미루라는 거야. 기다려. 어쨌거나 이제 내 인생은 오로지 자기 거야. 마음대로 해."

켜지 않은 초가 경대 위에 있었고, 창문에 걸린 커튼이 윤기 없이 하얗게 보였다. 백묵같이 하얀 천장에서 갖가지 이상한 형상의 조형 장식이 우리를 내려다보고 있었다.

18

우리는 게오르기 형이 하리코프를 떠나 옮겨간 소러시아의 도시로 떠났다. 둘 다 게오르기 형이 책임자로 있는 지방자치회 통계국에서 일하기로 되어 있었다.* 우리는 수난주간과 부활절을 바투리노에서 보냈다. 어머니와 여동생은 리카를 몹시 사랑했고 아버지도 사랑스럽게 '너'라고 부르며, 그녀가 아침마다 손에 입맞춤하도록 했다. 니콜라이 형만이 냉정하고 정중하게 그녀를 대했다. 그녀는 말수가 적었고 조금 어리둥절했으나 우리의 가족, 집, 영지, 내 방, 내 책에 자신이 관련되어 있음을 새삼 깨닫고는 행복해했다. 내가 젊은 시절을 보낸 방이 아주 멋지고 감동적으로 보였던 것이다. 그녀는 내 방에서 조심스럽게 기쁨을 느끼며 내 책들을 훑어보았다…… 그러고 나서 우리는 떠났다.

우리는 밤새 오룔까지 갔다. 새벽에는 하리코프로 가는 기차로 갈아탔다.

맑은 아침에 우리는 차량 복도의 뜨거운 창가에 서 있었다.

"참 이상도 하지. 난 오룔과 리페츠크 말고는 가본 데가 없어!" 그녀가 말했다. "다음이 쿠르스크지? 내게 쿠르스크는 이미 남쪽 지방이야."

---

* 1892년에 부닌은 파셴코와 함께 소러시아(우크라이나)에 있는 폴타바로 갔다. 부닌의 형은 부닌에게 통계국 일자리를 알선해주었고, 부닌은 이곳에서 이 년 동안 즐거운 시간을 보내게 된다.

"그래. 내게도 그래."

"쿠르스크에서 아침 먹을 거야? 자기도 알지, 내가 절대 역전에서는 먹지 않는 걸……"

쿠르스크를 지나 더 멀리 가면 갈수록 더 따스해지고 즐거워졌다. 침목 옆의 경사면에는 이미 풀이 무성하고 꽃이 피고 흰 나비가 날아다닌다. 나비를 보니 이미 여름이다.

"그곳 여름은 무더울 거야!" 그녀가 웃음을 지으며 말했다.

"형이 도시 전체가 정원이라고 썼어."

"아, 소러시아. 난 전혀 생각지도 못했어…… 저것 봐, 엄청나게 큰 포플러야! 벌써 완연한 녹색이야! 왜 저렇게 물방앗간이 많을까?"

"저건 풍차지 물방앗간이 아니야. 이제 백악산白堊山이 나타나고, 그 다음에 벨고로드가 나올 거야."

"이제 자기를 이해하겠어. 나도 이토록 풍부한 햇빛이 없는 북쪽에서는 살 수 없을 것 같아."

나는 창문을 내린다. 맑은 바람이 따스하게 불고, 기관차의 연기에서 남쪽답게 석탄 냄새가 난다. 리카는 눈을 반쯤 감고 있다. 뜨거운 햇살이 돌아다니며 그녀의 얼굴, 이마에서 나풀거리는 까만 머리칼, 소박한 무명 드레스를 눈부시게 비추고 따스하게 달구었다.

벨고로드 아래 계곡에는 화려하게 꽃이 핀 사랑스럽고 소박한 벚나무 동산이 있고, 백악 가루를 바른 하얀 농가들이 있다. 벨고로드 역에서는 말을 빨리 하는 귀여운 소러시아 여자들이 두꺼운 고리빵을 팔았다.

리카는 고리빵을 사면서 흥정을 하고, 자신의 알뜰한 살림솜씨와 소러시아어 단어를 몇 마디 한 것에 만족해한다.

저녁에 하리코프에 도착한 우리는 다시 기차를 갈아탄다.

새벽녘에 우리는 도착한다.

그녀는 잠을 자고 있다. 객차의 초가 다 타들어간다. 초원은 아직 밤이고, 깜깜한 어둠에 묻혀 있다. 깜깜한 어둠 너머 저멀리 나지막하고 수수께끼처럼 푸르른 동쪽이 있다. 이곳의 땅은 우리가 사는 땅과는 전혀 다르고, 육중한 회청색 분묘들이 있는 끝이 보이지 않는 벌거숭이 평원이다! 잠자는 듯한 간이역이 깜빡인다. 간이역 주변에는 관목 하나, 나무 한 그루 없다. 헐벗은 석조 간이역은 동이 트는 신비한 순간에 희푸르게 보인다…… 이곳 역들은 너무도 쓸쓸하다!

마침내 날이 밝아 객실도 환해진다. 아래쪽 바닥은 아직 어둡지만 위쪽은 이미 훤하다. 그녀는 베개에 얼굴을 파묻고 다리를 웅크린 채 잠을 자고 있다. 나는 어머니가 리카에게 선물한 오래된 비단 숄로 조심스럽게 그녀를 덮어준다.

19

역은 시내에서 멀리 떨어진 넓은 골짜기에 있었다. 역은 작고 쾌적했다. 친절한 하인들과 상냥한 짐꾼들이 있었고, 두 마리 말 사이에 끌채를 맨 수수한 여행 마차의 마부석에는 친절한 마부들이 앉아 있었다.

시내는 온통 울창한 정원으로 덮여 있고, 절벽 위에는 게트만* 성당이 서 있었다. 이 성당에서 동쪽과 남쪽이 내려다보였다. 동쪽 골짜기에는 가파른 언덕이 따로 떨어져 있고, 언덕 위에 오래된 수도원이 있었다. 그 너머는 푸르고 황량했으며, 골짜기는 점차 경사진 초원으로 이어져 있었다. 남쪽으로는 강과 인접한 밝은 초원 너머로 햇살이 눈부시게 빛나 시야를 가렸다.

시내의 많은 거리들은 정원과 널을 깐 '보도'를 따라 줄지어 늘어선 포플러들로 비좁아 보였다. 보도에서 허벅지가 꽉 끼는 옷을 입고 튼튼한 어깨에 무거운 물지게를 진, 가슴이 풍만하고 당당한 여자를 종종 만날 수 있었다. 우리는 이상할 정도로 키가 크고 몸통 둘레가 큰 포플러를 보고 황홀해했다. 5월인데도 천둥을 동반한 비와 폭우가 자주 쏟아졌다. 포플러는 무성한 초록 이파리들을 반짝이며 신선하고 향긋한 수지樹脂 냄새를 풍겼다! 이곳의 봄은 항상 맑고 상쾌했으며, 여름은 무덥고 가을은 청명했다. 습한 바람이 부는 긴 겨울은 온화했다. 썰매들은 작은 방울들을 둔탁하고 매혹적으로 절렁절렁 울리면서 거리를 돌아다녔다.

우리는 이런 거리에 있는 코반코라는 늙은 노인의 집에서 살게 되었다. 커다란 몸집에 햇볕에 그을린 가무잡잡한 얼굴, 백발을 둥그렇고 짧게 친 이 노인은 안마당, 곁채, 정원이 딸린 저택을 가지고 있었다. 노인은 곁채에서 살았고, 정면에 커다란 유리 회랑이 있고 정원 때문에 뒤에서부터 그늘이 지는, 백악 가루가 하얗게 칠해진 집을 우리에게 세를 놓았다. 노인은 어딘가에서 일했는데, 일터에서 돌아오면 배부르게 먹고 휴식을 취했다. 그러고 나서 옷을 절반쯤 걸치고 활짝 열

---

* 17~18세기 소러시아의 통치자.

린 창 밑에 앉아 '파이프 담배'를 피우며 계속 노래를 불렀다. "오이, 나 고리 타 젠츠이 쥐누티……"*

방들은 천장이 낮고 평범했다. 컬러 수를 놓은 거칠고 두꺼운 아마천을 씌운 오래된 궤가 문간방에 있었다. 젊은 카자크 처녀가 시중을 들었는데, 이 처녀의 아름다움에는 뭔가 타타르적인 것이 깃들어 있었다.

형은 더 상냥하고 친절해졌다. 나의 기대는 틀리지 않았다. 형과 리카 사이에 곧 친근하고 다정한 친밀감이 형성되었다. 내가 그녀나 형과 말다툼을 할 때 그들은 항상 서로의 편을 들곤 했다.

우리의 동료들과 알음알이들(의사들, 변호사들, 지방자치회 의원들)로 이루어진 서클은 형의 하리코프 서클과 비슷했다. 나는 그 서클에 쉽게 들어갔고, 하리코프에서 여기로 이사 온 레온토비치와 바긴을 만나 반가웠다. 이 서클이 하리코프 서클과 다른 점은 보다 온건한 사람들의 모임이라는 것뿐이었다. 서클 회원들은 도시 생활에 잘 적응하여 넉넉하게 살았고, 도시의 다른 단체에 속한 사람들은 물론 심지어 경찰서장과도 사이좋게 지냈다.

우리는 지방자치회의 한 의원의 집에서 자주 모였다. 그는 5천 데샤티나**의 땅과 1만 마리의 가축을 소유하고 있었다. 그는 가족을 위해 집을 넉넉하고 세속적으로 꾸려나갔다. 언젠가 야쿠츠크에서도 산 적이 있는 그는 몸집이 작고 겸손했으며, 옷을 초라하게 입고 있어서 자기 집에 있는데도 불쌍한 손님처럼 보였다.

---

* 소러시아어로 '오, 그들은 언덕에서 풀을 베고 있네'라는 뜻이다.

** 미터법 시행 이전의 러시아 지적 단위. 1데샤티나는 1.092헥타르에 해당한다.

20

안마당에는 오래된 돌우물이 있고, 곁채 앞에는 두 그루의 하얀 아카시아가 자라고 있었다. 현관 계단 근처에 유리 회랑 오른쪽을 가리고 있는 밤나무의 까만 우죽이 우뚝 솟아 있었다. 여름날 아침 일곱시경에 이 모든 것은 이미 뜨거워지고 햇빛에 반짝였다. 닭장에서는 암탉들이 미심쩍다는 듯 정신없이 꼬꼬댁거리는 소리가 단조롭게 울려퍼졌다. 그러나 방안은, 특히 창문이 정원 쪽으로 난 뒷방은 서늘했다. 리카가 작은 타타르 슬리퍼를 신고 서서 추워서 가슴을 웅크린 채 물을 튀기며 몸을 씻던 침실에서는 물과 향수 비누 냄새가 상큼하게 풍겼다. 그녀는 머리칼 아래 목 뒤쪽에 비누를 칠한 채 나를 향해 물 묻은 얼굴을 돌리고 부끄러워하면서 발을 굴렀다. "저리 가!" 잠시 후 회랑 쪽으로 창문이 난 방에서 차 끓이는 냄새가 났다. 밑에 금속판을 댄 구두를 신은 카자크 처녀가 딸그락딸그락 소리를 내며 그 방을 돌아다녔다. 그녀는 맨발에 구두를 신었는데, 훤히 드러난 복사뼈가 순종 암말의 복사뼈처럼 가늘었고 치마 밑에서 동방처럼 빛났다. 호박琥珀 목걸이를 맨 둥근 목도 빛났다. 그녀의 검은 머리칼은 생기 있게 윤이 났고, 사팔눈도 역시 빛났으며, 움직일 때마다 엉덩이가 흔들렸다.

형은 한 손에 담배를 들고 아버지와 똑같은 미소를 짓고 행동하면서 차를 마시러 나왔다. 작은 키에 점점 살이 찌는 형은 아버지와 달랐지만, 지주 귀족의 습관에서 생긴 뭔가가 있었다. 형은 옷을 잘 입기 시작했고, 자유롭고 세속적으로 다리를 꼬고 앉아 담배를 꼬나물곤 했다. 이전엔 모두가 형의 빛나는 미래를 확신했다. 형 자신도 자신의 빛나는 미래를 믿었지만, 지금은 소러시아의 벽지에서 자기가 맡은 역할에 만족하고 있었다. 형은 눈을 반짝이며 차를 마시러 나왔다. 그는 스스로를 아주 생기 있고 건강하다고 느꼈다. 우리는 형 가족의 일원이었고 형에게 매우 소중한 존재였다. 우리와 함께 직장에 걸어가는 것이 형에게는 일상의 즐거움이었다. 하리코프에서처럼 형은 담배를 피우고 잡담하면서 일과의 반을 보냈다. 마침내 모든 준비를 끝내고 화려하고 밝은 여름옷을 입은 리카가 나타나자 형은 그녀의 손에 입을 맞추며 기쁨을 감추지 못했다.

우리는 햇살 아래 기름칠한 듯이 반들거리는 아름다운 포플러 길을 따라, 뜨거운 담장과 달구어진 정원 아래 뜨거운 나무 판때기가 깔린 인도를 따라 걸어갔다. 그녀의 활짝 펼쳐진 밝은 실크 양산이 짙푸른 창공 속에서 볼록하고 동그랗게 보였다. 잠시 후 우리는 무더운 광장을 가로질러 노란 지방자치회 건물로 들어갔다. 아래층에서 수위들의 장화 냄새와 그들이 피워대는 싸구려 잎담배 냄새가 났다. 반들반들한 검은 신사복을 입은 사무원들과 서기들이 손에 서류를 들고 이층으로 난 계단을 근심스러운 표정으로 오르락내리락했고, 소러시아식으로 머리를 숙이고 있었다. 그들은 언뜻 평범해 보였지만 교활하고 아주 경험이 많은 족속들이다. 우리는 계단 아래를 지나서 일층 안쪽 깊숙이, 우리의 부서가 있는 나지막한 방으로 들어갔다. 인텔리겐치아답게 꾀죄죄하고 활기찬 얼굴들로 가득찬 이 방의 분위기는 매우 유쾌했다…… 여기서 여러 군으로 보내려고 온갖 질문서들을 봉투에 넣고 있는 그녀를 보고 있자니 왠지 이상했다.

정오에 수위들이 싸구려 찻잔에 담은 차와 레몬 조각을 담은 싸구려 접시들을 가져왔다. 처음엔 관비로 지급되는 이 모든 것이 왠지 기분 좋게 느껴졌다. 그때 다른 부서의 친구들이 잡담도 하고 담배도 피우려고 우리 방에 모여들었다. 지방자치 기관의 서기인 술리마도 우리에게 오곤 했다. 이 사람은 잘생기고 약간 등이 굽었는데 금테 안경을 쓰고 있었다. 그의 멋진 검은 머리칼과 턱수염은 벨벳처럼 빛났다. 그는 부드럽고 간드러진 걸음걸이와 간드러진 미소 그리고 간드러지게 말하는 습관을 갖고 있었다. 늘 미소를 지었고, 항상 자신의 부드러움과 우아함을 즐겼다. 대단한 탐미주의자였던 그는 골짜기 언덕에 서 있는 수도원을 '굳어버린 화음'이라고 불렀다. 그는 종종 우리 사무실에 와서 더욱더 행복하고 신비스럽게 리카를 바라보곤 했다. 그는 리카의 책상으로 다가와 그녀의 손 위로 허리를 잔뜩 구부리고 안경을 들어올리며 달콤하고 부드럽게 미소 지었다. "지금 뭘 보내고 있어요?" 그녀는 온몸을 펴면서 될 수 있는 대로 상냥하지만 간단히 대답하려고 애썼다. 내 마음은 아주 평온했다. 이제 나는 다른 사람들이 그녀에게 관심을 보여도 전혀 질투하지 않았다.

오룔의 〈목소리〉 편집국에서처럼 나는 이 직장에서 우연히 특별한 지위를 차지했다. 사람들은 직원인 내게 상냥했지만 조롱하듯이 바라볼 때도 있었다. 나는 자리에 앉아 어떤 군의 어떤 읍에 담배와 사탕무를 얼마나 심고, 사탕무에 해를 끼치는 딱정벌레들을 '퇴치'하기 위해 어떤 조치를 취해야 하는지 천천히 계산하고 보고서를 작성했다. 이따금 나는 주변의 대화에 신경을 쓰지 않고 그냥 뭔가를 읽었다. 내 책상이 있고 새 펜촉과 연필과 아주 좋은 필기 용지를 얼마든지 사무소에 요청할 수 있다는 사실이 마음에 들었다.

두시에 일이 끝났다. 형이 미소 지으며 자리에서 일어났다. "집에 갑시다, 여러분!" 모두들 활기 있게 테 없는 가벼운 모자나 중절모를 집어들고 무리를 지어 밝은 광장으로 걸어나갔다. 그들은 서로에게 손을 흔들고 비단옷과 지팡이를 반짝이며 흩어졌다.

21

대략 다섯시까지 시내는 텅 비었고 공원은 태양 아래 뜨겁게 달아올랐다. 형은 잠을 잤고, 우리는 리카의 넓은 침대 위에서 그냥 빈둥댔다. 태양은 집 주위를 빙 돌아 이미 침실 창문을 비추며 정원에서 침실을 들여다보고 있었다. 정원의 연초록 이파리가 세면대 위에 걸린 거울 속에 비쳤다. 고골이 이 도시에서 공부했고, 주변의 모든 지역들—미르고로드, 야노프시나, 시샤키, 야레시키—도 고골과 관련이 있었다. 우리는 종종 웃으면서 이렇게 암송하곤 했다. "소러시아의 여름날은 얼마나 황홀하고 화려했던가!"*

"어쨌든 너무 무더워!" 즐겁게 숨을 내쉬며 고개를 위로 하고 누우면서 그녀가 말했다. "여긴 파리가 너무 많아! 그다음에 뭐더라. 채소밭에 대한 것인가?"

"에메랄드, 토파즈, 사파이어 같은 날벌레들이 알록달록한 채소밭

* 고골은 1818~20년에 폴타바에서 살았다. 폴타바에서 멀지 않은 곳에서 태어나 성장한 고골의 초기 작품은 모두 폴타바를 배경으로 하고 있다. 이 구절은 「소로친치 정기 시장」의 첫 부분에 나온다.

위로 떨어지고……"

"그거 어쩐지 마술처럼 멋진데. 난 정말로 미르고로드에 가보고 싶어. 언젠가는 꼭 갈 거지? 제발 가보자! 그런데 실제 생활에서 고골은 정말 이상하고 불쾌한 사람이었어. 그는 한 번도 사랑에 빠진 적이 없었어. 심지어 젊은 날에도……"

"그래, 젊은 날을 통틀어 딱 한 번 무의미한 행동을 했지. 그게 뤼베크로 여행한 일이야."

"자기가 페테르부르크로 여행 갔던 것처럼…… 자긴 왜 그렇게 여행을 좋아해?"

"그럼 자긴 왜 그렇게 편지 받는 걸 좋아해?"

"지금 나한테 편지 쓰는 사람이 누가 있다고!"

"어쨌든 좋아하잖아. 사람들은 항상 뭔가 행복하고 재미있는 일을 기다리고, 기쁨을 갈망하고 모종의 사건을 꿈꾸지. 이게 바로 여행의 매력이야. 그리고 자유, 탁 트인 공간…… 항상 축제 같고 인생에 대한 느낌을 고양시켜주는 새로운 것이 있어. 우리가 원하고, 온갖 강렬한 감정 속에서 찾고 있는 거 말이야."

"그래, 맞아. 그건 사실이야."

"자긴 페테르부르크에 대해 말했지. 페테르부르크가 얼마나 무서운지, 내가 영혼 깊숙이 남부 사람임을 거기에서 순간적으로 그리고 영원히 깨달았다는 사실을 자기가 알 수 있다면 좋을 텐데. 고골은 이탈리아에서 이렇게 썼어. '페테르부르크, 눈, 불한당들, 관청, 난 이 모든 것들을 꿈에서 보았다. 나는 고향에서 다시 잠에서 깨어났다.'* 나 역시 여기에서 잠에서 깨어났어. 난 치기린, 체르카스이, 호롤, 루브니,

체르토믈리크, 지코예 폴레 같은 단어들을 편안한 마음으로 들을 수가 없어. 갈대로 엮은 지붕, 짧게 친 농부들의 머리, 노란 장화와 붉은 장화를 신은 아낙들, 심지어 아낙들이 멜대에 버찌와 살구를 담아 나르는 수피樹皮 바구니를 보면 흥분하지 않을 수가 없었어. '갈매기 한 마리 빙빙 원을 그리며 마치 자식 새끼 때문에 울고 있는 듯 슬피 울고 있네. 태양은 따스하게 빛나고 카자크 초원에 바람이 부네……' 셉첸코**의 시야. 진짜 천재 시인이지! 세상에서 소러시아보다 더 아름다운 나라는 없어. 그런데 문제는 소러시아에는 더이상 역사가 없다는 거야. 소러시아의 역사는 오래전에 영원히 끝났어. 단지 과거와 소러시아에 대한 노래와 전설만 있지. 일종의 초시간적인 것들이지. 이게 무엇보다 내 마음을 황홀하게 했어."

"자기는 '황홀하게 하다', '황홀'이란 말을 자주 쓰네."

"인생은 황홀해야만 해……"

해가 기울기 시작했고, 열린 창문을 통해 페인트칠한 방바닥으로 햇살이 듬뿍 쏟아졌다. 거울의 반사광이 천장에 어른거렸다. 창턱이 점점 더 밝아지며 뜨거워졌고, 창턱 위에서 파리들이 즐겁게 떼를 지어 다니며 윙윙거렸다. 파리들이 그녀의 차가워진 맨어깨를 물었다. 갑자기 참새 한 마리가 창턱에 앉아 재빨리 주의깊게 주변을 둘러보고 푸드덕 날갯짓을 하더니, 벌써 초저녁 햇빛이 투명하게 비추고 있는 정원의 신록 속으로 사라졌다.

"자, 뭔가 더 얘기해줘." 그녀가 말했다. "우리 언제 크림에 갈 거

---

* 1837년 10월 30일 고골이 주콥스키에게 보낸 편지.

** 농노 출신으로 소러시아의 민족 시인이다. 「오스노뱌넨코에게」에서 인용한 것.

야? 자기가 내 꿈을 안다면 좋을 텐데! 자긴 이야기를 쓸 수도 있을 테고. 내가 보기에 멋진 이야기를 쓸 수 있을 것 같아. 지금이라도 우리가 돈이 있다면 휴가를 낼 수 있을 텐데…… 왜 쓰는 걸 포기했어? 정말이지 자기는 재능을 낭비하고 있어!"

"'브로드니키'라고 불리는 카자크인들이 있어. '방랑하다'라는 단어에서 나온 말이지. 아마도 난 방랑자인가봐. '신은 어떤 사람에겐 편안한 잠자리를 주고, 다른 사람에겐 방랑의 의지를 준다.' 고골의 수첩에 적힌 가장 좋은 글은 이런 거야. '괄호 모양의 깃털이 달린 초원의 갈매기가 길에서 솟아오른다…… 모든 길의 경계는 푸르고, 경계를 따라 엉겅퀴가 자라고 있다. 경계 너머엔 끝없이 펼쳐진 평원이 있을 뿐이다…… 바자울과 도랑 위의 해바라기들, 깨끗하게 칠해진 농가의 밀짚 처마, 붉은 테를 두른 아름다운 창문…… 그대는 러시아의 오래된 뿌리, 슬라브인의 본성보다 더 부드럽고 더 진실한 감정이 어디에 있는가!'"*

그녀는 주의깊게 귀를 기울였다. 그러고 나서 갑자기 물었다.

"왜 내게 괴테의 그 구절을 읽어주었지? 괴테가 프리데리케를 떠나 금줄을 단 회색 재킷을 입고 어딘가로 말을 타고 가는 기사騎士를 갑자기 상상하는 부분 말이야. 그게 어떻게 되었지?"

"이 기사는 나 자신이었다. 나는 한 번도 입어보지 못했던 금줄을 단 회색 재킷을 입고 있었다."**

"그래, 그거 어쩐지 멋지고 무섭네. 그리고 자기가 말했지. 젊은 날

---

* 고골, 『전집』, 7권(모스크바, 1951년)에서 인용.

** 괴테의 『시와 진실』에서 인용.

엔 누구나 꿈속에서 간절히 원하는 재킷이 있다고…… 왜 그는 그녀를 버렸을까?"

"괴테는 말했어. 그의 '데몬'이 항상 그를 지배했다고."

"그래, 자기도 곧 내게 싫증을 낼 거야. 자, 진실을 말해줘. 자기가 가장 간절히 꿈꾸는 게 뭐야?"

"뭘 꿈꾸냐고? 고대 크림의 칸이 되어 바흐치사라이 궁전에서 자기와 함께 사는 거지…… 바흐치사라이는 몹시 뜨거운 돌 계곡에 있어. 그러나 궁전 안은 항상 그늘이 져서 서늘하고, 분수가 있지. 창밖에는 비단 같은 나무들이 자라고……"*

"농담 마."

"농담이 아니야. 난 항상 아주 무의미하고 쓸데없는 일을 생각하면서 살고 있어. 이 초원의 갈매기만 해도 그 속에는 초원과 바다가 결합되어 있어…… 니콜라이 형은 웃으며 말하곤 했지. 난 태어날 때부터 바보였다고. 난 데카르트가 자신의 정신 생활에서 명료하고 이성적인 생각이 항상 가장 보잘것없는 자리를 차지했다고 쓴 글을 읽었지. 그 글을 우연히 읽기 전까지 형의 말 때문에 심한 고통을 받았어."

"그런데, 궁전에 하렘이 있어? 이거 역시 진지하게 묻는 거야. 기억나? 남자의 사랑에는 다양한 사랑의 감정들이 뒤섞여 있고, 자기도 니콜리나와 그뒤 나자에게서 이런 감정을 느꼈다고 내게 털어놨어……

---

* 바흐치사라이는 1783년 예카테리나 여제의 군대에 의해 크림 한국(汗國)이 멸망할 때까지 크림 한국의 수도였다. 바흐치사라이 궁전은 16세기 초에 지어졌다. 아르세니예프는 푸시킨의 서사시 「바흐치사라이의 분수」에서 바흐치사라이에 대한 정보를 얻은 것 같다.

이따금 자기는 아주 잔인할 정도로 내게 솔직해! 자긴 얼마 전에 우리 집에서 일하는 카자크 처녀에 대해서도 비슷한 말을 했어."

"그녀를 바라볼 때면 어딘가 소금기가 있는 초원으로 가서 천막 속에서 살고 싶은 생각이 간절히 든다고 말했을 뿐이야."

"천막 속에서 그녀와 함께 살고 싶다고 말하고 있잖아……"

"그녀와 함께라고는 하지 않았어."

"그럼, 누구랑? 오, 또 참새야! 참새들이 방안으로 날아와 거울에 부딪히는 게 너무 무서워!"

리카는 벌떡 일어나서 어색하고 재빠르게 손뼉을 쳤다. 나는 그녀를 붙잡고 맨어깨와 다리에 입을 맞추었다…… 무엇보다 나는 그녀 몸의 뜨거운 부분과 차가운 부분의 차이에 깜짝 놀랐다.

22

저녁 무렵 무더위가 한풀 꺾였다. 태양은 이미 집 너머로 기울었고, 우리는 유리 회랑 안에서 안마당 쪽으로 열린 창가에서 차를 마셨다. 그녀는 요새 많은 것을 읽었고, 이런 시간에 형에게 이런저런 질문을 했다. 형은 즐겁게 그녀에게 많은 것을 가르쳐주었다. 한없이 고요하고 조용한 저녁이었다. 제비들만 안마당에서 어른거리다가 위로 날아올라 푸르른 하늘 속으로 사라졌다. 그들은 얘기를 했고, 나는 노래에 귀를 기울였다. "오, 그들은 언덕에서 풀을 베고 있네……" 농부들이 산에서 농작물을 거둬들이고 있다는 노래였다. 이 노래는 고르고 느린 음조로 이별의 슬픔을 담고 흐르다가, 이어 자유, 머나먼 곳, 용기를 담아 군가 음조로 단호하게 울려퍼졌다.

저기 언덕 너머에서,
높은 언덕 너머에서
카자크인들이 오고 있네!

노래는 카자크 군대가 계곡을 따라 움직이는 모습, 유명한 도로셴코가 맨 앞에서 군대를 이끌고 가는 모습을 느리고 슬프게 찬미했다. 노래에 따르면 사가이다치니가 도로셴코의 뒤를 따라갔는데,

그는 아내를
담배와 파이프와 바꾸었네,
이상하고 대담한 카자크인……

노래는 잠시 느리게 이어지면서 이 이상한 남자를 당당하게 찬양했다. 뒤를 이어서 아주 흥겨운 가락으로 팀파니를 치는 소리가 났다.

나는 여자하고
시간을 허비할 수 없어!
그러나 담배와 파이프는
행군하는 카자크인에게
필요하지!

나는 슬프고 달콤하게 뭔가를 부러워하면서 이 노래를 들었다.

해가 질 무렵 우리는 이따금 시내를 돌아다니거나 성당 너머 낭떠러지에 있는 작은 공원에 가거나 교외 들판으로 나가곤 했다. 시내에는 유대인들이 몇몇 포장한 거리에서 온갖 물건을 팔았는데, 몇 개인지 알 수 없는 시계점과 약국과 담뱃가게가 줄지어 있었다. 흰 돌이 깔려 있는 이 거리에는 한낮의 열기가 식은 후 따스한 기운이 감돌고 있었다. 사거리에는 간이매점들이 있었는데, 행인들이 탄산수가 섞인 형형색색의 시럽을 사 마셨다. 이 모든 것이 여기가 남쪽임을 보여주었고, 남쪽 어딘가로 더 멀리 가고 싶은 마음이 일게 했다. 지금도 기억하는데, 당시 나는 자주 케르치에 대해 생각했다. 성당에서 골짜기를 내려다보면서 크레멘추크나 니콜라예프로 가는 상상을 하곤 했다. 교외 벌판으로 나가서 우리는 시골이나 다름없는 서쪽 변두리를 걸었다. 농가들, 벚나무 동산, 참외밭이 마치 화살처럼 곧게 뻗은 미르고로드의 길을 따라 평원 쪽으로 늘어서 있었다. 저멀리 떨어진 길에서 소러시아의 짐마차가 전신주들을 따라 천천히 가고 있었다. 멍에를 멘 황소 두 마리가 머리를 숙이고 흔들거리며 끌고 있는 짐마차는 천천히 움직이다가 마치 바닷속으로 사라지듯이 전신주들과 함께 사라져버렸다. 마지막 전신주들이 평원에서 아물거렸고 작은 막대기처럼 보였다. 이것은 야놉시나, 야레시키, 시샤키로 가는 길이었다……

우리는 종종 시내의 공원에서 저녁을 보냈다. 공원에서는 음악이 연주되었고, 밝게 불이 켜진 레스토랑의 테라스는 마치 극장의 무대처럼 어둠 속에서도 쉽게 식별할 수 있었다. 형은 곧장 레스토랑으로 갔고,

우리는 이따금 벼랑으로 이어지는 길을 따라 거닐었다. 밤은 아주 깜깜하고 따스했다. 어둠 속 아래쪽 어딘가에서 불빛이 빛났고, 찬송가 같은 노래를 화음에 맞춰 부르는 소리가 높아졌다가 사라져버렸다. 교외의 젊은이들이 부르는 노래였다. 노랫소리가 어둠과 정적 속으로 빨려들어갔다. 기차가 굉음을 내면서 연접봉을 번쩍이며 질주할 때, 골짜기가 아주 깊고 어둡다는 것을 유난히 느낄 수 있었다. 기차의 굉음이 점점 잦아들더니 마치 땅 밑으로 꺼진 것처럼 사라져버렸다. 다시 노래가 들려왔다. 이 적막과 어둠에 주문을 걸어 골짜기를 한없는 마비 상태로 빠져들게 하는 두꺼비의 끊임없는 울음소리가 골짜기 너머 온 지평선 일대에 울려퍼졌다.

우리는 레스토랑 테라스로 돌아왔다. 어둠에서 막 빠져나온 뒤라 사람이 북적대는 테라스는 답답했으나 유쾌한 분위기였고 눈이 부셨다. 이미 술에 취해 감상적이 된 형은 바긴, 레온토비치, 술리마와 함께 앉아 있다가 우리를 보고 즉시 테이블에서 손을 흔들었다. 그들은 요란스럽게 우리를 자리에 앉히고 백포도주와 술잔과 얼음을 주문했다. 잠시 후 연주가 끝났다. 테라스 너머 공원은 어둡고 텅 비어 있었다. 종 모양의 유리그릇 속 촛불이 이따금 가벼운 바람에 흔들렸고, 나방들이 유리그릇에 떨어졌다. 그러나 일어서기에는 아직 이르다고 모두가 말했다. 마침내 이제 일어날 시간이라는 걸 모두가 인정했다. 하지만 우리는 금방 헤어지지 않았고, 큰 소리로 얘기하고 보도 위에서 발을 쿵쿵 구르며 무리를 지어 집으로 걸어갔다. 공원은 잠들어 있었고 밤늦게 뜬 낮은 달의 빛에 따스하게 휩싸여 어둑하고 신비해 보였다. 우리 세 사람만 안마당에 들어섰을 때, 달이 회랑의 검은 유리창을 비추며 안마당을 바라보고 있었다. 귀뚜라미가 조용히 울어댔다. 곁채 주변에 서 있는 아카시아의 작은 이파리들과 가지들이 움직이지 않는 자기 그림자를 놀랍도록 선명하고 멋지게 하얀 벽 위에 그리고 있었다.

잠들기 전 몇 분이 가장 달콤했다. 양초 한 자루가 침대 곁 작은 책상에서 소박하게 타오르고 있었다. 서늘한 기운이 열린 창문을 통해 신선함, 젊음, 건강이라는 행복과 함께 방안으로 들어왔다. 리카는 실내복을 입고 침대 끝에 앉아 까만 눈으로 촛불을 바라보며 부드럽게 빛나는 머리채를 묶었다.

"자기는 항상 내가 변한 걸 보고 놀라워하지." 그녀가 말했다. "그러나 자기가 변한 걸 알기나 할까! 자기는 왠지 점점 나에게 관심을 덜 보이고 있어! 다른 사람들과 같이 있을 땐 특히나 그래. 난 자기에게 마치 공기 같은 것이 될까봐 걱정이야. 공기 없이는 살 수 없지만 공기에 관심을 갖지는 않아. 사실이잖아? 자기는 이게 가장 위대한 사랑이라고 말하지. 그러나 자기는 이제 나 하나만으론 충분하지 않은 것 같아."

"충분하지 않지, 충분하지 않아." 나는 웃으며 대답했다. "지금 내겐 모든 것이 충분하지 않아."

"그래서 내가 자기는 어딘가로 가고 싶어한다고 말한 거야. 게오르기 알렉산드로비치가 이미 내게 말했어. 자기가 여기저기로 떠나는 통계학자들과 함께 출장을 가게 해달라고 부탁했다고. 왜 반半포장 사륜마차를 타고 무더위와 먼지 속에서 흔들거리며 떠나길 원하는 거야? 그리고 왜 무더운 면 사무실에 앉아 내가 보낸 똑같은 설문지에 따라 소러시아인들에게 끝없이 질문을 하려는 거야……"

그녀는 머리채를 어깨 너머로 넘기고 눈을 들었다.

"무엇이 자기를 끌어당기는 거지?"

"나는 그저 행복할 뿐이고, 지금 내겐 정말로 아무것도 충분하지 않은 것 같아."

그녀가 내 손을 잡았다.

"정말로 행복해?"

23

처음으로 나는 리카가 나와 함께 몹시 가고 싶어했던 곳, 바로 미르고로드 길을 따라갔다. 무슨 까닭이 있어 시샤키로 파견된 바긴이 나를 데려갔다.

정해진 시간보다 늦게 일어날까봐 우리가 얼마나 걱정했고—무더워지기 전에 되도록 일찍 출발해야만 했다—그녀가 얼마나 부드럽게 나를 깨웠는지 지금도 기억한다. 그녀는 해가 뜨기 전에 일어나 나를 위해 차를 준비했다. 나 혼자 떠나는 여행이라 슬퍼했지만 가슴속에 담아두고 내색하지 않았다. 날씨는 흐리고 서늘했다. 그녀는 비가 내 여행을 망칠지도 모른다고 걱정하면서 줄곧 창밖을 바라보았다. 우리가 대문 옆의 역마차 방울 소리를 듣고 자리에서 벌떡 일어나며 느꼈던 부드럽고 불안한 흥분을 나는 지금도 기억하고 있다. 황급히 작별 인사를 나누고 나는 쪽문가에 서 있는 역마차를 향해 달려나갔다. 바긴은 범포帆布로 만든 헐렁한 긴 옷에 회색 여름 모자를 쓰고 역마차에 앉아 있었다.

잠시 후 방울 소리는 광대한 공간 속으로 사라져버렸다. 날씨는 맑았지만 건조하고 무더웠다. 마차는 도로의 자욱한 먼지 속을 조용히 굴러갔다. 주변의 모든 것이 너무나 단조로워 나는 곧 나른하게 빛나는 지평선 너머를 바라볼 수가 없었다. 지평선에서 뭔가 나타나기를 긴장된 마음으로 기다리기 시작했다. 정오에는 이 뜨거운 곡식의 사막에서 완전히 유목하는 뭔가가 우리 옆을 지나갔다. 끝없이 이어지는 코추베이의 양우리였다. "한낮, 양우리." 나는 마차가 흔들리는 사이사이에 이렇게 썼다. "폭염으로 인한 회색 하늘, 매들과 쥐색의 까마귀들…… 나는 더할 나위 없이 행복하다!" 야놉시나에서 나는 선술집에 대해 썼다. "야놉시나, 오래된 선술집, 선술집의 어두운 내부와 서늘한 어스름. 한 유대인이 맥주는 없고 음료만 있다고 말했다. '무슨 음료가 있소?' '오, 음료수! 제비꽃 음료수.'" 유대인은 비쩍 마르고 긴 코트를 입고 있다. 이상할 정도로 뚱뚱한 김나지움 학생 아들이 뒷방에서 음료수를 가져왔다. 페르시아인처럼 혈색이 붉은 그 학생은 연회색 코트에 새 벨트를 허리 높이 매고 있었다. 시샤키를 지난 후 나는 즉시 고골의 메모를 떠올렸다. "평평한 길 중간에 갑자기 경사진 곳이 나타난다. 낭떠러지가 깊은 계곡 아래로 나 있다. 숲의 심연에도, 숲 너머에도 계속 이어지는 숲. 가까운 푸른 숲 너머에 멀리 보이는 푸른 숲, 그 너머로 펼쳐지는 은빛 짙 색깔의 모래 지대…… 급류와 험한 낭떠러지 위에서 삐걱거리는 풍차가 날개를 흔들고 있었다……" 이 절벽 아래 깊은 계곡 속에 프셀 강이 활처럼 휘어 있었고, 커다란 마을이 녹색 정원으로 덮여 있었다. 우리는 이 마을에서 바실렌코라는 사람을 오랫동안 찾았다. 바긴이 그 사람에게 볼일이 있었던 것이다. 바실렌코를 찾아냈지만 집에 없었다. 우리는 초원에서 자라는 버드나무의 습기와 개구리 울음소리가 가득한 오두막 주변의 피나무 아래 오랫동안 앉아 있었다. 우리는 바실렌코와 함께 저녁 내내 그 자리에 앉아 저녁을 먹고 과실주를 마셨다. 앞이 보이지 않는 여름밤, 주변에 어둠이 깔리는 동안 테이블 위의 램프가 위쪽의 푸르른 이파리를 비추고 있었다. 갑자기 어둠 속에서 쪽문을 두드리는 소리가 났다. 납처럼 하얗게 분을 바르고 곱게 차려입은 여자가 테이블 옆에 서 있었다. 그녀는 바실렌코의 여자 친구로 지방자치 기관의 간호사였다. 그녀는 도시에서 손님들이 바실렌코를 찾아왔다는 것을 즉시 알아챘다. 처음에는 당황해서 어쩔 줄 모르고 횡설수설했지만, 잠시 후 우리와 함께 술을 한 잔씩 마시기 시작했고, 나의 신랄한 말에 점점 더 언성을 높이기 시작했다. 몹시 신경질적인 그녀는 광대뼈가 튀어나오고 검은 눈이 날카로웠다. 힘줄투성이의 손에서는 석탄산 비누 냄새가 심하게 났고, 쇄골은 뼈가 앙상했다. 얇고 푸른 블라우스 아래 탄탄한 가슴이 드러났고, 허리는 가늘고 허벅지는 튼실했다. 밤에 나는 그녀를 바래다주었다. 우리는 어떤 골목길의 마른 바큇자국을 따라 칠흑 같은 어둠 속을 걸어갔다. 그녀는 울타리 옆 어딘가에서 걸음을 멈추더니 내 가슴에 고개를 묻었다. 나는 간신히 참았다……

나와 바긴은 다음날 늦게 집으로 돌아왔다. 리카는 벌써 침대에 누워 책을 읽고 있었다. 나를 보자마자 그녀는 기쁨과 놀라움을 드러내며 벌떡 일어났다. "어떻게 벌써 왔어?" 나는 서둘러 여행에서 있었던 일을 얘기하다가 웃으면서 간호사 이야기도 하기 시작했다. 그녀가 내 말을 가로막았다.

"왜 나한테 그 얘기를 하는 거야?" 그녀의 눈에 눈물이 가득 고였다.

"자기는 내게 너무 잔인해!" 베개 밑에서 손수건을 급히 찾으면서 그녀가 말했다. "날 혼자 내버려둔 것만으론 부족한가보지……"

내 인생에서 몇 번이나 이 눈물을 기억했던가! 그날 밤 이후 이십여 년이 지난 어느 날 그 눈물을 떠올렸던 기억이 난다. 베사라비아 해변의 별장에서 있었던 일이다. 나는 수영을 하고 돌아와 서재에 누워 있었다. 무덥고 바람이 부는 한낮이었다. 강하면서도 비단같이 보드랍고 뜨거우며 때론 잠잠해지고 때론 미친듯이 커지는 집 주변의 소음, 나무들의 그늘과 광채, 이리저리 흔들거리며 부드럽게 휘어진 나뭇가지들…… 몹시 시끄러운 소리를 내며 가까이서 강하게 불어대는 바람이 그늘진 서재의 유리창을 뒤덮은 나무의 녹음을 갑자기 옆으로 밀어냈다. 그러자 타는 듯한 푸른 에나멜빛 하늘이 나타났고, 곧 하얀 천장에 드리웠던 그늘도 사라졌다. 천장은 점점 밝아지더니 보랏빛이 되었다. 잠시 후 바람이 물러가면서 잠잠해지더니 정원 저멀리 어딘가로, 해변을 내려다보는 절벽 위쪽으로 사라졌다. 나는 이 모든 걸 바라보며 귀를 기울이다가 갑자기 생각했다. 이십 년 전 어딘가에서, 오랫동안 잊고 있었던 소러시아의 벽지에서, 나와 그녀가 둘만의 삶을 막 시작했었고, 그때도 이와 비슷한 한낮이었다. 나는 늦게 잠에서 깨어났고, 그녀는 이미 일하러 나갔다. 정원 쪽으로 난 창문이 역시 열려 있었고, 창밖에서는 꼭 지금처럼 바람 소리가 요란했고, 나무가 흔들거렸고, 햇빛이 알록달록하게 빛나고 있었다. 더할 나위 없이 상쾌한 바람이 제멋대로 방안을 휘저으며 아침식사가 곧 나올 것임을 알리고 튀긴 양파 냄새를 실어온다. 나는 두 눈을 뜨고 그 바람을 깊이 들이마시고,

베개에 팔꿈치를 괴고 나란히 놓인 다른 베개를 바라보기 시작했다. 그 베개에는 리카의 검은 머리칼과 손수건의 은은한 제비꽃 향기가 스며 있었다. 그녀는 나와 화해한 후 그 손수건을 오랫동안 손에 쥐고 있었다. 이 모든 것을 떠올리자, 그때부터 그녀 없이 반평생을 살면서 세상 온갖 것을 경험한 것이 생각났다. 그녀는 이미 이 세상에 영원히 존재하지 않는데, 나는 여전히 살아서 이 세상을 보고 있다. 다소 머리를 식힌 나는 소파에서 일어나 밖으로 나왔고, 시큼한 냄새가 나는 나무들이 늘어선 가로숫길을 따라 마치 허공을 걷는 것처럼 절벽 쪽으로 나아갔다. 나는 가로숫길에 늘어선 나무들 사이로 담반膽礬처럼 푸르른 한 조각 바다를 바라보았다. 그 바다는 갑자기 무시무시하고 놀랍고 새로 창조된 것처럼 보였다……

그날 밤, 나는 더이상 아무데도 가지 않겠다고 그녀에게 맹세했다. 그러나 며칠 후 나는 다시 길을 떠났다.

24

우리가 바투리노에 있었을 때 니콜라이 형은 이렇게 말했다.

"난 네가 진심으로 불쌍하다! 넌 스스로 너무 일찍 십자가를 졌어!"

그러나 나는 어떤 십자가도 지지 않았다고 느꼈다.

나는 다시 내 일을 우연히 하게 된 것으로 생각했고, 스스로를 결혼한 사람이라고 인정할 수 없었다. 이제 그녀 없는 삶은 생각만 해도 끔찍했지만, 우리가 영원히 헤어지지 않으리라고 믿기도 어려웠다. 정말로 우리는 영원히 결합하여 늙을 때까지 살게 될까? 정말로 다른 사람들처럼 집과 아이들을 갖게 될까? 내게 아이들과 집은 특히 견딜 수 없는 것이었다.

"이제 우린 결혼식을 올리게 될 거야." 미래를 꿈꾸며 리카가 말했다. "난 정말로 결혼식을 해보고 싶어. 결혼식보다 더 아름다운 게 뭐가 있을까! 아마 우리에게 아이가 생기겠지…… 자기는 정말 원하지 않는 거야?"

뭔가가 달콤하고 신비롭게 내 심장을 조였다. 그러나 나는 농담으로 얼버무렸다.

"불멸의 존재들은 창조하고, 필멸의 존재들은 자기와 비슷한 것들을 만들어낸다."

"난 어때?" 그녀가 물었다. "우리의 사랑과 젊음이 지나가고, 자기에게 내가 더이상 필요 없어지면 난 무엇으로 살게 될까?"

이 말은 무척 슬프게 들려서 나는 열렬히 말했다.

"절대 아무것도 지나가지 않을 테고, 자기는 결코 내게 필요 없는 존재가 되지 않을 거야!"

이제는 내가 (전에 오룔에서 그녀가 그랬던 것처럼) 자유로워져서 모든 면에서 중요한 사람이 되어 사랑받고 사랑하고 싶었다.

그렇다, 무엇보다 그녀가 자기 전에 머리를 땋으면서 굿나잇 키스를 하러 다가오는 순간 나는 가장 감동했다. 하이힐을 신지 않은 그녀는 나보다 키가 훨씬 작아서 밑에서 내 눈을 올려다보았다.

리카가 내게 완전히 헌신한다고 표현하는 순간, 자신을 포기하고 어떤 특별한 감정과 행동에 대한 나의 권리를 믿는다고 표현하는 순간,

나는 그녀에게 가장 강렬한 사랑을 느꼈다.

우리는 종종 오룔에서 보낸 겨울을 회상했고, 거기에서 우리가 어떻게 헤어졌고 내가 어떻게 비텝스크로 떠났는지를 회상했다. 나는 이렇게 말하곤 했다.

"그래, 그곳으로 날 끌어당긴 건 바로 폴로츠크가 아니었을까? 내 마음속에서 이 폴로츠크라는 단어는—옛날 말로는 폴로치스크—소년 시절에 어딘가에서 읽었던 고대 키예프 공국의 공후인 프세슬라프에 대한 전설과 오래전부터 연결되어 있었어. 그의 동생이 그를 공후 자리에서 쫓아내자 그는 '폴로츠크인들의 어두운 지방'으로 도망가서 죽을 때까지 '지독한 궁핍' 속에서 살았지. '황홀한 기억' 속에서, 수도승처럼 기도하고 노동하면서. 그는 '쓰디쓴 달콤한 눈물'을 흘리며 꼭 해 뜨기 전에 일어나서, 자기가 다시 키예프에서 '공국의 영광스러운 공후 자리'에 앉아 있고, 자정미사 종소리가 폴로츠크가 아니라 키예프의 성 소피아 성당에서 들려오는 것이라고 거짓 상상을 했다고 해. 이때부터 내겐 당시의 폴로츠크가 항상 예스러움과 조야함이 깃든 신비한 곳으로 생각되었어. 어떤 어둡고 기이한 겨울 낮, 목조 교회들과 검은 농가들이 늘어선 통나무로 지어진 어떤 성채, 양가죽 옷에 짚신을 신은 행인들과 말들에 의해 짓밟힌 눈더미…… 마침내 내가 찾아간 실제 폴로츠크에는 상상 속의 폴로츠크와 비슷한 것은 아무것도 없었지. 그러나 내 마음속에는 지금까지도 두 개의 폴로츠크, 즉 상상 속의 폴로츠크와 실제의 폴로츠크가 있어. 그런데 지금은 나도 실제의 폴로츠크를 시적으로 볼 수 있어. 도시는 따분하고 습하고 춥고 침울하지만 기차역에는 반원형의 커다란 창문들이 달린 따스하고 거대한 홀이 있고, 밖은 이제 막 어두워지기 시작했지만 이미 샹들리에가 환하게 빛나고 있어. 홀 안에는 문관들과 무관들을 비롯한 많은 사람들이 있는데, 그들은 페테르부르크로 가는 기차가 도착하기 전에 서둘러 배를 채우고 있는 거야. 사람들은 사방에서 대화하면서 나이프로 접시를 두드리고, 웨이터들은 잰걸음으로 돌아다니며 냄새나는 소스와 양배춧국을 사람들에게 날라다주지……"

그녀는 이런 순간에 늘 그렇듯이 아주 비상한 관심을 보이며 내 말을 들었고, 다 듣고 나면 확신에 차서 공감을 표했다. "맞아, 맞아, 난 자기를 이해해!" 나는 이 기회를 이용해 그녀에게 내 생각을 불어넣었다.

"괴테가 말했지. '우리는 자신이 만들어놓은 것들에 얽매여 있다.' 우리가 전혀 저항할 수 없는 감정이 있는 법이야. 이따금 뭔가에 대한 어떤 관념이 내 마음속에 떠오른 곳으로 가고 싶다는 고통스러운 갈망을 불러일으키곤 해. 말하자면 이 관념 너머에 있는 뭔가를 향한 갈망 같은 거지. 이해하겠어? 관념 너머에 있는 거 말이야! 난 이걸 자기에게 표현할 수 없어!"

언젠가 나는 바긴과 함께 드네프르 남쪽 강변에 있는 오래된 마을인 카자크 브로디에 갔다가 우수리스크 지방으로 옮겨가는 이주민들의 행렬을 만났다. 우리는 아침에 기차를 타고 돌아왔다. 내가 기차역에서 집으로 왔을 때 리카와 형은 이미 지방자치회 사무실에 가고 없었다. 햇볕에 타서 남자답게 건장해진 내 모습이 만족스러웠다. 내가 얼마나 보기 드문 광경을 보았는지 리카와 형에게 빨리 얘기해주고 싶었다. 내 눈앞에서 거대한 유목민의 무리가 카자크 브로디에서 1만 베르스타쯤 떨어진 환상적인 지역으로 가고 있었던 것이다. 나는 깨끗이 치워진 텅 빈 방들을 휙 지나쳐서 옷을 갈아입고 세수하러 침실로 들어갔다. 나는 가슴 아픈 희열 같은 것을 느끼며 그녀의 경대에 놓인 온갖 물건들과 침대 베개 위에 놓인 박음질한 쿠션을 힐끗 쳐다보았다. 내겐 이 모든 것이 한없이 소중하고 외로워 보였다. 그것들은 내 마음속에 그녀에 대한 죄스러운 행복감을 날카롭게 불러일으켰다. 그때 침대 옆 탁자 위에 펼쳐진 책 한 권이 눈에 들어왔다. 나는 순간적으로 멈춰 섰다. 『가정의 행복』이라는 톨스토이의 소설이었다. 펼쳐진 페이지에는 밑줄이 그어져 있었다. "당시 나의 모든 생각, 당시 나의 모든 감정은 내 것이 아니라 그의 생각과 감정이었다. 그것들은 갑자기 나의 생각과 감정이 되었다……" 나는 몇 페이지를 더 넘겼고, 밑줄 친 부분을 더 보았다. "그 여름에 나는 자주 침실로 가곤 했다. 나는 미래에 대한 희망과 욕망을 향한 이전의 번민 대신에 현재의 행복에 대한 불안감에 사로잡히곤 했다…… 여름은 그렇게 지나갔고, 나는 외로움을 느끼기 시작했다. 그는 항상 여행을 했고, 나를 혼자 내버려두고도 미안해하지도 걱정하지도 않았다……" 나는 몇 분 동안 꼼짝 않고 서 있었다. 그녀에게 내가 모르는 비밀이 있을 수 있고, 또 있다는 생각은 꿈에도 하지 못했다. 그리고 중요한 것은 슬픈 감정과 생각을 이미 과거형으로 표현한 것이다! "당시 나의 모든 생각들과 당시 나의 모든 감정…… 그 여름에 나는 자주 가곤 했다……" 가장 놀라운 것은 마지막 구절이었다. "여름은 그렇게 지나갔고, 나는 외로움을 느끼기 시작했다……" 그러니까, 내가 시샤키에서 돌아왔던 그날 밤, 그녀가 눈물을 흘린 것은 우연이 아니었단 말인가?

나는 유난히 씩씩하게 지방자치회 사무실로 들어가서 그녀와 형에게 즐겁게 입맞춤하고, 끊임없이 말하고 농담을 했다. 남몰래 고통을 느끼며 기다렸다가, 마침내 우리 둘만 있게 되었을 때 나는 즉시 날카롭게 말했다.

"내가 없을 때 『가정의 행복』을 읽었더군."

그녀는 얼굴을 붉혔다.

"응, 그런데 왜?"

"거기에 밑줄을 그은 대목을 보고 깜짝 놀랐어!"

"왜?"

"밑줄 친 부분을 보고 자기가 나랑 사는 게 고통스럽고 이미 고독과 환멸을 느끼고 있다는 사실을 알게 됐으니까."

"왜 항상 과장하는 거야?" 그녀가 말했다. "환멸이라니? 난 그저 조금 슬펐을 뿐이야. 사실, 좀 비슷한 것도 있고…… 자기 상상과는 전혀 다르다는 걸 믿어줘."

그녀는 누구에게 믿음을 주려는 것이었을까? 나인가, 그녀 자신인가? 하지만 나는 그녀가 하는 모든 말을 듣고 매우 기뻤다. 나는 그녀를 몹시 믿고 싶었고, 그것이 최선이었다. "도가머리를 한 초원의 갈매기가 길에서 날아오른다…… 푸른 치마로 허리를 단단히 두른 그녀가 달려가고, 마포로 만든 옷 아래 흥분한 가슴이 흔들린다. 맨발에 무릎까지 훤히 드러난 다리엔 젊은 피와 활력이 넘쳐나고……" 이런 것들을 '위해' 무엇인들 할 수 없겠는가! 내가 어떻게 이런 것들을 거부할 수 있겠는가! 뿐만 아니라 나는 이것들이 그녀와 완전히 결합되어 있다고 생각했다. 나는 모든 구실을 붙여 그녀에게 한 가지만을—오직 날 위해서 날 보며 살아라, 내게서 자유와 고집을 빼앗지 마라, 그러면 난 널 사랑하고 이로 인해 더욱더 널 사랑하리라—주입하려고 했다. 그녀를 너무도 사랑하기에 나는 모든 걸 할 수 있고, 모두 용서받을 수 있을 것 같았다.

25

"자기는 많이 변했어." 그녀가 말했다. "더 씩씩해지고 더 상냥하고 더 멋있어졌어. 낙천적인 사람이 됐어."

"그래, 그런데 니콜라이 형과 자기 아버지는 늘 우리가 아주 불행할 거라고 예언했지."

"그건 니콜라이가 나를 아주 싫어했기 때문이야. 그의 차가운 친절 때문에 내가 바투리노에서 뭘 경험했는지 도저히 상상할 수 없을걸."

"반대로 형은 자기에 대해 아주 호의적으로 말했어. '난 그녀가 몹시 불쌍하다.' 이렇게 형은 말하곤 했지. '아직 그녀는 소녀인데, 앞으로 너희들에게 무슨 일이 일어날지 생각해봐. 몇 년 뒤 네 존재가 지방 세무서 관리와 뭐가 다르겠니?' 기억나? 내가 웃으면서 내 미래를 그려 보이곤 했잖아. 방 세 개짜리 아파트, 오십 루블의 월급……"

"그는 자기만을 불쌍히 여겼어."

"형이 날 불쌍하게 여긴 건 잘못이야. 형은 오직 나의 '방탕한 생활'이 우리를 구하기만을 바랐어. 내가 이런 직업을 감당할 수 없고, 우리가 곧 헤어질 거라고 말하곤 했지. 혹은 '네가 그녀를 가차없이 버리거나, 당분간 이 좋은 통계 일을 하다가 네가 그녀를 위해 준비해놓은 운명을 알고 나면 그녀가 널 버릴 거야'라고 말하곤 했어."

"내게 괜한 기대를 걸었네. 난 자기를 절대 버리지 않을 거야. 내가 더이상 자기에게 필요 없고, 내가 자기의 자유와 사명에 방해가 된다는 걸 깨달을 경우에만 자기를 버릴 거야……"

불행한 일이 생길 때, 사람은 고통스럽고 쓸데없는 한 가지 생각으로 끊임없이 되돌아간다. 언제, 어떻게 이 불행이 시작되었는가? 이 모든 불행은 무엇에서 생겨났는가? 나는 왜 그때 내게 주어진 경고를 무시했나? 바로 이런 식이다. "난 이런 경우에만 자기를 버릴 거야……" 나는 왜 이 말에 주의를 돌리지 않았는가, 왜 그녀가 나를 버릴 수도 있는 몇몇 '경우'에 주의를 돌리지 않았는가?

나는 자신의 '사명'을 너무 높이 평가했고, 점점 더 방탕하게 내 자유를 누렸다. 니콜라이 형이 옳았다. 나는 점점 더 집에 있는 시간이 적어졌다. 일 없는 날엔 즉시 길을 떠났고, 여기저기 돌아다녔다……

"어디에서 그렇게 햇볕에 탔니?" 식사중에 형이 물었다. "또 어디 갔다 온 거야?"

"수도원도 가고, 강에도 가고, 정거장에도 갔었어……"

"늘 혼자지." 그녀가 비난조로 말했다. "자기는 수도원에 같이 가겠다고 여러 번 약속했어. 난 그동안 딱 한 번 가봤어. 거긴 참 아름다워. 아주 두꺼운 벽과 제비들이 있고, 수도사들이 있지……"

나는 눈을 들어 그녀를 쳐다보기가 부끄럽고 고통스러웠다. 그러나 내 자유를 침해당할까봐 걱정하면서 단지 어깨를 으쓱했다.

"자기에게 수도사들이 어땠는데?"

"그럼 자기에겐 어땠어?"

나는 화제를 바꾸려고 애썼다.

"난 오늘 수도원 공동묘지에서 아주 이상한 걸 보았어. 텅 비었지만 아주 잘 준비된 묘였지. 수도사들 중 하나가 미리 자기 묘를 파게 했고, 그 위에 십자가까지 박아놨어. 십자가에는 이미 누가 매장되었고, 언제 태어났고, 심지어 '죽었다'란 단어까지 쓰여 있었지. 단지 앞으로 죽을 날짜를 쓸 자리만 비워놨더군. 사방은 깨끗하고 질서정연하고 오솔길에 꽃도 피었는데, 뜬금없이 죽을 사람을 기다리는 무덤이 있는 거야."

"그래, 그걸 본 거로군."

"그럼 거기서 뭘 봐야 하지?"

"자기는 일부러 날 이해하려고 하지 않아. 맘대로 해. 투르게네프 작품에 있는 말이 맞아……"

나는 그녀의 말을 가로막았다.

"이제 자기는 자신과 나에 대해 뭔가를 찾기 위해서만 책을 읽는 것 같아. 하긴 여자들은 모두 그렇지."

"그래, 내가 여자라서 그렇다고 해. 하지만 나는 자기처럼 그렇게 이기적이진 않아……"

형이 부드러운 태도로 끼어들었다.

"자, 그만들 하지!"

26

여름이 끝나갈 무렵 지방자치회 사무실에서 내 위치는 더욱더 안정되었다. 전에는 그저 사무실에 잠시 '속해 있었지만', 이제는 정식 직원이 되었고 더할 나위 없이 잘 맞는 새로운 일을 맡았다. 나는 지방자치회 도서관의 '관장'이 된 것이다. 지방자치회 사무실 지하에는 지방자치회의 다양한 출판물들이 쌓여 있었다. 술리마가 나를 위해 생각해낸 이 일은 출판물들을 검토하고 정리하여, 특별히 지정된 장소—필요한 수만큼의 책장과 캐비닛이 갖추어진, 반지하의 길고 둥근 천장이 있는 방—에 보관하고 관리하는 것이었다. 그리고 다른 부서 사람들이 출판물들을 잠시 이용할 수 있도록 대출해주는 것이었다. 나는 출판물들을 검토하여 책장에 정돈했고 대출할 준비를 했다. 그러나 지방자치회 회의가 열리기 전인 가을에야 몇몇 부서에서 자료를 약간 대출해 갔을 뿐, 아무도 대출을 원하지 않았기 때문에 나는 반지하 방에 그냥 앉아서 출판물 관리만 했다. 나는 요새처럼 벽이 두껍고 천장이 둥근, 아주 조용한 이 방이 이상하게 마음에 들었다. 어떤 소리도 밖에서 안으로 들어오지 못했다. 방바닥에서 높은 곳에 조그만 창문이 하나 있었는데, 이 창문을 통해 위에서 햇빛이 들어왔다. 지방자치회 건물 뒤쪽의 공터에서 자라는 온갖 야생 관목과 풀들의 밑부분이 보였다. 이때부터 내 생활은 더 자유로워졌다. 나는 매일 온종일 완전한 고독에 휩싸여 이 무덤 같은 방에 앉아 글을 쓰고 책을 읽을 수 있었다. 그리고 원하기만 하면 나지막한 참나무 문을 잠그고 일주일 동안 자리를 비울 수 있었고, 마음 가는 곳으로 훌쩍 떠날 수 있었다.

나는 무슨 일이 있어서 니콜라예프에 갔다 왔고, 종종 교외의 한 농장을 걸어다녔다. 톨스토이주의자인 두 형제가 경건한 삶을 위해 이 농장에서 살고 있었다. 한동안 나는 주일 저녁마다 시내에서 한 정거장 떨어진 커다란 소러시아 마을에서 시간을 보내다가 늦은 밤 기차를 타고 집으로 돌아왔다…… 왜 나는 탈것을 타고 돌아다니고 여기저기 걸어다녔을까? 그녀는 다른 건 몰라도 내 방랑의 목적이었던 비밀스러운 뭔가를 느끼고 있었다. 시샤키의 간호사 이야기를 듣고 그녀는 내가 생각했던 것보다 훨씬 더 충격을 받았다. 이때부터 그녀의 마음속에 질투가 싹트기 시작했다. 그녀는 이 질투를 감추려고 애썼지만 항상 감추지는 못했다. 시샤키에서 있었던 일에 대해 얘기한 지 두 주쯤 지나서, 선량하고 고결하며 여전히 처녀 같은 성격과는 정반대로 그녀는 갑자기 평범한 '아줌마'처럼 행동했다. 이런저런 구실을 붙여 우리를 위해 일하고 있던 카자크 처녀를 아주 단호히 해고해버렸다.

"난 이 일로 자기가 몹시 슬퍼하리라는 걸 잘 알아." 그녀는 불쾌감을 드러내며 내게 말했다. "물론, 자기가 말한 대로 그 '작은 암말'이 아주 멋지게 '딸그락딸그락' 구두 소리를 내며 이 방 저 방을 걸어다니면 좋겠지. 선이 곧은 복사뼈에 반짝이는 사팔눈을 한 그 여자가! 하지만 그 작은 암말이 얼마나 뻔뻔스럽고 방자한지 알아? 내 인내심에도 한계가 있다는 사실을 자기는 잊고 있어……"

나는 진심으로 아주 솔직하게 대답했다.

"어떻게 자기가 날 질투할 수 있어? 난 지금 비교할 수 없이 아름다운 자기 손을 보면서 세상의 모든 미녀를 다 준다 해도 이 손과 바꾸지 않을 거라고 생각하고 있어! 그러나 나는 시인이고 예술가야. 괴테의 말대로 모든 예술은 감각적인 거야."

27

8월 어느 날 저녁 무렵 나는 톨스토이주의자들이 사는 농장에 갔다.* 여전히 무더운 이 시간에 시내는 텅 비어 있었고, 게다가 토요일이었다. 나는 문 닫힌 유대인 상점과 죽 늘어선 오래된 노점 옆을 걸어갔다. 저녁기도를 알리는 종소리가 천천히 울려퍼졌고, 거리에는 이미 공원과 집들의 긴 그림자가 드리워져 있었다. 그러나 여전히 늦은 오후의 유별난 무더위가 남아 있었다. 이런 무더위는 여름이 끝날 무렵에 남부 도시에서 흔히 나타나곤 했다. 이런 때는 매일매일 햇볕에 달궈진 공원과 집 앞의 작은 정원에서도 모든 것이 말라갔고, 기나긴 여름에 어디에서나—시내나 초원이나 참외밭에서—죄다 나른하게 지쳐 있었다.

읍내의 우물이 있는 광장에 맨발에 제철을 박은 부츠를 신은 키가 큰 소러시아 여인이 여신처럼 서 있었다. 그녀는 갈색 눈에 소러시아 여인과 폴란드 여인들 특유의 넓고 훤한 이마를 하고 있었다. 저멀리 남쪽 지평선에 희미하게 보이는 초원에 솟아오른 언덕들이 산 아래 광장에서 골짜기로 이어지는 거리를 바라보고 있었다. 이 거리를 따라 내려가다가 나는 교외의 중산층이 사는 집들 사이의 비좁은 골목을 돌아서 교외 뒤쪽의 산에 오르려고 방목장으로 나갔다가 초원으로 내려

---

* 1890년대에 러시아의 많은 청년들이 톨스토이의 가르침을 실천하기 위해 민중 속으로 들어갔다. 그러나 이들은 1870~80년대의 인민주의자들과는 달리 농민들을 가르치려고 하지 않고 농민들로부터 배우려고 했다. 그들은 시골로 내려가 공동 농장을 건설하고 평화주의와 시민 불복종을 설교했다. 19세기 말에서 20세기 초에 톨스토이는 세계에서 가장 유명한 사람들 중 하나였다. 톨스토이 공동체는 시골 여기저기에 세워졌다. 톨스토이주의자들은 '야스나야 폴랴나의 현자'에게 자신들의 활동을 자세히 보고했다.

왔다. 희고 푸른 흙벽 오두막집들 사이에 있는 방목장 탈곡장에서 도리깨들이 공중에 아른거렸다. 여름밤마다 탈곡장에서는 젊은이들이 아주 거칠고 멋지게 소리를 내면서 찬송가풍의 노래를 부르며 도리깨질을 했다. 산꼭대기에서 눈에 들어오는 드넓은 초원은 수확이 끝난 뒤에 남은 빽빽한 그루터기로 온통 황금색으로 빛났다. 넓은 도로 위에는 부드러운 먼지가 수북이 쌓여 있어서 마치 벨벳 장화를 신고 걸어가는 느낌이었다. 주변의 모든 것—넓은 초원과 공기—이 일몰의 햇빛 속에서 눈이 멀 정도로 눈부시게 빛났다. 도로 왼쪽, 골짜기 위의 절벽에는 벽에 바른 회반죽이 떨어진 오두막이 서 있었다. 톨스토이주의자들의 농장이었다. 나는 도로를 돌아서 그루터기를 따라 농장을 향해 걸어갔다. 농장의 오두막과 주변은 텅 비어 있었다. 나는 오두막의 열린 창문을 힐끗 들여다보았다. 수많은 검은 파리들이 벽과 천장과 선반 위의 단지 속에서 떼를 지어 윙윙거렸다. 나는 열린 축사 안을 들여다보았다. 저녁 태양만이 마른 두엄을 붉게 물들이고 있었다. 나는 참외밭에 갔다가 동생 톨스토이주의자의 아내를 보았다. 그녀는 참외밭 두렁길 끝에 앉아 있었다. 나는 그녀를 향해 걸어갔다. 그녀는 나를 보지 못했거나, 아니면 나를 보지 못한 체했다. 자그마하고 외로워 보이는 그녀는 몸을 옆으로 하고 조용히 앉아 맨발을 쭉 뻗고, 한 손으론 땅을 짚고 다른 한 손으론 입속의 지푸라기를 잡고 있었다. 나는 그녀를 향해 다가서면서 말했다.

"좋은 저녁입니다. 왜 그렇게 우울하세요?"

"잠시 앉으세요." 그녀가 웃으면서 대답했고, 지푸라기를 내던지며 햇볕에 그을린 손을 내게 내밀었다.

나는 앉아서 그녀를 바라보았다. 그녀는 참외밭을 지키는 소녀 같았다! 머리칼은 햇볕에 변색되었는데 목이 깊게 파인 농부 셔츠와 여자답게 잘 발달된 허벅지에 착 달라붙은 낡고 검은 작업복을 입고 있었다. 먼지에 덮인 작은 발은 햇볕에 타서 검고 건조해 보였다. 어떻게 이 여자는 맨발로 두엄과 뾰족한 풀 위를 걸어다닐 수 있을까! 하고 나는 생각했다. 그녀가 맨다리를 드러내지 않는 우리 그룹의 일원이었기에, 그녀의 다리를 보기가 늘 거북했지만 그녀의 맨발은 강한 관심을 불러일으켰다. 내 시선을 느낀 그녀가 맨발을 끌어당겼다.

"남자들은 어디 있죠?"

그녀가 다시 웃었다.

"남자들은 볼일 보러 갔어요. 한 형제는 도리깨질하러 탈곡장에 가서 불쌍한 과부를 도와주고 있고, 다른 형제는 위대한 선생님께 보낼 서류들을 가지고 시내에 갔어요. 우리의 모든 죄와 유혹과 육체적 극기에 대한 주간 정례 보고서죠. 이외에 우리는 정기적인 '시련'에 대해서도 보고해야 해요. 하리코프에서는 군복무를 반대하는 전단을 배포했다는 이유로 파블롭스키 '형제'가 체포되었어요."*

"당신은 왠지 기분이 아주 나빠 보이네요."

"질렸어요." 머리를 흔들고 나서 뒤로 젖히며 그녀가 말했다. "더이상 할 수 없어요." 그녀는 조용히 덧붙여 말했다.

"뭘 할 수 없다는 거죠?"

---

* 당시 톨스토이의 종교적 저작들은 대부분 엄격한 검열 때문에 러시아에서 출판되지 못했다. 톨스토이주의자들은 외국에서 출판된 이런 저작들을 러시아로 몰래 들여와 배포했다.

"아무것도 할 수 없어요. 담배 한 대 줘요."*

"담배요?"

"네, 네, 담배요!"

나는 담배를 건네고 성냥을 켰다. 그녀는 빠르고 어색하게 담배를 피우기 시작했다. 단속적으로 담배 연기를 들이마시고 여자답게 입술 사이로 연기를 내뿜으며, 말없이 골짜기 너머 먼 곳을 응시했다. 낮게 깔린 태양이 우리의 어깨와 우리 주변에 널린 묵직하고 길쭉한 수박을 여전히 달구고 있었다. 수박들은 마치 뱀처럼 뒤엉킨 뜨거워진 말뚝들 사이로 마른 땅 위에 옆구리를 박고 있었다. 그녀는 갑자기 담배를 내던지고 내 무릎 위에 머리를 떨구고 서럽게 흐느끼기 시작했다. 나는 그녀를 달래면서 햇볕 냄새가 나는 머리칼에 입을 맞추고 어깨를 부둥켜안고 그녀의 발을 바라보면서, 내가 톨스토이주의자들을 찾아오곤 했던 이유를 잘 이해하게 되었다……

그럼 니콜라예프는? 왜 나는 니콜라예프가 필요했단 말인가? 여행 중에 나는 이렇게 몇 자 적어놓았다.

—방금 크레멘추크를 떠났고, 저녁이다. 크레멘추크의 기차역, 플랫폼과 작은 레스토랑에는 수많은 사람들이 있고, 남부의 혼잡함과 남부의 무더위가 가시지 않는다. 기차 안도 마찬가지다. 대부분 소러시아 여자들로, 모두가 젊고 햇볕에 탔고 활달하다. 그들은 여행과 더위로 흥분해 있었는데 '남부 아래쪽' 어딘가로 일하러 가고 있었다. 그들이 뜨거운 몸 냄새와 옷냄새를 풍기고, 진탕 먹고 마시고 끊임없이 빠르

* 톨스토이주의자들의 교의에는 금연, 금주, 채식 등의 금욕주의가 있다. 이 때문에 아르세니예프는 담배를 달라는 여자의 요청에 깜짝 놀라고 있다.

게 조잘대며 아몬드 같은 눈을 굴려대는 바람에 나는 너무나 흥분하여 고통스럽기까지 했다……

—드네프르 강을 가로지르는 길고 긴 다리. 오른쪽에서 눈부신 붉은 태양이 유리창을 비추고, 아래쪽 저멀리서 뿌연 노란 물이 넘실댄다. 모래가 깔린 여울에서 아주 자연스럽게 옷을 홀랑 벗고 수영하고 있는 수많은 여인들. 루바시카를 벗어던지고 물로 달려가 어색하게 가슴을 먼저 물에 내던지고 두 발로 힘차게 물장구를 치는 어떤 여자……

—드네프르 강은 이미 저멀리에 있다. 잘린 풀과 그루터기로 뒤덮인 황량한 산속의 저녁 그림자. 왠지 모르게 나는 저주받은 자 스뱌토폴크에 대해 생각했다.* 바로 이런 날 저녁에 그는 말을 타고 소규모 친위대를 이끌고 이 골짜기를 따라갔다. 그는 어디를 향했고, 무엇을 생각했을까? 이 일은 천 년 전쯤에 일어났는데, 지상의 모든 것은 오늘날에도 여전히 아름답다. 아니다, 이건 스뱌토폴크가 아니라 산그림자 사이로 땀투성이의 말을 타고 가는 거친 농부다. 농부 뒤에는 한 여자가 등뒤로 손이 묶인 채 앉아 있다. 헝클어진 머리에 싱싱한 무릎을 훤히 드러낸 여자는 이를 갈며 농부의 목덜미를 쳐다보고 있다. 농부는 주의깊게 앞을 바라보고 있다……

—촉촉한 달밤. 창문 너머로 고르게 펼쳐진 초원, 시커먼 진흙길. 찻간 전체가 잠들어 있다. 어스레한 어둠. 먼지 낀 램프 속의 두툼한 양

---

* 저주받은 자 스뱌토폴크는 기독교로 개종한 첫번째 러시아 공후인 블라디미르의 아들 중 하나다. 아버지가 죽은 후 스뱌토폴크는 왕위를 탐내 세 형제(보리스, 글렙, 스뱌토슬라프)를 살해했지만, 왕위는 다른 형제인 현자 야로슬라프에게 넘어갔다. 연대기에 따르면, 스뱌토폴크는 형제들을 살해한 탓으로 평생 고통당하고 저주를 받았다.

초 토막. 객실의 눅눅하고 악취 나는 공기와 이상하게 뒤섞인 들판의 습기가 밑으로 내려진 창문으로 불어 들어온다. 소러시아 여자들이 사지를 쭉 편 채 나자빠져 자고 있다. 활짝 벌린 입술, 슈미즈 속 가슴, 드레스와 치마 속 탄탄한 허벅지…… 한 여자가 막 잠에서 깨어나 오랫동안 나를 빤히 쳐다보았다. 모두가 잠자고 있고, 그녀가 막 은밀한 속삭임으로 나를 부를 것 같다……

내가 일요일마다 찾아가던 마을은 역에서 멀지 않은 넓고 평평한 골짜기에 있었다. 하루는 아무 목적도 없이 이 역까지 가서 기차에서 내린 다음 골짜기로 걸어갔다. 어스레한 어둠이 깔려 있었다. 앞에서는 정원 속의 농가들이 하얗게 보였고, 가까이에 있는 목장에는 오래된 풍차가 시커먼 모습을 하고 있었다. 풍차 밑에 많은 사람들이 서 있었고, 사람들 너머로 바이올린이 자극적으로 삑삑대고, 춤추는 사람들이 발을 구르고 있었다…… 그후 나는 여러 번 일요일 저녁을 이 사람들 사이에서 보내면서 한밤중까지 바이올린과 발 구르는 소리를 듣거나 길게 늘어지는 합창에 귀를 기울였다. 나는 도톰한 입술에 이상하게 빛나는 노란 눈을 가진, 가슴이 크고 얼굴이 불그스레한 처녀에게 다가가 멈춰 섰다. 우리는 곧 비좁은 공간을 이용하여 몰래 서로의 손을 잡았다. 우리는 조용히 서로를 바라보지 않으려고 애썼다. 도시의 어떤 도련님이 풍차 밑에 나타나기 시작한 이유를 청년들이 눈치채면 내게 좋지 않은 일이 생길 거라는 사실을 알았던 것이다. 처음에는 우연히 나란히 섰다. 그후 내가 다가서면 그녀도 즉시 몸을 돌렸다. 내가 자기 옆에 있다는 걸 느끼고는 그녀는 저녁 내내 내 손가락을 잡고 있었다. 어두워질수록 그녀는 내 손가락을 더 세게 쥐었고 내게 어깨를 꽉 밀착시켰다. 사람들이 적어지는 밤에 그녀는 아무도 눈치채지 않게 풍차 뒤로 가서 재빨리 몸을 숨겼다. 나는 조용히 길을 따라 역으로 가서 풍차 밑에 사람이 하나도 없을 때까지 기다렸다가 허리를 굽히고 다시 풍차로 뛰어갔다. 우리는 말없이 그렇게 하기로 합의하고 풍차 밑에 조용히 서 있었다. 그리고 말없이 행복한 고통을 느꼈다. 한번은 그녀가 걸어서 나를 바래다주었다. 기차가 떠나기까지는 아직 삼십 분이 남았다. 역은 캄캄하고 고요했다. 주변에서는 귀뚜라미들만이 평온하게 울어댄다. 저멀리 마을에서는 시커먼 정원 위로 떠오른 달이 새빨갛게 물들고 있다. 측선側線에는 좌우로 문이 열린 화물열차가 서 있었다. 나는 저도 모르게 내가 하는 짓을 두려워하면서 그녀를 화물열차로 끌고 가 열차에 기어올랐다. 그녀 역시 열차로 펄쩍 뛰어오르더니 내 목을 꽉 껴안았다. 그러나 주변을 둘러보려고 성냥불을 켠 나는 공포에 질려 옆으로 비켜섰다. 성냥불이 찻간 중앙에 있던 긴 싸구려 관을 비추었던 것이다. 그녀는 암염소처럼 잽싸게 빠져나갔고, 나는 그녀의 뒤를 따라갔다…… 그녀는 찻간 아래서 계속 넘어지며 숨이 막힐 정도로 웃어댔고, 미칠 듯이 기뻐하면서 내게 키스를 퍼부었다. 나는 어떻게 자리를 떠야 할지 알 수 없었다. 그후 나는 다시는 마을에 모습을 나타내지 않았다.

28

가을에 우리는 해마다 연말에 시내에서 열리던 축제에 참여해 시간을 보냈다. 현 지방의회를 위해 현 전체의 지방자치회 의원들이 모이는 대회였다. 우리는 겨울도 축제 기분으로 보냈다. 잔코베츠카야와 삭사간스키가 출연하는 소러시아 극단의 순회공연과 수도에서도 유명한 체르노프, 야코블레프, 므라비나 같은 연예인들의 콘서트가 열렸으며,* 적잖은 무도회, 가면무도회, 초대받은 사람들만 참석할 수 있는 저녁 파티가 있었다. 지방자치회 대회 이후 나는 톨스토이를 방문하러 모스크바로 갔다. 모스크바에서 돌아오자마자 나는 유별난 즐거움을 느끼며 세상의 유혹에 푹 빠졌다.** 세상의 유혹은 우리의 바깥 생활을 엄청 바꾸어놓았다. 우리는 단 하루도 저녁을 집에서 보내지 않았던 것 같다. 우리의 관계도 어느새 변했고 악화되어갔다. 어느 날 리카가 말했다.

"자기는 다시 다른 사람이 되어가고 있어. 완전히 남자야. 왜 프랑스식 턱수염을 기르기 시작했어?"

"맘에 안 들어?"

"아니, 괜찮아. 단지 모든 것이 너무 많이 변하고 있어!"

"맞아. 자기도 이젠 젊은 여인처럼 보여. 마르고 더 아름다워졌어."

"자기도 다시 나를 질투하기 시작했어. 난 자기에게 고백하는 게 두려워."

---

* M. K. 잔코베츠카야는 유명한 소러시아 여배우로 키예프의 소러시아 극장의 설립자들 중 한 사람이다. P. K. 삭사간스키는 배우이자 감독으로 지방 공연을 자주 했던 인기 배우다. L. G. 야코블레프와 E. K. 므라비나는 유명한 오페라 가수이고, E. F. 체르노프는 유명한 배우였다.

** 부닌은 1890년대 초 톨스토이주의에 관심을 가졌지만 온전한 톨스토이주의자는 아니었다.

"무슨 말이야?"

"다음번 가장무도회에 정장을 하고 가고 싶어. 비싸지 않고 단순한 걸로. 검은 마스크에 검고 가볍고 긴 옷……"

"그건 뭘 의미하는 거야?"

"밤."

"그러니까 다시 오률적인 뭔가가 시작되는 건가? 밤이라! 너무 저속한데."

"여기에 오률적이고 저속한 것은 전혀 없어." 그녀는 차갑고 거리낌 없이 대답했다. 나는 이 차갑고 거리낌없는 어투에서 예전 오률 시절의 뭔가를 느끼고 깜짝 놀랐다. "자기는 다시 날 질투하기 시작했어."

"내가 왜 다시 질투하기 시작했을까?"

"몰라."

"아니, 자긴 알고 있어. 자기가 다시 내게서 멀어지기 시작했기 때문이야. 그리고 다시 인정을 받고 남자들의 찬사를 받고 싶기 때문이야."

그녀는 적의를 띠고 웃었다.

"자기가 그렇게 말해선 안 되지. 자기는 겨울 내내 체르카소바 곁을 떠나지 않았어."

나는 얼굴을 붉혔다.

"떠나지 않았다고! 그러나 우리가 있는 자리에 그녀가 나타나는 게 정말 내 잘못일까? 난 자기가 내게 솔직하지 않아서 너무 고통스러워. 자긴 비밀이 있는 것 같아. 솔직히 말해. 어떤 비밀이야? 마음속에 뭘 숨기고 있는 거야?"

"뭘 숨기고 있냐고?" 그녀가 대답했다. "우리의 옛 사랑이 더이상 존재하지 않는다는 슬픔. 이런 얘길 해서 뭐하겠어……"

그녀는 잠시 잠자코 있다가 덧붙여 말했다.

"가면무도회 말인데, 자기가 원하지 않으면 기꺼이 가지 않겠어. 문제는 자기가 내게 너무 엄격하다는 거야. 내 꿈을 모두 저속하다고 말하고, 내게서 모든 걸 빼앗아가고 있어. 정작 자신은 아무것도 버리지 않으면서……"

봄과 여름에 나는 다시 여행을 많이 하기 시작했다. 가을 초에 나는 다시 체르카소바와 만났고(그때까지 나와 그녀 사이에는 아무 일도 없었다) 그녀가 키예프로 이사한다는 걸 알게 되었다.

"난 영원히 당신을 떠날 거예요." 그녀는 매처럼 날카로운 눈으로 나를 바라보며 말했다. "거기서 남편이 날 기다리고 있어요. 크레멘추크까지 날 바래다줄래요? 단 절대 비밀이에요. 난 배를 기다리며 거기서 하룻밤을 꼬박 보내야 해요……"

29

그 일은 11월에 일어났다. 나는 지금까지도 쓸쓸한 소러시아의 읍내에서 보냈던 그만그만하고 어두운 나날들, 좁은 인도를 따라 나무판자를 깐 황량한 거리들, 담장 너머의 시커먼 정원들, 가로숫길에 늘어선 키 크고 헐벗은 포플러들, 판자로 창문을 두른 여름 레스토랑이 있는 텅 빈 읍내의 공원, 습한 공기, 공동묘지의 썩은 잎사귀 냄새를 생생히 보고 느낀다. 그리고 의미도 목적도 없이 이 거리들과 공원을 따라 방황하던 일, 똑같은 생각과 회상들…… 회상은 뭔가 너무나 쓰라리고 끔찍한 것이어서, 심지어 회상에서 벗어나게 해달라고 비는 특별한 기도가 있다.

어떤 운명적인 순간 리카가 이따금 무심코 말했던 은밀한 고통이 그녀를 미치게 만들었다. 그날 게오르기 형은 사무실에서 늦게 돌아왔고, 나는 더 늦게 돌아왔다. 지방자치회가 연례 현 지방자치회 대회를 다시 준비하고 있어서 그녀도 우리가 늦게 오리라는 사실을 알고 있었다. 그녀 혼자 집에 있었고, 매달 늘 그랬듯이 며칠 동안 외출하지 않았다. 그런 시기면 늘 그랬듯이 그녀는 평소와 너무 달랐다. 아마도 우리의 침실에 있는 등받이 없는 긴 의자에 버릇대로 다리를 움츠리고 오랫동안 누워서 줄담배를 피웠을 것이다. 그녀는 얼마 전부터 담배를 피우기 시작했는데, 그녀에게 어울리지 않는 이 습관을 버리라는 나의 부탁과 요구를 무시하고 있었다. 그녀는 자기 앞을 줄곧 응시하다가 갑자기 일어나서 종잇조각 위에 전혀 고치지 않고 내게 몇 줄의 메모를 썼을 것이다. 형이 집에 돌아와 텅 빈 침실의 경대 위에서 발견한 것은 이 종잇조각이었다. 그녀는 급히 자기 물건 몇 가지를 꾸리고 나머지 물건은 그냥 내던져버렸을 것이다. 나는 그녀가 되는대로 내팽개치고 간 물건들을 모아서 어디에 숨겨야 할지 오랫동안 결정하지 못했다. 그날 밤 그녀는 아버지가 있는 집으로 이미 멀리 가버렸다…… 나는 왜 즉시 그녀를 뒤쫓지 않았을까? 아마 수치심 때문인지 모르겠다. 그리고 인생의 어떤 순간 그녀에게서 나타나는 완강한 고집을 잘 알고 있었기 때문인지도 모른다. 내가 보낸 전보와 편지에 대해 끝내 단 몇 마디의 답이 돌아왔을 뿐이다. "내 딸은 떠났고, 자기의 소재지는 아무에게도 알리지 말라고 했네."

내 곁에 형이 없었더라면(형은 그저 무기력하고 당혹스러워했지만) 그때 내게 무슨 일이 일어났을지 모른다. 형은 그녀가 급히 떠나면서 쓴 몇 줄의 메모를 내게 곧바로 주지 않았고, 우선 내가 마음의 준비를 하도록 했다. 마침내 형은 결심을 하고 아주 어색하게 눈물을 찔끔 흘리더니 내게 메모를 건네주었다. 종잇조각에는 힘찬 필치로 이렇게 쓰여 있었다. "나는 자기가 나로부터 점점 더 멀어지는 걸 더이상 참을 수 없고, 자기가 나의 사랑에 한없이 그리고 더욱 빈번하게 가하는 모욕도 더이상 견딜 수 없어. 내 마음속의 사랑을 죽일 수는 없지만, 내 모든 어리석은 희망과 꿈에 대한 환멸과 모욕이 극에 다다랐음을 깨닫지 않을 수 없었어. 우리의 이별을 이겨내고 나를 잊을 수 있도록 하느님이 자기에게 힘을 주시고, 자기가 새롭고 완전히 자유로운 생활 속에서 행복해지길 하느님께 기도할게……" 나는 단숨에 메모를 읽었다. 발밑의 땅이 꺼지고 얼굴과 머리 살가죽이 얼어붙고 팽팽하게 조여드는 걸 느끼면서도 아주 뻔뻔스럽게 말했다.

"오, 예상해야만 했어. 이런 '환멸'은 흔해빠진 이야기지!"

그러고 나서 나는 용감하게 침실로 들어가 아무렇지도 않은 모습으로 등받이 없는 긴 의자에 누웠다. 어스름 속에서 형이 조심스럽게 잠깐 내게 들렀다. 나는 자는 척했다. 온갖 불행 속에서 어쩔 줄 모르고, 그 불행을 견뎌내지 못했던 우리 아버지처럼 형은 내가 진짜로 자고 있다고 서둘러 믿어버렸다. 그날 저녁에 형은 위원회 회의에 다시 가야 하는 상황을 핑계삼아 조용히 옷을 입고 나갔다…… 내가 그날 밤에 자살을 하지 않은 것은 오늘 자살하든 내일 자살하든 마찬가지라고 굳게 믿었기 때문이다. 창문 너머 정원을 비추는 우윳빛 달빛으로 방안이 환해지기 시작했을 때, 나는 식당으로 나와 램프에 불을 켜고 찬장 옆에 앉아 보드카를 찻잔으로 한 잔, 또 한 잔을 마셨다…… 집을 나와서 거리를 따라 걸었다. 거리는 무서웠다. 벌거벗은 정원과 포플러 가로숫길 한가운데, 주변의 모든 것이 조용하고 따스하고 눅눅했으며, 달빛과 뒤섞인 하얀 안개가 짙게 깔려 있었다…… 그러나 집으로 돌아와서 촛불을 켜고, 희미한 불빛 아래서 사방으로 내던져진 스타킹, 구두, 여름 원피스, 알록달록한 예쁜 가운을 보는 상황은 더 끔찍했다. 그녀가 이 잠옷을 입고 잠자기 전에 나는 그녀를 껴안고 고개를 들어 나를 바라보는 순종적인 얼굴에 키스하고 따스한 숨결을 느끼곤 했다. 미친듯이 눈물이 흘러내리는 이 공포에서 벗어날 수 있는 유일한 길은 그녀와 함께, 그녀 옆에 있는 것이었다. 그러나 그녀는 없었다.

그리고 다시 밤이 찾아왔다. 침실의 고요한 침묵 속에 전과 다름없이 촛불이 희미하게 빛났다. 늦가을 밤비가 시커먼 창문 너머 어둠 속에서 고르게 떨어진다. 나는 누워서 앞쪽 구석을 바라본다. 구석의 움푹 들어간 곳에 그녀가 잠자기 전에 기도하던 성상이 걸려 있다. 마치 주조된 청동 같은 오래된 나무판, 진사辰砂로 칠한 얼굴 면, 붉게 래커를 칠한 배경 위에 황금빛 옷을 입은 엄격하고 애처로운 성모상, 검은 테두리 속의 크고 까만 비현실적인 눈. 무시무시한 성상 테두리! 그리고 머릿속에서 무시무시하고 신성모독적인 결합이 일어난다. 즉 성모와 그녀, 이 성상과 그녀가 미친듯이 급히 달아나면서 여기에 내던져버린 여성적인 모든 것.

그후 한 주가 지나갔고, 또 한 주, 한 달이 흘러갔다. 나는 오랫동안 출근하지 않았고, 사람들이 있는 곳 어디에도 모습을 나타내지 않았다. 나는 꼬리에 꼬리를 물고 일어나는 회상을, 하루하루를, 한 밤 한 밤을 극복하고 있었다. 왠지 이런 생각이 줄곧 들었다. '옛날 어디선가 슬라브 농부들은 무거운 짐을 실은 자신의 보트를 숲길을 따라 움푹 파인 구덩이에서 구덩이로 "질질 끌며" 옮기고 있었다.'

30

나는 이미 한 달여 동안 집이고 시내고 어디서나 나타나는 그녀의 모습으로 괴로워했다. 마침내 나는 더이상 이 고통을 참을 힘이 없다고 느끼고 바투리노로 떠나기로 결심했다. 즉 미래에 대해 생각하지 않고 거기서 한동안 지내기로 결심한 것이다.

마지막으로 형을 급히 포옹하고 나서, 움직이는 기차에 오르니 기분이 매우 이상했다. 기차에 오르면서 나는 스스로에게 말했다. '자, 이제, 나는 다시 새처럼 자유롭다!' 눈이 내리지 않는 어두운 겨울 저녁이었고, 기차가 건조한 대기 속에서 요란스럽게 덜커덩거렸다. 나는 문가 구석진 곳에 자리를 잡고 조그만 여행 가방을 놓았다. 자리에 앉아 '새가 날기 위해 창조된 것처럼 인간은 행복하기 위해 창조되었다'는 폴란드 속담을 그녀 앞에서 되뇌기를 얼마나 좋아했는지 떠올렸다. 그리고 누구도 내 눈물을 볼 수 없게 덜컹거리는 기차의 시커먼 유리창을 뚫어져라 바라보았다. 하리코프까지 가는 밤 여행…… 그리고 이 년 전 하리코프에서 출발한 그다음날 밤. 봄, 새벽, 밝아오는 객실에서 깊은 잠에 빠져 있던 그녀…… 나는 음산하고 조잡하고 비좁은 객실 램프 아래 어스름 속에 긴장하고 앉아 한 가지만을—아침, 사람들, 사람들의 움직임, 하리코프 역의 뜨거운 커피 한 잔—기다렸다……

다음 역은 쿠르스크, 역시 잊지 못할 역이다. 봄날의 한낮, 역에서 그녀와 함께한 아침식사. "내 생애 처음으로 기차역에서 아침을 먹어!"라고 말하며 그녀는 즐거워했다. 지금은 우중충하고 혹독하게 추운 날의 저녁 무렵. 역 앞에는 터무니없이 길고 아주 평범한 우리의 여객열차가 서 있다. 쿠르스크와 하리코프, 아조프를 연결하는 이 철도에는 육중하고 거대한 삼등 객차들의 긴 벽이 끝이 보이지 않을 만큼 이어져 있었다. 나는 밖으로 나와 기차를 바라보았다. 검게 보이는 기관차는 저멀리 앞쪽에 있어서 잘 보이지 않는다. 사람들은 손에 찻주전자를 들고 기차 발판에서 펄쩍 뛰어내려—모두 하나같이 역겨웠다—뜨거운 물을 받으러 간이식당으로 급히 걸어간다. 나와 같은 찻간에 탄 승객들—건강에 해로운 비만으로 피곤해 보이는 무심한 상인, 이상하게 활기차고 모든 것에 호기심이 많은 젊은이—도 밖으로 나왔다. 이 젊은이의 평범하고 무뚝뚝한 얼굴과 입술은 온종일 혐오감을 불러일으켰다. 젊은이가 내게 미심쩍은 눈길을 던졌다. 나 역시 하루 종일 그의 관심을 끌었던 모양이다. '줄곧 말없이 앉아 있는 이자는 젊은 귀족 같기도 한데, 도대체 누구일까!' 그러나 젊은이는 다정하게 빠른 말투로 내게 알려준다.

"여기서 항상 튀긴 거위를 파는데 믿을 수 없을 만큼 싸다는 걸 알아둬요!"

나는 내가 갈 수 없는 간이식당을 생각하며 서 있다. 언젠가 내가 그녀와 함께 앉았던 테이블이 거기에 있다. 아직 눈은 내리지 않았지만 이미 혹독한 러시아의 겨울 냄새가 난다. 거기, 바투리노에서는 어떤 무덤이 나를 기다리고 있을까! 늙으신 부모님, 불행하고 병약한 여동생, 초라한 영지, 초라한 집, 얼음처럼 찬바람이 부는 헐벗은 낮은 정원, 겨울에 개 짖는 소리. 바로 이런 찬바람이 부는 겨울에 개 짖는 소리는 어쩐지 특별하고 불필요하고 쓸쓸하다…… 기차의 꼬리도 역시 끝이 없다. 맞은편, 플랫폼 울타리 너머로 헐벗은 포플러 가지가 높이 솟아 있고, 포플러 뒤쪽 얼어붙은 자갈길 위에 시골 마부들이 승객들을 기다리고 있다. 이 마부들의 모습은 쿠르스크라는 이 지역의 우수와 권태를 말없이 전해준다. 포플러 아래 플랫폼에는 숄 끝단으로 머리를 감싸고 허리를 졸라맨 아낙들이 추위에 파랗게 질린 얼굴을 하고 아첨하듯이 소리를 지르며 손님을 끌고 있다. 그들은 믿을 수 없을 만큼 싼, 껍질이 부스럼투성이이고 얼어붙은 커다란 거위를 팔고 있다. 찻주전자에 뜨거운 물을 가득 채운 사람들이 역에서 따스한 객실로 힘차게 뛰어오다가, 기꺼이 추위를 감수하고 건달처럼 활달하게 달려가면서 아낙들과 값을 흥정한다…… 마침내 저멀리서 기관차가 앞으로 남은 여정으로 나를 위협하면서 지옥 같은 음울한 소리를 내며 울부짖기 시작한다…… 무엇보다 리카가 어디로 사라졌는지 모르기에 절망적이었다. 만일 그렇지 않았더라면 나는 어떤 수치심도 견뎌내고 오래전에 그녀를 따라가 어디에서든 붙잡았을 테고, 어떤 대가를 치르더라도 그녀를 데려왔을 것이다. 그녀의 거친 행동은 광기의 발작임이 분명했다. 그녀 역시 오로지 수치심 때문에 자신의 행동을 반성하지 못하고 있다.

이번 아버지 집으로의 귀향은 삼 년 전의 귀향과는 이미 달랐다. 이제 나는 달라진 눈으로 모든 것을 바라보았다. 바투리노는 집에 오면서 상상했던 것보다 훨씬 더 형편이 어려웠다. 시골의 초라한 농가, 야만적인 털북숭이 개, 쇠같이 단단한 진흙이 덕지덕지 묻어 있는 문지방, 그 옆에 있는 조잡하고 얼음에 덮인 물을 운반하는 마차, 영지로 이어지는 길 위의 진흙덩어리, 후줄그레한 창문과 터무니없이 높고 무거운 지붕—이 지붕은 할아버지와 증조할아버지 때 만들어진 것이다—과 처마에 가려져서 어둡고, 두 개의 현관이 있는 음울한 집 앞의 텅 빈 마당, 오래되어 회청색으로 변한 현관의 나무. 이 모든 것이 낡고 왠지 버려지고 쓸모없어 보였다. 그리고 쓸데없이 불어대는 찬바람은 초라하고 헐벗은 겨울 정원에서 지붕보다 더 높이 솟아오른 소중한 전나무의 우죽을 휘어놓는다. 나는 살림살이에서 지독한 궁핍의 모습을 보았다. 찰흙으로 때워놓은 페치카의 갈라진 틈, 난방을 위해 말에게 입히는 거친 옷을 깔아놓은 마루…… 아버지만이 마치 이 모든 것에 대항하듯이 행동하려고 애썼다. 더 마르고 더 작아지고 완전히 백발이 된 아버지는 이제 항상 깨끗이 면도하고 매끈하게 빗질하고, 이전처럼 아무렇게나 옷을 입지 않았다. 노년과 가난의 단정함을 보는 건 고통스러웠다. 아버지는 분명히 나를 위해, 나의 수치와 불행을 모르는 척하려고 누구보다 활기차고 즐겁게 행동했다. 한번은 아버지가 바싹 마른 떨리는 손으로 담배를 들고 부드럽고 슬픈 눈길로 나를 바라보며 말했다.

"그래, 얘야, 모든 게 다 순리대로 되는 거야. 청춘의 모든 불안, 모든 슬픔과 기쁨도, 그리고 노년의 평화와 평온도…… 그런데 이건 어떠냐?" 아버지는 눈웃음을 지으며 말했다. "'평온한 즐거움' 말이다. 에이, 망할 놈의 것 같으니!"

> 우리는 이 쓸쓸한 벽지에서,
> 들판의 자유를 들이마시며,
> 조용한 오막살이에서
> 평온한 즐거움을 맛본다……

아버지를 떠올릴 때면 나는 언제나 후회하게 된다. 항상 아버지를 정당하게 평가하지 못했고 사랑하지도 못했던 것 같다. 나는 아버지의 인생, 특히 아버지의 젊은 날을 너무 몰랐다는 사실에 매번 죄책감을 느낀다. 아버지의 젊은 날에 대해 알 수 있었을 때도 나는 알려고 애쓰지 않았다. 지금 나는 아버지가 도대체 어떤 사람이었는지 알려고 애쓰고 있지만 완전히 알 수는 없다. 아버지는 아주 특별한 시대와 특별한 세대에 속한 사람이다. 아버지의 타고난 재능은 왠지 무익했지만, 정말 경이롭고 경쾌하고 다양했다. 아버지는 살아 있는 가슴과 민첩한 두뇌를 가지고 있었고, 암시만 해도 모두 이해하고 파악했으며, 보기 드문 솔직한 정신과 정신적 내밀함을 겸비해서 외적으로는 단순하지만 내적으로는 복잡한 사람으로, 신중한 통찰력과 낭만적이고 아름다운 마음씨를 지닌 사람이었다. 그해 겨울에 나는 스무 살이었고, 아버지는 예순이었다. 왠지 믿어지지가 않는다. 언젠가 내가 스무 살이었고, 그 모든 것에도 불구하고 내 힘찬 젊음이 막 피어나기 시작했었다는 것을! 그런데 아버지의 전 인생은 이미 저 뒤에 있었다. 그러나 그

겨울에 내 마음속에 일어난 일들을 누구도 아버지만큼 이해하지 못했고, 내 마음속 슬픔과 젊음을 누구도 아버지만큼 느끼지 못했을 것이다. 우리는 그날 아버지의 서재에 앉아 있었다. 벌써 눈이 쌓였고, 조용하고 평화로운 맑은 날이었다. 햇볕에 빛나는 눈 쌓인 마당이 서재의 낮은 창을 사랑스럽게 바라보았다. 서재는 따스하고 담배 연기가 자욱하고 너저분했다. 너저분하고 아늑하고 항상 단순한 가구가 배치된 이 서재는 어린 시절부터 내게 소중한 곳이었다. 이런 서재의 분위기는 아버지의 모든 습관과 취향, 아버지와 나 자신에 대한 오랜 추억들과 분리될 수 없었다. '평온한 즐거움'에 대해 말하고 나서 아버지는 담배를 옆에 놓고 벽에서 오래된 기타를 내려 좋아하는 민요를 연주하기 시작했다. 아버지의 눈길은 강렬하고 유쾌해졌지만 동시에 마음속에 뭔가를 숨기고 있었다. 아버지는 슬픈 웃음을 지으며 부드럽고 즐거운 기타 리듬에 맞춰 소중하고 잃어버린 뭔가에 대해, 그리고 인생에서 모든 것은 어쨌거나 흘러가고 울어봐야 소용없다고 중얼거렸다……

집에 온 지 얼마 지나지 않아 나는 견딜 수가 없어서, 하루는 갑자기 자리를 박차고 무턱대고 시내로 달려나갔다. 그날은 빈손으로 돌아왔다. 의사의 집 안으로 들어갈 수 없었기 때문이다. 절망으로 인해 대담해진 나는 낯익지만 지금은 무시무시한 현관 앞에 도착한 마부의 썰매에서 펄쩍 뛰어내렸고, 공포를 느끼며 반쯤 가려진 식당의 창문을 힐끗 쳐다보았다. 한때 이 식당에서 나와 그녀는 며칠 동안이나 소파에 앉아 있었다. 우리가 함께 보냈던 첫 가을날들! 나는 종을 잡아당겼다…… 문이 열렸고, 나는 그녀의 동생과 마주보고 있었다. 얼굴이 창백해지면서 그가 분명한 목소리로 말했다.

“아버진 당신을 보고 싶어하지 않습니다. 아시다시피 누나도 없고요.”

그 가을에 볼초크와 미친듯이 계단을 위아래로 뛰어다녔던 김나지움 학생이었다. 그런데 지금 내 앞에는 장교복 같은 하얀 셔츠를 입고 긴 장화를 신은 우울하고 아주 까무잡잡한 청년이 서 있었다. 검은 콧수염이 막 자라기 시작했고, 작고 검은 눈은 완강하게 적의를 드러냈으며, 거무스름한 얼굴색 때문에 공작석孔雀石처럼 창백해 보였다.

“돌아가세요.” 그는 조용히 덧붙여 말했지만, 셔츠 안에서는 심장이 고동치고 있음이 분명했다.

겨울 내내, 매일매일 나는 끈질기게 그녀의 편지를 기다렸다. 그녀가 그렇게 무정하고 잔인할 수 있다는 사실을 믿을 수 없었다.

31

그해 봄에 나는 그녀가 폐렴에 걸려 집으로 돌아왔고, 일주일도 못돼 죽었다는 사실을 알았다. 그녀의 죽음을 가능한 한 오랫동안 내게 숨기게 한 것도 그녀의 뜻이었음을 알았다.

나는 지금까지 리카가 첫 월급을 타서 선물한 갈색 염소 가죽 노트

를 간직하고 있다. 아마도 그날은 그녀의 일생에서 가장 감동적인 날이었을 것이다…… 이 노트를 선물하면서 그녀가 첫 페이지에 쓴 몇 단어를 아직도 읽을 수 있다. 흥분하고 서두르고 부끄러워한 나머지 잘못 쓴 두 단어도……

최근에 나는 꿈속에서 그녀를 보았다. 그녀 없이 살아온 나의 긴 생애를 통틀어 단 한 번 일어난 일이었다. 그녀는 우리가 함께 인생과 젊음을 보냈던 그때의 나이에 머물러 있었다. 그러나 그녀의 얼굴에는 이미 시들어가는 아름다움이 풍기는 매력이 어려 있었다. 그녀는 말랐고 상복 같은 옷을 입고 있었다. 나는 그녀를 어렴풋이 보았지만 커다란 사랑과 기쁨의 힘을, 결코 누구에게서도 느낄 수 없는 육체적이고 정신적인 친근함을 강하게 느꼈다.

1927~1929, 1933

알프마리팀 해변

부닌의 '예술적 전기' 혹은 아무것도 아닌 것에 대한 책

부닌의 삶과 문학

이반 부닌은 중부 러시아 보로네시의 오래된 귀족 가문에서 태어났다. 그러나 부닌이 태어났을 때 아버지의 낭비벽으로 가세는 이미 기울어 있었다. 부닌은 1874년 오룔 현 옐레츠 군 부티르키로 이사하여 가정교사에게 교육을 받았다. 중부 러시아의 끝없이 펼쳐진 평원과 드넓은 숲과 초원은 어린 부닌의 마음에 슬픈 슬라브적 시정과 풍부한 감수성을 심어주었다.

1881년에 부닌은 옐레츠 김나지움에 편입했지만 수학 성적이 나빠 유급당했고, 1886년에는 장기 결석과 교육비 미납으로 제적당했다. 그후 부닌은 나로드니키(인민주의자)였던 율리 형의 지도로 김나지움과 대학 교과 과정을 공부했고, 1889년에는 세묘노바의 제안으로 〈오룔 통보〉에서 기자로 일하면서 파셴코와 사랑에 빠져 오제르키와 하리코프 등을 여행했다. 1892년 부닌은 파셴코와 폴타바로 가서 율리형과 함께 지방자치청에서 근무하다가 1895년에 폴타바를 떠났다.

그후 페테르부르크와 모스크바에서 체호프, 발몬트, 솔로구프 등과 교류했으며 상징주의자들의 잡지에 글을 싣기도 했다. 한때는 톨스토이주의에 빠졌지만 미학, 철학, 삶에 대한 관점의 차이로 상징주의자들과 톨스토이주의자들과의 짧은 동거는 곧 끝나게 된다. 1900년에 베를린, 파리, 스위스, 이탈리아 등을 여행했고, 유라시아주의, 불교, 이슬람교에 관심을 갖고 공부했다. 1904~5년에는 잡지 『프라브다』의 문예란 편집자로 일하기도 했다.

부닌은 1917년 볼셰비키 혁명을 '인류 사회를 폭력으로 재편하려는 피로 얼룩진 광기'로 규정하고 모스크바를 떠나서 오데사로 갔다가 1920년에 프랑스로 망명했다. 그후 프랑스에서 사망할 때까지 망명 작가로 살면서 집필 활동을 계속했다.

부닌은 일고여덟 살 때부터 푸시킨과 레르몬토프를 모방하여 시를 쓰다가, 1887년 2월, 〈조국〉이란 신문에 「나드손의 무덤 위에서」를 처음으로 발표했고, 같은 해 같은 신문에 열 편의 시와 두 편의 단편을 발표하면서 본격적으로 창작 활동을 시작했다. 1891년에 〈오룔 통보〉의 부록으로 부닌의 첫 시집 『1887~1891년의 시들』이 출간되었다. 훗날 부닌은 이 시들을 "대부분 순수한 청년 시절에 쓴 지나치게 내밀하고 빈약한 시"로 혹평했지만, 동시대의 비평가들은 시에 나타난 "정확하고 생생한 자연의 감촉과 묘사"를 높이 평가했다. 1903년에는 롱펠로의 서사시 「하이어워사의 노래」의 번역(1896)과 시집 『낙엽』(1901)으로 러시아 아카데미 푸시킨상을 수상했다.

부닌은 19세기 말에서 20세기 초에 쓴 일련의 단편들(「산마루」 「세상 끝에서」 「마을에서」 「늦은 밤에」)에서 농민들과 소지주들의 삶과 풍습을 사실적으로 그려냈다. 인상주의의 영향이 엿보이는 다른 단편들(「안토노프 사과」, 1900) 속에는 대상에 대한 섬세한 감각과 아름다운 시적 묘사가 가득하다. 가부장적인 러시아 시골생활의 파괴와 붕괴 과정을 냉혹할 정도로 리얼하게 그린 『마을』(1909~10)과 『마른 골짜기』(1912)는 이 시기의 걸작으로 손꼽힌다. 이러한 문학적 성과를 인정받아 부닌은 1909년에 다시 푸시킨상을 수상했다. 부닌의 산문 세계는 더욱 넓고 깊어지면서, 삶과 죽음의 문제(「형제」 「인생의 술잔」 「샌프란시스코에서 온 신사」)와 운명과 사랑의 문제(「사랑의 문법」 「가벼운 숨결」)에 대한 존재론적 물음과 철학적·종교적 탐구로 이어진다.

볼셰비키 혁명 이후 프랑스로 망명한 부닌의 문학 세계에는 조국을 향한 향수, 페시미즘, 형이상학적·종교적 요소가 더욱 짙게 나타난다. 창작의 열정은 망명지에서도 계속 타올라 『예리혼의 장미』(1924), 『신의 나무』(1931) 같은 단편집과 반半자전적인 소설 『미챠의 사랑』(1924)과 『아르세니예프의 인생』(1927~29, 1933), 그리고 사랑에 관한 단편 모음집인 『어두운 가로숫길』(1943)을 남겼다. 1933년, 부닌은 평생의 문학적 업적을 인정받아 러시아 출신 작가로는 최초로 노벨문학상을 수상했다.

부닌은 체호프, 안드레예프, 솔로구프, 쿠프린, 고리키 등과 함께 19세기 말에서 20세기 초 러시아 문학을 대표하는 작가다. 고전적 의미에서 '러시아 최후의 리얼리스트'로 평가되는 부닌은 푸시킨, 체호프, 톨스토이를 문학적 스승으로 존경하면서, 선배 작가들의 문학적 전통을 이어받아 19세기 말에서 20세기 초의 러시아 현실을 사실적으로 그려냈다.

중부 러시아에서 태어난 부닌의 문학적 시원始原은 중부 러시아의 전형적인 풍경(끝없는 지평선, 광활한 벌판, 드넓은 숲과 초원)과 전원적인 삶이라고 할 수 있다. 부닌은 어떤 작품에서나 고향의 풍경과 삶을 아름답게 추억하고 시적으로 묘사한다. 그러나 역사의 전면에서 사라질 수밖에 없는, 막 사라져가는 시골 소지주들의 한가롭고 전원적인 생활, 가난하고 거친 농민들의 생활과 풍습, 파괴되어가는 농촌 공동체의 실상을 슬프고 안타까운 시선으로 포착하여 서정적인 색채로 암울하게 그린다. 이와 함께 (특히 망명 이후에) 운명적인 사랑, 삶과 죽음의 문제를 철학적·종교적으로 접근하여 비극적이고 염세적인 존재의 세계와 비밀을 그려냈다.*

『아르세니예프의 인생』, '예술적 전기' 혹은 아무것도 아닌 것에 대한 책

부닌이 망명 시기에 쓴 가장 중요한 작품인 『아르세니예프의 인생』은 복잡한 출판 역사를 갖고 있다. 부닌의 아내(무롬체바-부니나)의

---

* 부닌의 삶과 창작 일반에 대해서는 「Русские Писатели. 20век」(M, 1998); *КЛЭ* (M, 1962~1978); И. П. Карпов. Проза Ивана Бунина(M, 1999); Julian W. Connoly, *Ivan Bunin* (Twayne Publisher, 1982)을 참조했다.

증언에 따르면 부닌은 쉰 살이 된 1920년에 '내 삶에 대한 책'을 집필할 구상을 했다.* 이 작품의 1~4권은 파리에서 발행된 신문 〈러시아〉와 〈최신 뉴스〉, 잡지 『현대의 기록』에 1927~29년에 분재되었고, 5권은 1932~33년 파리에서 발행된 신문(〈최신 뉴스〉)과 잡지(『삽화가 있는 러시아』)에 발표되었다.

『아르세니예프의 인생』 1~4권은 1930년 파리에서 최초의 단행본으로 출판되었고, 5권은 '리카'라는 제목으로 1939년 브뤼셀에서 단행본으로 따로 출판되었다. 부닌은 1949~51년 소설 전체를 많이 고치고 줄여서 1952년 뉴욕의 체호프 출판사에서 최초의 완전한 판본 『아르세니예프의 인생. 청년 시절』을 출간했다.

볼셰비키 혁명 이후, 망명한 부닌의 작품은 러시아에서 거의 출판될 수 없었다. 1928년부터 부닌의 책은 출판 금지되고 도서관에서 사라졌으며, 작가의 이름은 언급조차 될 수 없었다. 일례로 1943년에 바를람 샬라모프는 부닌을 위대한 작가라고 불렀다가 강제수용소 십 년형을 선고받기도 했다. 스탈린 사후 부닌은 부활했고, 그의 책은 다시 출판되기 시작하여 독자들에게 많은 인기를 얻었다. 트바르돕스키의 개인적인 노력으로 부닌 선집(1~9권. 모스크바, 1965~67)이 처음으로 출판되었고, 체호프 출판사에서 펴낸 『아르세니예프의 인생』이 이 선집에 포함되었다.

『아르세니예프의 인생』은 많은 점에서 문제적이다. 첫째, 장르 규정의 문제다. 이 작품은 소설의 형식을 취했지만 전통적 의미의 소설 작

* В. Н., Муромцева Бунина. Жизнь Бунина. Беседы с памятью. М., 1989.

법에서 많이 벗어나 있다. 부닌도 이 작품의 초고에 소설이라고 쓰고 따옴표를 붙였다. 실제로 『아르세니예프의 인생』에는 일정한 파블라(스토리)도 슈제트(사건의 구성과 전개)도 없다. 부닌은 이 작품을 쓰려고 준비할 당시의 일기장(1921년 10월 27~11월 9일)에 "'아무것도 아닌 것에 대한 책'을 쓰고 싶고, 이 책 속에 나의 영혼을 토로하고 나의 삶을 이야기하고, 이 세상에서 보고 느끼고 생각하고 사랑하고 미워한 것을 이야기하고 싶다"고 썼다. 이런 의미에서 『아르세니예프의 인생』은 부닌의 삶과 현실에 대한 '철학적·종교적 명상'이자 에세이이고, 부닌 자신의 '삶에 대한 회상'이라기보다 보편적인 '삶에 대한 책', 즉 삶에 대한 지각의 재현이자 체험이라고 할 수 있다. 부닌 연구가인 유리 말체프는, 지각과 체험 밖의 삶은 그 자체로 존재하지 않고, 객체와 주체는 하나의 단일한 문맥 속에 긴밀히 융합되어 있다고 보고, 이 작품을 러시아 최초의 '현상학적 소설'이라고 부른다.*

『아르세니예프의 인생』은 종종 톨스토이의 자전적 3부작(『어린 시절』 『소년 시절』 『청년 시절』), 악사코프의 『바그로프 손자의 어린 시절』, 고리키의 3부작(『어린 시절』 『세상 속으로』 『나의 대학』)과 비교된다. 각각 '기억, 존재의 시원' '인식, 나와 타자와 세계' '뮤즈, 환희와 절망' '여행, 자유와 만남'으로 이름 붙일 수 있는 1~4권에는 부닌 자신의 어린 시절과 청년 시절의 삶이 비교적 자세하게 재현되어 있다. 5권은 '리카, 사랑의 심리학'이라고 할 수 있을 것이다. 여기서는 리카와 아르세니예프의 사랑을 통해 부닌과 바르바라 파셴코의 사랑이 그

---

* Юрий Мальцев, Бунин. М., Посев, 1994. С. 304~305.

려지고 있지만, 세부적인 면에서는 다르다. 예컨대, 리카의 집과 그 분위기는 파셴코보다는 첫번째 아내인 차크니의 환경과 비슷하다. 리카와 아르세니예프의 관계도 처음에는 파셴코와 부닌의 관계와 거의 일치하지만, 후반부로 가면서 리카는 부닌이 파셴코에게서 보기를 원했던 모습으로 바뀐다. 즉 실제 파셴코와는 달리 리카는 연약하고 순종적이고 헌신적이 된다. 또한 대단원에서 리카는 폐렴에 걸려 죽고 말지만, 실제로 파셴코는 1894년 부닌을 떠나 병으로 죽지 않고 부닌이 아는 사람과 결혼했다.

부닌은 『아르세니예프의 인생』이 자서전으로 불리는 것을 아주 싫어했다. 실제로 부닌의 작품은 많은 점에서 톨스토이, 악사코프, 고리키의 자전적 소설들과 다르다. 부닌의 작품에서는 서술자인 '나'가 등장인물이고, 서사적 과거는 현재와 끊임없이 연결되어 상호작용하고 있다. 서술자인 '나'는 주인공 아르세니예프와 때론 거리를 두고 아르세니예프를 객관화하고, 때론 주인공 아르세니예프가 되어 직접 사건에 참여하고, 때론 주인공 주변에서 일어나는 사건 안팎에서 삶의 의미와 존재에 대한 미학적·철학적 관점을 표명하기도 한다.* 이런 점에서 『아르세니예프의 인생』은 톨스토이, 악사코프, 고리키의 자전적 소설들과는 달리 '예술적 전기' '준準자전적 소설' '허구적 자서전'으로 불린다.

---

* 『아르세니예프의 인생』의 서술자는 '개인화된 서술자', 즉 서술의 주체이자 소설의 주인공으로 등장하는데, 이 서술자의 몇몇 심급에 대해서는 최진희의 논문을 참조할 수 있다. (「이반 부닌 소설 『아르세니예프의 인생』 연구」, 『러시아학』 제1호(충북대학교, 2005), 93~110쪽.

실제로 『아르세니예프의 인생』에는 회상과 서정적·철학적인 요소들이 가득하다. 그만큼 다른 작가들의 자전적 소설보다 시대와 역사, 인생에 대한 보편적 요소가 더 지배적으로 나타난다. 다시 말해 이 소설은 서술자(화자)이자 주인공인 알렉세이 아르세니예프의 스무 살까지의 개인적인 전기이고, 작가 이반 부닌의 인생과 경험에 대한 간접 회고이자 고백이며, 소설의 시공간적 배경인 19세기 러시아의 사회와 역사, 특히 지방 소지주들의 생활에 관한 생생한 기록인 것이다.

장르 규정의 문제와 함께 『아르세니예프의 인생』에서 '시간'과 '기억'의 문제는 중요한 의미가 있다. 이 소설에서 시간은 물리적인 개념이라기보다는 정신적이고 의식적인 개념이다. 이 작품에서 과거와 현재는 서로 넘나들며 교섭하고 침투하며 종종 한 순간에 공존한다. 기억하는 순간은 동시에 기억되는 시간이 된다. 다시 말해 반복되는 기억과 경험 속에서 과거와 현재의 경계는 사라지고 시간의 통제를 벗어나 '영원한 현재'가 얻어진다. 『아르세니예프의 인생』의 초고에 붙여진 '나날의 근원'이란 부제가 말해주듯이, 기억되는 시간은 기억하는 시간 속에서 반복되며, 최초의 시적 직관을 다시 확인해나가는 나선형의 발전 구도를 가진다.*

보통 망명 작가들에게 '기억'은 두고 온 고국과 고향의 삶에 대한 향수, 고정된 과거의 시간과 공간을 현재의 시점에서 복원한다는 의미가 있다. 그러나 부닌에게 기억은 정신적인 범주다. 초시간적 본성이 기

---

* 최진희, 같은 논문, 103쪽.

억 속에 나타나므로 기억은 항상 초월적이다.* 우리의 기억만큼 우리의 삶을 규정하는 것은 없다. 이 소설의 구성적 기초인 '기억'은 인간의 무의식 속에 실존하며 시공을 초월하여 존재한다. 마르셀 프루스트의 경우처럼 기억 속의 삶이야말로 진실한 삶이고, 이 진실한 삶은 영원하다. 즉 '기억'에 의해 현재와 과거가 자유롭게 만나고, 이를 통해 물리적이고 객관적인 시간의 흐름과 인과관계 및 호로노토프(시공성)의 연속성은 파괴된다. 어린 시절의 목가적 생활에 대한 추억과 이상화, 방황하는 청년 시절의 생활, 가부장적인 과거의 러시아, 잃어버린 시간과 공간에 대한 쓰디쓴 향수, 이상화된 어머니와 자기중심적인 아버지, 예민한 성격의 등장인물들, 중부 러시아의 아름답고 슬픈 풍경들은 단순한 '기억'의 대상이나 '기억'을 통한 대상의 복원이 아니다. 부닌은 '기억'이라는 의식의 프리즘을 통해 잃어버린 시공과 과거의 모든 것의 현재적 의미를 끊임없이 탐구하며 반추하고 있다. 그 결과 주인공의 '기억'과 의식 속에서 현재와 과거가 자연스럽게 만나 대화하면서 물리적 시간은 정지되고 자연스러운 서사의 흐름이 종종 파괴된다. 이런 의미에서 이 소설에는 전통적 의미의 플롯이 부재하고, 과거와 현재를 자유롭게 넘나드는 '기억'과 의식의 편린만이 다양하게 기록되어 있다고 말할 수 있다.

부닌은 사랑과 죽음을 노래한 가수로 불린다. 『아르세니예프의 인생』에서도 부닌 창작의 주요한 테마인 삶과 사랑과 죽음의 문제가 깊

---

* Юрий Мальцев, 앞의 책, 311쪽.

이 있게 다루어진다. 보통 부닌의 작품에서 삶과 사랑은 하나다. 사랑이 없는 삶은 죽음이고, 산다는 것은 사랑한다는 것을 의미한다. 아르세니예프는 안헨, 아빌로바, 리카, 니쿨리나, 소러시아 처녀들, 카자크 여인에게 끊임없이 사랑을 느낀다. 그는 부드럽고 여성적인 것, 여인들의 쇄골, 정강이, 복사뼈, 가무잡잡한 피부와 슬픈 눈동자같이 순간적으로 나타났다가 사라지는 것들을 사랑한다. 그의 사랑은 보통 죽음이나 이별로 끝나기에 항상 찰나적이고 비극적이고 운명적이고 우연적이다. 그가 저녁놀, 아침이슬, 어스름, 고요, 끝없는 평원과 초원, 흰 눈, 기차역, 푸른 창공, 헐벗은 나무 등을 유난히 사랑하는 것은 우연이 아니다.

소설 속에는 목동인 센카, 여동생 나쟈, 할머니, 이웃 귀족인 피사레프, 바보 여인, 대공후와 리카의 죽음까지 일곱 번의 죽음이 묘사된다. 특히 이 소설의 5권에서 아르세니예프와 리카의 만남과 이별, 사랑의 환희와 고통, 결국 리카의 죽음으로 끝나는 두 사람의 슬픈 사랑은 현실에서보다 아르세니예프의 기억 속에서 더욱 강렬하고 생생하게 잔존하면서 영원성(불멸성)을 획득한다. 여기에서 죽음에 대한 인식은 삶의 가치에 대한 인식으로 이어지고, 삶과 죽음에 대한 자각은 상호 연관되어 있다. 부닌에게 삶과 죽음, 시작과 끝은 둘이 아니고 하나인 것이다. 부닌은 사랑과 '죽음'이라는 문제를 통해 존재의 시작과 끝을 집요하게 탐구하면서, 인간은 죽음을 통해 비로소 존재, 혹은 실존의 억압과 피구속성에서 영원히 해방될 수 있다는 사유에 이르고 있는데, 이는 불교의 세계관과도 연결된다.*

부닌은 중부 러시아의 자연과 시골을 노래한 가수로도 불린다. 『아르세니예프의 인생』에서 19세기 러시아의 가부장적 세계, 소지주의 목가적 전원 생활과 풍습, 농민들의 세계에 대한 생생한 재현과 묘사와 함께 중부 러시아의 전형적인 자연에 대한 서정적이고 시적인 묘사는 이 소설의 압권이라 할 수 있다. 하얀 눈과 눈더미들이 쌓인 겨울 풍경, 긴 겨울을 보내고 봄을 맞이하는 생명이 가득한 숲, 가랑비 내리는 이른봄날 저녁의 황량하고 슬픈 풍경, 끝없이 이어지는 먼지 가득한 시골길, 외로운 교회와 종탑, 별이 가득한 가을밤 하늘, 퇴락한 시골 지주의 쓸쓸한 저택과 정원, 끝없이 펼쳐진 벌판에 쌓인 낟가리들, 어둠에 싸인 평원을 달리는 밤기차…… 이 모든 풍경이 부닌의 손끝에서 생생하게 되살아나고 있다. 중부 러시아의 풍경에 대한 인상주의적 묘사는 이 소설을 우리말로 옮기는 데 가장 어려운 부분이기도 하다.

트바르돕스키의 노력으로 러시아에서 처음으로 아홉 권짜리 선집(1965~67년)과, '문학 유산' 시리즈로 이반 부닌에 대한 두 권짜리 자료집(1973년)이 출간된 이후 부닌에 대한 연구는 새로운 전기를 맞게 된다. 유리 말체프가 지적하듯이, 소연방 시절의 부닌 연구는 다분히 이념 편향적이었기에 적지 않은 부분에서 왜곡되었다. 몇몇 연구자들은(대표적으로 라크신) 부닌을 러시아 고전 작가들이 다져놓은 길에서 벗어난 위험한 인물, 혹은 독자들을 그 길에서 벗어나도록 유혹하고

---

* 부닌의 작품에 나타난 죽음과 불교적 세계관에 대한 일반적인 연구는 다음의 논문을 참고할 수 있다. 김경태, 「부닌의 작품에 나타난 죽음의 문제 연구」, 『러시아어문학연구논집』, 제16집, 2004; 김경태, 「이반 부닌의 불교적 세계관」, 『노어노문학』, 제13권 제2호, 2001.

문학의 사회적·윤리적·교훈적 목적에 복무하지 않는 불온한 작가로 평가했다. 개혁·개방 이후 고리키 세계문학연구소가 주최한 부닌 탄생 125주년 기념 국제학술대회(모스크바, 1995년)를 기점으로 부닌의 삶과 창작에 대한 연구가 활기를 띠면서 부닌의 창작에 나타난 죽음, 사랑, 시간, 기억의 문제, 그리고 화자, 장르, 언어와 문체, 자연 묘사에 대한 연구가 깊이 있게 진행되고 있다.

서방에서의 부닌 연구는 대체로 미약하다. 1933년 노벨문학상 수상과 함께 부닌에 대한 관심과 연구가 잠시 고조되었지만, 부닌은 곧 서방 독자들과 연구자들의 관심에서 멀어졌다. 1970~80년대에 다시 부닌에 대한 연구가 제한적으로 시작되었는데, 주로 부닌 작품의 테마, 형식과 구조 분석이 다루어졌다.

한국에서의 부닌 연구는 1990년대 말 러시아에서 부닌 연구로 학위를 받은 젊은 학자들에 의해 이루어지고 있고, 몇몇 논문도 발표되었다. 또한 부닌의 「샌프란시스코에서 온 신사」「마을」「어두운 가로숫길」「사랑의 문법」을 비롯해 몇몇 작품들이 우리말로 번역 소개되었다.

앞으로 정본 부닌 전집의 출간, 부닌의 창작 시학에 대한 전반적인 연구, 부닌과 불교, 부닌과 러시아 고전 작가들(특히 푸시킨, 투르게네프, 톨스토이, 체호프, 파스테르나크) 및 외국 작가들(마르셀 프루스트)의 비교 연구가 필요하다.

이 책을 우리말로 옮기는 과정은 아르세니예프와 함께 마차와 기차를 타고 소러시아를 비롯해 러시아 곳곳을 여행하면서 삶, 사랑, 죽음, 기억, 자유, 시간, 공간, 자연, 역사 등을 깊이 사유하는 고통스럽고도 행복한 시간이었다. 번역하는 동안 옮긴이가 느꼈던 고통과 행복을 가능한 한 많은 독자들과 나누고 싶다. 원고를 꼼꼼히 읽고 좋은 의견을 내준 문학동네 편집부에 고마운 마음을 전한다.

이항재

이반 부닌 연보

1870년 10월 22일(구력으로 10월 10일) 중부 러시아 돈 강 유역 보로네시에서 소지주 귀족인 알렉세이 니콜라예비치 부닌과 류드밀라 알렉산드로브나 추바로바 사이에서 3남으로 출생. 유년 시절을 가문의 영지가 있던 오룔 현 옐레츠 군 부티르키에서 보냄.

1874년 오룔 현 옐레츠로 이주. 7, 8세부터 푸시킨과 레르몬토프를 모방하여 시를 쓰기 시작.

1881년 옐레츠의 김나지움에 입학하여 4년 동안 수학.

1886년 옐레츠 군 오제르키에 살면서 율리 형의 지도를 받으며 공부함.

1887년 페테르부르크 신문 〈조국Родина〉에 시와 단편소설을 발표하며 문단에 데뷔.

1889년 율리 형이 있던 하리코프로 여행하여 급진주의자들과 가까이 지냄. 〈오룔 통보Орловский вестник〉와 〈러시아 생활Русская жизнь〉에서 일하며 기사, 서평, 풍자 칼럼, 드라마 등을 씀. 〈오룔 통보〉의 교정 담당자인 바르바라 파셴코와 사귐. 크림 여행.

1891년 〈오룔 통보〉의 문예 부록으로 부닌의 첫 시집 『1887~1891년의 시들Стихотворения 1887~1891 гг.』 출간.

1892년 파셴코와 함께 폴타바로 가서 지방 행정기관에서 근무. 톨스토이주의자들과 가깝게 지냄.

1894년 소러시아(우크라이나)를 여행함. 단편 「세상 끝에서На край света」 발표. 파셴코와 헤어짐.

1895년 페테르부르크와 모스크바에 머물면서 체호프, 발몬트, 부류소프 등과 교류. 1890년대 후반부터 고리키, 쿠프린 등과 함께 문학서클 '스레다(수요일)'의 멤버로 활동.

1896년 롱펠로의 서사시 「하이어워사의 노래The Song of Hiawatha」 번역.

1898년 시집 『열린 하늘 아래에서Под открытым небом』 출간. 오데사에서 차크니와 만나 결혼.

1900년 아들 니콜라이 출생. 차크니와 헤어짐.

1903년 시집 『낙엽Листопад』과 「하이어워사의 노래」 번역으로 푸시킨상 수상.

1905년 아들 니콜라이 죽음. 1905년 혁명을 겪은 페테르부르크에서 모스크바로 옮김.

1906년 베라 무롬체바와의 교제와 결혼. 아버지 사망.

1907년 베라 무롬체바와 함께 이집트, 시리아, 팔레스타인 여행.

1909년 두번째로 푸시킨상 수상. 아카데미 명예 회원으로 선출됨.

1910년 『현대의 세계Современный мир』에 중편 「마을Деревня」 발표. 프랑스, 알제리, 카프리, 이집트, 실론 여행. 어머니 사망.

1914년 볼가 강 여행. 단편 「형제Братья」 발표.

1915년 「샌프란시스코에서 온 신사Господин из Сан-Франциско」 「사랑의 문법Грамматика любви」 등의 단편을 발표, 마르크스 출판사에서 여섯 권짜리 선집 출간.

1918년 볼셰비키 혁명에 반대하여 베라와 함께 모스크바를 떠나 오데사, 콘스탄티노플 등에서 1920년까지 생활. 볼로신, 카타예프, 올가 크니페르-체호바와 만남.

1920년 '스파르타'호를 타고 오데사를 떠나, 터키와 불가리아를 거쳐 파리에 도착.

1923년 알프마리팀 주에서 생활 시작. 처음에는 그라스에서 가까운

'몽플뢰르' 별장에서, 다음엔 '벨베데르' 별장에서 살다가 제2차세계대전중에는 '자네트' 별장에서 생활. 1927~42년에 젊은 여성작가 쿠즈네초바(1900~76)와 동거.

1924~1927년 작품집 『신의 나무Божье древо』(1931)에 수록된 일련의 단편들(「예리혼의 장미Роза Иерихона」「미챠의 사랑Митина любовь」「일사병Солнечный удар」 등) 발표. 『아르세니예프의 인생Жизнь Арсеньева』 집필 시작. 볼셰비키 혁명의 참상을 비판한 일기 「저주받은 나날들Окаянные дни」(1925~26)을 파리의 러시아 망명 신문에 발표.

1933년 『현대의 기록Современные записки』에 『아르세니예프의 인생』의 마지막 권(5권)을 발표. 1~4권의 영역본이 런던에서 출간. 러시아 작가 최초로 노벨문학상 수상.

1937년 파리에서 회상록 『톨스토이의 해방Освобождение Толстого』 출간. 유고슬라비아와 발트 해 연안 여행.

1945년 부닌의 귀국을 예상하고 소련에서 부닌의 작품 출간 준비 시작. 부닌이 귀국을 거절하여 작품 출간이 무산됨.

1946년 단편집 『어두운 가로숫길Тёмные аллеи』을 파리에서 러시아어로 출판. 이 단편집을 영국에서 출판하기로 계약. 파리에서 시인 콘스탄틴 시모노프와 가까이 지냄.

1950년 파리에서 『회상록Воспоминания. Под серпом и молотом』 출간. 이 책에서 많은 러시아 작가들을 비판하여 논란을 불러일으킴.

1953년 11월 8일 파리에서 새벽 두시에 운명. 향년 83세.

1954년 1월 30일 부닌의 유골을 임시 지하 납골당에서 많은 러시아 망명객들이 묻힌 생트준비에브데부아 공동묘지로 옮겨 안장함.

1955년 미완성 회고록 『체호프에 대하여О Чехове』가 뉴욕에서 러시아어로 출간됨.

문학동네 세계문학전집 발간에 부쳐

세계문학은 국민문학 혹은 지역문학을 떠나 존재하는 문학이 아니지만 그것들의 총합도 아니다. 세계문학이라는 용어에는 그 나름의 언어와 전통을 갖고 있는 국민문학이나 지역문학의 존재를 인정하면서 그것을 넘어서는 문학의 보편적 질서에 대한 관념이 새겨져 있다. 그 용어를 처음 고안한 19세기 유럽인들은 유럽문학을 중심으로 그 질서를 구축했지만 풍부한 국민문학의 전통을 가지고 있는 현대의 문학 강국들은 나름의 방식으로 세계문학을 이해하면서 정전(正典)의 목록을 작성하고 또 수정한다.

한국에서도 세계문학 관념은 우리 사회와 문화의 변화 속에서 거듭 수정돼왔다. 어느 시기에는 제국 일본의 교양주의를 반영한 세계문학 관념이, 어느 시기에는 제3세계 민족주의에 동조한 세계문학 관념이 출현했고, 그러한 관념을 실천한 전집물이 출판됐다. 21세기 한국에 새로운 세계문학전집이 필요하다는 것은 명백하다. 우리의 지성과 감성의 기준에 부합하는 세계문학을 다시 구상할 때가 되었다.

문학동네 세계문학전집은 범세계적으로 통용되는 고전에 대한 상식을 존중하면서도 지난 반세기 동안 해외 주요 언어권에서 창작과 연구의 진전에 따라 일어난 정전의 변동을 고려하여 편성되었다. 그래서 불멸의 명작은 물론 동시대 세계의 중요한 정치·문화적 실천에 영감을 준 새로운 작품들을 두루 포함시켰다.

창립 이후 지금까지 한국문학 및 번역문학 출판에서 가장 전문적이고 생산적인 그룹을 대표해온 문학동네가 그간 축적한 문학 출판 경험을 바탕으로 새로운 세계문학전집을 펴낸다. 인류가 무지와 몽매의 어둠 속을 방황하면서도 끝내 길을 잃지 않은 것은 세계문학사의 하늘에 떠 있는 빛나는 별들이 길잡이가 되어주었기 때문이다. 우리가 자부심과 사명감 속에서 그리게 될 이 새로운 별자리가 독자들의 관심과 애정에 힘입어 우리 모두의 뿌듯한 자산이 되기를 소망한다.

문학동네 세계문학전집 편집위원

민은경, 박유하, 변현태, 송병선, 이재룡, 홍길표, 남진우, 황종연

지은이 **이반 부닌**
1870년 중부 러시아 보로네시의 오래된 귀족 가문에서 태어났다. 1903년 시집 『낙엽』으로 푸시킨상을 받았고, 그후 「사랑의 문법」 「마을」 「형제」 「샌프란시스코에서 온 신사」 같은 중단편 소설을 썼다. 1917년 볼셰비키 혁명을 반대하여 모스크바를 떠나 오데사, 콘스탄티노플을 전전하다가 파리에 정착했다. 망명 이후에 쓴 중단편들을 모아 『신의 나무』 『어두운 가로숫길』을 펴냈고, 1933년 필생의 역작인 『아르세니예프의 인생』을 완성했다. 그해 러시아 작가 최초로 노벨문학상을 받았다. 1953년 파리에서 사망했다.

옮긴이 **이항재**
고려대학교 노어노문학과를 졸업하고 같은 대학원에서 「투르게네프의 후기 중단편 연구」로 박사학위를 받았다. 고리키세계문학연구소 연구교수와 한국러시아문학회 회장을 지냈고, 현재 단국대학교 러시아어과 교수로 재직하고 있다. 지은 책으로 『소설의 정치학: 투르게네프 소설 연구』 『러시아 문학의 이해』(공저)가 있고 옮긴 책으로 『러시아 문학사』 『루진』 『아버지와 아들』 『귀족의 보금자리』 『첫사랑』 『숄로호프 단편선』 『톨스토이와 함께한 하루』 등이 있다.

세계문학전집 153
아르세니예프의 인생

1판1쇄 2017년 7월 7일
1판3쇄 2023년 2월 28일

지은이 이반 부닌 | 옮긴이 이항재

편집 김수현 이승환 박기효 이종현 오동규 | 독자모니터 박하연 | 모니터링 이희연
디자인 김이정 최미영 | 저작권 박지영 형소진 이영은
마케팅 정민호 이숙재 김도윤 한민아 이민경 안남영 김수현 왕지경 황승현 김혜원
브랜딩 함유지 함근아 박민재 김희숙 고보미 정승민
제작 강신은 김동욱 임현식 | 제작처 영신사

펴낸곳 (주)문학동네 | 펴낸이 김소영
출판등록 1993년 10월 22일 제2003-000045호
주소 10881 경기도 파주시 회동길 210
전자우편 editor@munhak.com | 대표전화 031)955-8888 | 팩스 031)955-8855
문의전화 031)955-1927(마케팅), 031)955-3560(편집)
문학동네카페 http://cafe.naver.com/mhdn
인스타그램 @munhakdongne | 트위터 @munhakdongne
북클럽문학동네 http://bookclubmunhak.com

ISBN 978-89-546-4615-4 04890
978-89-546-0901-2 (세트)

잘못된 책은 구입하신 서점에서 교환해드립니다.
기타 교환 문의 031) 955-2661, 3580

www.munhak.com

1, 2, 3 안나 카레니나 레프 톨스토이 | 박형규 옮김
4 판탈레온과 특별봉사대 마리오 바르가스 요사 | 송병선 옮김
5 황금 물고기 르 클레지오 | 최수철 옮김
6 템페스트 윌리엄 셰익스피어 | 이경식 옮김
7 위대한 개츠비 F. 스콧 피츠제럴드 | 김영하 옮김
8 아름다운 애너벨 리 싸늘하게 죽다 오에 겐자부로 | 박유하 옮김
9, 10 파우스트 요한 볼프강 폰 괴테 | 이인웅 옮김
11 가면의 고백 미시마 유키오 | 양윤옥 옮김
12 킴 러디어드 키플링 | 하창수 옮김
13 나귀 가죽 오노레 드 발자크 | 이철의 옮김
14 피아노 치는 여자 엘프리데 옐리네크 | 이병애 옮김
15 1984 조지 오웰 | 김기혁 옮김
16 벤야멘타 하인학교-야콥 폰 군텐 이야기 로베르트 발저 | 홍길표 옮김
17, 18 적과 흑 스탕달 | 이규식 옮김
19, 20 휴먼 스테인 필립 로스 | 박범수 옮김
21 체스 이야기 · 낯선 여인의 편지 슈테판 츠바이크 | 김연수 옮김
22 왼손잡이 니콜라이 레스코프 | 이상훈 옮김
23 소송 프란츠 카프카 | 권혁준 옮김
24 마크롤 가비에로의 모험 알바로 무티스 | 송병선 옮김
25 파계 시마자키 도손 | 노영희 옮김
26 내 생명 앗아가주오 앙헬레스 마스트레타 | 강성식 옮김
27 여명 시도니가브리엘 콜레트 | 송기정 옮김
28 한때 흑인이었던 남자의 자서전 제임스 웰든 존슨 | 천승걸 옮김
29 슬픈 짐승 모니카 마론 | 김미선 옮김
30 피로 물든 방 앤절라 카터 | 이귀우 옮김
31 숨그네 헤르타 뮐러 | 박경희 옮김
32 우리 시대의 영웅 미하일 레르몬토프 | 김연경 옮김
33, 34 실낙원 존 밀턴 | 조신권 옮김
35 복낙원 존 밀턴 | 조신권 옮김
36 포로기 오오카 쇼헤이 | 허호 옮김
37 동물농장 · 파리와 런던의 따라지 인생 조지 오웰 | 김기혁 옮김
38 루이 랑베르 오노레 드 발자크 | 송기정 옮김
39 코틀로반 안드레이 플라토노프 | 김철균 옮김
40 어두운 상점들의 거리 파트릭 모디아노 | 김화영 옮김
41 순교자 김은국 | 도정일 옮김
42 젊은 베르테르의 슬픔 요한 볼프강 폰 괴테 | 안장혁 옮김
43 더블린 사람들 제임스 조이스 | 진선주 옮김
44 설득 제인 오스틴 | 원영선, 전신화 옮김
45 인공호흡 리카르도 피글리아 | 엄지영 옮김
46 정글북 러디어드 키플링 | 손향숙 옮김
47 외로운 남자 외젠 이오네스코 | 이재룡 옮김
48 에피 브리스트 테오도어 폰타네 | 한미희 옮김
49 둔황 이노우에 야스시 | 임용택 옮김
50 미크로메가스 · 캉디드 혹은 낙관주의 볼테르 | 이병애 옮김

100 열세 걸음 모옌 | 임홍빈 옮김
101 데미안 헤르만 헤세 | 안인희 옮김
102 수레바퀴 아래서 헤르만 헤세 | 한미희 옮김
103 소리와 분노 윌리엄 포크너 | 공진호 옮김
104 곰 윌리엄 포크너 | 민은영 옮김
105 롤리타 블라디미르 나보코프 | 김진준 옮김
106, 107 부활 레프 톨스토이 | 박형규 옮김
108, 109 모래그릇 마쓰모토 세이초 | 이병진 옮김
110 은둔자 막심 고리키 | 이강은 옮김
111 불타버린 지도 아베 고보 | 이영미 옮김
112 말라볼리아가의 사람들 조반니 베르가 | 김운찬 옮김
113 디어 라이프 앨리스 먼로 | 정연희 옮김
114 돈 카를로스 프리드리히 실러 | 안인희 옮김
115 인간 짐승 에밀 졸라 | 이철의 옮김
116 빌러비드 토니 모리슨 | 최인자 옮김
117, 118 미국의 목가 필립 로스 | 정영목 옮김
119 대성당 레이먼드 카버 | 김연수 옮김
120 나나 에밀 졸라 | 김치수 옮김
121, 122 제르미날 에밀 졸라 | 박명숙 옮김
123 현기증. 감정들 W. G. 제발트 | 배수아 옮김
124 강 동쪽의 기담 나가이 가후 | 정병호 옮김
125 붉은 밤의 도시들 윌리엄 버로스 | 박인찬 옮김
126 수고양이 무어의 인생관 E. T. A. 호프만 | 박은경 옮김
127 맘브루 R. H. 모레노 두란 | 송병선 옮김
128 익사 오에 겐자부로 | 박유하 옮김
129 땅의 혜택 크누트 함순 | 안미란 옮김
130 불안의 책 페르난두 페소아 | 오진영 옮김
131, 132 사랑과 어둠의 이야기 아모스 오즈 | 최창모 옮김
133 페스트 알베르 카뮈 | 유호식 옮김
134 다마세누 몬테이루의 잃어버린 머리 안토니오 타부키 | 이현경 옮김
135 작은 것들의 신 아룬다티 로이 | 박찬원 옮김
136 시스터 캐리 시어도어 드라이저 | 송은주 옮김
137 고독한 산책자의 몽상 장자크 루소 | 문경자 옮김
138 용의자의 야간열차 다와다 요코 | 이영미 옮김
139 세기아의 고백 알프레드 드 뮈세 | 김미성 옮김
140 햄릿 윌리엄 셰익스피어 | 이경식 옮김
141 카산드라 크리스타 볼프 | 한미희 옮김
142 이 글을 읽는 사람에게 영원한 저주를 마누엘 푸익 | 송병선 옮김
143 마음 나쓰메 소세키 | 유은경 옮김
144 바다 존 밴빌 | 정영목 옮김
145, 146, 147, 148 전쟁과 평화 레프 톨스토이 | 박형규 옮김
149 세 가지 이야기 귀스타브 플로베르 | 고봉만 옮김
150 제5도살장 커트 보니것 | 정영목 옮김
151 알렉시 · 은총의 일격 마르그리트 유르스나르 | 윤진 옮김

152 말라 온다 알베르토 푸겟 | 엄지영 옮김
153 아르세니예프의 인생 이반 부닌 | 이항재 옮김
154 오만과 편견 제인 오스틴 | 류경희 옮김
155 돈 에밀 졸라 | 유기환 옮김
156 젊은 예술가의 초상 제임스 조이스 | 진선주 옮김
157, 158, 159 카라마조프가의 형제들 표도르 도스토옙스키 | 김희숙 옮김
160 진 브로디 선생의 전성기 뮤리얼 스파크 | 서정은 옮김
161 13인당 이야기 오노레 드 발자크 | 송기정 옮김
162 하지 무라트 레프 톨스토이 | 박형규 옮김
163 희망 앙드레 말로 | 김웅권 옮김
164 임멘 호수 · 백마의 기사 · 프시케 테오도어 슈토름 | 배정희 옮김
165 밤은 부드러워라 F. 스콧 피츠제럴드 | 정영목 옮김
166 야간비행 앙투안 드 생텍쥐페리 | 용경식 옮김
167 나이트우드 주나 반스 | 이예원 옮김
168 소년들 앙리 드 몽테를랑 | 유정애 옮김
169, 170 독립기념일 리처드 포드 | 박영원 옮김
171, 172 닥터 지바고 보리스 파스테르나크 | 박형규 옮김
173 싯다르타 헤르만 헤세 | 권혁준 옮김
174 야만인을 기다리며 J. M. 쿳시 | 왕은철 옮김
175 철학편지 볼테르 | 이봉지 옮김
176 거지 소녀 앨리스 먼로 | 민은영 옮김
177 창백한 불꽃 블라디미르 나보코프 | 김윤하 옮김
178 슈틸러 막스 프리슈 | 김인순 옮김
179 시핑 뉴스 애니 프루 | 민승남 옮김
180 이 세상의 왕국 알레호 카르펜티에르 | 조구호 옮김
181 철의 시대 J. M. 쿳시 | 왕은철 옮김
182 카시지 조이스 캐럴 오츠 | 공경희 옮김
183, 184 모비 딕 허먼 멜빌 | 황유원 옮김
185 솔로몬의 노래 토니 모리슨 | 김선형 옮김
186 무기여 잘 있거라 어니스트 헤밍웨이 | 권진아 옮김
187 컬러 퍼플 앨리스 워커 | 고정아 옮김
188, 189 죄와 벌 표도르 도스토옙스키 | 이문영 옮김
190 사랑 광기 그리고 죽음의 이야기 오라시오 키로가 | 엄지영 옮김
191 빅 슬립 레이먼드 챈들러 | 김진준 옮김
192 시간은 밤 류드밀라 페트루셉스카야 | 김혜란 옮김
193 타타르인의 사막 디노 부차티 | 한리나 옮김
194 고양이와 쥐 귄터 그라스 | 박경희 옮김
195 펠리시아의 여정 윌리엄 트레버 | 박찬원 옮김
196 마이클 K의 삶과 시대 J. M. 쿳시 | 왕은철 옮김
197, 198 오스카와 루신다 피터 케리 | 김시현 옮김
199 패싱 넬라 라슨 | 박경희 옮김
200 마담 보바리 귀스타브 플로베르 | 김남주 옮김
201 패주 에밀 졸라 | 유기환 옮김
202 도시와 개들 마리오 바르가스 요사 | 송병선 옮김

203 루시 저메이카 킨케이드 | 정소영 옮김

204 대지 에밀 졸라 | 조성애 옮김

205, 206 백치 표도르 도스토옙스키 | 김희숙 옮김

207 백야 표도르 도스토옙스키 | 박은정 옮김

208 순수의 시대 이디스 워턴 | 손영미 옮김

209 단순한 이야기 엘리자베스 인치볼드 | 이혜수 옮김

210 바닷가에서 압둘라자크 구르나 | 황유원 옮김

211 낙원 압둘라자크 구르나 | 왕은철 옮김

212 피라미드 이스마일 카다레 | 이창실 옮김

213 애니 존 저메이카 킨케이드 | 정소영 옮김

214 지고 말 것을 가와바타 야스나리 | 박혜성 옮김

215 부서진 사월 이스마일 카다레 | 유정희 옮김

216 사람은 무엇으로 사는가 레프 톨스토이 | 이항재 옮김

217, 218 악마의 시 살만 루슈디 | 김진준 옮김

219 오늘을 잡아라 솔 벨로 | 김진준 옮김

220 배반 압둘라자크 구르나 | 황가한 옮김

221 어두운 밤 나는 적막한 집을 나섰다 페터 한트케 | 윤시향 옮김

222 무어의 마지막 한숨 살만 루슈디 | 김진준 옮김

223 속죄 이언 매큐언 | 한정아 옮김

224 암스테르담 이언 매큐언 | 박경희 옮김

● 문학동네 세계문학전집은 계속 출간됩니다